Sandra

Knaur.

Im Knaur Taschenbuch Verlag sind bereits folgende Bücher der Autorin erschienen:
Die Steine der Fatima
Das Rätsel der Fatima
Das Auge der Fatima
Die Verschwörung von Florenz
Die Wächter von Jerusalem

Über die Autorin:
Franziska Wulf wurde 1967 in Hamburg geboren. Bereits während ihrer Schulzeit verfasste sie Kurzgeschichten. Nach dem Medizinstudium und dreijähriger Tätigkeit als Ärztin beschloss sie, ihre Leidenschaft zum Beruf zu machen, und ist seit 1997 freie Schriftstellerin. Franziska Wulf lebt mit ihrem Mann und ihrer Tochter in Hamburg.

FRANZISKA WULF

Die Feuer von Córdoba

Roman

Knaur Taschenbuch Verlag

Besuchen Sie uns im Internet:
www.knaur.de

Originalausgabe Juli 2006

Ein Unternehmen der Droemerschen Verlagsanstalt
Th. Knaur Nachf. GmbH & Co. KG, München.

Redaktion: Dr. Gisela Menza
Umschlaggestaltung: ZERO Werbeagentur, München
Umschlagabbildung: Bridgeman Art Library /
Valentin de Boulogne (1594–1632)
Satz: InDesign im Verlag
Druck und Bindung: Clausen & Bosse, Leck
Printed in Germany
ISBN-13: 978-3-426-62694-8
ISBN-10: 3-426-62694-2

2 4 5 3 1

Für euch
»Things get better …«
Das ist ein Versprechen.

»Und ich, der seine Absicht wohl erkannte,
Hielt ihm entgegen die verweinten Wangen:
Dort hat er endlich ganz mir reingewaschen
Die wahre Farbe, die die Hölle trübte.«

Aus: Dante, *Die Göttliche Komödie,*
Läuterungsberg, 1. Gesang

I

Córdoba, 7. Januar 1544

Juan Martinez lag in seinem Bett und starrte zu den Deckenbalken empor. Im nächtlichen Zwielicht waren sie schwärzer als Tinte, und zwischen ihnen glaubte er Schatten zu sehen. Bedrohliche Schatten, die sich auf ihn zubewegten und knochige Klauen nach ihm ausstreckten. Natürlich war das Unsinn. Dort oben an der Decke zwischen den schweren Balken war nichts außer Holz und erst vor wenigen Wochen frisch geweißter Gips. Dennoch waren die Schatten da. Und sie waren real. Nicht hier, nicht in seinem Schlafgemach. Sie waren dort draußen. In den Straßen der Stadt trieben sie ihr Unwesen, schlichen um die Häuser, immer auf der Jagd nach Nahrung. Sie hatten Hunger, die Scheiterhaufen brannten schnell. Diese Schatten hatten einen Namen – Inquisition. Und sie waren unersättlich.

Juan erschauerte. Seine Frau Suzanna neben ihm schlief fest und schnarchte sogar ein bisschen. Voller Neid lauschte er ihren tiefen Atemzügen und versuchte in diesen gleichmäßigen, beruhigenden Rhythmus hineinzufinden, ihn sich zu Eigen zu machen, um ebenfalls wieder einzuschlafen. Vergeblich. Seit etwa zwei Wochen konnte er nicht mehr richtig schlafen. Genau seit jenem Tag, an dem der Apotheker José Alakhir mit seiner ganzen Familie verschwunden war. Einfach so. Niemand in der Nachbarschaft schien zu wissen, wohin die Familie gezogen war. Oder wenigstens wagte niemand, es laut auszusprechen. Wie auch er selbst. Und dabei war José sein Freund. Juan drehte sich auf die Seite.

Juan war einer der Schreiber des Stadtrats. Gewöhnlich führte er die Listen der in Córdoba ansässigen Handwerker und Kaufleute, stellte Handelsgenehmigungen und Zollbescheinigungen aus. Er führte Buch über den monatlichen Lebensmittelbedarf der Stadträte und listete Besitz und Inventar jener auf, die Córdoba verließen, um drüben, jenseits des Meeres, in der Neuen Welt ihr Glück zu suchen. Manchmal, wenn der oberste Schreiber anderweitig beschäftigt oder gar krank war, hatte er sogar die Ehre, im Namen des Stadtrats einen Brief an Seine Majestät Karl V. zu schreiben. Wie bereits sein Vater, sein Großvater und der Großvater seines Vaters führte er ein bescheidenes, ruhiges und unauffälliges Leben. Mit Feder und Tinte verdiente er genug, um den Lebensunterhalt für sich und seine Familie zu bestreiten. Und da sowohl er als auch seine Frau keineswegs verschwenderisch veranlagt waren, hatten sie im Laufe der Jahre immer wieder Geld zurücklegen können. Mittlerweile waren im Keller zwei Lederbeutel versteckt, prall gefüllt mit Goldstücken. Es hatte bisher keinen Grund gegeben, sich Sorgen zu machen, und das war so gewesen, seit er denken konnte. Aber das war jetzt anders. Seit dem Tag, an dem José verschwunden war, war alles anders. Seine Welt stand Kopf.

Mit vor Müdigkeit brennenden Augen starrte Juan das schmale Rechteck des Fensters an, das sich deutlich auf der weiß getünchten Wand abzeichnete. Die Fensterläden waren geschlossen, aber durch die Ritzen im Holz wehte der Nachtwind ins Zimmer. Der Wind kam von den Bergen her und brachte Kälte und Feuchtigkeit mit sich. Ein eisiger Luftzug streifte Juans Wange, und er zuckte zusammen. Es war ein Gefühl, als wäre eben eine verlorene Seele an ihm vorbeigeschwebt. War es etwa José? Und bildete er es sich nur ein, oder trug der Wind tatsächlich den Geruch von Feuer mit sich, den abscheulichen Gestank eines brennenden Scheiterhaufens?

Juan warf seiner Frau einen Blick zu. Suzanna lächelte im Schlaf. Wahrscheinlich träumte sie gerade von süßen, saftigen Orangen. Oder von den Kindern, die im Garten Verstecken spielten. Wie beneidete er sie um ihre Sorglosigkeit. Ihr Himmel war noch ungetrübt. Noch ahnte sie nichts von der Dunkelheit, die sich langsam um sie herum zuzog und ihr Glück, ihre Zufriedenheit, vielleicht sogar ihr Leben bedrohte. Juan begann zu zittern. Er hielt es nicht länger im Bett aus, allein mit seinen Gedanken, seinen Befürchtungen, seinen Ängsten. Und seinen Schuldgefühlen. Er drohte zu ersticken, er brauchte Luft. Vielleicht vermochte der kalte Wind aus den Bergen seine Furcht zu vertreiben. Leise schlich er sich aus dem Schlafgemach. Er wollte Suzanna nicht wecken, er liebte sie zu sehr, um sie zu beunruhigen. Es war genug, wenn er selbst nächtelang wach lag und keinen Frieden mehr fand. Sie sollte ihre Kräfte schonen. Wenigstens solange sie es noch konnte.

Lautlos stieg Juan die schmale Treppe empor, die zur Dachterrasse führte. Er stemmte die Luke auf, trat hinaus und bahnte sich seinen Weg an den frisch gewaschenen, nach Lavendelwasser duftenden Laken, den zahlreichen Kinderstrümpfen und -hosen vorbei zu der niedrigen Mauer, die die Dachterrasse zu allen Seiten hin einfasste.

Wo war José? Wo steckte seine Familie?

Juan atmete tief ein. Die kalte, klare Luft füllte seine Lungen, sein Herzschlag wurde ruhiger, und seine Gedanken begannen sich zu ordnen. Vielleicht machte er sich unnötig Sorgen. War es nicht möglich, dass José Córdoba wirklich verlassen hatte, um auf der anderen Seite des großen Meeres in der Neuen Welt ein neues Leben zu beginnen? In den neuen Kolonien wurden Händler, Handwerker, Bauern und Gelehrte gebraucht. Und viele Menschen folgten dem Aufruf des Kaisers. Immer wieder mussten Juan und seine Kollegen Inventarlisten von Besitztümern anfertigen, die Auswanderungswillige in Córdoba zurückgelassen hatten und die, sofern keine anderen Verfügungen getroffen worden waren, in das Eigentum der Stadt übergingen. Die Häuser, Möbel und anderen Wertgegenstände wurden verkauft, und der Erlös floss zu gleichen Teilen an Seine Majestät und die Kirche. Dass José mit seiner Familie Córdoba verlassen hatte, war also nichts Ungewöhnliches. Die Neue Welt lockte mit unbekannten Reizen.

Und was ist mit dem Inhalt der Listen? Die Stimme des Zweifels meldete sich, und Juan verspürte wieder dieses nagende, unangenehme Gefühl, das ihm nunmehr seit zwei Wochen den Schlaf raubte.

Manchmal, nein, wenn er ehrlich war, sogar oft hatte er sich gewundert, was die Leute alles in der Heimat zurückgelassen hatten – persönliche Andenken, Juwelen und andere Kostbarkeiten, die *er* auf jeden Fall auf eine Reise in die Neue Welt mitgenommen hätte. Aber diese Stimme des Zweifels war bisher leise gewesen. Jeder musste doch schließlich selbst wissen, was er tat, hatte er sich immer gesagt. Und so hatte er sein Unbehagen einfach ignoriert und die Listen weiter geschrieben, wie man es ihm befohlen hatte.

Juan blickte zu den Sternen empor, in der Hoffnung, dort eine Antwort zu finden. Oder ein Zeichen, dass José sich gerade in diesem Augenblick auf einem Schiff befand, das nach Westen segelte. Aber die Sterne blieben stumm. Sie weigerten sich, ihm Trost zu spenden. Offenbar wollten sie ihn nicht belügen, denn die bittere, entsetzliche Wahrheit war: José hatte keinen Grund, mit seiner Familie das Land zu verlassen. Er war reich, ein angesehener Apotheker. Er besaß ein wunderschönes Haus in der Stadt und einen großzügigen Landsitz am Fuße der Berge. José war glücklich in Córdoba. Seine Familie lebte hier bereits seit vielen Generationen. Erst vor kurzem hatte er aus Dankbarkeit anlässlich der Verlobung seines ältesten Sohnes mit der Tochter eines Teppichhändlers einen prächtigen Marienumzug durch die Stadt veranstaltet und das Datum der Hochzeit bekannt gegeben. Verließ ein Mann wie er wenige Wochen vor der Hochzeit seines Sohnes die Stadt, um eine monatelange Schiffsreise in ein unbekanntes Land zu unternehmen? Noch dazu, ohne sich vorher von seinen Freunden gebührend zu verabschieden? Nein. Wenn José jemals vorgehabt hätte, die Stadt für immer zu verlassen, hätte er ein Abschiedsfest gegeben, über das man noch Monate danach gesprochen hätte. Aber wo war er dann? Wo steckte seine Familie? Und weshalb wollten Stadtrat und Bischof den Nachbarn und Freunden weismachen, José sei in die Neue Welt abgereist?

Juan schüttelte den Kopf. Bis vor zwei Wochen hatte er seine Gedanken vor den Zweifeln gut verschließen können. Er war jeden Morgen an sein Schreibpult getreten und hatte seine Listen geschrieben. Es waren gesichts- und körperlose Namen gewesen. Und weshalb sollte nicht stimmen, was man den Schreibern erzählte? Wochen-, ja, monatelang hatte er sich vor der Wahrheit schützen können. Bis vor ihm auf dem Schreibpult der Name José Alakhir aufgetaucht war. Dieser Name war wie ein Weckruf, und das Erwachen war böse gewesen. José hatte ebenso wenig freiwillig die Stadt verlassen wie alle anderen vor ihm, deren Namen und Besitz José in Listen eingetragen hatte. Vielleicht waren sie sogar immer noch hier – in einem der geheimen unterirdischen Kerker der Inquisition.

Juan seufzte. Wenn er in den letzten Tagen darüber nachgedacht hatte, wurde er zuweilen richtig wütend auf seinen Freund. Weshalb hatte José diesen Marienumzug veranstalten müssen? Hätte nicht eine großzügige anonyme Spende in den Opferstock der Kathedrale ausgereicht? Musste er ein Fest ausrichten, von dem die ganze Stadt sprach? Ein Fest, das vermutlich erst die Aufmerksamkeit des Inquisitors auf ihn und seine Familie gelenkt hatte? Wie der Name es schon vermuten ließ, war José Alakhir ein Moriske. Selbstverständlich war er ebenso wie seine ganze Familie getauft. Sie alle waren tiefgläubige Christen, aber seine Vorfahren waren Mauren gewesen, Moslems, die so manchem Kirchenfürsten immer noch als Feinde Jesu Christi galten. Und je länger Juan darüber nachdachte, desto weniger Zweifel hatte er daran. José hatte Aufmerksamkeit auf sich gezogen und war dadurch in die Fänge jener Institution geraten, der kein Lebender, ganz gleich, ob er nun Christ, Jude oder Moslem war, je zu nahe kommen sollte – der heiligen Inquisition.

Jedes Mal, wenn seine Gedanken an diesem Punkt angelangt waren, beschlichen Juan Schuldgefühle, und er fragte sich, ob er etwas für José und seine Familie hätte tun können. Hätte er ihm helfen, ihn vielleicht sogar retten können? Aber wie?

Ich hätte es versuchen müssen, dachte Juan und fuhr sich durch das Haar, das in feuchten Strähnen auf seiner Stirn klebte, während er zugleich erbärmlich fror. Wenigstens das hätte ich tun müssen. Er ist mein Freund.

Tagsüber gelang es ihm manchmal, diese Gedanken zu verdrängen, aber nachts fühlte er sich schuldig, als hätte er selbst die Anklageschrift gegen José verfasst. Doch was hätte er tun können? Er hätte einfach ablehnen können, als der Oberste

Schreiber ihm befohlen hatte, eine Liste des Inventars und Besitzes des Apothekers José Alakhir anzufertigen. Er hätte auch nachfragen können. Er hätte den Obersten Schreiber einfach fragen können, was mit José geschehen war, wo er mit seiner Familie hingereist war. Er hätte mit den Nachbarn sprechen können oder mit einem Priester. Aber er hatte nichts davon getan. Stattdessen hatte er jedes Laken, jede Gabel und jeden Becher aufgelistet, obwohl sein Magen bei jedem Wort, bei jeder Zeile, bei jedem Eintauchen des Gänsekiels in das Tintenfass revoltiert hatte. Und wenn einer von Josés Nachbarn ihm auf der Straße begegnet war, hatte er seinen Blick gesenkt, als wollte er verhindern, dass man ihm vom Gesicht ablas, dass er José gut gekannt hatte.

José war sein Freund gewesen. Sie hatten oft miteinander gespeist und Schach gespielt. Warum nur hatte er geschwiegen? Warum hatte er nicht schon viel früher seinen Zweifeln Gehör geschenkt, bereits bei den ersten Namen, die vor ihm auf dem Schreibpult gelegen hatten? Warum?

Zuerst aus Bequemlichkeit und Gleichgültigkeit. Die Nachforschungen hätten ihn schließlich Mühe gekostet, und er hatte keine der Familien gekannt. Es waren für ihn nichts als Namen gewesen, beliebige Aneinanderreihungen von Buchstaben – gesichtslos, körperlos, ohne Vergangenheit und ohne Zukunft. Dann hatte er natürlich aus Vorsicht geschwiegen. Jede unbequeme Frage hätte ihm schließlich Unannehmlichkeiten seitens des Obersten Schreibers eingebracht; vielleicht wäre er in den Keller versetzt worden, um dort bis zum Ende seiner Tage Mehlsäcke und Ölfässer zu zählen, oder man hätte zur Strafe einen Teil seines Lohns einbehalten. Vor allem aber, und das war der wichtigste Grund für sein Schweigen, hatte er Angst gehabt. Eine furchtbare, bohrende, nagende Angst, die er sich lange Zeit nicht eingestanden hatte. Es war die Angst, aufzufallen und dadurch selbst das Auge der Inquisition auf sich zu lenken, denn auch Juans Vorfahren hatten ihm einen Makel hinterlassen, einen Geburtsfehler, den er seit seiner frühesten Kindheit sorgsam zu verbergen suchte wie ein verkrüppeltes Bein oder eine andere Missbildung. Und das machte ihn verwundbar. Denn Juans Großvater war Jude gewesen.

Manchmal, wenn er dem Wein zu stark zugesprochen hatte und in eine schwermütige Stimmung gekommen war, hatte ihm sein Großvater von jener schrecklichen Zeit erzählt, als Tomás de Torquemada, der Großinquisitor von Spanien, im ganzen Land gewütet hatte. Damals hatten die Scheiterhaufen auf dem Marktplatz von Córdoba wöchentlich gebrannt. Und viele Freunde und Verwandte – Juden, Halbjuden und getaufte Juden – waren gefoltert worden und in den Flammen gestorben. Juan waren immer Schauer über den Rücken gelaufen, wenn sein Großvater erzählt hatte, wie die Häuser um die kleine Kirche San Tomás allmählich verwaist waren, weil entsetzliche Schreie von bis auf das Blut gepeinigten Menschen aus dem Boden gedrungen waren und die Bewohner aus ihrer Umgebung vertrieben hatten. Dass sein Großvater diese Zeit unbeschadet überlebt hatte, hatte er nur seiner Umsicht zu verdanken. »Wir dürfen nicht auffallen, unter gar keinen Umständen, sonst sind wir verloren«, hatte er immer gesagt. Deshalb hatte er sich nicht nur taufen lassen, sondern obendrein seinen Namen geändert – sowohl seinen Vor- als auch seinen Familiennamen. Trotzdem hatte er Juan immer wieder ermahnt, vorsichtig zu sein. »Hör mir gut zu, mein Junge«, hatte sein Großvater stets zu ihm gesagt, »es gibt Männer in diesem Land, die sich von Namen und Glaubensbekenntnissen nicht beeindrucken lassen. Für sie bleibt ein Jude immer ein Jude, selbst noch in der dritten Generation. Das war schon immer so und wird wohl so sein bis zum Jüngsten Tag. Auch wenn jetzt alles friedlich zu sein scheint, irgendwann kommen sie wieder aus ihren Löchern gekrochen und beginnen ihre Hetzjagd von neuem. Sei gescheit, mein Junge, und verberge stets deine Herkunft, deine Bildung und deinen Wohlstand, damit dein Glück vor den Augen der Neider verborgen bleibt und du in Frieden leben und alt werden kannst.«

Und so waren die Männer der Familie Martinez nicht wie José Alakhir, der aus seinem Wissen, seiner Bildung und seinem Vermögen keinen Hehl gemacht hatte. Sie waren einfache Schreiber, bescheidene Männer, die ihren Dienst gewissenhaft verrichteten, regelmäßig die heilige Messe besuchten, Kerzen spendeten, großzügige, aber unauffällige Almosen verteilten, in einem einfachen Haus lebten und selbst in Zeiten des Glücks und des Friedens für den Fall vorsorgten, dass sich das Blatt gegen sie wenden sollte. Bislang hatte Juan über diese Vorsicht oft lächeln müssen, obwohl sie ihm selbst ebenso in Fleisch und Blut übergegangen war wie vor ihm seinem Vater. Die Scheiterhaufen hatten in all den Jahren, die seit Tomás de Torquemada vergangen waren, zwar nie aufgehört zu brennen, aber es war selten gewesen, und die Verurteilten hatten für gewöhnlich ihr Schicksal verdient. Es waren Ketzer, Hexen und Zauberer gewesen, die sich mit schwarzer Magie beschäftigt und den heiligen Namen des Herrn in den Schmutz gezogen hatten. Für ihn hatte es keinen Grund gegeben, Angst zu haben.

Aber jetzt war es wieder an der Zeit, sich zu fürchten. Der Wind hatte sich gedreht. Die Scheiterhaufen brannten öfter als früher. Etliche Bewohner aus dem Viertel um die Kirche San Tomás hatten ihre Häuser bereits verlassen. Und wenn Juan über die Straße ging, um Brot oder Fleisch zu kaufen, bemerkte er die seltsamen Blicke, die die Menschen einander zuwarfen. Lauernde, misstrauische Blicke. Niemand wusste, wer ein Mitglied der Inquisition war und wer nicht. Jeder beobachtete jeden. Nach einigen Jahrzehnten der oberflächlichen Ruhe hatte es wieder begonnen. Die Inquisition hatte die Menschen von Córdoba fest in ihrem Griff. José hatte sie schon geholt. Wann war er an der Reihe? Er hatte die Augen zu lange vor der entsetzlichen Wahrheit verschlossen. Aber vielleicht war es noch nicht zu spät.

Juan trat an die kleine schmale Brüstung der Dachterrasse und sah hinab. Es war dunkel auf den Straßen der Stadt. Die Luft war schwer von der nächtlichen Feuchtigkeit, und über den Gestank der in der Gosse verwesenden Abfälle legte sich der süße Duft von Jasmin. Irgendwo in einem der hinter hohen Mauern verborgenen Gärten sang ein Vogel, ein einsamer Zeuge des allmählich näher rückenden Morgens. Doch für eine Stunde war noch die Nacht uneingeschränkte Herrscherin über Córdoba. Eine einzige goldene Stunde trennte noch die erholsame Nacht von der Mühsal des Tages.

Aber nicht für mich, dachte Juan und rieb sich die brennenden Augen. Nicht für mich. Was wiegt wohl schwerer, die Angst oder die Schuld? Ist es nicht am Ende einerlei?

Schritte näherten sich aus einiger Entfernung. Das Geräusch dröhnte durch die nächtliche Stille, als würde ein Schmied mit seinem Hammer auf einen Amboss schlagen. Vorsichtig, um nicht gesehen zu werden, beugte Juan sich vor und spähte über die Mauer. Dort unten gingen vier Männer vorbei. Zwei von ihnen waren einfach gekleidet und hielten Fackeln in den Händen, die anderen beiden trugen die weißen Gewänder der Dominikaner und die typischen schwarzen Mäntel und großen Kreuze auf ihrer Brust, die im Schein der Fackeln aufblitzten und sie als Priester kennzeichneten. Sie sahen ein bisschen aus wie Gespenster. Der Feuerschein fiel auf die Gesichter der beiden Priester, und Juan erkannte sie.

Unwillkürlich sprang er einen Schritt zurück, so hastig,

dass er beinahe gestolpert und hingefallen wäre. Im letzten Augenblick konnte er sich noch fangen.

»Pater Giacomo und Pater Stefano«, flüsterte er und machte das Kreuzzeichen. Sein Herz schlug schnell, und seine Kehle wurde eng. Er wusste, dass er soeben gesehen hatte, was eigentlich niemand sehen durfte. So nah, dass der Saum seines Gewands die Türschwelle des Hauses der Familie Martinez gestreift hatte, war der Tod vorbeigegangen. Der Tod in Gestalt des Inquisitors von Córdoba, der mit seinem Gehilfen und seinen beiden Dienern auf dem Weg zur Kirche San Tomás war, um ihr grausames Werk fortzusetzen.

Ich sollte fliehen, dachte Juan und fuhr sich mit der Zunge über die trockenen Lippen. Ich sollte meine Ersparnisse nehmen und auf der Stelle mit Suzanna und den Kindern irgendwohin gehen. In die Berge zum Beispiel. Oder nach Osten. Vielleicht sogar in die Neue Welt. Wir sollten Córdoba verlassen, solange uns noch die Zeit bleibt.

Es muss ein Engel gewesen sein

Nur in Begleitung der beiden zuverlässigen Diener Pedro und Carlos waren Pater Giacomo de Pazzi und Pater Stefano da Silva auf dem Weg zu der Kirche San Tomás. Sie hatten keine Eile. Es war noch dunkel, und alles war still auf den Straßen der Stadt. Niemand begegnete ihnen. Es wäre auch nicht gut gewesen, wenn die Menschen in Córdoba gewusst hätten, wann und wo die Verhöre der Inquisition stattfanden. Das Volk war sprunghaft. Einerseits gierte es nach immer neuen Sensationen, nach Blut und nach Tod, andererseits fürchtete es sich. Heute verfolgte es noch mit Inbrunst jeden, der den Namen des Herrn beschmutzte, und schon morgen weinte es um die, die auf dem Scheiterhaufen starben. Aber weder Angst noch Neugierde konnte Pater Giacomo leiden. Beides schürte Unruhe, und das störte ihn empfindlich bei der Erfüllung seiner Aufgabe.

Vor vielen, vielen Jahren, als noch Tomás de Torquemada Großinquisitor von Spanien gewesen war, hatte es sogar einen Aufstand gegeben. Mit Besen, Dreschflegeln und Harken bewaffnet, hatten zwei Dutzend Männer und Frauen die Kerker der Inquisition in Córdoba gestürmt und versucht die dort sitzenden Gefangenen – zum Großteil handelte es sich um ihre Angehörige – zu befreien. Natürlich war dieses jämmerliche Unternehmen gescheitert, und alle daran Beteiligten hatten ebenso wie die Gefangenen schließlich ihr verdientes Ende auf dem Scheiterhaufen gefunden. Aber eine Wiederholung dieser Ereignisse war jederzeit möglich. Das Volk war unberechenbar, und der Widersacher war nicht dumm. Er – Beelzebub, Satan, Luzifer oder wie auch immer man den Teufel nennen wollte – lernte mit jedem Jahr dazu.

Stefano und Pater Giacomo warteten vor dem schmucklosen Portal der Kirche, während Pedro und Carlos gemeinsam den Innenraum nach ungebetenen Eindringlingen absuchten.

Zeitverschwendung, dachte Stefano und trat unruhig von einem Bein auf das andere, während er versuchte heimliche Beobachter in der Dunkelheit der Gassen ausfindig zu machen. Niemand, nicht einmal der abgebrühteste Dieb, hätte es je gewagt, sich nach Einbruch der Dunkelheit noch in der Kirche aufzuhalten. San Tomás stand in Córdoba in keinem guten Ruf. Und manch altes Weib behauptete sogar, dass es hier spuke. Die Anwohner in der näheren Umgebung verließen ihre Häuser und zogen in andere, »ruhigere« Viertel um oder zu Verwandten auf das Land, und die meisten Gläubigen beeilten sich, nach der heiligen Messe die Kirche wieder zu verlassen. Tatsächlich waren wohl ab und zu Schreie zu hören, die durch einen der schmalen Lüftungsschächte aus dem unterirdisch gelegenen Kerker an die Erdoberfläche drangen. Ein Umstand, der sich leider nicht unterbinden ließ, wie Pater Giacomo oft bedauernd feststellte. Denn der Inquisitor konnte zwar auf Speise und Trank verzichten, wochenlang fasten und sich regelmäßig als Zeichen der Buße und Hingabe selbst kasteien, um sich auf seine schwere, ungeliebte Aufgabe vorzubereiten, aber er brauchte Luft zum Atmen.

Ein Seitenflügel des Portals öffnete sich, und Pedro gab ihnen im Schein der Fackel das verabredete Zeichen – die Luft war rein.

Pater Giacomo ging hinein, und Stefano folgte eilig. Ihm war jedes Mal unbehaglich zumute, wenn er mit Pater Giacomo vor dem Portal darauf warten musste, bis die beiden Diener den Innenraum abgesucht hatten. Auch wenn er den Grund nicht hätte nennen können, er wollte in der Dunkelheit vor San Tomás auf gar keinen Fall gesehen werden, ganz gleich, von wem.

Im Inneren der Kirche war es wie immer dunkel und still. Noch stiller und dunkler als draußen in den Gassen der Stadt. Die meisten Kerzen vor der Statue der Heiligen Jungfrau waren bereits heruntergebrannt. Es roch nach kaltem Wachs, nach staubigen Steinen und altem, viel zu trockenem Holz. Nichts Lebendiges schien sich hier aufhalten zu wollen. Und es war kalt. Stefano erschauerte und verbarg fröstelnd die Hände in den weiten Ärmeln seiner Kutte. Seine dünnen Riemensandalen boten keinen Schutz gegen die eisige Kälte, die aus den Steinfliesen der Kirche kroch, und seine Füße fühlten sich bereits an, als wären sie abgestorben. Wenigstens trugen Carlos und Pedro Fackeln. Ihr flackerndes Feuer spendete nicht nur Licht, sondern auch ein wenig Wärme.

»Habt ihr den Kirchenraum gründlich abgesucht?«, fragte

Pater Giacomo, ohne die Diener anzusehen. Im Schein der Fackeln bildete sein Atem kleine Wolken.

»Jawohl, Pater Giacomo«, antworteten Pedro und Carlos wie aus einem Mund, und die Wände der Kirche warfen ihre geflüsterten Worte als wisperndes Echo zurück.

»Es hat sich niemand hier versteckt?«, fragte Pater Giacomo streng, als würde er den beiden immer noch keinen Glauben schenken. »Auch nicht im Beichtstuhl?«

»Nein, Pater Giacomo.«

»Keine Bettler, die sich auf der Suche nach einem warmen Unterschlupf hier verkrochen haben? Kein Diebesgesindel, das sich auf der Flucht vor der Miliz im Schutz des Hauses Gottes verbirgt? Nicht einmal ein altes, seniles Weib, das den Schluss der Abendmesse verschlafen hat?«

Die beiden schüttelten die Köpfe.

»Nein, ehrwürdiger Pater.«

Pater Giacomo atmete geräuschvoll ein. Seine Nasenflügel blähten sich, als würde er versuchen Witterung aufzunehmen.

Wie ein Hund, bevor er der Fährte des Wildes folgt, dachte Stefano, während er mit heftig klopfendem Herzen seinen Lehrer und Mentor beobachtete. Ob Pater Giacomo die Anwesenheit eines Eindringlings tatsächlich riechen konnte? Nicht gerade die eines Menschen, aber war er in der Lage, Wesen zu wittern, deren Anwesenheit der Wahrnehmung gewöhnlicher Menschen entging – wie es gewiss auf Kreaturen der Hölle zutraf? Hatte Gott, der Herr, ihm die Sinne geschärft, damit er seine Aufgabe besser erfüllen konnte? Diese Fragen stellte sich Stefano nicht zum ersten Mal. Pater Giacomo wusste so viel, er hatte so viele Gaben und Fähigkeiten, dass Stefano trotz all der Jahre, die er den Pater bereits auf seinem Weg hatte begleiten dürfen, immer wieder zwischen Ehrfurcht und Furcht hin und her schwankte.

Wie gebannt sah er zu, wie Pater Giacomo mit geschlossenen Augen und geblähten Nasenflügeln, den Kopf nach allen Seiten drehend, die Luft einsog. Unwillkürlich fragte er sich, was geschehen würde, wenn die Kirche in dieser Nacht nicht leer war, wenn sich irgendwo in den Schatten zwischen den Säulen vielleicht ein Dämon versteckt hatte. War er vorbereitet auf den Anblick oder gar den Kampf gegen eine der Kreaturen der Hölle? Stefano begann zu zittern, seine Eingeweide fingen an sich in seinem Leib zu winden und zu drehen. Ihm wurde übel, und trotz der in der Kirche herrschenden Kälte trieb ihm die Angst den Schweiß auf die Stirn. Er versuchte an etwas anderes zu denken, sich durch ein stummes Gebet abzulenken. Dennoch konnte er seine Augen nicht von Pater Giacomos Gesicht und seiner witternden Nase abwenden.

Endlich – es kam Stefano vor, als wäre eine halbe Ewigkeit verstrichen – hoben sich Pater Giacomos Mundwinkel. Diese Veränderung war kaum sichtbar, aber da Stefano so sehnsüchtig darauf gewartet hatte, entging sie ihm nicht. Erleichtert atmete er auf, und sein Herz, das bis in seinen Hals hinaufgestiegen zu sein schien, sank wieder an seinen angestammten Platz in seiner Brust zurück. Pedro und Carlos hatten nichts übersehen und sich auch nicht von einer höllischen List täuschen lassen. Außer ihnen war niemand in der Kirche. Alles war so, wie es sein sollte.

»Kommt«, sagte Pater Giacomo und durchquerte mit langen Schritten das Kirchenschiff. Vor der in Stein gehauenen Kanzel, die sich an einer der tragenden Säulen emporwand, blieb er erneut stehen. Er breitete die Arme aus und schloss die Augen. Dann sprach er das Gebet, das den Teufel von diesem Ort fern halten sollte.

Nachdem er zu Ende gesprochen und das Kreuzzeichen über dem Fuß der Kanzel gemacht hatte, trat Pater Giacomo einen Schritt zur Seite. Er zog an einem der an der Säule befestigten eisernen Kerzenleuchter wie an einem Hebel. Ein steinernes Schaben erfüllte den Raum der kleinen Kirche, aber es war nichts zu sehen. Noch nicht, denn der Hebel löste lediglich die Haken, mit denen die Kanzel an der Säule festgehalten wurde.

Pater Giacomo nickte Pedro und Carlos zu. Die beiden Diener stemmten sich gegen die Treppe und schoben sie mitsamt der Kanzel unter Ächzen und Stöhnen um die Säule herum. Obgleich sie auf mehreren kleinen Rädern ruhte, war es eine schwere Arbeit, und der Schweiß tropfte ihnen von der Stirn. Für Stefano war es jedes Mal ein Wunder, wenn er diesem Schauspiel beiwohnte. Mit vor Aufregung klopfendem Herzen sah er zu, wie der dunkle Spalt im Boden allmählich größer und größer wurde, bis schließlich ein Loch von vier Fuß Durchmesser im Boden klaffte und den Blick auf eine steinerne Wendeltreppe freigab, die in die Tiefe führte. Gewiss hätte niemand je vermutet, dass sich direkt unter dem Sockel der steinernen Kanzel der Eingang zum Verlies der heiligen Inquisition verbarg.

Pedro und Carlos wischten sich den Schweiß von der Stirn. Im Licht der Fackeln waren nur die ersten drei Stufen der Treppe zu erkennen. Der Rest verlor sich in einer Finsternis, schwärzer noch als im Bauch des Walfisches, der einst den Propheten Jona verschluckt hatte. Pedro verschwand mit einer der Fackeln in der Tiefe und Pater Giacomo folgte ihm.

Sein Schatten wurde beim Abstieg länger, bis er kurz darauf hinter der Mittelsäule der Treppe verschwunden war. Stefano setzte seinen Fuß auf die erste Stufe, und im selben Augenblick drang ein Klagelaut zu ihm herauf, der ihm das Blut in den Adern gerinnen ließ. Es war ein entsetzlicher Schrei, der langsam in ein heiseres Wimmern überging. Er klang wie der Schrei einer Frau. Doch ebenso gut hätte es ein tödlich verwundetes junges Tier sein können. Stefanos Herz zog sich zusammen, und am liebsten wäre er auf der Stelle umgekehrt, um San Tomás für immer zu verlassen.

»Warum quält ihr diese armen Menschen bis aufs Blut?«

Eine Stimme, dröhnend und bebend vor Zorn und dennoch überirdisch schön, erklang plötzlich hinter ihm. Erschrocken fuhr Stefano herum, doch da war niemand. Niemand außer Carlos, der ihn mit der Fackel in der Hand erwartungsvoll ansah. Das war niemals Carlos' Stimme gewesen. Aber wer hatte dann zu ihm gesprochen? Oder hatte er sich die Stimme nur eingebildet?

Rasch wandte Stefano sich erneut dem Loch im Boden zu, um endlich ebenfalls hinunterzugehen, doch er stand da und starrte regungslos in die Finsternis hinab. Er hörte die Schritte von Pedro und Pater Giacomo. Bald mussten sie den Fuß der Treppe erreicht haben, und gleichzeitig drangen weitere Klagelaute aus der Tiefe empor.

»Hör, Stefano!« Wieder vernahm er die Stimme so deutlich, als würde der Sprecher direkt hinter ihm stehen. Er drehte sich erneut um.

»Hast du etwas gesagt, Carlos?«

»Pater?« Der Diener sah ihn an, und auf seinem Gesicht erschien ein einfältiger Ausdruck.

Stefano schüttelte verwirrt den Kopf. Nein, es war nicht Carlos, der zu ihm gesprochen hatte. Seine Stimme klang ganz anders – ungebildet, mit dem Akzent der einfachen Landarbeiter aus dieser Gegend. Außerdem war sie schlichter, dünner, farbloser. Eben menschlicher.

»Stefano, hör doch die Schreie der Gequälten, hör das Flehen der Gefangenen!«

Das war wieder diese zornige Stimme. Jetzt schien sie aus einer anderen Richtung zu kommen, als würde der geheimnisvolle Sprecher vor dem etwa zwanzig Schritt entfernten Altar stehen. Trotzdem dröhnte sie laut wie eine Glocke durch die leere Kirche, sodass Stefano sich unwillkürlich die Ohren zuhielt.

Carlos, der sichtlich gelangweilt von einem Bein auf das andere trat und seinen Gürtel zurechtrückte, sah ihn erstaunt an, und vor lauter Entsetzen ließ Stefano die Hände sinken. Wie auch immer es zugehen mochte, Carlos hörte die Stimme offenbar nicht. Aber warum nicht?

»Weshalb ordnet ihr grausame Folter im Namen dessen an, der selbst die Liebe ist und euch Menschen den Auftrag gab, einander zu lieben, wie Er selbst euch liebte? Warum beschmutzt ihr Seinen Namen, indem ihr euch zu Mördern macht?«

Die Worte schallten durch das Kirchenschiff. Stefanos Ohren begannen zu schmerzen. Gleichzeitig traf ihr Inhalt ihn wie Peitschenhiebe, und er fing an zu zittern. Er versuchte sich gegen diese Anschuldigungen zu wehren. Wer konnte es wagen, die Absichten der heiligen Inquisition infrage zu stellen? Damit widersprach man nicht allein der Inquisition, sondern auch dem Papst, der heiligen katholischen Kirche, ja, sogar Gott selbst. Das war Ketzerei. Und doch regten sich tief in seinem Inneren seltsame, gefährliche Gedanken. Diese Gedanken gaben der geheimnisvollen Stimme Recht. Sie flüsterten ihm zu, dass er, Pater Giacomo, ja, die ganze heilige Inquisition unrecht taten. Dass kein Christ jemals das Recht hatte, einem Menschen, ganz gleich, aus welchem Grunde, Schmerz zuzufügen, geschweige denn, ihn dem Tod auszuliefern. Und er verspürte den Wunsch, dieses arme gequälte Wesen, das eben geschrien hatte, zu befreien und fortzubringen an einen geheimen Ort, an dem es sicher war und keine Schmerzen mehr erleiden musste. Ja, das war seine Aufgabe. Er sollte die Menschen vor den Fängen der Inquisition retten.

In seinem gerechten Zorn hatte der Engel, denn er war jetzt sicher, dass es ein Engel gewesen sein musste, ihm den Weg gewiesen.

Stefano zog seinen Fuß von der ersten Stufe der Wendeltreppe zurück und wandte sich um. Er musste San Tomás verlassen, jetzt gleich. Doch hinter ihm stand immer noch Carlos. Wahrscheinlich wunderte der sich schon, weshalb Stefano nicht längst Pater Giacomo ins Verlies gefolgt war. Er schaute ihn bereits neugierig an. Sollte er Carlos etwa erzählen, was er gerade erlebt hatte? Nein. Der Diener war einfältig. Er würde ihn gewiss für verrückt oder gar besessen halten. Aber was würde geschehen, wenn er einfach an ihm vorbeiginge und diesen grauenvollen Ort verließe? Würde Carlos dann versuchen ihn aufzuhalten? Würde er Pater Giacomo zu Hilfe rufen? Und was würde danach geschehen?

Man wird dich festnehmen, dich die hundertfünfundfünfzig Stufen in den Kerker hinunterschleifen und dort unten verhören wie die anderen, die vor dir diesen Weg gegangen sind.

Stefano blickte schaudernd in die Finsternis hinab. Zum ersten Mal in seinem Leben spürte er Todesangst. Die Angst, die wohl jeder hatte, der mit gefesselten Händen und Füßen diese Treppe hinuntersteigen musste. Die Macht dieser Angst ließ ihn taumeln. Und vermutlich wäre er die Treppe hinabgestürzt, wäre Carlos ihm nicht im letzten Augenblick zu Hilfe geeilt und hätte ihn gestützt.

»Pater Stefano! Ist Euch nicht wohl?«

»Danke, Carlos.« Er brachte diese Worte nur mühsam hervor. Er wollte sich aus dem Griff befreien, doch der Diener ließ ihn nicht los. Schöpfte er etwa bereits Verdacht? Wollte er ihn festhalten, bis er die anderen Diener der Inquisition herbeigerufen hatte? Da kam ihm ein Gedanke. »Wahrscheinlich ist es nur eine vorübergehende Schwäche. Vielleicht sollte ich besser ins Kloster zurückkehren und mich in meine Zelle begeben. Ich fühle mich etwas … fiebrig.«

Zweifelnd sah der Diener zuerst ihn an und dann die Stufen hinab.

»Ich weiß nicht, Pater«, sagte er unsicher und zuckte mit den Schultern. »Ihr seht wirklich krank aus. Aber Ihr werdet dort unten gebraucht. Ohne Euch kann das Verhör nicht beginnen.«

Stefano schloss die Augen. Die Worte des Dieners trafen ihn wie Pfeile mitten ins Herz. Ja, in der Tat, Carlos hatte Recht. Seine Anwesenheit war notwendig, das schrieb das Protokoll der heiligen Inquisition vor. Ohne ihn würde es kein Verhör geben, kein Leid, keine Qualen. Wie oft schon hatte er allein durch seine Anwesenheit Schuld auf sich geladen? Stefano wurde übel.

Er konnte nicht dort hinabsteigen. Er konnte nicht noch mehr Unheil über andere bringen. Gott hatte ihm in dieser Stunde einen Engel gesandt, der ihm nach Monaten, vielleicht sogar nach Jahren der Finsternis die Augen geöffnet hatte. Sollte er sie jetzt etwa wieder schließen und sich somit wissentlich gegen den Willen des Herrn stellen? Nein, das konnte er nicht tun, das war unmöglich, das war …

Da tauchte plötzlich ein anderer Gedanke auf, und ihm war, als würde Pater Giacomo zu ihm sprechen. Wenn er sich irrte? Wenn es nun gar kein Engel gewesen war? Der Teufel war voller List und Tücke. Er war zu feige, offen gegen die Diener des Herrn zu kämpfen, und er genoss hinterlistige Spielchen und Intrigen. Deshalb führte er die Menschen in Versuchung. Er weckte unkeusche Gelüste in frommen Mönchen und säte Zweifel in die Herzen rechtschaffener Priester. »Sei stets wachsam«, pflegte Pater Giacomo ihn nahezu täglich zu ermahnen. »Satan ist ein vollendeter Verführer, und selbst die Diener der heiligen Inquisition sind nicht vor ihm sicher. Er würde nicht einmal davor zurückschrecken, die Gestalt eines Engels anzunehmen, um einen von uns auf seinen Verderben bringenden Pfad der Hölle zu führen.«

Die Erinnerung an diese Worte ließ Stefano erneut erzittern. Hatte etwa gerade der Teufel zu ihm gesprochen, um ihn zu verführen? Um sich mit seiner Hilfe Zugang zum Verlies der heiligen Inquisition zu verschaffen und seine Diener zu befreien, die dort unten eingekerkert waren? Männer und Frauen, die nicht Gefangene waren, weil die Inquisition irrte, sondern weil sie wahrhaftig vom Teufel besessen waren und nun Läuterung und die Befreiung ihrer armen gepeinigten Seelen erfahren sollten?

Stefano wurde heiß, Schweiß perlte auf seiner Stirn, während in seinem Inneren ein Aufruhr tobte. Es kam ihm vor, als ob die Mächte des Himmels und der Hölle gegeneinander um den Preis seiner Seele streiten würden. Seine Kehle schnürte sich zu, als hätte sich der Kragen seiner Kutte plötzlich in ein Würgeseil verwandelt, eine Schlinge, die sich von Atemzug zu Atemzug enger zusammenzog.

»Pater?« Die Stimme des Dieners riss Stefano erneut aus seinen Gedanken. »Soll ich Pater Giacomo holen?«

Stefano schüttelte hastig den Kopf und schluckte. Pater Giacomo hatte Recht. Er war einen Augenblick unachtsam gewesen, und beinahe wäre es dem Teufel gelungen, ihn zu überlisten. Dieser unmenschliche Klagelaut, dieser Appell an sein Mitgefühl und seine christliche Barmherzigkeit waren nichts als eine Falle gewesen, der schändliche Versuch des Teufels, ihn in die Irre zu führen. Doch er war aufgewacht aus seiner Betäubung, er wusste wieder, was er tun musste, wo sein Platz war. Er durfte kein Mitleid haben mit denen, die den Namen des Herrn geschändet hatten, die Unrecht taten, sündigten und sich mit dem Widersacher eingelassen hatten. Er musste dem Herrn zu Seinem Recht verhelfen.

»Es ist alles in Ordnung, Carlos«, antwortete er und wischte sich mit dem Ärmel den Schweiß von der Stirn. »Mir geht es wieder besser. Ich werde meine Aufgabe erfüllen. Der Geist ist willig, dem Weg des Herrn immer und zu jeder Zeit zu folgen. Aber das Fleisch ist zuweilen schwach, Carlos. Sehr schwach. Ich bewundere Pater Giacomo stets für seine Stärke.«

Der Diener nickte und sagte sanft: »Pater Stefano, geht jetzt.«

Stefano starrte in die Finsternis hinab. Dort unten warteten keine Menschen auf ihn, es waren Teufel, Söhne und Töchter Satans, die sich der Körper unbescholtener Bürger bedient hatten, um sie zu verführen und ihre Seelen ins ewige Verderben zu stürzen. Diese Menschen hofften auf ihre Befreiung. Und die konnten sie nur durch die Läuterung im Feuer erfahren. Das musste er sich sagen, immer und immer wieder. Dann würde der Teufel mit seinen schändlichen Einflüsterungen keine Macht mehr über ihn haben. Stefano holte erneut Luft, straffte die Schultern und hob den Kopf. Er schob die Hände in die Ärmel seiner Kutte und setzte seinen Fuß auf die erste Stufe.

»Bereitet den Weg des Herrn«, sagte er. Mit dem Vaterunser auf den Lippen stieg er langsam die Stufen der Wendeltreppe hinab.

In ein Grab, dachte er und fröstelte. Ich steige in ein Grab hinab.

Und eine leise, eindringliche Stimme in ihm flüsterte ihm zu, dass er sich nicht von Zweifeln und den Worten anderer beeindrucken lassen sollte. Diese wunderbare Stimme, die zu ihm gesprochen hatte, konnte niemals dem Teufel gehören. Es musste ein Engel gewesen sein. Ein Engel, der ihn warnen wollte, der ihn auf den richtigen, den Weg des Herrn zurückführen wollte.

Doch je weiter er die Wendeltreppe hinabstieg, umso leiser wurde diese Stimme. Und als er schließlich den Fuß der Treppe erreicht hatte, war sie ganz verstummt.

Nur eine Täuschung

Der Raum, in dem gewöhnlich der erste Teil des Verhörs eines von der Inquisition Angeklagten stattfand, war klein. Die Wände waren von Alter und Ruß geschwärzt und glänzten vor Feuchtigkeit, sodass sie aussahen, als hätte man sie aus großen Quadern von Onyx erbaut und nicht aus einfachen, grob behauenen Feldsteinen. Hier unten war es immer so warm und stickig wie in einem der Waschhäuser, und meist lief Stefano bereits nach wenigen Augenblicken, spätestens jedoch, wenn das Verhör begonnen hatte, der Schweiß den Rücken hinunter. Es gab zwar auch hier wie in allen Räumen des Kerkers einen Luftschacht, allerdings handelte es sich dabei lediglich um ein Tonrohr, das aus der Decke herausragte und durch Gestein und Sand führte, bis es schließlich viele Fuß über ihren Köpfen zwischen den Pflastersteinen auf dem kleinen Marktplatz vor San Tomás endete. Dieses Rohr war gerade eben groß genug, dass ein Kind seine Hand hätte hineinstecken können, und selbst wenn man das Gesicht direkt vor die Öffnung hielt, konnte man den Luftzug bestenfalls erahnen. Gelegentlich, wenn das Verhör ins Stocken geraten war, weil der Gefangene das Bewusstsein verloren hatte, stellte Stefano sich vor, was wohl geschehen würde, wenn einer der Bauern aus Versehen einen Sack mit Weizen auf dieses unscheinbare Loch im Boden stellen würde. Und dann verspürte er das beinahe unbezähmbare Verlangen, die Mauern des Kerkers einzureißen, damit Luft und Licht eindringen und ihn vor dem Erstickungstod retten konnten.

Als Stefano das Kellergewölbe betrat, war alles für das Verhör vorbereitet. Die Kerzen auf dem kleinen Altar in der Ecke des Raums brannten, und Pater Giacomo kniete im Gebet versunken davor. In der anderen Ecke des Raums stand der hohe Lehnstuhl, auf dem der Inquisitor das Verhör leiten würde. Daneben befand sich das Schreibpult. Stundenglas, Feder, Tinte sowie mehrere Seiten Pergament lagen bereit. Von einem großen Haken an der Decke hing ein starkes Seil herab. Pedro hatte bereits die schwarze Kutte angezogen und die Kapuze über den Kopf gestreift, die nur schmale Schlitze für die Augen und den Mund freiließ, und Carlos beeilte sich, es ihm gleichzutun, als wollte er die verlorene Zeit wieder aufholen. Jedes Mal, wenn Stefano die beiden in dieser Kleidung sah, erschauerte er. Sie sahen aus wie Gestalten aus einem Albtraum.

Pater Giacomo machte das Kreuzzeichen, küsste nacheinander das schlichte Holzkreuz, die Bibel und zuletzt das Handbuch der Inquisition, die auf dem Altar lagen, und erhob sich. Er ließ seinen Blick prüfend durch den Raum und über die beiden Diener gleiten, die abwartend an der Tür standen, bis er schließlich auf Stefano fiel.

»Stefano!«, sagte er in einem Ton, als hätte er nicht mehr mit seinem Kommen gerechnet. »Du hast heute lange gebraucht, um die Treppe hinabzusteigen. Und wahrlich, du bist bleich wie der leibhaftige Tod. Ist dir nicht wohl?«

Stefano schüttelte den Kopf und versuchte dem forschenden Blick seines Lehrers auszuweichen, doch es war unmöglich, diesen alles durchdringenden Augen zu entgehen. Seine Hände verkrampften sich ineinander, und er war froh, dass sie wieder in den Ärmeln seiner Kutte steckten, sodass Pater Giacomo wenigstens das nicht sehen konnte.

»Es ist nichts, Pater Giacomo«, sagte er, doch seine Stimme hatte eher Ähnlichkeit mit dem Krächzen einer Krähe denn mit seiner eigenen. »Eine kurzzeitige Schwäche, nichts weiter.«

»So?« Pater Giacomo hob nur eine Augenbraue, doch Stefano hatte den Eindruck, dass er bereits jetzt wusste, was oben in der Kirche vor wenigen Augenblicken geschehen war, und vor Scham wäre er am liebsten im Boden versunken. Pater Giacomo hatte die Fähigkeit, in ihn hineinzusehen, als wären sein Kopf und seine Seele aus Glas. Zuweilen war es richtig beängstigend. »Es gibt vielerlei Arten von Schwächen, mein Sohn«, fuhr Pater Giacomo mit einem milden Lächeln fort. »Da ist natürlich vor allem die Schwäche des Körpers, die den wackeren Mönch zuweilen überfällt, wenn er sich dem Fasten und den Kasteiungen gar zu eifrig unterzogen hat. Diese Schwäche lässt sich meist rasch beheben – ein Schluck Wasser, ein Löffel Honig oder ein Bissen Brot genügt. Doch da ist noch die Schwäche des Geistes. Sie ist weitaus schwieriger zu bekämpfen.«

Stefano fühlte, wie ihm das Blut ins Gesicht stieg. Er wollte etwas sagen, doch er brachte keinen Laut hervor.

»Welche Schwäche dich auch getroffen haben mag, Stefano, sei gewiss, dass kein Diener Gottes davor gefeit ist. Zu jeder Zeit versucht der Teufel sich der Diener des Herrn zu bemächtigen, sie durch Einflüsterungen zu verführen. Manchmal nimmt er sogar die Erscheinung eines Engels an, um sein Ziel zu erreichen.«

Stefano begann zu zittern. Pater Giacomo hatte Recht. Er hatte ihn schon früher gewarnt, jetzt sagte er es wieder. Weshalb hatte er nicht gleich daran gedacht, als er oben im Kirchenschiff diese seltsame Stimme gehört hatte? Warum hatte er geglaubt, dass ein Engel zu ihm gesprochen hatte? Weshalb hatte er nicht sofort gemerkt, dass er nur getäuscht und verführt werden sollte? Es fiel dem Teufel so leicht, sich zu verstellen, und er war wahrlich eine leichte Beute gewesen. Dabei wusste er doch genau, dass Luzifer selbst ebenfalls einer der Engel gewesen war – ein Wesen von überirdischer Schönheit –, bevor er sich von Gott abgewandt hatte und aus den himmlischen Heerscharen verstoßen worden war. Warum hatte er das nur vergessen? Stefano sank auf die Knie und ergriff das Gewand von Pater Giacomo.

»Oh, ehrwürdiger Vater«, brachte er unter Schluchzen hervor, »ich bin es nicht wert, dass ich noch länger im Dienste des Herrn bleibe. Ich bin schwach. Ich habe mich durch eine plumpe List täuschen lassen und …«

»Ich weiß«, sagte Pater Giacomo, und seine Stimme klang weder traurig, noch unfreundlich. Sie klang nicht einmal enttäuscht. Stefano blickte auf und sah zu seiner großen Überraschung, dass Pater Giacomo lächelte. Er lächelte ihn wirklich an! »Ich weiß, was geschehen ist. Eine Stimme hat zu dir gesprochen. Sie nannte uns Mörder. Und du glaubtest, es sei einer der Engel des Herrn gewesen. Ist es nicht so?«

»Ja, ehrwürdiger Vater, genauso ist es gewesen«, stammelte Stefano. »Aber woher …«

Pater Giacomo atmete tief ein und schloss kurz die Augen.

»Erfahrung, Stefano. Auch ich habe diese Stimme gehört, und sie hat mir Ähnliches gesagt. Nicht hier und auch nicht heute. Das ist schon lange her. Damals, als ich noch jung war und unerfahren genug, um die Stimme eines Engels mit der des Teufels zu verwechseln. Ich weiß daher, wie leicht sich das menschliche Auge, das menschliche Ohr und der menschliche Geist täuschen lassen.«

»Aber wie, ehrwürdiger Vater«, brach es aus Stefano heraus, »wie gelingt es, das eine vom anderen zu unterscheiden?

Wie kann ich erkennen, ob mir ein Engel begegnet oder …« Er stockte. Er brachte das Wort nicht über die Lippen.

»Eines Tages wirst du die Antwort kennen, Stefano«, sagte Pater Giacomo sanft und tätschelte ihm den Kopf wie einem Kind. »Doch bis du so weit bist, bis deine Erfahrung ausreicht, verschließe deine Ohren vor den Einflüsterungen der Frevler, damit dein Herz nicht von Zweifeln vergiftet wird, sondern du treu den Auftrag des Herrn erfüllen kannst. Bete, mein Sohn, bete um Stärke und die Offenbarung der Wahrheit, und der Herr wird dir beides gewähren. Und sei gewiss, dass Er, der Sein Leben für uns am Kreuz hingegeben hat, dir diesen Augenblick der Schwäche vergeben wird.«

Stefano nickte und wischte sich mit dem Ärmel die Tränen von den Wangen. Natürlich hatte er immer gewusst, dass er an Pater Giacomos Seite für die Reinerhaltung des Glaubens und für die Seelen der Menschen kämpfen musste, doch selten hatte er sich darin so bestärkt gefühlt.

»Pater, ich …«

»Es ist gut, mein Sohn. Jeder von uns muss hin und wieder gegen Dämonen kämpfen, auch wenn sie bei jedem ein anderes Gesicht tragen. Doch diese Prüfungen machen uns stark, stark für die Aufgabe, für die wir auserwählt wurden. Und nun erhebe dich, Stefano, und reiche mir die Liste mit den Anklagepunkten.«

Während Stefano sich erhob, warf er einen kurzen Blick auf Pedro und Carlos, die reglos neben der Tür standen und Löcher in die Luft stierten. Wenn sie dem Gespräch zwischen ihm und Pater Giacomo gefolgt waren, so ließen sie es sich nicht anmerken. Vermutlich hatten sie es nicht einmal verstanden, da Pater Giacomo italienisch gesprochen hatte. Die beiden Diener waren wohl zuverlässig und versahen ihre Aufgabe gewissenhaft, aber sie waren nicht einmal klug genug, um ihre Namen schreiben zu können. Und eine Unterhaltung in einer zwar durchaus ähnlich klingenden, aber dennoch fremden Sprache zu verfolgen überstieg ihre Fähigkeiten bei weitem. Erleichtert atmete Stefano auf und holte eine Schriftrolle aus seinem Beutel. Er rollte das Pergament auseinander und überflog es rasch. Die Liste war erstaunlich kurz, obgleich Stefano darüber nicht wirklich überrascht war. Das Vergehen des Mädchens, das sie an diesem Tag verhören wollten, bestand in der Hauptsache darin, dass es sich von seinen Eltern und deren sündhaftem Treiben weder rechtzeitig distanziert noch es beizeiten einem Angehörigen der heiligen Inquisition gemeldet hatte. Mit Ketzerei, Hexerei und schwarzer Magie war es wie mit anderen Delikten – wer sich daran beteiligte oder half, es zu vertuschen, machte sich unwillkürlich desselben Verbrechens schuldig. Stefano rollte das Pergament zusammen und reichte es Pater Giacomo.

»Es geht um Maria Alakhir, Tochter des Apothekers José Alakhir und seinem Eheweib Paloma«, sagte er und seufzte. »Sie ist noch keine fünfzehn Jahre alt.«

»Und doch hat sie bereits schwere Schuld auf sich geladen«, erwiderte Pater Giacomo und schüttelte den Kopf. »Wollen wir hoffen, dass ihre Seele sich noch einen Rest kindlicher Unschuld bewahrt hat und dass sie zügig bereut. Nicht so wie ihre Mutter.«

Stefano erschauerte, als er an dieses Verhör dachte. Der Vater, José Alakhir, ein bis vor kurzem angesehener und wohlhabender Apotheker aus Córdoba, hatte sich sehr einsichtig gezeigt und schon bald nach Beginn des Verhörs seine Schuld eingestanden. Nicht so seine Frau. Es war entsetzlich gewesen. Sie hatten die ganze Fülle aller der Inquisition zur Verfügung stehenden Mittel ausschöpfen müssen, bis sie sich schließlich zu einem Geständnis durchgerungen hatte.

»Dann lasst uns mit dem Verhör beginnen«, sagte Pater Giacomo und wandte sich an Carlos und Pedro. Jetzt sprach er wieder Spanisch. »Im Namen unseres Herrn Jesus Christus, führt die Angeklagte herein.«

Carlos und Pedro verneigten sich vor Pater Giacomo und verließen den Raum. Stefano stellte sich hinter das Schreibpult. Er rückte das Tintenfass ein wenig weiter nach rechts, das Stundenglas nach links, legte die Feder genau in die Mitte und strich das Pergament glatt. Noch war es leer, doch innerhalb der nächsten Stunden und Tage würde es sich füllen. Die Fragen, die der Inquisitor der Angeklagten stellte, wurden ebenso festgehalten wie ihre Antworten. Jede Einzelheit des Verhörs bis hin zu den Reaktionen der Angeklagten musste protokolliert werden. So lauteten die Vorschriften der heiligen Inquisition. Bei Marias Mutter hatte Stefano Carlos mehrmals bitten müssen, ihm weitere Bogen Pergament zu bringen.

Stefano atmete tief ein und verlagerte sein Gewicht auf das andere Bein. Natürlich versah er diese Aufgabe ebenso gewissenhaft, wie er eine Messe zelebrierte oder seine Gebete sprach, aber er konnte nicht behaupten, dass er sie ebenso liebte. Es war ihm eine zutiefst unangenehme Pflicht, die er gern an einen anderen abgetreten hätte. Er versuchte zwar seine Anwesenheit im Kerker und das Schreiben dieser Protokolle als Opfer zu sehen, das er dem Herrn Jesus Christus darbringen konnte, und doch waren die Schreie der Verzweiflung, der Angst und des Schmerzes oft nur schwer zu ertragen. Und er wusste jetzt schon, dass es an diesem Tag besonders arg werden würde. Er empfand es immer als sehr schlimm, wenn junge Menschen, speziell junge Mädchen, angeklagt wurden. Er seufzte. Im Gegensatz zu ihm schienen Pedro und Carlos ihre Tätigkeit stets mit gleichbleibender stumpfsinniger Teilnahmslosigkeit zu verrichten. Manchmal beneidete er sie regelrecht darum.

Stefano wischte sich ein paar Schweißtropfen von der

Stirn und warf Pater Giacomo einen verstohlenen Blick zu. Sein Mentor saß ruhig und gelassen auf dem hohen Lehnstuhl, beide Hände locker auf die Armlehnen gelegt. Er hatte die Augen geschlossen, als ob er schliefe, doch Stefano wusste, dass es ein letzter Moment der Sammlung war, bevor er sich einem Angeklagten entgegenstellte. Stefano bewunderte Pater Giacomo für seine Willensstärke. Oft genug hatte er selbst einem Angeklagten seine Unschuld geglaubt, doch Pater Giacomo ließ sich nicht täuschen. Ganz gleich, wie sehr ein Angeklagter auch bitten und flehen mochte, er ließ sich nicht erweichen. Und bisher hatte er damit stets Recht behalten. Früher oder später hatten sie alle ihre Schuld eingestanden.

Die Tür öffnete sich, und die Angeklagte wurde hereingeführt. Zwischen den beiden breitschultrigen Dienern sah das Mädchen besonders schwach und zerbrechlich aus, als wäre es aus Glas. Ihre Wangen waren schmal und blass und von zotteligen langen schwarzen Haaren umrahmt. Voller Angst und Entsetzen huschten ihre großen dunklen Augen durch den Raum. Fast fünf Wochen hatte sie allein in einer kleinen stickigen Zelle bei Wasser und Brot verbracht. Trotzdem hatte die Gefangenschaft ihre Schönheit nicht wirklich zerstören können. Sie war anmutig wie ein kleines Reh. Und so jung. Stefano schluckte und zwang sich, den Blick von ihr abzuwenden und sich auf das Schreibpult zu konzentrieren. Er nahm die Feder in die Hand und tauchte sie in die Tinte. Hoffentlich würde sie schnell ein Geständnis ablegen.

»Wie ist dein Name?«, fragte Pater Giacomo. Seine Stimme klang hart, kalt und unnachgiebig. Kaum zu glauben, dass derselbe Mann so sanfte Worte des Trostes und der Vergebung sprechen konnte.

»Ich habe doch nichts getan«, stammelte die Angeklagte statt einer Antwort. Ihre Stimme war angsterfüllt, und doch klang sie so schön, dass Stefanos Herz sich zusammenzog. »Ich bin unschuldig, Herr, ich weiß nicht …«

»Das herauszufinden wird unsere Aufgabe sein«, unterbrach sie Pater Giacomo, ohne sich aus der Ruhe bringen zu lassen. Er klang sogar beinahe freundlich. »Wie ist dein Name?«

Stefano wandte den Blick nicht von seinem Pergament ab, doch er konnte die schweren, schnellen Atemzüge der Angeklagten hören.

»Maria Alakhir«, flüsterte sie und brach in Tränen aus.

Stefano blickte kurz auf, um den Gesichtsausdruck der Angeklagten zu sehen. Sie machte wirklich einen zutiefst verzweifelten Eindruck. Er war sicher, dass *er* ihr bestimmt geglaubt und sie auf der Stelle freigelassen hätte. Dabei wusste er natürlich – Pater Giacomo hatte es ihm schließlich oft genug erklärt –, dass die Angst und die Verzweiflung der Angeklagten oft nur vorgetäuscht waren. Sie waren nur ein Trick, nur eine Irreführung, mit der die Diener der Inquisition getäuscht werden sollten. Genau wie die Stimme im Kirchenschiff. Stefano wandte den Blick wieder von der Angeklagten ab. Er musste versuchen stark zu sein, sich gegen die Einflüsterungen, gegen den vergifteten Keim des Zweifels zu wehren. Sie waren nur Täuschungen.

Er atmete tief ein und fing an zu schreiben. Seine Feder flog geradezu über das Pergament, während er das Aussehen und die Reaktion der Angeklagten beschrieb. Das Verhör hatte begonnen.

II

Erinnerungen

Bereits ungezählte Male hatte Anne Niemeyer im Flugzeug gesessen. Sie arbeitete als Journalistin für ein Frauenmagazin in Hamburg, und der Beruf brachte es mit sich, dass sie oft fliegen musste – zu Modeschauen nach Paris, London, Mailand oder New York, in luxuriöse Feriengebiete auf den Malediven, nach Bali oder in die Karibik. Trotzdem war ihr bisher nicht aufgefallen, wie sehr sie das Motorengeräusch eines Flugzeugs mochte. Natürlich war es nur leise zu hören, gedämpft durch den isolierten und verkleideten Rumpf der Maschine sowie durch die Geräusche in der Kabine – das Summen der Klimaanlage, die Gespräche der anderen Passagiere, Schritte der Crew auf dem Gang –, und dennoch wirkte das gleichmäßige Brummen der Düsen beruhigend auf sie. Es waren vertraute Geräusche wie das Rauschen in den Wasserleitungen ihrer Wohnung, das Rattern und Fauchen der Kaffeemaschine in der Redaktion, die Lüftung ihres Laptops, der Klingelton eines Handys. Sie waren so alltäglich, dass man sie normalerweise kaum wahrnahm. Doch Anne verglich diese banalen, belanglosen Dinge mit ihren Erfahrungen der letzten Zeit: das helle, strahlende Licht der Leseleuchte über ihrem Sitz mit dem flackernden Licht einer Kerze. Den leichten, unaufdringlichen Luftzug der Klimaanlage mit dem mühsamen Wedeln eines Fächers. Oder das Geräusch des Motors mit dem Klang von Pferdehufen und dem Rattern von Wagenrädern, die über holprige Straßen fuhren. Natürlich waren das nur Kleinigkeiten, aber für Anne waren sie wichtig, denn sie waren ein sicheres Indiz, dass sie wieder dort angekommen war, wo sie hingehörte – im Hier und Jetzt, in der Gegenwart. Sie war wieder daheim.

»Haben Sie noch einen Wunsch, Frau Niemeyer?«

Anne sah die Stewardess an und kämpfte mit sich. Am liebsten hätte sie ein Glas Champagner getrunken. Sie liebte seinen Duft und seinen Geschmack, und die Marke, die an Bord ausgeschenkt wurde, war wirklich ausgezeichnet. Aber sie flog nicht zu ihrem Vergnügen und einer ausgedehnten Shoppingtour nach Madrid. Sie würde sich dort mit Cosimo Mecidea treffen, den sie – wenn man es genau nahm – noch nicht einmal seit einer Woche kannte, um ihm ein uraltes Pergament zu überreichen. Ein Pergament, das sie »gestern« in Jerusalem gefunden hatte, von wo sie gerade herkam. Am Samstag Florenz, am Donnerstag Jerusalem, am Freitag Madrid. Das war wohl die seltsamste, verrückteste, ereignisreichste Woche, die sie jemals erlebt hatte. Und sie war noch nicht zu Ende. Anne hatte das sichere Gefühl, dass sie heute noch einen klaren Kopf brauchen würde. Also keinen Champagner. Sie seufzte bedauernd und reichte der Stewardess ihren Becher.

»Bitte noch einen Tomatensaft.«

»Gern.«

Anne würzte den Saft mit Salz, Pfeffer und einem Spritzer Tabasco, trank einen Schluck und stellte den Plastikbecher auf dem Tisch vor sich ab. Nachher, spätestens morgen, wenn sie wieder auf dem Heimflug nach Hamburg war, würde sie auf das Ende dieser seltsamen, verrückten Reise trinken und sich gleich eine ganze Flasche Champagner gönnen.

Es war angenehm, in einem Flugzeug mit Namen angesprochen zu werden und nicht mit jeder Bewegung die Getränke auf dem Klapptisch zum Umstürzen zu bringen. Einer von vielen Vorteilen der ersten Klasse. Hier hatte man viel Platz für die Beine, die Sitze waren breit und bequem, und die Besatzung war noch freundlicher zu den Passagieren. Ob Cosimo Mecidea ihr wohl einen Rückflug erster Klasse nach Hamburg spendieren würde? Leisten konnte er es sich. Wahrscheinlich würde er die dadurch entstehenden Mehrkosten auf seinem Konto nicht einmal bemerken. Sie würde ihn einfach darum bitten – nein, sie würde es von ihm *fordern.* Nach allem, was er ihr in dieser Woche zugemutet und was sie für ihn getan hatte, hatte sie es verdient.

Anne lehnte sich in ihrem breiten Sessel zurück, schlug die Beine übereinander und sah aus dem Fenster. Unter ihnen lag schwarz und glitzernd das Mittelmeer. Sie entdeckte ein Schiff. Vielleicht war es ein Kreuzfahrtschiff, angefüllt mit sonnenhungrigen, zahlungskräftigen Feriengästen, und gewiss war es kein kleines Schiff, wenn sie es aus zehntausend Metern Höhe erkennen konnte. Trotzdem wirkte es aus ihrer Perspektive so unbedeutend wie ein kleiner weißer Fleck. Am Horizont war ein schmaler dunkelgrüner Streifen sichtbar. Sie näherten sich nun allmählich der spanischen Küste. Und darüber, sozusagen zwischen Horizont und dem unendlichen Blau des Himmels, streichelte die Sonne die silberne Tragfläche des Flugzeugs und ließ sie schimmern wie eine Schwertklinge. Wie das Schwert eines Königs oder das eines Ritters. Vielleicht eines Kreuzritters auf dem Weg nach Jerusalem.

Es fiel Anne schwer, sich vorzustellen, dass sie noch vor wenigen Stunden in Jerusalem gewesen war und dass sie in weniger als einer Stunde in Madrid dieses Flugzeug wieder verlassen würde, um dort erneut Cosimo Mecidea zu treffen. Cosimo Mecidea, der in Wahrheit ein echter Medici war, geboren 1447 in Florenz, und sich den Namen Mecidea nur zur Tarnung zugelegt hatte. Und natürlich würde sie auch Anselmo wieder sehen, seinen … Sekretär?

Diener, dachte Anne und legte ihren Kopf gegen das kühle Plastik der Bordwand, obwohl auch dieses Wort nicht passte. Natürlich war Anselmo auch Cosimos persönlicher Diener, aber vor allem war er sein Freund, sein Waffenbruder.

Die beiden Männer hatten ein tiefes, inniges Verhältnis zueinander. Ihr gemeinsames Schicksal hatte sie über die Jahre zusammengeschweißt. Es waren viele Jahre. So viele, dass Anne es nie und nimmer geglaubt hätte, wenn sie nicht mittlerweile von der Existenz des Elixiers der Ewigkeit überzeugt gewesen wäre. Sie selbst war schließlich bereits zweimal in seinen Genuss gekommen. Das Elixier der Ewigkeit.

Unwillkürlich fuhr sich Anne mit der Zunge über die Lippen, als könnte noch von der vergangenen Nacht ein Tropfen des Elixiers daran kleben. Der Geschmack von Honig, Mandeln und Veilchen vereinte sich zu einer einzigartigen Komposition, zu einem Bouquet, so köstlich, dass sie am liebsten auf der Stelle …

Anne richtete sich wieder auf und durchwühlte ihre Handtasche, um die Flasche mit dem Elixier der Ewigkeit zu finden. Erst nach einer Weile fiel ihr ein, dass sie nicht mehr da sein konnte. Sie hatte sie in ihrem Hotelzimmer weggeworfen, gleich nachdem sie sie geleert hatte. Verärgert ließ sie ihre Handtasche auf den Boden fallen. Wenn sie in Madrid war, musste sie Cosimo sofort sagen, dass er ihr mehr von dem Elixier geben sollte. Geben musste. Sie musste es haben, sie wollte es trinken, immer und immer wieder diesen herrlichen Duft einatmen, diesen Geschmack auf ihrer Zunge kosten und …

In diesem Augenblick wurde Anne klar, was mit ihr vorging, und der Gedanke durchzuckte sie wie ein Blitz. Sie gebärdete sich wie eine Süchtige. Cosimo hatte ihr erklärt, dass dies eine der Gefahren des Elixiers war – allein wegen des Geschmacks wollte man immer mehr und immer öfter davon trinken. Aber hatte er nicht auch erwähnt, dass diese Abhängigkeit erst nach häufigerem Konsum eintrat? Wenn er sich nun geirrt hatte? Wenn sie als Frau des 21. Jahrhunderts schneller auf das Elixier der Ewigkeit reagierte, als es zu seiner Zeit üblich gewesen war? Oder wenn die Abstände, in denen sie das Elixier getrunken hatte, zu kurz gewesen waren? Was dann? Würde sie dann auch wie er und Anselmo jahrhundertelang leben – oder gar wahnsinnig werden wie Giacomo de Pazzi?

Anne schluckte. Ihr war plötzlich übel, und Schweiß trat ihr auf die Stirn, während sie fieberhaft überlegte.

Das erste Mal hatte sie das Elixier am vergangenen Samstag in Florenz getrunken, auf einem von Cosimo Mecidea veranstalteten mittelalterlichen Maskenball. Eigentlich war sie dort gewesen, um einen Artikel für ihre Zeitung über das Calcio in Costume zu schreiben, ein traditionelles, mittelalterliches florentinisches Fest. Sie hatte von Cosimos Maskenball gehört und sich mit der Hilfe eines Freundes eine Einladung verschafft. Das Elixier, das er ihr in einem wunderschönen antiken Kelch zu trinken gegeben hatte, hatte sie berauscht und dann, sozusagen im nächsten Augenblick, fast fünfhundert Jahre in die Vergangenheit zurückgeschickt. Sie war in einem Nebenraum von Cosimos Ballsaal eingeschlafen und im Oktober des Jahres 1477 aufgewacht. Anfangs hatte sie es nicht glauben wollen. Selbst als sie wieder in die Gegenwart zurückgekehrt war, hatte sie nicht glauben wollen, dass sie alles wirklich erlebt hatte. Sie war Lorenzo und Giuliano de Medici begegnet, zwei der beeindruckendsten Persönlichkeiten in der Geschichte dieser für Florenz so wichtigen und einflussreichen Familie. Sie hatte Cosimo getroffen, der in Wahrheit ein Cousin der beiden Brüder gewesen war. Sie hatte sich mit Giuliano verlobt und die Pazzi-Verschwörung hautnah miterlebt, in deren Verlauf Giuliano ermordet worden war. Und sie hatte Giulianos Sohn zur Welt gebracht. Das Kind, das unmittelbar nach der Geburt entführt worden war.

Cosimo hatte ihr ein paar Tage später in Hamburg alles erklärt – oder es wenigstens versucht. Er hatte ihr von dem Elixier der Ewigkeit erzählt, von dessen Macht und den Gefahren, und von Giacomo de Pazzi, dem Mann, der Giulianos Tod verschuldet und ihren Sohn entführt hatte. Anschließend hatte Cosimo sie gebeten, nach Jerusalem zu fliegen und erneut in die Vergangenheit zu reisen. Ohne lange zu zögern war Anne dieser Bitte gefolgt, hatte Cosimo ihr doch in Aussicht gestellt, dort ihrem Sohn zu begegnen. Aber natürlich war ein Wiedersehen von Mutter und Kind nicht der einzige Grund für diese Reise gewesen. Cosimo wollte, dass sie in Jerusalem im Jahre 1530 nach einem Pergament suchte. Ein Pergament, auf dem das Rezept für ein Gegenmittel stehen sollte, mit dessen Hilfe angeblich die gefährlichen Nebenwirkungen des Elixiers der Ewigkeit behandelt werden könnten.

Das war gestern gewesen, am Donnerstag. Und sie hatte diesen ungewöhnlichen Auftrag ebenso prompt und zuverlässig ausgeführt, wie sie auch ihre Arbeit in der Redaktion erledigte. Sie war nach Jerusalem gereist, hatte das Elixier der Ewigkeit getrunken und hatte sich in das Jahr 1530 bringen lassen. Sie hatte tatsächlich ihren Sohn gesehen, obwohl die Begegnung mit ihm ganz anders verlaufen war, als sie es sich erhofft hatte. Stefano war mittlerweile ein erwachsener Mann und Giacomo de Pazzi treu ergeben gewesen. Ausgerechnet jenem Giacomo de Pazzi, der seinen Vater Giuliano getötet hatte und der in seinem durch das Elixier der Ewigkeit ausgelösten Größenwahn einen neuen Kreuzzug zur Befreiung Jerusalems von den Moslems plante. Aber trotz mancher Schwierigkeit hatte sie das Pergament gefunden. Und sie hatte es aus der Vergangenheit mitgebracht.

Obwohl sie hoffte, dass sich mit der Übergabe dieses Pergaments an Cosimo ihre Aufgabe erledigt hatte, glaubte sie nicht so recht daran. Wenn Cosimo nur diese alte Schriftrolle hätte haben wollen, hätte er Anselmo nach Jerusalem reisen lassen oder ihr einen Flug nach Florenz buchen können. Der Umweg über Spanien wäre nicht nötig gewesen. Nein, Anne war ziemlich sicher, dass Cosimo sie erneut in die Vergangenheit schicken wollte. Wie einen Jagdhund würde er sie auf die Spur von Giacomo de Pazzi hetzen. Demselben Giacomo, der vor fünfhundert Jahren in Florenz Cosimos Freund gewesen war und der mit ihm zusammen das Elixier der Ewigkeit gebraut hatte. Dem Giacomo, der ihnen in Jerusalem im Jahre 1530 im letzten Augenblick entwischt war. Und der mit seinen eigenen Händen und vor ihren Augen Rashid ermordet hatte. Ihren Rashid.

Anne griff in die Tasche ihres Kleides und holte eine Münze hervor. Sie sah neu aus. Das Gold strahlte und glänzte, als hätte sie bis vor wenigen Stunden in einem Banktresor gelegen. Doch der Eindruck täuschte. Die Münze war alt, sehr alt. Beinahe zärtlich fuhr Anne mit dem Finger die feinen in das Gold geprägten Linien entlang. Seit dem Aufwachen an diesem Morgen holte sie die Münze immer wieder hervor. Sie erinnerte sich genau daran, wo sie das Geldstück an sich genommen hatte. Das war in den Minen Salomons gewesen, mitten im Herzen von Jerusalem, direkt unter der Stadt. Rashid hatte an einer Weggabelung in den Minen die Münze geworfen, um ihre Marschrichtung festzulegen.

Rashid. Der Küstenstreifen am Horizont wurde langsam,

aber sicher breiter, doch Anne bemerkte es kaum. Sie sah nur Rashids Gesicht vor sich, umrahmt von hellem Haar, mit den blausten Augen, die man sich vorstellen konnte. Er schien sie anzulächeln. Doch dann wurde sein Gesicht bleich, und seine weit geöffneten Augen wurden starr und leblos. Anne konnte die Tränen nur mit Mühe zurückhalten. Für die Welt waren seit diesem Tag vierhundertvierundsiebzig Jahre verstrichen, und wohl kein Historiker hatte sich je mit einem blonden, blauäugigen Janitschar mit Namen Rashid beschäftigt. In den Augen der Geschichtsschreiber war er unbedeutend. Aber nicht für Anne. Für sie war Rashid einer der wichtigsten Menschen in ihrem Leben gewesen. Und *ihrem* Zeitgefühl nach war er erst vorgestern gestorben – ermordet von einem Wahnsinnigen.

Anne wischte sich die Tränen aus den Augenwinkeln. Natürlich konnte sie jetzt hier im Flugzeug sitzen, sich angesichts des ungerechten Schicksals sinnlos betrinken und vor lauter Trauer um Rashid die Augen ausheulen. Man hätte es ihr noch nicht einmal übel nehmen können. Doch das war nicht ihre Art. Ganz gleich, wie viel sie trinken und wie viele Taschentücher sie auch verbrauchen würde, die Vergangenheit vermochte sie dadurch nicht zu beeinflussen. Rashid würde weder lebendig werden noch plötzlich in der Gegenwart erscheinen.

Anne lehnte den Kopf an die Kopfstütze des Sitzes. Wenn sie nun in Jerusalem nicht die richtige Schriftrolle gefunden hatte? Sie hatte keine Zeit gehabt, das Pergament zu überprüfen, und außerdem war es verschlüsselt. Sie hatte nur den kleinen Falken in der linken oberen Ecke erkannt, laut Cosimo der Beweis, dass es sich tatsächlich um eine jener Schriften handelte, die dem Zauberer Merlin zugeschrieben wurden. Aber wenn es nun in diesem Pergament gar nicht um das Gegenmittel ging? Wenn es stattdessen ein Rezept für ein zuverlässiges Schlafpulver oder ein Haarfärbemittel war? Sollte sie dann etwa wieder das Elixier trinken und in Madrid in der Vergangenheit erneut auf die Suche gehen? Cosimo selbst würde es auf gar keinen Fall tun. Seine Angst vor den Nebenwirkungen des Elixiers war viel zu groß. Zu Recht. Anne holte tief Luft. Giacomo de Pazzi war wahnsinnig geworden, weil er zu oft von dem Elixier der Ewigkeit getrunken hatte. Würde sie jetzt das gleiche Schicksal treffen? Wollte sie wirklich dieses Risiko eingehen?

Sie rieb sich die Augen und starrte aus dem Fenster. Der Küstenstreifen war mittlerweile so breit, dass man das grüne Land von den dahinterliegenden Bergen unterscheiden konnte. Sie war müde und erschöpft. Zu viel war in den letzten Tagen passiert. Viel zu viel. Innerhalb einer Woche war sie kreuz und quer durch Europa gereist, hatte zweimal einen Zeitraum von fast fünfhundert Jahren übersprungen, einen Sohn zur Welt gebracht und zwei geliebte Männer zu Grabe getragen. Damit musste sie erst einmal fertig werden. Sie schloss die Augen, aber sie konnte nicht schlafen. Immer wieder kreisten ihre Gedanken um dieselbe Frage. Wenn Cosimo sie erneut bitten würde, das Elixier der Ewigkeit zu trinken, sollte sie es tun oder besser ablehnen?

Eine Hand auf ihrer Schulter ließ Anne hochschrecken.

»Verzeihen Sie, Frau Niemeyer«, sagte die Stewardess, »wir beginnen mit dem Landeanflug. Sie müssen sich bitte anschnallen und Ihren Sitz gerade stellen.«

»Ja, natürlich.« Anne war verblüfft. Sie hatte weder bemerkt, dass sie das Meer hinter sich gelassen hatten, noch, dass die Anzeigen über ihrem Kopf aufgeleuchtet waren.

Die Stewardess lächelte. »Wir landen in etwa fünf Minuten«, teilte sie ihr mit, dann eilte sie zum nächsten Passagier.

Anne sah kopfschüttelnd aus dem Fenster. Unter ihnen schlängelte sich ein Fluss, und sie konnte Straßen und Häuser erkennen. Sie öffnete ihre Hand. Sie hatte offenbar die antike Münze aus Jerusalem die ganze Zeit über fest in ihrer Faust gehalten. Die Umrisse hatten sich in ihre Handfläche eingeprägt wie ein Stempel. Sie steckte das Geldstück wieder in die Tasche ihres Kleides. Dann stellte sie die Rückenlehne gerade und suchte nach dem Sicherheitsgurt. In der vergangenen halben Stunde hatte sie über Cosimo, das Pergament aus Jerusalem, Giacomo de Pazzi und das Elixier der Ewigkeit nachgedacht. Und sie war zu einem Ergebnis gekommen. Ihr Entschluss stand fest. Sie würde Cosimo das Pergament überreichen und die nächste Maschine nach Deutschland nehmen. Wieder zu Hause, würde sie ihren Chef anrufen und um mindestens drei Monate unbezahlten Urlaub bitten, sich in ihrer Wohnung einschließen, an die Ostsee fahren oder in ein Kloster gehen und versuchen, alles, was sie in den vergangenen Tagen erlebt hatte, für immer aus ihrem Gedächtnis zu streichen. Cosimo war ein netter Kerl – während ihrer beiden merkwürdigen Reisen hatte sie ihn wirklich schätzen gelernt –, aber diesmal würde sie ihm nicht helfen können. Die Vergangenheit war nicht mehr ihr Problem. Es war höchste Zeit, an sich selbst zu denken.

Sie überflogen bereits die Randbezirke von Madrid und steuerten auf den Flughafen zu. Bald war es so weit. Annes Herz begann heftig zu klopfen. Sie zweifelte keineswegs daran, was sie tun wollte, oder besser gesagt tun musste. Es bereitete ihr nur Kopfzerbrechen, wie sie Cosimo ihre Entscheidung erklären sollte. Er hatte eine Art, ihr in die Augen zu sehen, die geradezu unheimlich war. Vielleicht lag es an seinem Alter. Er war über fünfhundert Jahre alt und verfügte über eine Lebenserfahrung, die jedes Vorstellungsvermögen sprengte. Er konnte Menschen ganz nach seinem Willen manipulieren. Und er war es gewohnt zu bekommen, was er wollte. Wie würde er wohl reagieren? Fröhlich würde ihn ihr Entschluss ganz sicher nicht stimmen, so viel stand fest. Aber würde er ihre Entscheidung akzeptieren? Würde er versuchen sie zu überreden? Würde er sie erpressen, sie zwingen? Oder würde er einfach nur wütend werden? Anne lief eine Gänsehaut über den Rücken. Seit sie Cosimo kannte, hatte sie ihn noch nie wirklich wütend erlebt. Trotzdem hatte sie das Gefühl, dass es nicht klug war, sich den Zorn eines fünfhundert Jahre alten Mannes zuzuziehen. Es erschien ihr wie eine Naturgewalt, der man als gewöhnlicher Sterblicher besser aus dem Weg gehen sollte. Schließlich begab man sich auch nicht freiwillig in das Epizentrum eines Erdbebens oder in den Krater eines kurz vor dem Ausbruch stehenden Vulkans. Es sei denn, man wollte Selbstmord begehen.

Anne holte tief Luft, schloss die Augen und klammerte sich an den Armlehnen ihres Sitzes fest, während das Flugzeug spürbar an Höhe verlor. Wenn sie nachher mit Cosimo sprach, würde sie sehr vorsichtig sein müssen.

Etwa eine halbe Stunde später stand Anne bereits in der Gepäckabfertigung am Laufband und wartete auf ihren Koffer. Eigentlich war es albern von ihr gewesen, den kleinen Handkoffer in Jerusalem aufzugeben. Ebenso gut hätte sie ihn als Handgepäck mit an Bord nehmen können. Sie hatte nur das Nötigste für drei Tage gepackt. Als sie am Donnerstag früh von Hamburg nach Jerusalem geflogen war, hatte sie nicht damit gerechnet, Europa ein weiteres Mal zu durchqueren, wenn auch diesmal von Ost nach West.

Endlich erschien ihr Koffer auf dem Laufband. Zwischen den riesigen Reisekoffern und Golftaschen, die den anderen Passagieren der ersten Klasse gehörten, wirkte das kleine braune Ding wie ein Spielzeugkoffer, den ein Kind versehentlich auf dem Laufband abgestellt hatte. Eine ältere Dame in einem zweifellos maßgeschneiderten Kostüm schien das auch zu finden. Sie sprach mit ihrem Begleiter, deutete auf Annes Koffer und lachte. Aber Anne achtete nicht weiter auf sie. Sie schulterte ihre Handtasche, ging zum Laufband, griff nach ihrem Koffer und verließ die Halle.

Sie trat durch die großen Glastüren und stand plötzlich mitten im Gewühl und im Lärm. Männer, Frauen und Kinder riefen durcheinander und fielen sich in die Arme. Hunde winselten und jaulten vor Wiedersehensfreude oder kläfften einander wütend an. Kofferrollen klapperten und quietschten über den glatten Boden. Ein Handy klingelte durchdringend mit der Melodie von Beethovens Fünfter, während eine Gruppe Jugendlicher sich um eine Säule herum auf den Boden gesetzt hatte und Lieder grölte, die nach Schlachtgesängen spanischer Fußballfans klangen. Über Lautsprecher wurden Falschparker ermahnt, eintreffende Flüge angekündigt, Personen gesucht. Anzeigetafeln mit blinkenden Flugnummern, grelle Neonreklamen und ein überdimensionales Werbeplakat für einen Film, der wohl in der nächsten Woche in Spanien anlaufen sollte, stachen in die Augen.

Willkommen im 21. Jahrhundert, dachte Anne und atmete tief ein. Sie fühlte sich wie eine Schiffbrüchige, die von einer großen Welle erfasst und auf das offene Meer getragen worden war – klein, verlassen, hilflos. Ihr Herz begann schneller zu schlagen, und ganz allmählich wurde ihr schwindlig.

Ruhig, ermahnte sie sich selbst. Immer ruhig bleiben. Vergiss nicht, dass dir hier nichts passieren kann. Dies ist deine Welt, du bist zu Hause.

Anne versuchte ihre Gedanken zu ordnen. Cosimo hatte ihr am Telefon gesagt, dass er und Anselmo sie vom Flughafen abholen würden. Sie war sicher, dass er sein Versprechen halten würde. Also sah sie sich um, ob einer der vielen, in der

Ankunftshalle wartenden Menschen ein Schild mit ihrem Namen hochhielt. Endlich erblickte sie Anselmo.

Er stand abseits der Menschenmenge, lässig gegen eine Säule gelehnt, und sah aus wie ein Hollywoodstar auf der Durchreise zu den Filmfestspielen in Cannes. Er trug eine schmale helle Hose und ein weißes Hemd, dessen Ärmel er bis zu den Ellbogen hochgekrempelt hatte. Achtlos hing seine Jacke über seiner linken Schulter. Wohl jedes weibliche Wesen im Umkreis von fünfzig Metern warf ihm im Vorbeigehen verstohlene Blicke zu, ordnete das Haar oder strich sich den Rock glatt. Anne hätte Wetten darauf abschließen können, dass so manche Frau sich fragte, ob sie diesen gut aussehenden jungen Mann nicht schon einmal im Fernsehen oder gar im Kino gesehen hatte. Doch Anselmo schien das Treiben um ihn herum nicht zu berühren. Er stand an der Säule wie ein von der Brandung umspülter Felsen. Oder eine Insel, die letzte Rettung einer erschöpften Schiffbrüchigen. Erleichtert ging Anne auf ihn zu.

Im gleichen Augenblick entdeckte Anselmo sie. Er schob sich die Sonnenbrille auf das dunkle Haar, lächelte ihr zu und kam ihr entgegen. Anne genoss die neidischen Blicke, die andere Frauen ihr zuwarfen.

»Schön, Sie wieder zu sehen, Anne«, sagte Anselmo auf Deutsch und küsste sie zur Begrüßung rechts und links auf die Wange. Dann streckte er seine Hand nach ihrem Koffer aus. »Ich nehme Ihr Gepäck. Hatten Sie einen angenehmen Flug?«

»Ja«, antwortete Anne und freute sich insgeheim über den giftigen Blick, mit dem eine stark geschminkte Blondine sie bedachte und der zu sagen schien: Wie kommt so eine Schreckschraube wie die an so einen Kerl? »Wo ist Cosimo?«

»Er erwartet Sie in der Lounge«, antwortete Anselmo und legte ihr ganz selbstverständlich und sanft eine Hand auf den

Rücken, als ob er ahnen würde, dass ihr schwindlig war. »Dort entlang, bitte.«

Er führte Anne sicher durch das Gewühl des Flughafens, vorbei an vielen kleinen Boutiquen, Blumenläden und Zeitungshändlern, zur Lounge, die nur den Reisenden der ersten Klasse sowie den Inhabern von Gold- oder Platinkarten exklusiver Kreditkarteninstitute vorbehalten war.

Anselmo schien hier bereits bekannt zu sein, denn ein junger Mann in Livree öffnete ihnen ohne Zögern die gläserne Tür und nickte ihnen freundlich zu. Nach dem Lärm in der Halle kam es Anne so vor, als würde sie in die Stille einer Kirche eintreten, obwohl im Hintergrund leise Jazzmusik erklang. Sie erkannte das Saxophon von Stan Getz und fühlte sich gleich besser.

»Hier entlang, bitte«, sagte der junge Mann auf Englisch. »Señor Mecidea erwartet Sie bereits.«

Sie gingen an ausladenden, bequem aussehenden Ledersesseln vorbei, in denen Männer und Frauen in teuren Anzügen und exklusiven Kostümen saßen, sich leise unterhielten oder an ihren Laptops arbeiteten. Anne kam sich vor wie in einem vornehmen altenglischen Club, in dem nur Adlige verkehrten. Es roch nach teurem Tabak, Kaffee und Whisky. An der halbrunden, aus schwarzem Holz gefertigten Theke stand ein dunkelhäutiger, arabisch aussehender Mann und wischte Gläser trocken. Als sie an ihm vorbeikamen, blickte er kurz auf und lächelte ihnen zu, als würde er sie bereits seit Ewigkeiten kennen. Ein Gedanke zuckte durch Annes Hirn. Gehörte der Barkeeper etwa auch zu Cosimos Leuten? Waren er und seine Kollegen dazu da, dafür zu sorgen, dass sie gar nicht erst auf die Idee kam, sich gegen Cosimos Wünsche zu sträuben und eine weitere Reise in die Vergangenheit abzulehnen?

Fieberhaft dachte sie darüber nach, wie sie fliehen konnte,

doch es fiel ihr nichts ein. Und als sie endlich beschlossen hatte, erst einmal auf die Toilette zu gehen und von dort aus nach einem Fluchtweg zu suchen, war es zu spät. Der junge Mann trat einen Schritt zur Seite und deutete auf eine separat stehende Sitzecke an einem Fenster, von dem aus man einen fantastischen Blick über die Rollbahn hatte.

Cosimo wandte ihnen den Rücken zu.

»Cosimo!« Anselmo trat an ihn heran und berührte ihn leicht an der Schulter. Er beugte sich zu ihm hinab. »Sie ist hier.«

Cosimo blickte Anselmo an, und Anne konnte erkennen, dass er lächelte. Er wirkte erleichtert, so als hätte er nicht wirklich damit gerechnet, dass sie in Madrid erscheinen würde.

»Ich danke dir, Anselmo«, sagte er mit seiner ruhigen, angenehmen Stimme und legte seinem Diener eine Hand auf den Arm. »Geh, Anselmo. Lass die Señora und mich allein.«

Anselmo zögerte. »Meinst du nicht, dass ich …«

»Geh nur«, unterbrach ihn Cosimo. »Kümmere dich um das Flugzeug.«

Anselmo warf Anne einen prüfenden Blick zu, dann zuckte er mit den Schultern und ging.

Cosimo erhob sich, um Anne zu begrüßen. Sein maßgeschneiderter schlichter schwarzer Leinenanzug trug die unverwechselbare Handschrift von Kenzo und ließ ihn noch schlanker und aristokratischer wirken, als er ohnehin schon war.

»Anne!«, sagte er mit einem Lächeln auf dem blassen ausdrucksstarken Gesicht eines kaum vierzigjährigen Mannes, zu dem die dunklen, melancholischen und seltsam alten Augen einen verstörenden Kontrast bildeten. Bereits bei ihrer ersten Begegnung in Florenz waren ihr diese Augen aufgefallen, und ihr fast hypnotischer Blick hatte sie bis in ihre Träume verfolgt. Auch jetzt lief ihr ein Schauer über den Rücken, und wieder einmal musste Anne an Dorian Gray und Graf Dracula denken. »Wie schön, Sie wieder zu sehen.«

Er legte ihr seine Hände auf die Schultern und küsste sie rechts und links auf die Wange. Diese unerwartete Vertraulichkeit schmeichelte Anne. Es gab bestimmt nicht viele Menschen, die sich rühmen konnten, so herzlich von Cosimo begrüßt worden zu sein. Und sie spürte, wie ihr fester Entschluss, keine weitere Reise in die Vergangenheit anzutreten, zu wanken begann. Sie bekam Angst. Cosimo Mecidea war klug. Er hatte im Laufe seines fünfhundertjährigen Lebens genug Erfahrung mit Menschen sammeln können, um sie zu durchschauen. Und er wusste bestimmt, dass er bei ihr mit dieser freundlichen Vertraulichkeit mehr erreichen würde als mit Drohungen. Aber sie wollte nicht. Und das musste sie ihm sagen. Irgendwie.

»Nehmen Sie doch Platz«, sagte Cosimo höflich und deutete auf einen der Sessel. Wenn er etwas von ihrer Nervosität gemerkt hatte, so verbarg er es geschickt. »Hatten Sie einen angenehmen Flug?«

Er wartete, bis Anne sich gesetzt hatte, dann ließ er sich ebenfalls wieder in seinen Sessel sinken und schlug die Beine übereinander.

»Ja, danke«, antwortete Anne. Sie saß am Rand ihres Sessels und konnte sich nicht erinnern, jemals so nervös gewesen zu sein. Sie kam sich vor wie ein Kaninchen im Angesicht der Schlange.

Cosimo neigte den Kopf zur Seite und runzelte die Stirn. »Sie sind blass, Anne«, sagte er, und seine Stimme klang ehrlich besorgt. »Ist Ihnen nicht wohl?«

»Nein, nein, es ist alles in Ordnung«, stotterte Anne und fuhr sich durchs Haar. Gleichzeitig begann sie sich über sich selbst zu ärgern. Herrgott, dass sie sich auch nicht ein bisschen mehr zusammenreißen konnte. Wo war nur ihre Coolness, ihre Professionalität geblieben? »Mir geht es gut.«

»Wirklich?« Cosimo hob eine Augenbraue. »Nun, ich weiß noch genau, wie anstrengend und verwirrend die Rückkehr von einer derartigen *Reise* ist«, sagte er mit einer Betonung, dass es klar war, dass er keinesfalls über den Flug von Jerusalem nach Madrid sprach. »Und glauben Sie mir, zu meiner Zeit waren die Unterschiede zwischen den Epochen nicht annähernd so extrem. Sie müssen müde sein.«

»Nein, wirklich nicht«, stritt Anne ab. Plötzlich hatte sie nur noch den Wunsch, alles so schnell wie möglich hinter sich zu bringen – Cosimo das Pergament auszuhändigen, die Lounge zu verlassen, in das nächste Flugzeug zu steigen und nach Hause zurückzukehren. Nach Hamburg. Sie öffnete ihre Handtasche. »Das Pergament ...«

Doch bevor sie weitersprechen konnte, legte Cosimo ihr seine schlanke Hand auf den Arm und schüttelte sachte den Kopf. Er lächelte immer noch, doch seine Augen waren ernst.

»Nein, Anne«, sagte er so leise, dass sie ihn kaum verstehen konnte. »Nicht hier. Zu viele Augen und Ohren.«

Anne hatte Mühe, ihre Überraschung und ihre Enttäuschung zu verbergen. Zwischen ihnen und den anderen Gästen lagen etliche Meter. Niemand konnte ihre Unterhaltung hören. Doch dann fiel ihr ein, dass Cosimo schon auf dem Golfplatz in Hamburg Angst davor gehabt hatte, belauscht zu werden. Er und Anselmo hatten von Richtmikrofonen gesprochen, und sie hatte den Eindruck gewonnen, dass die beiden schon länger verfolgt worden waren. Wenn aber Cosimo hier in der Lounge nicht sprechen wollte, weil er sich nicht sicher fühlte, konnte das nur bedeuten, dass sie sich unnötig Sorgen gemacht hatte. Offenbar gehörten nicht alle Anwesenden hier zu seinen Leuten. Wenn das kein Grund zum Jubeln war.

»Okay«, sagte sie und schloss ihre Handtasche wieder. Ein hysterisches Lachen wollte aus ihrer Kehle aufsteigen. Sie kam sich vor, als würde sie am Rand einer Klippe stehen und in den Abgrund blicken. Was verbarg sich dort unten in der Schwärze? Wahnsinn? Oder gar der Tod? Aber seltsamerweise beruhigte dieser Gedanke ihre Nerven. »Ich dachte nur …«

»Wir werden alles Weitere besprechen, sobald wir im Flugzeug sitzen. Möchten Sie jetzt etwas essen? Nach allem, was Sie durchgemacht haben, müssen Sie hungrig sein. Es ist bereits nach zwei Uhr, und …«

»Flugzeug? Welches Flugzeug?«

»Der Koch bereitet ein exzellentes Omelett zu«, sagte Cosimo, ohne auf Annes Frage einzugehen, und griff nach der Speisekarte, die auf dem niedrigen Tisch lag. »Und das Steak ist auch nicht schlecht. Sie können …«

»Danke«, unterbrach ihn Anne. Ihre Alarmglocken schrillten so laut, dass sie sich wunderte, dass nicht alle Gäste in Panik aus der Lounge rannten und »Feuer!« riefen. »Ich habe bereits im Flugzeug gegessen. Aber von welchem Flugzeug sprechen *Sie*? Wohin sollen wir fliegen?«

»Nach Córdoba«, erklärte Cosimo in einem Ton, als wäre er überrascht, dass sie nicht von selbst darauf gekommen war. »Anselmo kümmert sich gerade um die Starterlaubnis.«

Annes Herz setzte für ein paar Schläge aus.

»Córdoba?«, fragte sie schließlich und war sich nicht sicher, ob sie überrascht oder wütend sein sollte. »Warum ausgerechnet Córdoba? Weshalb fliegen wir weiter? Warum können wir das alles nicht ganz einfach hier in Madrid klären?«

»Auch das werde ich Ihnen mitteilen, wenn wir im Flugzeug sitzen«, sagte Cosimo.

»Cosimo, wenn Sie etwa von mir verlangen, dass ich erneut dieses Eli… «

»Sie hören nicht zu, Anne«, unterbrach Cosimo sie scharf. »Ein unter Umständen unverzeihlicher Fehler, gerade in Ihrem Beruf.«

Anne stampfte mit dem Fuß auf. Jetzt hatte sie keine Angst mehr, weder vor Cosimo noch vor seinen Verfolgern, nicht einmal vor dem Elixier und seinen verhängnisvollen Eigenschaften. In diesem Moment war sie nur noch wütend.

»Aber ich will nicht …«

Cosimo beugte sich vor. »Wir besprechen alles, sobald wir im Flugzeug sitzen. Glauben Sie mir, so ist es besser.« Er lehnte sich wieder zurück und fuhr sich durchs Haar. »Möchten Sie etwas trinken?«

Anne schüttelte den Kopf und biss die Zähne zusammen. Der Appetit war ihr gründlich vergangen. Es würde wohl nichts daraus werden, möglichst rasch Cosimo ihren Entschluss mitzuteilen und dann wieder ihrer Wege zu ziehen. Dieser uralte Zeitenbummler mit dem Gesicht eines Vierzigjährigen wollte sie offenbar nicht so schnell aus seinen Klauen entlassen, wie sie gehofft hatte. Er wollte sie zuerst in ein weiteres Flugzeug zerren. Kluger Plan. In mehreren tausend Metern Höhe konnte sie schließlich nicht einfach aussteigen. Ob er geahnt hatte, dass sie nicht mehr bereit war, sich für seine Zwecke benutzen zu lassen?

»Und wann geht es weiter?«

Cosimo sah sie an und runzelte die Stirn.

»Ich muss mich wiederholen«, sagte er und schüttelte gereizt den Kopf. »Sie hören mir offenbar immer noch nicht zu, Anne. Das sollten Sie aber. Wenn Sie diesen Fehler nämlich nicht bald beheben, werden wir noch in große Schwierigkeiten geraten. Nicht nur Anselmo und ich, auch Sie selbst, Anne, auch Sie selbst.«

»Ich habe Ihnen zugehört!«, rief Anne zornig. »Ich bin schließlich weder blöd noch taub. Ich weiß, dass Anselmo sich gerade jetzt in diesem Augenblick um die Starterlaubnis kümmert. Aber ich bin Journalistin und kein Pilot. Ich habe keine Ahnung, wie lange es dauert, bis die Flughafenleitung – oder was weiß ich wer sonst – eine Starterlaubnis erteilt. Stunden? Oder vielleicht Tage? Und ich sage Ihnen eines: Sie haben mir schon so viel Zeit gestohlen, dass ich keine Lust habe, bis Montag oder noch länger hier in Madrid festzusitzen, ohne zu wissen, warum.«

Cosimo schloss die Speisekarte und legte sie zurück auf den Tisch. Seine Hände zitterten leicht.

Hat er etwa Angst?, fuhr es Anne durch den Kopf. Doch dann sah Cosimo sie an, und sie erkannte, dass er sich keinesfalls fürchtete. Im Gegenteil, er zitterte vor mühsam unterdrückter Wut. Anne bekam feuchte Hände und wäre am liebsten sofort weggelaufen, doch sie wagte es nicht. Sie traute sich nicht einmal, ihren Blick von seinen Augen abzuwenden – Augen, in denen Flammen loderten, als wäre die dunkelbraune Iris lediglich eine dünne, rissige Erdkruste, unter der sich nichts als glühende Lava befand.

»Gestohlene Zeit?«, wiederholte er und lachte kurz auf. »Sie enttäuschen mich. Wirklich, nach allem, was Sie erlebt haben, was wir zusammen erlebt haben, hatte ich gedacht, auch Sie hätten verstanden, worum es in dieser Sache geht. Ich hatte Sie wirklich für intelligenter gehalten.«

Anne schluckte. Das war eine Ohrfeige, und irgendwie war es Cosimo dabei auch noch gelungen, ihr den Eindruck zu vermitteln, dass sie sie verdient hatte. Eigentlich war sie nicht leicht unterzukriegen, aber diesem Mann war sie offenbar nicht gewachsen. Das ärgerte sie maßlos. Weshalb konnte er sich nicht in ihre Lage versetzen und begreifen, dass sie ein Recht hatte, die Wahrheit zu erfahren?

»Ich will doch nur …«

»Ich bin der Meinung, wir sollten das Gespräch vorerst unterbrechen und auf Anselmo warten«, fiel ihr Cosimo ins Wort. Und dann lehnte er sich in seinem Sessel zurück, legte die Fingerspitzen aneinander und starrte aus dem Fenster auf die Rollbahn hinaus.

Auch Anne schwieg. Noch nie war sie so behandelt worden. Und dabei kam sie sich auch noch dumm vor. Wie ein kleines dummes ungezogenes Mädchen. Am liebsten wäre sie auf der Stelle gegangen. Doch das wollte sie auch nicht. Es wäre ihr wie ein Eingeständnis ihrer Niederlage erschienen, und das konnte sie nicht zulassen. Also blieb sie sitzen, obwohl sich ihr eigentlich sehr bequemer Sessel plötzlich anfühlte, als hätte jemand eine Hand voll Reißzwecken darauf verteilt.

Über den Wolken

Als Anselmo endlich zurückkehrte, waren kaum zehn Minuten vergangen, doch sie kamen Anne wie Stunden vor.

»Hast du etwas erreichen können?«, fragte Cosimo und sah nur kurz zu seinem Diener und Freund auf.

»Ja.« Anselmo nickte. Sein anfängliches Lächeln war verschwunden. Mit gerunzelter Stirn sah er zuerst Cosimo an, warf Anne einen halb zornigen, halb enttäuschten Blick zu und holte dann ein zusammengefaltetes Papier aus seiner Hemdtasche. Er reichte es Cosimo. »Wir können in einer halben Stunde starten.«

Cosimo nahm ihm das Papier aus der Hand und las es aufmerksam.

»Gut gemacht«, sagte er und erhob sich. »Wir sollten uns

jetzt wohl besser zum Flugzeug begeben. Kümmere dich um die Señora.«

Anselmo sah ihm kopfschüttelnd nach, dann wandte er sich Anne zu.

»Was haben Sie getan, Anne?«, fragte er. »So wütend habe ich ihn schon lange nicht mehr erlebt.«

Anne spürte, wie ihre Wangen vor Zorn heiß wurden.

»Ich? Ich soll *ihm* etwas getan haben?« Sie schnappte nach Luft. »Ich werde von Ihnen und diesem florentinischen Dorian Gray innerhalb einer Woche kreuz und quer durch Europa geschleppt und will nur wissen, weshalb es jetzt nun wieder nach Córdoba gehen soll, und lasse mich nicht mit Ausflüchten abspeisen, und da fragen Sie mich, was ich getan habe? Das ist wirklich ein starkes Stück.«

Anselmo öffnete den Mund und starrte sie fassungslos an.

»Sie wollten über das ... das ...« Er brach ab und begann von neuem. »Sie wollten über alles reden? *Hier?*«

Anne verschränkte die Arme vor der Brust und hob trotzig den Kopf.

»Warum nicht? Es ist schließlich mein gutes Recht.«

»Oh, Sie ...«, Anselmo schüttelte den Kopf und biss die Zähne zusammen, dass sie das Knirschen hören konnte. »Sie haben überhaupt keine Ahnung. Sie ...«

»Richtig«, fiel Anne ihm ins Wort. »Und das will ich ändern.«

»Jetzt hören Sie mir mal gut zu, Anne«, sagte Anselmo und trat nahe an sie heran. Seine Stimme war leise und hatte nicht wenig Ähnlichkeit mit dem Knurren eines wütenden Tigers. »Wenn Cosimo hier nicht darüber sprechen will, hat er seine Gründe. Und diese Gründe sollten Sie respektieren.«

Anne lachte. »Das soll doch wohl ein Witz sein?«

»Offenbar haben Sie es immer noch nicht begriffen. Es

gibt viele Männer und Frauen, die mehr als ein Vermögen für Cosimos Geheimnis bezahlen würden. Und manche von denen sind keine besonders angenehmen Zeitgenossen.«

Anne verdrehte die Augen. Warum beantworteten Anselmo und Cosimo ihre Fragen immer nur mit neuen Rätseln?

»Gut, das verstehe ich. Aber ich will doch nur wissen ...«

Anselmo stemmte die Arme in die Hüften und schüttelte den Kopf.

»Wie lange kennen wir uns, Anne?«, unterbrach er sie. »Wie lange kennen Sie Cosimo?«

»Seit einer Woche. Wenn man es genau nimmt, sogar erst seit sechs Tagen.«

»Eine ziemlich ereignisreiche Woche.« Seine Augen funkelten wie glühende Kohlen. »In dieser Woche haben wir mehr gemeinsam erlebt als andere in ihrem ganzen Leben. Sie haben sogar in unserem Haus gewohnt, Anne. Und jetzt frage ich Sie, ob Sie während dieser Zeit jemals berechtigten Grund gehabt haben, ihm nicht zu vertrauen?«

Anselmo hatte Recht. Sie hatte Cosimo bisher immer vertrauen können – in Florenz und in Jerusalem, in der Vergangenheit und in der Gegenwart. Gut, am Anfang, als sie zum ersten Mal die Wirkung des Elixiers zu spüren bekommen hatte und 1477 in Florenz aufgewacht war, hatte sie ihm nicht vertraut. Sie hatte nicht Giacomo, sondern ihn für den Verbrecher gehalten – was sich schließlich als verhängnisvoller Fehler entpuppt hatte. Trotzdem wollte sie sich nicht geschlagen geben.

»Ja, aber ...«

»Dann vertrauen Sie ihm einfach auch diesmal«, schnitt er ihr ärgerlich das Wort ab. »Madonna, jetzt kann ich Cosimos schlechte Laune verstehen. Sie sind wirklich sturer als eine ganze Ziegenherde. Kommen Sie schon. Wenn wir uns nicht beeilen, verpassen wir noch die Starterlaubnis.«

Anselmo nahm ihren Koffer und ergriff Annes Arm. Er zog sie förmlich hinter sich her, als er mit ihr die Lounge verließ und das Flughafengebäude durchquerte. Sie wehrte sich nicht. Es hätte vermutlich ohnehin keinen Sinn gehabt. Außerdem meldete sich in ihrem Kopf eine Stimme, die ihr zuflüsterte, dass möglicherweise sie diejenige war, die im Unrecht war. Vielleicht hatten Cosimo und Anselmo wirklich gute Gründe, in der Öffentlichkeit nicht über das Elixier zu sprechen.

Zügig passierten sie alle Kontrollen und landeten schließlich an einem kleinen Schalter, von dem aus die Privatmaschinen abgefertigt wurden. Jenseits der Glastüren wartete ein Jeep, in dem bereits Cosimo und ein Angestellter des Flughafens saßen.

Als sie zu Cosimo auf die Rückbank kletterte, warf er ihr und Anselmo einen Blick zu, dann sah er wieder nach vorne, ohne eine Miene zu verziehen. Trotzdem hätte Anne schwören können, dass es einen kurzen Moment um seine Mundwinkel gezuckt hatte.

Der Jeep fuhr sie zu einem etwas abgelegenen Teil des Flughafens, wo etwa ein halbes Dutzend kleine Flugzeuge standen. Vor dem größten von ihnen bremste der Fahrer schließlich ab.

Cosimo bedankte sich beim Fahrer und drückte ihm einen Geldschein in die Hand, während Anselmo Anne beim Aussteigen half. Dann kletterten sie einer nach dem anderen die Stufen zur Kabine hoch.

»Nehmen Sie Platz«, sagte Cosimo, während Anselmo zum Cockpit eilte.

Anne setzte sich und sah sich aufmerksam um. Das Innere des Flugzeugs war überaus behaglich und geschmackvoll ausgestattet. Es gab vier breite Sessel, einen Tisch, eine gepolsterte Liege und eine Küchenzeile.

»Haben Sie die Maschine gechartert?«, fragte sie.

»Nein, sie gehört mir«, erwiderte Cosimo und setzte sich ebenfalls.

Anne ließ ihre Hände über das weiche cremefarbene Polster ihres Sitzes gleiten.

»Wenn ich es nicht besser wüsste, würde ich sagen, diese Sitze und die Liege stammen von …«

»Arne Jacobsen, richtig.« Cosimo hob spöttisch eine Augenbraue. »Ich hatte das Glück, ihn 1962 in Kopenhagen zu treffen. Er war so freundlich, sie für mich zu entwerfen. Seitdem habe ich sie in jede meiner Maschinen einbauen lassen. Wahrscheinlich ist es die Sentimentalität des Alters, aber ich kann mich einfach nicht von ihnen trennen.«

»Alles klar bei euch?« Laut und deutlich erklang Anselmos Stimme aus dem über ihren Köpfen an der Borddecke angebrachten Lautsprecher, obwohl Anne ihn durch die offene Tür des Cockpits sehen konnte. Er hatte sich einen Kopfhörer aufgesetzt. »Schnallt euch bitte an, wir haben soeben das Okay vom Tower erhalten.«

Anne sah sich überrascht um. Plötzlich stieg Panik in ihr auf.

»Und was ist mit dem Piloten? Sollten wir nicht besser auf ihn warten?«

»Tut mir Leid, Señora Anne«, antwortete Anselmo aus dem Lautsprecher und schwang sich auf den Sitz im Cockpit. »Ich fürchte, Sie werden mit mir vorlieb nehmen müssen.«

Anne spürte, wie ihr das Blut aus dem Gesicht wich. Eigentlich litt sie nicht unter Flugangst, aber plötzlich wurde ihr schlecht. Vielleicht war es der Gedanke, dass jemand, den sie kannte, das Flugzeug fliegen sollte. Jemand, von dem sie wusste, dass er bereits 1477 im Narrenkostüm über die Marktplätze von Florenz gesprungen war. Ebenso gut hätte ihre Oma vorne im Cockpit sitzen können. Der Motor des

Flugzeugs sprang an, und sie begannen zur Startbahn zu rollen. Anne schluckte.

Cosimo schloss seinen Sicherheitsgurt und lehnte sich zurück.

»Entspannen Sie sich, Anne«, sagte er. »Drehen Sie Ihren Sitz in Startrichtung, und lassen Sie ihn einrasten. Sie können Anselmo vertrauen. Er hat mehr als siebzig Jahre Flugerfahrung.«

Natürlich, dachte Anne und kam sich in ihrer Panik mit einem Mal dumm vor. Anselmo hat vermutlich bereits mit Charles Lindbergh die ersten Flugversuche unternommen. Alt genug ist er schließlich.

Ihr Magen beruhigte sich etwas, und sie zog ihren Sicherheitsgurt fest. Mittlerweile hatten sie die Startbahn erreicht. Das Dröhnen der Motoren wurde lauter, dann begann die Maschine zu beschleunigen. Sie wurden immer schneller, und schließlich hoben sie ab. Anne wurde in ihren Sitz gepresst und schloss die Augen. Normalerweise genoss sie diesen Moment, wenn das Flugzeug den Boden verließ und das Gras, die Büsche, die Menschen und Autos unter ihr rasch kleiner wurden. Aber diesmal wagte sie es nicht hinauszusehen. Sie war noch nie zuvor in einer kleinen Maschine geflogen. Sie kam sich vor, als hätte man sie in eine Nussschale gesetzt.

»Wir haben unsere Flughöhe erreicht«, erklang Anselmos Stimme ein paar Minuten später durch den Lautsprecher.

Cosimo öffnete seinen Sicherheitsgurt, löste den Hebel an seinem Sessel und stand auf.

»Möchten Sie etwas trinken, Anne?«, fragte er in einem beinahe fröhlichen Ton, als wären sie unterwegs zu einem netten Ausflug mit Picknick und anschließender Kutschfahrt. »Ich würde Ihnen auch etwas zu essen anbieten, aber unsere Flugdauer wird kaum für eine Mahlzeit ausreichen.«

»Danke, ich möchte nichts essen«, sagte Anne. »Nur ein Wasser, bitte.«

Cosimo nahm aus einem Schrank zwei Gläser, holte zwei Flaschen aus dem Kühlschrank und kehrte zu seinem Sessel zurück. Er drehte ihn so, dass er Anne ins Gesicht sehen konnte.

»So, meine Liebe«, sagte er, während er das Wasser in die Gläser goss. »*Jetzt* ist der richtige Zeitpunkt gekommen, über alles zu reden – über Córdoba, das Pergament, das Sie in Jerusalem gefunden haben, und über Ihren Auftrag, auch wenn ich diese Bezeichnung eher unpassend finde.« Er nahm sein Glas und lehnte sich bequem zurück. »Womit wollen wir anfangen?«

»Zuerst möchte ich wissen, weshalb wir nach Córdoba fliegen«, sagte Anne. »Weshalb konnten wir nicht einfach alles in Madrid besprechen?«

»Lassen Sie es mich so erklären«, begann Cosimo und drehte das Glas, sodass sich das Sonnenlicht darin spiegelte und Lichter an die Bordwand warf. »Die Zeit, die wir in Córdoba verbracht haben, war sehr wichtig. Als ich 1540 erfuhr, dass Giacomo sich dort aufhält, habe ich da ein Haus gekauft. Dieses Haus befindet sich bis zum heutigen Tag in meinem Besitz.« Er lächelte. »Es wird Sie gewiss nicht überraschen, wenn ich Ihnen jetzt sage, dass der nächste Teil Ihrer ›Reise‹ in Córdoba stattfindet.«

Anne nickte. »Das habe ich mir schon gedacht. Das Elixier der Ewigkeit kann zwar die Zeit überbrücken, aber nicht den Raum. Es muss an dem Ort getrunken werden, an dem man sich in der Vergangenheit aufhalten will.«

»Sehr richtig. Deshalb …«

»Und genau aus diesem Grund wollte ich bereits in Madrid mit Ihnen sprechen«, unterbrach ihn Anne. »Wir hätten uns viel Zeit und Mühe sparen können.«

Cosimos Augen verengten sich, und sie konnte sehen, dass seine Hand, die noch vor wenigen Sekunden locker auf der Sessellehne gelegen hatte, diese nun wie ein Schraubstock umklammerte.

Wie ein Panter vor dem Sprung, dachte Anne und versuchte sich auf das vorzubereiten, was gleich kommen würde.

»Was genau wollen Sie damit sagen?«, fragte er.

»Ich will damit sagen, dass Sie mich hätten fragen sollen, bevor Sie mich in Ihr Flugzeug geschleppt haben. Ich bin nämlich nicht bereit, das Elixier der Ewigkeit ein weiteres Mal zu trinken.«

Cosimo starrte sie regungslos an. »Wie bitte?«

»Ganz einfach«, sagte Anne und versuchte seinem Blick standzuhalten. Er tat ihr beinahe Leid. »Das erste Mal, auf Ihrem Maskenball in Florenz, habe ich nicht gewusst, was sich in dem Kelch befand. Das zweite Mal, als Sie mich nach Jerusalem geschickt haben, war ich verzweifelt. Ich brauchte einen Beweis dafür, dass ich mir meine Erlebnisse in Florenz nicht eingebildet hatte. Außerdem wollte ich meinen Sohn finden und wissen, was aus ihm geworden ist. Aber jetzt, dieses Mal, ist meine Neugierde befriedigt. Ich habe Stefano in Begleitung von Giacomo gesehen. Und ich weiß, dass ich nicht spinne, dass es dieses Elixier wirklich gibt. Aber ich weiß jetzt auch ein paar Kleinigkeiten über das Elixier der Ewigkeit, die mir vorher unbekannt waren. So kenne ich jetzt zum Beispiel seine Nebenwirkungen. Glauben Sie mir, ich möchte weder süchtig werden noch unsterblich sein. Und am allerwenigsten will ich wahnsinnig werden.«

»Aber das geht nicht«, sagte Cosimo und schüttelte langsam den Kopf wie jemand, der gerade aus einem Traum erwacht und sich noch nicht in der Realität zurechtfindet. »Sie müssen das verstehen. Wir haben …«

»Es tut mir aufrichtig Leid, Ihre Pläne zu durchkreuzen,

Cosimo, aber ich bin nicht bereit, diese Reise anzutreten. Das Risiko ist mir einfach zu groß. Außerdem habe ich genug davon, zusehen zu müssen, wie Menschen, die ich liebe, von diesem Wahnsinnigen abgeschlachtet werden. Wenn Sie so dringend in der Vergangenheit etwas erledigen müssen, sollten Sie sich einen anderen Tölpel suchen oder die Reise selbst unternehmen.«

»Sie wissen, dass ich das nicht kann.« Er blinzelte. Das war die einzige Bewegung in seinem versteinerten Gesicht. »Wollen Sie nicht noch einmal in Ruhe darüber nachdenken?«

Anne schüttelte den Kopf. »Nein. Ich habe während des Flugs genug Zeit gehabt, um über alles nachzudenken. Ich habe das Pergament, das Sie haben wollten, gefunden. Hier ist es.« Sie holte die Schriftrolle aus ihrer Handtasche und legte sie auf den Tisch. »Damit habe ich meinen Auftrag erledigt. Und jetzt sollten Sie mich der Fairness halber gehen lassen.«

Cosimo saß steif in seinem Sessel, das vor ihm liegende Pergament nicht anrührend. Er beachtete es nicht einmal.

»Ihr Entschluss steht unwiderruflich fest, Anne?«

»Ja. Alles Geld der Welt könnte mich nicht umstimmen. Nicht einmal die Aussicht, mich an Rashids Mörder zu rächen, wäre dazu in der Lage. Ich will wieder nach Hause, nach Hamburg. Ich will in der Redaktion sitzen und Artikel über die Mode der kommenden Saison und über lohnende Urlaubsziele schreiben, anstatt kreuz und quer durch die Zeit zu reisen. Ich will mein Leben zurückhaben.«

Cosimo sah sie schweigend mit seinen dunklen Augen an. Was konnte sie darin lesen? Trauer? Angst? Enttäuschung? Resignation? Sie hatte mit allem gerechnet – mit einem Wutausbruch, hitzigen Verhandlungen, sogar mit Gewalt –, aber das hier war völlig unerwartet. Er war so ruhig, wirkte so gefasst. Anne schluckte und wandte rasch den Blick ab. Mitleid war fehl am Platz. Sie musste jetzt an sich selbst denken.

»Gut. Dann soll es wohl nicht sein. Ich kann und werde Sie auch nicht zwingen«, sagte er schließlich mit einer Stimme, die seltsam fremd und heiser klang. »Aber ich fürchte, der Rückflug nach Hamburg wird sich nicht so schnell organisieren lassen, wie Sie es sich vielleicht wünschen. Wäre es Ihnen sehr unangenehm, eine Nacht mein Gast zu sein? Morgen wird sich gewiss ein Flug finden. Andernfalls wird Anselmo Sie nach Hause bringen.«

»Eine Nacht werde ich schon überstehen«, erwiderte Anne und versuchte zu lächeln. Seltsamerweise kam sie sich gemein vor. »Aber was ist mit dem Pergament? Sie haben es sich noch nicht einmal angesehen. Vielleicht ist es ja gar nicht das, wonach Sie in Jerusalem gesucht haben.«

»Ich bin sicher, dass es die richtige Schriftrolle ist«, sagte er. »Aber das spielt jetzt keine Rolle.«

Er sank in seinen Sessel zurück und rührte sich nicht mehr. Unbeweglich starrte er auf die Tischplatte, ganz in seine Gedanken versunken. Annes Anwesenheit schien er bereits nach wenigen Augenblicken vergessen zu haben.

Doch sie war deswegen nicht traurig, obwohl sie Cosimo von Zeit zu Zeit einen besorgten Blick zuwarf, um herauszufinden, ob er überhaupt noch atmete. So konnte sie wenigstens ihren eigenen Gedanken nachhängen. Schließlich hatte sie etwas zu feiern. Sie brauchte das Elixier nicht mehr zu trinken, sie würde morgen wieder zu Hause sein und wieder ein ganz normales Leben führen. Sie hatte gewonnen, Cosimo ließ sie gehen, ihre Argumente hatten ihn offenbar überzeugt. Er hatte nicht einmal versucht sie zu überreden.

Anne seufzte und blickte aus dem Fenster in einen klaren

blauen Himmel. Unter ihr schimmerte ein Fluss im gleißenden Sonnenlicht wie ein silbernes Band oder eine Leine.

Wie ein Faden, dachte Anne. Ein Faden, der sich durch ein Leben zieht und eine Richtung angibt, an die man sich halten kann; ein Faden, der einen führt und leitet, wenn man nicht mehr weiter weiß. Ob dieser Fluss wohl nach Córdoba führte?

Ja, sie hatte Cosimo die Stirn geboten und gewonnen. Aber warum um alles in der Welt konnte sie sich nicht darüber freuen?

Die Show muss weitergehen

Anselmo streckte seine Glieder und schaltete den Motor des Flugzeugs aus. Sie standen in ihrer Parkposition auf dem Flughafen von Córdoba. Durch das Fenster des Cockpits konnte er sehen, wie ein offener Jeep des Bodenpersonals auf sie zufuhr, um sie abzuholen.

Der Flug war ohne jeden Zwischenfall verlaufen. Das Wetter war ideal zum Fliegen. Während der ganzen fünfundvierzig Minuten hatte es nicht einmal die kleinste Turbulenz gegeben. Eigentlich ziemlich langweilig.

Anselmo seufzte und ließ seinen Blick über die Instrumente und Leuchtanzeigen gleiten, während er über Kopfhörer mit dem Lotsen scherzte. Es war eine Frau, und ihre Stimme klang angenehm. Überaus angenehm. Fast wie … wie …

Teresa!

Anselmo schluckte. Dann verabschiedete er sich von der netten Lotsin und schaltete die Funkverbindung ab. Ein letzter Blick über die Instrumente, um den Status der Maschine zu überprüfen, dann abschalten. Es war Routine. Alles reine Routine.

Früher, vor vielleicht sechzig Jahren, war jeder Flug noch ein Abenteuer gewesen: Jedes Luftloch, jede unvorhergesehene Änderung der Windrichtung, jeder Vogel konnten einen Piloten in ernsthafte Schwierigkeiten bringen. Man musste noch mit der Hand gegensteuern, die Thermik berechnen und den Kurs mit einem Steuerknüppel halten, der bei jeder Turbulenz so stark vibrierte, dass er einem aus den Händen zu springen drohte. Man hatte noch den Wind und die Kälte im Gesicht gespürt. Selbst Flughäfen waren selten gewesen, sodass er schon froh sein konnte, wenn er ein abgeerntetes Weizenfeld oder eine brachliegende Wiese gefunden hatte, die genug Platz zum Ausbremsen bot, ohne dass man einem Bauernhaus, einem Wald oder einem Abhang zu nahe kam. Seit seiner ersten Flugstunde war er ein leidenschaftlicher Pilot, er hatte das Risiko schon immer geliebt und hätte jederzeit die Vollautomatik des 21. Jahrhunderts gegen den Nervenkitzel beim Fliegen in den zwanziger und dreißiger Jahren getauscht – mochten die Lotsinnen noch so nett sein.

Natürlich dachte Cosimo ganz anders darüber. Es hatte etliche Jahre gedauert, bis er endlich bereit gewesen war, seinen Fuß zum ersten Mal in ein Flugzeug zu setzen und sein Leben einer »geflügelten Zigarre aus Metall« anzuvertrauen, wie er sich mal ausgedrückt hatte.

Anselmo schwang sich aus dem Sitz und öffnete die Tür zur Kabine.

»Meine Damen und Herren, wir sind gelandet. Ihr Flugkapitän und die Crew wünschen Ihnen einen angenehmen Aufenthalt. Beehren Sie uns bald wieder«, sagte er scherzhaft in demselben Ton, in dem sich für gewöhnlich das Bordpersonal der Fluglinien von seinen Passagieren verabschiedete. Anne war bereits abgeschnallt und suchte nach ihrer Handtasche. Cosimo hingegen saß immer noch angeschnallt in seinem Sessel. Anselmo spürte, wie ihm die Angst mit eisiger Kälte den

Nacken emporkroch. Cosimo sah aus, als wäre er tot, als hätte ihn der Schlag getroffen. Anselmo wusste zwar, dass es nicht sein konnte – das Elixier der Ewigkeit verhinderte schließlich jede Erkrankung, auch Herzinfarkt oder Schlaganfälle, also konnte Cosimo nicht tot sein , aber warum rührte er sich nicht?

Zaghaft streckte Anselmo die Hand aus und berührte Cosimos Schulter. Sie fühlte sich warm an. Erleichtert atmete er auf.

»Cosimo?« Er beugte sich zu seinem Herrn hinab und sah ihm ins Gesicht. »Cosimo, wir sind da.«

Zuerst geschah nichts, dann wanderten Cosimos Augen zu Anselmo. Schließlich blinzelte er.

»Wir sind in Córdoba gelandet«, erklärte Anselmo. »Wir können aussteigen.«

»Das ist gut, das ist …« Hilflos nestelte Cosimo an seinem Gurt herum. Sein Anblick schnitt Anselmo ins Herz.

»Soll ich dir helfen?«

Cosimo sah Anselmo wieder an, und plötzlich kam etwas Leben in seine Augen.

»Nein«, sagte er, und seine Stimme klang fast wieder normal. »Nein. Ich bin schließlich kein tattriger Greis. Kümmere dich lieber um die Señora.«

Er lächelte, doch Anselmo drehte es den Magen um. Auch wenn er sich Mühe gab, Anselmo ließ sich nicht täuschen. Was war in den fünfundvierzig Minuten geschehen, während Anne und Cosimo allein in der Kabine miteinander gesprochen hatten? Zu gern hätte er danach gefragt, aber er gehorchte, so wie er es in den vergangenen fünfhundert Jahren immer getan hatte. Er ging zur Ausstiegsluke, öffnete sie und ließ mit einem Knopfdruck die Treppe ausfahren.

»Na, habe ich Sie enttäuscht?«, fragte er Anne. Er hatte lange genug den Narren gespielt, um in jeder Lage scherzen und lachen zu können. Cosimo wollte offenbar, dass die Show weiterging. Also musste die Show weitergehen. Selbst noch am Galgen.

Sie stiegen aus. Er half Anne, trug ihren Koffer, unterhielt sie mit Anekdoten über die Fliegerei, brachte sie zum Lachen und lachte selbst mit, als wäre alles in bester Ordnung. Dabei ließ er jedoch Cosimo nicht aus den Augen. Langsam und schwerfällig ging dieser neben ihnen her, als müsste er sich bei jeder Bewegung durch zähen Sirup kämpfen.

Erst als sie das Flughafengelände im Mietwagen verließen, hörte Anselmo mit seinen Possen auf. Cosimo und Anne saßen schweigend auf der Rückbank, und jeder von ihnen blickte in die entgegengesetzte Richtung aus dem Fenster.

Sie sehen aus wie ein Paar, das kurz vor der Trennung steht, dachte Anselmo, während er sich in den träge dahinfließenden Feierabendverkehr einreihte. Vielleicht hätte er etwas tun können, vielleicht gab es noch Hoffnung – wofür auch immer. Wenn er wenigstens gewusst hätte, was geschehen war.

Anselmo zerbrach sich den Kopf darüber, ohne zu einem Ergebnis zu kommen. Er war sich nicht einmal sicher, ob er wirklich die Wahrheit wissen wollte. Zum Glück war ihm die Strecke zu dem alten Landgut in den Bergen auf der anderen Seite der Stadt so vertraut wie die Straßen und Gassen in Florenz. So machte es kaum etwas aus, dass er mit seinen Gedanken ganz woanders war. Nur einmal hätte er beinahe einen Radfahrer übersehen, der in gleicher Richtung wie sie die einsame Landstraße entlangfuhr. Es war ein alter Mann auf einem gelben Klapprad in einem abgetragenen dunklen Mantel mit einem ebenso alten Schlapphut. Anselmo erschrak, als er plötzlich direkt vor ihm auftauchte, und riss das Lenkrad herum. Anne schrie auf.

»Alles in Ordnung?«, fragte Anselmo und sah sich zu ihr um.

»Ja, ich denke schon«, antwortete sie und drehte sich mit gerunzelter Stirn nach dem Radfahrer um. Sie wirkte erschrocken und seltsam verwirrt. »Auch ihm scheint nichts passiert zu sein.«

Anselmo warf einen Blick in den Seitenspiegel. Der alte Mann trat unbeirrt in die Pedale seines Klapprads, als wäre nichts geschehen. Vielleicht hatte er die drohende Gefahr nicht einmal registriert. Dann schaute er in den Rückspiegel, und Wut und Verzweiflung stiegen in ihm hoch. Cosimo sagte nichts und rührte sich auch nicht. Er starrte aus dem Fenster, blinzelte und summte leise vor sich hin.

Es war fast einundzwanzig Uhr, als sie endlich auf den Schotterweg einbogen, der zu der Hazienda führte. Anselmo hielt den Wagen vor dem Haus und ließ zuerst Cosimo und Anne aussteigen, bevor er das Auto in die Garage fuhr. Es war ein Nebengebäude, in dem früher die Pferde und Kutschen gestanden hatten.

Anselmo schob den Riegel vor das Tor, blieb stehen und atmete tief ein. Es begann schon zu dämmern, und die angenehm kühle Luft roch schwer nach dem Harz der Kiefern und nach den wilden Kräutern, die hier überall wuchsen. Über ihm begannen die ersten Sterne zu blinken, und die Grillen stimmten ihr beinahe ohrenbetäubendes Konzert an. Die Welt mit ihren grellen elektrischen Lichtern, dem mechanischen Lärm der Motoren und ihren starken künstlichen Gerüchen schien meilenweit entfernt zu sein – vielleicht sogar Jahrhunderte weit. Hier war noch alles so, wie sie es vorgefunden hatten, als sie das Haus im Jahre 1540 bezogen hatten. Selbstverständlich hatten im Laufe der Zeit Fenster ausgebessert, Dachbalken und Dielen ersetzt und der Putz etliche Male neu gestrichen werden müssen. Aber im Großen und Ganzen war es immer noch das gleiche Haus wie damals. Hier waren sie Anne zum dritten Mal begegnet – 1544 war das gewesen. Damals hatte man noch über die Wipfel der Bäume zur Einsiedelei hinübersehen können, die etwa eine halbe Wegstunde entfernt weiter oben am Berg lag. Dort oben hatte Teresa …

Anselmo schloss die Augen und verdrängte die Gedanken an die Vergangenheit. Stattdessen genoss er die Ruhe, die Einsamkeit und die Gerüche um sich herum. Natürlich wusste er, dass Cosimo das Haus bis heute nicht verkauft hatte, weil es im Jahre 1544 für ihre Begegnungen mit Anne wichtig gewesen war. Trotzdem glaubte er, dass Cosimo dieses Landgut genauso liebte wie er. Es war eines der letzten Reservate auf dieser Welt, in der eine längst vergangene Zeit noch lebendig war. In den vergangenen Jahren hatten sie immer mehr Zeit auf diesem alten, entlegenen Landgut verbracht. Obgleich sie hier in Spanien waren, fühlten sie sich hier wohl. Es war ein Stück Heimat.

In einem der Fenster flammte ein Licht auf. Cosimo musste begonnen haben die Kerzen anzuzünden. Er hatte sich nie dazu entschließen können, das Haus mit Elektrizität versorgen zu lassen, obwohl die Stromleitungen kaum zweihundert Meter entfernt an der Landstraße lagen. Aber in dieses Gemäuer gehörte kein elektrisches Licht, keine Zentralheizung, kein Wasser aus dem Hahn. Wenn sie hier oben waren, kochten sie auf dem gemauerten Herd über offenem Feuer, sie heizten mit Holz, und als Lichtquelle dienten ihnen Kerzen und Fackeln. Es war wie früher – beinahe wenigstens.

Ein zweites Licht flammte auf, und Anselmo ging auf das Haus zu. Cosimo brauchte seine Hilfe. Er kam nie besonders gut mit dem Feuer zurecht. Und an diesem Abend würde er damit noch mehr zu kämpfen haben.

Als Anselmo das Haus betrat, brannten bereits die Kerzen in dem großen Leuchter, der in der Halle neben dem Esstisch stand. Anne ging durch den Raum und sah sich alles genau an. Sie zog dabei fröstelnd die Schultern zusammen. Der Tag war heiß gewesen, aber die alten dicken Mauern hielten das Haus kühl.

»Ich mache zuerst das Feuer an, dann bereite ich uns ein Abendessen zu. Einverstanden?«

Anne nickte. Anselmo stellte ihren Koffer ab und kniete sich vor den Kamin.

»Wie alt ist das Haus?«, fragte Anne und fuhr vorsichtig mit den Fingerspitzen über das Fresko, das die Wand über dem Kamin zierte und das einen der Engel des Jüngsten Gerichts darstellte.

Anselmo warf Cosimo einen kurzen Blick über die Schulter zu, doch der stand am Fenster, mit dem Rücken zu ihnen, unbeweglich wie eine Statue, und starrte hinaus in die zunehmende Dunkelheit. In dem alten unregelmäßigen Glas konnte Anselmo sein Gesicht sehen. Das Gesicht, das er schon so lange kannte, dass er es mit verbundenen Augen hätte zeichnen können. Und doch war der Ausdruck, der sich im Fenster spiegelte, beängstigend fremd. Anselmo biss die Zähne zusammen, legte Holzspäne auf den Rost im Kamin und stapelte Scheite darauf.

»Wir wissen es nicht genau«, beantwortete er an Cosimos Stelle die Frage. »Cosimo hat das Haus 1540 gekauft.« Er lachte. »Der damalige Besitzer war froh, dass er diese ›alte Hütte‹, wie er es nannte, endlich loswurde.«

»Es ist überaus stilvoll«, sagte Anne anerkennend und betrachtete eingehend einen der großen schweren Leuchter. »Fast wie ein Museum.«

»Tatsächlich haben wir hier auch seit unserem Einzug damals nichts verändert«, erwiderte Anselmo und hielt einen glimmenden Kienspan an das aufgestapelte Holz. Die Späne fing sofort Feuer. »Gut, Reparaturen fielen im Laufe der Zeit an, der eine oder andere Stuhl musste ersetzt werden, aber letztlich blieb alles beim Alten.« Er erhob sich und schob einen niedrigen Schemel näher, auf dem ein Ziegenfell lag. »Setzen Sie sich ans Feuer, Anne, dann wird Ihnen gleich warm werden. In der Zwischenzeit mache ich das Essen.«

Anselmo deckte den Tisch, holte Wurst, Schinken, Käse und Wein aus der kleinen Speisekammer, die sich unterhalb der Küche befand. Dazu gab es Äpfel, frische Tomaten und ein kräftiges Landbrot.

Während des Essens unterhielt Anselmo Anne erneut mit Anekdoten. Er spielte den Narren, obwohl ihm mit jedem Blick auf Cosimo eher zum Heulen zumute war. Cosimo lachte zwar mit und versuchte nach Kräften ganz natürlich zu erscheinen, aber in Wirklichkeit machte er den Eindruck, zusehends tiefer im Sumpf der Depression zu versinken. Er sagte seltsame Dinge, schob das Brot langsam auf seinem Teller hin und her, und wenn er doch ein Stück davon abbiss, kaute er so lange darauf herum, als wäre es ein Stück Baumrinde. Anne schien nichts davon zu merken, und Anselmo tat sein Bestes, um sie von Cosimos Zustand abzulenken. Er lächelte, redete und aß weiter, als wären sie eine fröhliche Familie am Abendbrottisch. Die Show musste weitergehen.

Als Anne satt war, brachte er sie in das kleine Gästezimmer und wünschte ihr eine gute Nacht. Dann ging er wieder hinunter. Er fürchtete sich vor dem, was Cosimo ihm gleich erzählen würde. Trotzdem musste er es wissen. Er musste wissen, was geschehen war. Er fand Cosimo immer noch genauso vor, wie er ihn verlassen hatte – er saß am Tisch und starrte ins Leere. Anselmo ließ sich auf den gegenüberstehenden Stuhl fallen.

»Was ist los, Cosimo? Was ist im Flugzeug auf dem Weg nach Córdoba geschehen?«

Es dauerte, bis Cosimo blinzelte und ihn ansah. Und noch länger dauerte es, bis er endlich den Mund öffnete. Doch Anselmo wartete. Wenn er Cosimo jetzt zu sehr bedrängte, würde er sich nur noch tiefer in sich selbst zurückziehen, und dann war ihm für die nächsten zwei Tage kein Wort mehr zu entlocken. Er kannte seinen Herrn schließlich lange genug.

»Wir haben geredet«, sagte Cosimo nach einer Weile.

Anselmo verdrehte die Augen. »Das ist mir schon klar«, erwiderte er ungeduldig, während sein Herz einen wahren Trommelwirbel schlug. Er vermochte die Spannung nicht länger zu ertragen. »Aber du kannst mir nicht erzählen, dass ihr zwei euch nur über das Wetter unterhalten habt.«

Cosimo schüttelte den Kopf. »Sie will nicht«, sagte er leise. »Sie will das Elixier nicht trinken.«

Obwohl diese Worte Anselmos schlimmste Befürchtungen bestätigten, trafen sie ihn doch wie ein Faustschlag in die Magengrube. Ihm wurde speiübel, und mühsam schnappte er nach Luft.

»Das … kann nicht wahr sein!«, keuchte er. »Das …«

»Und doch ist es so«, erwiderte Cosimo.

»Aber … wenn sie das Elixier der Ewigkeit nicht trinkt, dann wird sie auch nicht ins Jahr 1544 reisen können, und dann …«

»Ja.« Cosimo nickte langsam. »Genauso ist es.«

Anselmo stützte seinen Kopf in die Hände. Ihm war schwindlig. »Aber das müssen wir verhindern!«, rief er schließlich aus und schlug mit der Faust auf die Tischplatte, sodass die Teller einen Sprung taten und ein Apfel auf den Boden kullerte. »Wir müssen Anne überreden. Zur Not werden wir sie eben zwingen, wir …«

»Nein«, unterbrach ihn Cosimo, »wir werden nichts dergleichen tun.«

Anselmo sank auf seinem Stuhl zusammen.

»Und warum will sie das Elixier nicht trinken?«

»Sie fürchtet sich«, sagte Cosimo leise. »Sie fürchtet die

vielfältigen Nebenwirkungen – die Sucht, immer mehr und immer öfter von dem Elixier trinken zu wollen; die Ewigkeit; den Wahnsinn. Und ich kann es ihr nicht einmal übel nehmen. Ich kann sie verstehen. Ich weiß nicht, ob ich an ihrer Stelle bereit wäre, dieses Risiko zu tragen.«

Anselmo schluckte. Es fühlte sich an, als hätte jemand ihm ein dickes Tau in den Mund gestopft, das er nun hinunterzuwürgen versuchte.

»Und was geschieht jetzt?«

Cosimo zuckte mit den Schultern. »Ich weiß es nicht«, sagte er so leise, dass Anselmo ihn gewiss nicht verstanden hätte, wenn es nicht so still in dem Haus gewesen wäre. Selbst das Knistern der Scheite im Kamin, sogar das Knacken der Deckenbalken hatte aufgehört. Es war still wie in einem Grab. »Lerne aus der Vergangenheit, lebe in der Gegenwart, vertraue auf die Zukunft. Das ist mein Wahlspruch. Seit über fünfhundert Jahren. Aber …« Er schüttelte den Kopf und sah Anselmo an. Seine Augen waren dunkel, fast schwarz vor Angst und Sorge. »Das gilt nun nicht mehr, mein Freund. Die Vergangenheit ist nicht mehr die, die wir kennen. Wenn Anne das Elixier der Ewigkeit nicht trinkt, wird sich alles ändern. Einfach alles.«

Anselmo wusste nicht, was er sagen sollte. Tränen traten ihm in die Augen.

»Und was ist dann mit uns?«

Ein trauriges, verlorenes Lächeln huschte über Cosimos bleiches Gesicht.

»Wir werden einfach so weitermachen wie bisher, mein Freund – leben. Tag für Tag, Jahr für Jahr leben, bis endlich ein Höherer uns seine Barmherzigkeit erweist und uns von diesem Schicksal erlöst.«

Sie saßen noch eine Weile schweigend am Tisch. Schließlich erhob sich Cosimo.

»Wo willst du hin?«, fragte Anselmo.

»Seit Jahrhunderten lege ich mich jede Nacht in mein Bett, um zu schlafen, auch wenn mir das nicht immer gelingt. Es gibt keinen Grund, ausgerechnet heute mit dieser Gewohnheit aufzuhören.« Er klopfte Anselmo auf die Schulter. »Gute Nacht, mein Freund.«

Anselmo blieb am Tisch sitzen und starrte in das Kaminfeuer, während Cosimos Schritte die Treppenstufen knarren ließen und schließlich eine Tür im oberen Stockwerk ins Schloss fiel. Er hätte jetzt nicht ins Bett gehen können. Niemals. Zu viel gab es zu bedenken, zu viele Erinnerungen steckten in diesem Haus. Für Anne mochten sie nur Geschichten sein, für ihn waren diese Erinnerungen lebendig: Giacomo, der in seinem Wahn als Inquisitor fürchterlich in dieser Stadt gewütet hatte. Die Angst und das Misstrauen der Menschen. Und Teresa. Seine kleine, schöne, liebliche Teresa. Was würde jetzt mit ihr geschehen? Würde sie vor Giacomos Häschern fliehen können? Oder würde ihr das gleiche Schicksal wiederfahren wie ihrer ganzen Familie und wie Mutter Maddalena, die nach qualvoller Folter auf dem Scheiterhaufen verbrannt worden waren? Was würde aus ihr werden? Wie konnte Anne das Schicksal dieser Menschen gleichgültig sein? Woher nahm sie das Recht, sich über den Lauf der Geschichte zu erheben? Wusste sie überhaupt, was ihre Weigerung für Konsequenzen nach sich zog? Diese egoistische, dumme …

Anselmo stand auf und warf einen weiteren Scheit in das Feuer, und wie die Flammen im Kamin loderte heiße Wut in ihm empor. Am liebsten wäre er sofort zu Anne gegangen, um ihr zu sagen, was er von ihr hielt, um es ihr ins Gesicht zu schreien, sie zu schütteln. Er ging die Treppe hinauf in sein Zimmer, zündete eine Kerze an und betrachtete den vertrauten Raum – das Bett, die Kleidertruhe, den Kamin, über dem in schwarzer Farbe und in verschnörkelten Buchstaben ein Spruch gemalt war. *Hoy no se fia, manana si* – wenn du heute keine Hoffnung hast, morgen bestimmt. Lächerlich. Wenn Anne das Elixier nicht trank, würde es keine Hoffnung mehr geben, weder morgen noch an einem anderen Tag. Aber die Frage war …

Die Frage war, ob er sich so demütig in sein Schicksal fügen wollte wie Cosimo. Er biss die Zähne zusammen. Mochte Cosimo Anne schonen, mochte er sie verstehen, er, Anselmo, konnte es nicht. Zu viel hing von dieser Frau ab, als dass er bereit gewesen wäre, das Feld kampflos zu räumen. Und wenn er sie nicht überzeugen konnte und sie sich immer noch weigerte, die ihr zugedachte Aufgabe zu übernehmen, so sollte sie wissen, was es für andere bedeutete. Vielleicht würde sie dann eines Tages wenigstens ihr Gewissen plagen.

Anselmo trat auf den Flur und ging zum Gästezimmer. Behutsam öffnete er die Tür. Anne lag in ihrem Bett und schlief. Er hörte ihre gleichmäßigen, tiefen Atmzüge. Sie konnte schlafen, unbeschwert von Schuld oder den Schreien der gefolterten und unter entsetzlichen Qualen sterbenden Menschen in Córdoba. Aber nicht mehr lange. Er würde für ihr Erwachen sorgen.

Er stürmte zu dem Bett und zog die Vorhänge so heftig auf, dass eine Stange des Baldachins aus ihrer Verankerung gerissen wurde und mit lautem Scheppern zu Boden fiel. Anne fuhr aus dem Schlaf auf, saß kerzengerade in ihrem Bett und starrte ihn an, als wäre er ein Gespenst. Der Mond schien durch das Fenster, und vielleicht sah er im bleichen Licht sogar wirklich aus wie ein Geist. Mochte es so sein. Er war ein Geist, ein rächender Geist aus der Vergangenheit. Und er würde dafür sorgen, dass Anne nicht ungeschoren davonkam.

»Anselmo?«, fragte sie mit deutlich zitternder, unsicherer

Stimme. »Was wollen Sie hier mitten in der Nacht? Ist etwas passiert?«

»Ja, so kann man es nennen«, antwortete Anselmo grimmig. »Cosimo hat mir erzählt, dass Sie sich entschieden haben, das Elixier der Ewigkeit nicht mehr zu trinken.«

»Das ist richtig«, sagte Anne und strich ihre Bettdecke glatt. Sie wirkte erleichtert, als hätte sie eigentlich erwartet, dass er über sie herfallen würde. »Mein Entschluss steht fest. Das Risiko ist mir einfach zu groß.«

Sie sah so selbstgefällig, so von sich überzeugt aus, dass Anselmo vor Zorn zu zittern begann. Er zitterte so stark, dass er Mühe hatte, die Worte klar hervorzubringen.

»Risiko?« Er lachte. Und selbst in seinen eigenen Ohren klang dieses Lachen eher wie das Bellen eines wütenden Hofhunds. »Sie kennen die Bedeutung dieses Wortes gar nicht. Aber jetzt erzähle ich Ihnen von einem Risiko. Wir haben Sie 1544 in diesem Haus wiedergetroffen, Anne. Sie sind wieder in die Vergangenheit gereist, um uns das Pergament zu bringen, das Sie in Jerusalem gefunden haben. Jenes Pergament mit dem Rezept für das Drachenöl, dem einzigen Mittel, mit dem Giacomo de Pazzi noch zu stoppen war!«

Sie holte geräuschvoll Luft. »Das mag sein, Anselmo, aber trotzdem bin ich nicht …«

Ihre freundliche, nachsichtige Stimme brachte sein Blut zum Kochen. »Sie haben keine andere Wahl!«, rief er zornig. »Ihnen, und nur Ihnen allein ist es damals gelungen, dafür zu sorgen, dass ihm das Drachenöl unauffällig unter das Essen gemischt wurde. Giacomo ist gestorben. Und Stefano ist …«

Anne schloss die Augen und presste die Hände auf die Ohren.

»Hören Sie auf, Anselmo, hören Sie endlich auf!«, schrie sie. »Ich will das alles nicht hören! Ich habe mich entschieden, und damit …«

»So, Sie wollen das also nicht hören?« Anselmo kniete sich neben ihr auf das Bett, packte ihre Handgelenke und zog ihr die Hände gewaltsam von den Ohren weg. »Ich bin aber noch lange nicht fertig. Sie sollten nämlich noch wissen, dass Giacomo de Pazzi zu jener Zeit Inquisitor hier in Córdoba war. Vielleicht interessiert es Sie auch, dass er bis zu seinem Tod am 17. Juni 1544 mindestens fünfhundert Menschen auf dem Scheiterhaufen brennen ließ.« Anne schrie auf, sie wehrte sich, doch Anselmo sprach unbarmherzig weiter. »Fünfhundert Menschen. Können Sie sich vorstellen, wie viele es noch gewesen wären, wenn ihn das Drachenöl nicht gestoppt hätte? Seien wir mal wohlwollend und gehen wir nur von zweihundert aus. Zweihundert Männer und Frauen, die Giacomo de Pazzi im Verlauf seiner Karriere noch umgebracht hätte. Aber was sind schon zweihundert Menschen, wenn Anne Niemeyer aus Hamburg um ihre Sicherheit besorgt ist, nicht wahr? Nun, Anne, der Tod dieser zweihundert Männer und Frauen hätte Konsequenzen gehabt, weit reichende Konsequenzen. Kinder wären nicht geboren worden, Enkelkinder wären nie gezeugt worden, Urenkel hätten niemals das Licht der Welt erblickt. Können Sie sich vorstellen, wie viele Menschen das im Verlauf von Jahrhunderten betrifft? Können Sie das begreifen?« Er schüttelte sie. Er war so wütend, dass er sie am liebsten geohrfeigt hätte. »Es sind Generationen von Menschen, die niemals existiert hätten. Aber was interessiert es Sie, ob möglicherweise am Ende einer dieser Generationen Felix Mendelssohn, Albert Einstein, Pablo Picasso oder Mutter Teresa stehen? Was geht es Sie an, dass die Vergangenheit sich ändern wird, wenn Sie das Elixier der Ewigkeit nicht trinken? Was kümmert es Sie, dass sich dadurch auch die Gegenwart ändern wird?« Er ließ sie los, und Anne fiel in ihre Kissen zurück. »Was ist daran schon wichtig. Sie sind schließlich eine moderne, emanzipierte Frau. An das Wohl anderer zu denken ist ineffektiv. Opfer zu bringen ist antiquiert. Das ist höchstens etwas für altmodische Narren wie mich, verstaubte Dinosaurier aus einer längst vergangenen Epoche. In Ihrem Leben ist kein Platz für diesen sentimentalen Quatsch. Hauptsache, Ihnen geht es gut. Soll der Rest der Welt doch zum Teufel gehen.«

Anselmo stand auf, verließ den Raum und warf die Tür hinter sich zu. Selbst auf dem Flur hörte er noch Annes lautes Schluchzen, aber er hatte kein Mitleid.

Wie gerädert erwachte Anselmo aus einem kurzen, von wilden Träumen unterbrochenen Schlaf. Dem Licht nach zu urteilen, das durch die Ritzen der Fensterläden fiel, war es noch früh am Morgen. Normalerweise hätte er sich noch einmal im Bett auf die andere Seite gedreht und wäre wieder eingeschlafen. Er und Cosimo standen selten vor zehn Uhr morgens auf. Doch heute würde er nicht mehr einschlafen können, ganz gleich, was er auch versuchen würde.

Er schwang sich aus dem Bett, zog sich an und warf dem Spruch über dem Kamin einen wütenden Blick zu. Hoffnung. Es gab keine Hoffnung mehr auf dieser Welt. Es war zu Ende, aus, vorbei.

Anselmo ging die Treppe hinunter in die Küche. An der Schwelle blieb er wie angewurzelt stehen. Eigentlich hatte er erwartet, dass Cosimo für die kommenden Tage in schwere Depressionen versinken und sein Zimmer nicht verlassen würde. Aber stattdessen war er bereits wach. Und nicht nur das. Er kümmerte sich sogar um das Frühstück. Ein Korb mit Brot stand auf dem Küchentisch, das Feuer im Herd brannte, und in einer Pfanne brutzelten Eier und Speck. Das war in den letzten fünfhundert Jahren nicht vorgekommen.

»Guten Morgen, Anselmo«, sagte Cosimo, ohne sich umzudrehen. »Deck schon mal den Tisch, ich bin hier gleich fertig.«

Anselmo lauschte aufmerksam, ob er diesen ganz besonderen Ton in Cosimos Stimme heraushören konnte, der stets eine Phase der Schwermut begleitete. Seine Stimme klang dann immer langsamer, tiefer, sogar ein bisschen heiser. Aber es war nichts davon zu merken. Er, der in den vergangenen fünfzehn Jahren nach jedem Maskenball in tiefe Depressionen versunken war, nur weil Anne Niemeyer ihnen wieder einmal nicht begegnet war, klang ganz normal, obwohl eben diese Anne, auf die sie bereits seit mehreren Jahrhunderten gewartet hatten, ihnen erst am Tag zuvor eine Abfuhr erteilt hatte. Das konnte Anselmo nicht verstehen. Was war mit Cosimo los?

»Ist alles in Ordnung?«, fragte er vorsichtig.

»Natürlich.« Cosimo wandte sich zu ihm um und lächelte. Er lächelte! Anselmo konnte es kaum fassen. »Ich habe wunderbar geschlafen. Du nicht?«

»Nein«, entgegnete Anselmo und nahm einen Stapel Teller aus einem Regal. »Ich habe mir die ganze Nacht den Kopf darüber zerbrochen, was nun werden soll.«

»Tatsächlich?« Cosimo wirkte überrascht. »Mach dir doch deswegen keine Gedanken. Es wird schon weitergehen.«

Vor Schreck hätte Anselmo beinahe die Teller fallen lassen. Jetzt war er sicher, dass sein Herr verrückt geworden war. Das Gespräch mit Anne musste ihm den Verstand geraubt haben.

»Cosimo, geht es dir wirklich gut?«, fragte Anselmo besorgt. »Soll ich dir vielleicht ein Glas Wasser bringen oder …«

Cosimo hob eine Hand und brachte ihn zum Schweigen. »Ich höre Schritte auf der Treppe«, sagte er und lauschte. »Die Señora ist wach.«

»Aber Cosimo, du solltest …« Anselmo verstummte, als

die Küchentür aufging und Anne hereinkam. Sie trug noch ihren Schlafanzug, ihr Haar war zerzaust, ihr blasses Gesicht wirkte seltsam faltig und alt. Sie hatte dunkle Ränder unter den Augen und machte einen müden, abgespannten Eindruck. Anscheinend hatte auch sie keine besonders ruhige Nacht gehabt.

»Ich habe nachgedacht«, sagte sie ohne jede Begrüßung. »Und ich bin zu dem Schluss gekommen, dass ich mich geirrt habe. Ich werde das Elixier der Ewigkeit doch trinken.« Sie ließ sich auf einen Schemel sinken. »Ihr habt mich überzeugt.«

Anselmo wusste nicht, was er sagen sollte. Die Kinnlade fiel ihm runter. Sprachlos vor Staunen und Überraschung starrte er Anne an.

»Das ist ja ...«, stammelte er schließlich. »Das ist ja großartig! Nicht wahr, Cosimo?«

»*Hoy no se fia, manana si*«, sagte dieser lächelnd und zwinkerte Anselmo zu.

Anne hob den Kopf. »Wie bitte?«

»Nichts Wichtiges, Anne, nur ein spanisches Sprichwort.« Er trat zu Anne und ergriff ihre Hand. »Ihre Entscheidung ehrt Sie, Anne. Nicht jeder Mensch ist in der Lage, eine einmal gefasste Meinung zu revidieren.«

Anne stieß die Luft hörbar aus und fuhr sich durch das ungekämmte Haar.

»Es gibt Argumente, denen man sich nur schwer entziehen kann«, erwiderte sie und warf Anselmo einen Blick zu. Er wusste nicht, ob dieser Blick wütend, verzweifelt oder anklagend sein sollte. Freundlich war er jedenfalls nicht.

»Der Anstoß mag Ihnen von außen gegeben worden sein«, sagte Cosimo, und seine Stimme klang warm, »doch die Entscheidung kam von innen, aus Ihrem Herzen. Aber ich habe gewusst, dass ich mich auf Sie verlassen kann.«

Anne sah Cosimo überrascht an, und Anselmo runzelte unwillkürlich die Stirn.

»Was soll das heißen, du hast es gewusst, Cosimo?«, fragte er. »Wie meinst du das?«

»Nichts von Bedeutung. Eine kleine Begebenheit vor sehr vielen Jahren, etwas, das Señora Anne mir damals anvertraut hat und …« Er winkte ab. »Lasst uns jetzt frühstücken, ich habe Hunger.«

Anselmo wusste nicht, was er sagen sollte. Der Gedanke, dass Cosimo seit gestern Abend ganz genau gewusst hatte, dass Anne sich anders entscheiden würde, versetzte ihm einen Stich. Warum hatte er ihm nichts davon gesagt? Weshalb hatte Cosimo ihn in Ungewissheit, Zweifel und Angst gelassen? Seit über fünfhundert Jahren war er Cosimos Diener, mehr noch sein Vertrauter, der einzige Freund, den er je hatte. Er hatte Cosimo immer zur Seite gestanden. Während der ganzen Zeit hatten sie jede Gefahr, jeden Fortschritt und jedes Geheimnis miteinander geteilt. Und nun belog er ihn. Einfach so. Das war schwer zu verdauen.

»Nun komm schon, Anselmo«, sagte Cosimo und legte ihm eine Hand auf den Arm. »Mach ein anderes Gesicht.«

»Sollte ich dich etwa noch bewundern?«, entgegnete Anselmo und schüttelte wütend Cosimos Hand ab. »Deine Theatervorstellung gestern war wirklich reif für eine Auszeichnung.«

»Du vergisst dich, Anselmo. Ich bin dir keine Rechenschaft schuldig«, sagte Cosimo kühl. »Und jetzt setz dich endlich an den Tisch und iss.«

Anselmo schwieg. Es kam selten vor, dass Cosimo ihn wie einen Diener behandelte, und dann gab es dafür stets einen Grund. Cosimo tat nie etwas Unbedachtes. Hatte er auch einen Grund gehabt, ihm zu verschweigen, dass Anne ihre Meinung ändern würde?

Wahrscheinlich. Das Elixier der Ewigkeit hatte Cosimo gelehrt, jede Handlung, jedes Wort sorgfältig abzuwägen, denn nichts auf dieser Welt blieb ohne Konsequenzen. Vielleicht wäre er nicht voller Zorn in Annes Zimmer gestürmt, wenn er bereits gewusst hätte, dass sie sich doch anders entscheiden würde. Und dann? Anselmo holte tief Luft und beschloss, Cosimo zu verzeihen und seine Wut und Kränkung zu vergessen.

Er setzte sich an den Tisch und begann zu frühstücken.

Anne war der Streit zwischen Cosimo und Anselmo nicht entgangen, aber sie war viel zu müde, um richtig zuzuhören. Am liebsten hätte sie auf das Frühstück verzichtet und sich auf der Stelle wieder ins Bett gelegt. Anselmo war in ihrem Zimmer aufgetaucht wie ein Racheengel mit seiner Posaune beim Strafgericht. Danach war sie nicht mehr in der Lage gewesen, auch nur ein Auge zu schließen. Sie hatte nachgedacht, gequält von Selbstvorwürfen, Gewissensbissen und ganzen Völkern von gesichtslosen Menschen, die im Geiste an ihr vorüberzogen, ihr verweigertes Dasein beklagten und sie dafür verantwortlich machten.

Jetzt fühlte sie sich wund, zerschlagen, als wäre sie von einem Riesen verprügelt worden. Jeder Knochen, jeder Muskel tat ihr weh. Vorsichtig versuchte sie das Gewicht zu verlagern und eine Position zu finden, in der das Sitzen keine Schmerzen verursachte. Gestern beim Abendbrot war ihr der schlichte Holzstuhl nicht einmal halb so unbequem vorgekommen. Aber gestern Abend war auch noch alles in Ordnung, dachte sie und nippte vorsichtig an dem heißen, starken Kaffee. Gestern hast du noch geglaubt, schon heute wieder im Flugzeug nach Hamburg zu sitzen. Und du bist dir nicht wie ein Schwerverbrecher vorgekommen, der nichts Geringeres als den Untergang der Welt zu verantworten hat. Aber die Show muss weitergehen.

Anne seufzte und trank erneut einen Schluck. Der Kaffee entfaltete allmählich seine Wirkung. Ihr Gehirn begann wieder etwas schneller zu arbeiten. Sie würde nicht nach Hause fliegen, zumindest nicht heute. Sie hatte noch etwas zu erledigen. Und so unangenehm es auch sein mochte, es wurde nicht besser, indem sie es vor sich herschob. Ganz gleich, ob sie noch einen Tag oder eine Woche warten würde, irgendwann musste sie dieses verwünschte Elixier der Ewigkeit trinken. Weshalb also nicht jetzt gleich? Anne strich sich das Haar aus dem Gesicht, hob den Kopf und straffte die Schultern.

»Also gut«, sagte sie und sah Cosimo herausfordernd an, »wie geht es jetzt weiter? Was soll ich tun?«

Cosimo lächelte sie über den Rand seiner Tasse an. »Sie vergeuden wirklich keine Zeit, Anne. Dabei sehen Sie müde und erschöpft aus. Keiner von uns wäre Ihnen böse, wenn Sie zuerst …«

»Nein, ich will es so schnell wie möglich hinter mich bringen«, unterbrach ihn Anne und lächelte grimmig. »Schlafen kann ich außerdem auch in der Vergangenheit.«

»Nun, wenn Sie sich sicher sind …«

»Ja, bin ich. Ich will wissen, was ich tun soll, wo ich das Elixier trinken soll, und dann ziehe ich mich an. Sie bringen mich dorthin, wo ich in der Vergangenheit aufgetaucht bin, und los geht es.«

Cosimo deutete eine Verbeugung an. »Wie Sie wünschen, Señora«, sagte er mit seinem typischen seltsamen Lächeln – spöttisch, arrogant, wissend. Anne hätte ihn am liebsten geohrfeigt. »Aber Sie müssen das Haus nicht verlassen. Sie werden das Elixier hier trinken. Es wird Sie diesmal in das Jahr 1544 bringen. Das Pergament mit dem Rezept für das Drachenöl nehmen Sie selbstverständlich mit und geben es mir. Später werden Sie in der Stadt eine Stellung als Schreiberin annehmen. Und sobald das Drachenöl hergestellt worden ist, werden Sie es Giacomo de Pazzi, Inquisitor von Córdoba, unter das Essen mischen.«

»Werden Sie mir dabei helfen?«, fragte sie.

»Nein, doch ein Freund von uns wird sich in Córdoba um Sie kümmern. Sein Name ist …« Er brach ab. »Aber das werden Sie alles erfahren, wenn Sie dort sind.«

Anne nickte. »Also werde ich Ihnen, Anselmo, Giacomo und Stefano in der Vergangenheit begegnen«, zählte sie auf. »Gibt es außerdem noch jemanden, auf den ich mich vorbereiten sollte?«

Cosimo schüttelte den Kopf. »Das kann ich Ihnen nicht sagen.«

Du könntest schon, dachte Anne verärgert, du willst nur nicht. Und ich würde zu gern wissen, weshalb.

»Und wie kann ich Giacomo dazu bringen, das Drachenöl zu schlucken?«, fragte sie. »Er mag zwar wahnsinnig sein, aber dumm ist er nicht. Außerdem kennt er mich. Ich kann mich wohl kaum vor ihn hinstellen und ihm vergiftete Getränke oder Speisen anbieten. Vermutlich schöpft er bereits Verdacht, sobald er erfährt, dass ich in Córdoba bin.«

»Das müssen Sie entscheiden, wenn Sie dort sind.«

Anne verzog das Gesicht. »Das sind nicht gerade umfangreiche Informationen, die Sie mir geben wollen, Cosimo«, sagte sie.

»Es tut mir Leid«, er hob bedauernd die Schultern, »aber ich darf Ihnen wirklich nicht mehr sagen. Jedes weitere Wort könnte Sie beeinflussen – und dadurch den Lauf der Geschichte empfindlich stören.«

»Das habe ich befürchtet.« Anne stieß einen Seufzer aus. Als sie nach Jerusalem flog, hatte sie wenigstens Gelegenheit gehabt, sich auf die Zeit vorzubereiten, in die sie geschickt werden sollte – sie hatte die damaligen politischen Verhältnisse recherchiert, welche Gruppierungen in Jerusalem welche Ziele verfolgten und so weiter. Das hatte ihr bei der Erfüllung ihrer Aufgabe genützt. Diesmal jedoch wusste sie nichts. Das Jahr 1544 in Spanien. Vage Erinnerungen aus dem Geschichtsunterricht tauchten in ihrem Gehirn auf. Die Inquisition hatte damals noch im ganzen Land gewütet. Amerika war natürlich bereits entdeckt. Und regierte zu diesem Zeitpunkt nicht ein Kaiser über Spanien? Irgendetwas von »Reich, in dem die Sonne nicht untergeht« spukte in ihrem Kopf herum. War das Karl der Große gewesen? Aber nein, der hatte viel früher gelebt. Oder doch nicht? Anne wünschte sich sehnlichst ihren Laptop und einen Internetanschluss herbei.

»Sind Sie wenigstens bereit, mir zu sagen, wie lange ich in der Vergangenheit bleiben werde?«

»Natürlich. Etwas mehr als sechs Monate. Um genau zu sein, sechs Monate und zehn Tage.«

»In Ordnung.« Anne stand auf. »Dann werde ich mich jetzt umziehen. Je eher, desto besser.«

»Anne, bevor Sie gehen«, Cosimos Gesicht wurde ernst, »habe ich noch eine Bitte. Wenn Sie wieder zurückkehren, bringen Sie bitte sowohl das Pergament als auch zwei Flaschen des Drachenöls mit.«

Anne sah ihn an. Sein Gesicht war nahezu faltenlos. Das Gesicht eines vierzigjährigen, höchst attraktiven Mannes. Aber seine Augen waren alt. Alt und voller Melancholie und Überdruss.

»Zwei Flaschen?«, fragte sie.

»Ja, bitte. Sie würden mir – und Anselmo natürlich auch – einen großen Gefallen erweisen.«

Anne sah von einem zum andern. Sie wusste zwar nicht, was das Drachenöl bewirken sollte, aber sie konnte es sich vorstellen. Und sie hatte eine Ahnung, wozu Cosimo es in der Gegenwart brauchen würde. Er und Anselmo würden es selbst trinken und dann … Anne wollte den Gedanken nicht zu Ende denken. Plötzlich, nachdem sie sowohl Cosimo als auch Anselmo in der vergangenen Woche mindestens drei Dutzend Mal verflucht und ihnen Pest, Cholera und Lepra zusammen an den Hals gewünscht hatte, stellte sie fest, wie sehr sie die beiden mochte.

Cosimo sah sie eindringlich an, während Anselmo hingegen einen verwirrten Eindruck machte, als hätte er bislang von diesen Plänen nichts gewusst.

»Wären Sie so freundlich, uns diese Bitte zu gewähren?«

Anne schluckte den Kloß hinunter, der plötzlich in ihrer Kehle steckte.

»Ja«, sagte sie schließlich mit belegter Stimme. »Ich werde Ihnen diesen Wunsch erfüllen. Sie können sich darauf verlassen.«

Cosimo schloss kurz die Augen. »Ich danke Ihnen«, sagte er leise. »Anselmo, hol das Elixier.«

Anselmo verschwand und kehrte wenig später mit einem Flakon zurück.

»Das Elixier der Ewigkeit«, sagte er ehrfürchtig und hielt das Fläschchen hoch gegen das Licht der Morgensonne, das durch die Fenster fiel. Die Sonnenstrahlen ließen die dunkelrote Flüssigkeit funkeln wie einen kostbaren, geschliffenen Rubin. Dann reichte er es Anne.

Vorsichtig nahm sie Anselmo den Flakon ab. Das Elixier der Ewigkeit. Es sah wunderschön aus. Anne fiel es immer noch schwer zu akzeptieren, dass diese Flüssigkeit in der Lage war, einen Menschen in die Vergangenheit zu befördern. Das war Zauberei, Magie. Es war jenseits jeder Vorstellungskraft.

»Sie wissen noch, wie Sie das Elixier einnehmen sollen?«

Cosimos Stimme riss sie aus ihren Gedanken. Anne ließ den Flakon sinken und lachte. Wie sollte sie das vergessen haben. Das letzte Mal, als sie das Elixier der Ewigkeit getrunken hatte, war schließlich erst vorgestern gewesen.

»Machen Sie sich keine Sorgen«, sagte sie zu Cosimo.

Er nickte, und plötzlich wirkte er seltsam nervös.

»In Ihrem Zimmer steht eine Truhe. Darin finden Sie ein passendes Kleid. Sobald Sie fertig umgezogen sind, wird Anselmo Ihnen frisches Wasser und einen Becher bringen. Es ist besser, wenn Sie das Elixier in Anselmos Gegenwart trinken, damit wir den genauen Zeitpunkt bestimmen können, wann wir Sie wieder aufwecken müssen.«

»Gut. Kein Problem.« Sie sah Anselmo kurz an. »Ich bin in fünf Minuten fertig.«

Sie wandte sich um, und ihr Blick fiel auf das Fresko über dem Kamin. Bereits gestern hatte es sie tief beeindruckt. Es zeigte einen Engel, der eine lange goldene Posaune in der Hand hielt. Dieser Engel hatte jedoch keine Ähnlichkeit mit den niedlichen pummeligen Putten, die für gewöhnlich Kirchen zierten oder auf Heiligenbildern zu sehen waren. Dieser Engel war groß und schlank. Seine Flügel schimmerten wie Stahl, und seine Posaune leuchtete, als wäre sie wirklich aus purem Gold. Er sah mit seinem schönen Gesicht so zornig und streng auf sie herab, dass sie sich schon gestern gefragt hatte, was sie wohl angestellt haben mochte. Jetzt erkannte sie, dass der Engel Anselmo geradezu verblüffend ähnelte. Ob das ein Zufall war?

Das kläre ich mit Cosimo, wenn ich wieder zurück bin, dachte sie.

Mit dem Flakon in der Hand ging sie die Treppe hinauf in ihr Zimmer. Sie wusch sich hastig, öffnete die Truhe, holte das Kleid heraus und lächelte. Es war blau wie die anderen Kleider, die sie auf ihren Reisen in die Vergangenheit getragen hatte. Cosimo kannte ihre Vorliebe für diese Farbe. Er dachte wirklich an alles. Während sie sich das Kleid überstreifte, bekam sie plötzlich doch Angst. Was sie jetzt vorhatte, überstieg ihre bisherigen Abenteuer bei weitem. In Florenz hatte sie noch nicht gewusst, dass Giacomo de Pazzi in Wahrheit ein Wahnsinniger war, der sich selbst als Gottes Werkzeug verstand. In Jerusalem war Giacomo ein Außenseiter, ein Aufrührer gewesen, der im Untergrund leben musste, weil ihn die Janitscharen und der Statthalter Suleimans gejagt hatten. In Córdoba hingegen würde Giacomo auf der anderen Seite stehen. Er war der Inquisitor. Er hatte die Macht zu entscheiden, wer gottesfürchtig und wer ein Ketzer war, und ihm gehorchte jeder, der nicht selbst auf dem Scheiterhaufen enden wollte. Und ausgerechnet diesem Mann sollte sie sich entgegenstellen? Sie sollte ihn sogar töten – denn Giacomo das Drachenöl einzuflößen lief letztlich darauf hinaus, da machte sie sich nichts vor. Sie sollte Giacomo de Pazzi töten. Sie, eine Frau in einer Gesellschaft von Männern, die sich die Freizeit gerade mit Hexenverbrennungen vertrieben. Das klang nicht gerade nach einer guten Idee. Es klang verdammt gefährlich. Wie sollte sie da wieder heil zurück in die Gegenwart kommen?

Vielleicht komme ich ja gar nicht zurück, dachte sie, und plötzlich wurde ihr schlecht. Weder Cosimo noch Anselmo hatten etwas davon gesagt, wie es nach ihrer Rückkehr weitergehen sollte. Und ihre Blicke – insbesondere der von Anselmo –, waren die nicht wirklich seltsam gewesen? Wussten die beiden etwa, dass sie im Jahre 1544 in Córdoba sterben würde? War es das, was Anselmo verwirrt hatte?

»Und was ist die Alternative?«, fragte Anne ihr Spiegelbild. »Willst du wirklich bis ans Ende deiner Tage mit einem schlechten Gewissen leben?« Sie blickte sich an. Ihr Gesicht sah älter aus an diesem Morgen, müde, erschöpft. Aber noch konnte sie sich gerade in die Augen schauen. Und das wollte sie auch in Zukunft. Außerdem hatte Cosimo sie gebeten, zwei Flaschen des Drachenöls mit zurückzubringen. Hätte er das wohl getan, wenn es für sie keine Rückkehr gab?

»Kopf hoch!«, flüsterte sie sich zu.

Es klopfte an der Tür.

»Kommen Sie herein, Anselmo, ich bin so weit.«

Noch einmal betrachtete sie sich prüfend im Spiegel. Sie sah nicht gerade aus wie eine der Damen am spanischen Hof, die sie von Gemälden her kannte. Ihr Kleid war viel schlichter, und der gerüschte hohe steife Kragen und die zahlreichen Unterröcke fehlten. Aber Cosimo hatte sich bestimmt etwas bei diesem Kleid gedacht. Er würde es nicht riskieren, dass sie eine Gesellschaft brüskierte, in der bereits ein falscher Blick zur unpassenden Zeit zum Tode führen konnte. Sie musste ihm vertrauen.

Anne wandte sich zu Anselmo um. Mit gesenktem Blick hielt er ihr einen Becher hin, und wieder gewann für einen kurzen Moment die Angst in ihr die Oberhand. Warum sah Anselmo sie nicht an? Wagte er es nicht, weil er wusste, dass er sie in den sicheren Tod schickte?

Unsinn!

Sie holte tief Luft, drehte den Stopfen vom Flakon und goss die blutrote Flüssigkeit in den Becher. Sofort breitete sich im ganzen Raum der fantastische Duft von Honig, Mandeln und Veilchen aus. Erinnerungen wurden wach, Erinnerungen an ihre vorherigen Reisen, an Florenz und Jerusalem, an Giuliano und Rashid und an Stefano, ihren Sohn. Anselmo füllte Wasser aus einem Krug in den Becher und reichte ihn Anne.

»Es ist so weit«, sagte er, und Anne kam sich plötzlich vor wie vor einer Hinrichtung.

Nachdenklich drehte sie den Becher in ihrer Hand und betrachtete die Bewegungen der Flüssigkeit. Sobald sie den Becher an den Mund gesetzt hatte, würde es kein Zurück mehr geben. Sollte sie also wirklich trinken?

»Augen zu und durch!«, sagte sie, hob den Becher wie zu einem Trinkspruch und trank ihn in einem Zug leer. Wie bei den ersten beiden Malen war der Geschmack des Elixiers auch diesmal überwältigend. Es war so köstlich, dass sie sich wünschte, es nicht so hastig hinuntergestürzt zu haben, und am liebsten noch den letzten Tropfen vom Boden des Bechers aufgeleckt hätte.

»Vergessen Sie das Pergament nicht«, sagte Anselmo und reichte ihr eine lederne Kartusche, an der zwei Lederbänder hingen. »Es ist wichtig. Ohne diese Schrift ...« Er sprach nicht weiter, aber Anne wusste, was er sagen wollte. Ohne diese seltsame, nicht zu entziffernde Schrift wäre alles umsonst gewesen.

»Ich werde mir die Schriftrolle an den Gürtel binden«, sagte sie und knotete die Lederbänder fest. »So kann ich sie auf keinen Fall verlieren.«

Anselmo lächelte, aber es sah irgendwie traurig aus.

»Ich wünschte, ich könnte mit Ihnen kommen«, sagte er leise. »Viel Glück, Anne.« Dann nahm er den Becher wieder an sich und verließ das Zimmer.

Anne sah ihm noch eine Weile nach, bevor sie sich auf ihr Bett legte. Zehn Minuten würde es dauern, bis die Wirkung des Elixiers einsetzte. Aufregung und Angst waren wie weggeblasen. Stattdessen fühlte sie sich frei und beschwingt. Und die Wände und die Decke ihres Zimmers schienen sich zu verfärben. Sie begannen golden zu schimmern. Es war wundervoll. Allein dieser Anblick war es wert.

Allmählich wurde sie schläfrig, und ein goldener Nebel, fast wie ein großes Tuch aus hauchdünner Seide, schwebte langsam auf sie herab. Während sie vor sich hin dämmerte und in den Schlaf hinüberglitt, tauchte plötzlich ein Gedanke auf. Sollte sie wirklich das Drachenöl aus der Vergangenheit mitbringen?

»Du hast es den beiden fest versprochen«, sagte sie zu sich mit träger, schleppender Stimme. »Und denk daran, wenn Cosimo und Anselmo das Drachenöl trinken, wird das deine letzte Reise in die Vergangenheit gewesen sein.«

Anne war schon halb im Schlaf, umhüllt von einem goldenen Dunst, der nach Veilchen und Mandeln duftete, aber wirklich trösten konnte dieser Gedanke sie trotzdem nicht.

III

Nimm es, wie es kommt

Anne schlug die Augen auf und war sofort hellwach. Einen Moment lang starrte sie zu der weiß getünchten Balkendecke empor, dann setzte sie sich auf.

Die Sonne schien grell durch das Fenster, der Tag musste also schon weit fortgeschritten sein. Abgesehen davon sah das Zimmer genauso aus, wie sie es in der Gegenwart verlassen hatte. Das Bett, die Truhe, der Waschtisch und der Spiegel waren an derselben Stelle, die Kerzenleuchter waren dieselben wie zuvor, sogar der Stoff des Baldachins und die Bettwäsche waren identisch. Ein schrecklicher Gedanke schoss ihr durch den Kopf. Hatte das Elixier der Ewigkeit etwa versagt? Hatte es sie diesmal nicht in die Vergangenheit geschickt?

Anne schlug hastig die Bettdecke zur Seite und sprang aus dem Bett. Ihr Herz klopfte bis zum Hals. Jetzt, da sie ihre Angst überwunden und sich durchgerungen hatte, diese verrückte Reise in das Jahr 1544 zu unternehmen, brachte sie allein die Vorstellung, dass es nicht geklappt haben könnte, völlig aus der Fassung. Sie stürzte zum Fenster.

Draußen schien alles so, wie sie es gestern bei ihrer Ankunft vorgefunden hatte. Gut, es war schon Abend gewesen, und vielleicht hatte sie im Halbdunkel nicht alles genau sehen können. Trotzdem kam ihr das Bild unverändert vor. Unter ihr lag der Hof, daneben stand die Garage, dahinter waren die Bäume und die Weide, auf der jetzt einige Pferde grasten. Wahrscheinlich waren sie gestern Abend bereits im Stall gewesen. Es hatte sich nichts verändert. Anne wurde übel, und sie musste sich am Fensterrahmen festhalten.

Es hat nicht funktioniert! Es hat nicht funktioniert! Es hat nicht funktioniert!

Der Satz hämmerte einen fast traumatischen Rhythmus in ihrem Kopf. Sie war kaum mehr in der Lage, an etwas anderes zu denken. Das Bett, die Truhe, die Bäume – alles begann sich um sie zu drehen. Und dann kam noch ein gleichmäßiges »Klack« dazu, wie der Bass in einem irrwitzigen, ohrenbetäubenden Song einer drittklassigen Heavy-Metal-Band.

Jetzt ist es so weit, dachte Anne. Jetzt werde ich wirklich verrückt.

Und als sie schon glaubte sich übergeben zu müssen, nahm sie plötzlich aus dem Augenwinkel eine Bewegung wahr, die ihre Aufmerksamkeit auf sich lenkte. Das Karussell und der Lärm in ihrem Kopf stoppten fast sofort. Für einen Moment fühlte sie sich wie damals, als ein Junge sie von der Drehscheibe auf dem Spielplatz geschubst hatte. Ihr war schwindlig, und die räumliche Orientierung fiel ihr schwer. Doch dieser Zustand besserte sich innerhalb weniger Sekunden. Und als sie sowohl wieder klar sehen als auch klar denken konnte, erkannte sie, was ihre Aufmerksamkeit gefesselt hatte. Es war ein Pferd.

Ein zierliches dunkelbraunes Pferd mit rötlich schimmerndem Fell, das Cosimo am Halfter auf den Hof führte. Die Hufe klapperten auf dem Kopfsteinpflaster. Wahrscheinlich hatte das Pferd in einer Box im Nebengebäude gestanden, denn ein Flügel des Garagentors war offen. Anselmo trat gerade mit einem Sattel in den Armen heraus. Anne konnte einen Blick auf ein weiteres Pferd erhaschen, das neugierig den Kopf aus seiner Box streckte, bevor Anselmo dem Torflügel einen Tritt gab, sodass er hinter ihm wieder zufiel. Sowohl er als auch Cosimo waren in weite Hemden und eng anliegende Hosen gekleidet. Sie trugen hohe, schmale Stiefel, und Cosimo hatte einen breitkrempigen Hut auf dem Kopf. Sie sahen aus, als hätten sie sich für einen Zorro-Film kostümiert.

Oder wie Männer des spanischen Landadels aus einer längst vergangenen Epoche, dachte Anne und schloss vor Erleichterung die Augen.

Gestern Abend waren keine Pferde im Nebengebäude gewesen, da war sie sich sicher. Anselmo hätte sonst nie den Wagen dort parken können. Also hatte das Elixier doch gewirkt. Und ihr Zimmer sah nur deshalb genauso aus wie vorher, weil Cosimo und Anselmo tatsächlich über die Jahrhunderte hinweg nichts in dem Haus verändert hatten. Sie benutzten offenbar sogar immer noch die gleichen Stoffe.

Unterdessen blieb Anselmo auf dem Hof in respektvoller Entfernung von Cosimo und seinem Pferd stehen.

»Nun komm schon, Anselmo!«, rief Cosimo ihm zu, während er zärtlich die Nase des Pferdes streichelte. »Er tut dir nichts. Du brauchst keine Angst zu haben.«

»Ich bin mir da nicht so sicher«, hörte Anne Anselmo sagen. Misstrauisch näherte er sich Schritt für Schritt von der Seite. Das Pferd wandte den Kopf zu ihm um und wieherte.

»Hört nur, Cosimo, das Vieh lacht mich aus!«

»Natürlich tut er das«, entgegnete Cosimo. »Er lacht über deine Angst. Nun komm endlich und reich mir den Sattel.« Zögernd, ohne das Pferd aus den Augen zu lassen und jederzeit bereit, sich in Sicherheit zu bringen, trat Anselmo näher. Endlich war er so nahe herangekommen, dass er Cosimo den

Sattel geben konnte. »Halt ihn fest«, sagte Cosimo und drückte ihm die Zügel in die Hand.

»Wenn der Herrgott gewollt hätte, dass wir uns auf dem Pferderücken fortbewegen, er hätte jedem von uns bei der Geburt einen Gaul mit in die Wiege gelegt«, knurrte Anselmo und hielt mit finsterem Gesicht die Zügel in der Hand. Gleichzeitig versuchte er so viel Abstand wie nur möglich von dem Pferd zu halten.

Aber das Tier schien seinen Spaß daran zu haben, Anselmo zu ärgern. Es schüttelte den Kopf, senkte und riss ihn hoch und machte den Hals so lang, wie es konnte, um nach Anselmo zu schnappen. Nach einer Weile gelang es ihm, mit den Lippen einen von Anselmos weiten Ärmeln zu erwischen, und kaute darauf herum.

»He, das Vieh frisst mein Hemd!«, schrie Anselmo, während er versuchte seinen Ärmel wieder aus dem Pferdemaul zu befreien. Doch egal, wie stark Anselmo auch zog und zerrte, das Tier dachte nicht daran, das Kleidungsstück loszulassen. Dieses Tauziehen zwischen Mann und Pferd sah so komisch aus, dass Anne herzhaft lachen musste.

Augenblicklich erstarrten Cosimo und Anselmo. Mit bleichen, bestürzten Gesichtern blickten sie zu ihr hoch. Das Pferd gab Anselmos Ärmel nun doch frei, hob den Kopf und wieherte. Es klang beinahe wie eine Begrüßung.

»Hallo«, sagte Anne, winkte den beiden zu und kam sich dabei ziemlich dämlich vor. Aber was hätte sie sonst sagen oder tun sollen?

Cosimo blinzelte und allmählich kam wieder Leben in ihn.

»Warte hier, Anselmo«, sagte er und tätschelte dem Pferd zerstreut den Hals. »Ich gehe nach oben, um unseren unverhofften Gast zu begrüßen.«

Erst hörte Anne die schwere Tür in der Halle zuschlagen,

dann eilige Schritte auf der Treppe, und nur einen Atemzug später stand Cosimo bereits in der Tür ihres Zimmers.

»Anne!«, keuchte er. Ob vor Aufregung oder Anstrengung hätte Anne beim besten Willen nicht sagen können. Er war so schnell vom Hof in ihr Zimmer gestürmt, dass er wahrscheinlich gleich mehrere Stufen auf einmal genommen hatte. »Señora Anne. Wie kommt Ihr hierher?«

»Auf demselben Weg, auf dem ich Euch bisher immer besucht habe«, entgegnete sie spöttisch. Dann betrachtete sie Cosimo eingehend. Sein Haarschnitt hatte sich erneut geändert. Außerdem trug er einen schmalen Bart an Oberlippe und Kinn, der ein wenig an alte Musketier- oder Piratenfilme erinnerte. Dass er im Februar 1544 bereits siebenundneunzig geworden war, sah man ihm nicht an. Im Gegenteil, er schaute geradezu unverschämt gut aus. »Wollt Ihr mich denn nicht begrüßen?«

»Verzeiht mir meine Unhöflichkeit, Señora!« Cosimo kam lächelnd auf sie zu und küsste mit einer eleganten Bewegung ihre Hand. »Aber Ihr müsst verstehen, dass ich durch Euer unerwartetes Erscheinen ein wenig durcheinander bin. Das letzte Mal habe ich Euch in Jerusalem getroffen. Das war vor …«

»Das war 1530, also vor vierzehn Jahren«, sagte Anne. Aus seiner Sicht, fügte sie in Gedanken hinzu. Aus meiner war es gerade vorgestern.

»Ja«, erwiderte er, »eine lange Zeit. Viel ist in den vierzehn Jahren geschehen. Aber das sollten wir später besprechen, wenn Ihr Euch ausgeruht und gestärkt habt. Ihr müsst müde sein, Señora Anne.«

»Eigentlich nicht«, entgegnete sie. Jetzt, da sie im Jahre 1544 angekommen war, wollte sie ihren Auftrag so schnell wie möglich erfüllen. »Im Grunde fühle ich mich ganz wohl und …«

Doch Cosimo fiel ihr ins Wort. »Was auch immer wir miteinander zu besprechen haben, es hat Zeit bis heute Abend.«

»Aber ich bin wirklich nicht …«

»Jede Reise ist anstrengend und ermüdend, und dabei ist es ganz gleich, ob sie nun auf dem Pferderücken oder mittels des Elixiers der Ewigkeit erfolgt. Glaubt mir, ich weiß, wovon ich spreche.« Anne wollte erneut etwas dagegen sagen, doch Cosimo hob die Hand wie ein strenger Vater, und sie schwieg. »Legt Euch hin und ruht Euch aus. Unterdessen wird Anselmo ein Mahl zubereiten. Und wenn die Glocken der Einsiedelei zur Vesper rufen, werden wir Euch wecken. Dann können wir über alles reden. Ich wünsche Euch eine angenehme, erholsame Ruhe.«

Anne starrte noch eine ganze Weile die geschlossene Tür an. Sie war wütend auf Cosimo. Und auch auf sich selbst. Warum behandelte er sie wie ein kleines Kind? Und weshalb war sie, die sonst wirklich nicht auf den Mund gefallen war, ihm nicht gewachsen? Wahrscheinlich lag es an seinem Alter. Siebenundneunzig und trotzdem im Vollbesitz aller geistigen und körperlichen Kräfte zu sein, verlieh diesem Mann eine Lebenserfahrung und eine Präsenz, der man als gewöhnlicher Sterblicher nichts entgegenzusetzen hatte. Das allein war schon schwer genug zu schlucken. Aber das Schlimmste an der Sache war, dass Cosimo auch noch Recht hatte. Sie war tatsächlich todmüde. Konnte sie sich in diesem Zustand überhaupt auf ein derart wichtiges Gespräch konzentrieren? Wohl kaum. Zu Hause im Verlag achtete sie auch darauf, gut vorbereitet und ausgeruht in eine Redaktionssitzung zu gehen. Und da ging es nur um die Mode der kommenden Saison und ähnlich unwichtige Dinge, und nicht darum, wie sie sich am besten einem Inquisitor nähern konnte, um ihn zu vergiften. Außerdem würde sie ein halbes Jahr hier bleiben, da fielen ein paar Stunden, die sie zusätzlich im Bett verbrachte, wohl kaum ins Gewicht.

Nimm es einfach, wie es kommt, dachte Anne und ging zu ihrem Bett. Sie hatte sich kaum ausgestreckt, da war sie auch schon eingeschlafen.

Anselmo war kurz vor dem Verzweifeln. Natürlich hielt er die Zügel in der Hand, aber da das Pferd ganz genau wusste, dass er Angst vor ihm hatte, machte es mit ihm, was es wollte. Zurzeit zog es Anselmo kreuz und quer über den Hof. Mal ging es langsam, dann trabte es plötzlich an. Schlimm wurde es, wenn es zwischendurch ein paar Galoppsprünge machte, sodass Anselmo die Zügel beinahe aus der Hand gerissen wurden. Das Pferd wieherte vor Vergnügen. Anselmo fand das Ganze weniger lustig.

»Glaube mir, wenn ich nicht solche Angst vor dir hätte und wenn ich könnte, wie ich wollte, würde ich dich ...«

Das Pferd wandte sich zu ihm um und kam auf ihn zu. Die großen braunen Augen funkelten übermütig, und Anselmos Herz begann schneller zu schlagen. Er versuchte dem Tier auszuweichen wie ein Stierkämpfer, doch die Zügel ließ er nicht los.

»He, Anselmo! Was machst du denn da?«

Selten war Anselmo so froh gewesen, Cosimos Stimme zu hören.

»Wieso ich?«, rief er und versuchte verzweifelt dem näher kommenden Pferd auszuweichen. »Fragt dieses Vieh!«

»Ho, Ricardo, ho!«

Das Tier blieb augenblicklich stehen, sah Cosimo an und wieherte sichtlich vergnügt.

Cosimo schüttelte lächelnd den Kopf. »Ich habe dir doch schon so oft gesagt, dass du keine Angst zu haben brauchst. Ricardo will dir nichts tun, er will nur spielen. Im Grunde ist er genau wie du. Es macht ihm eben Spaß, dich zu ärgern. Nun gib mir die Zügel.«

Anselmo öffnete langsam die Hand. Er hatte die Zügel so fest gehalten, dass die breiten Lederriemen tiefe Eindrücke in seiner Handfläche hinterlassen hatten. Vorsichtig bewegte er seine steifen Finger, während Cosimo dem Hengst den Hals tätschelte und ihm etwas ins Ohr flüsterte. Das Pferd schnaubte und nickte mit dem Kopf.

Es sieht aus, als ob die beiden miteinander sprechen würden, dachte Anselmo und fühlte eine seltsame Traurigkeit. War es Eifersucht, weil dieses Tier mit Cosimo etwas teilte, an dem er nicht teilhaben konnte? Oder beneidete er Cosimo um die Gabe, so selbstverständlich und ohne Angst mit diesen wundervollen Geschöpfen umzugehen? Ricardo war wirklich ein besonders schönes Tier – schlank, mit einem anmutigen Kopf. Sein glattes Fell glänzte in der Sonne wie eine polierte Kastanie, und seine dunkle Mähne schimmerte wie Seide. Natürlich wusste Anselmo, dass Ricardo ihm nie etwas tun würde. Der Hengst hatte einen guten Charakter – abgesehen von seinem Hang zu Neckereien. Trotzdem konnte er nichts dagegen tun, dass allein der Anblick des Pferdekopfes ihm den Schweiß auf die Stirn trieb.

»Ist sie … ist sie es wirklich?«, fragte Anselmo, nachdem er ein paar Schritte zurückgewichen war und sein Herz wieder einen langsameren Rhythmus schlug.

»Señora Anne?«, fragte Cosimo zurück, als müsste er sich erst daran erinnern, wen Anselmo meinen könnte. »Ja, sie ist es, mein Freund. Leibhaftig.«

»Und?« Anselmo zitterte beinahe vor Ungeduld. »Was hat sie gesagt? Warum ist sie hier? Und wo ist das Pergament, das wir in Jerusalem Giacomo abgenommen haben? Hat sie darüber etwas gewusst?«

Cosimo zuckte mit den Schultern und zauste Ricardos Mähne.

»Ich weiß es nicht.«

»Ihr wisst es nicht? Was soll das heißen? Habt Ihr etwa …«

»Wir haben nicht darüber gesprochen«, entgegnete Cosimo gelassen. »Sie ist müde von der Reise. Sie hat sich hingelegt. Wir werden alles nach dem Abendessen besprechen.«

»Erst nach dem Abendessen?« Anselmo hob die Hände zum Himmel. »Heilige Mutter Gottes, warum denn das?«

»Warum nicht? Wir haben alle Zeit der Welt. Das Pergament ist seit vierzehn Jahren verschollen, da kommt es auf ein paar Stunden mehr oder weniger auch nicht an.«

Cosimo klopfte Ricardo lächelnd den Hals. Der Hengst nickte heftig, so als hätte er jedes Wort verstanden und wäre mit Cosimo einer Meinung. Anselmo hätte am liebsten beide erwürgt. Vierzehn Jahre lang hatten sie sich den Kopf darüber zerbrochen, wo das Pergament aus der Grabeskirche in Jerusalem sein mochte. Jetzt war es so weit, dass sie das Rätsel endlich aufklären konnten, und Cosimo ließ Señora Anne einfach schlafen. Beim besten Willen und trotz aller Freundschaft vermochte er nicht zu verstehen, wie er so ruhig bleiben konnte.

»Cosimo, wir sollten …« Anselmo brach ab, und in hilfloser Wut stampfte er mit dem Fuß auf. Er wusste aus Erfahrung, dass es manchmal keinen Sinn hatte, mit Cosimo zu reden. Trotzdem fiel es ihm zuweilen schwer, das zu akzeptieren.

»Bereite ein üppiges Mahl vor, Anselmo«, sagte Cosimo. »Ich habe der Señora versprochen, sie zurzeit der Vesper zu wecken. Dann werden wir alles in Ruhe besprechen.«

Anne wachte von selbst auf. Sie fühlte sich ausgeruht und war bereits aufgestanden und hatte sich gewaschen, als die Glocken einer Kirche irgendwo in der Nähe sechsmal schlugen.

Sie verließ ihr Zimmer und ging hinunter. Am Fuß der Treppe stieß sie auf Cosimo.

»Oh, Señora Anne«, sagte er lächelnd. »Ich wollte Euch gerade wecken. Ich hoffe, Ihr fühlt Euch besser?«

»Ja, der Schlaf hat mir gut getan«, entgegnete Anne. »Aber jetzt habe ich Hunger.«

»So darf ich Euch zur Tafel geleiten.« Er bot ihr seinen Arm an und führte Anne zu dem Tisch, der genau an derselben Stelle stand, wie sie es aus dem Jahr 2004 kannte. In diesem Haus schien sich wirklich nichts verändert zu haben. Gar nichts außer …

»Das Fresko!«, rief sie überrascht aus und deutete auf die kahle Wand über dem Kamin. Als sie diese Wand das letzte Mal gesehen hatte, war sie von dem farbenprächtigen Engel mit der Posaune beherrscht worden. Spätestens jetzt war wirklich jeder Zweifel beseitigt. Sie befand sich tatsächlich in der Vergangenheit. »Es …« Anne bemerkte Cosimos seltsamen Blick und verstummte. Er sah sie an, als würde er sich fragen, ob sie noch normal sei.

»Wovon sprecht Ihr, Señora?«

»Ich … die Wand …«, stotterte Anne hilflos herum, während sie fieberhaft nach einer Ausrede suchte. Sie konnte Cosimo doch nicht erzählen, dass sie ein Gemälde vermisste, das sie in der Zukunft bewundert hatte. »Die Wand ist so kahl«, sagte sie schließlich und versuchte unbefangen zu lächeln. »Ich finde, ein Gemälde würde sie wunderbar schmücken.«

Cosimo neigte den Kopf, und seine Augen wurden schmal. »Ihr seid wahrlich erstaunlich«, sagte er langsam, »denn ich muss gestehen, dass auch ich bereits daran gedacht habe, die Wand über dem Kamin bemalen zu lassen. Ich sollte Euch bei Gelegenheit die Entwürfe zeigen. Vielleicht könnt Ihr mir bei der Auswahl behilflich sein.«

Anne nickte. »Gern«, erwiderte sie und fragte sich, ob sie

bereits zu viel verraten hatte. Hatte sie jetzt schon den Lauf der Geschichte verändert? Cosimo war schließlich nicht dumm. Dass sie so stark auf diese kahle Stelle im Haus reagierte, ließ ja nur einen Schluss zu: Das Fresko würde eines Tages in einer fernen Zukunft eine wichtige Rolle spielen.

»Verzeiht diese schlichte bäuerliche Umgebung und das bescheidene Mahl«, sagte Cosimo und rückte ihr den Stuhl zurecht. »Als wir uns hier vor vier Jahren niederließen, gaben wir vor, Pferdezüchter zu sein. Und einem Pferdezüchter steht es nicht zu, Brokatstoffe, Porzellan, Tafelsilber und eine Bibliothek voller in Leder gebundener Bücher zu besitzen. Aber wir haben uns für diesen einfachen Lebensstil entschieden, um die Aufmerksamkeit und den Neid unserer Nachbarn nicht unnötig auf uns zu lenken. Auch auf Bedienstete haben wir aus diesem Grund verzichtet, obgleich Anselmo sich anfangs sehr darüber beschwert hat. Doch mittlerweile hat er sich zu einem ganz anständigen Koch gemausert.«

Was Cosimo ein »bescheidenes Mahl« nannte, hätte ohne weiteres ausgereicht, außer ihnen selbst noch ein halbes Dutzend ausgehungerter Gäste zu bewirten. Der schwere Holztisch bog sich fast unter der Last von Wurst, Schinken, Käse und Brot, gebratenem Huhn und kaltem Schweinebraten, getrockneten Feigen, Orangen, Milch und Wein. Und dann kam Anselmo auch noch aus der Küche mit einer großen Schüssel voller glänzender, in Knoblauch, Kräutern und Zitronen eingelegter Oliven. Er musste die anderen Schüsseln und Platten erst zur Seite schieben, um einen Platz dafür zu finden.

»Greift zu«, forderte Cosimo Anne auf und reichte ihr das Brot.

Das Essen schmeckte wirklich köstlich. Das Brot war knusprig, die Oliven waren so frisch, als wären sie gestern erst gepflückt worden, und der Schinken stammte direkt von einem Bauern aus der näheren Umgebung.

»Nehmt Euch noch«, sagte Cosimo, als Anne sich auf ihrem Stuhl zurücklehnte zum Zeichen, dass sie mit dem Essen fertig war. »Wir haben noch genug. Und falls etwas fehlen sollte, bin ich sicher, dass Anselmo es innerhalb kurzer Zeit beschaffen kann.«

»Vielen Dank«, erwiderte Anne, »aber ich bin satt. Ich könnte beim besten Willen keinen Bissen mehr hinunterbringen. Mein Kompliment, Anselmo, dieses Mahl war wirklich köstlich.«

Anselmo neigte den Kopf, schien sich jedoch nicht wirklich über das Kompliment zu freuen. Seine Gedanken waren offensichtlich mit anderen Dingen beschäftigt. Nervös rutschte er auf seinem Stuhl hin und her wie ein Kind, das nach dem Essen an Heiligabend sehnsüchtig auf die Bescherung wartet.

Auch Cosimo lehnte sich auf seinem Stuhl zurück.

»Anselmo, räum jetzt den Tisch ab. Danach können wir reden.«

»Nein!«, widersprach Anselmo heftig. »Abräumen kann ich auch später. Außerdem macht Reden oft hungrig.«

Cosimo runzelte die Stirn und hob eine Braue. »Wahrlich, manchmal frage ich mich, wer in diesem Haus der Herr und wer der Diener ist. Ich hätte nicht übel Lust …«

Doch Anne legte ihm eine Hand auf den Arm. »Bitte, Cosimo, Anselmo hat Recht. Auch ich bin neugierig und kann es kaum mehr erwarten zu erfahren, was alles in den vergangenen vierzehn Jahren geschehen ist.«

Anselmo lächelte ihr zu.

»Gut, wie Ihr meint«, gab Cosimo seufzend nach. »Womit wollen wir beginnen?«

»Wo ist das Pergament?«, fragte Anselmo wie aus der Pistole geschossen. »Ich meine das Pergament, das wir Giacomo in der Grabeskirche in Jerusalem abgejagt haben. Es war fast ebenso plötzlich verschwunden wie Ihr, und deshalb dachten wir, nein, wir hofften, dass Ihr es mitgenommen habt. Oder ist es etwa gestohlen worden? Und was war mit Euch? Wo seid Ihr gewesen? Wie habt Ihr uns gefunden und …«

»Halt, Anselmo, das reicht!«, unterbrach ihn Cosimo. »Hören wir doch erst einmal, was uns die Señora zu sagen hat.«

Beide richteten ihren Blick erwartungsvoll auf Anne.

Anne strich sich das Haar aus dem Gesicht. Jetzt, da es so weit war, wusste sie nicht, wie sie beginnen sollte.

»Das Pergament ist nicht gestohlen worden«, sagte sie. »Ich hatte es bei mir, als ich in der Bibliothek eingeschlafen bin.«

»Ihr habt es also mit in … in Eure Zeit genommen?«, fragte Cosimo. Dabei wählte er seine Worte so vorsichtig, als würde allein die Verwendung der Begriffe »Zukunft«, »Vergangenheit« und »Gegenwart« einen Eingriff in den Lauf der Geschichte darstellen.

»Ja, das habe ich. Und ich habe es …«

Doch Cosimo hob die Hand.

»Bitte, sprecht nicht weiter. Ich möchte nicht schon heute wissen, was das Schicksal mir eines Tages bringen wird. Meine Erfahrungen haben mir hinlänglich gezeigt, wie gefährlich solch ein Wissen sein kann.«

»Wo ist das Pergament jetzt?«, fragte Anselmo. Wie er so vor Nervosität auf dem Stuhl hin und her zappelte, sah er aus wie ein aufgeregter Teenager. Und es war schwer vorstellbar, dass er in Wirklichkeit das achtzigste Lebensjahr bereits hinter sich gelassen hatte.

»Ich habe es bei mir«, erklärte Anne und zuckte zusammen, als Anselmo mit einem triumphierenden Schrei seine Faust auf den Tisch schmetterte. »Cosimo sagte, ich soll …« Sie warf Cosimo einen Blick zu und verstummte. Was Cosimo im Jahr 2004 zu ihr sagen würde, wollte er jetzt bestimmt nicht erfahren. Aber es war fast unmöglich, Anselmos Fragen zu beantworten, ohne etwas darüber zu verraten, was in vierhundertsechzig Jahren geschehen würde.

»Sie hat es!« Anselmo sprang von seinem Stuhl auf. »Halleluja! Sie hat es!«

»Still, Anselmo!«, fuhr Cosimo ihn an. Anselmo schwieg und setzte sich wieder. Aber ein breites Grinsen lag auf seinem Gesicht. »Ihr habt das Pergament also von zu Hause mitgebracht, wo Ihr die letzten vierzehn Jahre gewesen seid.«

»Ja, genauso ist es«, sagte Anne. Dann holte sie aus dem Beutel an ihrem Kleid die lederne Kartusche mit den drei Pergamentseiten hervor. »Und ich bin hier, um es Euch zu geben.«

Sie reichte Cosimo die Kartusche. Seine Hände zitterten, als er den Knebel öffnete, den Deckel abhob und die zusammengerollten Schriften herausnahm. Rasch schob Anselmo Teller und Schüsseln beiseite.

»Habt Ihr die Pergamente bereits entschlüsselt?«, fragte er Anne, während Cosimo sie ausbreitete und nebeneinander auf den Tisch legte.

»Nein, es war mir nicht möglich.«

Cosimo kniff die Augen zusammen und nickte langsam. »Das kann ich verstehen. Diese Geheimschrift ist überaus kompliziert. Aber Merlin hat sich etwas dabei gedacht.« Er tippte auf den kleinen Falken, die einzige Zierde der ansonsten recht langweiligen Blätter – wenn man einmal von der verwirrenden, sinnlos erscheinenden Aneinanderreihung von Zeichen und Buchstaben absah. Auf Anne machten sie nicht gerade den Eindruck einer durchdachten Geheimschrift. Viel eher kamen sie ihr vor wie die Kritzeleien eines Kindes, das noch nicht schreiben konnte. »Er wollte, dass nur derjenige, der über ausreichend Wissen, Fantasie und Geduld verfügte, auch im Stande sein würde, seine Schriften zu entziffern.« Er fuhr sich durchs Haar. »Es ist ihm wirklich vortrefflich gelungen. Ich habe mich zwar über viele Jahre hinweg eingehend mit der Geheimschrift des alten Magiers beschäftigt und mittlerweile mehr als eine seiner Schriften übersetzt, und dennoch kann ich nicht auf Anhieb sagen, ob es die gesuchte Schrift ist oder nicht.«

Anselmo wurde blass. »Ihr habt doch nicht etwa Zweifel?«

Cosimo zuckte mit den Schultern. »Ich bin vorsichtig, das ist alles. Nicht einmal die Tatsache, dass wir beide an einem fernen Tag die Señora mit diesem Pergament hierher schicken, lässt den Schluss zu, dass es sich um das gesuchte Pergament handeln muss. Es mag sein, dass uns in der Zukunft andere Gründe dazu bewegen, Señora Anne zu bitten, das Elixier zu trinken. Es ist schwierig, das zu beurteilen.« Er kratzte sich am Kopf. »Ich schätze, in zwei bis drei Tagen werden wir wissen, ob wir nun tatsächlich das Rezept für das Gegenmittel in Händen halten oder ob wir weitersuchen müssen. Wenigstens scheint diese Schrift vollständig zu sein.«

»Na, wenn das kein Trost ist«, murmelte Anselmo und erhob sich wieder. Er ging zum Kamin, lehnte seine Stirn gegen den Sims und starrte ins Feuer, während Cosimo die drei Pergamente fixierte, als wollte er ihnen allein mit der Kraft seines Blicks ihr Geheimnis entlocken. Es war nichts mehr zu hören als das Prasseln des Feuers.

Anne war hin und her gerissen. Sie wusste schließlich, dass auf diesen drei Pergamentseiten das Rezept für das Drachenöl stand, das einzige Mittel, mit dem die lebensverlängernde Wirkung des Elixiers der Ewigkeit aufgehoben werden konnte. Anselmo hatte es ihr schließlich gesagt. Er hatte ihr förmlich ins Gesicht geschrien, dass sie ihnen das Rezept bringen würde. Aber so gern sie den beiden die Wahrheit gesagt und sie getröstet hätte, sie durfte es nicht. Cosimo hatte ihr verboten, über die Zukunft zu reden. Und wenn sie sich darüber hinwegsetzen würde, würde er sie vermutlich lynchen.

»Und wie ist es Euch ergangen?«, fragte sie schließlich in das Schweigen der beiden Männer hinein.

»Soll ich es Euch sagen? Wollt Ihr es wirklich wissen?« Anselmo wandte sich mit grimmigem Gesicht zu ihr um. »Wir waren unterwegs. Genauso wie in den Jahren und Jahrzehnten davor waren wir immer unterwegs. Stets auf der Spur dieses gemeinen Mörders, den wir doch nie erwischen konnten. Manchmal frage ich mich, auf welcher Seite Gott eigentlich steht.«

Cosimo hob den Kopf. »Anselmo!«, sagte er streng. »Du vergisst dich.«

»Aber es ist doch so!«, rief Anselmo aus, ballte die Fäuste und wandte sich wieder an Anne. »Seit Giacomo de Pazzi damals mit Eurem neugeborenen Sohn aus Florenz geflohen ist, sind wir diesem Kerl auf den Fersen. Wir haben ihn gesucht, wir haben seine Spur verfolgt. Immer vergebens. In Jerusalem waren wir ihm schließlich so nahe wie nie zuvor. In der Grabeskirche standen wir ihm Auge in Auge gegenüber. Wir hätten nur die Hand nach ihm auszustrecken brauchen. Wir waren so nahe, dass wir ein Messer in sein schwarzes Herz hätten …«

»Anselmo!« Cosimo schlug mit der Hand auf den Tisch. Seine dunklen Augen funkelten. »Hör auf damit. Wir konnten ihn nicht töten. Außerdem befanden wir uns in einer Kirche, einem geweihten Ort. Und wir werden auf heiligem Boden kein Blut vergießen.«

»Heiliger Boden? Dass ich nicht lache. Giacomo, der Priester, der ›Retter der Welt‹, der ›Vater aller Gläubigen‹, hat sich nicht daran gestört, in der Kirche vor dem Altar einen gemeinen Mord zu begehen. Er hat dort vor unseren Augen Rashid umgebracht!«

»Und dafür wird er gewiss eines Tages gerichtet werden«, sagte Cosimo, und Anne hörte seiner Stimme deutlich an, dass er sich Mühe gab, ruhig zu bleiben. »Aber nicht von uns. Es steht uns nicht zu, das Urteil über ihn zu fällen. Du sühnst kein Unrecht, indem du ein weiteres begehst, Anselmo. Giacomo zu töten wäre keine bessere Tat als der Mord an Rashid.«

»Aber es hätte zahllosen Menschen viel Leid erspart«, zischte Anselmo durch die zusammengebissenen Zähne. »Stattdessen ist er uns wieder einmal entwischt. Und mit jedem Schritt, den er seither getan hat, konnte er sein Gift ungehindert weiter verbreiten. Dieses Gefasel von dem ›reinen Glauben‹, den ›Wegen, die dem Herrn bereitet werden müssen‹!« Anselmo spuckte ins Feuer. Sein Gesicht war weiß vor Zorn, und er wandte sich wieder an Anne. »Denn Giacomo ging nicht auf direktem Weg nach Córdoba, o nein, er hat die Gelegenheit zur Verbreitung seiner Lehren wahrhaft trefflich genutzt. Zuerst ging er nach Damaskus, um dort Unruhe zu stiften, von dort aus nach Tripolis. Im Hafen bestieg er ein Schiff, das ihn nach Piräus brachte. Wir haben sechs Wochen lang warten müssen, bis wir ihm endlich folgen konnten. Und als wir schließlich in Piräus ankamen, war seine Spur schon wieder kalt. Doch wir haben sie erneut aufgenommen. Ein Hirtenjunge erinnerte sich an ihn und Stefano – die beiden ›frommen Pilger‹, wie er sie nannte. Ja, Giacomo versteht es, die Herzen der Menschen zu verführen. In Jerusalem hatte er nur ein paar Hundert Anhänger. Gott allein mag wissen, wie viele seither auf seinem Weg quer durch Europa hinzugekommen sind. Überall, wo wir waren, wurden Juden vertrieben, und die Scheiterhaufen brannten lichterloh. Giacomos Lehren verbreiten sich wie die Pest.« Anselmo zitterte vor Wut. »Hier in Córdoba hat er jetzt sein Meisterstück begonnen. Anders als in anderen Teilen der Welt war der Acker hier bereits gepflügt, und so ist die Saat seines Giftes innerhalb kürzester Zeit aufgegangen. Fast täglich lässt er Menschen im Kerker der Inquisition verschwinden – Juden, Mauren, wer auch immer ihm im Weg zu stehen scheint. Niemand kann ihn aufhalten. Und er wird bis zum Jüngsten Gericht so weitermachen, weil wir nicht in der Lage waren, ihn zur Hölle zu schicken, als wir die Gelegenheit dazu hatten.«

Cosimo holte tief Luft. Seine Hände lagen scheinbar ruhig auf der Tischplatte, aber seine Augen glühten förmlich, und die Muskeln an seinen Wangen arbeiteten.

»Wir haben andere Werkzeuge, um die Menschen zu unterstützen, die unter Giacomo leiden oder durch ihn zu Schaden gekommen sind«, sagte er. »Wir haben unseren Verstand, unsere Bildung, unseren Reichtum und unseren Einfluss. Aber Mord gehört wahrlich nicht dazu.«

Anselmo schlug voller Wut gegen den Kaminsims.

Anne sah besorgt von einem zum andern. Sollte sie vielleicht doch sagen, dass es sich bei dem Pergament um die richtige Schrift handelte?

»Wir hätten die Wahl gehabt, Anselmo«, fuhr Cosimo fort, und seine Stimme klang wieder etwas ruhiger. »Vor vielen Jahren hätten wir einen anderen Weg einschlagen können. Aber wir haben diesen Weg gemieden, denn er hätte uns nur dorthin geführt, wo Giacomo heute steht. Und das weißt du ebenso gut wie ich.«

Anselmo fuhr sich durchs Haar, das mittlerweile zu allen Seiten hin abstand. Er biss die Zähne zusammen, dass es knirschte.

»Ja, das weiß ich. Aber ich könnte es nicht ertragen, Giacomo noch einmal davonkommen zu lassen. Eher würde ich ihm in aller Öffentlichkeit die Kehle durchschneiden. Dafür würde ich auch mit Freuden auf das Schafott gehen.«

Wie Anne sich erinnerte, verlängerte das Elixier der Ewigkeit zwar das Leben und schützte vor Alter und Krankheiten, es machte jedoch nicht unverwundbar. Ein Messer hätte also wirklich alle Probleme lösen können, was Cosimo jedoch ablehnte. Eine überaus ehrenhafte Einstellung, wie Anne fand. Andererseits handelte es sich beim Drachenöl um ein Gift. Wenn Giacomo davon trank, würde er zwangsläufig sterben. Wo war der Unterschied, ob er nun erstochen oder vergiftet würde? Oder bestand der Unterschied etwa darin, dass sich bei Giacomos Tod Anselmo und Cosimo nicht selbst die Hände schmutzig zu machen brauchten, wenn sie es war, die ihm das Gift einflößte? Dann wäre sie eine Mörderin. Das war ein Gedanke, der ihr gar nicht behagte.

»Wir sollten erst einmal abwarten, was in dem Pergament steht«, meinte sie schließlich, um neben Anselmo auch sich selbst zu beruhigen. »Wenn Ihr die Schrift entschlüsselt habt, sehen wir weiter.«

»Einen klügeren Rat hätte wohl kein Mann geben können«, sagte Cosimo, und der Hauch eines Lächelns huschte über sein müdes, erschöpftes Gesicht. »Die Señora hat Recht, Anselmo. Jetzt ist weder die Zeit für Euphorie noch für Verzweiflung. Erst wenn wir die Schrift lesen können, müssen wir uns Gedanken darüber machen, wie wir vorgehen sollen. Bis dahin bleibt uns nichts anderes übrig, als uns in Geduld zu üben. Wir müssen es nehmen, wie es kommt.« Anselmo stöhnte auf, und Anne musste lächeln. Geduld war bestimmt nicht seine herausragendste Eigenschaft. »Räum den Tisch ab und kümmer dich um die Señora, Anselmo. Ich werde mich in mein Gemach zurückziehen und sofort mit der Arbeit beginnen. Sorge bitte dafür, dass ich nicht gestört werde.«

Cosimo rollte die Pergamente zusammen, schob sie in die

Kartusche zurück und erhob sich. Er nahm eine brennende Kerze von einem der Leuchter und stieg die Treppe hinauf. Anne sah ihm sehnsüchtig nach, während Anselmo bereits die Teller zusammenstellte, um sie in die Küche zu tragen. Sie hätte Cosimo gern bei der Entschlüsselung der drei Pergamente geholfen – oder ihm doch wenigstens dabei zugesehen. Wie oft bekam man wohl im Leben die Gelegenheit, eine Schrift in den Händen zu halten, die dem Zauberer Merlin zugeschrieben wurde, einem Mann, der eher eine Sagengestalt denn eine historisch bezeugte Persönlichkeit war? Sie überlegte, ob sie Cosimo wohl einfach nachgehen und ihm ihre Hilfe anbieten solle. Zu zweit würde ihnen die Entschlüsselung bestimmt leichter und schneller von der Hand gehen.

»Denkt nicht einmal daran, Señora«, sagte Anselmo, als wüsste er genau, was gerade in Annes Kopf vor sich ging. »Ihr habt es doch gehört, er will ungestört sein. Uns bleibt nichts anderes übrig, als uns in Geduld zu üben«, ahmte er Cosimos Stimme nach. Dann lächelte er grimmig. »Ob es uns nun gefällt oder nicht, wir müssen abwarten, Señora. Wenn Euch das zu langweilig ist, könnt Ihr Euch die Zeit damit vertreiben, mir in der Küche helfen.«

Hoffnung

Natürlich half Anne Anselmo. Sie hätte es ohnehin nicht ertragen, Stunde um Stunde herumzusitzen und darauf zu warten, dass Cosimo ihnen endlich das Ergebnis seiner Bemühungen präsentierte. Im Stall und auf den umliegenden Weiden standen etwa zwei Dutzend Pferde. Für gewöhnlich kümmerte sich Cosimo wohl selbst um sie, da Anselmo sich kaum näher als bis auf eine Forkenlänge an die Tiere heranwagte. Und weil Anne früher eine begeisterte Reiterin gewesen war, hatte sie sich bereit erklärt, die Stallarbeit zu übernehmen. Seit ihrer Teenagerzeit hatte sie sich nicht mehr so intensiv um Pferde kümmern können, und bereits nach wenigen Stunden hatte ihre Kleidung diesen unverwechselbaren Pferdegeruch angenommen, den sie so geliebt und im Laufe der Jahre fast vergessen hatte. Ställe auszumisten, Pferde zu striegeln oder sich auf das Gatter zu setzen und einfach die Tiere auf der Weide zu beobachten hatte etwas Meditatives. Es war ein bisschen wie die Rückkehr in die eigene Kindheit. Allerdings war es eine trügerische Idylle, denn sosehr sie die Arbeit im Stall genoss, die Unruhe und Ungeduld schwelten in ihr. Auch Anselmo wurde von Stunde zu Stunde nervöser. Sie wollten endlich wissen, was in diesem Pergament stand.

Die Zeit verging, ohne dass sie Cosimo zu Gesicht bekamen. Er hatte die Tür seines Zimmers verriegelt und die Fensterläden geschlossen. Regelmäßig brachte ihm Anselmo das Essen auf einem Tablett hinauf und stellte es vor seine Tür. Wenn er das Tablett dann wieder abholte, fanden sie manchmal einen Zettel, auf dem Cosimo um Tinte, Kerzen oder weitere Blätter Pergament bat. Meist jedoch blieb das Essen unbeachtet, und Anselmo trug es so wieder in die Küche zurück, wie er es hinaufgetragen hatte. Und die Läden seiner Fenster blieben fest geschlossen. Nur der schwache Kerzenschein, der durch die Ritzen nach außen drang, verriet, dass er immer noch in seinem Zimmer war und angestrengt arbeitete.

Mit Hingabe striegelte Anne Ricardo. Cosimos Pferde waren eins wie das andere außergewöhnlich schöne Tiere, aber den temperamentvollen vierjährigen Hengst hatte sie besonders ins Herz geschlossen. Während sie mit der Bürste Ricardos kastanienbraunes Fell zum Glänzen brachte, warf sie immer wieder einen Blick zu Cosimos Fenstern. Nichts hatte sich verändert.

Er hat es gut, dachte sie und seufzte tief, er kann etwas Sinnvolles tun. Und wir?

Als hätte er ihre Gedanken gelesen, wandte Ricardo ihr den Kopf zu und stupste sie mit der Nase an.

»Du hast Recht«, sagte sie laut und streichelte sein weiches Maul. »Auch ich kann mich nützlich machen.«

In diesem Augenblick kam Anselmo auf den Hof und trat neben Anne.

»Er hat schon wieder nichts gegessen«, sagte er zu ihr und sah ebenfalls zu den geschlossenen Fensterläden empor. Er war so besorgt, dass er sogar seine Angst vor dem Pferd vergaß. »Drei Tage und vier Nächte sind es nun schon, ohne dass er auch nur einmal das Licht gelöscht hätte. Es reicht. Ich schwöre, und Gott ist mein Zeuge, wenn er bis zur Vesper an diesem Abend sein Zimmer nicht verlässt, dann hole ich ihn heraus, selbst wenn ich die Tür mit einer Axt einschlagen muss!«

»Das wird wohl nicht nötig sein.«

Die unerwartete Stimme in ihrem Rücken ließ Anne und Anselmo herumfahren. Auch Ricardo wandte den Kopf und stieß ein erfreutes Wiehern aus, um seinen Herrn zu begrüßen.

»Ich bin fertig«, sagte Cosimo. Er sah furchtbar aus – bleich, viel bleicher noch, als er ohnehin schon war, mit dunklen Ringen unter den Augen. Obwohl sich sein Gesicht nicht wirklich verändert hatte und immer noch genauso glatt und jugendlich war wie vor drei Tagen, sah er jetzt doch aus wie ein Greis. Allerdings hatte er die ganze Zeit gearbeitet, kaum geschlafen und wenig gegessen, sodass sich Anne darüber keine Gedanken machte.

Ein überraschend eisiger Wind kam plötzlich auf und blies ihr in den Nacken. Die Temperatur schien innerhalb weniger

Sekunden um mindestens zehn Grad zu sinken, und eine dunkle Wolke schob sich vor die Sonne. Sie erschauerte.

Februar, dachte sie, es liegt an der Jahreszeit. Selbst in Andalusien kann der Februar unfreundlich, kalt und regnerisch sein.

Cosimo trat zu Ricardo und streichelte seinen glatten Hals, während das Pferd zärtlich an seinem Hemd knabberte.

»Es ist mir gelungen, die Schrift zu entschlüsseln.«

»Und?« Anselmos innere Spannung war so groß, dass die Luft um ihn herum förmlich vibrierte.

Cosimo lehnte seine Stirn gegen den Pferdekopf, und Anne fragte sich, ob er wohl gleich im Stehen einschlafen würde. Doch er hatte sich unter Kontrolle. Er klopfte Ricardos Hals, dann wandte er sich um.

»Kommt mit ins Haus. Ich werde es euch zeigen.«

Anne fühlte sich, als hätte sie sich stundenlang durch einen Schneesturm gekämpft. Sie fror erbärmlich, und als sie das Haus betrat, zog es sie augenblicklich zum Kamin. Während sie ihre Hände wärmte, dachte sie daran, dass sie am Morgen noch Anselmo angesichts des Sonnenscheins gesagt hatte, er könne sich die Mühe mit dem Feuer sparen. Jetzt war sie dankbar, dass er nicht auf sie gehört hatte.

Cosimo ging zum Tisch, auf dem er bereits zahlreiche Pergamente ausgebreitet hatte. Anselmo und Anne setzten sich und sahen ihn erwartungsvoll an.

»Und«, fragte Anselmo, nachdem Cosimo eine ganze Weile nichts anderes getan hatte, als in den Pergamenten auf dem Tisch herumzuwühlen, »handelt es sich um das Rezept für das Drachenöl?«

Cosimo blickte zerstreut auf und sah ihn und Anne an, als hätte er für einen Moment vergessen, dass sie noch da waren.

»Ja«, sagte er schließlich und widmete sich sofort wieder den Papieren.

Anselmo stieß einen triumphierenden Schrei aus und sprang auf.

»Endlich ist es so weit, endlich!«, rief er und umarmte Anne. »Wir haben das Rezept! Wir haben es!«

Anne erwiderte seine Umarmung halbherzig. Natürlich war das eine gute Nachricht, aber weshalb war Cosimo dann nicht ebenso euphorisch? War es wirklich nur Müdigkeit? Sie beobachtete ihn aufmerksam. Und je länger sie ihm dabei zusah, wie er die Pergamente hin und her schob, umso mehr verkrampfte sich ihr Magen. Anselmo ließ sich langsam auf seinen Stuhl nieder. Auch er schien es zu bemerken.

»Was stimmt nicht, Cosimo?«, fragte er mit einer Stimme, als wäre er plötzlich aus einem wunderbaren Traum erwacht.

Cosimo antwortete nicht gleich. Er fuhr sich mit beiden Händen über sein blasses Gesicht und rieb sie dann aneinander, als wollte er die Kälte aus den Fingern vertreiben. Anne zog fröstelnd die Schultern zusammen. Plötzlich schien nicht einmal mehr das Kaminfeuer sie wärmen zu können.

Auf diesen Seiten steht nichts Gutes, dachte sie. Und er überlegt jetzt, wie er es uns am besten sagen soll. Ihr wurde vor Angst übel. Die Sekunden, in denen Cosimo nicht auf Anselmos Frage antwortete, schienen sich zu Stunden zu dehnen. Und es schien immer kälter im Raum zu werden. Bald würde ihr Atem zu Reif gefrieren und sich in Form von Eisblumen an den Fensterscheiben niederschlagen. Endlich räusperte sich Cosimo.

»Eigentlich ist alles in bester Ordnung«, sagte er. Seine Stimme klang wie eine angerostete Maschine, die erst mit ein paar Tropfen Öl zum Laufen gebracht werden musste. Er deutete auf eines der eng beschriebenen Blätter vor sich. »Die

Schrift ist vollständig. Hier steht alles genau beschrieben – welche Zutaten man braucht, wie man bei der Zubereitung vorzugehen hat bis hin zu den Auswirkungen des Öls. Natürlich müssen die Maße und Gewichte noch umgerechnet werden, aber auch das dürfte kein Problem sein. Es kostet eben nur ein bisschen Mühe.«

»Was ist dann das Problem?« Anselmo ließ Cosimo nicht aus den Augen. Sein Gesicht war angespannt, und seine schlanken Hände umklammerten die Tischkante so fest, dass die Fingerknöchel weiß hervortraten. »Ist es die Wirkung des Drachenöls?«

Cosimo schüttelte den Kopf. »Nein. Es ist eigentlich für den äußerlichen Gebrauch vorgesehen und vermag dann selbst schwerste Hauterkrankungen zu heilen. Eingenommen zeigt es keine Wirkung, es sei denn, der Konsument würde sich in einem durch künstliche Hilfsmittel herbeigeführten Zustand befinden. Dann stellt das Drachenöl innerhalb kurzer Zeit den natürlichen Zustand wieder her. So steht es hier.«

»Das Drachenöl hebt also die Wirkung des Elixiers der Ewigkeit auf?«, fragte Anselmo. »Verstehe ich das richtig?«

»Ja, das Elixier der Ewigkeit wird sogar besonders in diesem Zusammenhang erwähnt. Das Drachenöl ist das einzige Mittel, welches die lebensverlängernde Wirkung aufzuheben vermag, ohne dass es als Gift wirkt. Es führt einfach zu einem dem Alter entsprechenden natürlichen Tod.«

»Und was um Himmels willen bereitet Euch dann noch Kopfzerbrechen, Cosimo? Das ist doch genau das, was Ihr wolltet. Mit dem Drachenöl werden wir Giacomo nicht vergiften. Es ist wie …« Er sah sich um auf der Suche nach einem passenden Vergleich. »Es ist, als ob man Tafelbesteck reinigen würde, damit es wieder glänzt. Wir werden unser Gewissen nicht mit einem Mord belasten. Wir stellen nur seinen ursprünglichen Zustand wieder her.«

»Ja«, sagte Cosimo und fuhr sich mit beiden Händen durchs Haar. »Du hast vollkommen Recht.«

Anselmo schlug mit der Hand auf den Tisch. »Dann, bei allen Heiligen, sprecht doch endlich aus, was an der Sache nicht stimmt!«

Cosimo schloss die Augen und holte tief Luft. »Wir werden das Drachenöl niemals herstellen können«, sagte er, und beim Klang seiner Stimme dachte Anne an einen Kelch aus Kristall, der gerade am Boden zerschellte. Für einen Augenblick glaubte sie, ihr Herz würde einfach aufhören zu schlagen. Anselmo wurde kreidebleich und begann zu zittern. Seine Lippen formten Worte, ohne dass auch nur ein Ton zu hören war.

»Warum nicht?«, fragte Anne leise an seiner Stelle.

»Allein die Liste der Zutaten ist eine Herausforderung, der wir nicht gewachsen sind«, erwiderte Cosimo so heftig, als würde er ihnen die Schuld dafür geben. Er ergriff eines der Blätter und klopfte mit dem Finger auf Zeilen und Worte, die Anne ohnehin nicht lesen konnte. »Ein zu Staub gemahlener Drachenzahn. Ein Stück von der Leber eines Wals. Ein Tropfen Schlangengift – nur um ein paar Beispiele zu nennen. Und dann wären da noch die Kräuter, die für das Drachenöl benötigt werden. Viele davon wachsen nicht hier, sondern in Frankreich, Italien oder in England. Selbst wenn wir diese Kräuter beschaffen könnten, würden wir sie wohl nur getrocknet oder als Pulver bekommen. Dabei werden einige von ihnen in frischem Zustand gebraucht. Und manche der hier erwähnten Pflanzen kenne ich nicht einmal.« Cosimo sprang auf und ging mit langen Schritten durch den Raum. »Und selbst wenn es uns gelingen sollte, die Zutaten zu beschaffen, wo um alles in der Welt sollen wir das Drachenöl herstellen? Die Prozedur ist langwierig und kompliziert. Viel komplizierter als die Herstellung des Elixiers der

Ewigkeit. Vorsichtig geschätzt dauert sie etwa zwei Monate. Während dieser Zeit muss der Absud ständig überwacht werden, denn sobald auch nur eine Zutat nicht zum richtigen Zeitpunkt zugegeben wird oder zu lange kocht, ist das Ganze nicht mehr wert als ein Glas Kuhpisse.«

Er trat gegen einen Schemel, der mit lautem Getöse umstürzte und quer durch den Raum schlitterte.

»Cosimo, wir könnten es doch umschichtig überwachen. Wir sind zu dritt, jeder übernimmt eine Schicht und …«

»Und wo sollen wir das machen, Anselmo? In deiner Küche? Denk doch mal nach!« Cosimo schlug sich mit der flachen Hand gegen die Stirn. »Es handelt sich bei dem Drachenöl nicht um eine Suppe, die wir in einem deiner Töpfe anrühren könnten. Wir brauchen spezielle Gerätschaften, Glaskolben, Trenngläser, und die haben wir nun einmal nicht. Damals in Florenz, als Giacomo und ich das Elixier der Ewigkeit gebraut haben, hat uns ein Freund meiner Familie, ein Apotheker, sein geheimes Labor zur Verfügung gestellt. Hier haben wir nicht einmal einen Apothekenmörser!«

»Aber wir könnten doch nach Córdoba gehen«, schlug Anne vor. »Dort wird es doch auch Apotheken geben, in denen wir bestimmt die entsprechenden Gerätschaften kaufen oder zumindest leihen können.«

»Das mag einst so gewesen sein«, erwiderte Cosimo, und man merkte ihm an, dass er sich größte Mühe gab, mit Anne etwas höflicher zu reden, als er es eben mit Anselmo getan hatte, »als diese Stadt noch eine blühende Universität besaß, über eine der größten Bibliotheken des Abendlandes verfügte und Gelehrte aller Wissensrichtungen hierher pilgerten, um sich mit anderen Gelehrten auszutauschen. Doch mittlerweile haben sich die Zeiten geändert. Die Inquisition hat überall in diesem Land ihre Spuren hinterlassen, und sie hat ihre Arbeit gründlich gemacht. Bereits vor fünfzig Jahren wurde ein

Großteil der Juden, der Mauren und der Gelehrten vertrieben. Bücher wurden verbrannt, wissenschaftliche Abhandlungen und Geräte wurden vernichtet. Seither gelten Glaskolben und Reagenzgläser als Teufelswerk, und kein Mann, der an seinem Leben hängt, würde es wagen, solche Gerätschaften zu besitzen, geschweige denn, es an einen Fremden zu verkaufen. Selbst wenn wir nach Córdoba gingen, würdet Ihr in dieser Stadt höchstens ein Fläschchen Lavendelöl oder harmlose Pulver zur Stärkung der männlichen Zeugungskraft finden. Nein«, er schüttelte den Kopf und ließ das Pergament auf den Tisch fallen, »wie auch immer wir es drehen und wenden, wir werden es nicht schaffen. Wenigstens nicht hier, nicht in dieser Zeit. Damit müssen wir uns abfinden. Es tut mir Leid.«

Cosimo drehte sich um und ging. Deutlich waren seine Schritte auf der Treppe zu hören. Es klang, als wäre er mit einem Schlag fünfzig Kilo schwerer geworden.

Anselmo und Anne blieben wie erstarrt sitzen. Keiner von ihnen war in der Lage, auch nur ein Wort zu sagen oder auch nur einen Finger zu rühren.

Jetzt schneit es, dachte Anne. Mitten im Haus hat es angefangen zu schneien. In zwei oder drei Tagen werden sie uns finden – Bauern oder Hirten oder spielende Kinder. Steif gefrorene Leichen, verborgen unter meterhohen Schneewehen.

Annes Hirn arbeitete ungewöhnlich langsam, doch plötzlich hatte sie eine Eingebung. Sie brach wie ein Sonnenstrahl durch tiefschwarze Gewitterwolken und brachte ihre Gedanken auf Trab. Warum? Warum hatten Cosimo und Anselmo sie ausgerechnet in das Jahr 1544 geschickt, wenn es die falsche Zeit sein sollte? Natürlich konnten sie sich beim Abmessen des Elixiers der Ewigkeit vertan haben, aber hatte nicht Anselmo ihr ins Gesicht geschrien, dass Giacomo am 17. Juni 1544 sterben würde? Und zwar würde er nicht etwa einem Dolchstoß zum Opfer fallen, er würde durch das Drachenöl sterben. Sie hatte keinen Grund, an der Wahrheit dieser Worte zu zweifeln. Anselmo war in dieser Nacht viel zu zornig gewesen, um zu lügen. Also würden sie einen Weg finden, das Drachenöl herzustellen. Es gab noch Hoffnung.

Anne atmete tief ein. Es war ein Gefühl, als hätte sie seit mindestens zehn Minuten die Luft angehalten. Ihr Herz pumpte das Blut wieder schneller durch ihre Adern und ließ die Wärme in ihre Glieder zurückkehren.

»Anselmo!«, rief sie und wandte sich zu ihm um. Er saß immer noch wie festgefroren auf seinem Stuhl, und nur die Tränen, die über sein bleiches Gesicht liefen, verrieten, dass er noch lebte.

»Anselmo!« Er reagierte nicht. Anne stand auf, packte ihn an den Schultern und schüttelte ihn. »Anselmo, es gibt noch Hoffnung! Hoffnung! Hörst du?« Sie schüttelte ihn durch wie eine Puppe, sie schrie ihn an, doch er rührte sich nicht. Erst als sie die Hand hob, um ihm eine Ohrfeige zu geben, wandte er ihr langsam, ganz langsam den Blick zu.

»Hoffnung?« Seine Stimme schien von weit her zu kommen.

»Ja, Hoffnung«, sagte Anne und war fest entschlossen, ihm alles zu erzählen, was sie wusste. Sie konnte diesen erbarmungswürdigen Anblick nicht länger ertragen. »Ich weiß es, weil …«

In diesem Augenblick klopfte es zaghaft an der Tür. Anne blieb wie vom Donner gerührt stehen. Wer konnte das sein? Sie beschloss, keinen Laut von sich zu geben. Vielleicht würde der Besucher dann wieder verschwinden. Doch wer auch immer an der Tür stand, dachte nicht daran, aufzugeben. Das Klopfen wurde lauter.

»Anselmo?«, rief eine weibliche Stimme. »Warum öffnest du nicht?«

Die unbekannte Frau hämmerte gegen die Tür.

»Anselmo, bist du da? Señor Cosimo, seid Ihr vielleicht dort drin? Ihr müsst da sein, Euer Pferd steht ja auf dem Hof.« Einen Augenblick blieb es still. »Anselmo! Warum antwortest du nicht? Geht es dir gut?« Die Stimme wurde immer ängstlicher. Anne hörte eilige Schritte, die sich von der Tür entfernten. Und kurz darauf spähte ein Gesicht durch eines der Fenster. Es war das hübsche Gesicht eines jungen Mädchens.

»Wer ist das?«, flüsterte Anne, doch Anselmo blieb ihr die Antwort schuldig. Plötzlich kam Leben in ihn. Er sprang auf und stürzte zur Tür, zog und zerrte an dem Riegel, fluchte und schlug mit der Hand gegen das Holz, bis es endlich nachgab. Er riss die Tür auf und stürmte nach draußen.

»Teresa!«, schrie er, und seine Stimme klang wie die eines Ertrinkenden. »Teresa!«

Das Gesicht verschwand vom Fenster, und das Mädchen rannte auf ihn zu.

»Anselmo!«, rief sie von Weitem. Sie lief zu ihm in seine ausgebreiteten Arme und schlang ihre eigenen um seinen Hals. »Warum hast du nichts gesagt? Warum hast du mir die Tür nicht geöffnet? Geht es dir gut? Ich hatte solche Angst. Ich fürchtete schon, dass man euch abgeholt hat und dass ihr …«

Was auch immer sie noch sagen wollte, ging in Anselmos Küssen unter, die sie leidenschaftlich erwiderte. Anne wandte den Blick ab. Zu schmerzhaft waren die Erinnerungen. Rashid. Wie hatte sie ihn geliebt – sein Lachen, seine Wärme, sogar seinen leicht aufflackernden Zorn. Plötzlich wurde ihr bewusst, wie sehr sie ihn vermisste, und die Tränen brannten in ihren Augen. Sie wollte gerade die Treppe hoch und in ihr Zimmer gehen, als Anselmo nach ihr rief.

»Señora Anne, bleibt doch!«

Anne wandte sich um. Anselmos Haar war zerzaust, und

das Feuer war in seine Augen zurückgekehrt. Er hielt das junge Mädchen an der Hand und zog es hinter sich her wie eine Rettungsboje, die er auf gar keinen Fall wieder loslassen wollte.

»Darf ich Euch Teresa vorstellen? Teresa, das ist Señora Anne, eine Cousine meines Vaters.«

Anne lächelte, obwohl ihr viel eher nach Heulen zumute war. Dabei hoffte sie, dass ihr Lächeln so freundlich wirkte, wie das Mädchen es verdient hatte.

»Es freut mich, dich kennen zu lernen, Teresa.« Sie hielt dem Mädchen die Hand hin, um es zu begrüßen. Doch zu ihrer großen Überraschung kniete das Mädchen vor ihr nieder, nahm ihre Hand und küsste sie, als wäre sie eine Königin. »Nicht doch«, sagte Anne und spürte, wie ihr die Röte in die Wangen stieg. »Das steht mir wahrlich nicht zu. Steh wieder auf, Teresa.«

Das Mädchen erhob sich und lächelte schüchtern, während Anne fast die Luft wegblieb. Teresa war eine Schönheit. Sie hatte volles langes Haar, das im Schein des Kaminfeuers wie poliertes Ebenholz glänzte. Ihre großen dunklen Mandelaugen waren von langen, dichten Wimpern umrahmt, die jede Wimperntusche überflüssig machten. Ihre Augenbrauen waren fein geschwungen, und ihre Haut war so rein und ebenmäßig, dass manches Fotomodell gewiss vor Neid erblasst wäre. Was an ihr jedoch besonders anziehend war, war ihre offensichtliche Bescheidenheit. Man konnte meinen, dass sie noch nie in ihrem Leben in einen Spiegel geblickt hatte.

»Teresa ist die Tochter des Apothekers José Alakhir«, erklärte Anselmo.

»Alakhir?«, fragte Anne. »Der Name klingt maurisch.«

»Wir sind Christen!«, versicherte Teresa hastig und warf Anselmo einen nervösen Blick zu. Doch er schüttelte den Kopf und strich ihr beruhigend über das offene Haar.

»Keine Angst«, sagte er leise, »meine Tante gehört nicht zu denen, die der Inquisition dienen. In diesem Haus bist du sicher.« Er wandte sich an Anne. »Ja, der Name Alakhir ist maurischer Herkunft. Deshalb ist Teresas Familie vor einigen Wochen der Inquisition zum Opfer gefallen. Sie allein konnte sich retten.«

»Ich war im Garten unseres Landhauses, als sie kamen«, erzählte Teresa. Und obwohl Anne fließend Spanisch sprach, hatte sie doch anfangs Probleme, ihr zu folgen. Das Spanisch des 16. Jahrhunderts schien sich von dem modernen Spanisch in ähnlicher Weise zu unterscheiden wie das Italienisch. Aber war sie nicht auch in Florenz mit diesen Problemen fertig geworden? Sie würde sich schon hineinfinden, sie brauchte nur Zeit. »Auf unserem Grundstück befinden sich mehrere alte Zisternen, in denen während des Frühlings das Regenwasser gesammelt wird. Von einer von ihnen führt ein Geheimgang direkt in die Berge. So konnte ich fliehen. Ich weiß nicht genau, was mit meinen Eltern und Geschwistern geschehen ist, aber ich bin mir sicher, dass sie alle tot sind.« Ihre Augen füllten sich mit Tränen. »Mutter Maddalena hat mich ein paar Tage später in den Bergen gefunden und sich meiner angenommen. Sie hat ein gutes Herz.«

»Ja, Mutter Maddalena ist eine bemerkenswerte Frau. Ihr solltet sie kennen lernen, Señora Anne. Seit ihrer Flucht lebt Teresa bei ihr und ihren Nonnen in der Einsiedelei. Sie ist etwa eine Wegstunde entfernt. Von unserem Hof aus kann man die Kirche zwischen den Bäumen erkennen«, sagte Anselmo und küsste liebevoll Teresas Haar. »Täglich danke ich Gott für diesen geheimen Gang, der dir die Flucht ermöglicht hat.«

»Wer hat ihn denn angelegt?«, fragte Anne.

»Mein Urgroßvater«, antwortete Teresa und wischte sich mit einem Zipfel ihres Kleides die Tränen aus den Augenwinkeln. »Er war ebenfalls Apotheker wie mein Vater und ein großer Gelehrter noch dazu. Vor vielen, vielen Jahren wurden die Zeiten für uns Morisken schlecht. Damals lebte ein Großinquisitor – seinen Namen habe ich vergessen …«

»Torquemada«, unterbrach Anselmo sie. Er biss die Zähne zusammen und seine Augen wurden schmal. Seine Stimme zitterte vor unterdrücktem Zorn. »Sein Name war Tomás de Torquemada. Er war gewiss eine der abscheulichsten Gestalten, die dieses Land je hervorgebracht hat.«

Teresa nickte. »Ja, den meine ich. Dieser Mann mochte Menschen wie uns nicht, Menschen maurischer Abstammung. Deshalb legte mein Urgroßvater den geheimen Gang an. Er wollte sich und seine Familie in Sicherheit bringen können, falls die Inquisition eines Tages auch an seine Tür klopfen würde. Und mein Urgroßvater schaffte auch seine Gerätschaften, seine Bücher und alle Ingredienzien, die er für seine Forschungen brauchte, fort. Er wollte diesem Torquemada keinen Grund geben, ihn der Ketzerei anzuklagen. Er brachte sie durch den Gang in eine tief im Inneren der Berge verborgene Höhle und legte sich dort ein Labor an, in dem er ungestört weiterarbeiten konnte.«

»Ein Labor?« Annes Herz machte vor Aufregung einen Sprung. »Existiert dieses Labor noch?«

»Ja«, antwortete Teresa. »Mein Vater hat dort oft gearbeitet, um ungestört neue Salben und Pulver für seine Apotheke zu erfinden. Er war immer sehr stolz darauf. Er sagte oft, dass es das beste Laboratorium im Umkreis von mehreren Tagesritten sei. Meine Mutter wusste davon natürlich nichts. Es hätte sie nur aufgeregt. Aber Vater sprach oft mit meinem Bruder darüber, nachts, wenn er glaubte, dass wir anderen alle schliefen.« Sie errötete. »Ich … ich habe ihm immer heimlich zugehört, wenn er meinen Bruder in der Kunst unterrichtete, Kräuter und andere Ingredienzien zu erkennen, Salben herzustellen und Pulver zu mischen. Mein

Vater hätte es bestimmt nicht gern gesehen, dass ich mich so sehr für seine Arbeit interessierte. Das schickt sich nicht für ein Mädchen.«

»Und was ist mit dem Labor geschehen, als deine Familie verschleppt wurde?«, fragte Anselmo. Äußerlich schien er ganz ruhig zu sein, doch Anne ahnte, dass es in seinem Inneren ganz anders aussah. »Haben es die Häscher des Inquisitors zerstört?«

Teresa schüttelte den Kopf. »Nein«, sagte sie, »sie haben es ebenso wenig gefunden wie den Geheimgang. Sie haben nicht einmal danach gesucht. Wahrscheinlich wissen sie gar nicht, dass es existiert.«

Anselmo schloss die Augen und schluckte.

»Woher weißt du, dass die Inquisition das Labor nicht doch gefunden hat?«, fragte Anne. Sie wollte erst sichergehen, bevor sie sich zu freuen begann. »Seither sind einige Wochen verstrichen. Sie hatten viel Zeit, um danach zu suchen. Die Folter hat schon so manchen …«

Bei diesen Worten riss sich Teresa von Anselmo los und stürmte auf Anne zu.

»Wenn Ihr damit andeuten wollt, mein Vater hätte das Labor an die Inquisition verraten, so täuscht Ihr Euch!« Ihre Augen funkelten vor Empörung, und ihr Atem ging schnell. Wieder fiel Anne auf, wie schön das Mädchen war, selbst jetzt, mit zornig gerunzelten Augenbrauen. »Ihr habt kein Recht, über meinen Vater zu urteilen, denn Ihr kanntet ihn nicht. Er war ein ehrenwerter Mann. Sowohl er als auch mein Bruder hätten dieses Geheimnis nie preisgegeben. Niemals! Nicht einmal unter der schwersten Folter. Und ich werde lieber sterben als zuzulassen, dass irgendjemand seinen Namen in den Schmutz zieht, und möge es auch Anselmos Tante sein.«

Teresa sah aus, als hätte sie Anne am liebsten die Augen ausgekratzt, dabei reichte sie ihr nicht einmal bis zum Kinn.

»Beruhige dich, Teresa«, sagte Anselmo und legte ihr besänftigend einen Arm um die Schulter. »Meine Tante hat es nicht so gemeint, sie wollte nur …«

»Dann soll sie es auch nicht sagen!«, unterbrach Teresa ihn so heftig, dass Anselmo zusammenzuckte.

»Bitte, Teresa, in diesem Haus will niemand deine Ehre antasten. Deine nicht und auch nicht die deiner Eltern und Geschwister.« Er warf Anne einen bittenden Blick zu. Und Anne verstand.

Er will ungestört sein, um seine Liebste zu trösten, dachte sie und erschrak selbst über die Bitterkeit, die sie plötzlich von Kopf bis Fuß auszufüllen schien. Aber warum? Hatten andere etwa kein Recht auf Glück, nur weil Rashid gestorben war? Sollte die ganze Welt Trauer tragen, nur weil sie selbst unter diesem Verlust litt? Einen Augenblick lang kämpfte sie mit sich. Für einen kurzen Moment gewannen die Wut und die Bitterkeit in ihr Oberhand. Sie wollte stehen bleiben, Anselmos Absichten vereiteln, dafür sorgen, dass Teresa voller Zorn das Haus verließ. Doch zum Glück ging dieser Moment rasch vorüber, die Vernunft und das Verständnis siegten.

»Ich gehe nach oben und sage Cosimo Bescheid«, erklärte sie.

Anselmo nickte und lächelte ihr dankbar zu, als sie langsam und schwerfällig die Treppe hochstieg.

Das Zeichen

Anne klopfte leise an Cosimos Tür, aber sie erhielt keine Antwort. Beim zweiten Mal klopfte sie schon stärker – wieder nichts. Als er sich auch nach dem dritten Mal nicht meldete, wurde sie ungeduldig. Sie rüttelte am Türgriff in der Erwartung, dass er die Tür verriegelt hatte, aber sie irrte sich. Die Tür war offen.

Vorsichtig machte Anne die Tür einen Spaltbreit auf. Ihr Herz klopfte wie verrückt.

»Cosimo?«, fragte sie und trat einen Schritt in das Zimmer. Es war fast unnatürlich still. So still, dass ihr Herzschlag in den Ohren dröhnte und sie ihren eigenen Atem wie das Schnaufen einer Lokomotive empfand.

Totenstill!, dachte sie, und das schiere Entsetzen kroch langsam an ihrem Nacken empor. Sie wusste ja, dass das Elixier der Ewigkeit seine Benutzer zwar vor Alter und Krankheiten schützte, aber keineswegs vor Verletzungen und Giften. Und somit auch nicht vor Selbstmord. Eigentlich hätte sie am liebsten die Tür sofort wieder von außen geschlossen, aber sie konnte nicht. Der unwiderstehliche Drang der Neugierde, der Reiz des Schrecklichen, die Anziehungskraft des Unfassbaren zwangen sie, einen weiteren Schritt in das Zimmer zu gehen. Und dann noch einen. Die Vorhänge des Bettes waren zugezogen, und Cosimo war nicht zu sehen. Langsam tastete sie sich vor, Schritt für Schritt, bis sie dem Bett so nahe war, dass sie mit den Fingerspitzen den schweren dunklen Stoff der Vorhänge berühren konnte. Sie holte tief Luft und zog einen von ihnen mit einem Ruck zur Seite.

Das Bett war leer. Für einen kurzen Augenblick war Anne unendlich erleichtert, denn sie hatte eigentlich erwartet, Cosimo blutüberströmt mit aufgeschnittenen Pulsadern vorzufinden. Fast musste sie über sich selbst lachen. Doch dann kam von irgendwoher ein Luftzug und bauschte die Vorhänge. Eines der Fenster musste offen stehen. Anne wurde eiskalt. Sie schloss die Augen. Trotzdem konnte sie das Bild nicht verdrängen, das so klar und deutlich in ihrem Geist erschien, als ob sie es bereits in diesem Moment wirklich sehen könnte – sie sah Cosimos Füße, eine Handbreit über dem

Boden. Der Wind, der durch das offene Fenster wehte, ließ sie hin und her baumeln. Sein ganzer Körper schwang im Luftzug wie ein riesiges Drehpendel. Er hatte eine Kordel, eine goldfarbene Gardinenkordel mit einer riesigen Quaste daran, zu einer Schlinge gebunden und am Fensterkreuz befestigt. Ihr wurde schlecht.

»Was kann ich für Euch tun, Señora?«

Cosimos Stimme kam von der anderen Seite des Raums, und Anne schrie erschrocken auf. Sie war so überzeugt gewesen, dass er sich etwas angetan hatte, dass sie im ersten Augenblick wirklich glaubte, eine Stimme aus dem Jenseits zu hören. Dann fiel ihr ein, dass es in diesem Haus keine goldfarbenen Gardinenkordeln mit Quasten gab. Sie hätten auch kaum ins 16. Jahrhundert gepasst.

Anne hörte Schritte, dann wurde der Vorhang auf der anderen Seite aufgezogen. Ihre Knie wurden weich, und sie setzte sich auf das Bett.

»Señora Anne?« Cosimo betrachtete sie mit gerunzelter Stirn. »Ist Euch nicht wohl? Ihr seid bleich, als wäre Euch soeben ein Gespenst begegnet. Ich bringe Euch einen Becher Wasser.«

Er verschwand und kam kurz darauf mit einem Becher zurück. Anne trank gierig. Ihr Mund war ausgetrocknet, als wäre sie tagelang in sengender Hitze marschiert. Mit jedem Schluck, der ihre Kehle hinunterrann, kam sie wieder zu sich. Ihre Gedanken klärten sich, und beinahe musste sie über sich selbst lachen. Hatte sie wirklich an ein Gespenst geglaubt?

»Verzeiht mir mein Eindringen«, sagte sie und strich sich das Haar aus dem Gesicht. »Ich war ... Ich habe geklopft. Und als Ihr nicht geantwortet habt, habe ich die Tür geöffnet. Ich habe Euch aber nicht gesehen, und deshalb ...«

»Ja, das weiß ich«, erwiderte Cosimo und hob spöttisch eine Augenbraue. »Ich war ebenfalls zugegen.«

»Wieso habt Ihr dann nicht geantwortet?« Anne wurde plötzlich wütend. Jetzt, da Cosimo kaum eine Armlänge von ihr entfernt auf dem Bett saß, konnte sie sich nicht vorstellen, jemals Angst um sein Leben gehabt zu haben. »Und wo wart Ihr, als ich hereinkam?«

»Ich saß an meinem Schreibtisch und wollte nicht gestört werden. Ist das etwa verboten?«

»Nein«, fauchte Anne, »aber ich habe mir Sorgen gemacht. Ich dachte, Ihr hättet ... Ihr hättet ...« Sie wich seinem Blick aus. »Nach allem, was Ihr uns über das Drachenöl erzählt habt, fürchtete ich, Ihr hättet Euch etwas angetan.«

Cosimo sagte nichts, aber in seinen dunklen Augen schimmerte plötzlich ein sanftes Licht.

»Und weshalb habt Ihr an meine Tür geklopft?«, fragte er.

Anne räusperte sich. »Ich wollte Euch mitteilen, dass Teresa gekommen ist.«

»Oh, Anselmos Geliebte.« Cosimo nickte. Dann runzelte er die Stirn, und ein spöttisches Lächeln huschte über sein Gesicht. »Aber das ist doch gewiss nicht alles.«

»Natürlich nicht.« Anne ärgerte sich über ihn, am meisten jedoch ärgerte sie sich über sich selbst. Weshalb ließ sie es zu, dass Cosimo immer seine Spielchen mit ihr trieb? Er ist dir überlegen, du bist ihm einfach nicht gewachsen, dachte sie und biss sich auf die Lippe. Die Erkenntnis traf sie zwar nicht unerwartet, stimmte sie aber auch nicht gerade fröhlich. »Teresa hat uns erzählt, dass ihr Vater ein geheimes Labor in den Bergen hat.«

Mit einem Schlag verschwand jede Spur von Spott aus Cosimos Gesicht.

»Ein geheimes Labor? Und die Inquisition weiß nichts davon?«

»Bisher wohl nicht. Behauptet Teresa.«

Er wiegte langsam den Kopf hin und her. »Das ist das Zeichen, auf das ich gehofft habe. Selbst wenn wir dort nichts als ein paar Gläser und Pfannen vorfinden sollten, würde es uns bereits ein großes Stück weiterbringen«, sagte er leise. »Wäre sie bereit, uns dieses Labor zu zeigen?«

Anne zuckte mit den Schultern. »Ich weiß es nicht. Aber wir können sie gleich fragen. Sie wartet unten mit Anselmo.«

Cosimo erhob sich. »Dann wollen wir keine Zeit verlieren.«

Anselmo saß auf einem Schemel vor dem Kamin, Teresa zu seinen Füßen. Sie hatte ihren Kopf auf sein Knie gelegt. Doch als sie Cosimos eilige Schritte hörte, sprang sie auf.

»Señor!«, rief sie erschrocken aus. »Seid gegrüßt, ich …«

»Sei gegrüßt, Teresa«, erwiderte Cosimo. »Verzeih mir meine Unhöflichkeit, aber es ist wahrlich dringend. Meine Cousine, Señora Anne, erzählte mir, dass dein Vater über ein geheimes Labor in den Bergen verfügt. Ist das wahr?«

»Ja«, sagte Teresa zögerlich und bedachte Anne mit einem Blick, der sie eigentlich auf der Stelle hätte niederstrecken müssen.

»Weißt du, wo das Labor ist? Kannst du uns dort hinbringen?«

Teresa antwortete nicht, aber ihre Augen wurden schmal, und sie starrte mit zornig gerunzelter Stirn auf ihre Füße.

»Meine Cousine hat dich nicht verraten«, erklärte Cosimo, und einmal mehr bewunderte Anne ihn für seine Kenntnis der menschlichen Psyche. »Niemand, der seinen Fuß in dieses Haus setzt, wird dir je etwas antun. Das weißt du. Und auch Señora Anne steht auf deiner Seite. Sie hat mir nur erzählt, was mir andernfalls mein Sohn Anselmo mitgeteilt hätte.«

Teresa sagte nichts.

Cosimo seufzte. »Teresa, hab bitte Vertrauen zu uns. Wir brauchen dieses Labor. Wir brauchen es wirklich dringend. Kannst du uns hinführen?«

Sie schien einen Augenblick zu überlegen. Dann hob sie den Kopf und reckte stolz das Kinn.

»Natürlich kann ich das. Ich bin meinem Vater und meinem Bruder oft heimlich gefolgt, um ihnen bei der Arbeit zuzusehen.«

»Wärst du bereit, uns das Labor deines Vaters zu zeigen, Teresa?«

»Ja.« Ihre Stimme klang hart. »Unter der Bedingung, dass Ihr mir verratet, wozu Ihr das Labor benötigt, und dass Eure Absichten ehrenhaft sind.« Dabei sah sie Anne so misstrauisch an, als würde sie fürchten, diese würde gleich den Stoff ihres Kleides zur Seite reißen, um darunter das Wappen der Inquisition zu offenbaren.

»Wir brauchen es für ein paar harmlose Versuche«, erklärte Anne ausweichend, doch Teresas Blick verriet ihr, dass sie ihr nicht ein Wort glaubte.

»Was wir vorhaben, ist ein großes Wagnis, Teresa«, erklärte Cosimo ruhig. »Viele einflussreiche Menschen in Córdoba und Umgebung, an ihrer Spitze der Inquisitor mit seinem Vertrauten, würden ein Vermögen dafür geben, rechtzeitig davon zu erfahren. Und jeder, der in dieses Geheimnis eingeweiht ist, schwebt in höchster Gefahr. Das Risiko, dass wir scheitern, verhaftet werden und auf dem Scheiterhaufen enden, ist groß. Ich möchte dich nicht unnötig in Gefahr bringen.«

Teresa warf den Kopf in den Nacken und lachte. »Ich bin eine Moriske, und ich bin erst vor einigen Wochen um Haaresbreite den Klauen der Inquisition entkommen. Also erzählt mir nichts von Gefahr und Risiko.«

»Du bist fest entschlossen?«

»Ja.«

Cosimo sah ihr tief in die Augen, doch Teresa hielt seinem Blick stand. Anne bewunderte sie dafür. Dieses Mädchen war nicht nur schön, sondern auch noch mutig, wenn es darauf ankam. Sie konnte Anselmo zu seiner Wahl nur gratulieren.

»So sei es«, sagte Cosimo schließlich und nickte. »Wir werden dich einweihen.« Und zu Annes großer Überraschung nahm er die Pergamente vom Tisch. »Vor einiger Zeit, in einem anderen Land, haben wir ein Pergament mit einer geheimen Rezeptur gefunden«, fuhr er fort. »Mithilfe dieses Mittels wird es uns wahrscheinlich gelingen, dem Inquisitor für immer das Handwerk zu legen.«

»Ein Gift?«, fragte Teresa erstaunt. »Es gibt viele Gifte, tödliche Gifte, die ich gewiss rasch beschaffen könnte und für die Ihr Euch nicht solchen Mühen aussetzen müsstet, aber sie würden Euch kaum etwas nützen. Es heißt, Seine Exzellenz Pater Giacomo sei unverwundbar. Seine Lakaien bewachen ihn Tag und Nacht. Sie sind schwer bewaffnet und lassen niemanden in seine Nähe, abgesehen von seinem Vertrauten Stefano, der ihm wie ein Schatten folgt. Außerdem gibt es Gerüchte, dass ein Zauber ihn vor Krankheiten und Giften schützt.« Sie schüttelte den Kopf. »Ihr hättet mehr Chancen, den Kaiser zu vergiften als den Inquisitor.«

»Nun, bei dieser Rezeptur handelt es sich auch nicht um ein Gift im eigentlichen Sinne«, erwiderte Cosimo, und ein grimmiges Lächeln umspielte seine Mundwinkel. »Aber da ich den Inquisitor Giacomo de Pazzi kenne – sehr lange kenne –, weiß ich, dass es für ihn wie ein solches wirkt. Gegen diese Rezeptur ist er trotz aller Zauber und Gebete, die ihn schützen mögen, machtlos.« Mit ihren großen schönen Augen sah Teresa ihn aufmerksam an. »Doch leider fehlt es uns an allem, was wir für die Herstellung brauchen. Wir haben weder die erforderlichen Kräuter noch die Gerätschaften.

Und wir verfügen auch über keine geeignete Räumlichkeit. Hier in meinem Haus wären wir jederzeit der Gefahr der Entdeckung durch die Spitzel der Inquisition ausgesetzt. Deshalb brauchen wir das Labor. Bist du bereit, uns zu helfen?«

»Zeigt mir die Rezeptur.«

Zu Annes und Anselmos großem Entsetzen reichte Cosimo ihr die Seiten. Während Teresa las, war es ganz still im Raum.

Nach einer Weile ließ Teresa die Pergamente sinken, als wären sie ihr plötzlich zu schwer geworden. »Ich verstehe nicht …«

»Was verstehst du nicht?«

Sie schüttelte verwirrt den Kopf. »Ich … ich meine, was ist das? Wer hat diesen Text geschrieben?«

»Es ist nur eine Übersetzung«, erklärte Cosimo. »Das Original ist in einer Geheimschrift verfasst. Es enthält keine Zeichnungen, keine Unterschrift. Ein Falke in der linken oberen Ecke jedes Blattes ist der einzige Schmuck.«

»Ein Falke!« Teresa sah Cosimo an, rote Flecken bildeten sich auf ihren Wangen. »Sagtet Ihr, die Blätter seien mit einem Falken gekennzeichnet?« Cosimo nickte. »Dann ist es also wahr. Dann ist es wirklich wahr! Merlin hat gelebt. Und er hat dieses Buch tatsächlich geschrieben. Oh, wenn mein Vater doch jetzt hier wäre und das sehen könnte.«

»Was weißt du über Merlin?«, fragte Cosimo.

»Leider nicht viel«, gestand sie. »Mein Vater hat manchmal mit meinem Bruder über ihn gesprochen. Er hat von Gerüchten erzählt. Merlin soll all seine Erkenntnisse, jede von ihm erdachte Rezeptur in einem Buch festgehalten haben; ein Wissensschatz von unermesslichem Wert für die ganze Menschheit. Aber seine Gegner wollten Merlins Werk vernichten. Sie wollten diese Geheimnisse nicht zum Wohle aller preisgegeben wissen. Da die Seiten jedoch mit einem starken Zauber geschützt sind, ist es ihnen nicht gelungen. Stattdessen verstreuten sie die einzelnen Blätter überall auf der Welt.«

»Das stimmt nicht ganz«, erwiderte Cosimo. »Zumindest habe ich eine andere Geschichte gehört, die jedoch von verschiedenen voneinander unabhängigen Quellen bestätigt wurde. Demnach war es Merlin selbst, der sein Werk nach dessen Vollendung zerstören wollte. Er musste nämlich erkennen, dass andere Magier und Alchemisten seine Warnungen missachteten und die Rezepturen für eigennützige oder gar boshafte Zwecke einsetzten. Der Überlieferung nach bezeichnete er sich selbst als ›Narr, der leichtfertig an die Weisheit und Güte des Menschen geglaubt hat‹ und sein Werk als einen ›Fluch, der die ganze Menschheit in den Untergang reißen‹ könne. Doch nicht einmal ihm gelang es, die Zauber, die er selbst gewirkt hatte, zu brechen. Deshalb verstreute er die Seiten seines ›Fluchs‹ in der ganzen Welt – wohl in der Hoffnung, dass es niemandem gelingen möge, es je wieder vollständig zusammenzutragen.«

Teresa hing wie gebannt an Cosimos Lippen. »Sind die Rezepturen wirklich so mächtig?«, flüsterte sie ehrfürchtig. »So wirkungsvoll?«

Cosimo nickte langsam. »Viel mächtiger und wirkungsvoller, als du dir vorstellen kannst.«

Teresa wurde blass. »Das Elixier der Ewigkeit«, sagte sie, ohne Cosimo aus den Augen zu lassen. Anne sah, wie Anselmo bei den Worten so sehr zusammenzuckte, dass er beinahe einen der Leuchter umgestoßen hätte. »Dieses Elixier wird in der Schrift erwähnt. Der Inquisitor steht unter seinem Einfluss, nicht wahr? Welche Wirkungen hat dieses Elixier der Ewigkeit?«

»Es schützt vor Krankheiten und Giften. Es verlängert das Leben. Und es macht wahnsinnig.«

»Und das einzige existierende Gegenmittel ist eben jenes Drachenöl, dessen Rezeptur hier aufgeschrieben ist?«

»Richtig.«

Teresa nahm wieder die Pergamente zur Hand und überflog die Liste mit den Zutaten.

»Welch eine ungewöhnliche Zusammenstellung«, murmelte sie mit gerunzelter Stirn. »Viele der Zutaten sind im Labor, das weiß ich. Aber ich verstehe nicht, wie …«

»Wärst du bereit, uns zu helfen und uns zu dem Labor deines Vaters zu führen?«, wiederholte Cosimo die Frage eindringlich.

Sie blickte auf. »Ja«, sagte sie entschlossen. »Selbst wenn ich mich nicht für die Rezeptur als solche interessieren würde, könntet Ihr meiner Hilfe gewiss sein. Wenn auch nur die geringste Chance besteht, dass mit dem Drachenöl dieser Sohn einer räudigen Hündin direkt in die Hölle geschickt werden kann, so ist das jedes Risiko wert. Das bin ich dem Andenken meiner Familie – und mir selbst – schuldig.«

Cosimo reichte ihr die Hand.

»Ich danke dir, Teresa. Wann kannst du uns hinführen?«

»Jetzt gleich, sofern Ihr das wollt«, erwiderte sie.

»Gut. Sehr gut.« Cosimo wandte sich an Anne. »Verehrte Cousine, wärt Ihr bereit, Anselmo zur Hand zu gehen und die Kutsche …«

Doch Teresa fiel ihm ins Wort. »Keine Kutsche«, sagte sie. »Die Wege in den Bergen sind steil und schmal. Eine Kutsche würde uns nur aufhalten. Wir sollten besser reiten.«

»Auch gut«, sagte Cosimo und warf Anselmo einen besorgten Blick zu. Dieser war kreidebleich geworden und sah aus, als müsste er sich gleich übergeben. »Meine liebe Cousine, wärt Ihr trotzdem so freundlich, Anselmo behilflich zu sein? Ich werde noch ein paar Vorbereitungen treffen.«

»Gern«, sagte Anne. »Komm, Anselmo. Wir wollen die Pferde satteln.«

Anselmos Knie waren weich wie Butter, während er Anne beim Satteln der Pferde half. Hier auf dem Hof konnte er die Nähe dieser Tiere gerade noch ertragen, wusste er doch, dass er sich jederzeit im Haus, im Stall oder zur Not auf der den Hof umgebenden Mauer in Sicherheit bringen konnte. Wenn er jedoch daran dachte, dass er auf einem Pferd reiten sollte, wurde ihm speiübel. Er überlegte sogar, ob er Cosimo bitten sollte, ihn im Haus zurückzulassen. Aber was würde Teresa sagen? Sie war hier, sie beobachtete ihn. Er wusste, dass sie ihn liebte. Aber würde er ihr auch dann noch gefallen, wenn sie erfuhr, dass er eine geradezu lächerliche Angst vor Pferden hatte? Also biss Anselmo die Zähne zusammen. Und während er den Sattelgurt festzog, versuchte er seine schweißnassen Hände ebenso zu ignorieren wie seinen rasenden Herzschlag.

Als sie dann jedoch auf dem schmalen Weg in die Berge ritten, wünschte Anselmo, er wäre zu Hause geblieben. Jeder Schritt, jeder Galoppsprung des Pferdes unter ihm wurde ihm zur Qual. Schweißperlen standen ihm auf der Stirn, und ihm war sterbenselend, während die Landschaft in schwindelerregendem Tempo an ihm vorüberzog. Hier konnte er nicht zur Seite springen und dem Tier ausweichen. Er konnte nicht einmal absteigen, ohne sich den Hals oder wenigstens einen Großteil seiner Knochen zu brechen. Er war dem Pferd hilflos ausgeliefert, so lange, wie der Ritt dauerte. Das kann ja nicht bis zum Ende aller Tage sein, versuchte er sich zu trösten, während er sich bemühte, Teresas strahlendes Lächeln zu erwidern.

Sie war eine ausgezeichnete Reiterin, wie Anselmo ohne Neid feststellte. Sie saß im Sattel, als wäre sie dort geboren worden. Ihr dunkles Haar wehte wie ein Banner hinter ihr her, ihre Wangen waren gerötet, ihre Augen leuchteten. Und ihr Pferd sah aus, als täte es nichts lieber, als sie gerade jetzt ins Gebirge zu tragen. Sie spornte das Tier zu noch schnellerem Galopp an und flog förmlich davon. Anselmo begriff wohl, dass er ihr folgen sollte – aber er konnte nicht. Nicht für alle Schätze dieser Welt.

Teresa zügelte ihr Pferd und blickte sich nach ihm um – fragend und auch ein bisschen enttäuscht. Anselmo versuchte zu lächeln. Gern hätte er ihr gewunken, doch er wagte nicht eine seiner Hände von der Mähne des Pferdes zu lösen, an der er sich verzweifelt festkrallte. Teresa drehte sich wieder um, und er schluckte bittere Galle.

Teresa war so schön. Er betete sie an. Anselmo schloss die Augen und verwünschte seine panische Angst, gegen die kein Kraut gewachsen zu sein schien. Reiß dich zusammen! Reiß dich ganz einfach zusammen! Teresa wird dich sonst auslachen. Irgendwann werden wir schon am Ziel ankommen. Dann kannst du wieder absteigen. Es wird doch nicht ewig dauern.

Aber die Strecke schien sich unendlich zu dehnen, und der Ritt dauerte viel länger, als er erwartet hatte. Endlich, als er sich schon halb verrückt vor Angst einfach aus dem Sattel fallen lassen wollte, rief Teresa ihnen zu, dass sie anhalten sollten.

»Wir sind fast da«, sagte sie und deutete einen steilen Felshang hinauf. »Wir müssen die Pferde hier lassen und ein Stück den Felsen nach oben klettern. Von hier aus kann man es nicht sehen, aber hinter dem großen Vorsprung befindet sich der Eingang zu einer Höhle.«

Sie stiegen ab, banden die Pferde so gut es ging an Felsbrocken fest und gingen den steilen Pfad hinauf.

»Alles in Ordnung, Anselmo?«, fragte Cosimo leise. »Du

bist ein bisschen blass, aber du hast dich wirklich tapfer gehalten.«

»Soll ich Euch ein Geheimnis verraten? Es war die Hölle!«, flüsterte Anselmo zurück und wischte sich den Schweiß von der Stirn. Seine Knie und Hände zitterten erbärmlich, und er fragte sich, wie er, so schwach, wie er sich fühlte, jemals den steilen Pfad erklimmen sollte. »Aber eines sage ich Euch, Cosimo. Ich laufe, ich schwimme, ich krieche, aber nie, ich sage Euch, nie wieder steige ich auf den Rücken eines Pferdes!«

»Und wie willst du nach Hause kommen?«, fragte Cosimo. »Du wirst Stunden brauchen, wenn du zu Fuß gehst.«

Anselmo zuckte mit den Schultern. »Und wenn ich Wochen brauchen würde, wäre es mir auch egal. Lieber habe ich wund gelaufene Füße, als dass ich noch einen Schritt reite.«

»Und was willst du Teresa erzählen?«

»Mir wird schon etwas einfallen.«

Cosimo klopfte ihm verständnisvoll auf die Schultern. Doch um seine Mundwinkel zuckte es verräterisch.

»Wir müssen uns beeilen«, sagte Anselmo unwirsch und wandte sich rasch um. »Die Señora und Teresa sind schon oben und warten auf uns.« Zornig biss er die Zähne zusammen. Es reichte, dass er sich wegen seiner Angst vor sich selbst schämte. Cosimos Spott konnte er nicht auch noch ertragen.

Dies ist nicht mein Tag, dachte Anselmo, als er die Höhle betrat und feststellen musste, wie eng und niedrig sie war, so niedrig, dass er sich vermutlich nur ein bisschen strecken musste, um die Decke berühren zu können. Er spürte, wie seine Brust enger wurde und wilde Panik ihm die Kehle zuschnürte. Die schroffen Felsen über seinem Kopf schienen zu wachsen, die Felswände kamen auf ihn zu. Bald würden sie auch die letzte Luft zum Atmen aus der Höhle gepresst haben, und dann – kurz bevor er dem Erstickungstod erlag – würden sie ihn zwischen sich zerquetschen.

Anselmo riss sein Hemd auf, um besser atmen zu können, doch auch das half nichts. Er bekam keine Luft, das Blut rauschte in seinen Ohren, die Stimmen der anderen dröhnten in seinem Kopf. Bereits jetzt schienen schockschwere Felsen auf seiner Brust zu liegen. Mochte Teresa denken, er sei ein Feigling, mochte sie ihn verachten, er hielt es jedenfalls keinen Augenblick länger in der Höhle aus. So schnell er konnte rannte er dem Höhlenausgang entgegen.

»He, Anselmo, bleib!«, rief Cosimo ihm nach.

»Was ist mit ihm?«

Das war Teresa. Ihre liebliche Stimme klang langsam, gedehnt, als würde sie versuchen unter Wasser zu sprechen. Trotzdem konnte er die Besorgnis heraushören. Noch war sie um ihn besorgt, doch bald würde sie ihn nur noch verachten. Aber das war ihm egal. Er hatte den Höhlenausgang erreicht, er war frei, er lebte. Gierig sog er seine Lungen voll mit der klaren Luft. Seine Knie zitterten so erbärmlich, dass sie ihn nicht mehr trugen und er erschöpft auf einen Felsbrocken niedersank. Er stützte seinen Kopf in die Hände. Das ist wahrlich nicht mein Tag, dachte er. Erst Pferde und dann diese Enge …

Eine Hand auf seiner Schulter ließ ihn aufblicken. Cosimo kniete neben ihm im Staub und sah ihn voller Mitgefühl an. Hinter ihm stand Teresa. Ihr Gesicht war bleich.

»Ist er krank?«, fragte sie, und nicht allein ihre Stimme bebte. Die brennende Fackel, die sie immer noch trug, vollführte geradezu einen Tanz in ihrer Hand.

»Nein«, antwortete Cosimo, »zumindest nicht im eigentlichen Sinne. Er leidet an Klaustrophobie – Platzangst. Er fürchtet sich vor engen, dunklen Räumen.«

»Oh!« Teresa sah ihn bestürzt an.

Jetzt kommt es, dachte er, gleich wird in ihrem Gesicht dieser verächtliche Ausdruck erscheinen, und dann wird sie dich nicht mehr lieben.

»Warum, Anselmo?«, fragte sie und ließ sich auf der anderen Seite von ihm niedersinken. Sie nahm seine schweißnassen Hände in ihre und sah ihn mit ihren wunderschönen Augen an. Doch zu seinem Erstaunen konnte er darin keine Verachtung lesen, sondern nur grenzenlose Anteilnahme. »Warum hast du mir denn nichts davon gesagt? Wenn ich das gewusst hätte, hätte ich dir empfohlen, zu Hause zu bleiben. Ich hätte dich doch niemals diesem schrecklichen Erlebnis ausgesetzt, wenn ich gewusst hätte, dass ...« Sie brach ab und küsste ihn zärtlich. »Es muss furchtbar für dich gewesen sein.«

»Und was machen wir jetzt?«, fragte Cosimo.

Anselmo zuckte mit den Schultern. »Mir geht es gleich wieder besser«, sagte er und versuchte tapferer auszusehen, als er sich fühlte. »Ich werde das schon schaffen. Gebt mir eine Fackel und ...« Er schluckte. »Ich habe mich schließlich auch durch die Minen Salomons gekämpft.«

Cosimo sah ihn lange und ernst an. »Bist du dir sicher, Anselmo?«

Er holte tief Luft, dann nickte er. »Ja. Jetzt weiß ich ja, was mich erwartet.«

Cosimo erhob sich. »Gut. Es ist deine Entscheidung«, meinte er und half Anselmo, aufzustehen.

»Es ist auch nicht sehr weit«, sagte Teresa und lächelte ihm aufmunternd zu. »Außerdem sind die meisten Höhlen und Gänge, die wir durchqueren müssen, viel geräumiger als die Höhle am Eingang.«

»Dann wird es gehen«, entgegnete Anselmo und hoffte inständig, dass er sich nicht selbst belog. »Nun kommt, bringen wir es hinter uns.«

Sie gingen alle wieder in die Höhle zurück. Teresa nahm Anselmos Hand und führte ihn. Wahrscheinlich hätte es ihm peinlich sein sollen. Ein vernünftiger, normaler Mann ließ sich nicht von der Frau, die er liebte, führen und trösten wie ein kleines Kind. Aber er war nie ein vernünftiger Mann gewesen. Und als er dann vor siebzig Jahren das Elixier der Ewigkeit getrunken hatte, hatte er sowieso jede Normalität hinter sich gelassen. Er hatte keinen Grund, sich an die Gepflogenheiten anderer zu halten. Er war nicht wie sie. Er war ein Narr, ein Dieb und der Freund und Diener eines Mannes, dessen Lebensgeschichte noch ungewöhnlicher war als seine eigene. Außerdem war es unbestreitbar, dass er sich in Teresas Nähe, mit ihrer Hand in seiner, sicherer fühlte.

Auch Anne ging in die Höhle zurück. Sie musste an die Minen von Salomon denken, die sich unter Jerusalem erstreckten. Sie hatten dort nach Giacomo gesucht, der sich eine dieser Höhlen als Versammlungsort für seine Predigten erwählt hatte. Auch dort war Anselmo kurz davor gewesen, wegen seiner Platzangst in Panik zu geraten. Aber er hatte durchgehalten. Am Ende hatten sie nicht nur ein geheimes Waffenlager, sondern auch einen verborgenen Zugang in die Grabeskirche entdeckt. Und dort war es geschehen. Dort waren sie Giacomo de Pazzi begegnet. Sie erinnerte sich noch genau an seine höhnische Stimme, die gleichzeitig so sanft und schmeichelnd war, dass ihr noch jetzt beim Gedanken daran übel wurde. Und dann erinnerte sie sich an seinen Stab, der sich so plötzlich in einen Degen verwandelt hatte. Eine Klinge, die Rashid durchbohrt und damit nicht nur ein Leben, sondern auch eine Liebe ausgelöscht hatte.

Anne musste sich zusammennehmen, um nicht mehr daran zu denken, um nicht wieder von dem erdrückenden Gefühl des Verlustes überwältigt zu werden. Sie wollte nicht als heulendes Häuflein Elend im Höhleneingang zusammenbrechen und zurückbleiben, während die anderen sich das geheime Labor von Teresas Vater ansahen. Also kämpfte sie gegen die Tränen an, wischte sich das Wasser aus den Augenwinkeln und folgte Cosimo, der Teresa und Anselmo in einen schmalen Gang nachging.

Eine Weile liefen sie schweigend durch ein verwirrendes System von Gängen und Höhlen, dann endlich blieb Teresa stehen.

»Wir sind da!«, rief sie und deutete auf eine schmale Spalte in einer Felswand etwa zwanzig Meter vor ihnen. »Hier ist das Labor meines Vaters.«

Als Anne und Cosimo ihr folgend durch die schmale Felsspalte traten, begaben sie sich in eine andere Welt. Die Decke war hoch und gewölbt, und im hinteren Teil hingen mächtige Stalaktiten von ihr herab. Aber das war auch schon alles, was daran erinnerte, dass sie sich im Inneren eines Berges befanden. Lange schwere Holztische standen in der Mitte der Höhle. Ringsum an den Wänden reihte sich Regal an Regal, angefüllt mit Flaschen und Gläsern in allen Größen und Formen und anderen Gerätschaften, deren Namen Anne ebenso wenig kannte wie ihren Verwendungszweck. Natürlich standen in den Regalen auch Bücher. Unzählig viele Bücher. Das Ganze machte den Eindruck des Labors eines Hexenmeisters. Es gab sogar eine große gemauerte Feuerstelle. Sie bot Platz für mehrere der an Haken hängenden und offenbar aus verschiedenen Materialien gefertigten Kessel gleichzeitig und benutzte eine natürliche Felsspalte als Abzug.

Es ist einfach perfekt, dachte Anne und betrachtete voller Bewunderung die Stalaktiten, von denen Wasser gemächlich in einen kleinen Teich tropfte.

Vorsichtig, als hätte er Angst, etwas zu beschädigen, ging Cosimo durch die Höhle. Seine Augen leuchteten.

»Fantastisch!«, sagte er schließlich und blieb vor einem der Bücherregale stehen. »Das ist mehr, als ich erhofft hatte. Viel mehr. Dein Vater hat wahrlich nicht übertrieben, als er sagte, dies sei das beste Laboratorium weit und breit.«

Teresa errötete vor Stolz, und Anne bekam den Verdacht, dass sie das Labor mittlerweile als ihr Eigentum betrachtete.

»Reicht mir bitte die Liste mit den Zutaten«, sagte sie. »Dann kann ich nachschauen, was vorhanden ist und was von den benötigten Ingredienzien noch fehlt.«

Cosimo gab ihr das Pergament und sah sich weiter um.

»Eines verwundert mich allerdings«, sagte er und nahm vorsichtig ein bauchiges Glasgefäß mit langem dünnem Hals in die Hand. »Wir befinden uns zwar unter der Erde, aber dennoch müsste das Labor schmutziger sein. Es sei denn, es wird noch benutzt.«

»Seit meiner Flucht bin ich fast täglich hier, um alles in Ordnung zu halten«, erklärte Teresa, während sie gleichzeitig die Liste der Zutaten studierte und verschiedene Tiegel und Flaschen aus den Regalen nahm. »Ich könnte es nicht ertragen, wenn sich auf den empfindlichen Gläsern und Waagen, den wertvollen Büchern, den unersetzbaren Gerätschaften und den Gläsern voller seltener, kostbarer Kräuter, Öle und Mineralien Staub und Spinnweben ansammeln würden. Es wäre, als ob ich meinen Vater ein zweites Mal töten würde.«

»Ja, das verstehe ich«, sagte Cosimo, und ein Lächeln huschte über sein Gesicht. »Aber das erklärt nicht, weshalb die Glut in der Feuerstelle noch warm ist.«

Hastig senkte Teresa den Blick, ihr Gesicht färbte sich dunkelrot, und in hektischer Geschäftigkeit eilte sie zu einem Regal am anderen Ende des Labors.

»Thymiankraut und Thymianwurzeln stehen hier. Und dann …«

Cosimo lächelte breit und warf Anne einen viel sagenden Blick zu. Offenbar hatte Teresa sich nicht allein damit begnügt, das Labor zu putzen, sondern hatte die Gelegenheit beim Schopfe gepackt und selbst ein paar Versuche angestellt.

»Drachenzahn, gemahlen – ja. Da steht das Glas. Wie wird denn der Drachenzahn gebraucht, grob oder lieber fein gemahlen? Davon steht hier nichts.«

Cosimo riss vor Erstaunen die Augen auf und sah zu Teresa empor, die auf einer Leiter stand und ein großes, mit einem Korken verschlossenes Gefäß aus dem obersten Fach nahm und ihm reichte.

»Drachenzahn, grob gemahlen«, las er vor. »Dein Vater hatte sogar einen Drachenzahn?«

»Ja, und nicht nur einen.« Teresa nickte eifrig. »Ein Hirtenjunge fand vor einigen Jahren einen Drachenkopf in einer der Höhlen in diesem Berg. Ein wahrer Glücksfall. Mein Vater hat ihm den Schädel natürlich abgekauft. Er hat einen Ehrenplatz dort hinten in der Ecke.«

Anne ging hin. Auf einem Felsen lag ein gewaltiger Schädelknochen und starrte sie zornig aus riesigen Augenhöhlen an. Das Gebiss, obgleich es manche Lücke aufwies, war wirklich furchterregend. Wahrscheinlich war es noch vollständig gewesen, als der Hirtenjunge es gefunden hatte. Die jetzt fehlenden Zähne befanden sich vermutlich – eingeteilt in verschiedene Mahlgrade – in den Vorratsgläsern. Was mochte der Junge wohl gedacht haben, als er den Schädel gefunden hatte? Ob er Angst gehabt hatte?

»Unglaublich!«

Anselmo und Cosimo waren neben Anne getreten und betrachteten aufmerksam den Schädelknochen.

»Ein Drachenkopf!« Anselmos Stimme bebte vor Ehrfurcht und Staunen. »Ehrlich gesagt habe ich bislang immer geglaubt, dass es sich bei den Drachen um Fabeltiere handelt. Aber es gibt sie wirklich!« Er sah sich nach Teresa um. »Darf ich ihn berühren?«

»Ja, natürlich!«, rief sie, ohne ihre Augen von der Liste zu erheben. Anne kam sie vor wie eine Bibliothekarin bei der Arbeit. »Er ist nicht mehr gefährlich. Alle Giftdrüsen liegen in der Haut der Drachen – hat mir mein Vater erzählt.«

Anselmo streckte seine Hand aus und berührte den Knochen vorsichtig.

»Er ist hart«, stellte er überrascht fest. »Viel härter als ein gewöhnlicher Knochen.«

»Es ist schließlich auch kein gewöhnlicher Knochen«, entgegnete Teresa mit Bibliothekarinnenstimme, »sondern der Knochen eines Drachen. Die Knochen dieser Kreaturen sind fast so hart und schwer wie Stein. Das macht sie – unter anderem – so schwer verwundbar.«

Anne musste sich arg zusammenreißen, um nicht laut zu lachen. Drachen! Sie wusste es natürlich besser. Dies war der Schädel eines Dinosauriers, eines Fleischfressers, um genau zu sein. Vielleicht war es sogar ein Tyrannosaurus. Der achtjährige Sohn ihres Chefs hätte es ihr vermutlich genau erklären können, um welche Spezies es sich handelte – er machte gerade die übliche Dinosaurier-Phase durch und kannte sich auf diesem Gebiet fast ebenso gut aus wie ein Paläontologe nach fünf Jahren Studium.

Vorsicht, Anne, mahnte sie sich selbst. Halt den Mund, damit du dich nicht verplapperst. Wenn sie Cosimo jetzt von Riesenechsen erzählte, die vor Millionen von Jahren die ganze Erde bevölkert hatten, würde er sie wahrscheinlich so lange in diesem Labor festhalten, bis sie ihm alles über die Erdgeschichte erzählt hatte, was sie wusste. Und bei ihrer Rückkehr ins Jahr 2004 würde er sie für diese Unachtsamkeit lynchen.

»So«, sagte Teresa, »ich bin fertig.«

Sie stand vor dem mittleren der Tische, auf dem sie eine ganze Sammlung von Flaschen, Gläsern und Tiegeln aufgebaut hatte.

Cosimo, Anselmo und Anne traten ebenfalls an den Tisch.

»Hast du etwa alles gefunden?«, fragte Cosimo in ungläubigem Staunen.

»Ja«, antwortete sie, und der Stolz färbte ihre Wangen rot. »Oder wenigstens beinahe. Zwei der Kräuter, die frisch gebraucht werden, stammen nicht von hier. Eines kommt aus dem Norden, das andere sogar aus der Neuen Welt. Die habe ich natürlich nicht. Aber ...«, sie ergriff zwei der auf dem Tisch stehenden Gläser und hielt sie triumphierend hoch, »hier sind die Samen der beiden Pflanzen. Zwei Töpfe voller Erde, Wasser, etwas Geduld und ...« Sie machte eine Geste, die wohl das Wachstum einer Pflanze andeuten sollte.

»Erstaunlich, ganz erstaunlich«, murmelte Cosimo und nahm eines der Gläser in die Hand. Nachdenklich betrachtete er die Aufschrift. »Cuprum gratinatum«, las er vor, und seine Augen leuchteten. »Teresa, das ist ein Zeichen! Dich hat uns der Himmel geschickt.«

Teresa errötete wieder. »Das Wachstum der Kräuter wird allerdings ein paar Wochen dauern«, sagte sie. »Ich hoffe, dass uns genügend Zeit bleibt, so lange zu warten.«

»Ja«, erwiderte Cosimo und stellte das Glas behutsam auf den Holztisch zurück, »die Zeit haben wir.«

IV

Vater und Sohn

Nacht. Stille. Ruhe. Das Feuer im Kamin war schon fast heruntergebrannt, aber die Glut malte immer noch zuckende Schatten auf Decke und Wände des kaiserlichen Schlafgemachs. Die kleine florentinische Uhr auf dem Sims – das Geschenk eines Abgesandten des Papstes – hatte gerade ein Uhr geschlagen. Ein Uhr. Mitternacht war vorüber. Bald würde ein neuer Tag anbrechen. Seine Majestät Karl V. lag in seinem Bett und beobachtete, wie die Schatten an der Zimmerdecke hin und her huschten, während die Sorgen mit den Schmerzen darum wetteiferten, wer ihn nun wohl länger wach zu halten vermochte.

Verbündet euch, dachte Karl. Verbündet euch, und ich werde die ganze Nacht nicht schlafen können.

Vorsichtig streckte er die Füße unter der Bettdecke hervor. Seine Zehen schmerzten in dieser Nacht so sehr, dass sogar das Gewicht der Gänsefedern zu viel war. Schließlich hielt er es nicht länger aus. Die Wärme des Bettes schien den Schmerz in seinen Händen und Füßen nur noch mehr anzupeitschen, und die zuckenden Schatten an der Zimmerdecke wurden zu Gesichtern und Fratzen, zu wehenden Bannern und brennenden Scheiterhaufen. Sie schienen ihn zu verfolgen. Karl V. biss die Zähne zusammen, schlug die Bettdecke zurück und schwang sich mit einem Ruck aus dem Bett. Die Schmerzen wurden so stark, dass ihm fast die Sinne schwanden. Hätte er in diesem Augenblick ein Beil gehabt, er hätte sich ohne lange darüber nachzudenken Hände und Füße abgehackt. Stöhnend lehnte er sich gegen den Bettpfosten, Schweiß perlte auf seiner Stirn, und seine Eingeweide wanden sich, als wollten sie ihren noch nicht vollständig verdauten Inhalt von der Abendmahlzeit wieder von sich geben.

»Ein paar Schritte nur«, sagte er zu sich selbst. »Nur ein paar Schritte, dann habt Ihr das Fenster erreicht, Majestät. Am Fenster wird es dir besser gehen. Die kühle Nachtluft wird dir Linderung verschaffen.«

Mühsam richtete er sich auf, straffte die Schultern und tat den ersten Schritt. Er hätte schreien mögen. Nein, er konnte nicht gehen. Bevor er das Fenster erreicht hätte, würde er ohnmächtig werden. Bestimmt. Und dann würde ihn einer der Diener am Morgen auf dem Boden liegend vorfinden wie einen Säufer, der nicht mehr ins Bett gefunden und seinen Rausch vor dem Kamin ausgeschlafen hatte. Allein bei dem Gedanken sträubten sich ihm schon die Haare.

»Dann eben anders.«

Er drehte die Fußspitzen nach außen und verlagerte das Gewicht auf die Fersen. Langsam setzte er einen Fuß vor den anderen. Barfuß. Nie im Leben hätte er seine Pantoffeln überstreifen können. Sie waren zwar aus Seide und federleicht, aber seine zu unförmigen Klumpen angeschwollenen Füße hätten wohl nur schwer hineingepasst. Er kam sich bei diesem komischen Gang vor wie ein Kind, das an einem seltsamen Spiel teilnimmt. Aber der Schmerz war erträglich. Die Kühle der Marmorfliesen tat ihm gut, und es ging voran, wenn ihm auch die wenigen Schritte bis zum Fenster wie viele

Meilen erschienen. Als er an dem hohen Spiegel vorbeikam, blickte er kurz auf.

»Ein schöner Herrscher bist du«, sagte er zu seinem Spiegelbild. »Ein Kaiser, der sich mit der Grazie und Anmut einer Mastgans kurz vor dem Schlachten bewegt. Zum Glück kann dich jetzt niemand sehen.«

Dann endlich hatte er das Fenster erreicht. Zweimal musste er sich noch überwinden und das erneute Aufflammen des Schmerzes ertragen, dann hatte er die Vorhänge zurückgezogen und die beiden Flügel des Fensters geöffnet. Kühle klare Nachtluft strömte zu ihm herein, und es war ihm, als würde sie sich wie ein Balsam über seine geschwollenen, schmerzenden Fingerknöchel legen. Selbst die Übelkeit verschwand. Es ging ihm sofort besser.

Karl V. atmete tief ein und ließ den Blick über die Residenz schweifen – die Türme, die beiden Hauptgebäude, in denen die Gemächer der kaiserlichen Familie und ihrer engsten Vertrauten sowie die offiziellen Empfangssäle untergebracht waren, die Nebengebäude für die Diener und Soldaten, die Stallungen, die Kapelle und die Gärten. Er war gern hier in Toledo, er liebte das Schloss mit seinen schönen Anlagen und ausgedehnten Gärten. Zu seinem großen Kummer kam er viel zu selten her. Das Reich, über das er herrschte, war groß, und die Schwierigkeiten und Angelegenheiten in allen Teilen dieses Herrschaftsgebiets zwangen ihn ständig zu Reisen von einem Ende zum anderen. Außerdem hatte er seinem ältesten Sohn Philipp die Regentschaft über Spanien übertragen. Auch wenn er sich noch so sehr wünschte, einfach bleiben zu können – überall im Reich erwarteten ihn dringendere Aufgaben als hier in Toledo. Und nur ungern dachte er daran, dass er das Schloss schon bald wieder verlassen musste. Viel früher als geplant. Er würde nicht einmal mehr das Osterfest hier feiern können.

Aber jetzt war er noch hier, jetzt wollte er noch nicht an

Abreise und Abschied denken, sondern vielmehr an all die schönen, kostbaren Erinnerungen, die ihn mit Toledo verbanden. In diesem Schloss hatte er einen Teil der glücklichsten Zeit seines Lebens verbracht. Hier waren einige seiner Kinder zur Welt gekommen, und jeder Stein, jedes Möbelstück, jeder Busch erzählte ihm von Isabella. Seiner Isabella. Gleich als er sie das erste Mal gesehen hatte, hatte er sie geliebt. Und wenn nicht bereits die Hochzeit mit ihr eine beschlossene Sache gewesen wäre, er hätte dafür gesorgt, dass sie und keine andere seine Gemahlin geworden wäre.

Er kniff die Augen zusammen und starrte in die Dunkelheit. Natürlich konnte er jetzt den Kräutergarten nicht erkennen, aber er wusste genau, wo er lag. Mit verbundenen Augen hätte er ihn gefunden. Immer wenn er dort war, fühlte er sich seiner Gemahlin besonders nahe. Dann war es so, als wäre sie immer noch bei ihm und würde jeden Augenblick hinter einer der Statuen hervortreten, mit einem Strauß frisch gepflückten Quendel im Arm.

Isabella hatte den Kräutergarten anlegen lassen, nachdem sie einige Schriften der heiligen Hildegard von Bingen studiert hatte. Angeblich der Heiligen zu Ehren und weil sie den Wohlgeruch und das Aussehen der zahlreichen Kräuter so sehr liebte. In Wahrheit hatte Isabella die Kräuter regelmäßig geerntet und war heimlich damit in die umliegenden Dörfer gefahren, um sie jenen zu bringen, die entweder zu arm, zu krank oder zu unwissend waren, um sich selbst mit heilkräftigen Kräutern zu kurieren. Als er das herausgefunden hatte, hatte er mit Isabella geschimpft. Nicht etwa, weil der Gedanke als solcher seiner eigenen Gesinnung widersprochen hätte. Im Gegenteil. Doch er hatte gefürchtet, dass sie sich zu sehr in das Blickfeld der heiligen Inquisition rückte, wenn sie sich mit Kräutern und Heilkunde beschäftigte. Und was hatte sie ihm darauf geantwortet?

»Aus diesem Grund habe ich dir nichts davon erzählt, Liebster. Ich wollte dich nicht unnötig gefährden.« So war Isabella. Von diesem Tag an hatte er sie – als Bauer oder Kaufmann verkleidet – auf ihrem Weg in die Dörfer begleitet, so oft es seine Zeit und seine zahlreichen Pflichten zugelassen hatten. Obgleich er natürlich gewusst hatte, dass nicht einmal die Anwesenheit des Kaisers seiner Gemahlin wirklich Schutz vor den Häschern der Inquisition geboten hätte.

Die Inquisition. Karl V. sah in die Dunkelheit hinaus. Plötzlich fröstelte er.

In keinem der zahlreichen Fenster des Schlosses brannte noch Licht. Die Minister, Ratgeber und Generäle lagen zu dieser Stunde in ihren Betten und schliefen. Abgesehen vom Wachpersonal auf den Zinnen und den Dienern, die während der Nacht die Feuer im Schloss unterhielten, ruhten jetzt alle. Er war allein, und alles war still – keine hastigen Schritte auf den Fluren, keine erregten Stimmen in den benachbarten Gemächern, keine Geräusche außer denen der Nacht. Auf einem der Türme schrie eine Eule. Wollte sie die Mäuse warnen, bevor sie auf die Jagd ging? Wollte sie ihnen eine Chance geben zu entkommen, oder wollte sie lediglich ihr eigenes Vergnügen steigern, indem sie die Jagd dadurch schwieriger machte? Im schwachen Schein der Wachfeuer sah Karl V., wie ein großer schwarzer Schatten seine Schwingen ausbreitete und lautlos und voller Anmut den Turm hinabsegelte, ohne auch nur einmal mit den Flügeln zu schlagen. Auch die Inquisitoren und ihre Untergebenen jagten im Dunkeln. Waren sie wie die Eulen? Karl V. prüfte den Vergleich. Nein, Eulen waren große, stille Jäger, die auch mal ein Opfer entkommen ließen, wenn es sich als tapfer und gewandt erwies. Die Inquisitoren hingegen gaben niemandem eine Chance. Sie spannen ihre Netze über das ganze Land und warteten wie abscheuliche Spinnen in der Heimlichkeit auf Beute. Und wer auch immer sich in ihren Fallstricken verfing, war verloren. Rettungslos. Erbarmungslos.

Seine Gedanken kehrten wieder zu dem Brief zurück, den er an diesem Tag erhalten hatte, und er stöhnte gequält auf. Erneut pochten beißende Schmerzen in seinen geschwollenen Gelenken.

Ein reitender Bote hatte den Brief kurz nach dem Mittagsmahl gebracht, und allein der Anblick des Siegels hatte ausgereicht, ihm den Magen umzudrehen. Auf dem Siegel war ein Hund zu sehen, der eine brennende Fackel im Maul trug – das Siegel der heiligen Inquisition. Der Brief war sehr höflich verfasst und enthielt die Bitte, dass er nach Córdoba reisen möge, um dort bei einigen wichtigen Ketzerprozessen den Vorsitz zu führen, so wie es das Protokoll der heiligen Inquisition in einigen Fällen vorsah.

Das war keineswegs ungewöhnlich. Es kam immer wieder vor, dass Karl V. solche Briefe von Inquisitoren erhielt. Dennoch war ihm jedes Mal speiübel, wenn er dieses verhängnisvolle Siegel erblickte. Und obgleich er sich keinen Grund denken konnte, fürchtete er stets, selbst angeklagt zu werden und die Aufforderung zu bekommen, sich zum Verhör zu melden. Dass sein Aufenthalt in Toledo geheim gehalten worden war, verstärkte sein Unbehagen noch um ein Vielfaches. Niemand außer seinen engsten Vertrauten und Ministern im Reich wusste, dass der Kaiser bei seinem Sohn in der Residenz von Toledo weilte. Woher hatte es dieser Inquisitor erfahren?

Gleich nachdem Karl V. den Brief gelesen hatte, hatten die Schmerzen begonnen. Über viele Tage, sogar Wochen hinweg war es ihm gut gegangen. Er hatte keine Schmerzen gehabt – wenigstens keine, die der Beachtung wert gewesen wären. Er hatte ohne ein Pulver nehmen zu müssen reiten können. Er hatte sogar auf dem Empfang anlässlich seiner Ankunft in Toledo mit seiner Tochter Maria getanzt und sich über ihre

Anmut und Schönheit gefreut, die ihn an seine Gemahlin erinnert hatte. Dann war dieser Brief gekommen. Und obwohl er sofort ein Pulver eingenommen hatte, waren die Schmerzen von Stunde zu Stunde schlimmer geworden.

Warum nur hatte er den Brief geöffnet? Weshalb hatte er ihn nicht einfach in das Feuer geworfen, dorthin, wo die Glut am heißesten war?

»Weil selbst die höflichste Bitte eines Inquisitors nichts anderes als ein Befehl ist«, sagte Karl V. leise in die Dunkelheit hinein. »Ein Befehl, dem sich niemand widersetzen kann. Nicht einmal der Kaiser.«

Er seufzte. Seine Augenbraue juckte. Vorsichtig hob er die rechte Hand und fuhr sacht mit dem Knöchel des Mittelfingers darüber. Trotzdem stöhnte er auf. Zipperlein. Wer auch immer diesem Leiden solch einen niedlichen Namen gegeben hatte, hatte anscheinend nicht gewusst, wovon er sprach. Ihn begleitete die Krankheit schon seit etlichen Jahren. Manchmal war sie sanft wie ein schnurrendes Kätzchen, sodass er sie ertragen konnte, dann wieder wurde sie ganz plötzlich wütend und bissig wie ein gereizter Hund. Manchmal verbarg sie sich für Wochen oder gar Monate in irgendeiner Ecke, sodass er ihre Gegenwart fast vergaß. Doch es war nur eine gemeine Täuschung, ein abscheulicher Trick, um auf den richtigen Augenblick zu warten, damit sie umso heftiger zupacken konnte. So wie jetzt.

Er sah auf seine Hände hinunter, die auf dem Fensterbrett lagen. Die Stelle, an welcher der Daumen in den Handballen überging, war ein geröteter, unförmiger, stark geschwollener Klumpen Fleisch, und der Schmerz ließ nicht nach, ganz gleich, wie regungslos er sich auch verhielt. Es war schlimmer als sonst, wenn er einen dieser abscheulichen Anfälle hatte. Isabella hatte ihm immer wieder einige Heilmittel empfohlen. Und sie hatte ihm gesagt, er solle Schweinefleisch meiden. Als sie noch lebte, hatte er sich eine Zeit lang daran gehalten, und es war ihm dabei sogar gut gegangen, die Anfälle waren seltener und weniger heftig gewesen. Vielleicht sollte er mal wieder mit dieser Enthaltsamkeit beginnen. Obgleich er bereits jetzt wusste, dass es ihm unendlich schwer fallen würde. Er liebte Schinken, deftige Würste und saftigen Schweinebraten. Und der Mensch an seiner Seite, der ihm ins Gewissen zu reden vermochte, fehlte.

Leise klopfte es an der Tür. Ein Diener? Oder vielleicht einer der Minister, der ihn zu dieser späten Stunde noch unbedingt sprechen musste? Wer auch immer dort draußen stand, um seine Ruhe zu stören, würde vielleicht von selbst wieder verschwinden, wenn er sich nicht meldete.

Karl V. schloss die Augen. Er war so müde. Jedes Glied schmerzte, jede Bewegung wurde ihm zur Qual. Er hatte das letzte Pulver gleich nach der Abendmahlzeit eingenommen, doch es hatte ihm keine große Linderung verschafft. Morgen würde ihm sein Leibarzt wieder ein Pulver mischen, ein stärkeres, eines, das den Schmerz zähmte und seine Gelenke geschmeidiger machen würde, sodass er seinen Untertanen mit aufrechtem Gang unter die Augen treten konnte. Jetzt jedoch war er kaum mehr als ein Krüppel, der sein Gemach nur watschelnd durchqueren konnte und sich danach sehnte, in Ruhe gelassen zu werden. Ob nun Schuhflicker, Medikus oder Ziegenhirte – jeder Mann hatte das Recht darauf, ungestört die Nacht zu verbringen. Weshalb nicht auch der Kaiser?

Es klopfte erneut. Wieder sagte Karl V. nichts. Er war fest entschlossen, hart zu bleiben. Diesmal würde er niemandem Zutritt zu seinem Schlafgemach gewähren.

Und wenn nun einer seiner Minister mit dringenden Nachrichten aus Deutschland vor der Tür stand? Dort tobte gerade der Kampf um die Spaltung des Glaubens am heftigsten. Hatten womöglich diese Lutheraner mit ihrer so genannten

»Reformation« den Sieg davongetragen? Oder vielleicht wollte man ihm auch zur Abwechslung eine gute Botschaft überbringen? Vielleicht hatten die »Reformatoren« ihren Irrtum endlich erkannt und waren voll Reue wieder in den Schoß der Mutter Kirche zurückgekehrt?

Sei kein Narr, dachte er bei sich und schüttelte den Kopf. Mit guten Nachrichten warten die Minister immer bis zum Morgen. Nur für schlechte Neuigkeiten wagen sie es, dich aus dem Bett zu holen.

Doch diesmal würden auch die schlechten Nachrichten bis zum Morgen warten müssen. Es klopfte erneut, jetzt schon lauter.

»Vater?«

Es war keiner der Diener, der kam, um ihn zu fragen, ob er noch einen Wunsch habe. Und es war auch keiner der Minister oder Ratgeber, die ihm mit einem ihrer Unkenrufe auch noch den Rest der nächtlichen Ruhe rauben wollten. Es war Philipp, sein Erstgeborener. Und alle Vorsätze, hart zu bleiben und dem nächtlichen Besucher den Zutritt zu verweigern, schmolzen dahin wie Wachs in der Sonne. Welcher Vater würde schon seinem Kind die Tür verweigern?

»Philipp?«

Die Tür öffnete sich einen Spalt, und Philipps dunkler Lockenkopf schob sich hindurch.

»Sire, seid Ihr noch wach? Darf ich wohl zu Euch hereinkommen?«

»Komm herein, mein Sohn, offenbar kannst auch du nicht schlafen. Wir wollen uns an den Kamin setzen und ein bisschen plaudern.«

Karl V. drehte sich um und bereute es gleich darauf. Der Schmerz peitschte durch seine Füße. Er stöhnte gequält auf, und das Abendessen – saftiger Schinken und geräucherte Würste, wie er sie liebte – stieg seine Kehle wieder empor.

Morgen, schwor er sich, von morgen an meide ich Schweinefleisch. Ich werde mich nur noch von Geflügel und Gemüse ernähren, das verspreche ich dir, Isabella!

»Vater!«, rief Philipp entsetzt und war im nächsten Augenblick an seiner Seite. »Was ist mit Euch? Habt Ihr wieder Schmerzen?«

Karl V. hätte seinem Sohn gern die Wahrheit verschwiegen, doch wie sollte er das glaubhaft machen, wenn die Tränen in seinen Augen standen? Manchmal musste auch ein Kaiser seinen Stolz bezwingen, insbesondere vor seinem eigenen Sohn.

»Ein wenig«, presste er mühsam hervor. »Die Füße sind heute besonders schlimm. Wärst du wohl so freundlich ...«

Ohne zu zögern griff Philipp Karl V. unter die Achseln. Schritt für Schritt führte er ihn zu dem Lehnstuhl, der vor dem Kamin bereitstand. Jetzt, in diesem Augenblick waren sie nicht Kaiser und Regent, sondern nur Vater und Sohn, nicht anders als in der ärmlichsten Hütte des Reiches.

Erleichtert ließ Karl V. sich auf den bequemen, weich gepolsterten Stuhl sinken, während Philipp einen niedrigen Schemel heranzog und behutsam die geschwollenen roten Füße seines Vaters darauf legte.

»Sire, soll ich Emilio rufen und ihm sagen, dass er Euch lindernde Umschläge machen soll?«

»Nein, lass nur«, antwortete Karl V. und schüttelte den Kopf. »Wenn ich das gewollt hätte, hätte ich ihn schon längst gerufen, schließlich schläft er gleich nebenan. Nein, wir beide haben so selten Gelegenheit, ungestört unter vier Augen miteinander zu sprechen. Außerdem sind die Schmerzen in Wahrheit gar nicht so schlimm. Ich wollte nur dein Mitleid erregen.«

Er lächelte, doch Philipp sah ihn besorgt an.

»Wirklich?«

»Du willst mir damit doch nicht etwa zu verstehen geben, dass du mir nicht glaubst?«, fragte Karl V. und hob drohend seinen geschwollenen Zeigefinger. »Hüte deine Zunge, ich bin schließlich dein Kaiser, junger Mann!«

Jetzt lächelte auch Philipp. »Wie Ihr wünscht, Sire«, sagte er.

Wehmütig sah Karl V. zu, wie sein Sohn mit geschmeidigen Bewegungen einen zweiten Schemel heranzog und sich darauf niederließ. Allein der Gedanke, dieses Kunststück selbst zu versuchen, ließ den Schmerz in seinen Gelenken aufbrüllen wie einen wütenden Stier.

»Was ist, mein Sohn?«, fragte Karl V. und sah den vor ihm kauernden Jüngling an. Philipp hatte seine Knie mit den Armen umschlungen, sein Kinn aufgestützt und kaute mit gerunzelter Stirn an seiner Unterlippe. »Was bedrückt dich?«

Philipp hob den Kopf. Erstaunen malte sich auf seinem jungen Gesicht.

»Woher wisst Ihr ...«

»Erstens dringst du wohl kaum mitten in der Nacht in mein Gemach ein, um sodann mit mir über das Wetter oder die nächste Jagd zu plaudern. Außerdem sitzt du jetzt genauso vor mir wie früher, wenn du nicht schlafen konntest, weil dich ein Problem beschäftigt hat.« Er lächelte. »Vergiss nicht, ich bin nicht nur dein Kaiser, ich bin vor allem dein Vater.«

Philipp lächelte zurück, dann wurde er ernst. »Ihr habt Recht. Sire, darf ich Euch eine Frage stellen?«

»Natürlich.«

»Wie kann man sicher sein, als Regent die richtige Entscheidung getroffen oder den richtigen Befehl gegeben zu haben?«

»Fragst du mich als deinen Vater, oder fragst du mich als deinen Kaiser?«

Philipp runzelte verwirrt die Stirn. »Wohl beides«, erwiderte er nach kurzem Nachdenken. »Wie kann man Sicherheit erlangen? Was muss man tun? Wie seid Ihr selbst sicher, die richtigen Entscheidungen zu treffen?«

Karl V. holte tief Luft. »Als dein Kaiser kann ich dir sagen, dass Erfahrung hilft, die richtigen Entscheidungen zu treffen. Man wird älter und kann Situationen infolgedessen besser und richtiger beurteilen. Mit jedem Tag seines Amtes, mit jeder Begebenheit, mit jedem Menschen lernt man dazu. Dabei ist es vor allem wichtig zu verstehen, welche Tragweite die Entscheidungen eines Regenten haben können. So wird man im Laufe der Jahre vorsichtiger und kann viele Fehler vermeiden.«

Philipp lachte bitter auf. »Also wollt Ihr damit sagen, Sire, dass ich mit dieser Unsicherheit leben muss, bis ich alt und grau geworden bin?«

»Nein«, entgegnete Karl V. und musste bei dem Gedanken schmunzeln, dass er in den Augen seines Sohnes anscheinend »alt und grau« war. »Du musst nicht so lange warten, denn schließlich stehen selbst einem jungen Regenten Ratgeber zur Seite. Ihre Meinung ist bei jeder Entscheidungsfindung von unschätzbarem Wert. Ein kluger Regent umgibt sich gleich mit mehreren Ratgebern. Dabei bemüht er sich darum, keinen von ihnen geringer als den anderen zu achten, damit unter ihnen Missgunst und Neid keinen fruchtbaren Boden finden. Und wenn der Regent weise ist, so sind unter seinen Ratgebern sowohl Soldaten als auch Priester, Kaufleute, Bauern – und Frauen.«

Philipps Kopf fuhr herum und er starrte Karl V. mit weit aufgerissenen Augen an.

»Frauen auch?«, fragte er so ungläubig, als hätte sein Vater davon gesprochen, regelmäßig auf den Ratschlag von Feen, Drachen und Einhörnern zu vertrauen.

»Natürlich.« Karl V. lächelte. »Frauen sind schließlich

Eheweiber und Mütter. Sie kennen nicht nur die Männer besser, als diese sich selbst jemals kennen würden, sie kennen auch die Bedürfnisse der Familien, sie kennen die Sorgen und Nöte des Volkes. Viele Dinge, die einem Mann verborgen bleiben, nehmen sie wahr. Deine Mutter zum Beispiel war mir in all den Jahren unserer Ehe eine wertvolle Stütze. Und ihre Ratschläge waren oft mehr Gold wert als die meines höchsten Generals.«

Philipp nickte langsam. »Ja, Sire, ich glaube, ich verstehe.«

Eine Weile starrten sie schweigend ins Feuer.

»Wenn ich aber nun den Eindruck gewinne, dass ich mich auf meine Ratgeber – oder einen von ihnen – nicht verlassen kann?«

Etwas in Philipps Stimme ließ Karl aufhorchen. Er riss sich von dem Anblick der Flammen los, die mehr und mehr Isabellas Gesicht zu formen begannen, und zwang sich stattdessen, seinen Sohn anzusehen. Irgendetwas schien den jungen Mann mehr zu bedrücken als die Frage nach der richtigen Entscheidung. Karl V. runzelte die Stirn.

»Warum plagt dich dieser Gedanke?«, fragte er und dachte an die Situation, die er bei seiner Ankunft in Toledo vorgefunden hatte. Die Adligen der Provinz hatten sich wegen einer ungewöhnlichen Sitzordnung gestritten, die Philipp während eines Hofballs angeordnet hatte. Bei Licht betrachtet war das natürlich eine Kleinigkeit, kaum wert, dass ein erwachsener Mann einen Gedanken daran verschwendete. Doch Karl V. wusste aus eigener Erfahrung, dass gerade solche Kleinigkeiten einem Regenten das Vertrauen seiner Untergebenen entziehen und ihn in die Krise stürzen konnten. Bislang hatte er geglaubt, dass Philipps Ungestüm und seine Unerfahrenheit ihn zu dieser verhängnisvollen Sitzordnung verleitet hatten, aber vielleicht war er nur schlecht beraten worden – möglicherweise sogar mit Absicht. Doch von wem? Die meisten von Philipps Ratgebern hatte Karl V. selbst ausgewählt. Die Hälfte von ihnen kannte er bereits sein ganzes Leben lang. Diese Männer mochten alt und zum Teil in ihren Meinungen verknöchert sein, aber Intrigen, die einen Spross der kaiserlichen Familie ins Unglück stürzen konnten, waren ihnen auf keinen Fall zuzutrauen. Sie waren absolut loyal. Karl V. sah seinen Sohn scharf an. »Hast du etwa einen konkreten Verdacht gegen einen deiner Ratgeber?«

»Nein, das nicht«, erwiderte Philipp ausweichend. »Aber es könnte doch sein. Irgendwann.«

»Natürlich, mein Sohn, davor sind wir niemals sicher. Menschen können ihre Meinung ändern, sie können auf die Seite unserer Feinde wechseln – aus Habgier oder weil ein anderer Adliger ihnen mehr Macht verspricht. Sie können uns sogar verraten. Aber einer ist immer bei uns und steht uns bei – Gott im Himmel. Er ist immer treu, und egal, wie finster es um uns herum sein mag, Er ist das Licht, das uns an jedem Tag unseres Lebens leitet. Trage Ihn und Sein Wort stets in deinem Herzen, mein Sohn. Vergiss nie, was Er Gutes in deinem Leben getan hat, und gib diese Güte und Liebe mit all deinem Tun und deiner ganzen Kraft weiter an alle, die dir unterstellt sind, und an jeden, der dir auf deinem Weg begegnet – vom obersten General deiner Streitmacht bis hin zum Burschen, der die Asche aus deinem Kamin kehrt. Dann wird Gott dich beschützen und dir stets den richtigen Weg weisen, bis du eines Tages den Thron übernimmst und an meiner statt die Geschicke dieses Reiches lenkst.«

Philipp schwieg eine Weile, dann seufzte er, als würde die Last eines Wagenrads auf seinen Schultern liegen.

»Für Euch scheint es einfach zu sein, diesem Weg zu folgen, Sire. Aber möglicherweise bin ich ein schlechterer Mensch, als Ihr es seid. Und vielleicht ist mein Glaube nicht so groß und unerschütterlich wie der Eure. Ich fürchte, ich bin kein guter Herrscher, Sire. Und niemals, nicht in hundert Jahren, werde ich diese Aufgabe so erfüllen können wie Ihr.«

Karl V. lächelte. Er erinnerte sich gut an eine ähnliche Unterhaltung, die er selbst geführt hatte, kurz nachdem man ihn zum König von Burgund ernannt hatte. Wie viele Jahre war das jetzt her, und was war seither alles geschehen. Damals hatte er sich einem Minister anvertraut, weil sein Vater bereits gestorben war. Und er dankte Gott dafür, dass er selbst seinem Sohn diese wichtige Frage beantworten konnte. Er machte sich oft Sorgen um Philipp, mehr als um seine anderen Kinder. Der Junge war ungestüm und schien oft den nötigen Ernst vermissen zu lassen. Doch in diesem Augenblick erkannte Karl V. sich selbst in seinem Sohn wieder. Liebevoll legte er ihm eine Hand auf die Schulter.

»Jetzt, Philipp, spreche ich nicht mehr als dein Kaiser, sondern als dein Vater zu dir. Hab Geduld, mein Sohn. Du bist gerade siebzehn Jahre alt. Seit nicht einmal einem Jahr unterstehen die spanischen Gebiete deiner Regentschaft. Kein Mann mit Verstand wird von dir erwarten, dass du bereits jetzt die Weisheit und die Erfahrung eines reifen Mannes besitzt. Hab Vertrauen in deine Fähigkeiten und deine Erziehung. Und verlier nicht den Glauben an Gott. Denk immer daran, auch das Reiten musstest du erst lernen. Und wie oft bist du in der ersten Zeit vom Pferd gefallen!«

Philipp lachte, und zu Karls großer Erleichterung waren die Sorgenfalten aus seinem jungen Gesicht verschwunden.

»Ich danke Euch, Sire, für Euren Rat«, sagte er und legte liebevoll eine Hand auf das Knie seines Vaters. »Ich kann so viel von Euch lernen. Es tut gut, Euch in meiner Nähe zu wissen. Und ich hoffe, dass Ihr noch lange in Toledo bleibt.«

Karl V. streckte seine Hand aus, und obwohl es ihm fast

Schmerzenstränen in die Augen trieb, strich er seinem Sohn sacht über die dunklen Locken.

»Diesen Wunsch kann ich dir leider nicht erfüllen«, sagte er leise.

Philipps Kopf fuhr erschrocken hoch. »Was heißt das, Sire?«, fragte er entsetzt. »Fahrt Ihr etwa schon wieder fort? Ihr seid doch noch nicht einmal einen Monat hier.«

»Auch mir fällt der Abschied schwer, doch leider muss ich nach Córdoba reisen.«

»Córdoba? Warum? Kann ich Euch nicht begleiten?«

»Nein, Philipp. Zu jeder anderen Zeit gern, aber während du dich hier in Toledo um die Belange des Volkes kümmern musst, ist meine Gegenwart bei einigen Ketzerprozessen erforderlich.« Er machte eine Pause, um sich zu sammeln. Philipp sollte nicht merken, welch tiefen Abscheu er vor dieser Aufgabe empfand. Das Volk ergötzte sich meist an diesem grausamen Schauspiel, zu dem oft Musikanten, Gaukler und Händler aus allen Himmelsrichtungen angereist kamen, als wäre es das Namensfest eines beliebten Heiligen. Ihm hingegen bereitete der Anblick und der Geruch brennender Menschen stets Übelkeit. »Ein Pater Giacomo hat mir einen Brief geschrieben, in dem er mich persönlich dringend um meine Anwesenheit in Córdoba bittet.«

Philipp runzelte missmutig die Stirn. »Pater Giacomo? Wer ist er? Kennt Ihr ihn? Und woher weiß er überhaupt, dass Ihr hier in Toledo seid, Sire?«

Karl V. schüttelte den Kopf. »Ich habe keine Ahnung. Ich hatte um strickte Geheimhaltung gebeten. Aber vielleicht hat es ihm einer der Adligen in einem Brief mitgeteilt.« Er strich sich über den Bart, so vorsichtig, als würde er mit den Fingern über die scharfe Schneide eines Schwertes fahren. Die Schmerzen in seinen Gelenken schienen gerade einschlafen zu wollen, und er hatte nicht die Absicht, sie wieder zu wecken.

»Ich weiß nur, dass dieser Pater Giacomo ein Dominikaner ist und ferner der Inquisitor von Córdoba. Ich bin gewiss der Letzte, der einem Inquisitor eine Bitte abschlagen würde.«

»Aber ... aber Sire!«, rief Philipp und hob flehend die Hände. »Das Osterfest steht kurz bevor. Maria hat sich so darauf gefreut, es gemeinsam mit Euch zu feiern. Außerdem werdet Ihr hier weitaus dringender gebraucht als dort. Ich benötige Euren Rat. Ich ... Allein Eure Anwesenheit in Toledo vermag die erregten Gemüter zu besänftigen. So mancher Streit unter den Adligen hier wurde in der kurzen Zeit Eures Aufenthalts bereits beigelegt. So versteht doch, Ihr dürft jetzt nicht gehen. Ich bitte Euch von ganzem Herzen, Sire, nicht für mich, sondern für das Volk von Toledo. Bleibt. Wenigstens noch ein paar Wochen, bis sich alle Wogen geglättet haben und ich von Euch lernen konnte, ein wahrhaft guter Regent zu sein.«

Karl V. schüttelte erneut den Kopf.

»Es tut mir Leid, mein Sohn, doch ich muss der Bitte dieses Inquisitors folgen.«

»Aber warum, Sire? Könnt Ihr nicht einfach einen anderen an Eurer Stelle nach Córdoba schicken? Einen der Minister zum Beispiel? Wer könnte Euch das verwehren? Ihr seid der Kaiser! Dieser Pater Giacomo wird auch so mit seinen Ketzern fertig werden.«

Karl V. lächelte. Wie unverbraucht und voller Idealismus die Jugend war. Aber die Jugend war auch naiv. Und Naivität konnte unter Umständen gefährlich werden. Gerade wenn es um Fragen der Inquisition ging.

»Du musst noch sehr viel lernen, mein Sohn«, sagte er ernst. »Vor allem musst du eines wissen: Niemand, nicht einmal der Kaiser sollte sich der heiligen Inquisition oder einem ihrer Diener widersetzen. Niemals.« Er sah Philipp tief in die Augen. »Hast du mich verstanden, mein Sohn?«

Der junge Mann nickte. Er war bleich geworden, und seine weit aufgerissenen Augen waren im Schein des Feuers fast schwarz. Offenbar hatte er begriffen, was Karl V. ihm damit sagen wollte, auch wenn er es nicht ausgesprochen hatte. Er hätte es nicht gewagt, nicht einmal seinem eigenen Sohn gegenüber. Die Ohren der Inquisition waren überall, wahrscheinlich sogar hier. »Gut, mein Sohn. So ist es denn beschlossen. Du versiehst hier deine Aufgabe so gewissenhaft und gründlich, wie es von einem Regenten erwartet wird, und ich werde übermorgen abreisen.«

Dunkle Nacht

Es war dunkel im Hafenviertel. Nicht eine Fackel erleuchtete die schmalen Wege, und die Häuser neigten ihre schiefen Giebel einander zu, sodass sie ein Dach bildeten, das selbst noch den letzten Rest von Sternenlicht schluckte. Das Hafenviertel war klein. Es bestand aus gerade einem Dutzend Gassen, die sich ineinander wanden und ringelten wie ein Knäuel dünner schwarzer Schlangen. Dennoch war es das verrufenste Viertel der Stadt. Hier lebten die Armen, die Krüppel, die Diebe, die Räuber und Betrüger, die Dirnen und die Bettler. Jeder anständige Mensch mied dieses Viertel selbst am helllichten Tag. Und doch hatte sich Juan Martinez ausgerechnet mitten in der Nacht auf den Weg hierher gemacht. Er wollte jemanden treffen, einen Mann mit dem Namen Bartolomé, von dem ihm gesagt worden war, dass er ihm helfen konnte, unbemerkt die Stadt zu verlassen. Diesen Mann würde er aber nur hier sprechen können, in diesem Viertel, in das selbst die Häscher der Inquisition ihren Fuß nicht hineinzusetzen wagten. Schon gar nicht des Nachts.

Langsam tastete sich Juan in völliger Finsternis an den Hauswänden entlang. Seine Finger berührten weichen, von Fäulnis aufgequollenen Mörtel, von Schwamm und Feuchtigkeit zerfressene Lehmziegel, gesplitterte Türen und nur notdürftig mit morschen Brettern vernagelte Fensterluken. Manchmal gab es nicht einmal mehr Türen oder Fensterläden an den Häusern, und dann fiel seine Hand plötzlich in eine bodenlose Tiefe. Er musste sich zusammennehmen, um nicht laut zu schreien. Es war ihm, als würden dort in der Dunkelheit grausame Bestien harren wie Spinnen in ihrem Netz, abwartend und unersättlich in ihrem Hunger nach frischem Fleisch.

Die Angst kroch an ihm hoch wie ein ekelhafter Käfer, und mit jedem Schritt, den er sich weiter in die finsteren Gassen vorwagte, hatte Juan mehr das Gefühl, dass die Nacht im Hafenviertel lebendig war. Erschreckend lebendig wie ein riesiges, vielarmiges tintenschwarzes Ungeheuer, das mit jedem Atemzug gierig seine Witterung aufnahm. Sein Herz klopfte bis zum Hals. Dennoch traute er sich nicht, eine Fackel anzuzünden. Zu groß war seine Angst, als Fremder und Eindringling aufzufallen und die Aufmerksamkeit der hier lebenden Kreaturen zu erregen – ganz gleich, ob tierischer oder menschlicher Herkunft.

Langsam, Schritt für Schritt tastete er sich voran. Manchmal bellte ein Hund heiser und atemlos wie ein Schwindsüchtiger, oder eine Katze fauchte ihn voller Wut und Bosheit aus der Dunkelheit heraus an – entweder, weil er ihre Beute vertrieben hatte, oder, weil sie ihn verfluchen wollte. Aber sonst war es totenstill. Nur das widerliche Schmatzen seiner Stiefel, die sich vorsichtig ihren Weg durch den knöcheltiefen stinkenden Unrat bahnten, war zu hören. Oft fehlte nicht viel, und er wäre ausgeglitten, doch stets schaffte er es im letzten Augenblick, sein Gleichgewicht wiederzuerlangen, oder seine

Hände fanden irgendwo, an einem Türsturz, einem Fensterbrett oder einem hervorstehenden Nagel, Halt. Die Abscheu davor, dem Gemenge aus verfaulten Essensresten, Kot und verwesenden Ratten und Mäusen zu seinen Füßen noch näher zu kommen oder seine Kleidung damit zu besudeln, verhalf ihm zu beinahe übernatürlichen Reflexen.

Als Juan endlich das Ende der Gasse erreicht hatte, stand er am Hafen. Die Sterne spendeten hier ein wenig Licht, dennoch war kaum zu glauben, dass er sich immer noch in Córdoba befand. Der Hafen, wie er ihn kannte, war schön – die Kontorhäuser reihten sich wie schimmernde weiße Perlen aneinander, und auf dem Wasser lagen Schiffe, große und kleine, deren bunte Segel und Fahnen in der leichten Brise lustig flatterten. Der Fluss glitzerte im Schein der Sonne wie flüssiges Silber. In den Werkstätten der Segel- und Taumacher ging es geschäftig zu, und aus den Wirtshäusern ließen die Düfte von Schinken und gebratenen Fischen jedem, der vorüberging, das Wasser im Mund zusammenlaufen. Die Stadt jedoch, in die er jetzt hineingeraten war, schien einem Albtraum entsprungen zu sein. Die Häuser auf der rechten Seite der Straße waren schief und schwarz wie faulige Zähne im Mund eines Bettlers. Ratten, groß wie junge Katzen, dabei fett und mit Schwänzen von mindestens einer Elle Länge, huschten über das glitschige Kopfsteinpflaster. Dunkle Boote, die aussahen, als wären sie statt mit Tuchen und Gewürzen mit verlorenen Seelen beladen, schaukelten träge auf den Wellen. Ihre Wanten schlugen bedrohlich und wütend gegen die Masten, als wären sie barbarische Krieger, die ihn zum Kampf herausfordern wollten. Selbst der Fluss schien hier ein anderer zu sein. Das Wasser kam ihm dickflüssiger vor, als hätte sich der lebendige Fluss in einen schlammigen toten Tümpel verwandelt, dessen giftiges Wasser jedes Leben ausgelöscht hatte. Auch war es schwarz und stank erbärmlicher als ein Höllenpfuhl. Und jede Welle, die gegen die maroden Stege wogte, schien Juan davor warnen zu wollen, seinen Weg fortzusetzen.

Er wäre gewiss auch wieder umgekehrt und fortgelaufen, zurück in die Sicherheit jener Viertel, die er kannte, wenn nicht in diesem Augenblick eine Tür nur wenige Schritte von ihm entfernt aufgestoßen worden wäre. Für einen kurzen Augenblick flutete der warme Schein von Kerzen und Fackeln auf die Straße. Stimmengewirr und raues Gelächter brandeten auf, lebendige Zeugen der Anwesenheit von Menschen, lebendigen Menschen inmitten dieses Albtraums. Im Lichtkegel sprangen die Ratten erschrocken zur Seite und huschten in die Sicherheit der düsteren Hauseingänge und Kellerlöcher. Dann schlug die Tür auch schon wieder zu, und alles war wie vorher – dunkel, still, unheimlich. Das heißt, etwas war anders geworden, denn Juan war jetzt nicht mehr allein. Ein Mann torkelte auf der Straße umher. Er kam direkt auf ihn zu. Mit rauer Stimme sang er ein Lied, dessen frivoler Text Juan die Schamesröte ins Gesicht trieb. Bereits von Weitem stank er nach billigem Wein, Schweiß und altem ranzigem Fett. Sein Mantel war löchrig, und der Saum schleifte auf dem Boden im Schmutz. Wahrscheinlich war es ein Bettler, der in der Schenke die zusammengebettelten Almosen des Tages bei einem Krug Wein und einer warmen Mahlzeit durchgebracht hatte. Betrunken, wie er war, musste es ein hübsches Sümmchen gewesen sein. Aber schließlich war immer noch Fastenzeit, und während dieser letzten Tage der inneren Einkehr und Buße waren selbst die geizigsten unter den Einwohnern von Córdoba freigiebig und edelmütig.

Juan wartete, bis der Betrunkene in eine der Gassen eingebogen war. Erst dann wagte er es, sich der Schenke zu nähern. Wenn die Tür den Bettler nicht erst vor wenigen Augenblicken ausgespuckt hätte, Juan hätte das Wirtshaus wohl kaum gefunden. Der Putz bröckelte von den Mauern, und an der Tür blätterte die in der Dunkelheit unbestimmbare Farbe in großen Placken ab und offenbarte darunter faulendes, wurmstichiges Holz. Ein verwittertes Schild hing schief in seinen Angeln über dem Eingang, und in der herrschenden Dunkelheit konnte er die schwarzen, stark verblassten Buchstaben »Zum durstigen Mönch« und den dicken gemalten Ordensbruder daneben eher erahnen als erkennen. Die beiden einzigen sichtbaren zur Straße gelegenen Fenster waren so vortrefflich mit Brettern zugenagelt, dass nicht einmal der kleinste Lichtschimmer durch die Ritzen nach außen drang. Das Haus machte den Eindruck, als hätten es seine letzten Bewohner bereits vor vielen Jahren verlassen. Und doch hatte er gerade noch vor wenigen Augenblicken aus der Tür Licht strömen sehen und Stimmen gehört. Zweifelnd blickte er zu dem Schild empor, das in einem plötzlich aufkommenden Windstoß gespenstisch quietschend hin und her schwang. Sollte dies eine Warnung sein?

Warum gehe ich nicht einfach nach Hause und lege mich in mein Bett? Weshalb treibe ich mich nachts in den finstersten Winkeln der Stadt herum? Nur weil mir eine verschleierte Frau, die ich nie zuvor gesehen habe, nach der Morgenmesse gesagt hat, ich solle im Durstigen Mönch einen Mann namens Bartolomé aufsuchen? Ich kenne keinen Bartolomé. Trotzdem stehe ich jetzt hier. Ich muss wirklich verrückt sein.

Juan wollte sich schon umdrehen und davongehen, als er plötzlich an seine Familie denken musste – an seine Frau und ihre drei Kinder. Wenn die Inquisition nun doch eines Tages erfuhr, dass die Familie Martinez jüdische Vorfahren hatte? Würden sie bei ihm etwa eine Ausnahme machen und ihn wegen seiner Verdienste in der Schreibstube laufen lassen, wenn sie andererseits keine Skrupel hatten, einen ehrbaren

Apotheker einzukerkern und auf dem Scheiterhaufen zu verbrennen? Wohl kaum. Bei dem Gedanken, seine Frau oder gar eines der Kinder den Qualen der Folter ausgesetzt zu wissen, wurde Juan übel. Nein, es war nicht verrückt, hier zu sein, er hatte nicht den Verstand verloren. Er suchte nach Wegen, seine Familie zu retten, selbst wenn die Chance, den geheimnisvollen Bartolomé wirklich in dieser heruntergekommenen Schenke zu treffen und von ihm Hilfe zu erhalten, kleiner war als ein Sandkorn. Er musste sie ergreifen. Nicht für sich, nicht für sein Leben, sondern für das seiner Frau und seiner Kinder. Er war es ihnen schuldig. Wenn er jetzt gehen würde, ohne es wenigstens versucht zu haben, würde er sich den Rest seines Lebens Vorwürfe machen.

Juan holte tief Luft, dann stieg er die drei ausgetretenen Stufen zum Eingang empor und legte seine Hand auf den Türgriff. Doch bevor er daran ziehen konnte, um sie zu öffnen, wurde die Tür von innen aufgestoßen. Juan taumelte zurück, und ein Schwall einer abscheulich stinkenden trüben Brühe traf ihn mitten auf den Leib. Während die schmutzige Mischung aus Spülwasser, dünner Suppe und Urin langsam an ihm hinabrann und sich die Pfützen zu seinen Füßen vergrößerten, starrte ihn eine Frau wütend an.

Ihr Alter war unbestimmbar. Sie war groß und mager. Ihr schmutziges braunes Kleid hing lose an ihr hinab. Dünnes, wohl ehemals braunes Haar, das jetzt eher die Farbe von Asche hatte, fiel ihr in langen fettigen Strähnen ins Gesicht. Doch am meisten erschreckten Juan ihre Augen. Es waren große, stark hervorquellende Augen von einem derart hellen Braun, dass sie fast gelb wirkten. Gelb und unheimlich wie die Augen einer Schlange. Diese Augen starrten ihn so zornig an, dass Juan jedes Wort im Hals stecken blieb.

»Was stehst du da herum und glotzt?«, keifte die Frau ihn mit einer entsetzlich schrillen Stimme an. »Hast wohl noch nie ein Mädchen arbeiten sehen?« Sie lachte zornig auf und ließ scheppernd den Eimer zu Boden fallen. »Feine Herren interessiert es nicht, wer die Kotze und die Pisse hinter ihnen aufwischt, nachdem sie sich sinnlos besoffen haben. Feine Herren werfen ihre Zeche auf den Tisch und kriechen einfach zurück zu ihren feinen Frauen unter die gestärkten weißen Laken. Soll doch die Schlampe vom Wirt die Drecksarbeit machen.« Sie kam auf ihn zu und schwenkte dabei drohend in der rechten Hand einen Besen, der aussah, als würde er höchstens noch zum Stallmisten taugen. »Aber ich werde dir zeigen, was ich von nichtsnutzigen Kerlen wie dir halte!«

Juan schluckte und wich unwillkürlich einen Schritt zurück.

»Ich ... ich ...«, stammelte er, doch weiter kam er nicht.

»Ich weiß es!«, schrie sie und schüttelte ihre magere Faust dicht vor seinem Gesicht. »Komm herein oder pack dich, aber steh nicht da herum und glotz mich an!«

Obwohl eine Stimme in seinem Inneren ihm sagte, dass eigentlich er das Recht gehabt hätte, sich über den unfreundlichen nassen Empfang und seine verschmutzte Kleidung zu beschweren, brachte er keinen Laut heraus. Er bekam es mit der Angst zu tun. Es hätte ihn nicht gewundert, wenn die Frau im nächsten Augenblick den Besen zwischen ihre Knie geklemmt hätte und einfach davongeritten wäre. Dieses Weib war eine Furie.

Er wich noch weiter zurück. Sein Herz klopfte rasend schnell, und er hatte keinen größeren Wunsch, als sich schleunigst aus dem Staub zu machen, mochte die Nacht in den Gassen des Hafenviertels noch so dunkel und unheimlich sein. Aber letztlich hielt ihn sein Gewissen vor der Tür des Durstigen Mönchs fest. Er wollte, nein, er musste mit diesem Mann namens Bartolomé reden, wenn es ihn denn überhaupt gab. Vielleicht war das Ganze auch eine Falle. Vielleicht hatte die verschleierte Frau in der Kirche ihn hierher gelockt, und er war jetzt mitten in einen Hexensabbat geraten.

»Bitte, ich möchte ...«

»Was hast du gesagt?« Die schrille Stimme der Frau drang ihm durch Mark und Bein. »Komm mir nicht dumm, oder ich verpasse dir eine Tracht Prügel, dass du mit einem Furz zur Hölle fährst und ...!«

Ihr Gekeife ging in ein ohrenbetäubendes Kreischen über, und sie fuhr herum. Ein Mann, groß und breit wie ein Riese aus einem Märchen, war hinter ihr aufgetaucht und hatte ihr einen Faustschlag auf den Kopf versetzt.

»Was stehst du hier herum, du faule Schlampe!«, brüllte er so laut, dass es Juan in den Ohren dröhnte, als würde er während des Sonntagsläutens im Glockenstuhl stehen. Unwillkürlich duckte er sich. »Hier warten durstige Gäste auf Bedienung und in der Küche die schmutzigen Teller auf den Abwasch!«

»Beweg doch selber deinen faulen Arsch, du fetter Nichtsnutz!«, keifte die Frau und begann mit dem schmutzigen Besen auf den Mann einzuschlagen. »Du bist doch versoffener als alle deine Gäste zusammen! Du ...«

»Halt dein Maul, du dreckiges Luder!« Der Mann gab ihr eine Ohrfeige, deren Wucht sie fast von den Füßen riss. Dann packte er sie an den Haaren und schleifte sie unter Gezeter und Geschrei in die Schenke zurück, während die Gäste johlend und grölend mal den Mann, mal die Frau anfeuerten.

Juan sank das Herz in die Hose. Er hatte das Gefühl, zur falschen Zeit am falschen Ort zu sein. Und er hätte auch gewiss spätestens in diesem Augenblick auf dem Absatz kehrt gemacht und wäre wieder nach Hause gegangen, wenn nicht ein magerer, in schmutzige Lumpen gehüllter Junge in der Tür aufgetaucht wäre.

»Wollt Ihr zu Bartolomé?«, fragte er Juan und starrte ihn

mit leerem Blick und offenem Mund an, während er seinen Oberkörper hin und her wiegte, als würde er einer geheimnisvollen Musik lauschen, die nur er allein hören konnte.

»Ja«, sagte Juan und fragte sich gleich im nächsten Augenblick, ob es nicht klüger gewesen wäre zu leugnen. Erst diese Furie, dann der Riese und jetzt der schwachsinnige Junge. Wer konnte schon wissen, was als Nächstes geschehen würde? Vielleicht würde sich die lärmende Gästeschar auf ihn stürzen, um ihn auf dem Altar irgendeines Dämons zu opfern?

»Kommt«, sagte der Junge. Er packte Juan am Arm und zog ihn in das Haus hinein.

Juan warf einen verzweifelten Blick zu der Tür, die mit einem dumpfen Dröhnen hinter ihm ins Schloss fiel, während der Junge ihn quer durch die restlos überfüllte Schenke zog. Es war heiß und stickig. Es stank so sehr nach Schweiß, Wein, ranzigem Fett, billigen Kerzen und Urin, dass ihm übel wurde. Die Tische standen dicht nebeneinander, und überall hockten zerlumpte, schmutzige Männer auf wackligen Schemeln – zahnlos, einäugig und mit zahlreichen Narben in den von abscheulichen Krankheiten verunstalteten Gesichtern. Sie bedachten Juan mit feindseligen Blicken, während sie weiter lachten und grölten, derbe Lieder sangen oder stritten. Unter manchem der schmutzigen Kittel sah Juan den Griff eines Messers hervorragen. Ihm wurde angst und bange. Natürlich gehörten die Bettler zum Stadtbild ebenso dazu wie die Türme der Kirchen von Córdoba, aber man sah sie meist einzeln am Rande der Marktplätze oder vor den Portalen der Kirchen hocken und nicht in einem großen Haufen beisammensitzend. Sein Herz schlug schneller, und am liebsten wäre er umgekehrt, doch der Junge schleifte ihn weiter, vorbei an dem schmutzigen Tresen, auf dem zwei Männer um einen Becher Schnaps im Armdrücken wetteiferten.

»Zu Bartolomé«, rief der Junge dem riesigen breitschultrigen Wirt zu, der kurz nickte und dabei ungerührt fortfuhr, seine Frau zu beschimpfen, die mittlerweile tropfnasse Weinkrüge in ein Regal stellte.

Der Junge schob einen Vorhang zur Seite und zog Juan in einen kleinen separaten Raum.

»Juan Martinez?«, fragte eine tiefe Stimme mit einem starken Akzent. Der Mann, der ihn ansprach, als hätte er ihn erwartet, saß auf dem einzigen Stuhl in dem Raum und hatte seine in kniehohen Stiefeln steckenden Füße lässig auf den Tisch gelegt, als wäre er in der Schenke mehr als ein Gast. Er trug ein rotes Hemd mit einer bunt bestickten Weste und schwarze Hosen. Sein Alter war schwer zu bestimmen, da sein Gesicht von den Pocken gezeichnet war. Dennoch vermutete Juan, dass der Mann jünger war, als er aussah, wahrscheinlich sogar jünger als Juan selbst. Seine Haut war dunkler als bei den meisten Bewohnern der Stadt, und sein rabenschwarzes Haar hing ihm in langen Locken bis auf die Schultern hinab. Große goldene Ohrringe baumelten an seinen Ohrläppchen, schwere Armreifen klimperten an seinen Handgelenken, und an jedem seiner langen knochigen Finger steckte mindestens ein Ring.

Ein Zigeuner, dachte Juan voller Entsetzen und versuchte dem Blick der funkelnden schwarzen Augen auszuweichen, die ihn und seine nasse, beschmutzte Kleidung spöttisch musterten. Dass dieser Bartolomé ein Zigeuner war, hatte ihm die Frau in der Kirche verschwiegen. Hätte er das gewusst, er hätte sich wohl kaum auf dieses Abenteuer eingelassen. Zigeuner waren Betrüger und Diebe. Sie verstanden sich auf allerlei Hexenkünste und schwarze Magie. Ihnen konnte man nicht trauen, das wusste jedes Kind. Aber jetzt stand er hier. Hinter ihm gab es nur eine Schenke voller johlender Bettler und Diebe, die danach lechzten, einen Mann aus einer der guten bürgerlichen Familien von Córdoba in ihre schmutzigen Finger zu bekommen; und vor ihm, so dicht, dass der Kerl nur seinen Arm ausstrecken musste, um ihn mit einem fürchterlichen Fluch zu belegen oder ihm einen Dolch zwischen die Rippen zu stoßen, saß der Zigeuner. Sosehr ihm dieser Gedanke auch missfiel, es gab kein Zurück. Er saß in der Falle. Juan räusperte sich.

»Ja«, antwortete er und erkannte selbst seine krächzende Stimme kaum. »Ich bin Juan Martinez. Und Ihr seid …«

Der Zigeuner legte den Kopf in den Nacken, lachte laut und zeigte dabei seine blitzenden weißen Zähne.

»Ich, Señor Martinez, bin Bartolomé«, sagte er und deutete eine Verbeugung an. »Ich bin der, den Ihr gesucht habt. Hat man Euch etwa nicht gesagt, dass Bartolomé ein Zigeuner ist?«

Juan biss sich auf die Lippe. Er wurde nervös, seine Hände begannen zu zittern, und Schweiß trat aus allen Poren seines Körpers. Er war sicher, dass er diesen Raum nicht lebend verlassen würde, wenn er den Zigeuner zum Zorn reizte.

»Da hast du deinen Lohn«, sagte der Zigeuner und warf dem schwachsinnigen Jungen, der immer noch am Vorhang stand, eine Münze zu. Sie fiel auf den Boden, und hastig sprang der Junge ihr auf allen vieren hinterher wie ein Hund einem hingeworfenen Knochen. Schaudernd wandte Juan den Blick ab. »Und jetzt verschwinde. Lass uns allein!«

Raschelnd fiel der schwere Vorhang hinter dem Jungen wieder zu. Die Geräusche aus der Schenke drangen jetzt nur noch gedämpft zu ihnen. Juan war sich nicht sicher, ob ihm das gefiel. Auch wenn in der Gaststube nur Bettler und Diebe saßen, vielleicht wäre ihm doch der eine oder andere zu Hilfe geeilt, und sei es nur in Erwartung einer großzügigen Belohnung. So jedoch stand er allein dem Zigeuner gegenüber. Er war diesem Bartolomé schutzlos ausgeliefert.

»Nun, weshalb wolltet Ihr mich sprechen, Señor Martinez?«

Juan fühlte sich unter dem forschenden Blick des Zigeuners seltsam beklommen.

»Ich ... man sagte mir, Ihr könntet mir vielleicht helfen«, antwortete er und konnte seinen Blick nicht von den bedrohlich schimmernden Klingen abwenden, die in Bartolomés Gürtel steckten. »Aber jetzt bin ich sicher, dass ich mich geirrt habe. Im Grunde brauche ich keine Hilfe. Ich ... Verzeiht mir, dass ich Eure Zeit unnötig beansprucht habe.«

Er drehte sich um und wollte gehen. Er würde auch so einen Weg finden, Córdoba zu verlassen, bestimmt. Dafür brauchte er keine Hilfe. Und schon gar nicht von diesem Mann.

»Halt!«

Die Stimme des Zigeuners ließ Juan erstarren, als hätte er ihm einen seiner Dolche in den Rücken geworfen, und ihm schoss durch den Kopf: Wieso hatte Bartolomé den schwachsinnigen Jungen zur Tür geschickt? Woher hatte er gewusst, dass er kommen würde? Woher hatte er die Stunde gekannt? Und woher kannte er seinen Namen?

»Wo wollt Ihr hin, Juan Martinez, mitten in dieser dunklen, feindlichen Nacht? Ihr habt Euer Eheweib doch nicht allein zu Hause gelassen und den gefährlichen Weg durch Schmutz und Finsternis auf Euch genommen, um nun unverrichteter Dinge wieder umzukehren?«

Langsam wandte sich Juan um. »Woher kennt Ihr mich? Woher wusstet Ihr, dass ich Euch in dieser Nacht aufsuchen würde?«

Bartolomés Augen funkelten wie glühende Kohlen, seine Lippen umspielte ein wissendes Lächeln.

»Ich schöpfe mein Wissen aus derselben Quelle wie Ihr, denke ich«, erwiderte er.

Juan dachte an die Frau, die ihn in der Kirche angesprochen hatte, als er nach der Frühmesse vor der Statue der Heiligen Jungfrau Kerzen angezündet hatte. Er hatte ihr Gesicht nicht sehen können, da sie den schwarzen Schleier einer Witwe getragen hatte, aber ihre Stimme – und natürlich ihre Worte – würden ihm bis an das Ende seiner Tage in Erinnerung bleiben. »Ihr seid auf der Flucht vor den Häschern der Inquisition, Juan Martinez«, hatte sie ihm zugeflüstert. »Sie verfolgen Euch wegen Eurer Herkunft. Aber es gibt Rettung für Euch und die Euren. Wendet Euch an Bartolomé, er wird Euch helfen. Ihr findet ihn im Durstigen Mönch, einem Wirtshaus direkt am Hafen, dort, wo die feinen Bürger ihren Fuß niemals hinzusetzen wagen. Geht zu ihm, sobald Ihr könnt, wenn möglich noch heute Nacht. Denn wisset, Juan Martinez, Ihr habt keine Zeit zu verlieren.« Juan blinzelte. Er hatte das Gefühl, die Frau stünde wieder direkt neben ihm. Und um ganz sicher zu gehen, dass sie nicht doch da war, wandte er sich hastig um. Der Vorhang bewegte sich in einem leichten Luftzug, aber da war niemand. Er war allein mit dem Zigeuner. Plötzlich wurde ihm bewusst, dass er nicht einen Augenblick daran gezweifelt hatte, dass die Frau es ehrlich mit ihm gemeint hatte. Aber wer war sie? War sie etwa auch eine Zigeunerin? Gehörte sie zu Bartolomé?

»Kennt Ihr diese Frau?«, fragte er zögernd.

»Ja.«

»Wer ist sie?«

Der Zigeuner neigte den Kopf zur Seite, seine Augen wurden schmal. Sein pockennarbiges Gesicht war undurchschaubar.

»Sie hat Euch ihren Namen nicht genannt, also werde ich mich hüten, ihn Euch zu verraten. Aber seid gewiss, sie lügt nicht. Was auch immer sie Euch gesagt hat, Ihr tut gut daran, Euch an jedes ihrer Worte zu halten. Diese Frau hat Visionen. Sie spricht mit den Engeln. Und sie sieht in die Zukunft.«

Juan lief ein Schauer über den Rücken. Er biss sich auf die Lippe, während er nachdachte. Sollte er wirklich mit Bartolomé über seine Sorgen und Befürchtungen reden? Was hast du denn zu verlieren?, fragte er sich. Dieser Zigeuner arbeitete mit Sicherheit nicht mit der Inquisition zusammen. Schlimmstenfalls erleichterte er ihn um seine Barschaft. Und wenn das sein Ansinnen gewesen wäre, hätte er es schon längst tun können. Also ...

»Ich möchte die Stadt verlassen«, sagte Juan und hob den Kopf. »Mit meiner Familie. So schnell wie möglich.«

Bartolomé sah ihn an, und um seine Mundwinkel zuckte es. »Wenn es so schnell gehen soll, vermute ich, dass es nicht nur eine Frage Eures Wollens ist, Señor Martinez. Doch wenn ich Euch wirklich helfen soll, müsst Ihr mir schon die ganze Wahrheit sagen.«

Juan wurde rot. Er hatte nicht die Absicht, sein ganzes Leben vor diesem Zigeuner auszubreiten, angefangen mit José und seiner Familie bis hin zu der Tatsache, dass er jüdischer Herkunft war und befürchtete, bald selbst ein Opfer der Inquisition zu werden. Nein, das ging zu weit.

Bartolomé lachte leise, und dieses Lachen klang keineswegs freundlich.

»Helfen soll ich Euch, aber vertrauen wollt Ihr mir nicht, Juan Martinez, Spross einer jüdischen Familie.«

Juan schnappte nach Luft. »Woher ... wer hat Euch das gesagt?«

»Haltet Ihr mich wirklich für so dumm? Meint Ihr, ich hätte keine Ohren und wüsste nicht, was in der Stadt vor sich geht? Glaubt Ihr, ich wäre blind? O nein, mein Freund. Eure Herkunft steht Euch im Gesicht geschrieben, deutlich für jeden, der sich dafür interessiert. Ebenso deutlich wie mir meine.«

Juan spürte, wie Zorn in ihm aufwallte. »Ihr wagt es, mich mit Euch zu vergleichen, Zigeuner?«

»Warum nicht, Jude?«

»Weil mein Volk das auserwählte Volk Gottes ist.«

»Meines ebenfalls.«

»Aber ich bin ein Christ.«

»Ich auch.«

Juan schüttelte wütend den Kopf. »Nein, Ihr seid kein Christ. Ihr seid ein Sünder wie alle Zigeuner. Ihr gebt euch mit Hexenkünsten und Zauberei ab. Und ihr seid Diebe, ihr stehlt und betrügt ehrbare Bürger.«

Bartolomé hob eine Augenbraue und legte die Spitzen seiner Finger aneinander.

»Es ist noch gar nicht lange her, da habe ich auf der Straße gehört, wie genau dieselben Worte über einen wohlhabenden Kaufmann gesagt wurden, der gerade sein Leben auf dem Scheiterhaufen ließ. Allerdings hörte ich außerdem noch die Worte Wucherer und Halsabschneider. Wenn ich mich recht erinnere, so war dieser Mann ein Jude.« Er lächelte. »Wie Ihr seht, mein Freund, sind wir uns doch recht ähnlich. Das Einzige, was uns zurzeit voneinander unterscheidet, ist eine winzige Kleinigkeit. Denn ich weiß, wie man den Häschern der Inquisition entkommen und unbemerkt die Stadt verlassen kann, und Ihr nicht.« Seine schwarzen Augen glitzerten mit den Juwelen an seinen Fingern um die Wette. »Ich fürchte, Sohn Isaaks und Jakobs, Ihr werdet Euch entscheiden müssen. Wollt Ihr Euch und Eure Familie der Gefahr aussetzen, in den Kellern der Inquisition zu verrotten und auf dem Scheiterhaufen gebraten zu werden? Oder wollt Ihr Euch doch lieber mit einem Zigeuner einlassen und Eure kostbare Haut retten?«

Juan biss sich auf die Lippe, während er nach Alternativen suchte. Es hatte schon immer wilde Zeiten gegeben, in denen die Inquisition gewütet hatte. Doch sie waren immer wieder von Phasen des friedlichen Zusammenlebens abgelöst worden. Sollte er versuchen mit seiner Familie die jetzige Periode in Córdoba zu überstehen? Nein, das war viel zu gefährlich. Natürlich konnte er die Flucht auch auf eigene Faust planen. Aber er kannte sich mit diesen Dingen nicht aus und würde wahrscheinlich hunderte von Fehlern begehen, sodass die Häscher der Inquisition und die Wächter an den Stadttoren erst recht auf ihn und seine Familie aufmerksam würden. Und jemand anderen, an den er sich wenden konnte, kannte er nicht. Auch wenn es ihm nicht gefiel, Bartolomé hatte Recht.

»Gut«, sagte er schließlich. »Was verlangt Ihr von mir, wenn Ihr mich und meine Familie aus der Stadt bringt?«

»Ich?« Bartolomé schüttelte langsam den Kopf. »Ich verlange gar nichts von Euch. Ich bin nur der Mittelsmann. Der, für den ich arbeite, wird den Preis festsetzen, nachdem Ihr mit ihm gesprochen habt.«

Juan runzelte verärgert die Stirn. »Doch man hat mir gesagt ...«

»Dass ich Euch helfen kann, diese Stadt zu verlassen. Das ist richtig. Aber Ihr müsst zuerst mit meinem Auftraggeber sprechen. Er wird alles veranlassen, was nötig ist.«

Juan schluckte. Die neue Wendung gefiel ihm gar nicht. Je mehr von seinem Fluchtplan wussten, umso größer war die Gefahr der Entdeckung. Überall konnten sich die Spitzel der Inquisition verbergen – auch in dieser Schenke. Vielleicht versteckten sie sich sogar unter den Zigeunern.

»Ist dieser Mann auch einer von Eurem Volk?«, fragte Juan missmutig.

»O nein«, entgegnete Bartolomé leichthin. »Er ist ein sehr

edler Herr, ein achtbarer Mann, und wohlhabend ist er außerdem. Er ist Pferdezüchter und lebt mit seinem Sohn in einem bescheidenen Haus außerhalb der Stadt. Er wird Euch gefallen.«

»Und wie finde ich diesen Mann?«

»Indem ich Euch zu ihm bringe, mein Freund.«

»Wann?«

Bartolomé hob die Schultern. »Jetzt gleich, morgen, nächste Woche – wann immer Ihr wollt. Aber vergesst nicht, was man Euch gesagt hat. Die Zeit drängt.«

»Wenn ich jetzt gleich mit Euch gehe, werde ich vermutlich nicht vor Sonnenaufgang wieder zu Hause sein.« Bartolomé nickte. »Meine Frau würde sich fragen, wo ich bleibe, und sich zu Tode ängstigen. Aber morgen habe ich einen freien Tag. Meine Frau weiß davon noch nichts, ich wollte sie eigentlich damit überraschen. Jetzt könnte ich so tun, als würde ich wie jeden Morgen in die Schreibstube gehen, doch stattdessen treffe ich Euch irgendwo, und Ihr bringt mich zu Eurem Auftraggeber.«

Bartolomé nickte erneut. »Gut, ich treffe Euch morgen nach der Frühmesse vor dem Portal von San Tomás.«

Juan schluckte. »San Tomás? Ihr habt doch gewiss auch die Gerüchte über die Kirche gehört. Warum denn ausgerechnet dort?«

Bartolomé beugte sich vor, seine Augen funkelten wie die einer Katze.

»Sagen wir, damit wir Eurem Wunsch, die Stadt zu verlassen, ein wenig mehr Nachdruck verleihen.« Er richtete sich auf. »Und nun kehrt nach Hause zurück. Morgen werden wir uns wieder sehen.«

Bartolomé erhob sich, schob den Vorhang zur Seite und ließ Juan an sich vorbei in den Schankraum treten. Eigentlich hatte er erwartet, dass der Zigeuner ihn zur Tür begleiten würde, doch als er sich umdrehte, war der Vorhang hinter ihm wieder zugezogen und Bartolomé verschwunden, als hätte es ihn nie gegeben. Er war allein.

In der Gaststube ging es noch lauter und rauer zu als vorher. Der schwachsinnige Junge leckte einem Mann die schmutzigen Stiefel ab und fing gierig die kupfernen Münzen, die er von den johlenden Gästen zugeworfen bekam. Zwei Männer prügelten mit Stuhlbeinen aufeinander ein, ohne dass die anderen Notiz davon nahmen. Einer der betrunkenen Gäste beschwerte sich beim Wirt über die schlechte Qualität des Weins und warf einen Krug gegen die Wand. Ein roter Sprühregen ging auf die in der Nähe Sitzenden nieder. Brüllend fielen sie und die dürre Frau des Wirts über den Mann her, während ein bärtiger Mann mit einer Augenklappe und einer ganzen Reihe Dolche in unterschiedlicher Größe im Gürtel sich lautstark damit brüstete, einem Viehhändler auf der Straße nach Andújar die Kehle durchgeschnitten und ihn um seine Barschaft erleichtert zu haben. Juans Knie wurden weich. Am liebsten wäre er wieder umgekehrt. Jetzt, mitten zwischen diesen Betrunkenen, die kaum noch Ähnlichkeit mit menschlichen Wesen besaßen, wusste er die Gesellschaft des Zigeuners zu schätzen. Bartolomé mochte ein Gauner und Betrüger sein, doch er besaß wenigstens ein gewisses Maß an Anstand und Kultur.

Aber Bartolomé war nicht an seiner Seite, um ihm beizustehen. Also würde er sich, ob er nun wollte oder nicht, seinen Weg zur Tür selber bahnen müssen. Juan nahm seinen ganzen Mut zusammen und setzte einen Fuß vor den anderen. Zuerst langsam und vorsichtig, um nur ja keinem der betrunkenen, gefährlich aussehenden Kerle zu nahe zu kommen, doch je weiter er sich in die Schenke vorwagte, umso schneller wurde er. Ellbogen trafen ihn, volle Weinkrüge wurden ihm in die Seite gerammt, und dennoch schien ihn niemand zu bemerken. Als er dann endlich die Tür erreicht hatte, wunderte er sich selbst, dass er abgesehen von ein paar Flecken auf seiner Kleidung unbehelligt geblieben war.

Die Tür fiel hinter ihm ins Schloss und sperrte den Lärm und den Gestank der Betrunkenen wieder in das verfallene Haus. Juan atmete erleichtert auf. Die Luft im Hafenviertel erschien ihm mit einem Mal lieblich und rein wie die Luft in den Bergen. Und die Stille in den Straßen trug keine tödliche Bedrohung mehr in sich, sondern war vielmehr wohltuend wie die Ruhe in einer Kirche.

Er schüttelte sich, als könnte er dadurch den Gestank vom Durstigen Mönch, der wie Pech an seiner Kleidung zu haften schien, abschütteln. Er dankte Gott und seinem Schutzengel, dass er heil und lebendig davongekommen war. Nie wieder würde er dieses Wirtshaus betreten, nie wieder würde er einen Fuß in das Hafenviertel setzen, nicht einmal am helllichten Tag. Das schwor er sich bei allen Heiligen. Und dann machte sich Juan auf den Heimweg.

Angst

In der Sakristei war es still. Nur gedämpft waren die Geräusche von der Straße zu hören – das Klappern der Holzschuhe von Handwerksburschen, die von ihren Lehrherren ausgeschickt worden waren, um die ersten Besorgungen des Tages zu machen, vereinzelte Hufschläge und das Rumpeln von Wagenrädern auf dem unebenen Pflaster sowie Hundegebell. Es war noch früh am Morgen, und die Stadt begann gerade erst damit aufzuwachen.

Stefano löste seine Gedanken von den Lauten des Alltags und konzentrierte sich wieder auf seine Aufgabe. Sorgfältig faltete er das Messgewand auseinander und breitete es auf einem Tisch in der Mitte der Sakristei aus. Es war ein schlichtes Gewand, ohne die Stickereien mit Gold- und Silberfäden, welche die prachtvollen Festtagsgewänder zierten, und es war violett – die Farbe der Umkehr und Buße, die Farbe der Fastenzeit. Er legte die Albe dazu, das weiße Untergewand der Priester, die passende ebenfalls violette Stola und das Schultertuch, das Pater Giacomo als Zeichen seiner Demut zu jeder Messe anlegte, obgleich es für ihn als Mönch nicht unbedingt notwendig gewesen wäre. Stefano strich jedes der Kleidungsstücke glatt. Dann trat er einen Schritt zurück, faltete die Hände und betrachtete sein Werk. Er konnte zufrieden sein. Alles war für die Messe vorbereitet, es gab nichts mehr zu tun. Pater Giacomo brauchte sich die Gewänder nur noch überzustreifen, wenn er kam. Doch wo blieb er?

Unruhig blickte Stefano zur Tür. Die Glocken von San Tomás hatten bereits begonnen, zur Frühmesse zu läuten, und Pater Giacomo war immer noch nicht da. Für gewöhnlich war er bereits eine Stunde vor der Messe in der Kirche, um sich im Gebet auf die heilige Eucharistie vorzubereiten und bei jenen Gläubigen, die willig waren, die Beichte zu hören. Heute allerdings hatte er Stefano gebeten, seinen Platz im Beichtstuhl einzunehmen, da er vor der Frühmesse noch etwas erledigen müsse. Stefano hatte sich nichts dabei gedacht. Auch wenn es nicht gerade alltäglich war, dass Pater Giacomo erst kurz vor Beginn der Messe in der Kirche erschien, so war es keinesfalls ungewöhnlich. Aber spätestens, wenn die Glocken zu läuten begannen, war er zur Stelle, sodass er sich ohne Eile umkleiden konnte. Das war immer so gewesen, jeden Tag, seit Stefano seinen Lehrer und Mentor kannte. Und das war bereits sein ganzes Leben. Heute war es das erste Mal, dass Pater Giacomo sich verspätete. Das erste Mal seit nunmehr sechsundsechzig Jahren.

Stefanos Herz schlug schneller. Er begann sich Sorgen zu machen. Ob Pater Giacomo etwas zugestoßen war? Natürlich verließ er das Kloster nie ohne die schützende Begleitung von Pedro oder Carlos. Obwohl er seine wichtige Aufgabe zum Wohle des ganzen Volkes erfüllte, war der Inquisitor kein besonders beliebter Mann in der Stadt. Aber was konnten die beiden Diener schon ausrichten, wenn sich ihnen eine Bande schwer bewaffneter Räuber in einer dunklen Gasse in den Weg stellte?

Stefano spähte durch den Vorhang, der die Sakristei vom Kirchenschiff trennte. Die Leute hatten bereits ihre Plätze eingenommen. Es waren nicht viele – eine Hand voll alte Weiber, deren Gesichter Stefano kannte, weil sie jeden Tag kamen; zwei schwangere Frauen, die vermutlich die Sorge um eine glückliche Geburt so früh am Morgen schon in die Kirche getrieben hatte; eine tief verschleierte Witwe, deren Trauer anscheinend noch frisch war, denn Stefano hörte ihr herzzerreißendes Schluchzen, während sie vor der Statue der Muttergottes niederkniete; vier oder fünf Männer, in warme Mäntel aus teuren Tuchen gehüllt. Vielleicht waren es Kaufleute, die auf einen erfolgreichen Geschäftsabschluss hofften, oder Handwerker, die um Gottes Segen bitten wollten, bevor sie ihr Tagewerk begannen. Und natürlich waren da die Bettler. Etwa ein halbes Dutzend schmutziger, zerlumpter Gestalten, die sich wie jeden Morgen im hinteren Teil der Kirche aneinander kauerten, teils, um sich während des Gottesdienstes aufzuwärmen, teils, weil sie von den anderen Gläubigen nach der Messe Almosen erwarteten.

Die Glocken verstummten. In den nächsten Augenblicken sollte die Messe beginnen. Stefanos Hände wurden feucht vor Aufregung. Was sollte er jetzt tun? Sollte er noch warten? Die Gläubigen, die es gewohnt waren, dass der Priester erschien, sobald der letzte Glockenschlag verklungen war, würden gewiss unruhig werden. Aber er konnte doch nicht ohne Pater Giacomo beginnen.

Noch während er hin und her überlegte, wurde die Tür aufgestoßen, und Pater Giacomo kam hereingestürmt. Sein hageres, vom Fasten gezeichnetes Gesicht war rot, und er keuchte, als wäre er gelaufen. Seine Augen aber schleuderten Blitze. Die Bibel und das Gefäß mit dem Weihwasser, die er in den Händen gehalten hatte, warf er zur Seite, sodass das Weihwasser quer durch die Sakristei spritzte.

Stefano war zu entsetzt, um etwas zu sagen. War Pater Giacomo etwa in einen Kampf der Mächte verwickelt worden? Kam er deshalb zu spät? Stumm nahm er ihm den Mantel ab und reichte ihm das Schultertuch, sodass er es sich nur noch umzulegen brauchte.

»Ich war mit Pedro bei dem Goldschmied«, sagte Pater Giacomo, und seine Stimme klang, als hätte er Sand zwischen den Zähnen, während er sich die Albe überstreifte und den Strick um die Hüften band. »Stell dir vor, das Haus war leer! Dieses verfluchte Judenpack ist weg! Einfach fort!«

Stefano sah ihn verwirrt an. »Pater, ich bitte um Vergebung, aber ich verstehe nicht …«

Pater Giacomo riss ihm ungeduldig die Stola aus der Hand und legte sie sich um die Schultern.

»Ich spreche natürlich von diesem Goldschmied und seiner Familie, die der Zauberei angeklagt werden sollten. Eigentlich hätte auch jeder andere sie abholen können, aber weil mir die Anklage so schwer wiegend und der Mann mitsamt seiner Brut so gefährlich erschien, wollte ich das lieber selbst erledigen. Vergeblich. Sie sind aus der Stadt verschwunden, ohne auch nur die geringste Spur zu hinterlassen.«

»Aber wie ist das möglich? Glaubt Ihr etwa, dass … dass …« Er wagte es nicht, seine Gedanken auszusprechen.

Zumindest nicht hier in der Sakristei. Stattdessen reichte er Pater Giacomo das Messgewand.

»Du meinst, ob der Teufel sie beschützt und sie vor unseren Augen verborgen hat? Oder dass dieser Nichtsnutz auf einem Besen davongeritten ist?« Pater Giacomo lachte auf und zog sich das Messgewand über den Kopf. »Nein, das glaube ich nicht. Natürlich wäre es diesem Gesindel niemals gelungen zu fliehen, wenn sie nicht Hilfe bekommen hätten. Allerdings denke ich nicht, dass es der Teufel war. Nein. Ich würde meine unsterbliche Seele darauf verwetten, dass diese Hilfe so irdisch und menschlich gewesen ist wie du und ich.«

Stefano hielt bestürzt den Atem an. Der Zorn musste Pater Giacomo die Sinne getrübt haben, denn wie war es sonst zu erklären, dass er sich versündigte, indem er seine eigene Seele wie einen Einsatz beim Würfelspiel betrachtete?

Doch Pater Giacomo schien es nicht einmal zu merken. Er knirschte vor Wut mit den Zähnen.

»Dies ist schließlich nicht das erste Mal, dass es einem dieser Hurensöhne gelungen ist zu fliehen. Irgendjemand in dieser Stadt arbeitet gegen uns. Irgendjemand widersetzt sich den Anordnungen der heiligen Inquisition und somit dem Willen Gottes. Aber ich werde dafür sorgen, dass diesem Treiben ein Ende bereitet wird.«

Er hatte sich fertig angekleidet. Angetan mit dem Messgewand, dem erhobenen Zeigefinger und den zornig funkelnden Augen hatte Pater Giacomo große Ähnlichkeit mit einem Racheengel.

»Habt Ihr einen Verdacht, Pater, wer dahinterstecken könnte?«

»Nein, aber es muss ein Mann mit Einfluss und Vermögen, vielleicht sogar mit Bildung sein. Vielleicht ist es ein Mann des Adels. Auf alle Fälle ist er ein Rattenfänger, wie er im

Buche steht. Ich denke an einen Mann wie ... Einen Mann wie zum Beispiel ...«, er brach ab.

Seine Augen wurden zu schmalen Schlitzen und funkelten so zornig, dass Stefano für einen kurzen Moment fürchtete, ein Dämon hätte von seinem Lehrer Besitz ergriffen. Aber natürlich war das unmöglich. Kein Dämon hätte es je gewagt, Pater Giacomo anzugreifen. Er war schließlich nicht nur ein einfacher Diener Gottes. Er war im Besitz des heiligen Blutes Christi, Gott selbst hatte ihn in Seiner unermesslichen Güte mit einem ungewöhnlich langen Leben und anscheinend ewiger Jugend gesegnet. Und zu guter Letzt war er der Inquisitor von Córdoba!

»Ja, genau. Es müsste ein Mann sein wie er«, murmelte er vor sich hin, als hätte er vergessen, dass er nicht allein in der Sakristei war. »Das alles trägt seine Handschrift. Und nur er würde nicht zögern, sich mir in den Weg zu stellen, er und seine jämmerliche Ratte, sein lächerlicher Schatten, dieser Narr. Aber wieso weiß ich dann nicht, dass er hier ist? Warum habe ich noch keine Nachricht erhalten? Ich habe schon lange keine Nachricht mehr bekommen. Das ist sonderbar, sehr sonderbar. Sollte etwa das Unvorstellbare doch geschehen sein? Aber das ist unmöglich. Ich werde gleich ...«

»Pater?« Stefanos Herz schlug hart gegen seinen Brustkorb. Er hätte Pater Giacomo gern am Arm gepackt, um ihn aus diesem seltsamen Zustand zu reißen, doch er wagte es nicht, ihn zu berühren. So hatte er seinen Mentor noch nie erlebt. Es war beängstigend. »Was habt Ihr gesagt, Pater? Ich habe Euch nicht verstanden.« Natürlich war das eine Lüge. Pater Giacomo hatte laut genug gesprochen, und er hatte jedes Wort gehört, jedes einzelne. Aber von wem sprach der Pater so hasserfüllt, als wäre es der Teufel selbst? Und wer sandte ihm Nachrichten? »Pater Giacomo?«

Pater Giacomo wandte Stefano den Blick zu. Er sah ihn an, als würde er nur langsam aus einem Traum erwachen. Und ganz allmählich verschwand das böse Funkeln aus seinen Augen.

»Unwichtig, Stefano, ganz unwichtig«, sagte er schließlich, und ein flüchtiges Lächeln huschte über sein hageres Gesicht. »Wenigstens für den Moment. Das alles soll nicht deine Sorge sein, zumindest vorläufig nicht. Ich werde mich schon darum kümmern.«

Stefano schluckte. Sein Unbehagen, seine Angst waren immer noch nicht verschwunden. Aber was sollte er jetzt tun? Was konnte er jetzt überhaupt tun? Die einzige Hoffnung, die einzige Waffe, die er besaß, war das Gebet. Und dort draußen warteten die Gläubigen auf den Beginn der heiligen Messe.

»Pater, die Glocken haben bereits aufgehört zu läuten. Wir sollten jetzt …«

»Ja, ja, mein Sohn, wir werden unsere Pflicht erfüllen, mit Freude und Stolz, wie an jedem Morgen«, sagte Pater Giacomo mit einem Lächeln. Dann umklammerte er plötzlich mit der rechten Hand Stefanos Genick und zog ihn so nahe zu sich heran, dass dieser den warmen, leicht nach Magensäure riechenden Atem des Paters in seinem Gesicht spürte. »Wir werden unsere Augen aufhalten, mein Sohn, unsere Augen und unsere Ohren. Wer auch immer gegen uns ist und diesem Pack die Flucht vor der heiligen Inquisition ermöglicht, wir dürfen ihn nicht davonkommen lassen. Niemals. Hörst du?«

Stefano nickte. Wieder sah er das bösartige Glitzern in den Augen des Paters, und nur durch äußerste Willensanstrengung unterdrückte er den Schrei, der aus seiner Kehle aufsteigen wollte. Schauer rannen über seinen Rücken wie hunderte von Spinnen.

»Ja, natürlich, Pater, selbstverständlich«, stammelte er und betete zu Gott, dass seine Stimme nur halb so sehr zitterte wie seine Knie. Pater Giacomo ließ ihn ebenso plötzlich wieder los.

»Lass uns gehen, Stefano«, sagte er in einem Ton, als wäre nichts gewesen. »Wir sollten mit der Messe beginnen.«

Stefano nickte erneut, schob den Vorhang beiseite und läutete die kleine Glocke, die den Gläubigen das Erscheinen des Priesters und damit den Beginn des Gottesdienstes ankündigte. Während sie durch den Altarraum schritten und ihre Plätze einnahmen, überschlugen sich seine Gedanken. Pater Giacomo hatte häufig seltsame Stimmungsschwankungen – im einen Augenblick konnte er ganz in Gedanken versunken sein, im nächsten war er fröhlich und ausgelassen, dann wieder zornig. Sein Gemüt war wie das Wetter in den Bergen. Es konnte sich ebenso schnell ändern und ins Gegenteil verkehren. Im Laufe der vielen, vielen Jahre an seiner Seite hatte sich Stefano daran gewöhnt. Es waren eben die Launen eines Mannes, dessen fromme Gedanken Wege einschlugen, denen ein gewöhnlicher Sterblicher wie er nur schwer zu folgen vermochte.

Aber was heute geschehen war, war etwas ganz anderes. Das war nicht Pater Giacomo gewesen, der zu ihm gesprochen hatte. Das war ein Tier, ein Ungeheuer. Niemals, nicht in über sechzig Jahren hatte Stefano so eine Angst vor seinem Lehrer gehabt. Ihm war kalt, als hätte ihn jemand nackt in den Schnee hinausgejagt, und er zitterte immer noch, während er genau beobachtete, wie Pater Giacomo das Anfangsgebet sprach. Seine Stimme klang wieder vertraut, und er schien mit derselben inneren Sammlung beim Gottesdienst zu sein wie gewöhnlich. Wie war das möglich?

Ein entsetzlicher Gedanke zuckte durch Stefanos Kopf. Wenn Pater Giacomo nun gar nicht wusste, was eben in der

Sakristei geschehen war? Wenn er tatsächlich besessen war? Was sollte er dann tun? Wen konnte er um Rat und Hilfe bitten? Stefano biss die Zähne zusammen und schloss die Augen. Ihm wurde übel, und voller Inbrunst betete er mit der ganzen Gemeinde: »Herr, erbarme dich. Christus, erbarme dich. Herr, erbarme dich.« Wenn der Teufel es bereits wagte, sich des Inquisitors persönlich zu bemächtigen, des einzigen Mannes in dieser Stadt, der dem Widersacher und seiner Höllenbrut die Stirn bieten konnte, so wäre die Welt auf ewig verloren.

Juan hatte an seinem Plan festgehalten. Wie er es Bartolomé gesagt hatte, hätte er eigentlich an diesem Morgen zu Hause bleiben können. Stattdessen hatte er das Haus zur gewohnten Zeit verlassen und sich auf den Weg nach San Tomás gemacht.

Die Gerüchte, die sich um diese kleine Kirche rankten, waren ihm seit frühester Jugend bekannt. Schon sein Großvater hatte ihm von den Stimmen, dem Stöhnen und den Schreien erzählt, die man hier manchmal hören konnte. Aber das meiste davon hatte er immer als Übertreibung und Aberglauben abgetan. Er selbst hatte zwar noch nie zuvor San Tomás zur Messe oder zum Gebet aufgesucht, doch das lag daran, dass er in einem Viertel auf der anderen Seite der Stadt wohnte und dort zur Messe ging, und nicht daran, weil er den Gerüchten Glauben schenkte und sich von ihnen abschrecken ließ. Als er jetzt jedoch die Kirche betrat, fragte er sich, ob in den Geschichten der Alten nicht doch mehr Wahrheit steckte, als er sich je hatte vorstellen können.

Es war kalt in der Kirche – nicht die typische Kälte nach einer klaren Märznacht, sondern viel eher die Kälte einer Gruft. Sein Atem bildete kleine Wolken, und obwohl er seinen warmen Mantel trug, fror er erbärmlich. Außerdem war es geradezu unheimlich still. Natürlich war es auch in anderen Kirchen still. Kein anständiger Mensch würde schließlich eine Kirche betreten und dort lärmen, laut reden oder gar lachen. Aber in anderen Kirchen war die Stille geprägt von Ehrfurcht, Respekt und dem Wunsch nach innerer Einkehr. Es war eine wohltuende Stille, die sich über die Gläubigen legte wie eine weiche, wärmende Decke. In San Tomás hingegen schien alles den Atem anzuhalten. Selbst die Kerzen wagten kaum zu flackern. Während er, wie es seine Gewohnheit war, langsam nach vorne ging, um vor der Statue der Gottesmutter eine Kerze anzuzünden, klang das Rascheln seines Mantelsaums laut in seinen Ohren. Es schien im Kirchenschiff geradezu anzuschwellen und sich zu vervielfältigen. Und ob er es sich nun einbildete oder nicht, das Echo klang wie das Wispern von Geistern, die ihn von der Höhe der Fenster, Lüster und Galerien aus beobachteten und verspotteten.

Nachdem Juan die Kerze angezündet, eine Münze in den Opferstock geworfen und ein kurzes Gebet zur Gottesmutter gesprochen hatte, nahm er in einer Bank an der Seite Platz. Sein Gewissen plagte ihn. Auch wenn er sich damit tröstete, dass er hier war, weil es ihm um die Sicherheit und das Überleben seiner Familie ging, so blieb es dennoch eine Tatsache, dass er Suzanna belogen hatte. Und das war in all den Jahren ihrer Ehe noch nicht vorgekommen.

Mittlerweile hatten die Glocken aufgehört zu läuten. Juan sah sich verstohlen um. Andere Kirchen waren selbst zu dieser frühen Stunde am Anfang einer weiteren arbeitsreichen Woche gut besucht. Doch anscheinend taten die Gerüchte über San Tomás sowie die seltsame Atmosphäre in der Kirche ihre Wirkung. Außer ihm waren kaum andere Gläubige anwesend – einige alte Weiber, ein paar Bettler, zwei oder drei

Bürger. Nur Bartolomé konnte er nirgendwo entdecken. Juans Herz begann schneller zu schlagen.

Ein Glöckchen erklang und forderte die Gläubigen auf, sich zu erheben. Der Priester und sein Gehilfe traten ein. Noch einmal sah Juan sich um. Kein Bartolomé. Hatte der Zigeuner ihn etwa nur zum Narren gehalten? Er richtete seinen Blick wieder nach vorne und erstarrte. Vor dem Altar, mit dem Gewand des Priesters bekleidet, stand kein Geringerer als Pater Giacomo, der Inquisitor von Córdoba. Während die wenigen Gläubigen mit dünnen, zitternden Stimmen ein Lied zu singen begannen, das wie Nebelfetzen auseinander riss und sich in dem hohen Kirchenschiff verlor, glitt Juan rasch einen Schritt zur Seite, um sich vor dem Blick des Inquisitors hinter einer der Säulen zu verbergen. Er biss die Zähne zusammen und verfluchte seine eigene Dummheit. Warum war er so gutgläubig gewesen? Weshalb hatte er Bartolomé getraut? Statt ihn wie versprochen aus der Stadt hinauszubringen, hatte der Kerl ihn direkt zum Inquisitor geführt. Der Zigeuner hatte ihn in eine Falle gelockt. Wenigstens ist es mir vergönnt, noch einmal für mein Seelenheil zu beten, dachte Juan und schluckte bittere Galle. Die Messe nahm ihren gewohnten Verlauf, und nachdem das Evangelium gelesen worden war, stieg Pater Giacomo zur Predigt in die Kanzel. Selten hatte Juan den Inquisitor von Córdoba so nahe vor sich gesehen wie hier. Und noch nie hatte er eine seiner Predigten gehört. Jetzt saß er in seiner Bank, und obgleich ihm die Worte Schauer der Angst über den Rücken jagten, konnte er sich dem Klang und der Kraft dieser Stimme nicht entziehen. Er musste zuhören, ob er wollte oder nicht. Doch was er voller Widerwillen mit anhören musste, brachte seinen Magen in Aufruhr. Hoch über seinem Kopf thronte der Inquisitor und schien allein mit der Macht seiner Stimme Sturm und Hagel, Donner und Blitz auf die Häupter der Versammelten herabrufen zu können. Dabei sprach er vom Kampf gegen die Söhne des Teufels, von Blut, das vergossen werden musste, und vom drohenden Strafgericht Gottes, das über all jene hereinbrechen würde, die sich der Reinigung des Landes und somit dem ewigen Willen des Herrn zu widersetzen wagten.

Als die Predigt endlich beendet war, hatte Juan das Gefühl, er hätte direkt in die Feuer der Hölle geblickt. Er zitterte und bebte vor Angst und hätte am liebsten auf der Stelle die Kirche verlassen. Doch entgegen der Absicht des Inquisitors zitterte er nicht etwa um seine unsterbliche Seele. Und er wollte auch nicht hinaus, um Juden, Morisken und andere »Feinde« zu fangen und sie der Inquisition zu übergeben. Nein, in diesem Augenblick hatte er ganz einfach Angst um sein Leben. Alle seine Befürchtungen, selbst die schlimmsten, dunkelsten, abscheulichsten hatten sich im Laufe der Predigt bewahrheitet.

Dass er und seine Familie wegen ihrer jüdischen Abstammung in das Visier der Inquisition geraten könnten, hatte er bereits gewusst. Aber dass der Inquisitor ein vom Hass durchdrungener Wahnsinniger war, das war ihm erst jetzt klar geworden. Ja, Pater Giacomo war wahnsinnig. Daran gab es keinen Zweifel. Und warum sperrte ihn dann keiner ins Irrenhaus? Warum ließ man ihn weiter sein furchtbares Werk tun?

Du bist dumm, Juan, dachte er. Dumm und naiv. Selbst wenn sie es alle wüssten – der Bischof und die anderen Priester, Mönche und Nonnen von Córdoba, die Mitglieder der heiligen Inquisition, die Miliz, sogar der Kaiser selbst –, Pater Giacomo ist der Inquisitor der Stadt. Und der Mann, der es wagt, von einem Inquisitor zu behaupten, er sei verrückt, und der nicht auf dem Scheiterhaufen endet, der muss wohl erst noch geboren werden.

Unterdessen erteilte Pater Giacomo den Schlusssegen.

Juan beobachtete jede seiner Bewegungen. Jetzt machte er den Eindruck eines tiefgläubigen Menschen, eines Priesters, der seine Aufgabe mit Leib und Seele erfüllte. Doch war da nicht auch in diesem Moment das Funkeln des Irrsinns in seinen Augen, deutlich sichtbar für jeden, der es sehen wollte? Warum erkannten es dann die anderen nicht? War er der Einzige in ganz Córdoba, der wusste, mit wem sie es zu tun hatten?

Oder war es etwa seine Aufgabe, dem Volk die Augen zu öffnen? Wenn alle gemeinsam gegen Pater Giacomo anrückten, alle Einwohner der Stadt, er würde sich bestimmt nicht wehren können. Sie mussten nur alle zusammenhalten, um diesen Mann und somit auch das Joch der Inquisition loszuwerden.

Du bist verrückt, nicht er, dachte Juan voller Bitterkeit. Selbst wenn alle hier in der Stadt überzeugt wären, dass du Recht hast, sobald du den Mund aufmachst, bist du ein toter Mann. Ebenso gut könntest du jetzt gleich auf den Scheiterhaufen klettern und den Holzstoß selbst in Brand stecken.

Nein, ein gewöhnlicher Sterblicher hätte wohl weder den Mut noch die Kraft, gegen den Inquisitor vorzugehen. So etwas war eher eine Aufgabe für die himmlischen Heerscharen.

Wenn Bartolomé ihn nur nicht angelogen hatte. Wenn dieser verwünschte Zigeuner ihn wirklich zu diesem Mann bringen würde, der ihm bei seiner Flucht helfen konnte. Er wollte die Stadt verlassen, unbedingt. Lieber heute als morgen, ganz gleich, wohin.

Pater Giacomo schritt bedächtig mit seinem Gehilfen in die Sakristei. Die Messe war beendet. Füße scharrten, und die Gläubigen beeilten sich, zum Ausgang zu kommen, als wäre ihnen die Pest auf den Fersen. Juan hingegen ließ sich noch etwas Zeit, obgleich es auch ihn drängte, diesen unheilvollen Ort zu verlassen. Aber er musste noch etwas erledigen. Jemand – wahrscheinlich war es sein Großvater – hatte ihm mal gesagt, dass man sich nie, nicht einmal im größten Schrecken zu fürchten brauche, denn wo auch immer der Schatten außergewöhnlich finster sei, leuchte auch das Licht besonders hell. Vielleicht stimmte es. Vielleicht war hier, an diesem Ort, wo man die Kerker der Inquisition vermutete, wo Menschen gequält wurden und starben, wo ein Wahnsinniger die Messe las und einem vor Grauen jeder Atemzug in der Kehle gefror, vielleicht war gerade hier Gott besonders hellhörig für die Sorgen und Nöte seiner Kinder. Vielleicht wurden hier Gebete eher erhört als anderswo. Es war den Versuch wert. Juan kniete nieder und faltete die Hände.

O Herr, ich flehe dich an. Ich bitte dich von ganzem Herzen und aus tiefster Seele, schick uns einen Engel, der dein Volk von diesem Mann, diesem Wahnsinnigen befreit. Sonst sind wir bald alle verloren.

Als Juan kurz darauf aus der Kirche hinaus auf den kleinen Platz trat, stellte er zu seiner großen Überraschung fest, dass der Himmel blau war und die Sonne schien. Ein warmer Frühlingstag kündigte sich an. Trotzdem fror er so sehr, als hätte man ihn mehrere Monate in einer dunklen, feuchten Höhle gefangen gehalten.

»Eine milde Gabe für den armen Krüppel. Eine milde Gabe für den armen Krüppel.«

Ein schmutziger, zerlumpter Bettler näherte sich ihm. Bereits von Weitem stank er nach ungewaschener Kleidung und ungepflegten Haaren, nach Kot und Urin. Offenbar war er blind, denn er tastete sich auf dem Pflaster langsam mit einem langen Stock vorwärts. In seiner ausgestreckten Hand hielt er einen Blechnapf, in dem ein paar Münzen klapperten.

»Eine milde Gabe für den armen Krüppel.«

»Einen Augenblick, Alter«, sagte Juan, zog unter seinem Mantel seine Geldbörse hervor und ließ eine Münze in die Büchse des Mannes fallen.

»Gott segne Eure Großzügigkeit, Juan Martinez«, erwiderte der Bettler leise mit einer anderen Stimme, einer Stimme, die Juan kannte.

Er blickte überrascht auf. »Bartolomé?« Nur mit Mühe konnte er das Gesicht des Zigeuners unter der weiten Kapuze erkennen.

»Derselbe«, antwortete der Zigeuner, und ein kurzes Lächeln ließ seine weißen Zähne aufblitzen.

»Wo seid Ihr gewesen? Ich habe während der Messe nach Euch Ausschau gehalten, aber ich habe Euch nicht gesehen. Wo ist nun der Mann, von dem …«

»Schsch!«, zischte der Zigeuner und warf einen hastigen verstohlenen Blick über die Schulter. »Nicht hier. Zu viele Ohren. Am Ende der Gasse dort drüben befindet sich das Haus eines Seifensieders. Ihr erkennt es an dem Schild über dem Eingang. Das Haus steht leer wie die meisten hier in der Gegend. Dort erwarte ich Euch.«

Und bevor Juan noch etwas sagen konnte, tastete Bartolomé sich mit seinem Stock in der entgegengesetzten Richtung weiter.

»Eine milde Gabe für den armen Krüppel. Eine milde Gabe für den armen Krüppel.«

Juan sah ihm verwundert nach. Also hatte der Zigeuner ihn nicht belogen. Aber weshalb tat er so heimlich? Fürchtete etwa auch er die Augen des Inquisitors? Dann wandte er sich ab und überquerte rasch den Platz, bevor er durch sein seltsames Verhalten die Aufmerksamkeit der anderen Bettler und der alten Weiber auf sich zog. Das Tappen von Bartolomés Stock auf dem Pflaster und das rhythmische Schütteln seiner Büchse konnte er noch eine ganze Weile hören. Erst als er ans

Ende der Gasse kam, auf die Bartolomé gezeigt hatte, verstummte es.

Wie die Zeit vergeht

Anne stand im Hof und striegelte eine von Cosimos Stuten. Das Tier war trächtig. Ihr feines dunkelbraunes Fell spannte sich über ihrem ausladenden Bauch, und wenn Anne vorsichtig mit der Bürste darüberstrich oder ihre Hand darauf legte, konnte sie die Bewegungen des Fohlens spüren. Innerhalb der nächsten Tage würde die Stute fohlen, vielleicht sogar schon heute. Dieser Gedanke beunruhigte sie. Sie war mit Anselmo allein auf der Hazienda. Sie selbst hatte keine Ahnung, was bei einer Geburt zu tun war, Anselmo hatte vor Pferden beinahe mehr Angst als vor dem Scharfrichter, und Cosimo, der Einzige, der wirklich etwas von der Pferdezucht verstand, hatte sich für unbestimmte Zeit in das geheime Labor in den Bergen zurückgezogen. Er kam zwar in unregelmäßigen Abständen nach Hause, allerdings nur, um sich mit frischem Proviant zu versorgen und nachzusehen, wie gut die Kräuter bereits gewachsen waren, die in mittlerweile zwei Dutzend Tontöpfen im und vor dem Haus standen. Meistens verließ er die Hazienda bereits wieder am darauf folgenden Morgen. Jetzt hatten sie schon seit drei Tagen nichts von ihm gehört.

Anne seufzte und massierte vorsichtig mit der weichen Bürste den Bauch der Stute.

»Eigentlich bin ich nicht hier, um Pferdezüchter zu spielen«, sagte sie zu der Stute, die ihr den Kopf zuwandte und sie mit ihren großen schönen Augen ansah, als könnte sie jedes Wort verstehen. »Und ehrlich gesagt habe ich auch nicht viel Ahnung davon. Hätte ich meinen Laptop hier, könnte ich mich wenigstens im Internet informieren. Bestimmt gibt es eine Internetseite mit Tipps, wie man eine Stute beim Fohlen unterstützen kann. Aber hier ... » Sie zuckte mit den Schultern. »Ich habe in Cosimos Haus nicht einmal ein Buch über Pferdepflege gefunden. Es bleibt uns wohl nichts anderes übrig, als zu hoffen, dass ein Wunder geschieht und Cosimo rechtzeitig nach Hause kommt, bevor es bei dir losgeht.«

Die Stute wieherte leise und stupste Anne mit der Nase an, als wollte sie sagen: Mach dir keine Sorgen, es wird schon alles gut gehen.

Anne tätschelte liebevoll ihren glatten Hals, während ihre Gedanken zu Cosimo wanderten, der in dem geheimen Labor mit der Herstellung des Drachenöls beschäftigt war. Wenn er nach Hause kam, hingen sie und Anselmo förmlich an seinen Lippen, obwohl nur wenig Neuigkeiten von ihnen herabtropften. Meistens war er zu erschöpft, um viel zu erzählen. Die Arbeit in dem Labor, fernab vom Tageslicht, schien ermüdend zu sein. Doch Anne vermutete, dass seine Schweigsamkeit noch einen anderen Grund hatte. Vielleicht wollte er sie nicht unnötig beunruhigen. Nach dem Wenigen zu urteilen, das er ihnen zwischen einer hastigen Mahlzeit und seinem erneuten Aufbruch erzählte, schien die Arbeit nur sehr langsam voranzugehen. Und mindestens einmal hatte er sogar wieder ganz von vorne beginnen müssen.

Anne tauschte die Bürste gegen einen Kamm und widmete sich der schönen seidig schimmernden Mähne.

Sie hatten so große Hoffnungen gehabt, als Teresa ihnen das Labor gezeigt hatte. Es war ein Gefühl gewesen, als hätten sie die Phiole mit dem fertigen Drachenöl bereits in ihren Händen gehalten. Das war vor vier Wochen gewesen. Der Februar war verstrichen, der März war nun auch bald vorbei, und Ostern rückte immer näher. Die Kräuter wuchsen und gediehen in ihren Töpfen. Einige Pflanzen hatten sogar schon Blüten angesetzt und mussten nun bald geerntet werden, wenn es nicht wieder zu spät sein sollte. Die anfängliche Euphorie war steigender Unruhe und Resignation gewichen. Die Zeit verging, plätscherte so dahin, und während sie keinen Schritt vorankamen und stattdessen ständig neue Rückschläge erlebten, wurden auf Giacomos Befehl hin weiter Menschen in den Kerkern der Inquisition gefoltert. Vor etwa einer Woche war ein Mann zur Hazienda gekommen, weil er ein Pferd kaufen wollte. Er hatte von den Scheiterhaufen erzählt, die bereits auf dem Marktplatz von Córdoba errichtet wurden. Am Sonntag nach Ostern sollten die bis dahin Verurteilten in einer Massenhinrichtung verbrannt werden. Nur das Drachenöl war in der Lage, Giacomo und damit diesen schrecklichen Wahnsinn zu stoppen. Und dieses Öl wurde und wurde nicht fertig. Es war zum Verrücktwerden.

Anne fuhr der Stute energisch mit dem Kamm durch die Mähne. Sie beneidete Cosimo. Er konnte etwas Sinnvolles tun. Sie selbst hingegen saß auf der Hazienda fest und konnte sich mit nichts anderem als Pferdepflege und Blumengießen die Langeweile vertreiben. Manchmal dachte sie daran, einfach loszureiten und Cosimo im Laboratorium zu besuchen. Vielleicht konnte sie ihm helfen. Zu zweit würden sie bestimmt schneller vorankommen. Sie brauchte jetzt nur Ricardo zu satteln und loszureiten. Teresa ging schließlich auch hin und wieder in das Labor. Sie erzählte immer davon, wenn sie samstags kam, um ihnen Brot und Gemüse aus dem Kloster zu bringen – und natürlich mit Anselmo zusammen zu sein.

Dummchen, schalt sie sich selbst. Das ist etwas anderes, und das weißt du ganz genau. Du nimmst dir in der Redaktion schließlich auch keinen Analphabeten als Praktikanten.

Teresa hatte sich von Kindesbeinen an für die Arbeit ihres Vaters interessiert. Sie konnte mit diesen komischen Kolben und Gläsern umgehen, die im Labor herumstanden. Sie wusste, wofür welche Geräte nützlich waren, und sie kannte die Kräuter und Pulver in den Regalen. Sie selbst jedoch hatte von diesen Dingen so viel Ahnung wie von der Quantentheorie. Auch bei größter Anstrengung konnte sie sich kaum an ihren Chemieunterricht erinnern, was in der Hauptsache daran lag, dass sie jede Ausrede genutzt hatte, um ihn zu schwänzen. Nein, sie wäre Cosimo keine große Hilfe, das musste sie sich ehrlicherweise eingestehen. Da kannte sie sich mit Pferden doch besser aus.

Hatte ihr Cosimo nicht kurz bevor sie das Elixier der Ewigkeit getrunken hatte erzählt, sie würde eine Stelle als Schreiberin in der Stadt annehmen? Was stand sie dann hier noch herum und striegelte Pferde? Wollte er noch warten? Oder war ihm der Gedanke noch gar nicht gekommen, dass ein Verbündeter in der Stadt von unschätzbarem Wert sein konnte? Wenn er das nächste Mal kommt, werde ich ihn fragen, ob ich in die Stadt gehen soll, dachte Anne und legte nun auch den Mähnenkamm beiseite. Gerade hatte die Glocke der kleinen Kirche im Kloster zehn Uhr geschlagen. Erst zehn Uhr, und sie war im Grunde bereits mit der Arbeit fertig. Was sollte sie jetzt mit den restlichen zehn, zwölf Stunden dieses endlos langen Tages anfangen? Anne seufzte und gab der Stute einen liebevollen Klaps.

Sie hatte das Tier gerade in den Stall zurückgebracht, als sie in der Ferne Hufgetrappel hörte. Sie blickte auf und sah eine Staubwolke, die sich rasch der Hazienda näherte. Wer auch immer herangeritten kam, schien es eilig zu haben.

Cosimo!, dachte sie und zuckte vor freudiger Erregung zusammen. Er hat es geschafft! Wenn er es so eilig hatte, war er bestimmt so weit, dass er jetzt die frischen Kräuter brauchte. Doch dann erkannte sie enttäuscht, dass es sich nicht um einen, sondern um zwei Reiter handelte. Außerdem waren es zwei Männer in der bunten Kleidung der Gaukler und Schauspieler. Aber so seltsam es auch schien, ihr Ziel war offenbar Cosimos Hazienda.

Anselmo trat ebenfalls vor die Tür und sah den beiden Reitern entgegen. Anne stellte sich neben ihn.

»Besuch!«, sagte er mit einem Lächeln auf dem Gesicht, als hätte er schon lange auf die beiden Männer gewartet.

»Kennst du die beiden?«, fragte sie.

»Der eine ist ein alter Freund. Ob ich den anderen kenne, kann ich noch nicht sagen. Aber ich halte es nicht für wahrscheinlich. Bartolomé bringt selten jemanden mit, den wir kennen. Nun, wir werden sehen. Auf jeden Fall ist es eine angenehme Abwechslung. Kommt, Señora, wir wollen ihnen entgegengehen.«

Juan konnte sich kaum noch im Sattel halten. Jeder Muskel tat ihm weh, und sein Gesäß schien nur noch aus rohem Fleisch zu bestehen. Das Pferd, das Bartolomé außerhalb der Stadt in einer verlassenen Hütte versteckt hatte, war klein und ebenso zierlich wie das, das er selbst ritt. Auf ihn, der nur selten mit Pferden zu tun hatte, hatte es einen gutmütigen, friedfertigen Eindruck gemacht. Doch kaum waren sie losgeritten, da musste er feststellen, wie feurig und schnell diese kleinen Pferde waren. Der Zigeuner gab seinem Pferd die Sporen, als wäre der Leibhaftige hinter ihnen her, und das von Juan lief so schnell wie der Wind.

»He!«, hatte er ein paarmal Bartolomé verzweifelt hinterhergerufen. »He! Reitet langsamer, ich komme nicht mehr mit!«

Doch der Zigeuner hatte lachend erwidert: »Euer Pferd kann noch laufen, keine Sorge, Señor! Außerdem dachte ich, Ihr wolltet noch vor Einbruch der Dunkelheit an diesem Abend wieder daheim bei Eurer Frau sein? Wenn das wirklich Eure Absicht ist, so müsst Ihr Euch sputen, Juan Martinez!« Und dann war er noch schneller als zuvor davongaloppiert.

Endlich schienen sie ihr Ziel erreicht zu haben. Auf einer Hügelkuppe zügelte Bartolomé sein Pferd und deutete in das vor ihnen liegende Tal auf eine Hazienda. Sie war nicht besonders groß, aber selbst aus der Entfernung konnte man deutlich erkennen, dass das Haus schöne Proportionen hatte und sich alles in einem äußerst gepflegten Zustand befand. Rund um die Hazienda lagen Weiden, auf denen zahlreiche Pferde grasten.

»Dort wohnt der Pferdezüchter«, sagte Bartolomé.

»Gepriesen sei der Herr!«, entfuhr es Juan, und er wischte sich erleichtert den Schweiß von der Stirn. Dann bemerkte er den spöttischen Blick, mit dem ihn der Zigeuner bedachte. Dieser Blick ärgerte ihn. »Ich bin kein Akrobat oder Viehtreiber. Ich bin nur ein Schreiber, Bartolomé, vergesst das nicht.«

Bartolomé legte mit einer theatralischen Geste eine seiner beringten Hände auf seine Brust und sah ihn unschuldig an. »Habe ich etwas gesagt?«

Nein, aber gedacht hast du es. Juan biss die Zähne zusammen. Er war wütend auf den Zigeuner, dessen schwarze Augen vor Belustigung, Schadenfreude und Spott glitzerten. Wenn er nicht so erschöpft von diesem Höllenritt gewesen wäre, er hätte ihn hier und jetzt zur Rede gestellt. Doch dafür hatte er keine Kraft mehr, und jeden Atemzug, zu dem seine vor Anstrengung brennenden Lungen noch fähig waren, würde er für den Rest des Weges brauchen. Bereits jetzt graute ihm davor, dass sie in ein paar Stunden dieselbe Strecke zurückreiten mussten.

Bartolomé trat seinem Pferd wieder in die Flanken, und noch bevor Juan sich gesammelt hatte, wieherte sein Pferd und galoppierte ebenfalls den Hügel hinab. Er versuchte noch das Tier zu zügeln und es zu einem etwas gemächlicheren Tempo zu bewegen – vergeblich. Er rutschte im Sattel von einer Seite auf die andere, seine Hände fest in die Mähne gekrallt, während die beiden Pferde miteinander ein Wettrennen zu veranstalten schienen.

Kopf an Kopf preschten sie durch das hohe geschwungene Tor. Bartolomé zügelte sein Pferd, und endlich wollte auch Juans Pferd seinen Befehlen gehorchen. Es wurde langsamer und blieb schließlich stehen. In den Stallungen und auf den Weiden um sie herum begannen die anderen Pferde zu wiehern, als wollten sie Freunde begrüßen, die sie schon lange nicht mehr gesehen hatten. Ihr Kommen war offenbar nicht unbemerkt geblieben, denn auf dem Hof standen ein Mann und eine Frau und sahen ihnen erwartungsvoll entgegen.

»Bartolomé!«, rief der Mann erfreut. »Wie schön, dich zu sehen. Sei willkommen, mein Freund!«

Bartolomé sprang ab, als hätte er nicht über eine Wegstunde auf dem Pferderücken hinter sich gebracht. Mit einem Lächeln auf dem pockennarbigen Gesicht und weit ausgebreiteten Armen ging er auf den fremden Mann zu. Juan betrachtete ihn neugierig. Das sollte der Pferdezüchter sein, von dem Bartolomé gesprochen hatte? Der Mann war höchstens etwas über zwanzig Jahre alt. Ein hübscher junger Bursche, wie man ihn sich vielleicht als Gemahl für die eigene Tochter wünschte. Aber sollte er wirklich sein Leben und das seiner Familie einem unerfahrenen, unbeschwerten Jüngling anvertrauen? Und wer war die Frau, die neben dem Mann stand und sie so argwöhnisch beäugte, als würde sie ihnen ebenso wenig trauen wie er selbst ihnen? Hatte Bartolomé ihm nicht erzählt, dass der Pferdezüchter allein mit seinem Sohn hier lebte? Erneut kamen Juan Zweifel, ob der Zigeuner ihm die Wahrheit gesagt hatte, und am liebsten wäre er auf der Stelle umgekehrt, ganz gleich, ob er damit auch gegen alle Regeln der Höflichkeit verstoßen hätte.

Bartolomé und der junge Mann umarmten sich und klopften sich auf die Schultern, als wären sie nicht nur alte Freunde, sondern vielmehr Brüder, die sich schon lange nicht mehr gesehen hatten.

»Anselmo, es ist mir stets eine Freude, dich zu sehen«, sagte Bartolomé und strahlte über das ganze Gesicht. Dann deutete er auf Juan. »Wie du siehst, mein Freund, komme ich nicht allein. Dieser Señor dort ist Juan Martinez. Er braucht dringend eure Hilfe.«

Juan verzog das Gesicht zu einem Lächeln und verneigte sich, so gut es ihm im Sattel und mit den Schmerzen im Rücken eben möglich war.

Trottel, dachte er und ärgerte sich über seine eigene Zögerlichkeit. Eben hättest du noch die Gelegenheit gehabt, dich aus dem Staub zu machen. Jetzt ist es zu spät.

»Steigt ab, Señor«, sagte der junge Mann und lächelte ihn gewinnend an. Doch dieses Lächeln machte Juan nur noch misstrauischer. Versuchten nicht die größten Gauner und Betrüger ihre Opfer zuerst durch Freundlichkeit in Sicherheit zu wiegen, bevor sie sie ausraubten?

»Warum?«, fragte er, und seine Stimme klang barscher, als er es beabsichtigt hatte.

»Nun«, entgegnete der junge Mann, und seine braunen Augen funkelten belustigt, »erstens ist es für Euch bequemer. Der Ritt aus der Stadt hierher muss Euch ermüdet haben. Und zweitens lässt es sich schwer miteinander sprechen, wenn einer am Boden steht und der andere hoch zu Ross sitzt.«

Juan spürte, dass ihm die Röte ins Gesicht stieg. Natürlich, der junge Bursche hatte Recht. Mühsam und mit dem Versuch, wenigstens einen Rest seiner Würde zu bewahren, folgte er der Aufforderung und stieg aus dem Sattel.

»Ich grüße Euch, Juan Martinez«, sagte der junge Mann freundlich, ergriff seine Hand und schüttelte sie. So aus der Nähe wirkte er plötzlich gar nicht mehr so jung. Sein Gesicht war zwar glatt wie das eines Jünglings, doch seine braunen Augen waren die eines erfahrenen Mannes, dem das Leben bereits viel abverlangt hatte. »Ich bin Anselmo de Cabalho, und dies ist Señora Anne, die Cousine meines Vaters. Hilfe werdet Ihr auf jeden Fall von uns bekommen, das ist gewiss, obgleich mein Vater zurzeit leider nicht im Haus ist. Aber kommt doch erst einmal herein und erholt Euch bei einem Becher Wein und einem Bissen Brot von den Strapazen des Rittes.« Er lächelte wissend. »Ich kenne Bartolomé. Er ist ein herzloser Mann ohne Mitgefühl für all jene, die nicht wie er selbst auf dem Pferderücken geboren wurden.«

Juan fiel ein Stein vom Herzen. Dieser Anselmo war also gar nicht der Pferdezüchter selbst, sondern sein Sohn. Und wie es schien, hatte er in dem jungen Mann sogar eine verwandte Seele gefunden.

»Was machen wir mit den Pferden?«, fragte Bartolomé.

Anselmo zuckte mit den Schultern. »Nehmt ihnen Sattel und Zaumzeug ab und lasst sie laufen. Sie werden zu ihren Freunden und Geschwistern auf die Weiden wollen.«

»So stammen diese beiden Tiere aus Eurer Zucht?«, fragte Juan mehr aus Höflichkeit denn aus echtem Interesse.

»Ja. Bartolomé und seine Leute sind wirklich gute Kunden meines Vaters. Die Zigeuner schätzen unsere Berberpferde, weil sie klein, schnell und feurig, aber trotzdem ausdauernd und genügsam sind.«

Juan unterdrückte ein Lächeln. Diese Worte klangen wie auswendig gelernt. Auch war ihm nicht entgangen, dass der junge Mann einen deutlichen Abstand zu den Tieren hielt, anstatt sie zur Begrüßung zu streicheln, wie es vermutlich ein Pferdeliebhaber getan hätte.

»Die Pferdezucht scheint Euch regelrecht im Blut zu liegen, Señor de Cabalho«, sagte er.

Anselmo warf ihm einen irritierten Blick zu, dann lachte er.

»Wahrlich, Ihr seid ein scharfer Beobachter, Señor Martinez. Nein, bei Gott, Pferde sind wahrlich nicht meine Sache. Wenn es nach mir ginge, würden wir Schweine züchten. Oder vielleicht Hühner. Aber ...« Er hob resigniert die Hände. »Ich habe hier nichts zu sagen. Ich bin nur der Sohn meines Vaters, und er liebt Pferde. Aber nun tretet doch ein.«

Sie nahmen auf bequemen Stühlen vor dem Kamin Platz, während Anne den Tisch deckte und Anselmo Wein und Brot herbeischaffte. Juan sah sich unterdessen in dem Raum um. Die Einrichtung war schlicht und behaglich, wie sie oft bei Bauern und Viehzüchtern zu finden war. Doch sein geübtes Auge erkannte auf den ersten Blick, dass jeder einzelne Gegenstand in diesem Haus von erlesener Qualität war, angefangen von den Möbeln bis hin zum Geschirr. Außerdem fielen ihm etliche seltsame Pflanzen auf, die in zahlreichen Töpfen unterschiedlicher Größe vor jedem Fenster standen. Bereits auf dem Hof hatte er eine ganze Reihe dieser Töpfe bemerkt. Wozu auch immer sie dienen mochten, Juan hatte den Eindruck, dass diese Pflanzen nicht allein aus Liebhaberei gezogen wurden.

»Nehmt Euch, so viel Ihr mögt«, sagte Anselmo, nachdem er und Anne sich ebenfalls gesetzt hatten. Er bot Juan einen Teller an, auf dem ein Kranz herrlich duftender Würste lag. »Wenn Ihr satt seid, können wir über alles ...«

Er brach ab und horchte auf. Draußen auf dem Hof waren deutlich Hufschläge zu hören. Anselmo erhob sich, ging mit langen Schritten zur Tür und sah hinaus.

»Señor Martinez«, rief er über die Schulter, »Ihr seid wahrlich ein Glückspilz, denn in diesem Augenblick und für uns alle unerwartet kommt mein Vater.«

Er ging auf den Hof hinaus und schloss die Tür hinter sich. Juan vermutete, dass er seinen Vater auf den unerwarteten Besuch erst vorbereiten wollte.

Kurze Zeit später öffnete sich die Tür wieder, und Anselmo trat in Begleitung eines Mannes ein, der zu den ungewöhnlichsten Menschen zählte, die Juan jemals gesehen hatte. Er war schlank, und sein ausdrucksstarkes Gesicht war von beinahe erschreckender Blässe, die durch seinen schwarzen Mantel und seinen schwarzen Hut noch zusätzlich betont wurde. Er zog sich schwarze Handschuhe von den schmalen Händen und löste die Schnalle seines Mantels, sodass er ihm von den Schultern glitt. Anselmo fing das Kleidungsstück geschickt auf, nahm dem Mann den Hut ab, hielt ihn so, dass dieser die Handschuhe hineinwerfen konnte, und brachte alles hinaus.

So verhält sich kein Sohn, schoss es Juan durch den Kopf, nicht einmal einer, der seinen Vater über alles liebt. Wenn ich es nicht besser wüsste, würde ich glauben, dass dieser Anselmo in Wahrheit nicht der Sohn, sondern der Diener des Hausherrn ist.

Wenn er es nicht besser wüsste? Was wusste er denn wirklich über seine Gastgeber? Nichts. Nur das Wenige, das Bartolomé ihm erzählt hatte. Und das konnten ebenso gut Lügen sein.

Zuerst begrüßte der Pferdezüchter Bartolomé genauso herzlich, wie es zuvor Anselmo getan hatte, dann trat er zu Juan.

»Señor Martinez, ich heiße Euch in meinem bescheidenen Haus willkommen«, sagte er und lächelte.

Er sprach das Spanisch eines gebildeten, vornehmen Mannes, hatte allerdings einen leichten, kaum wahrnehmbaren Akzent, als würde er zwar nicht aus dieser Gegend stammen, aber schon lange hier leben. Juan argwöhnte plötzlich, dass die Pferdezucht vielleicht nur eine Liebhaberei und zugleich eine geschickte Tarnung war, damit sich der Mann und sein Sohn ohne Verdacht zu erregen in dieser Gegend aufhalten konnten. Auch der Name sprach dafür – de Cabalho. Welcher Schuster, welcher Bäcker oder Fleischer hatte schon einen Familiennamen, mit dem man auf seinen Beruf schließen konnte?

Der Mann reichte Juan die Hand. »Ich bin Cosimo de Cabalho. Mein Sohn Anselmo sagte mir, dass Ihr mich zu sprechen wünscht.«

Sein Gesicht wirkte überraschend jung, als wäre er höchstens ein halbes Dutzend Jahre älter als sein Sohn.

Sein angeblicher Sohn, verbesserte Juan sich in Gedanken und ergriff die ausgestreckte Hand. Dann sah er in die Augen des Mannes und erschrak. Es waren müde Augen, umgeben von dunklen Ringen. Müde nicht allein durch den Mangel an Schlaf. Diese Augen sahen aus, als wäre der Mann mindestens hundert Jahre alt und des Lebens überdrüssig. Natürlich war das unmöglich, aber … Juans Blick streifte die Kräuter und seltsamen Gewächse, die entlang der Fenster aufgereiht waren. Vielleicht war dieser Cosimo gar kein Pferdezüchter, sondern ein Hexenmeister, der sich in der Nähe von Córdoba vor der Inquisition versteckte und sich auf die Zubereitung eines Tranks verstand, der ewige Jugend verlieh? Wenn dem so war, worauf verstand er sich sonst noch? Er schluckte.

Wenigstens kann ich sicher sein, dass sich in diesem Haus kein Diener der Inquisition verbirgt, dachte er und fühlte sich seltsam schwach. Man musste versuchen jede Lage von ihrer positiven Seite zu sehen.

Cosimo ließ sich auf den letzten freien Stuhl fallen, streckte seine langen Beine aus und rieb sich müde mit beiden Händen das Gesicht.

»Ihr müsst mir verzeihen, falls ich Euch unhöflich erscheinen sollte, Señor Martinez«, sagte er, »aber ich habe zurzeit eine ganze Reihe Verpflichtungen und Aufgaben zu erfüllen, die mir seit vielen Tagen den Schlaf rauben.« Und wie zum Beweis gähnte er herzhaft und fuhr sich durch das dichte dunkle Haar, das dadurch so zerzaust aussah, als wäre er gerade aus dem Bett gestiegen. »Nichtsdestotrotz seid Ihr zu mir gekommen, weil Ihr mit mir sprechen wollt, und ich will Euch nicht mit meinen Geschichten belästigen. Womit kann ich Euch dienen, Señor Martinez? Habt Ihr die Absicht, ein Pferd zu kaufen?«

Juan sah Bartolomé überrascht an, und bevor er selbst etwas sagen konnte, ergriff der Zigeuner das Wort.

»Señor Martinez ist nicht hier, weil er sich für deine Pferde interessiert, Cosimo«, sagte er, und Juan registrierte mit Erstaunen, wie vertraulich er mit dem Pferdezüchter sprach, der doch ohne Zweifel von vornehmer, vielleicht sogar adliger Herkunft war. »Er ist hier, weil seine Vorfahren Juden waren.«

Juan, der gerade seinen Becher an den Mund gesetzt hatte, trafen diese Worte so unvorbereitet, dass er sich verschluckte. Er hustete, zog hastig ein Tuch aus seiner Tasche und hielt es sich noch gerade rechtzeitig vor den Mund, bevor er den Wein über den ganzen Tisch spuckte. Er bekam kaum noch Luft und lief dunkelrot an. Anselmo kam ihm zu Hilfe und schlug ihm zwischen die Schulterblätter. Er hustete wieder, und der Wein brannte so sehr in seiner Kehle, dass ihm die Tränen in die Augen traten. Doch Cosimo de Cabalho, der Pferdezüchter, saß auf seinem Lehnstuhl und lächelte.

»Dies ist weder ein Grund, aus der Fassung zu geraten, noch, sich zu schämen, Señor Martinez«, sagte er. »Glaubt mir, auf diesem Stuhl, auf dem Ihr gerade sitzt, haben vor Euch schon viele Juden und Mauren gesessen. Sie alle hatten nur ein Ziel – die Stadt zu verlassen, bevor die heilige Inquisition sich ihrer bemächtigen konnte. Und, wenn ich das in aller Bescheidenheit anmerken darf, das ist uns bisher auch stets gelungen, sofern sie sich an meine Anweisungen und Ratschläge gehalten haben.« Seine dunklen Augen begannen zu funkeln. »Mir ist kein Grund bekannt, weshalb unser bisher erfolgreiches Netz ausgerechnet in Eurem Fall versagen sollte, Señor Martinez. Allerdings setzt dies absolute, schonungslose Ehrlichkeit voraus. Ich muss die Wahrheit wissen – über Euch, Eure Familie, Eure Motive und alle Gründe, weshalb die Inquisition sich für Euch interessieren könnte.«

Juan biss sich auf die Lippe. Sollte er wirklich alles erzählen? Eine Weile herrschte Schweigen im Raum.

»Ihr scheint mir nicht zu vertrauen, Señor Martinez«, sagte Cosimo und runzelte die Stirn. »Das ist eine schlechte Voraussetzung, eine sehr schlechte sogar. Denn immerhin hat Bartolomé Euch so weit vertraut, dass er Euch zu meinem Haus geführt hat. Und ich habe Euch erzählt, dass ich Menschen zur Flucht vor der Inquisition verhelfe.« Er holte tief Luft und schnalzte mit der Zunge. »Ihr solltet Euch wirklich eines Besseren besinnen, Señor Martinez, andernfalls stellt Ihr mich vor ein äußerst heikles Problem, über dessen Lösung ich nur sehr ungern nachdenken würde.«

Er warf Bartolomé einen Blick zu, und der Zigeuner hob entschuldigend die Hände.

»Du musst mir verzeihen, Cosimo«, sagte er. »Ich dachte wirklich, dass er fliehen will. Mutter Maddalena hat ihm meinen Namen genannt, und er kam in das Hafenviertel – pünktlich und mitten in der Nacht. Glaube mir, ich bin wirklich davon ausgegangen …« Er sah Juan mit dem Zorn eines Vaters in den Augen an, den sein Lieblingssohn ausgerechnet vor dem König maßlos enttäuscht hatte. »Sollte er sich als faules Ei entpuppen, so werde ich mich persönlich um ihn kümmern. Es ist mein Fehler, und ich werde diesen Fehler beheben.«

Cosimo nickte langsam. »Gut, darauf können wir uns einigen. Aber erledige diese Sache auf keinen Fall hier. Du weißt, ich kann es mir nicht leisten, unnötige Aufmerksamkeit auf mich zu ziehen.«

Bartolomé lächelte. »Das ist doch selbstverständlich.«

»Verzeiht, Señor Martinez«, sagte Cosimo ruhig. »Nehmt es nicht persönlich, aber ich kann kein Risiko eingehen.«

Erst jetzt begann Juan zu begreifen, wovon die beiden Männer sprachen. Sie wollten ihn töten! Sie wollten ihn einfach umbringen und dann wahrscheinlich irgendwo hier auf einer der Weiden fern von der Stadt verscharren. Und sie sprachen so ruhig und gelassen darüber, als wollten sie lediglich einen stinkenden Misthaufen beseitigen, der im Laufe der Jahre zu groß geworden war. Voller Entsetzen sah er von einem zum anderen. Bartolomé blickte ihn mit finsterem Gesicht an, Cosimo sah ungerührt ins Feuer, Anselmo nickte zustimmend, wobei seine Augen erwartungsvoll funkelten, als würde er sich auf das bevorstehende Schauspiel freuen. Und die Frau? Sie allein schien entrüstet zu sein über das, was sie gerade gehört hatte. Aber würde sie ihm auch helfen können? Nein, sie würden zu zweit nicht gegen diese drei Männer kämpfen können. Er war verloren. Er würde sterben. Hier und jetzt, ohne seine Familie jemals wieder gesehen zu haben. Seine Frau würde sich Sorgen machen. Sie wusste ja noch nicht einmal, wo er sich aufhielt. Sein Herz setzte ein paar Schläge lang aus, und ihm wurde übel.

»Bitte …« Seine Stimme klang jämmerlich. »Bitte, Señor de Cabalho, ich wollte nie …«

»Was wolltet Ihr nicht, Señor Martinez?«, fragte Cosimo und neigte den Kopf zur Seite. »Habt Ihr noch etwas zu sagen, bevor Bartolomé Euch nach draußen begleitet?«

»Ja, ich meine, ich …«

»Nun?«

Juan wischte sich den Schweiß von der Stirn. Er keuchte, als würde er bereits über die Hügel gehetzt werden und um sein Leben rennen.

»Ich will diese Stadt verlassen, Señor de Cabalho. Gemeinsam mit meiner Familie. Und ich bin hier, weil ich Euch bitten wollte, mir zu helfen. Bitte, Ihr müsst mir glauben. Die Inquisition ist mir auf den Fersen. Das heißt, ich fürchte, dass sie mir bald auf den Fersen sein wird. Ich bin nämlich Schreiber in der Verwaltung der Stadt. Vor einiger Zeit stellte ich fest, dass immer mehr Familien auswandern. Anfangs habe ich mir nichts dabei gedacht, aber dann entdeckte ich plötzlich den Namen eines Freundes auf einer der Listen.«

Und Wort für Wort erzählte Juan von seinem Freund José und seiner Familie, seinen Befürchtungen über ihren Verbleib, seiner eigenen Herkunft, seiner Angst und seinem schlechten Gewissen, weil er José nicht hatte helfen können.

Als er mit seiner Beichte endlich fertig war, herrschte Stille in dem Raum. Aber nur für einen kurzen Moment. Dann schlug Anselmo mit der Faust auf den Tisch.

»Was habt Ihr getan?«, rief er, und seine Augen funkelten zornig. »Wisst Ihr, was Ihr getan habt? Ihr habt diese Leute umgebracht, als hättet Ihr sie eigenhändig an die Inquisition ausgeliefert. Ihr seid …«

»Anselmo, mäßige dich!«

Dieser sprang auf, sodass sein Stuhl nach hinten umkippte. Er schien es nicht einmal zu bemerken. Sein hübsches Gesicht war weiß vor Zorn.

»Ich soll mich mäßigen? Wenn dieser Kerl nur einen Funken Ehrgefühl und Mut im Leib gehabt hätte, dann …« Er verfiel in eine andere, melodisch klingende Sprache. Sie sprudelte aus ihm heraus wie überschäumendes Wasser – oder wie Feuer aus einem feuerspeienden Berg. Juan verstand nur wenig von dem, was Anselmo ihm ins Gesicht schrie. Genau genommen verstand er nur zwei Worte: »Tod« und »Feigling«.

»Anselmo, es reicht!«, rief Cosimo energisch und erhob sich. »Lass den Mann in Ruhe!«

Anselmo starrte Cosimo zornig an, dann warf er Juan einen hasserfüllten Blick zu, zischte etwas durch die zusammengebissenen Zähne und stürzte nach draußen. Laut schlug die Tür hinter ihm ins Schloss, und es herrschte wieder Schweigen. Juan wagte nicht, die anderen anzusehen. Er traute sich nicht einmal zu atmen. Er selbst konnte Anselmo gut verstehen. Auch er empfand Abscheu vor sich. Und obwohl er in den vergangenen Wochen immer wieder versucht hatte sich einzureden, dass er nur geschwiegen hatte, um seine Familie zu schützen, dass er José zu Hilfe gekommen wäre, wenn er keine Frau und Kinder gehabt hätte, deren Wohl ihm am Herzen lag, so blieb das Ergebnis am Ende doch immer gleich. Wenn er mit sich selbst ehrlich ins Gericht ging – und dazu hatte er in den letzten Wochen wahrlich genug endlos lange Stunden in seinem Bett wach gelegen –, so lief es darauf hinaus, dass er einfach nicht genug Mut besessen hatte, José zu helfen. Anselmo hatte Recht, er war ein Feigling.

Cosimo setzte sich wieder. »Ich kann mir vorstellen, dass es Euch schwer fällt, aber ich bitte Euch dennoch, meinem Sohn zu verzeihen, Señor Martinez«, sagte er und schüttelte müde den Kopf. »Ein Urteil über das, was Ihr getan oder gelassen habt, steht uns selbstverständlich nicht zu. Keiner von uns kann sicher sein, wie er selbst in Eurer Lage gehandelt hätte, denn keiner von uns hat sich je in einer solchen Situation befunden. Doch um für meinen Sohn eine Bresche zu schlagen …« Er seufzte und fuhr sich mit einer müden Geste durchs Haar. »Er liebt Teresa, die Tochter Eures Freundes José.«

Juan schloss die Augen. Er hatte das Gefühl, ein Riese hätte sich auf seine Brust gesetzt, um auch noch den letzten Atem aus ihm herauszupressen.

»Es tut mir so Leid«, stieß er schließlich mühsam hervor. »Teresa war so ein ausgesucht schönes Mädchen. Sie war voller Liebreiz und Klugheit und …«

»Oh, sie ist es immer noch«, unterbrach ihn Cosimo, und ein Lächeln huschte über sein Gesicht. »Teresa lebt. Sie ist den Häschern der Inquisition durch eine List entkommen und versteckt sich seither in den Bergen.«

Einen Augenblick starrte Juan Cosimo ungläubig an. Er konnte nicht fassen, was der Mann ihm soeben erzählt hatte. Wollte er etwa einen üblen Scherz mit ihm treiben? Dann, als er endlich begriff, dass Cosimo de Cabalho die Wahrheit gesagt hatte, schossen ihm die Tränen in die Augen, und er verbarg sein Gesicht in den Händen.

»Sie lebt! Teresa lebt!«, stammelte er immer wieder unter Schluchzen. »Gott im Himmel sei gepriesen, dass wenigstens sie überlebt hat! Señor, darf ich sie wohl sehen? Ich habe ihr so viel zu sagen. Und ich muss ihr auch …«

Doch Cosimo schüttelte bedächtig den Kopf. »Das wäre keine gute Idee«, sagte er. »Ein Zusammentreffen mit Teresa würde nur sie und Euch selbst unnötig in Gefahr bringen, Señor Martinez. Ihr derzeitiger Aufenthaltsort könnte der Inquisition bekannt werden. Aber wenn Ihr wollt, so werden wir ihr gern eine Botschaft oder einen Brief überbringen.«

Juan nickte eifrig. »Natürlich«, sagte er und wischte sich die Tränen aus dem Gesicht. »Natürlich, das verstehe ich.«

»Und nun zu Eurem Anliegen, Señor Martinez«, sagte Cosimo. »Ihr wollt also wirklich mit Eurer Frau und Euren Kindern die Stadt verlassen?«

»Ja. Lieber heute als morgen.«

»Nun, ein wenig Zeit werden die Vorbereitungen schon

in Anspruch nehmen«, sagte Cosimo. »Je überstürzter die Flucht, umso größer auch die Gefahr der Entdeckung. Aber macht Euch keine Sorgen. Sofern Eure Flucht schnell vonstatten gehen müsste, würdet Ihr innerhalb weniger Stunden die Stadt verlassen können. Bleibt mit Bartolomé in Kontakt, über ihn werdet Ihr erfahren, wie weit die Vorbereitungen gediehen sind und was wir vielleicht noch zu Eurer Sicherheit benötigen. Auch könnt Ihr ihm jederzeit Nachrichten übermitteln. Vermeidet es jedoch unter allen Umständen, direkt mit uns in Verbindung zu treten. Es wäre zu gefährlich.«

»Ich danke Euch, Señor de Cabalho«, sagte Juan. »Ich danke Euch von ganzem Herzen. Was verlangt Ihr für Eure Hilfe? Meine Familie ist zum Glück nicht mittellos, und auch mir ist es gelungen, einiges an Geld zu sparen, sodass im Laufe der Jahre ein hübsches Sümmchen zusammengekommen ist. Ich wäre ohne weiteres bereit, Euch …«

Doch Cosimo winkte ab. Dabei lächelte er kaum merklich. »Was mein Herz begehrt, besitze ich bereits, Señor. Spart Euch also Euer Vermögen, um mit Eurer Familie an einem anderen Ort ein neues Leben beginnen zu können. Nein, ich verlange für meine Hilfe nichts anderes als eine Gegenleistung, eine Kleinigkeit für einen Mann in Eurer Position.« Er deutete auf Anne. »Ich wünsche nur, dass Ihr meine Cousine mit in die Stadt nehmt und ihr einen Posten als Schreiberin verschafft.«

Juan warf der Frau einen erstaunten Blick zu. Dabei schien sie kaum weniger überrascht zu sein als er.

»Vergebt meine Neugierde, Señor de Cabalho, aber weshalb soll ich das tun? Eure Cousine ist eine Frau und …«

»In der Tat«, unterbrach ihn Cosimo, »sie ist wirklich eine Frau. Aber sie hat in ihrer Heimat eine ausgezeichnete Schulbildung erhalten und ist sehr geschickt im Umgang mit Worten. Außerdem spricht sie mehrere Sprachen fließend – neben

Spanisch auch Italienisch, Französisch, Englisch und Deutsch. Sie wird sich also in jedem Fall in der Schreibstube als nützlich erweisen.«

»Gut.« Juan nickte ergeben. »Ich werde sehen, was ich tun kann, aber ich kann Euch nicht versprechen, dass sich Fernando Rodriguez, der Oberste Schreiber, bereit erklärt, Eurer Cousine die Gelegenheit zu geben, sich zu bewähren. Er ist ein in den Traditionen sehr verhafteter Mann und …«

»Ihr werdet es schaffen, Señor Martinez«, sagte Cosimo, und seine Augen glitzerten so kalt, dass Juan unwillkürlich ein Schauer über den Rücken lief. »Mir zuliebe wird es Euch gelingen.«

»Und wenn *ich* nicht will, lieber *Cousin*? Wenn ich mich weigere?«

Die Stimme der Frau erklang so plötzlich, dass Juan zusammenzuckte. Fast hatte er vergessen, dass sie anwesend war und alles mit anhören konnte. Dabei war ihrem Ton deutlich anzumerken, dass sie mit dieser ungewöhnlichen Bitte keinesfalls einverstanden war.

»Meine Liebe«, sagte Cosimo und wandte sich an sie. Er nahm ihre Hand und redete leise in einer fremden Sprache auf sie ein. Es war dieselbe Sprache, die zuvor der Sohn des Pferdezüchters benutzt hatte. Die Frau runzelte missmutig die Stirn.

Offenbar eine Frau, die sich nicht leicht lenken lässt, dachte Juan. Doch schließlich schien Cosimo de Cabalho sie überzeugt zu haben. Sie gab nach und nickte.

»Also gut«, sagte sie, »ich werde mitgehen und in Córdoba in der Schreibstube arbeiten. Ich hole meine Sachen.«

Cosimo lächelte zufrieden und erhob sich, während Anne rasch die Treppe in den ersten Stock hinauflief.

»Jetzt, da wir vorerst alles geklärt haben, solltet Ihr Euch auf den Heimweg machen, Señor Martinez. In einer Stunde wird die Sonne untergehen, und Ihr seid gewiss nicht erpicht darauf, den Wachen am Stadttor einen Grund zu liefern, Euch anzuhalten und zu befragen.« Er reichte Juan die Hand. »Lebt wohl, Señor Martinez. Ihr werdet bald von uns hören. Gebt unterdessen gut auf meine Cousine Acht. Sie ist eine ungewöhnliche, kluge Frau und uns – mir und meinem Sohn – teuer.«

Sie traten gemeinsam auf den Hof hinaus. Vom Sohn des Pferdezüchters war weit und breit nichts zu sehen, und Juan vermutete, dass er zu Teresa geflüchtet war. Teresa lebte! Er konnte es immer noch nicht fassen. Am liebsten hätte er gleich nach seiner Ankunft Suzanna davon erzählt, doch dann hätte er ihr auch sagen müssen, woher er sein Wissen hatte und wo er während des Tages gewesen war. Er würde seine Lüge aufdecken und Suzanna die Wahrheit sagen müssen, die ganze Wahrheit. Und dann? Nein, er würde schweigen. Es war besser so.

Cosimo de Cabalho sattelte ein Pferd und war gerade damit fertig, als die Frau aus dem Haus trat. Sie trug ein Bündel unter dem Arm und Juan fragte sich, ob dies ihr ganzes Gepäck war. Eine Frau von vornehmer Herkunft wie sie besaß doch wohl mehr Kleidungsstücke, Toilettenartikel und andere Utensilien, als dass sie in ein Bündel von der Größe einer Provianttasche gepasst hätten.

»Ist das Euer Gepäck?«, fragte Juan zaghaft.

»Ja«, entgegnete sie kurz und hängte das Bündel an den Sattel, bevor sie sich in der fremden Sprache von ihrem Cousin verabschiedete und aufsaß.

»Lebt wohl, bis bald!«, rief Cosimo ihnen nach, als sie die Hazienda verließen.

»Wie ist Euer Name, Señora?«, fragte Juan, während sie den Hügel hinaufritten, den er erst vor wenigen Stunden mit Bartolomé hinabgeritten war.

»Anne«, antwortete sie schroff. Offenbar war sie immer noch wütend. Vielleicht hätte Señor de Cabalho sie vorher fragen sollen.

»Señora Anne«, sagte Juan nach einer Weile, »ich möchte Euch nicht belästigen, aber …«

»Ja?«

»Euer Cousin hat vorhin gedroht, mich zu töten.« Juan schluckte wieder, als er sich daran erinnerte. »Hättet Ihr … Ich meine, was denkt Ihr darüber?«

»Oh, er hat es natürlich nicht ernst gemeint«, sagte sie. »Es war Theater, weiter nichts. Er wollte Euch nur dazu bringen, ihm die Wahrheit zu erzählen. Aber wenn es seine Absicht gewesen wäre, Euch zu töten, Señor Martinez, hätte ich nichts dagegen unternehmen können, selbst wenn ich gewollt hätte.« Sie sah ihn an. Trotz spiegelte sich auf ihrem hübschen Gesicht. »Was Cosimo will, geschieht. Und niemand kann etwas dagegen tun. Niemand, Señor Martinez.«

Dann gab sie ihrem Pferd die Sporen und galoppierte davon, hinter Bartolomé her.

V

Es ist so einfach

Suzanna stellte die Teller und Becher in die Schüssel zum Spülen. Sie hörte Juans Schritte und sein Lachen in der Halle. Jeden Morgen, bevor er sich auf den Weg zu seiner Arbeit in der Schreibstube machte, tollte er noch mit den Kindern herum, kitzelte sie und jagte sie durch das ganze Haus. Die Kinder liebten dieses Spiel und warteten jeden Morgen sehnsüchtig darauf. Auch jetzt jauchzten sie wieder vor Vergnügen. Dann hörte Suzanna seine Stimme. Er rief einen Namen. Aber er rief nicht nach ihr, seinem Eheweib, sondern nach *ihr*, dieser Neuen, die seit einiger Zeit unter ihrem Dach in der Mädchenkammer wohnte und seine Cousine war. Angeblich.

Sie neigte den Kopf über die Spülschüssel und begann die Teller mit einem nassen Lappen abzuwischen. *Sie*. Immer nur *sie*. Seit diese Señora Anne im Haus war, war Juan wie ausgewechselt. Er war abweisend, schweigsam, er wich ihr aus. Er schien überhaupt kein Auge mehr für sie, seine eigene Frau, zu haben. Und wenn er sprach, dann nur noch mit *ihr*. Señora Anne. Anne de Cabalho. Was für ein merkwürdiger, lächerlicher Name.

Suzanna presste die Lippen aufeinander, um nicht zu weinen. Warum? Warum sie? Natürlich war die Señora gebildet, das musste Suzanna neidlos eingestehen. Sie konnte sehr gut mit der Feder umgehen. Sie konnte auch viel mehr lesen als bloß die Inschriften in grober Schrift, die auf dem Pranger die Untaten des Delinquenten verkündeten, oder die Tafeln, auf denen die Bauern ihre Preise für Gemüse und Obst aufschrieben. Die Señora arbeitete in derselben Schreibstube wie Juan, und sie schrieb Briefe und Listen ebenso gut wie die Männer dort. Das hatte sogar Fernando Rodriguez, der Oberste Schreiber, zugeben müssen. Angeblich beherrschte Señora Anne sogar mehr Sprachen als Juan, der neben Latein nur ein wenig Französisch konnte. Sicher, Señora Anne war klug. Sie war sehr selbstbewusst und unabhängig, fast schon wie ein Mann. Suzanna hätte sie sich eher in Hosen auf einem Pferd als am Herd mit Kindern am Rockzipfel vorstellen können. Und doch war sie eine Frau wie sie selbst. Und daher wusste Suzanna auch, dass all ihre Bildung, das Schreiben, das Lesen, die vielen fremden Sprachen letztlich nur dazu dienten, die Männer zu umgarnen und in ihr Netz zu locken, auf dass sie ihr für immer verfielen. Die Masche war zwar neu, aber das Thema war so alt wie die Erschaffung der Welt. Eva hatte Adam mit dem Apfel vom Baum des Paradieses gelockt, manche Frauen verführten mit Schönheit und ihren weiblichen Reizen, diese Señora jedoch betörte die Männer mit ihrer Klugheit und ihrem Wissen. Es war so einfach.

»Suzanna?« Juan steckte den Kopf in die Küche. »Kommst du noch an die Tür? Wir müssen los, wenn wir nicht zu spät kommen wollen.«

Suzanna sah auf und lächelte, doch ihre Kehle brannte.

»Ja, ich komme.«

Wir müssen los. *Wir*. Warum sprach er von sich und ihr immer als Einheit? Und warum sah er sie, seine Ehefrau, nicht mehr an, wenn er mit ihr redete? Suzanna wischte sich die Hände an ihrer Schürze ab und ging in die Halle. Die Señora stand schon dort und wartete auf Juan.

Meinen Juan, dachte Suzanna trotzig. Ganz gleich, was du mit ihm angestellt hast, er ist immer noch *mein* Mann.

»Bis heute Abend«, sagte Juan und gab ihr einen flüchtigen Kuss auf die Wange. Auch dabei sah er sie nicht an. Früher hatte er sich nicht satt sehen können an ihrem Mund, ihrem vollen schwarzen Haar, ihren Augen. Und jeden Morgen, wenn er in die Schreibstube ging, hatte er sie voller Liebe und Zärtlichkeit geküsst. Doch seit einiger Zeit wanderte sein Blick ziellos durch den Raum, sobald sie miteinander sprachen, als würde er sich davor fürchten, dass sie ihm seinen Betrug von den Augen ablesen konnte. Dabei wusste sie es doch schon längst.

»Bis heute Abend«, wiederholte Suzanna mechanisch und zwang sich wieder zu einem Lächeln.

»Vielen Dank für das ausgezeichnete Frühstück«, sagte Señora Anne. Sie versuchte immer freundlich zu sein, aber Suzanna ließ sich davon nicht täuschen. Juan hatte wenigstens noch ein schlechtes Gewissen, doch diese Frau war kälter als der Schnee in den Bergen. Es machte ihr überhaupt nichts aus, Suzanna unter ihrem eigenen Dach zu hintergehen. *Cousine*. Das war eine lächerliche Ausrede, das Dümmste, was den beiden hatte einfallen können. Auf der ganzen Welt hatte Juan keine Cousine. Gott allein mochte wissen, in welchem Bordell er diese Frau aufgegabelt hatte.

Sie schloss die Haustür sorgfältig hinter den beiden, schob den Riegel vor und kehrte in die Küche zu ihrem Abwasch zurück. Die Kinder liefen in den Garten, um dort zwischen den Obstbäumen und Blumenbeeten Fangen zu spielen.

Warum nur log Juan sie an? Er hatte sie noch nie belogen, in all den Jahren ihrer Ehe nicht. Er war immer ehrlich und aufrichtig gewesen bis zu dem Tag, an dem er so getan hatte, als würde er wie jeden Morgen in die Schreibstube gehen. Dabei hatte er an diesem Tag frei gehabt. Suzanna hatte nichts davon geahnt. Sie hatte es von einer Frau auf dem Markt erfahren, der Ehefrau eines anderen Schreibers. An diesem Tag war er spät abends mit dieser »Cousine« nach Hause zurückgekehrt. Und an diesem Tag war ihre Welt zusammengebrochen. Cousine! Geliebte, Flittchen, Hure waren wohl treffendere Bezeichnungen.

Suzanna stellte die Teller in das Regal und ging die Treppe hinauf ins Schlafzimmer, um die Betten zu richten. Seit dem ersten Tag nach ihrer Hochzeit hatte sie jeden Morgen die Betten gerichtet – und noch nie zuvor hatte sie so wenig dabei zu tun gehabt wie in der letzten Zeit. Manchmal fragte sie sich, ob sie überhaupt noch existierte. Vielleicht war sie ja bereits gestorben und hatte es nur nicht gemerkt? Juan schien sie jedenfalls kaum noch wahrzunehmen. Abgesehen von den Kindern hatte er offenbar nur noch Augen für die Señora. Was fand er nur an ihr?

Sie stellte sich vor den großen Spiegel. Für gewöhnlich machte sie sich mit ihrem Aussehen keine großen Umstände. Die drei Kinder und die zahlreichen Pflichten im Haushalt ließen ihr wenig Zeit, um neben der Sauberkeit auch noch auf die Schönheit zu achten. Doch jetzt betrachtete sie ihr Spiegelbild aufmerksam. Sie nahm ihre Bürste von der Kommode und löste ihre im Nacken zusammengebundenen Haare, sodass sie ihr in langen weichen Locken über die Schultern fielen. Dann bürstete sie ihr Haar, bis es glänzte, und drehte sich erst zur einen, dann zur anderen Seite. Ihre Haare waren immer noch so, wie Juan sie geliebt hatte – voll, dunkel und sanft schimmernd wie »poliertes Ebenholz«, wie er immer gesagt hatte. Nicht ein einziges graues Haar war zu sehen. Aber der Rest an ihr …

Das Fenster stand offen, und vom Garten drangen das Gelächter und die Stimmen ihrer drei Kinder herein. Drei Kinder hatte sie Juan bisher geschenkt. Sie liebte jedes Einzelne von ihnen, jede Locke der dunkelbraunen Wuschelköpfe, jedes Fingerchen und jeden der kleinen Zehen. Sie hätte nichts gegen ein weiteres Dutzend Kinder einzuwenden gehabt. In jedem von ihnen war ein Stück von ihr mit Juan verschmolzen, ein lebender Beweis ihrer Liebe und ihrer Leidenschaft. Aber die Geburten hatten natürlich auch Spuren an ihrem Körper hinterlassen. Ihre Hüften waren rundlicher geworden, und ihr Gesäß war nicht mehr so fest wie früher. Ihre Oberarme waren von der Hausarbeit und dem häufigen Windelwaschen kräftiger geworden, an den Augen zeigten sich die ersten Fältchen, und ihre Brüste waren schwerer als damals, als sie und Juan geheiratet hatten. Señora Anne hingegen war schlank und hatte, obgleich sie kaum jünger war als sie selbst, die geschmeidige Figur eines jungen Mädchens. Sie hatte gewiss keine Kinder zur Welt gebracht. Aber was sollte sie tun, wenn diese Verdienste in den Augen ihres geliebten Ehemannes nicht mehr zählten? Sollte sie vielleicht weniger essen? War es das, was Juan in die Arme dieser anderen Frau getrieben hatte? War sie ihm im Laufe der Jahre einfach zu dick geworden?

Suzanna seufzte. Wie oft hatte sie die Frauen bedauert, die ihr auf dem Markt oder bei anderen Gelegenheiten von den Liebschaften ihrer Männer erzählt hatten. Die Frau des Fleischers, die wusste, dass ihr Mann jeder Magd nachstieg, die jünger als zwanzig war; der Bäcker, der jeden Samstag in das Hafenviertel ging und dort eine Dublone nach der anderen mit den Huren durchbrachte, während seine Frau zu Hause die sechs Kinder hütete. Sie hatte sich diese Klagen stets mit Entsetzen und Bedauern angehört in der festen Überzeugung, dass ihr selbst so etwas nicht passieren könnte. Ihr Juan war treu. Er liebte sie. Nie würde er sie anlügen, nie mit einer anderen Frau betrügen. Niemals.

Und jetzt? Jetzt stand sie hier vor dem Spiegel und wusste nicht einmal, ob Juan in diesem Augenblick mit Señora Anne wirklich auf dem Weg in die Schreibstube war. Vielleicht kehrten sie auch gemeinsam in einem kleinen Gasthof ein, um dort in der Hitze der Leidenschaft die Bettlaken zu zerwühlen? Wie sollte sie sicher sein? Wie konnte sie Juan überhaupt noch etwas glauben, wo er sie doch so offensichtlich betrog? Und das alles nur wegen Señora Anne de Cabalho. Dieses Miststück!

»Aber noch ist Juan mein Mann!«, sagte sie zu ihrem Spiegelbild. Sie straffte die Schultern und reckte trotzig das Kinn. »Mein Mann, nicht deiner. Er ist mit mir verheiratet, vor Gott und allen Gläubigen haben wir in der Kirche den heiligen Bund der Ehe geschlossen. Und ich werde ihn dir nicht überlassen, nie und nimmer. Eher erzähle ich allen, dass du eine Hexe bist, und hetze dir die heilige Inquisition auf den Hals!«

Mit einem wütenden Schrei warf sie ihre Bürste gegen die Wand. Ja, das würde sie tun. Sie würde sich an die Inquisition wenden. Die waren immer interessiert an Geschichten über Hexen und Magier. Und wer konnte schon mit Sicherheit sagen, dass die Señora nicht wirklich eine Hexe war, so wie sie sich aufführte? So wie sich Juan jedenfalls verhielt, war mehr als die gewöhnliche Anziehungskraft einer Frau im Spiel. Er benahm sich, als wäre er verhext worden.

»Jawohl, ich bringe dich auf den Scheiterhaufen, du elendes Miststück!«, schrie Suzanna ihrem Spiegelbild entgegen. »Du verdammte Hure! Ich lasse es nicht zu, dass du mir meinen Mann stiehlst!«

Und dann warf sie sich auf das Bett und schluchzte laut in ihr Kopfkissen.

Anne und Juan gingen gemeinsam durch die schmalen Straßen von Córdoba. Bis zu dem Gebäude, in dem der Stadtrat untergebracht war, war es nicht weit. Meist schwiegen sie. Doch diesmal musste Anne mit Juan sprechen. Jeden Morgen und jeden Abend sah sie Suzannas Gesicht. Sie wusste, was die Frau über sie und Juan dachte. Natürlich war das lächerlich, aber was sollte Suzanna sonst denken, wenn man ihr die Wahrheit verschwieg?

»Juan, Ihr müsst Suzanna alles erzählen«, sagte sie. »Am besten noch heute.«

Juan zuckte zusammen, als hätte sie ihm einen Schlag versetzt.

»Suzanna? Was soll ich ihr erzählen?«

»Warum ich hier bin und dass …«, sie sah sich kurz um, ob sie auch nicht belauscht wurden, und senkte dann die Stimme zu einem Flüstern, »dass Ihr aus der Stadt fliehen wollt. Und weshalb. Sie muss es wissen. Je eher, desto besser.«

»Und warum? Warum sollte ich ihr das antun? Ihr kennt sie nicht, Señora. Suzanna würde sich nur aufregen und dann möglicherweise eine Dummheit begehen. Nein.« Er schüttelte den Kopf.

Anne verdrehte die Augen. Juan war klug und gebildet. Außerdem war er ein guter Menschenkenner und Beobachter, das hatte sie recht schnell herausgefunden. Aber was seine eigene Ehefrau anging, schien er förmlich mit Blindheit geschlagen zu sein.

»Suzanna ist keinesfalls so einfältig, wie Ihr glaubt, Juan. Sie weiß, dass Ihr sie belogen habt.« Juans Kopf flog herum, und er starrte sie an, als hätte sie ihm eben eröffnet, seine Kinder seien in Wahrheit die Sprösslinge von drei verschiedenen Männern. »Allerdings denkt sie, Ihr hättet es aus einem anderen Grund getan.«

»Und welcher sollte das sein?«

»Sie glaubt, dass ich Eure Geliebte bin.«

»Was?!« Juan schrie das Wort fast heraus. Dann lachte er laut. »Aber das ist doch lächerlich!«

»Ich stimme Euch zu, auch wenn Eure Reaktion nicht gerade schmeichelhaft ist«, erwiderte Anne und registrierte mit Genugtuung, dass Juans Gesicht rot anlief. Er murmelte etwas zur Entschuldigung vor sich hin, doch sie achtete nicht darauf. Sie ärgerte sich über seine Naivität und seine Ignoranz den Gefühlen seiner Frau gegenüber. »Aber was soll sie anderes denken? Dass ich Eure Cousine sei, hat sie Euch nicht einen Augenblick lang geglaubt. Ihr weicht ihr ständig aus, Ihr redet kaum mit ihr, Ihr verschweigt ihr die Wahrheit. Selbst bei Tisch seht Ihr sie kaum an. Stattdessen sprecht Ihr mit mir. Es ist kein Wunder, dass sie die falschen Schlüsse zieht. Ich sage Euch, erzählt ihr die Wahrheit. Gleich heute Abend. Sonst wird sie tatsächlich noch eine Dummheit begehen.«

»Unsinn«, entgegnete er und schüttelte den Kopf.

»Wenn Ihr die Eifersucht einer Frau unterschätzt, so seid Ihr ein Narr, Juan«, sagte Anne. »Eine Frau, die glaubt, um ihren Mann kämpfen zu müssen, ist zu allem fähig. Vielleicht fällt es ihr sogar ein, mich bei der Inquisition anzuzeigen.«

Juan verzog das Gesicht und schüttelte wieder den Kopf. »Ich bitte Euch, Señora, jetzt übertreibt Ihr aber wirklich. Mit welcher Anklage sollte Suzanna denn zur Inquisition gehen? Außerdem müsste sie doch damit rechnen, dass auch ich dann unter den Bann der Inquisition gerate. Nein, so etwas würde Suzanna niemals tun.«

»Gut, wie Ihr meint«, erwiderte Anne und zuckte ergeben mit den Schultern. »Aber sagt hinterher nicht, dass ich Euch nicht gewarnt hätte.«

Schweigend setzten sie ihren Weg fort. Anne ärgerte sich.

Warum nur hatte sie Juan auf Suzanna angesprochen? Sie hätte doch gleich wissen müssen, dass es keinen Zweck hatte. Er war zwar nett, aber er war ein Macho wie die meisten Männer seiner Zeit und in dieser Gegend, Cosimo eingeschlossen. Wahrscheinlich prägte nicht von ungefähr ausgerechnet ein spanisches Wort diesen Männertyp. Und wie jeder Macho war auch Juan der festen Überzeugung, dass er seine Frau durch und durch kannte, dass er wusste, was sie dachte und fühlte, und dass er jede ihrer Handlungen voraussehen konnte. Wenn er sich da nicht täuschte.

Aber warum machte sie sich eigentlich Gedanken um Juans Ehe? Aus Mitgefühl?

Nein, du willst dich selbst schützen, sonst nichts, dachte sie und presste die Lippen aufeinander. Wenn Suzanna sich wirklich an die Inquisition wendet, geht es dir nämlich zuerst an den Kragen. Diese Frau kann dich in ihrer Eifersucht umbringen. Ein einziges Wort reicht. Es ist so einfach.

In der Stadt

»Eure Majestät!«

Karl V. schreckte hoch, und für einen kurzen Augenblick wusste er nicht, wo er sich gerade befand. Dann hörte er das Klappern der Hufe, das Rattern der Räder auf der unebenen Straße und die Stimmen der Soldaten, die ihn und seine engsten Vertrauten und Diener auf dem Weg nach Córdoba begleiteten.

»Eure Majestät?«

Es klopfte ein paarmal kurz gegen das Holz der Kutsche. Karl V. rieb sich das Gesicht mit beiden Händen, dann schob er den Riegel zurück und klappte die Luke auf. Neben der

Kutsche ritt ein Soldat. Er war noch ziemlich jung, und doch trug er bereits die Insignien eines Hauptmanns. Er musste wahrlich ein vortrefflicher Soldat sein. Aber die Hauptsache war, dass Karl V. sein Gesicht gefiel. Es wirkte offen, aufmerksam, sympathisch und mitfühlend. Diese Eigenschaften waren in der Truppe eher selten.

»Eure Majestät?« Der junge Hauptmann beugte sich auf seinem Pferd zu der Luke hinunter und salutierte ehrfürchtig. »Ich bitte vielmals um Vergebung für die Störung, aber Ihr habt uns gebeten, Euch Bescheid zu geben, sobald wir uns unserem Ziel nähern. Jetzt ist es so weit. Etwa zwei Meilen vor uns liegt die Stadt Córdoba.«

»Danke, Er kann sich entfernen«, sagte Karl V. und blinzelte gegen das grelle Sonnenlicht an. Tatsächlich, wenige Meilen vor ihnen lagen die Türme einer Stadt. Ihre Kuppeln und die Zinnen der Stadtmauern funkelten im Sonnenlicht. Córdoba. Wer sagte ihm, dass es stimmte, dass dies wirklich Córdoba war? Es hätte ebenso gut jede andere Stadt sein können.

Karl V. schloss die Luke wieder und ließ sich im wohltuenden Halbdunkel in die weichen Polster der Kutsche zurücksinken. Eigentlich hatte er vorgehabt, das Stadttor von Córdoba hoch zu Ross zu durchschreiten, so wie es sich seiner Meinung nach für einen Kaiser gehörte, doch seit Beginn der Reise vor einigen Tagen hatte er schlecht geschlafen. Den ganzen Tag auf dem Pferderücken oder in einer umherschaukelnden, lärmenden Kutsche, unbekannte, seltsam gewürzte oder fetttriefende, schwer verdauliche Speisen und jeden Abend ein anderes Bett mit anderen Gerüchen und Geräuschen um ihn herum hatten ihm den Schlaf geraubt. Er rieb seine Hände gegeneinander, gähnte herzhaft und fuhr sich übers Gesicht und durchs Haar, um endlich aufzuwachen.

»Sei ehrlich«, sagte er leise zu sich selbst und musste lächeln, »es ist das Alter. Ein alter Mann wie du sollte nicht mehr durch die Gegend reisen. Ein alter Mann braucht sein eigenes Bett und seinen immer vom selben Koch mit den gleichen Zutaten gekochten Brei.«

Andererseits – so alt war er nun auch wieder nicht. Er richtete sich auf, kratzte sich den Bart und rückte die hohe gestärkte Halskrause zurecht. Sollte er nicht doch sein Pferd satteln lassen, in die Stadt hineinreiten und sich als Herrscher feiern lassen? Doch dann verwarf er den Gedanken endgültig. Der Grund, weshalb er nach Córdoba gekommen war, war nicht gerade geeignet, einen Monarchen mit Stolz zu erfüllen. Ketzer zu verurteilen und ihnen anschließend beim Brennen zuzusehen war eine der abscheulichsten Aufgaben, die sein Amt ihm auferlegte. Wenn es nach ihm gegangen wäre, hätte er diese elende Quälerei auf den Scheiterhaufen durch das Beil des Scharfrichters ersetzt – ein gut platzierter Schlag, und sowohl für den Delinquenten als auch für die Zuschauer war es innerhalb weniger Augenblicke vorbei. Stattdessen konnte sich das Sterben der Verurteilten über Stunden hinziehen, eine entsetzliche, menschenunwürdige Qual für alle Beteiligten. Nein, da war es ihm schon lieber, wenn die Bevölkerung der Stadt von seiner Anwesenheit und seinem Beitrag zu diesem grausamen Spektakel so wenig wie möglich wusste.

Er öffnete wieder die Luke und streckte den Kopf hinaus. »He, Er da, Hauptmann!«

Der junge Hauptmann wurde rot im Gesicht und kam sofort zu ihm an die Kutsche geritten.

»Eure Majestät?«, fragte er mit einer Verbeugung.

»Weiß Er, ob die Honoratioren der Stadt über die Ankunft ihres Kaisers unterrichtet wurden?«

»Ja, Eure Majestät. Es wurden bereits vor zwei Tagen Boten zu Sebastian de Guevara, dem Bischof von Córdoba, und den Stadträten geschickt. Der Bischof wird Euch empfangen und Euch vermutlich sein Haus als Quartier anbieten.«

Karl V. dankte und schloss die Luke. Doch er war keineswegs zufrieden. Bischöfe waren seiner Erfahrung nach anstrengend. In Anwesenheit des Kaisers versuchten sie stets Eindruck zu schinden, indem sie besonders fromm taten. Nicht, dass er sich gegen den morgendlichen Besuch der Messe und regelmäßige Gebete gesträubt hätte. Das gehörte ohnehin zu seinem Tagesablauf wie das Aufstehen, Ankleiden und Essen. Aber diese Bischöfe übten sich während seiner Anwesenheit immer in überraschender Bescheidenheit, als würden sie ihr Leben lang allen fleischlichen Genüssen entsagen – wozu selbstverständlich auch eine gute Mahlzeit gehörte. Natürlich wurde er, der Kaiser, nicht in das Fasten mit einbezogen. Ihm wurden die besten Speisen und Weine aus dem bischöflichen Keller kredenzt, und die Besitzer dieser Köstlichkeiten saßen ihm dann an der Tafel gegenüber und kauten an trockenen Brotkanten, während ihre Augen voll gierigem Verlangen auf seinen Teller starrten und ihm jeden einzelnen Bissen neideten.

Karl V. seufzte. Er hätte sich gewünscht, bei einem Adligen einzukehren. Kein vornehmer, selbstverliebter und geltungssüchtiger Geck, beileibe nicht. Das wäre fast noch schlimmer gewesen als ein frommer Bischof. Nein, ein schlichter Adliger von vornehmer Bildung und zurückhaltendem Geist, ein gläubiger Mann mit einem liebevollen Eheweib und einer Hand voll Kindern, die eine anständige Tafel liebten und sich nicht schämten, sie mit ihrem Herrscher zu teilen. Ein Mann, der sich ebenso für die Pferdezucht und die Falknerei begeistern konnte wie er selbst. Ein Mann, mit dem er vielleicht sogar an einem Tag seines Aufenthalts auf die Jagd gehen konnte. Einmal, und sei es nur für wenige Tage, an einem Leben teilhaben, wie er es sich selbst in seinen kühnsten Träumen ausmalte. Aber dieser Wunsch würde wohl auf ewig unerfüllt bleiben.

Nun, man kann nie wissen, dachte Karl V. und schnalzte mit der Zunge. Vielleicht würde es hier in dieser Stadt anders sein. Er war schließlich noch nie zuvor in Córdoba gewesen. Vorsichtshalber hatte er nicht nur sein Pferd, sondern auch seinen Lieblingsfalken mitgenommen.

Die Soldaten und die Kutsche passierten das Tor. Karl V. sah nicht hinaus, aber er hörte es am Klang der Räder, die jetzt nicht mehr über die staubige Straße, sondern über Steine fuhren. Er hörte es an den Rufen »Der Kaiser kommt! Es lebe der Kaiser! Carlos! Carlos!« und an dem Klappern von Holzschuhen – Männer und Frauen, die versuchten mit den Soldaten und der Kutsche Schritt zu halten, um wenigstens einen kurzen Blick auf den Kaiser zu erhaschen. Und er hörte es an den barschen Befehlen und Zurechtweisungen, mit denen die Soldaten die aufgeregten Menschen von der kaiserlichen Kutsche fern hielten.

Jetzt bedauerte Karl V. seine Entscheidung, in der Kutsche geblieben zu sein. Viele der Einwohner hier in Córdoba waren einfache, schlichte Menschen, die mit Schweiß und Tränen ihr tägliches Brot bezahlten. Sie gehörten zu seinem Volk, auf jeder einzelnen ihrer Schultern gründete sich das Reich. Er hatte kein Recht, sich ihnen zu entziehen.

Er schob den Riegel zurück und öffnete die Luke. Sofort wurden die Stimmen lauter. Die Menschen winkten und schrien vor Begeisterung. Eine Mutter hielt ihm ihr erst wenige Wochen altes Baby entgegen, als würde sie seinen Segen erwarten. Karl V. lächelte, winkte zurück – und sah das fassungslose Staunen über das eigene Glück in den Augen der Menschen. Es brach ihm fast das Herz.

Auf dem Platz vor dem Bischofspalast wurde die Kutsche langsamer und hielt schließlich an. Die Menschenmenge war mittlerweile angeschwollen. Sie drängten näher heran, um nur ja einen Blick auf den Kaiser zu erhaschen, und die Soldaten hatten alle Hände voll zu tun, die aufgeregten Leute zurückzuhalten. Die bischöfliche Leibgarde kam ihnen dabei tatkräftig zu Hilfe, und gemeinsam schafften sie es, einen Korridor von mindestens fünfzehn Fuß Breite freizuhalten, der bis zu der Treppe reichte, die zum Bischofspalast hinaufführte.

Karl V. ordnete seine Kleider und wartete darauf, dass einer der Soldaten den Verschlag öffnete. Natürlich hätte er es auch selbst tun können, doch seitdem er wusste, dass die jungen Burschen zuvor darum würfelten, wem von ihnen diese Ehre zukam, ließ er ihnen stets dieses Vergnügen.

Der Verschlag öffnete sich, die kleine Trittleiter wurde herangeschoben, und Karl V. stieg bedächtig und würdevoll die drei Stufen hinab. Diesmal hatte ein besonders junger Mann das Würfelspiel gewonnen. In vorbildlicher Haltung, die Augen geradeaus, stand er neben der Kutsche. Nur seine hochroten Ohren, die wie zwei prachtvolle Mohnblüten rechts und links unter seiner Mütze hervorschauten, verrieten seine Aufregung. Karl V. bedankte sich mit einem Nicken und einem Lächeln bei dem jungen Mann, wodurch sich das Rot von den Ohren ausgehend über das ganze Gesicht ausbreitete. Am liebsten hätte Karl V. dem Burschen auf die Schulter geklopft, aber er beherrschte sich. Das wäre dann doch der Vertraulichkeit zu viel gewesen.

Die »Es lebe der Kaiser!«- und »Carlos! Carlos!«-Rufe wurden lauter, als die Menschenmenge ihn nun in voller Gestalt sah. Kurz ließ er seinen Blick über die Szene schweifen – die Soldaten, die mit verbissenen Gesichtern und ihren Lanzen versuchten die nach vorne drängenden Menschen zurückzuhalten, und die Männer und Frauen, die ihm zuwinkten, jubelten, schrien, weinten und auf und ab sprangen, als würden sie von Flöhen gezwickt.

Aus den Tiefen seiner Erinnerungen stieg das Bild seines alten Lehrers empor, ein strenger, aufrichtiger Mann, der großen Wert auf die Einhaltung der Vorschriften und Traditionen gelegt hatte. »Pflegt nie engen Kontakt mit dem einfachen Volk, Eure Hoheit«, hörte er ihn sagen. »Erstens ziemt es sich für einen Monarchen nicht, sich mit dem Pöbel abzugeben. Und zweitens ist der Mob in seiner Zuneigung ebenso maßlos wie in seinem Zorn. Kurz gesagt, sollte es ihnen gelingen, Euch in die Finger zu bekommen, würden sie Euch in Stücke reißen.« In den neunundzwanzig Jahren, seit er als Fünfzehnjähriger den Thron von Burgund bestiegen hatte, hatte Karl V. diese Weisheit nie in Zweifel gezogen und sich stets daran gehalten. Und hier in Córdoba würde er bestimmt nicht damit anfangen, sie auf die Probe zu stellen.

Er hob das Kinn, richtete den Blick geradeaus und schritt auf die Treppe zu, an deren Fuß bereits der Bischof auf ihn wartete. Der Mann war gewiss nicht viel älter als er selbst, hatte ein stark gerötetes, etwas einfältig wirkendes Gesicht, und, wie er bereits vermutet hatte, einen Bauch wie ein gutes Weinfass. Er trug einen besonders prächtigen, mit Gold- und Silberfäden reich bestickten Chormantel mitsamt Mütze und Bischofsstab und strahlte, als wäre er soeben zum Erzbischof ernannt worden. Neben ihm standen zwei Priester, die ebenfalls festliche Gewänder trugen.

»Es ist mir eine Ehre, Majestät, Euch in Córdoba begrüßen zu dürfen«, sagte der Bischof und verneigte sich – nicht besonders tief und ein wenig ungeschickt. Er war es nicht gewohnt, sich vor anderen Menschen verneigen zu müssen. Gewöhnlich knieten die Menschen vor ihm nieder und küssten seinen Ring. Und – zur Überraschung der versammelten Geistlichkeit – genau das tat auch Karl V. Er kniete zwar nicht vor dem Bischof nieder, aber er nahm seine Hand, verneigte sich und küsste den Ring. Nur den Ring natürlich, denn allein ihm und dem, der hinter diesem Siegelring stand, gebührte sein Respekt, seine Achtung und seine Liebe, nicht der Hand, die ihn trug – sei es nun durch Zufall oder wegen Korruption oder vielleicht sogar aus Berufung.

»Ich danke Euch für die freundlichen Worte, Hochwürden«, sagte Karl V. und lächelte. »Ich freue mich, dass ich nun endlich die Gelegenheit habe, Eure wunderbare Stadt kennen zu lernen, auch wenn der Anlass unglücklicherweise wenig Grund zur Freude gibt.«

Der Bischof nickte, machte dabei aber einen überaus verwirrten Eindruck. Er flüsterte dem Priester zu seiner Linken rasch etwas zu. Der Mann schüttelte fast unmerklich den Kopf.

»Nun ja, Ihr habt natürlich Recht«, sagte der Bischof mit einem unschuldigen Lächeln, das Karl V. jedoch ohne Schwierigkeiten durchschaute. Sebastian de Guevara wusste nicht, weshalb der Kaiser nach Córdoba gekommen war. »Dennoch wollen wir uns die Freude dieses denkwürdigen Augenblicks nicht verderben lassen, nicht wahr? Darf ich Euch in mein bescheidenes Heim führen, Sire?«

Der Bischof stieg mühsam und unter heftigem Schnaufen die Treppe hinauf. Offensichtlich plagten ihn seine Glieder, vielleicht hinderte ihn auch sein Gewicht daran, die Treppe schneller emporzuklimmen. Karl V. zügelte seine aufkeimende Ungeduld und dachte daran, dass er selbst sich während eines Anfalls auch nicht mit der Geschmeidigkeit eines jungen Mannes bewegen konnte. Außerdem gab ihm der Aufstieg Zeit zum Nachdenken. Offensichtlich hatte der Inquisitor von Córdoba den Bischof nicht von seinem Brief an den Kaiser in Kenntnis gesetzt. Aber warum? Hegten die beiden einen Groll gegeneinander? Oder lag das Problem woanders? Gehörte einer der zu verurteilenden Ketzer etwa dem Stab des Bischofs an? Ganz gleich, was es ist, du wirst es bald herausfinden, dachte Karl V. missmutig. Er hatte die Reise hierher ohnehin nur mit Widerwillen angetreten. Jetzt auch noch in eine Fehde zwischen Bischof und Inquisition hineingezogen zu werden, war ihm restlos zuwider. Das Reich plagten dringendere Probleme als die persönlichen Feindschaften zwischen Angehörigen derselben Kirche.

»Ich hoffe, Ihr hattet eine angenehme Reise, Sire«, sagte der Bischof, als sie endlich das Ende der Treppe erreicht hatten und sich vor ihnen die Türen des Palastes öffneten. Dabei schnaufte er, als würde er gleich umfallen. Er ließ sich von einem seiner beiden Priester ein Tuch geben und tupfte sich den Schweiß von der Stirn. Sein Gesicht war rot wie das eines ausgewachsenen Truthahns.

»Ja«, erwiderte Karl V. Plötzlich fühlte er sich müde und zerschlagen. Ja, er wurde wohl tatsächlich allmählich alt.

»Keine unangenehmen Zwischenfälle auf der Fahrt hierher?«

»Gottlob nein.«

Sie gingen langsam und würdevoll einen weiten Gang entlang auf eine Tür zu, vorbei an ungezählten Gemälden, die offenbar nicht nur Heilige und Märtyrer, sondern auch zahlreiche Vorfahren des jetzigen Bischofs darstellten. Nicht wenige der streng auf Karl V. herabblickenden Gesichter zierte die gleiche Knollennase und das gleiche wulstige Kinn. Und in ihm stieg der Verdacht auf, dass eher das Vermögen seiner Ahnen den jetzigen Bischof von Córdoba auf seinen Stuhl verholfen hatten als besondere Frömmigkeit oder Intelligenz.

»Ihr müsst hungrig sein von der Reise, Sire«, sagte der Bischof, während zwei Knaben die schwere Tür vor ihnen aufzogen. »Deshalb habe ich mir erlaubt, anlässlich Eurer Ankunft in Córdoba eine bescheidene Mahlzeit vorbereiten zu lassen.«

Karl V. betrat den Speisesaal, der so reich und prächtig ausgestattet war, dass er ohne weiteres aus einer seiner kaiserlichen Residenzen hätte stammen können. Und die »bescheidene Mahlzeit« ließ die Tafel, auf der sie angerichtet war, unter ihrem Gewicht stöhnen. Karl V. sah gebratene Tauben, Enten und Gänse, Schüsseln mit Gemüse und Obst, Suppe und Brot, ein ganzes am Spieß gebratenes Ferkel, Schweinebraten und Schinken, kalte und heiße Würste, alles auf silbernen Platten serviert. Ihm wurde übel. Jetzt, nach Stunden und Tagen in der hin und her schwankenden Kutsche, hatte er nur noch den Wunsch, sich so bald wie möglich seiner staubigen Kleider zu entledigen und in einem weichen, bequemen Bett auszustrecken. Hunger verspürte er kaum. Ein Bissen Brot, eine kräftige Brühe und ein Schluck eines einfachen Rotweins wären ihm bereits genug gewesen. Hoffentlich gibt sich der Bischof wenigstens nicht so übertrieben bescheiden, dachte er und unterdrückte mühsam ein Gähnen.

»Ich danke Euch für Eure Großzügigkeit«, sagte er und lächelte, obgleich ihm gar nicht danach zumute war.

Der Bischof klatschte in die Hände. »Führt Seine Majestät Kaiser Karl V. an seinen Platz.«

Augenblicklich eilten zwei junge Burschen herbei, und Karl V. konnte ihnen gerade noch mit einem Wink zu verstehen geben, dass sie ihn in ihrem Eifer nicht bei den Armen packen und führen mussten wie einen gehbehinderten Greis. Würdevoll schritt er die Tafel entlang zu seinem Platz. Der Stuhl wurde ihm so hastig zurechtgeschoben, dass die Kante schmerzhaft in seine Kniekehlen stieß. Er ertrug es, ohne mit der Wimper zu zucken. Es war offensichtlich, dass weder der Bischof selbst noch die Diener in seinem Haus mit ihrem hohen Gast umzugehen verstanden.

Was hätte nur der alte Johann gesagt, wenn er das hier gesehen hätte, dachte Karl V., als man ihm ein Tuch und eine Schüssel reichte und dabei ein wenig Wasser über seinen Rock spritzte. Vermutlich hätte er alle Anwesenden für einen Monat bei Wasser und Brot ins finstere Loch geworfen.

Nun, wenigstens konnte er sich die Hände vor dem Essen waschen. Am anderen Ende der Tafel hatte unterdessen der Bischof Platz genommen. Seine Mütze und sein Stab wurden von einem Knaben auf einem Tisch an der Seite des Saals abgelegt.

»Nehmt, Eure Majestät!«, rief er ihm zu, während einer der Diener sein Glas füllte und die verschiedensten Speisen auf seinen Teller häufte. »Esst, so viel Ihr wollt. Und wenn es nicht genug sein sollte, so werde ich noch mehr bringen lassen.«

Karl V. lächelte seinem Gastgeber zu. Für einen kurzen Augenblick fühlte er sich in eine der Hafenschenken versetzt und stellte sich Sebastian de Guevara als dicken Wirt mit schmieriger Schürze vor, ungeachtet der erlesenen Speisen und des kostbaren Silbers, das der Bischof hatte auffahren lassen. Dann hob auch er sein Glas, einen wunderschönen geschliffenen Kelch – zweifellos venezianischer Herkunft –, in dem ein prächtiger Rotwein funkelte. Wenigstens ein Lichtblick. Wenn auch der Bischof von Córdoba selbst nicht gerade durch Bescheidenheit, Bildung und gute Manieren glänzte, sein Weinkeller schien jedenfalls vortrefflich geführt zu sein. Vorsichtig nahm Karl V. einen Schluck und spülte mit der dunkelroten Flüssigkeit jeden Winkel seiner Mundhöhle. Der Wein hinterließ einen angenehmen Geschmack auf seiner

Zunge und seinem Gaumen mit einer Note von reifen Feigen und wilden Beeren. Er nahm einen zweiten Schluck und ließ ihn langsam und voller Genuss die Kehle hinunterrinnen. Ja, wahrlich, dies war in der Tat einer der besten Weine, die er seit langem getrunken hatte.

»Beneidenswert«, sagte Karl V. und stellte den Kelch neben dem großen silbernen Teller ab, auf dem einer der Diener bereits so viele Speisen aufgetan hatte, dass er sich fragen musste, wie er sich dieses Berges erwehren sollte, ohne dabei jegliche Tischmanieren zu vergessen.

»Was habt Ihr gesagt, Majestät?«, rief der Bischof von der anderen Seite der Tafel und kaute dabei so genüsslich an einer Gänsekeule in seiner Hand, dass ihm das Fett über das Kinn rann. »Ihr müsst lauter sprechen. Die Tafel ist so lang.«

Ja, genauso habe ich mir immer die Barbaren vorgestellt, von denen Tacitus berichtet hat, dachte Karl V.

»Dieser Wein ist bemerkenswert«, sagte er laut und deutlich. »Stammt er aus dieser Gegend?«

»Nein«, nuschelte der Bischof, griff nach seinem Glas und trank geräuschvoll, ohne vorher eine Serviette benutzt zu haben. Die bis auf den Knochen abgenagte Gänsekeule lag bereits neben seinem Teller, und er widmete sich jetzt voller Hingabe einer gewaltigen Scheibe Schweinebraten. »Der Wein hier aus der Gegend ist lausig. Er taugt kaum für Essig. Nein, ich lasse meinen Wein aus Malaga kommen. Malaga liegt etwas weiter im Süden jenseits …«

»Besten Dank für Eure freundliche Belehrung, Hochwürden«, unterbrach ihn Karl V. und hob verärgert eine Augenbraue. »Mein Reich mag zwar groß sein, aber über einige rudimentäre Kenntnisse seiner Geografie verfüge ich dann doch.«

Der Bischof verstummte und senkte sein dunkelrot angelaufenes Gesicht tiefer über den Teller. Eine Weile schwiegen sie, während Karl V. versuchte den Haufen der verschiedensten Fleischsorten, Gemüse und Brot auf seinem Teller so zu ordnen, dass er über ihn Herr werden konnte, ohne dabei wie sein Gegenüber schamlos die Hände zu Hilfe nehmen zu müssen. Endlich gelang es ihm, eine Scheibe Fleisch so hinzulegen, dass er mit Messer und Gabel ein Stück davon abschneiden konnte. Langsam und voller Genuss begann er zu kauen. Schweinebraten! Einer der köstlichsten Schweinebraten, die er seit langem gegessen hatte. Das Fleisch war zart und saftig und so exzellent gewürzt, dass sein angenehmer Geschmack optimal zur Geltung kam. Auch wenn die Manieren des Bischofs sehr zu wünschen übrig ließen, seine Küche konnte sich ohne weiteres mit der vieler gekrönter Häupter in ganz Europa messen. Da mochte man ihm so manchen Fauxpas verzeihen. Karl V. schnitt ein weiteres Stück Fleisch ab, schloss die Augen, während er genüsslich kaute, und bat im Geiste Isabella um Verzeihung. Schweinebraten, welch eine Versuchung! Dafür lohnte es sich sogar, die Gefahr eines Anfalls in Kauf zu nehmen. Vielleicht sollte er besser gleich nach dem Essen eines der Pulver einnehmen, die er vorsorglich mitgenommen hatte.

»Schmeckt es Euch, Majestät?«, rief ihm der Bischof von der anderen Seite des Tisches zu und ließ sich den Teller erneut füllen.

»Ja, danke«, erwiderte Karl V., tupfte sich den Mund mit der Serviette ab und hob sein Glas. »Ein großes Lob Eurer Küche und Eurem Weinkeller, Hochwürden. Ich habe schon lange nicht mehr so gut gespeist.«

Der Bischof hob ebenfalls sein Glas und strahlte dabei über das ganze runde Gesicht. Er lehnte sich auf seinem Stuhl zurück und betrachtete sichtlich zufrieden seinen Gast.

»Wenn Ihr Euch gestärkt habt, so denke ich, dass ich

Euch ein wenig in der Stadt herumführe, Majestät. Wie ich hörte, seid Ihr zuvor nie in Córdoba gewesen. Die Beamten und Generäle im Magistrat warten bereits sehnsüchtig auf Euren Besuch, und dann dachte ich, dass Ihr Euch gewiss gern die Kathedrale ansehen würdet, deren Umbau Ihr in Eurer großen Güte vor einigen Jahren genehmigt habt, und dann …«

»Das klingt wahrhaft alles verlockend«, unterbrach ihn Karl V. freundlich, aber bestimmt. Er war schließlich nicht auf einer Vergnügungsreise, sondern er war aus einem bestimmten Grund nach Córdoba gerufen worden. »Doch ich muss Euch bitten, diese Besichtigung noch etwas zu vertagen. So weit ich es beurteilen kann, wird mein Aufenthalt hier in der Stadt noch ein wenig andauern, sodass wir die Besichtigung der Kathedrale und den Besuch bei den Beamten auf einen späteren Zeitpunkt verschieben können. Zuerst und vor allem möchte ich mit Pater Giacomo, dem Inquisitor der Stadt, sprechen.«

Die Reaktion, die diese Worte hervorrief, verblüffte ihn. Der Bischof, der gerade einen großen Schluck aus seinem Glas genommen hatte, verschluckte sich so sehr, dass er den Wein quer über den Tisch spuckte. Er hustete, und sein Gesicht nahm eine ungesunde dunkelviolette Farbe an, während einer der Diener ihm kräftig zwischen die Schulterblätter schlug. Es dauerte eine ganze Weile, bis er sich von dem Anfall so weit erholt hatte, dass er wieder genügend Atem schöpfen konnte, um zu sprechen.

»Der … Inquisitor?«, keuchte der Bischof, und interessiert beobachtete Karl V., wie das Dunkelviolett in dessen rundem Gesicht mehr und mehr verblasste und einem fahlen Gelb wich. »Was … wollt … Ihr … von … ihm …? Sofern mir diese Frage gestattet ist.«

»Der Inquisitor hat mich in einem Brief um meine Anwesenheit bei Ketzerprozessen gebeten«, antwortete Karl V. und lehnte sich auf seinem Stuhl zurück. »Ihr wisst ja, dass das Protokoll der Inquisition diese Maßnahme unter Umständen verlangt.«

»Ja, ja, natürlich, gewiss doch«, beeilte sich der Bischof zu versichern, doch sein Gesicht war immer noch bleich. Und Karl V. begann sich zu fragen, weshalb. Wovor hatte der Bischof Angst? Was ging in dieser Stadt vor? »Aber er ... Ich meine, Pater Giacomo hat Euch in dem Brief nicht mitgeteilt, weshalb er Euch hier in der Stadt braucht ... Majestät?«, setzte er nach einer kurzen Pause hinzu, als hätte er für einen Augenblick vergessen, welches Amt sein Gast innehatte.

Karl V. hob eine Augenbraue. »Nun, ich sagte Euch doch soeben, dass das Protokoll der Inquisition ...«

»Natürlich«, unterbrach ihn der Bischof in einem verärgerten Ton, als wäre sein Gegenüber einer seiner Messdiener und nicht etwa der Kaiser. »Aber ich meine, Ihr wisst nichts Näheres darüber?«

Karl V. musterte seinen Gastgeber eingehend. Täuschte er sich, oder schwang da neben der üblichen Abneigung, die nicht nur die Bevölkerung, sondern sogar viele Kirchendiener den Mitgliedern der heiligen Inquisition entgegenbrachten, auch Angst in der Stimme des Bischofs mit? Fürchtete er sich vor dem Inquisitor? Aber warum? Gab es dafür etwa einen Grund, den er zu verbergen suchte?

»Nein«, sagte Karl V., erhob sich und richtete sich zu seiner vollen Größe auf. Es widerstrebte ihm zutiefst, in irgendwelche Intrigen und Ränkespiele verwickelt zu werden, die ihn eigentlich gar nichts angingen. Außerdem verlor er allmählich die Geduld mit diesem plumpen und obendrein noch einfältigen Bischof. Im Grunde war er ruhig, beherrscht und versuchte seinen Untergebenen stets mit Milde und Güte zu begegnen, aber dieser flegelhafte Mann, der am anderen Ende der Tafel hockte wie eine fette Kröte, weckte seine niedersten Instinkte. »Deshalb wünsche ich Pater Giacomo noch heute zu sprechen. Ließe sich das wohl einrichten?«

Der Bischof sprang hastig auf. Offenbar hatte ihm irgendwer gnädigerweise gesagt, dass niemand sitzen durfte, wenn der Kaiser stand.

»Ja, natürlich, gewiss, Eure Majestät«, stammelte er und verbeugte sich tief. »Ich werde sofort Boten zu Pater Giacomo schicken, um ihn zu holen, und …«

»Wo kann ich ihn ungestört empfangen? Ihr habt doch hoffentlich einen für solche Zwecke angemessenen Raum?«

»Ja, Majestät«, erwiderte der Bischof und knetete nervös seine Hände. »Ihr könnt aber auch …«

»Zunächst möchte ich mich endlich meiner staubigen Kleider entledigen«, unterbrach Karl V. ihn. »Zeigt mir mein Gemach, und lasst mir eine Kanne frisches Wasser bringen. Sodann, wenn ich mich erfrischt und umgekleidet habe, gestatte ich Euch, mich zum Audienzsaal zu geleiten.«

Der Bischof nickte. Dann schnippte er mit den Fingern, und sofort kamen zwei junge Burschen herbeigelaufen, die einander fast umschubsten und über ihre eigenen Füße stolperten vor lauter Eifer, den Kaiser zu seinem Schlafgemach zu führen.

Karl V. verdrehte die Augen, während er den beiden Dienern durch die Flure folgte. Welch ein Mangel an Kultur und Anstand. In welches Tollhaus war er hier nur hineingeraten? Aber er hatte es gewusst. Gleich als er den Brief des Inquisitors erhalten hatte, hatte er gewusst, dass dieses Schreiben ihm bloß Ärger und Verdruss bringen würde. Hätte er nur den Mut besessen, das Schriftstück ungelesen ins Feuer zu werfen.

Schatten an der Wand

Karl V. stand am Fenster des Audienzsaals und blickte in den Hof hinab. Der kleine ringsum von den zum Bischofspalast gehörenden Gebäuden umgebene Garten war wirklich hübsch angelegt. Schmale Wege aus hellem Kies führten hindurch. In der Mitte des Gartens befand sich ein Brunnen. Fröhlich plätscherte das Wasser in das Becken, in dem goldfarbene Fische schwammen. Reife faustgroße Früchte leuchteten an den Zweigen der Orangenbäume, und der Duft ihrer Blüten war so stark, dass Karl V. ihn sogar durch das geschlossene Fenster hindurch wahrnehmen konnte. Obwohl es noch früh im Jahr war, gediehen die Pflanzen in den Beeten prächtig, und in einer von der Sonne beschienenen windgeschützten Ecke neben einer Bank aus rosafarbenem Marmor begann eine Rose sogar schon erste Knospen zu treiben.

Karl V. schüttelte den Kopf, wandte sich um und betrachtete nachdenklich den Saal. Große goldene Lüster hingen von der mit aufwändigen Schnitzereien aus edlen Hölzern verzierten Decke herab. Wertvolle Teppiche und Gemälde mit biblischen Szenen schmückten die Wände, und ein roter Teppich führte von der Tür direkt zu dem erhöht stehenden, reich mit Purpur und Gold verzierten Bischofsthron.

Um sich die Zeit bis zur Ankunft des Inquisitors ein wenig zu vertreiben, begann er durch den Saal zu schlendern. Eigentlich hatte ihm der Bischof abgeraten, diesen Raum für das Treffen zu wählen. Er hatte ihm sogar sein eigenes Arbeitszimmer angeboten, ja, es ihm förmlich aufgedrängt und ihm angepriesen, als wäre es das letzte Stück des Garten Edens auf Erden. Aber Karl V. war es nicht ratsam erschienen, dieses Angebot anzunehmen. Stattdessen hatte er darauf bestanden, den Inquisitor im Audienzsaal zu empfangen. Der Saal war groß und trotz seines mannigfaltigen Zierrats an

Decke und Wänden übersichtlich. Hier konnte sich kein Spion hinter einem Regal oder Vorhang verstecken. Der glatte Boden aus schwarzem und rosafarbenem Marmor bot keine Gelegenheit, eine Falltür zu verbergen. Und selbst wenn sich irgendwo hinter den Bildern und Wandbehängen Lauscher versteckten, so reichte es aus, die Unterhaltung mit leisen Stimmen zu führen, und niemand würde auch nur ein Wort davon verstehen können. Das Arbeitszimmer des Bischofs hingegen war voller Regale, zierlicher Säulen, Schnitzereien und Gemälde, hinter denen sich Kammern oder andere geheime Einrichtungen befinden konnten, über die es dem Bischof sicherlich ohne weiteres gelungen wäre, den Kaiser bei seiner Unterhaltung mit dem Inquisitor zu belauschen. Der einzige Ort hier im Audienzsaal, von dessen Sicherheit Karl V. nicht überzeugt war, war der prunkvolle Thron mit dem purpurnen Vorhang. Wer konnte schon wissen, wer oder was sich hinter dem schweren Stoff verbarg? Doch Karl V. hatte nicht die Absicht, dort Platz zu nehmen. Er war schließlich der Kaiser, und wenn es ihm beliebte, so konnte er den Inquisitor auch stehend in der Mitte des Saals empfangen.

Wahrlich, ein Saal eines Königs würdig, dachte Karl V. und seufzte. Auch die Gemächer, die ihm für die Dauer seines Aufenthalts in Córdoba zugewiesen worden waren, ließen keine Wünsche offen. Sie bestanden aus einem großzügigen Salon, einem Arbeitszimmer und einem Schlafgemach, allesamt mit kostbaren Möbeln und Teppichen und jedem Komfort ausgestattet, den man sich nur vorstellen konnte. Wie Küche und Keller des Bischofs war auch die Einrichtung seines Hauses vortrefflich. Doch Karl V. wäre lieber bescheidener untergebracht gewesen und hätte schlichter gespeist, wenn die Manieren der Diener dafür besser gewesen wären. Diese tölpelhaften Burschen stellten seine Geduld auf eine harte Probe. Auf dem Weg zum Audienzsaal waren sie ihm sogar zweimal auf den Fuß getreten. Am liebsten hätte er sie mit Stockschlägen aus der Stadt prügeln lassen, doch das stand ihm nicht zu. Er war schließlich nur Gast unter dem Dach des Bischofs. Aber als solcher hatte er das unschätzbare Privileg, dieses verrückte Haus wieder verlassen zu können, wann immer es ihm beliebte.

Vielleicht gehe ich noch heute, dachte Karl V. und sah wieder aus dem Fenster. Lieber in einem der Gasthöfe hier in der Stadt nächtigen, als hier …

»Eure Majestät!«

Hinter ihm öffnete sich ein Flügel der schweren Tür, und ein Mann trat ein. Es war ein junger Priester, der offenbar im Palast des Bischofs die Aufgabe eines Zeremonienmeisters oder Ministers versah. Mit raschen Schritten eilte er auf Karl V. zu, blieb in angemessener Entfernung stehen und verneigte sich.

»Bitte vielmals um Vergebung, Euch gestört zu haben, Majestät«, sagte er. »Ich gestatte mir, Euch die Ankunft des Inquisitors von Córdoba zu melden. Sofern Ihr Eure Erlaubnis gebt, Eure Majestät, würde ich Seine Exzellenz Pater Giacomo, den Inquisitor von Córdoba, jetzt zu Euch führen.«

Karl V. sah den jungen Priester überrascht an, dann lächelte er.

Sieh an, also steckt nicht die ganze Stadt voller ungehobelter Bauern. Auch hier scheint es Menschen mit guter Erziehung zu geben, die wissen, wie man sich in Anwesenheit des Kaisers verhält.

»Ich danke Ihm«, erwiderte er mit einem leichten Nicken. »So führe Er denn Pater Giacomo herein.«

Der junge Priester verneigte sich erneut, entfernte sich rasch und kehrte kurz darauf mit dem Inquisitor zurück. Wie alle Inquisitoren trug auch Pater Giacomo das weiße Gewand der Dominikaner mit dem schwarzen Mantel. Und wie bei den meisten Inquisitoren, denen Karl V. im Laufe seines Lebens begegnet war, so hatte er auch bei diesem Mann das unbehagliche Gefühl, nicht allein einem gottesfürchtigen Menschen, sondern gleichzeitig einem strengen Lehrer gegenüberzustehen, der jeden Fehler, jede Unachtsamkeit mit unbeugsamer Strenge ahndete.

»Eure Majestät«, sagte der junge Priester mit einer Verbeugung, »Seine Exzellenz Pater Giacomo, der Inquisitor von Córdoba.«

»Danke, Er darf sich entfernen«, sagte Karl V. und nickte dem Priester lächelnd zu. Dann erst wandte er seine ganze Aufmerksamkeit dem Inquisitor zu. Der Pater war jung, überraschend jung für einen Mann dieses Amtes. Oder war es nur sein glattes, nahezu faltenloses Gesicht, das so auffallend jugendlich wirkte? Denn seine Augen passten nicht zu diesem jungen Gesicht. Sie waren kalt, berechnend, wissend und geradezu verstörend alt. Gleichzeitig schien in ihren Tiefen ein Feuer zu lodern, das Karl V. unwillkürlich an den Schlot eines Vulkans erinnerte. Er begann zu frösteln, als hätte gemeinsam mit dem Inquisitor statt des Frühlings der eisige Winter Einzug in die bischöflichen Hallen gehalten. Oder gar der Tod.

Sei kein Narr, dachte Karl V. und ärgerte sich über sich selbst. Draußen ist Frühling. Du hast vor wenigen Augenblicken die ersten Rosenknospen im Garten des Bischofs gesehen. Wie kannst du da an einen plötzlichen Wintereinbruch denken? Es war wirklich lächerlich. Er benahm sich wie ein Knabe, dem seine Amme zur Nachtruhe ein Schauermärchen erzählt hatte. Dabei hatte wahrscheinlich nur einer der Diener eines der Fenster offen gelassen. Der Wind von den nahen Bergen war um diese Jahreszeit gewiss noch recht kühl.

»Pater Giacomo?«, sagte er.

Der Inquisitor verneigte sich höflich. »Majestät, es ist mir eine Ehre«, erwiderte er mit einer sanften, schmeichelnden Stimme.

Eigentlich war es eine sympathische Stimme. Trotzdem wurde es Karl V. bei ihrem Klang seltsam unbehaglich zumute. So muss die Stimme des Teufels klingen, dachte er, und ein eisiger Schauer lief ihm über den Rücken hinunter.

»Wie Ihr seht, Exzellenz, hat mich Euer Brief in Toledo erreicht«, sagte er und versuchte die beunruhigenden Gedanken abzuschütteln. Das alles war natürlich Unsinn, Kapriolen seiner lebhaften Vorstellungskraft, die ihm bereits als Kind manche schlaflose Nacht eingebrockt hatte. Der Teufel konnte ihm wohl in der Gestalt einer schönen Frau, eines Händlers oder eines geschickten Gauklers auflauern, aber doch niemals in Gestalt eines Inquisitors. »Ich muss allerdings gestehen, dass es mich sehr verwundert hat, dass Euch mein Aufenthaltsort bekannt war.«

Der Inquisitor lächelte. »Man hat es mir erzählt, Eure Majestät«, sagte er und verneigte sich leicht.

»Jetzt, wo ich Eurer Bitte nachgekommen bin und die Reise nach Córdoba auf mich genommen habe, möchte ich Euch darum ersuchen, mir den Grund Eurer Bitte zu erklären«, fuhr Karl V. fort und verzichtete darauf, herauszufinden, wer »man« gewesen war. Wenigstens für diesen Moment. Später konnte er sich immer noch mit der Frage beschäftigen, ob es an seinem Hof in Toledo Spione gab, die mit dem Inquisitor von Córdoba im Bunde waren.

Der Inquisitor verneigte sich wieder, und ein Lächeln, das Karl V. nicht anders als spöttisch deuten konnte, kräuselte seine schmalen Lippen.

»Ich glaubte zwar, meine Bitte bereits in meinem Brief deutlich begründet zu haben«, sagte er, »aber wenn Ihr es durchaus wollt …«

»In Eurem Brief habt Ihr nur das Protokoll erwähnt«, unterbrach ihn Karl V. scharf. Er spürte, wie sein Blut zu kochen begann. »Das Protokoll der Inquisition ist mir durchaus bekannt. Allerdings muss nicht zwingend der Kaiser selbst bei den Ketzerprozessen anwesend sein, diese Aufgabe kann ebenso gut ein anderer hoher Beamter oder Statthalter des Kaisers übernehmen. Glaubt mir, Pater Giacomo, Eure Mitbrüder versehen ihr Amt so eifrig und gewissenhaft, dass ich wohl kaum mehr die Zeit hätte, mich um andere Belange des Reiches zu kümmern, wenn es diese Klausel im Protokoll der Inquisition nicht gäbe.«

»Selbstverständlich, Ihr habt natürlich Recht, Sire. Ich bitte vielmals um Vergebung«, sagte er und verneigte sich erneut. Doch Karl V. konnte noch einen Blick in die Augen des Paters werfen, in deren unergründlichen Tiefen der blanke Hass zu lodern schien. Ein Hass, der nicht allein den Kaiser betraf, sondern die ganze Menschheit zu umfassen schien.

Jetzt weiß jeder, wo der andere steht, dachte Karl V., zwei Gegner, die ihr Terrain abgesteckt haben. Sei auf der Hut. Er hob das Kinn und sah auf den Inquisitor hinab.

»Handelt es sich bei den Ketzern, derentwegen Ihr mich nach Córdoba gerufen habt, denn um besonders herausragende Persönlichkeiten?«

»Nun, das eigentlich weniger«, antwortete Pater Giacomo, und ein seltsames Funkeln trat in seine Augen. Karl V. war sich nicht sicher, was er davon halten sollte – war es nur Spott oder aber reine Blutgier und Mordlust? »Ich habe Euch eher wegen ihrer Anzahl hierher gebeten.«

»Ihrer Anzahl?«

»Jawohl, Sire, ich spreche von der Zahl der zu verurteilenden Ketzer. Ich halte die Anwesenheit des Kaisers bei einer Größenordnung der Prozesse, wie wir sie in der nächsten Zeit in Córdoba zu erwarten haben, für zwingend erforderlich.«

Karl V. holte tief Luft. Sein Herz begann schneller zu schlagen.

»Um wie viele Ketzer geht es denn?«

»Vorerst sind es nur fünfzig, Sire«, sagte der Inquisitor sanft mit einem Lächeln, bei dem sich wohl auch dem hartgesottensten Mann die Nackenhaare gesträubt hätten. »Fünfzig Männer und Frauen, die auf ihr Urteil und die Vollstreckung desselben zur Befreiung ihrer armen, vom Odem des Bösen vergifteten Seelen am kommenden Sonntag warten. Doch ich will Euch ins Vertrauen ziehen, Sire.« Pater Giacomo trat ein paar Schritte näher. Er streckte sich, stellte sich auf die Zehenspitzen, um dem Kaiser seine Botschaft ins Ohr zu flüstern. Karl V. erschauerte. Der Inquisitor war ihm jetzt so nahe, dass er den groben Stoff der Kutte riechen und seinen warmen Atem auf der Wange spüren konnte. »Fünfzig Männer und Frauen scheint eine große Zahl zu sein, Sire, doch das ist erst der Anfang«, flüsterte er. »Diese Stadt ist ein Sündenpfuhl, Majestät. Sie ist ein neues Babel, ein zweites Sodom und Gomorrha. Wir müssen diese Stadt reinigen, ihre Sünden und ihre Verderbtheit ausbrennen, oder das Strafgericht Gottes wird über uns alle hereinbrechen. Auch über Euch, Majestät, sofern Ihr Euch dem Willen und den Geboten des Allmächtigen widersetzt. Und das wollt Ihr doch nicht, oder, Sire?«

Er trat wieder zurück. Das Sonnenlicht flutete durch die hohen Fenster herein und beschien die schmale, fast hagere Gestalt des Inquisitors. Der Mann war nicht besonders hoch gewachsen, doch im Sonnenlicht strahlte seine weiße Kutte so grell, dass er viel größer wirkte und Karl V. fast wie eine himmlische Erscheinung vorkam, ein Engel, ein Bote, vom Himmel ausgesandt, um die Menschen in Córdoba vor dem bevorstehenden Untergang zu warnen. Doch dann sah er den Schatten des Inquisitors an der gegenüberliegenden Wand, und ob es sich nun um eine seltsame Laune des Lichts handelte oder eine weitere Kapriole seiner allzu lebhaften Fantasie, dieser Schatten hatte die Form eines grässlich entstellten geflügelten Dämons. Unwillkürlich wich Karl V. einen Schritt zurück, und es kam ihm vor, als würde er Pater Giacomo zum ersten Mal ansehen. In den Tiefen der braunen Augen des Inquisitors loderte nicht nur unbändiger Hass. Nun erkannte Karl V. auch die hässliche Fratze des Wahnsinns darin, die ihn höhnisch angrinste.

»Nein, gewiss wollt Ihr das nicht, Majestät, denn Ihr seid ein frommer, gottesfürchtiger Mann. Ihr wisst, was es heißt, dem Herrn die Wege zu bereiten und die Pfade zu ebnen. Und Ihr werdet es tun, nicht wahr?«

Die Drohung, die in diesen Sätzen mitschwang, war so deutlich, dass wohl niemand sie missverstanden hätte. Mit anderen Worten, dachte Karl V., spring, tu, was ich dir sage, verurteile jeden, den ich dir bringe, zum Tod auf dem Scheiterhaufen, oder du wirst bald selbst eine Fackel am Rande des Marktplatzes sein. Er schloss die Augen und wünschte sich weit fort – vielleicht nach Rom oder besser noch in die neuen Kolonien, dann würde wenigstens der weite Ozean zwischen ihm und Córdoba liegen.

Als er die Augen wieder aufschlug, lächelte der Inquisitor ihn so freundlich und unbefangen an, als hätten sie gerade über nichts Wichtigeres und Ernsteres als diesen wunderbaren Frühlingstag gesprochen. Auch schien er wieder zu seiner natürlichen Größe zusammengeschrumpft zu sein, und der Schatten an der Wand war verschwunden und sah jetzt nur noch so aus wie der jedes gewöhnlichen Menschen.

»Der Prozess beginnt in zwei Tagen, Sire«, sagte Pater Giacomo. »Ich lasse Euch die Anklageschriften heute noch zukommen, sodass Ihr sie studieren könnt, wenn Ihr wollt. Aber im Grunde ist alles eindeutig. Bei allen fünfzig Fällen besteht nicht der geringste Zweifel an der Schuld der Angeklagten. Jeder von ihnen hat bereits ein umfassendes Geständnis abgelegt. Das Ganze ist also lediglich eine reine Formsache.« Er lächelte aufmunternd, und für einen kurzen Augenblick hatte Karl V. den Eindruck, dass der Inquisitor ihm auf die Schulter klopfen wollte. Doch die Hand des Paters blieb in der Luft hängen. Im letzten Moment schien er sich daran zu erinnern, dass niemand, nicht einmal ein Inquisitor, den Kaiser einfach so berühren durfte.

Schade, dachte Karl V. Das hätte ihm einen triftigen Grund gegeben, diesen Pater festnehmen zu lassen, ihn in das finsterste Loch der Stadt und den Schlüssel seines Kerkers in den Fluss zu werfen.

»Der Prozess findet am Samstag im Gerichtssaal des Magistrats statt, Sire«, fuhr der Inquisitor fort und zupfte an dem Ärmel seiner Kutte herum. »Sofern Ihr es wünscht, Majestät, werde ich Euch Pater Stefano, meinen persönlichen Gehilfen und Protokollführer, schicken, damit er Euch zum Gerichtssaal begleitet. Den Dienern des Bischofs würde ich an Eurer Stelle nicht vertrauen, sie sind fast ebenso große Trottel wie ihr Herr.«

Karl V. hob eine Augenbraue. Also hatte er sich tatsächlich nicht getäuscht. Zwischen dem Bischof und dem Inquisitor von Córdoba herrschte alles andere als Sympathie, ein Umstand, den er durchaus verstehen konnte – von beiden Seiten.

»Habt Ihr deshalb Bischof Sebastian nichts von Eurer Absicht mitgeteilt, mich zu diesem Prozess zu bitten?«

Der Inquisitor lächelte herablassend. »Ihr habt es erraten, Majestät«, antwortete er. »Sebastian de Guevara ist ein Dummkopf. Er hat nicht die geringste Ahnung, was in dieser Stadt vor sich geht. Selbst wenn ich ihn ins Vertrauen gezogen hätte, seine intellektuellen Fähigkeiten sind so dürftig, dass er kaum in der Lage gewesen wäre, die Tragweite meiner Entscheidungen zu begreifen, geschweige denn, mich dabei zu unterstützen. Zudem musste ich noch befürchten, dass er in seiner maßlosen Einfalt den Falschen von Eurer bevorstehenden Ankunft und den großen Prozessen berichtet hätte, Sire. Denn eines müsst Ihr wissen – wir haben es in dieser Stadt nicht allein mit gewöhnlichen Ketzern zu tun. Nein, hier treibt der Widersacher selbst sein Unwesen. Und er strengt alle ihm zur Verfügung stehenden Kräfte an, gegen uns zu arbeiten. Er diffamiert die Diener der Inquisition, er hetzt das Volk gegen uns auf, und nicht selten sorgt er dafür, dass sich die Angeklagten ihrer Verhaftung und der gerechten Strafe durch Flucht entziehen.«

Karl V. atmete tief ein. »Und Ihr glaubt, einer der Männer aus dem Umfeld des Bischofs könnte …« Er runzelte die Stirn. »Das sind schwere Anschuldigungen.«

»Ihr kennt Sebastian de Guevara nicht, Majestät«, entgegnete der Inquisitor verächtlich. »Der Mann wäre dumm genug, den Teufel nicht von einem Engel zu unterscheiden. Er vertraut jedem, der ihm schmeichelnde Worte einflüstert oder ihm ein reiches Mahl oder einen guten Wein serviert. Aber ich habe Eure Zeit schon viel zu lange in Anspruch genommen. Über die Unzulänglichkeit unseres Bischofs und den geheimnisvollen Ketzerfreund können wir zu einem späteren Zeitpunkt sprechen, Sire.«

»Wie Ihr wünscht«, sagte Karl V., alles andere als zufrieden. Wenn es Schwierigkeiten gab, suchte er gern sofort nach einer passenden Lösung. Andererseits mochte er den Inquisitor so wenig, dass er nichts dagegen hatte, wenn er so bald wie möglich aus seiner Nähe verschwand. Er würde diesen unangenehmen Mann in der nächsten Zeit ohnehin noch öfter zu Gesicht bekommen, als ihm lieb sein konnte. »Also erwarte ich Euren Gehilfen am Samstag, Pater Giacomo.«

»Sehr wohl, Majestät«, erwiderte der Inquisitor. Dann verneigte er sich, grüßte und ging.

Karl V. starrte ihm nach. Ja, jetzt konnte er die Angst des Bischofs bei der Erwähnung des Inquisitors verstehen. Er strich sich das Haar aus dem Gesicht und stellte ohne große Verwunderung fest, dass seine Hand dabei vor innerer Anspannung zitterte. Er legte den Kopf in den Nacken, lockerte seine Schultern und ließ den Kopf ein paarmal kreisen. Eigentlich hatte sein Fechtlehrer, ein Schotte und wahrer Meister der Fechtkunst, ihn diese Übung gelehrt, um die Muskeln für den Kampf zu lockern. Aber er hatte die Erfahrung gemacht, dass sie auch in anderen Lebenslagen von großem Nutzen war. Und auch diesmal ließ die Anspannung sofort nach – wenigstens beinahe. Er rieb sich mit der rechten Hand den Nacken und ging wieder zu einem der Fenster.

Pater Giacomo hatte Recht, der Bischof war ein einfältiger, ungehobelter Kerl und eine Plage für jeden, der mit ihm zu tun hatte. Aber er war wenigstens harmlos. Der Inquisitor hingegen war klug und gebildet. Aber er war wahnsinnig. Und er war gefährlich. Gefährlich und tödlich wie eine Seuche, die nur in einem schmutzigen, dunklen Kellerloch darauf wartete, über die ganze Stadt herzufallen und alle Bewohner gleichermaßen in den Tod zu reißen.

Karl V. seufzte. Er hatte gehofft, Córdoba bereits in wenigen Tagen wieder verlassen zu können. Die Andeutungen des Inquisitors hingegen legten die Vermutung nahe, dass er mindestens ein paar Wochen hier bleiben musste, vielleicht sogar bis weit in den Sommer hinein. Unwillig trommelte er mit den Fingern auf dem Fenstersims. Unten im kleinen Garten hatte gerade ein Bursche in der Kleidung der Novizen damit begonnen die Blumenbeete zu gießen.

»Ich beneide dich«, sagte Karl V. leise und beobachtete, wie der Junge immer wieder mit seiner schweren Gießkanne zwischen einer Zisterne und den Beeten hin und her lief. »Dich plagen keine Inquisitoren und Ketzerprozesse. Du brauchst dich nur um deine Gebete und die Blumen zu kümmern.«

Andererseits würde er selbst Córdoba wieder verlassen, während dieser Junge bis zum Ende seiner Tage in der Stadt ausharren musste – im Schatten eines Tölpels und in der Nähe eines Wahnsinnigen. Armer Kerl, dachte Karl V. Er kann sich nicht gegen das Schicksal wehren, er ist machtlos.

Plötzlich sah er wieder seinen Fechtlehrer vor sich. »Kein Gegner ist unbesiegbar«, hörte er ihn mit seinem unverwechselbaren Akzent sagen, »selbst der stärkste, mächtigste Gegner hat eine schwache, verwundbare Stelle. Irgendwo. Du musst sie nur finden, Charles. Bereite dich auf deinen Gegner vor. Studiere ihn. Und scheue dich nicht, auch sein Umfeld, seine Familie, in deine Beobachtungen mit einzubeziehen und diese Erkenntnisse zu nutzen. Scham ist hier fehl am Platz. Denn wenn dein Gegner klug ist, so macht er dasselbe auch mit dir.«

»Ja«, flüsterte Karl V. und lächelte grimmig, »Ihr habt Recht, Meister McLaughlan. Wie immer habt Ihr Recht.« Jetzt endlich wusste er, was er zu tun hatte. Er würde Nachforschungen anstellen. Glücklicherweise musste er sich nicht allein auf die Diener des Bischofs verlassen, er hatte schließlich seine eigenen Leute dabei – kluge, gebildete Männer, denen er in jeder Hinsicht vertrauen konnte. Er würde alles über den Inquisitor herausfinden, was es herauszufinden gab. Und vielleicht würde es ihm sogar gelingen, etwas über ihn herauszufinden, das einen hinreichenden Grund liefern konnte, diesen gefährlichen Mann dorthin zu bringen, wo er seiner Meinung nach hingehörte – hinter Schloss und Riegel bis zum Ende seiner Tage.

»Seine Majestät Kaiser Karl V. will den Stadtrat besuchen und bei der Gelegenheit unter Umständen auch die Schreibstube besichtigen.«

Das waren die Worte des Stadtrats gewesen, ein beleibter, atemloser Mann mit einer stattlichen Anzahl hektischer roter Flecken im Gesicht, der kurz nach Dienstbeginn in der Schreibstube aufgetaucht und gleich darauf wieder verschwunden war. Über die Auswirkungen seiner vagen Andeutung konnte er sich nicht mehr wundern, denn als die Männer alle gleichzeitig zu reden und durcheinander zu laufen begannen, war er längst wieder fort.

Mittlerweile war das ein paar Stunden her, und die Wogen hatten sich etwas geglättet, aber von Normalität konnte immer noch nicht die Rede sein. Seit den frühen Morgenstunden lagen Federn und Pergamentrollen unbeachtet auf den Pulten, niemand stand an seinem Platz, um zu arbeiten. An diesem Morgen wurden weder Listen angefertigt noch Briefe geschrieben oder öffentliche Bekanntmachungen kopiert. Alle redeten miteinander, und jedes Gespräch drehte sich nur um ein einziges Thema – den Kaiser. Und so stand Anne statt an ihrem Schreibpult in der Ecke an einem der Fenster und langweilte sich. Um sich die Zeit zu vertreiben, beobachtete sie die Schreiber, die in kleinen Gruppen von zwei, drei Mann beisammenstanden und wie aufgeregte Vierzehnjährige miteinander tuschelten.

Fehlt noch, dass sie »Kaisersammelbilder« oder andere Souvenirs miteinander tauschen, dachte sie und wandte ihre Aufmerksamkeit Fernando Rodriguez, dem Obersten Schreiber, zu. Er war ein strenger, aber gerechter Mann, mit den langsamen, bedächtigen Bewegungen und dem Aussehen einer Riesenschildkröte, den nichts und niemand aus der Ruhe zu bringen vermochte. Trotzdem wanderte er sichtlich nervös in einem für ihn geradezu atemberaubenden Tempo zwischen den Pulten hin und her, um zu kontrollieren, ob auch wirklich jedes Tintenfass gefüllt war und überall saubere Federn und Pergamente bereitlagen, obwohl er sich bestimmt schon hundertmal an diesem Morgen davon überzeugt hatte.

Mit Anne selbst arbeiteten zwanzig Schreiber in der Schreibstube, und doch gesellte sich jetzt niemand zu ihr, um sie zu fragen, was sie davon hielt, dass der Kaiser kommen wollte. Seit beinahe zwei Wochen arbeitete sie außer sonntags mit diesen Leuten zusammen. Sie schrieben an den gleichen Listen und Briefen, sie arbeiteten im selben Raum. Wenn sie in die nebenan liegende Kammer gehen musste, um sich eine neue Rolle Pergament zu holen oder ihr Tintenfass aufzufüllen, stolperte sie förmlich über die Füße und Pulte ihrer Arbeitskollegen, aber noch keiner von ihnen hatte ein Wort mit ihr gewechselt. Abgesehen von Juan natürlich und Fernando Rodriguez, dem Obersten Schreiber, von dem sie jedoch nicht mit Sicherheit sagen konnte, ob er überhaupt zur Kenntnis genommen hatte, dass sie eine Frau war. Den Übrigen war es keineswegs entgangen. Und sie nahmen es ihr gründlich übel. Sie war in die sichere, abgeschottete Welt der Männer eingedrungen und hatte einen Platz eingenommen, der ihr als Frau nicht zustand. Und das Schlimmste daran war, was ihr keiner der Kollegen verzeihen konnte, dass sie ihre Arbeit nicht nur gut, sondern sogar besser machte als alle anderen. Sie war so gut, dass Fernando Rodriguez sie erst gestern bei der Übersetzung eines italienischen Briefes aus Rom um Rat gefragt hatte. Das war natürlich ein schwer zu verdauender Brocken für Männer, die von ihren Frauen daheim nichts anderes als stillen Gehorsam, eine gute Mahlzeit und saubere Wäsche gewohnt waren. Deshalb wurde sie auch von ihnen gemieden, als wäre sie an einer ansteckenden Seuche erkrankt. Und wenn die anderen sich in einer Pause miteinander unterhielten, hörte sie, wie sie sich über sie das Maul zerrissen – woher sie ihr Wissen hatte, wo sie überhaupt herkam und was sie hier eigentlich zu suchen hatte. Es war eine überaus unangenehme Situation. Wahrscheinlich wäre sie noch zu ertragen gewesen, wenn sie nach der Arbeit in ihre eigene gemütliche Wohnung hätte zurückkehren können oder von Freunden oder liebevollen Verwandten erwartet worden wäre. Doch wenn sie mit dem von Tag zu Tag schweigsamer werdenden Juan nach Hause ging, wartete dort nur eine Kinderschar, die sich jubelnd auf ihren Vater stürzte. Die Einzige in Juans Haus, die von Anne Notiz zu nehmen schien, war seine Ehefrau Suzanna. Und die hätte sie mit ihren Blicken am liebsten erdolcht. Sie fühlte sich einsam in dieser Stadt. Sie war hier nicht willkommen, sie kannte niemanden, konnte nirgendwo hingehen und zurzeit nichts anderes tun als arbeiten, essen und schlafen. Sie sehnte sich nach Cosimo und Anselmo und nach der Hazienda. Gut, dort hatte sie sich zwar gelangweilt, während sie hier in Córdoba den ganzen Tag über beschäftigt war, aber in ihrer Gegenwart hatte sie sich zu keiner Zeit und an keinem Ort wie ein Fremdkörper gefühlt – weder in Florenz noch in Jerusalem und auch nicht hier auf Cosimos Hazienda. Die beiden hatten keine Vorurteile, aber vielleicht lag es auch daran, dass sie selbst Außenseiter waren. Sie gehörten schließlich ebenso wenig hierher wie sie.

Anne zupfte am Kragen ihres hochgeschlossenen Kleides, der viel zu eng war und ihr fast den Atem raubte, und beobachtete die anderen Schreiber, die von Minute zu Minute nervöser wurden. Es herrschte eine seltsame Atmosphäre in der Schreibstube, die doch für gewöhnlich ruhiger und beschaulicher war als so manche Kirche. Es war wie ein Fieber, das die Männer ergriffen hatte. Hochrote Flecken erschienen auf den Wangen einiger, während andere leichenblass waren und den Eindruck machten, als würden sie jeden Augenblick ohnmächtig zu Boden sinken. Es war eine Stimmung, als ob Madonna, Michael Jackson und die Beatles gleich zur Tür hereinspazieren würden, um vor einer Hand voll ausgewählter Fans ein gemeinsames Konzert zu geben.

Anne schüttelte verständnislos den Kopf. Sie hatte noch nie diese seltsame Form der Hysterie begriffen, diese kreischenden, heulenden, händereckenden Massen, zu denen sich Menschen beinahe jeden Alters zusammenrotteten, sobald sich ihnen jemand näherte, der auf irgendeine Art »prominent« war. Sie hätte jede Wette darauf abgeschlossen, dass dies allein ein Phänomen des 20. und 21. Jahrhunderts war und sich die Menschen in anderen Epochen der Zeitgeschichte, zum Beispiel im Mittelalter, in vergleichbaren Situationen erwachsener verhalten hätten. Jetzt wurde sie eines Besseren belehrt. Der Mensch hatte sich offenbar im Laufe der Jahrhunderte nicht geändert. Die Schreiber waren verrückt geworden. Und das nur, weil das Gerücht die Runde gemacht hatte, dass Seine Majestät Kaiser Karl V. unter Umständen vorbeischauen wollte. »Unter Umständen«, das hieß so viel wie »wenn er nichts anderes zu tun hat« oder »falls er sowieso gerade vorbeikommt«. Es war eine vage Andeutung, eine Vermutung, nichts weiter.

Trotzdem hatten die meisten Männer gleich nachdem der Stadtrat verschwunden war Fernando Rodriguez um die Erlaubnis gebeten, nochmals nach Hause eilen zu dürfen, um ihre Kleidung zu wechseln. Er hatte sein Einverständnis gegeben, und achtzehn Männer waren förmlich in einer Staubwolke davongestoben, sodass Anne sich vorkam, als wäre sie mitten in einem Cartoon gelandet. Bereits kurz darauf war einer nach dem anderen wieder in seiner prächtigsten Kleidung erschienen. Statt der üblichen braunen oder grauen Alltagskleider trugen sie jetzt Jacken aus edlen Stoffen in grellen Farben, bunt bestickte Westen und farbenfrohe Beinkleider. Innerhalb weniger Minuten hatte sich die Schreibstube in einen Ort verwandelt, der Anne zunehmend an eine Voliere voller Exoten erinnerte. Oder an ein Tollhaus. Auf den Modenschauen, die sie aus beruflichen Gründen in der ganzen Welt besucht hatte, hatte sie schon viel Seltsames, Verrücktes und Außergewöhnliches gesehen, manchmal hart am Rande des guten Geschmacks, doch dies hier übertraf alles. Sie musste die Augen schließen, damit ihr nicht übel wurde. Die gewagten Farbkombinationen beleidigten jedes Stilempfinden. Nur Fernando Rodriguez trug immer noch denselben braunen Anzug, den er bisher jeden Tag getragen hatte.

Warum sagt niemand den Männern, dass sie sich idiotisch benehmen und sich in ihren knallbunten Aufzügen zum Hanswurst machen?, dachte Anne und spürte, wie auch sie sich der allgemeinen Nervosität allmählich nicht mehr entziehen konnte. Und das alles für einen Mann, den noch keiner von ihnen je persönlich zu Gesicht bekommen hatte. Der neben ihnen hätte stehen können, ohne dass sie ihn erkannt hätten. Ein Mann, für den sie jeden Tag stundenlang am Schreibpult standen, während er selbst ein Leben in Prunk führte und seine gebratenen Täubchen von goldenen Tellern aß.

In diesem Augenblick wurde die Tür von außen aufgerissen, und wie auf ein geheimes Kommando wandten sich zwanzig Köpfe dem kleinen Jungen zu, der verschwitzt und mit schief sitzender Kappe auf dem Kopf hereingestürmt kam. Wie angewurzelt blieb er auf der Schwelle stehen und starrte in die erwartungsvollen Gesichter. Es war still in dem Raum, so still, dass Anne beinahe überdeutlich den schnellen Atem des Kleinen hören konnte. Unsicher sah er von einem zum anderen, dann trat Fernando Rodriguez langsam auf ihn zu und packte ihn am Arm.

»Was gibt es?«

»Der Kaiser kommt!«, schrie der Junge so gellend, als wäre das in Wirklichkeit ein Hilfeschrei.

Die Schreiber rannten durcheinander, um möglichst schnell wieder an ihre Plätze zu gelangen. Und dann standen sie regungslos da, die Augen starr auf die Tür gerichtet, und warteten. Die Zeit schien sich schier endlos auszudehnen.

Anne spürte, wie ihr Herz schneller schlug. Ihre Handflächen wurden feucht. Warum?, dachte sie. Warum bin ich aufgeregt? Vielleicht war es ja doch ein Fieber, irgendeine ansteckende Krankheit. Von Atemzug zu Atemzug steigerte sich ihre Nervosität. Dabei hatte *sie* nun wirklich nichts mit diesem Kaiser zu schaffen. Er würde kommen, sich alles anschauen, vielleicht mit Fernando Rodriguez noch ein paar belanglose Worte wechseln und dann wieder verschwinden. So wie Prinz Charles, der britische Thronfolger, der, als er in Hamburg war, auch kurz ihr Verlagshaus besucht und einen Abstecher in ihre Redaktion gemacht hatte. Aber …

Aber Karl V. war kein Thronfolger, sondern Kaiser. Sie war nicht zu Hause, sondern in Andalusien im Jahre 1544. Und sie war eine Frau. Eine Frau in einer Schreibstube. Wahrscheinlich die einzige Frau in ganz Spanien, die in einer Schreibstube arbeitete. Wenn sich der Kaiser darüber ebenso aufregte wie die anderen Schreiber? Wenn er sie zur Rede stellte, sie vielleicht sogar beschimpfte, was sollte sie dann tun? Er war der Kaiser, er konnte sie für jedes Widerwort, sogar für jeden falschen Blick in den Kerker werfen, auf den Scheiterhaufen bringen oder … Annes Gedanken drehten sich immer schneller im Kreis, und in ihrem Gehirn entstanden immer neue Schreckensvisionen, eine schlimmer als die andere. Als sich die Tür dann endlich öffnete, war es für sie wie eine Erlösung.

Zuerst traten zwei hübsch gekleidete Jungen ein. Sie

schwenkten bunte Fahnen, die, wie Anne vermutete, wohl das Wappen des Kaisers zeigten. Ihnen folgten sechs Musiker mit Flöten, Trommeln und klirrenden Becken. Sie spielten eine Melodie, die Ähnlichkeit mit einer Fanfare hatte, aber in der engen Schreibstube viel zu laut und zu schrill klang, um schön zu sein. Doch damit war es immer noch nicht genug. Es folgten weitere Diener, dann die Stadträte. Schließlich betrat ein Mann in einem langen pelzverbrämten Mantel die Schreibstube.

Das ist wohl der Kaiser, dachte Anne und konnte über die Köpfe der vielen Anwesenden hinweg gerade eben einen Blick auf sein Gesicht erhaschen. Er war nicht schön und auch nicht groß, kein Übermensch, und wenn er anders gekleidet gewesen wäre, hätte man ihn ebenso gut für einen Kaufmann, Schreiber oder Handwerker halten können. Aber er hatte ein sehr sympathisches Gesicht, obgleich es von Müdigkeit gezeichnet war. Während sie ihn beobachtete, beugte er sich zu einem der Stadträte vor und sagte ihm etwas ins Ohr. Der Stadtrat nickte, kurz darauf hörte der abscheuliche Lärm auf, und die meisten der Diener und Stadträte verließen die Schreibstube. Übrig blieben nur der Oberste Stadtrat und der Kaiser selbst. Anne lächelte. Offenbar hatte der Kaiser unter der Enge und dem ohrenbetäubenden Lärm ebenso gelitten wie sie.

»Majestät, dies ist die Schreibstube«, sagte der Stadtrat und zeigte mit vor Stolz geschwellter Brust ringsum.

Der Kaiser nickte, lächelte freundlich in alle Richtungen und ließ seinen Blick durch den Raum schweifen, bis er schließlich auf Anne ruhte. Dann kam er mit ruhigen, gemessenen Schritten auf sie zu und blieb direkt vor ihrem Schreibpult stehen. Anne hielt vor Schreck den Atem an. Ihre Wangen begannen zu brennen, während sie auf das leere Pergament vor sich auf dem Pult starrte und versuchte dem neugierigen, erstaunten Blick seiner klaren blauen Augen zu entgehen.

»Tatsächlich«, sagte der Kaiser. »Im ersten Moment glaubte ich mich getäuscht zu haben, aber Sie ist wahrhaftig eine Frau. Ich gestatte Ihr, mich anzusehen.« Er hatte eine angenehme, ruhige Stimme. Und als Anne auf die Aufforderung hin den Kopf hob, sah sie, dass ein leichtes Lächeln seine Lippen umspielte. »Wie ist Ihr Name?«

»Señora Anne de Cabalho«, beeilte sich Fernando Rodriguez dem Kaiser zu antworten. »Sie ist ...«

»Oh, so ist Sie stumm?«, erkundigte sich der Kaiser. »Oder weshalb muss Er für Sie sprechen?«

Fernando Rodriguez lief scharlachrot an und stammelte etwas, das nach »natürlich nicht, Eure Majestät, ich wollte nur ...« klang, bevor er ganz verstummte.

»Señora Anne de Cabalho«, sagte der Kaiser und neigte den Kopf ein wenig zur Seite, als würde er überlegen, ob der Name auch zu ihr passte. »Wie kommt es, dass sich ein Weib in der Schreibstube aufhält? Hat Sie wohl Ihrem Ehegatten die Mittagsmahlzeit gebracht?«

Anne senkte sittsam den Blick und versuchte sich an einem Hofknicks. Wahrscheinlich gelang er nicht annähernd so gut, wie sie es sich gewünscht hätte. Aber im Hamburg des 21. Jahrhunderts bekommt man eben selten Gelegenheit zum Üben.

»Nein, Majestät«, sagte sie. »Ich arbeite hier, weil ich mehrere Sprachen in Wort und Schrift beherrsche, Majestät.«

Der Kaiser hob eine Augenbraue. »In der Tat gleich mehrere? So? Welche denn?«

»Neben Spanisch und Italienisch auch Englisch und Französisch sowie Deutsch, Majestät.« Wieder ein Hofknicks.

»Deutsch auch? Das ist selten in dieser Gegend, sehr selten.« Er kniff die Augen zusammen. Dann sagte er rasch auf Deutsch: »Gefällt Ihr die Arbeit in der Schreibstube besser als die im Haus bei Ihren Kindern?«

Wie Säure fraß sich sein Akzent von ihren Ohren bis zu ihrem Herzen vor, ein heißer, brennender Schmerz, der ihr sofort das Wasser in die Augen trieb, denn diesen süddeutschen oder österreichischen Akzent kannte sie gut. In Jerusalem hatte sie ihn gar nicht oft genug hören können. Sie schloss die Augen. Rashid. Wie sehr vermisste sie ihn. Gerade hier. In diesem Moment. In dieser Stadt. Nimm dich zusammen. Zum Heulen hast du später immer noch Zeit, ermahnte sie sich und schluckte die Tränen hinunter. Der Kaiser wartete geduldig auf eine Antwort.

»Dies ist nicht meine Heimat, Majestät«, sagte sie mit leicht zitternder Stimme auf Deutsch. Rashid, Rashid, warum musstest du sterben? »Ich besitze kein Haus. Und ich habe auch keine Kinder, um die ich mich kümmern müsste. Ich reise von Ort zu Ort, und das Schicksal hat mich zurzeit nach Córdoba verschlagen. Mein Vetter hat mich freundlicherweise unter seinem Dach aufgenommen. Und um seine Gastfreundschaft vergelten zu können, verdiene ich Geld mit dem, was ich am besten kann – mit Schreiben und Übersetzen, Majestät.«

Der Kaiser sah sie eine Weile schweigend an. Täuschte sie sich, oder entdeckte sie in seinen blauen Augen nicht einfach nur Freundlichkeit, sondern ein tief empfundenes Mitgefühl?

»Tatsächlich. Erstaunlich«, sagte er schließlich und wandte sich wieder auf Spanisch an den Stadtrat. »Dieses Córdoba ist wahrhaft eine ungewöhnliche Stadt. Ich bin schon gespannt, welche Überraschungen hier noch auf mich warten.«

Er nickte huldvoll zu allen Seiten hin, dann verließ er die Schreibstube.

Anne atmete auf, während die anderen aufgeregt miteinander über den Besuch des Kaisers sprachen. Sie fühlte sich plötzlich seltsam schwach und sehnte sich nach ihrem bequemen Sofa zu Hause in Hamburg. Sie wollte schon Fernando Rodriguez bitten, sie heute etwas früher als sonst gehen zu lassen, als sich die Tür erneut öffnete. Der Stadtrat kehrte zurück. Er ging zum Obersten Schreiber, wechselte mit ihm ein paar Worte und schien dann auf etwas zu warten. Erst als Fernando Rodriguez direkt vor ihr stand, merkte Anne, dass aller Augen auf sie gerichtet waren.

»Was ist denn los?«, fragte sie, und das Herz schlug ihr bis zum Hals. Hatte sie etwa im Gespräch mit dem Kaiser einen unverzeihlichen Fehler begangen? Doch nicht der Oberste Schreiber, sondern der Stadtrat antwortete.

»Du solltest jubeln, Weib. Seine Majestät Kaiser Karl V. ist gewillt, dich in seine persönlichen Dienste zu nehmen. Dies ist eine große Ehre für dich. Offenbar bist du die Einzige hier in der Stadt, die alle Sprachen spricht, die für den Kaiser von Bedeutung sind. Er will es eine Weile mit dir versuchen.« Dabei lächelte er so herablassend und anzüglich, dass Anne ihm am liebsten ins Gesicht geschlagen hätte.

»Und was heißt das?«, fragte sie an Fernando Rodriguez gewandt.

»Das heißt, dass du deinen Platz hier auf der Stelle räumst und in die Gemächer des Kaisers umsiedeln wirst«, antwortete wieder der Stadtrat und ließ seine lüsternen Blicke über Anne gleiten. »Seine Majestät residiert zurzeit im Bischofspalast. Ob du dort auch ein Quartier zugewiesen bekommst, kann ich dir nicht sagen, aber es ist anzunehmen. Der Kaiser wird deine Dienste vermutlich auch des Nachts in Anspruch nehmen wollen.«

Anne biss die Zähne zusammen. Der Stadtrat wurde ihr mit jeder Sekunde unsympathischer.

»Nun gut«, zischte sie. »Und wohin soll ich gehen?«

»Ich selbst werde dich zum Bischofspalast bringen, Weib«, sagte der Stadtrat mit einem unverschämten Grinsen.

»Jetzt?«

»Natürlich!«

Normalerweise hätte ihr der bloße Gedanke daran, mit diesem schmierigen Kerl allein durch die einsamen schmalen Gassen der Stadt zu gehen, Übelkeit erzeugt. Aber Anne war viel zu wütend, um gleichzeitig Angst zu haben. Außerdem war jetzt Tag. Bei Tageslicht würde der Stadtrat es wohl kaum wagen, eine Frau zu überfallen, die gerade auf dem Weg zum Kaiser war. Allerdings, wer sagte ihr denn, dass dies die Wahrheit war? Vielleicht hatte sich der Stadtrat die Geschichte auch nur ausgedacht, um sie in irgendeinen dunklen Winkel zu locken? Und sie hatte nichts außer ihren Händen, Füßen und Zähnen, womit sie sich hätte wehren können.

Das wird sich ändern, schwor sie sich. Bei der nächsten Gelegenheit werde ich mir ein Säckchen gemahlenen Pfeffer besorgen. Damit kann ich mir wenigstens unverschämte Kerle vom Hals halten.

»Komm jetzt endlich, Weib!«, drängte der Stadtrat und ergriff ihren Arm. »Der Kaiser erwartet dich.«

»Ich danke Euch für Eure Umsicht und Fürsorge«, sagte Anne kühl und entzog dem Stadtrat ihren Arm, »aber sie ist unangebracht. Ich bin keinesfalls gebrechlich, ich kann allein gehen.«

»Wie du meinst, Weib!«, zischte er durch die zusammengebissenen Zähne. »Dann geh, bevor ich dir Beine mache.«

»Wohin?«, fragte Anne spöttisch. »Ich kenne den Weg nicht.«

Die Augen des Stadtrats verengten sich zu schmalen Schlitzen, und tiefe Zornesfalten tauchten auf seiner Stirn auf.

»So folge mir denn«, sagte er leise und drohend. »Und wage es ja nicht noch einmal, so mit mir zu reden.«

Er drehte sich auf dem Absatz um und ging mit langen Schritten davon. Anne holte tief Luft. Was hatte sie sich nur dabei gedacht? Dieser Kerl war schließlich kein unfreundlicher Schuhverkäufer in einem Hamburger Geschäft. Er war hier immerhin der Stadtrat. Und sie selbst befand sich nicht gerade in der Position, in der mächtige Feinde sie nicht zu interessieren brauchten. Sie konnte jetzt nur hoffen, dass sie wirklich unter dem Schutz des Kaisers stand.

Schlechter Einfluss

In der Schreibstube arbeitete an diesem Tag niemand mehr. Alle sprachen nur über den Besuch des Kaisers und die zweite Sensation – dass Seine Majestät ausgerechnet Señora Anne erwählt hatte, um sie während seines Aufenthalts in Córdoba zu seinem persönlichen Schreiber zu machen. Einige Schreiber ärgerten sich und murrten. Sie verwünschten Señora Anne und behaupteten, sie habe sich diesen Posten mit Hilfe von Hexenkünsten verschafft. Doch die meisten bewunderten sie. Jeder von ihnen hatte schließlich mit eigenen Ohren gehört, dass sie mit dem Kaiser Deutsch gesprochen hatte. Juan wurde mit Fragen überschüttet. Doch da er nur einsilbige Antworten gab, die keine neuen Informationen brachten, wurde er schon bald wieder in Ruhe gelassen. Ihn beschäftigte eine ganz andere Frage. Er hatte Señor de Cabalho versprochen, auf Señora Anne Acht zu geben und sie nicht aus den Augen zu lassen. Wie sollte er jetzt dieses Versprechen einhalten? Sollte er Señor de Cabalho von der veränderten Lage in Kenntnis setzen? Ja, das war vermutlich das Beste. Er würde Bartolomé einen Brief an dem von ihnen vereinbarten Ort niederlegen und ihn um ein Treffen bitten. Und dann würde er ihm erzählen, was heute vorgefallen war. Sollten sich doch andere den Kopf darüber zerbrechen, was das zu bedeuten hatte.

Juan warf seinen Kollegen einen verstohlenen Blick zu. Sie alle waren immer noch in die Gespräche über den Besuch des Kaisers vertieft, und so fiel es niemandem auf, als er heimlich die Schreibstube verließ und sich auf den Weg zu der Brücke machte, die alle Menschen in Córdoba nur die »alte Brücke« nannten, weil sie schon immer, seit Menschengedenken, über den Guadalquivir führte.

Als er die Brücke erreichte, wurde es allmählich dunkel. Händler fuhren mit ihren Karren über den Fluss, um die Stadt in südlicher Richtung zu verlassen, und am Ufer wurden die Schiffe der Händler und Boote der Fischer für die Nacht vertäut. Vereinzelte Hausfrauen, Köchinnen und Mägde eilten mit den letzten Einkäufen des Tages nach Hause, um dort das Abendessen für ihre Familien zu kochen. Ein paar Männer schlenderten das Flussufer entlang. Wahrscheinlich waren es Handwerker, die nach der Arbeit noch einen Krug Wein miteinander trinken wollten. Aufmerksam sah Juan sich nach allen Seiten um. Als er sicher sein konnte, dass niemand auf ihn achtete, bückte er sich rasch, hob einen der losen Ziegel des Brückengeländers auf und versteckte darunter den kleinen Fetzen Pergament mit der Nachricht. Er hatte keinen Zweifel daran, dass Bartolomé sie finden und sofort wissen würde, wer die Botschaft geschrieben hatte. Und wenn jemand anders den Zettel finden sollte, würde er nichts damit anfangen können. Noch einmal blickte Juan sich nach allen Seiten um, dann entfernte er sich rasch und ging nach Hause zu seinen Kindern und zu Suzanna, seiner geliebten Ehefrau. In letzter Zeit war sie so anders, so seltsam. Manchmal hatte er das Gefühl, dass sie ihm nicht mehr wie früher vertraute.

Und manchmal, wenn sie ihn ansah, war da etwas in ihrem Blick, das ihm fremd war. Juan schüttelte sich.

Vielleicht hat Señora Anne Recht, dachte er, während er das Flussufer rechter Hand liegen ließ und in die breite Seitenstraße einbog, die am Bischofspalast vorbeiführte. Vielleicht sollte ich Suzanna wirklich alles erzählen. Aber nicht jetzt, nicht ausgerechnet heute. Zuerst muss ich mit Bartolomé reden und dann … ja, vielleicht erzähle ich ihr dann alles.

Suzanna lag im Bett und starrte zur Decke. Das Bett neben ihr war leer. Mitten in der Nacht war Juan aufgestanden, leise, um sie nicht zu wecken. Er konnte nicht wissen, dass sie bereits wach gelegen hatte, dass sie schon viele Nächte nicht mehr schlafen konnte, weil ihre Gedanken sie quälten und ihr keine Ruhe ließen. Natürlich hatte sie so getan, als ob sie schlafen würde, als er sich kurz über sie gebeugt hatte. Dann hatte sie ihn beobachtet, wie er sich im Dunkeln angekleidet hatte. Sie hatte ihn die Treppe hinunterschleichen hören. Kurz darauf war die Tür ins Schloss gefallen. Juan hatte das Haus verlassen. Aber wohin war er mitten in der Nacht gegangen? Gab es überhaupt einen Ort in dieser Stadt, zu dem ein anständiger Mann mit reinem, gutem Gewissen mitten in der Nacht gehen konnte?

Suzanna drehte sich auf die Seite und starrte das Rechteck des Fensters an, das sich schwarz von der weiß getünchten Wand abhob. Nein, so einen Ort gab es nicht. Aber sie konnte sich denken, warum er sich mitten in der Nacht davonschlich. *Sie*, Señora Anne, war an diesem Abend nicht mit Juan nach Hause gekommen. Angeblich beanspruchte der Kaiser, der die Schreibstube an diesem Tag besucht hatte, fortan ihre Dienste und hatte sie zu sich in den Bischofspalast befohlen. Aber in Suzannas Ohren klang das nach einer Lüge.

Dass der Kaiser heute wirklich in der Schreibstube gewesen war, hatte ihr Juanita, die Ehefrau eines anderen Schreibers, bestätigt. Das war wenigstens keine Lüge. Und am Nachmittag war tatsächlich ein Bote erschienen, um die Habseligkeiten der Señora abzuholen. Also hatte sie wirklich dieses Haus verlassen und an einem anderen Ort eine Bleibe gefunden. Aber weshalb sollte der Kaiser ausgerechnet Señora Annes Dienste beanspruchen? Nahm er denn nicht seine eigenen Männer mit, wenn er auf Reisen ging? Studierte Leute, *Männer*, die seine Vorlieben kannten und sein Vertrauen genossen? Wozu brauchte er da eine Frau? Nein, das war nur wieder eine von Juans schalen Ausreden, die er neuerdings so gern benutzte. Viel wahrscheinlicher war es doch, dass die Señora Juan verlassen hatte, entweder, weil sie seiner überdrüssig geworden war, oder, weil sie einen anderen Mann gefunden hatte. Oder wegen beidem. Vielleicht hatte sie einen Mann gefunden, der ein größeres Haus besaß und ihr kostbare Geschenke machen konnte. Einen Mann mit Macht und Einfluss. Was brauchte sie da noch den kleinen Schreiber, der gerade eben so viel verdiente, dass er sich und seine Familie gut durchbringen konnte?

Suzanna drehte sich wieder auf den Rücken und blickte zu den Balken an der Zimmerdecke empor. Beim Abendessen hatte sie sich so wohl gefühlt wie schon lange nicht mehr. Am liebsten hätte sie die ganze Zeit über singen und tanzen mögen. Señora Anne war fort, ihre Nebenbuhlerin hatte Juan verlassen. Er gehörte wieder ihr, ihr allein! Aber im Laufe des Abends war ihr klar geworden, dass Juan immer noch unter dem Bann dieser Frau stand, diesem unheilvollen, schlechten Einfluss. Statt nun endlich ihr wahres Gesicht zu erkennen, war er beim Abendessen noch schweigsamer gewesen als sonst. Sie hatte ihm gebratenen Fisch serviert, seine Lieblingsspeise, und trotzdem hatte er sie kaum angerührt. Und dass er mitten in der Nacht heimlich aufstand und das Haus verließ, konnte doch wirklich nur eins bedeuten – er wollte zu der Señora, um zu versuchen sie umzustimmen und zu ihm zurückzukehren. Warum nur? Was fand er an dieser Frau, dieser Hexe? Womit war es ihr gelungen, aus Juan einen anderen Menschen zu machen, einen Fremden, den sie kaum noch wiedererkannte, wenn er abends nach Hause kam? Hatte sie ihm ein Gift eingeflößt? Ihn verhext?

In diesem Augenblick hörte Suzanna wieder ein Geräusch an der Tür. Sie setzte sich auf und lauschte. Ja, tatsächlich, da machte sich jemand an der Haustür zu schaffen, und er bemühte sich, dabei leise zu sein, aber sie hörte es trotzdem. Sie hörte das Klicken, als die Tür vorsichtig wieder ins Schloss gedrückt wurde und die Riegel vorgeschoben wurden. Dann durchquerten leise Schritte die Halle. Jemand ging auf Zehenspitzen.

Juan!, dachte Suzanna, legte sich rasch auf die Seite, zog sich die Decke bis zum Kinn und tat, als ob sie schlafen würde.

Leise wurde die Tür des Schlafgemachs geöffnet. Durch ihre halb geschlossenen Lider sah Suzanna einen dunklen Schatten hereinhuschen. Juan gab sich zwar Mühe, möglichst wenig Geräusche zu machen, aber er keuchte. Er keuchte vor Anstrengung, während er sich wieder im Dunkeln seiner Kleider entledigte. Er keuchte wie jemand, der eine weite Strecke gerannt war oder … oder …

Wie jemand, der eine stürmische Nacht mit seiner Geliebten verbracht hatte, dachte Suzanna und biss die Zähne zusammen, bis ihr die Kiefer wehtaten. Also war er doch wieder bei ihr gewesen. Und wie es schien, hatte sie ihn mit offenen Armen und Kleidern empfangen. Diese Hure! Verflucht sollte sie sein! Mochten die Pest und die Pocken ihr das Gesicht zerfressen!

Juan ließ sich auf seiner Seite des Bettes nieder und mit einem Seufzer in die Kissen sinken. Es war ein Seufzer der Erleichterung, der Erfüllung, der Erschöpfung. Offenbar war *er* zufrieden mit dieser Nacht. Suzanna hingegen wollte schier zerspringen vor Scham, Wut und Schmerz. Ein Schluchzen stieg in ihrer Kehle auf, und hastig stopfte sie sich den Zipfel ihrer Decke in den Mund. Doch diese Vorsichtsmaßnahme war unnötig, denn im selben Augenblick konnte sie an einem lang gezogenen Schnarchen erkennen, dass Juan bereits eingeschlafen war. Ja, er konnte schlafen, während sie kein Auge zubekam und sich von einer Seite auf die andere wälzte. Dabei musste er doch eigentlich ein schlechtes Gewissen haben. Er betrog sie, sein vor Gott und der Kirche angetrautes Eheweib. Und sie bekam die dunklen Ränder unter den Augen. Das war nicht gerecht. Doch sie würde selbst für Gerechtigkeit sorgen. Sie würde sich rächen, sie würde dem schlechten Einfluss dieser Frau ein Ende bereiten. Keine Frau sollte ihr ungestraft den Mann stehlen, und sei sie noch so klug und gebildet. Morgen, gleich morgen früh, sobald Juan das Haus verlassen hatte, um zur Schreibstube zu gehen, würde sie sich auf den Weg zum Alcázar machen, dorthin, wo der Inquisitor von Córdoba residierte. Sie würde der Inquisition von der Señora erzählen. Und bestimmt würde man sie dort anhören.

Anne konnte und wollte nicht schlafen. Seit den Abendstunden saß sie auf der Kante ihres Bettes. Es handelte sich um ein Angst einflößendes Ungetüm mit einem ausladenden geschnitzten Kopf- und Fußteil und einem Baldachin aus einem schweren dunkelroten Stoff, dessen Farbe sie an getrocknetes Blut erinnerte. Nicht weniger als sechs Kissen türmten sich an dem Kopfteil übereinander, und die mit Gänsefedern gefüllte Decke war so schwer, dass sie fürchtete, im Laufe der Nacht von ihr zerquetscht zu werden. Die Bettkante war hart und drückte ihr langsam, aber sicher die Blutzufuhr der Beine ab. Ihre Füße wurden bereits taub. Trotzdem konnte sie sich nicht dazu entschließen, sich endlich hinzulegen. Aus irgendeinem Grund mochte sie das Bett nicht. Sie fürchtete sich regelrecht vor ihm. Vielleicht lag es daran, dass es sie an diverse Horrorfilme erinnerte, in denen alte Schlösser eine wichtige Rolle spielten. Dabei hatte der Bischofspalast überhaupt keine Ähnlichkeit mit einem Spukschloss: Es war ein schlichter, typisch spanischer Bau mit zierlichen Säulen. Es gab hier keine spitzen Türme, finstere Ecken oder Gewölbe. Alles war klar und übersichtlich angeordnet – abgesehen von der Einrichtung ihres Schlafzimmers.

Natürlich bildete sie es sich nur ein. Die Schatten, die sie an der holzvertäfelten Decke und dem Kopf- und Fußteil ihres Bettes zu sehen glaubte, waren bestimmt nicht lebendig. Es war nichts weiter als eine optische Täuschung. Das Feuer im Kamin flackerte, und sein rötlicher Schein warf lange Schatten, die deshalb ebenfalls wild hin und her zuckten. Gegenüber von ihrem Bett hing ein Gobelin, der wohl eine der etwas blutigeren biblischen Szenen darstellen sollte. Doch gerade deshalb erinnerte er sie in fataler Weise an die gestickten Horrorszenarien von Giovanna de Pazzi, der Schwester von Giacomo, die von ihm langsam und qualvoll über Jahre hinweg vergiftet worden war. Sie hatte ihr Martyrium unter ihrem eifersüchtigen, wahnsinnigen Bruder in ihren Gobelins für die Nachwelt festgehalten.

Anne wagte kaum, den Wandbehang anzuschauen aus Angst, jeden Augenblick könnte eine der entsetzlichen Gestalten, die darauf zu sehen waren, zum Leben erwachen. Doch obwohl ihr die Vernunft immer wieder dasselbe sagte – du bildest dir alles nur ein, du brauchst keine Angst zu haben –, wollte sie es nicht wirklich glauben. Ihr kam es so vor, als würden die Schnitzereien, je länger und öfter sie sie ansah, lebendig werden – albtraumhafte Fratzen, die mit ihren verzerrten Mündern Worte zu formen schienen und sie auslachten. Zudem hatte sie das sichere Gefühl, dass sie jemand, oder besser gesagt, *etwas* beobachtete. Und wenn ihr Blick zufällig auf den Spiegel fiel, der auf der kleinen Kommode stand, die ihr offensichtlich als Toilettentisch dienen sollte, so glaubte sie jeden Moment darin einen Geist zu erkennen. Nein, wenn sie sich hier schlafen legte, würde schon bald irgendein Monster aus der Wand kriechen und über sie herfallen. Davon war sie fest überzeugt, obwohl sie ganz genau wusste, dass sie spätestens morgen früh über sich selbst und ihre kindische Angst lachen würde.

Anne seufzte und rieb sich ihre vor Müdigkeit brennenden Augen, während sie, um sich von ihren Horrorvisionen abzulenken, nochmals die vergangenen Stunden Revue passieren ließ. Der Stadtrat hatte sie tatsächlich und anscheinend ohne jeden Umweg zum Palast des Bischofs gebracht. Dort hatten Diener sie freundlich empfangen und ihr das Schlafgemach gezeigt, das sie während der nächsten Tage oder Wochen bewohnen sollte, um jederzeit dem Kaiser zur Verfügung stehen zu können. Ihn selbst hatte sie nicht mehr zu Gesicht bekommen. Einer der Gefolgsleute des Kaisers, ein sauertöpfisch dreinblickender älterer Mann, der an seiner Aufgabe ebenso wenig Freude zu haben schien wie sie, hatte ihr zwar eine langatmige Einführung in die Regeln des höfischen Lebens gegeben, und ein junger Bursche hatte sie im Bischofspalast ein wenig umhergeführt und ihr die Räumlichkeiten gezeigt, aber danach hatte man sie sich selbst überlassen. Gegen Abend hatte man ihr auf einem Tablett eine reichhaltige wohlschmeckende Mahlzeit serviert, und ein junges Mädchen war gekommen, das ihr die Kleider gerichtet hatte. Für das höfische Leben benötigte sie jetzt andere Kleider als in der Schreibstube, Kleider mit weiten Reifröcken und hohen Halskrausen, die schon beim bloßen Hinsehen ein Kratzen auf der Haut auslösten. Dann war noch ein Junge erschienen, um das Feuer im Kamin anzuzünden. Das war der letzte menschliche Kontakt gewesen. Seitdem saß sie auf der Bettkante und versuchte, nicht vor Angst verrückt zu werden, und gleichzeitig herauszufinden, weshalb der Kaiser nach ihr verlangt hatte. Wollte er wirklich nur ihre Dienste als Schreiberin? Oder würde der Stadtrat doch Recht behalten mit seinen schmutzigen Vermutungen? Und was sollte sie jetzt tun? Sie war doch eigentlich in Córdoba, um hier einen Auftrag zu erfüllen. Aber wie sollte sie dem Inquisitor das Drachenöl einflößen, wenn der Kaiser in ihrer Nähe war? Sie musste unbedingt mit Bartolomé sprechen. Er musste Cosimo alles erzählen. Cosimo würde schon etwas einfallen. Der Haken an der Sache war nur, dass sie nicht wusste, wie sie mit Bartolomé Kontakt aufnehmen sollte. Sie wusste natürlich, wo sie ihn finden und wie sie ihm eine Nachricht zukommen lassen konnte. Tagsüber.

Wenn nun aber der Kaiser wirklich auf ihre Dienste als Schreiberin wert legte, würde sie wohl kaum tagsüber die Möglichkeit haben, ungestört über den Marktplatz zu schlendern und einem der Gaukler oder Bettler dort unbemerkt einen Zettel für Bartolomé zuzustecken. Wie jedoch sollte sie den Zigeuner nachts finden? Schon bei dem Gedanken, in der Dunkelheit allein durch die schmalen finsteren Gassen der Stadt zu streifen, drehte sich ihr der Magen um. Hoffentlich war Juan so klug, mit Bartolomé Kontakt aufzunehmen. Aber Juan war zu sehr mit den Gedanken an seine bevorstehende Flucht und den Problemen beschäftigt, die ihn zu Hause in Gestalt seiner eifersüchtigen Ehefrau erwarteten. Nein, sie musste sich wohl selbst helfen. Aber wie? Sie sollte sich dem Kaiser zur Verfügung halten. Und was das bedeutete, war ihr am Nachmittag ausführlich von dem alten mageren Kerl mit dem mürrischen Gesicht erklärt worden. Immer in der Nähe des Kaisers bleiben und den Bischofspalast ohne ausdrückliche Genehmigung Seiner Majestät nicht verlassen. Unter gar keinen Umständen. Sie hatte nicht einmal selbst ihre Habseligkeiten aus Juan Martinez' Haus holen dürfen. Mit anderen Worten, ich bin eine Gefangene, dachte Anne, zwischen Wut und Resignation hin und her schwankend.

Draußen wurde es allmählich hell. Die Schatten des Feuers verblassten langsam und wichen einem eintönigen Grau, das den ganzen Raum auszufüllen schien. Sie gähnte. Vor Müdigkeit war ihr fast übel, und sie beschloss, sich nun doch hinzulegen. Dein Körper braucht Schlaf, dachte sie und deckte sich zu. Die schwere Decke lastete auf ihr, als wäre sie anstelle von Daunen mit Stahlfedern gefüllt. Wer ahnte schon, was sie an diesem Tag alles noch erwarten würde. Sie brauchte einen klaren Kopf. Außerdem brauchte sie bei Tagesanbruch keine Angst mehr zu haben. Schließlich scheuten selbst die entsetzlichsten Ungeheuer und Geister das Tageslicht.

Und mit diesem tröstlichen Gedanken ließ sie sich in die weichen Kissen zurücksinken.

VI

Törichtes Geflüster

Pater, in der Halle steht ein Weib, das Seine Exzellenz den Inquisitor zu sprechen wünscht.«

Carlos' tiefe, raue Stimme schreckte Stefano aus seinen Träumen auf. Vor ihm auf dem Schreibtisch lag ein Brief, den er eigentlich beantworten sollte. Doch stattdessen weilten seine Gedanken an ganz anderen Orten. Sie wanderten durch märchenhafte Landschaften, durch Wälder so alt wie die Schöpfung, an Bächen und Flüssen mit klarem Wasser entlang, vorbei an Seen, deren Tiefe kein Mensch je ergründet hatte, und versteckt liegenden Tümpeln, deren dunkelgrünes Wasser so glatt und still war, dass allein das Geräusch der Schritte ausreichte, um ihre Oberfläche zu kräuseln. Seine Gedanken begegneten gefährlichen Drachen, undurchschaubaren Feen, tapferen Rittern und weisen Zauberern. Und sie wollten nicht loslassen, sie wollten dort bleiben in dieser Furcht einflößenden und doch so wunderbaren Welt.

Stefano schüttelte den Kopf, als könnte er dadurch diese Bilder vertreiben. Das kam nur von dem seltsamen Buch, das sie am Vortag im Haus eines der Ketzer gefunden hatten, ein verbotenes Buch, angefüllt mit ketzerischen, gotteslästerlichen Gedanken, die wohl jedem rechtgläubigen Christen die Haare hätten zu Berge stehen lassen. Und trotzdem …

Es war die Geschichte von einem König namens Arthur und einem Zauberer, der ihm zur Seite stand. Es ging um Magie, um Mord, Intrigen und Ehebruch, um Feen und ein geheimnisvolles, nebelverhangenes Land namens Avalon. Eigentlich hätte Stefano das Buch bereits gestern verbrennen sollen – so hatte es ihm wenigstens Pater Giacomo aufgetragen. Doch er hatte es nicht übers Herz gebracht. Ein weiteres Mal hatte er sich als schwach erwiesen. Das Buch mit dem wunderschönen goldgeprägten Ledereinband hatte seine Neugierde geweckt. Heimlich, als Pater Giacomo ihm den Rücken zukehrte, hatte er es aufgeschlagen und die Zeichnungen entdeckt. Es waren wunderschöne farbenprächtige Federzeichnungen. Und dann hatte er einen Satz gelesen. Nur einen einzigen Satz, kaum mehr als ein Dutzend Worte. Doch diese Worte hatten ihn verzaubert. Es war, als ob er die Tür zu einem wundervollen verwunschenen Garten aufgestoßen hätte, den kaum je ein Mensch betreten hatte. Er konnte nicht mehr widerstehen. Er konnte dieses Buch nicht einfach ins Feuer werfen. Stattdessen hatte er es unter seiner Kutte versteckt, in seine Zelle genommen und darin gelesen. Die ganze Nacht hindurch.

Ja, er war schwach. Aber es reute ihn nicht einmal. Wie durch einen geheimnisvollen Zauber war während dieser Nacht direkt vor seinen Augen eine ihm bisher unbekannte Welt erstanden und hatte seine karge Zelle in einen märchenhaften Ort verwandelt, einen Ort, an dem Feen und Kobolde lebten. Allerdings hatte der Zauber mit dem Glockenschlag zum Morgengebet nicht seine Wirkung verloren. Im Gegenteil. Als er zur Kapelle ging, glaubte er statt der Steinfliesen weiches, duftendes Moos unter seinen Füßen zu spüren. Die gemurmelten Gebete der versammelten Brüder wurden zum

Rauschen der Blätter uralter knorriger Bäume. Und der Schreibtisch vor ihm war in seiner Fantasie ein Brunnen mit geheimnisvollen Kräften, auf dessen glatter Oberfläche er sein Schicksal zu sehen bekam.

Jetzt fühlte er sich von Carlos bei dieser Sünde ertappt. Genau genommen waren es zwei Sünden. Stefano überlegte, welche von ihnen wohl schwerer wiegen mochte – die Sünde, einen Befehl des Inquisitors nicht befolgt, oder die, in einem verbotenen Buch gelesen und sich seinem verhängnisvollen Zauber hingegeben zu haben. Mochte Pater Giacomo sein Urteil fällen, wenn Carlos ihm davon erzählt hatte. Denn Stefano war fest davon überzeugt, dass ihm seine Schuld in leuchtenden Buchstaben auf der Stirn geschrieben stand. Dann fiel ihm ein, dass Carlos gar nicht lesen konnte.

Hastig ordnete er die Blätter auf seinem Schreibtisch und tat so, als hätte der Diener ihn nicht aus verbotenen Träumen, sondern mitten aus einer wichtigen Arbeit aufgeschreckt.

»Was gibt es?«, fragte er und versuchte ein strenges Gesicht zu machen.

»Ein Weib wünscht den Inquisitor zu sprechen, Pater.«

Stefano runzelte die Stirn. Pater Giacomo hatte sich in seine Zelle zum Gebet zurückgezogen. Morgen würden die Prozesse gegen fünfzig Ketzer beginnen, und er wollte sich noch ausruhen, um sich angemessen auf diese schwere, Kräfte zehrende Aufgabe vorzubereiten.

»Pater Giacomo hat ausdrücklich befohlen, nicht gestört zu werden«, entgegnete Stefano. »In welcher Angelegenheit wünscht sie denn den Inquisitor zu sprechen?«

Carlos zuckte mit den Schultern. »Das hat sie nicht gesagt, Pater«, brummte er. »Sie meinte nur, dass es wichtig ist.«

Stefano dachte kurz nach, dann seufzte er. »Gut, schick sie

zu mir. Sie soll mir erst einmal erzählen, worum es geht. Danach kann ich immer noch entscheiden, ob diese Angelegenheit so wichtig ist, dass der Inquisitor selbst sich darum kümmern muss.«

Carlos verbeugte sich leicht und verschwand. Kurze Zeit später kehrte er mit einer Frau zurück. Stefano musterte sie eingehend.

Sie war etwa Anfang dreißig. Ihr Kleid aus dunkelgrünem Samt war sittsam, dennoch betonte es vorteilhaft ihre rundlichen Hüften. Ihr volles fast schwarzes Haar trug sie hochgesteckt, doch zwei Strähnen hatten sich aus dem Knoten gelöst und umrahmten ihr hübsches weiches Gesicht.

Diese Frau stammt gewiss nicht aus dem Armenviertel, dachte Stefano. Aber sie ist auch nicht reich, sonst würde sie mehr Schmuck tragen. Bestimmt ist sie eine tüchtige Hausfrau und liebevolle Ehefrau und Mutter. Als junges Mädchen muss sie mal wunderschön gewesen sein.

Dass der Anlass ihres Besuchs wichtig war, wenigstens für sie, ließ sich leicht erkennen – die Frau wirkte nervös. Ihr Busen wogte schnell auf und ab, und sie knetete unablässig ihre Hände, sodass es aussah, als würde sie sie waschen.

»Was wünscht Ihr?«, frage Stefano freundlich.

»Ich möchte bitte den Inquisitor sprechen, Pater«, sagte sie mit einem Knicks. Ihre Stimme war heiser und zitterte vor Aufregung, doch Stefano konnte sich gut vorstellen, wie diese Stimme klang, wenn sie lachte, sang oder die Namen ihrer Kinder rief. »Es ist wirklich sehr wichtig.«

»Nun, das mag wohl sein, doch der Inquisitor darf auf gar keinen Fall gestört werden. Wenn Ihr also nicht warten wollt, bis der Inquisitor Zeit für Euch hat – was frühestens gegen Abend, vielleicht sogar erst morgen der Fall sein wird –, so müsst Ihr schon mit mir vorlieb nehmen. Vielleicht kann ich Euch ja auch helfen.«

»Ihr seid Pater Stefano, der Sekretär des Inquisitors, nicht wahr?«

»Jawohl, der bin ich«, entgegnete Stefano. Das Selbstbewusstsein, mit dem die Frau mit ihm sprach, verwunderte ihn. Trotz ihrer Aufregung schien sie keine Angst vor ihm zu haben. »Und Ihr seid ...«

»Oh, mein Name ist Suzanna Martinez. Mein Mann ist Schreiber beim Stadtrat.«

»Señora Martinez, es freut mich, Eure Bekanntschaft zu machen. Könnt Ihr Euch nun dazu entschließen, mir zu vertrauen?«

Sie runzelte die Stirn, als müsste sie über Stefanos Vorschlag erst nachdenken. Dann nickte sie. »Also gut. Aber Ihr werdet doch seiner Exzellenz dem Inquisitor alles weitersagen?«

Stefano nickte langsam. »Natürlich, Señora Martinez. Jede wichtige Nachricht erreicht den Inquisitor.«

»Das ist gut«, sagte sie und lächelte. Aber wirklich erleichtert schien sie nicht. »Sonst hätte ich noch mal herkommen müssen, und ich weiß nicht ... Ich muss Euch nämlich eine Hexe melden.«

»Eine Hexe?«

»Ja.« Sie nickte eifrig, fast ein wenig zu eifrig für Stefanos Geschmack.

»Wo lebt diese Hexe?«

»Unter meinem Dach«, erwiderte sie. »Wenigstens bis vor kurzem. Mein Mann hat sie eines Tages mit nach Hause gebracht. Und seither ist er völlig verändert.«

Stefano ließ erneut seinen Blick über die etwas rundliche Figur der Frau gleiten, dann sah er in ihr Gesicht. War da nicht ein hasserfülltes Funkeln in ihren Augen? Sie mochte die Frau, diese »Hexe«, nicht, so viel stand für ihn fest. Aber warum? Hatte die andere ihr den Mann weggenommen? War sie vielleicht schöner und jünger als sie?

»Wie ist ihr Name?«

»Señora Anne de Cabalho«, antwortete sie rasch. »Wollt Ihr das nicht aufschreiben?«, fragte sie und deutete auf das Pergament, das vor ihm lag.

»Gleich, gleich, Señora Martinez«, entgegnete er. »Vorerst müssen noch einige Fragen geklärt werden. Was macht Euch so sicher, dass Señora de Cabalho wirklich eine Hexe ist?«

»Als mein Mann sie mit nach Hause brachte, sagte er, sie sei seine Cousine. Doch das glaube ich ihm nicht. Seit diese Frau unter unserem Dach wohnt, spricht er nicht mehr mit mir, er sieht mich kaum noch an. Dabei ist er ein guter, treuer Mann. Aber jetzt steht er unter ihrem Einfluss. Ich sage Euch, sie hat ihn verhext.« Stefano nickte langsam. Er konnte ihr nicht so recht glauben, und das wiederum schien Señora Martinez nervös zu machen. Ihre Augen huschten im Raum hin und her, während sie offenbar angestrengt überlegte. »Außerdem habe ich beim Aufräumen in ihrem Zimmer seltsame Gerätschaften, verdächtige Kräuter und ein Buch über Hexenkünste gefunden«, fügte sie rasch hinzu und schlug die Augen nieder. Ein zartes Rosa überzog ihre Wangen.

Das war jetzt eine Lüge, dachte Stefano und wunderte sich, dass es ihm überhaupt auffiel. Normalerweise nahm er solche Reaktionen nicht wahr. Aber vielleicht hatte auch seine nächtliche Lektüre ihm den Blick geschärft. In dem verbotenen Buch war von so vielen geschickten weiblichen Winkelzügen die Rede gewesen, wie er es niemals für möglich gehalten hatte. Eifersucht und Rache schienen Frauen in gefährliche, unberechenbare und zu allem fähige Geschöpfe zu verwandeln. Und dass auch Señora Martinez von diesen Motiven getrieben wurde, davon war er fest überzeugt. Er konnte ihre Eifersucht und ihre Wut auf die andere Frau fast riechen. Ehebruch war gewiss ein schweres Vergehen, und so gut er den Zorn und die Verletztheit von Señora Martinez nachvollziehen konnte, so war es noch lange kein Grund, die andere Frau dafür auf den Scheiterhaufen zu bringen. Das wäre Mord. Er betrachtete Señora Martinez nachdenklich. Sie war eine sympathische, aufrichtige Frau, und gewiss war sie ihren Kindern eine gute Mutter und ihrem Mann eine treue Gefährtin. Vielleicht würde der Gedanke, die Nebenbuhlerin brennen zu lassen, sie vorerst befriedigen, das alles verzehrende Feuer der Eifersucht wäre gelöscht – doch nur oberflächlich, denn in der Tiefe würde dieses Feuer weiter schwelen und ihre Seele langsam, aber sicher mit seinen giftigen Dämpfen verseuchen. Dieses Gift würde die Liebe zu ihrem Mann in Misstrauen verwandeln, und im Laufe ihres Lebens würde aus der fröhlichen, liebevollen Frau ein hartes, zänkisches Weib werden. Wenn nicht schon vorher die Last ihres Gewissens sie erdrückt haben würde. Wie auch immer, das Glück, das sie hier auf Erden besaß, wäre für sie verloren.

»Was meint Ihr, Pater?«, fragte sie. »Werdet Ihr Euch um mein Anliegen kümmern?« Ihr Blick war so flehend, so Hilfe suchend, so ängstlich, dass es Stefano schier das Herz zerriss.

»Natürlich werde ich mich darum kümmern«, versicherte er ihr. »Kehrt nach Hause zurück, Señora Martinez, und überlasst alles andere mir.« Er erhob sich und geleitete sie zur Tür. »Ich wünsche Euch einen guten Tag, Señora Martinez«, sagte er und blickte in ihr unglückliches Gesicht.

»Pater, ich …« Sie brach ab.

»Ja, meine Tochter?«

»Ich … ich …« Ihr Blick irrte Hilfe suchend über den Boden. Als sie ihn wieder ansah, hatten sich ihre Augen mit Tränen gefüllt. »Ich …« Dann schüttelte sie resigniert den Kopf. »Auf Wiedersehen, Pater«, sagte sie so leise, dass er die Worte kaum hören konnte, und ging davon. Sie wankte dabei, als hätte ein harter Schlag des Schicksals sie getroffen. Nachdenklich und voller Kummer blickte er ihr nach. Jetzt, da sie ihren Plan durchgeführt hatte, schien sie keineswegs glücklich darüber zu sein. Im Gegenteil, ihr Gewissen begann sie bereits zu quälen. Aber warum hatte sie sich ihm nicht anvertraut? Er war doch Priester. Sie konnte ihm alles beichten, auch ihre Eifersucht und den Wunsch, der verhassten Nebenbuhlerin Schaden zuzufügen. Hatte sie etwa Angst vor ihm? Traurig schüttelte er den Kopf und kehrte zu seinem Schreibtisch zurück. Diese Frau hatte Angst vor ihm. Sie hatte Angst, dass er sie ebenfalls auf den Scheiterhaufen bringen würde, wenn sie ihm die Wahrheit erzählt hätte. Aber warum dachte sie so etwas? So schwerwiegend ihre Lüge auch sein mochte, wegen so einem geringen Vergehen wurden Menschen doch nicht verbrannt. Bei den Ketzerprozessen ging es um Verbrechen gegen Gott und die Kirche und nicht um Lügen, Eifersucht oder Ehebruch.

Er stützte den Kopf in die Hände und seufzte. Zum ersten Mal wünschte er sich, er wäre nicht der Gehilfe des Inquisitors, sondern ein Priester irgendwo in einer kleinen stillen Dorfkirche, wo die Menschen ihn mit all ihren Sorgen und Nöten aufsuchten, wo er ihnen beistehen und ihnen helfen konnte, im täglichen Leben den Weg zum lebendigen Gott und seiner alles umfassenden Liebe zu finden. Stattdessen saß er hier am Schreibtisch der Inquisition, und die Menschen zitterten vor ihm. Aber war er nicht immer noch ein Priester, ein Diener Gottes, ein *Seelsorger*? Hieß das nicht, dass es seine Aufgabe, seine Pflicht war, sich um die Seelen der Gläubigen zu kümmern, sie davor zu bewahren, Schaden zu nehmen?

Plötzlich wusste Stefano, was er zu tun hatte. Er sah es klar und deutlich vor seinen Augen, und er würde diesen Gedanken sofort in die Tat umsetzen. Er erhob sich.

Wie viele Schreiber mochten im Stadtrat arbeiten? Ein Dutzend, vielleicht zwanzig. Höchstens. Und wie viele von ihnen mochten den Namen Martinez tragen? Den richtigen Mann zu finden war also nicht das Problem. Allerdings würde er vorher die Kutte wechseln müssen. Wenn er im Stadtrat, angetan mit dem Wappen der heiligen Inquisition, Señor Martinez zur Seite nahm, würde das nicht nur für Aufsehen und böse Gerüchte sorgen, vermutlich würde der arme Mann vor Angst unter sich lassen und kein Wort von dem begreifen, was er ihm zu sagen hatte. Nein, er würde mit dem Mann als Priester, als einfacher Mönch sprechen. Er würde ihm ins Gewissen reden, die andere Frau endlich ziehen zu lassen, die Beichte abzulegen und zu seiner Ehefrau zurückzukehren, damit Señora Martinez wieder lachen und singen konnte.

Stefano war schon dabei, den Raum zu verlassen, als sich die schmale Tür an der anderen Seite öffnete und Pater Giacomo eintrat. Er sah müde aus, sein Gesicht hatte eine ungesunde, fast graue Farbe, und die Schatten um seine Augen waren so dunkel, als hätte er seit vielen Tagen keinen Schlaf mehr gefunden. Stefano erschrak, als er seinen Mentor so sah.

»Du willst fort, Stefano?«, fragte Pater Giacomo. »Wohin denn?«

»Da war eine Frau, Pater. Und ich wollte nur …« Stefano hielt inne. Eigentlich hatte er Pater Giacomo von Señora Martinez erzählen wollen, doch plötzlich widerstrebte es ihm. Er hatte das Gefühl, dass es besser war, den Mund zu halten.

»Eine Frau? Carlos berichtete mir, dass mich jemand zu sprechen wünschte. War sie es?«

Stefano runzelte verärgert die Stirn. »Ich hatte Carlos ausdrücklich untersagt, Euch zu stören, Pater«, entgegnete er verärgert.

Doch Pater Giacomo winkte ab, fuhr sich müde übers Gesicht und ließ sich auf den Stuhl hinter dem Schreibtisch sinken.

»Die Anliegen der Gläubigen sind stets vorrangig, mein Sohn«, erklärte er. »Was hatte das Weib auf dem Herzen? Es muss etwas Wichtiges gewesen sein, wenn du Hals über Kopf davonstürmst.«

»Nein, nichts Wichtiges«, entgegnete er. »Wenigstens nichts, das Eure Bemühungen erfordert hätte, Pater. Törichtes Geflüster von der Straße. Die Frau brauchte lediglich etwas Zuspruch, das ist alles.« Er zuckte mit den Schultern. Es tat ihm nicht einmal Leid, dass er seinen Mentor belog.

»Und? Konntest du das Weib beruhigen, mein Sohn?«

»Ich denke schon.«

Täuschte er sich, oder war in den Augen des Paters ein seltsames Feuer aufgeflackert?

»Nun, dann werde ich hier wohl tatsächlich nicht gebraucht«, sagte Pater Giacomo und erhob sich wieder. Er trat zu Stefano und legte ihm eine Hand auf die Schulter. »Es erfüllt mich mit großer Freude zu sehen, mit welchem Eifer du den Dienst für den Herrn versiehst. Und wie sehr ich mich auf dich verlassen kann.«

Pater Giacomos Augen schienen ihn wie Lanzen zu durchbohren. Er weiß es, schoss es Stefano durch den Kopf. Woher auch immer er das Wissen haben mag, er weiß, was hier eben passiert ist, er weiß, was ich vorhabe. Und wahrscheinlich weiß er auch, dass ich das verbotene Buch nicht verbrannt, sondern stattdessen darin gelesen habe. Er kann lesen, was auf meiner Stirn geschrieben steht. Und es ist wohl besser für mich und mein Seelenheil, ihm jetzt alles zu beichten. Der Scheiterhaufen wird schließlich nicht nur für andere errichtet. Das Holz kann auch für mich aufgeschichtet werden.

Für einen kurzen Augenblick kämpfte Stefano mit sich, Pater Giacomo von dieser anderen Frau zu erzählen, die angeblich eine Hexe war. Doch dann sah er wieder dieses Feuer in den Augen seines Mentors, dieses nahezu dämonische Aufflackern, das er neulich schon einmal vor der Frühmesse in der Kirche gesehen und das ihm solche Angst gemacht hatte. Und er schwieg.

Pater Giacomo schien in sich zusammenzusinken. »Nun, ich ziehe mich wieder zurück«, sagte er und klopfte Stefano geistesabwesend auf die Schulter. »Ich muss nachdenken, beten. Dabei wünsche ich nicht gestört zu werden. Unter gar keinen Umständen. Während meiner Abwesenheit wirst du mich hier vertreten, Stefano. Außerdem solltest du die Protokolle ordnen und sie in eine gescheite Reihenfolge bringen. Bei der Gelegenheit kannst du sie nochmals durchgehen und jede Ungereimtheit, jeden Zweifel ausmerzen. Wenn morgen der Ketzerprozess beginnt, will ich vor dem Kaiser nicht den Hanswurst spielen müssen, weil die jeweiligen Akten unauffindbar oder unvollständig sind oder die Aussagen einander widersprechen.«

Pater Giacomo ging, nein, er schlurfte davon, während er unverständliches Zeug vor sich hin murmelte, wovon Stefano nur die Worte »Botschaft« und »keine Nachrichten« aufschnappte. Normalerweise war sein Körper aufrecht und voller Energie wie der eines jungen Mannes. Nie sah man ihm an, dass er mittlerweile fast hundert Jahre alt war. Seine Jugendlichkeit, seine unerschütterliche Gesundheit und Kraft waren ein großer Segen und ein besonderes Geschenk, das Gott ihm zum Lohn für seine Treue bereitet hatte, so wie Er es schon mit vielen Seiner Propheten vor ihm getan hatte. Doch jetzt, in diesem Moment, wirkte Pater Giacomo wie ein gebrechlicher Greis. Stefano sah ihm besorgt nach. War Pater Giacomo etwa doch krank? Er schien müde, und in den vergangenen Tagen war er oft geistesabwesend. Außerdem benahm er sich in letzter Zeit so seltsam. Vielleicht überstiegen die Ketzerjagden, die anschließenden Verhöre und die Prozesse, die ihn in den kommenden Wochen erwarteten, doch seine Kraft. Er war so eifrig, so gewissenhaft mit der Erfüllung seiner Aufgabe als Inquisitor beschäftigt, dass er bei jeder Verhaftung und jedem Verhör selbst zugegen sein wollte. Zudem fastete er viel. Zu viel für einen alten Mann, ungeachtet seiner scheinbaren Jugend. Vielleicht sollte Stefano versuchen Pater Giacomo dazu zu bewegen, sich mehr Ruhe zu gönnen, zu schlafen, regelmäßige Mahlzeiten zu sich zu nehmen. Oder ... war es etwa doch ... War er etwa ... besessen? Stefano schluckte. Plötzlich schien ihm der Kragen seiner Kutte zu eng zu sein.

Unsinn, schalt er sich. Solche Gedanken kommen nur von der verbotenen Lektüre. Du solltest das Buch doch noch ins Feuer werfen. Er seufzte und kehrte an den Schreibtisch zurück. In einer der Schubladen bewahrte er die Protokolle auf, die er während der Verhöre angefertigt hatte, einen ansehnlichen Stapel, der mit Lederschnüren zusammengebunden werden musste, damit er nicht ständig auseinander fiel und sich die einzelnen Blätter im ganzen Raum verstreuten.

Seine Gedanken wanderten zu dem Schreiber Martinez und seiner unglücklichen Frau. Sie brauchten seine Hilfe, seine Unterstützung. Aber nicht heute, dachte er und hob resigniert den Stapel Pergament aus der Schublade. Der Befehl des Inquisitors war eindeutig. Er sollte sich mit den Prozessakten vertraut machen. Das allein würde bereits den ganzen Tag beanspruchen. Keine Zeit, um noch die Stadt auf der Suche nach Señor Martinez zu durchstreifen. Er musste sein Vorhaben auf einen späteren Zeitpunkt verschieben. Morgen würde der Prozess beginnen, am Sonntag war die Vollstreckung der ersten Urteile geplant. Am Montag. Ja, am Montag würde er den Schreiber Martinez aufsuchen. Und er betete inständig, dass bis dahin kein Unglück geschehen möge.

Ein Wunder wird gebraucht

Ein Lakai öffnete Anne die Tür zu den kaiserlichen Gemächern, und sie betrat den Raum, der Karl V. offenbar zurzeit als Wohn- oder Arbeitszimmer diente. Die schöne Holzvertäfelung an den Wänden und der Decke, die schweren Vorhänge aus dunkelbraunem, mit kleinen goldenen Blüten besticktem Stoff vor den beiden Fenstern, ein orientalischer Teppich auf dem Boden und der große offene Kamin an der Stirnseite des Raums verliehen dem Zimmer eine behagliche Atmosphäre. In der Mitte des Zimmers stand ein wunderschöner großer Schreibtisch aus rötlichem Holz mit kunstvoll gedrechselten Beinen. Er hatte zwar keinen Aufsatz, aber dennoch hätte Anne Wetten darauf abschließen mögen, dass dieses Möbelstück das eine oder andere Geheimfach in sich barg. Und wenn nicht Karl V. auf seinem Lehnstuhl gleich hinter dem Schreibtisch gesessen und sie mit seinen klaren blauen Augen gemustert hätte, sie hätte wohl kaum der Versuchung widerstehen können, den Schreibtisch einer gründlichen Prüfung zu unterziehen.

»Offenbar ein französischer Tisch«, sagte Karl V., klopfte auf die polierte Tischplatte und fuhr dann mit beiden Händen an der Kante entlang, als ob er etwas suchen würde. »Aber bisher hat er sein Geheimnis noch nicht preisgegeben.«

Anne spürte, dass sie rot wurde. Waren ihre Gedanken etwa so leicht zu lesen?

»Majestät«, sagte sie und machte einen Hofknicks, der ihr

diesmal schon viel besser gelang. Aber sie hatte schließlich auch den ganzen Morgen seit dem Frühstück vor dem Spiegel in ihrem Zimmer geübt. »Ihr habt nach mir gerufen?«

»Ja, in der Tat«, sagte Karl V. und blickte von dem Schreibtisch auf. »Ich benötige Ihre Dienste. Ich habe gestern Abend einige Briefe erhalten, die noch heute beantwortet werden müssen. Ich werde Ihr die Antworten sogleich diktieren.« Er deutete auf das Schreibpult, das direkt neben dem Schreibtisch stand und auf dem bereits Feder, Tinte sowie mehrere Bogen Pergament bereitlagen. Anne nahm die Feder in die Hand und wartete, während Karl V. in einem Stapel Papieren blätterte und schließlich eines davon hervorzog.

»Das erste Schreiben geht nach Rom«, sagte er und warf ihr über den Rand des Schriftstücks einen spöttischen Blick zu, da er sie gerade dabei erwischte, wie sie an ihrer steifen Halskrause zupfte. »An den Kragen wird Sie sich noch gewöhnen, so wie alle. Ist Sie bereit?«

»Jawohl, Majestät«, erwiderte Anne und machte einen erneuten Hofknicks.

»So schreibe Sie denn: Córdoba, 1 aprile, Anno Domini 1544. Caro Signor de Medici …«

Karl V. sprach ein fließendes, akzentfreies Italienisch, sodass Anne kaum Mühe hatte, dem Diktat zu folgen. In dem Schreiben ging es um den Dank für eine Einladung und den Austausch einiger höflicher Floskeln. Nichts von staatsmännischer Bedeutung, keine Geheimnisse und gewiss auch nichts, das nicht bis morgen Zeit gehabt hätte. Ebenso war es mit Deutsch und Englisch, in denen er ihr die nächsten Briefe diktierte. Wahrscheinlich hätte er sogar normalerweise die Briefe mit eigener Hand geschrieben.

Das ist ein Test, dachte Anne, während Karl V. mit dem vierten Brief begann, diesmal auf Spanisch. Er will prüfen, ob ich wirklich so viel kann, wie ich behauptet habe. Dann folgte

Französisch. Anne begann zu schwitzen, und der eng sitzende steife Kragen kratzte an ihrem Hals. Der Kaiser bewies auch im Französischen eine geradezu bewundernswerte Aussprache und Wortgewandtheit. Allerdings war sie sich mit der Rechtschreibung nicht so sicher wie in den anderen Sprachen. Sie beherrschte schließlich nur das Französisch des 21. Jahrhunderts.

»So gib Sie mir die Briefe«, sagte Karl V., als sie den letzten Gruß geschrieben hatte.

Sie reichte ihm die Pergamente, und wie sie bereits geahnt hatte, studierte er sie mit der gleichen Aufmerksamkeit, mit der ein Lehrer eine Klassenarbeit korrigiert.

»Sie hat eine sehr angenehme, gut lesbare Schrift«, sagte er schließlich und nickte anerkennend. Wenn sie Fehler gemacht hatte, bemerkte er sie entweder nicht oder ging gnädig darüber hinweg. »Bescheidenheit ist eine Zier, mit der sich heutzutage leider nur noch wenige Menschen schmücken mögen. Es wurden Weltmeere durchkreuzt und neue Länder entdeckt. Die Welt ist groß geworden, und die Menschen wollen dabei mithalten. Deshalb ergehen sich die meisten viel lieber in Prahlerei, die allerdings kaum einer genaueren Prüfung standhält. So manche noch kurz zuvor gepriesene erstaunliche Fähigkeit löst sich dann von einem Augenblick zum nächsten in Luft auf. Es freut mich zu erkennen, dass Sie keineswegs übertrieben hat.«

Er lächelte. Es war ein sympathisches, herzliches Lächeln.

»Ich danke Euch für die freundlichen Worte, Majestät«, erwiderte Anne und machte einen Knicks.

»Lass Sie das mit diesem Knicksen«, sagte Karl V. und schüttelte den Kopf. »Wir sind hier nicht auf einem Hofball. Achtung, Demut und Ergebenheit sind eine Haltung des Geistes. Man erkennt sie wohl in den Augen eines Menschen, doch keinesfalls an seiner Körperhaltung. Wahrlich,

ich wünschte, mehr Untertanen würden das begreifen und sich auch daran halten.«

»Wie Eure Majestät wünschen.«

»So nimm Sie jetzt Platz«, sagte Karl V. auf Deutsch und deutete auf einen Stuhl, der seinem eigenen gegenüberstand. »Verzeihe Sie, wenn ich mich jetzt in Ihrer Gegenwart der deutschen Sprache bediene, aber es tut gut, endlich mal wieder Deutsch sprechen zu können. Bereits gestern wollte ich Sie danach fragen, aber leider fehlte mir die Gelegenheit. Wo hat Sie diese Sprache gelernt?«

»In meiner Heimat«, antwortete Anne und setzte sich. Der Kaiser überraschte sie. Er verhielt sich ganz anders, als sie es von einem Monarchen im 16. Jahrhundert erwartet hätte.

Er erinnerte sie sogar ein bisschen an Cosimo. Vielleicht fühlte auch Karl V. sich in seiner Zeit nicht wirklich zu Hause. »Ich wurde in Deutschland geboren.«

Ein Leuchten trat in seine Augen. »Und in welcher Stadt oder welcher Gegend stand Ihre Wiege?«

»In Hamburg«, antwortete sie bereitwillig. Weshalb auch sollte sie nicht so dicht wie möglich bei der Wahrheit bleiben?

»Hamburg? Eine reiche Stadt, unabhängig, stolz, eigenwillig, bisweilen sogar hochfahrend«, sagte Karl V. und sah sie nachdenklich an, als würde er überlegen, ob diese Eigenschaften wohl auf sie abgefärbt hatten. »Gestern sprach Sie davon, dass Sie von Ort zu Ort reist. Ist es sehr vermessen, wenn ich mich bei Ihr erkundige, welcher Natur das Schicksal ist, das Sie nach Córdoba verschlagen hat?« Anne holte tief Luft. »Vergib Sie mir meine Neugierde, aber es ist wahrlich selten, hier in dieser Gegend jemanden aus der Heimat zu treffen. So selten, dass man sofort alles über diesen Landsmann wissen möchte.«

»Das ist kein Problem für mich, Majestät. Allerdings gestehe ich ein, dass ich nur ungern darüber spreche, denn leider ist es ein unerfreuliches Schicksal. Ich habe meinen Mann verloren. Er starb durch die Hand eines gemeinen Mörders.«

»Das zu hören tut mir Leid«, sagte Karl V. Dann runzelte er die Stirn. »Und weshalb trägt Sie dann keinen schwarzen Schleier, wie Witwen es für gewöhnlich tun? Es würde Ihr so manche unangenehme, schmerzhafte Frage ersparen.«

»Ich will kein Mitleid, Eure Majestät. Ich kann und will für mich selbst sorgen. Und ich bin dem Mörder auf der Spur. Ich bin ihm bereits durch halb Europa gefolgt. Bis hierher. Bis nach Córdoba. Der Schleier wäre mir auf dieser Reise nur hinderlich gewesen. Deshalb habe ich ihn bereits vor einigen Jahren abgelegt.«

Karl V. neigte den Kopf zur Seite, und seine Augen wurden schmal.

»So wird Sie denn von Rache getrieben?«

Anne dachte einen Augenblick nach, dann schüttelte sie den Kopf. »Nein, Majestät, ich will keine Rache üben, das steht mir nicht zu. Ich hege nur den Wunsch, dass der Mörder meines Mannes die Strafe erhält, die er verdient hat, damit er anderen nicht das Gleiche antut wie mir.« Was letztlich auf dasselbe hinauskommt, fügte sie in Gedanken hinzu.

»So hat Sie nicht nur das Liebste auf Erden verloren, sondern zugleich Ihre Heimat«, sagte Karl V. leise. »Ich kann Sie gut verstehen. Und doch kann ich mein Schicksal nicht mit dem Ihren vergleichen, denn mir wurde mein Eheweib, meine teure Isabella, nicht durch die Hand eines abscheulichen Mörders entrissen. Es war der Wille Gottes, der sie im Kindbett sterben ließ wie unseren Sohn Johann. Sie folgte ihm nur wenige Tage später. Und trotzdem …« Er seufzte tief. »Dennoch fällt es mir bis zum heutigen Tag schwer, es zu verstehen. Der Wille des Herrn ist so unbegreiflich, dass ich mich auch heute noch oft nach dem Warum frage. Wie sehr jedoch würde ich mit Gott und meinem Schicksal hadern, wenn ein Mensch für Isabellas Tod verantwortlich gewesen wäre.«

Er blickte auf, und Anne sah, dass in seinen blauen Augen Tränen schimmerten. Am liebsten wäre sie aufgestanden und hätte ihn getröstet, aber das war natürlich unmöglich. Einen Kaiser nimmt man nicht einfach in den Arm. Armer Mann, dachte sie. Wir scheinen mehr als eine Gemeinsamkeit zu haben.

»Nun, genug der Trübsal«, sagte Karl V. und gab sich einen Ruck. »Lasse Sie uns stattdessen von Erfreulichem reden. Ihr Quartier entspricht Ihren Wünschen?«

»Ja, danke, Majestät, ich kann mich wahrlich nicht beklagen.«

»Sollte etwas fehlen, werde ich dafür sorgen, dass Sie es alsbald bekommt. Sie muss sich in der nächsten Zeit für mich bereithalten. Es wird viel für Sie zu tun geben, da ich wünsche, dass Sie mich zu den Ketzerprozessen begleitet, die morgen früh beginnen. Der Inquisitor hat seinen Schreiber neben sich, weshalb also sollte der Kaiser nicht auch durch einen Mann – oder eine Frau – seines Vertrauens unterstützt werden?«

Die Worte trafen Anne wie Peitschenhiebe aus heiterem Himmel. Sprachlos starrte sie den Kaiser an. Für einen kurzen Augenblick glaubte sie, sie hätte sich verhört. Immerhin sprach er kein modernes, sondern ein altmodisches Deutsch mit einem südlichen Akzent. Außerdem benutzte er manchmal Wörter, die vermutlich Dialekt waren oder einfach veraltet und im 21. Jahrhundert unbekannt. Ja, wahrscheinlich hatte sie den Kaiser nur nicht richtig verstanden.

»Was ist geschehen? Sie sitzt da und ist erstarrt wie Lots Frau«, sagte der Kaiser. »Hat Sie etwa die Sprache verloren?«

Nein, dachte Anne, die Sprache habe ich nicht verloren. Aber es kann doch nicht wahr sein, dass ausgerechnet ich zu diesen Prozessen gehen muss, bei denen auch Giacomo de

Pazzi anwesend ist. Es war einfach unglaublich. Offenbar war sie gerade mittendrin in einer Pechsträhne. Erst schickte Cosimo sie von seinem Landgut fort in die ihr völlig fremde Stadt zu Leuten, denen sie nicht willkommen war. Dann, gerade als sie begonnen hatte sich einzugewöhnen, wurde sie Juan Martinez' Haus wieder entrissen und zum Kaiser befohlen. Und um dem Ganzen nun die Krone aufzusetzen, war es ihrem neuen Arbeitgeber auch noch eingefallen, dass sie ihn als Schreiber zu den Ketzerprozessen begleiten sollte. Ausgerechnet sie. Karl V. schien das Ganze für eine gute Idee zu halten, doch sie konnte diese Meinung nicht teilen. Wie lange würde es wohl dauern, bis Giacomo begriffen hatte, wer sie war und wer sie geschickt hatte? Eine halbe Stunde? Zehn Minuten? Und dann? Würde er ihr und Cosimo die Inquisition auf den Hals hetzen? Giacomo de Pazzi war wahnsinnig. Ihm traute sie alles zu. Wenn sie morgen den Gerichtssaal betrat, konnten sie ihren ganzen Plan vergessen. Dann war es aus. Vielleicht sogar endgültig.

»Ich warte auf eine Antwort«, sagte der Kaiser, verschränkte die Arme vor der Brust und streckte sein Kinn vor. Der Ausdruck in seinen Augen wurde kühl. Anne wurde bewusst, dass ihr Schweigen als Frechheit ausgelegt werden konnte. Sie musste sich zusammenreißen und endlich etwas sagen. Beim Kaiser in Ungnade zu fallen war bestimmt nicht ungefährlicher als in Córdoba von Giacomo de Pazzi erwischt zu werden. Dabei hatte sie gerade angefangen zu glauben, dass sie ihre Arbeit für den Kaiser sogar genießen würde. Er war nett, sympathisch, ein Mann, mit dem man reden konnte.

Mach dich nicht lächerlich, dachte Anne. Du kannst nicht mit Karl V. reden, als wäre er einer deiner Kollegen aus der Redaktion. Er ist der Kaiser. Was er sagt, ist Gesetz. Du wirst dir schon etwas einfallen lassen müssen. Und lass es bitte schnell geschehen, bevor er seine Meinung ändert und dich einfach mit einem Fingerschnippen in den Kerker werfen lässt. Aber was um alles in der Welt sollte sie ihm sagen? Die Wahrheit? Sollte sie ihm etwa erzählen, dass ausgerechnet der Inquisitor der Mörder ihres Mannes war und dass sie ihm auf keinen Fall – zumindest noch nicht zu diesem frühen Zeitpunkt – begegnen wollte? Würde er ihr das glauben? Wohl kaum.

»Verzeiht, Majestät, aber ich …«, stammelte sie, während ihre Gedanken wie aufgescheuchte Hühner in ihrem Kopf herumflatterten. Fiel ihr denn gar nichts ein? Keine Ausrede wie »ich habe meine Tage«, »ich bin müde«, »Migräne«? Sie war doch sonst nicht auf den Mund gefallen. »Ich …«

Karl V. kniff die Augen zusammen. »Offenbar zieht Sie es vor, sich zu weigern«, sagte er mit eisiger Stimme. »Vielleicht scheut Sie die Anstrengung, die mit dieser Aufgabe verbunden ist? Ist Sie möglicherweise dem Laster der Faulheit verfallen?«

Anne schluckte. Das Gespräch nahm eine Wendung, die ihr überhaupt nicht gefiel. Ein falsches Wort, und sie würde für unbestimmte Zeit in einem feuchten Loch auf schmutzigem Stroh schlafen müssen.

»Majestät, bitte, ich …« Sie presste die Lippen zusammen. Dann sah sie dem Kaiser direkt in die Augen. Sie beschloss, an sein Mitgefühl zu appellieren. Er war doch bisher so freundlich, so verständnisvoll gewesen. Bestimmt erzählte er nicht jedem seiner Untergebenen von dem Kummer, den der Tod seiner Frau ihm immer noch bereitete. »Ich bitte Euch von ganzem Herzen, Majestät, lasst diesen Kelch an mir vorübergehen. Nehmt mich nicht mit ins Gericht. Es ist nicht die Arbeit, die ich scheue, keineswegs, aber …« Sie schüttelte den Kopf und senkte den Blick. »Es tut mir Leid, aber ich kann nicht. Vergebt mir meine Aufrichtigkeit, aber in meinen Augen handelt es sich bei diesen Prozessen um ein makabres, entsetzliches Schauspiel, und allein der Gedanke, daran teilnehmen zu müssen, widert mich an.«

»Ich verstehe«, sagte er langsam, doch seine Stimme klang nicht einen Deut freundlicher. »Ich kann Sie wirklich gut verstehen. Nur wenige Männer und Frauen in meinem Reich bleiben von diesen Prozessen und der anschließenden Urteilsvollstreckung unberührt oder sehnen sie gar herbei. Dennoch würde es keiner von ihnen jemals wagen, sich einer solchen Aufgabe zu entziehen, wenn sie ihm auferlegt wurde. Oder sich gar dem Willen des Kaisers zu widersetzen.«

Anne sah auf. Sie wagte kaum zu atmen. Jetzt ist es geschehen, dachte sie. Jetzt hast du deine Sympathien verspielt.

»Majestät, bitte, so ist es nicht, es ist nur ...«

»Ihr ist doch gewiss klar, dass ich niemals zulassen werde, dass ein Schreiber, möge er auch noch so fähig und begabt sein, seine Wünsche über die des Kaisers stellt«, fiel er ihr ins Wort. »Ich bin der Kaiser. Es ist mein Wille, dass Sie mich morgen zu diesem Prozess begleitet. Und deshalb wird Sie es tun.«

Seine blauen Augen blitzten wie Eiskristalle. Anne schluckte. Jetzt konnte sie verstehen, wie es ein Mann wie Karl V. schaffte, ein derart großes Reich zu regieren. Wenn er wollte, konnte er nicht nur streng und unerbittlich sein, sondern sogar Angst und Schrecken um sich herum verbreiten. Trotzdem wollte sie sich noch nicht geschlagen geben. Schließlich stand viel mehr auf dem Spiel als ihr eigenes Wohlbefinden. Wenn Giacomo de Pazzi das Drachenöl nicht einnahm, würden in den kommenden Jahrzehnten so viele Menschen sterben, dass sich dagegen ihre Angst vor Kerker und Verbannung geradezu lächerlich ausnahm.

»Majestät, ich flehe Euch an ...«

»Falls Sie es immer noch nicht verstanden hat«, schnitt ihr Karl V. das Wort ab, »dies ist ein Befehl. Auch wenn Sie offenbar mit den Gepflogenheiten des Hofes nicht vertraut ist, so wird Ihr doch gewiss schon zu Ohren gekommen sein, was mit jenen geschieht, die einem Befehl des Kaisers nicht gehorchen. Ganz gleich, ob Mann oder Weib.« Langsam stieß er die Luft aus und stand auf. »Sie darf sich zurückziehen«, sagte er und hob dabei den Kopf so, dass er sie von oben herab ansah. »Morgen früh wird ein Lakai Sie abholen und zum Gerichtssaal bringen. Bis dahin bleibt Sie in Ihrem Gemach, falls ich Ihre Dienste nochmals benötige.«

Er nickte Anne kurz zu und wedelte einmal mit der Hand, als wollte er sie fortscheuchen wie eine lästige Fliege. Anne stand auf und ging davon. Eigentlich hätte das Benehmen des Kaisers sie wütend machen müssen, aber sie war nicht wütend. Tatsächlich spürte sie nichts als Angst. Eine Angst, die sich mit jedem Schritt weiter steigerte, bis sie schließlich zur Panik angewachsen war. Während sie den Gang entlang zu ihrem Schlafgemach schlich, jagten sich in ihrem Kopf die Gedanken. Sie konnte nicht zu dem Prozess gehen. Das war unmöglich! Aber was sollte sie tun? Natürlich mit Bartolomé sprechen. Das war das Erste, was ihr einfiel. Und sicher wäre es auch das Beste gewesen. Der Zigeuner hätte ihr bestimmt einen guten Rat geben oder Cosimo zu Hilfe rufen können. Die Sache hatte nur einen Haken – sie hatte Hausarrest. Sie durfte den Bischofspalast nicht verlassen – der Kaiser hatte es ihr ausdrücklich verboten. Und so, wie er sich zum Schluss ihr gegenüber verhalten hatte, würde er bestimmt einen Wachposten vor ihre Schlafzimmertür stellen. Da sie aber noch niemanden im Bischofspalast so gut kannte, dass sie ihm vertrauen konnte, war es ihr noch nicht einmal möglich, Bartolomé einen Brief zu schicken. Welche Mittel und Wege blieben ihr noch? Sie konnte sich morgen verkleiden, sich schminken oder sich verschleiern, sodass Giacomo sie nicht erkennen würde. Aber wie sollte sie dem Kaiser eine solche

Maskerade erklären? Sie selbst hatte ihm schließlich noch vor wenigen Augenblicken gesagt, weshalb sie den Witwenschleier ablehnte. Wie sie es auch drehte und wendete, es schien keinen Ausweg zu geben. Karl V. würde sie zu diesem Prozess mitnehmen, und wenn er sie an den Haaren hinter sich herschleifen musste. Es war sein Wille, und so sollte es auch geschehen. Und dann würde sie unweigerlich Giacomo begegnen. Giacomo de Pazzi, dem Mörder von Giuliano de Medici, von Rashid und zahllosen weiteren Menschen. Und es würden noch viel mehr werden.

Es ist noch nicht einmal Mittag, dachte Anne und sah einen Jungen mit weißer Mütze und Schürze, der einen Korb voller goldgelber Brote trug. Sie waren offenbar ganz frisch, denn sie dampften noch, und im Vorbeigehen stieg ihr der köstliche Brotduft in die Nase. Nein, es war noch nicht Mittag. Die Glocken der Kathedrale, die sich neben dem Bischofspalast befand, hatten noch nicht geläutet, und die Brote wurden bestimmt in der Küche für das Mittagsmahl von Kaiser und Bischof gebraucht. Sie hatte noch etwas Zeit – sechzehn, zwanzig, mit ein bisschen Glück sogar vierundzwanzig Stunden. In dieser Zeit konnte eine Menge geschehen.

Alles, dachte Anne, alles was ich brauche, ist ein Wunder.

Du bist verloren, Mädchen

Karl V. war auf dem Weg, seine Mutter zu besuchen. Gemeinsam mit seiner Tante Margarete und einem der Aufseher folgte er dem langen, von einigen Fackeln erleuchteten Gang. Sie gingen vorbei an ungezählten Türen, die mit dutzenden von Riegeln und Schlössern versperrt waren, damit auch wirklich keiner der Insassen seine Zelle je wieder aus eigener

Kraft verlassen konnte. Aus diesen Zellen drangen vielfältige Geräusche – qualvolles Stöhnen, animalisches Grunzen, hysterisches Gelächter und menschliche Stimmen. Viele Stimmen, die miteinander zu reden schienen, zum Teil in Sprachen, die gewiss in keinem Land der Welt gesprochen wurden. Die Neugierde und die Faszination des Schrecklichen trieben ihn, wenigstens eine dieser kleinen Luken, die sich in der Mitte jeder Tür befanden, zu öffnen, um zu sehen, wer oder was sich dahinter verbarg. Dann wieder wurde seine Angst vor den gespenstischen Lauten so groß, dass er sich eng an seine Tante klammerte. Schließlich kamen sie an die letzte Zellentür. Sie war verschlossen, als würde dahinter ein feuerspeiender Drache hausen, und jemand hatte offenbar zum Schutz gegen das Böse mit weißer Kreide Kreuze darauf gemalt. Der Aufseher öffnete die Tür, und er betrat die dunkle Zelle. Aus einem kleinen Loch in der Wand fast in Deckenhöhe kam ein einziger dünner Sonnenstrahl und erhellte eine magere, in ein langes Hemd gekleidete Gestalt.

Seine Mutter.

Das graue Haar hing ihr in langen dünnen Strähnen vom Kopf, der eher einem Totenschädel denn dem Kopf eines lebenden Menschen glich. Sie stand regungslos da und sonnte sich in dem Licht. Sie schien ihn nicht zu bemerken, und er wollte bereits wieder gehen, als ihm auffiel, dass er allein mit seiner Mutter war. Ein entsetztes Keuchen entrang sich seiner Brust, und im selben Augenblick kam Leben in die dürre Gestalt. Mit ausgestreckten Händen und einem Schrei, der kaum noch etwas Menschliches hatte, stürzte sie sich auf ihn. Sie zog ihn an den Haaren, riss an seinen Kleidern, versuchte ihm ihre Hände um den Hals zu legen und ihm in die Kehle und das Gesicht zu beißen. Er schrie und hämmerte gegen das Holz der Tür, bis sie endlich aufgerissen wurde, zwei starke Arme ihn packten und ihn wieder in den Gang zogen. Dumpf schlug die Zellentür hinter ihm zu, und seine Tante streichelte ihm über den Kopf. Sie sah traurig aus, Tränen liefen ihr übers Gesicht. Sie sagte etwas, aber er konnte es nicht hören. In seinen Ohren rauschte es, als würde er an der Küste stehen, an der die Wellen des Meeres gegen steile, schroffe Felsen brandeten. Dann gingen sie den Weg wieder zurück. Doch bei der nächsten Zellentür blieb er stehen. Seine Neugierde war zu groß. Und was konnte schlimmer sein als das, was er soeben erlebt hatte? Er öffnete die Luke und sah hinein. In der Zelle saß er selbst, angekettet, mit wirren Haaren. Er warf seiner Tante einen Blick zu, und sie nickte stumm. Hatte sie es gewusst? Keuchend vor Entsetzen lief er zur nächsten Tür. Auch dort starrte ihm mit irrem Blick sein eigenes Gesicht entgegen. Und bei der nächsten wieder. Und wieder. Und wieder.

Er rannte den ganzen Gang entlang und öffnete Luken, unzählige Luken, es wurden immer mehr, als hätte sich der Flur ausgedehnt, als wäre er länger geworden. Und hinter jeder einzelnen Luke sah er immer sich selbst. Schließlich hielt er das Entsetzen nicht mehr aus, es schien ihn von innen heraus auseinander reißen zu wollen, und er begann zu schreien. Er schrie und schrie, bis er glaubte an diesem Schrei ersticken zu müssen.

Karl V. erwachte keuchend und setzte sich mit einem Ruck im Bett auf. Sein Nachtgewand war durchnässt, und das Haar klebte in feuchten Strähnen auf seiner Stirn. Mit zitternden Händen schob er die schwere Daunendecke zur Seite, die sich klamm anfühlte und ihm kalte Schauer über den Rücken jagte, als hätte sie während der Nacht in einem dunklen Pfuhl voller Wasserleichen gelegen.

Karl V. erhob sich aus dem Bett, stieg in seine warmen, mit Fell ausgeschlagenen Pantoffeln und ging zum Kamin. Die Nacht konnte noch nicht weit fortgeschritten sein, denn das

Feuer brannte immer noch lustig vor sich hin, und er spürte die wohlige Wärme. Aber er wusste, dass es lange dauern würde, bis die Wärme auch das von kaltem Schweiß durchtränkte Nachtgewand getrocknet und die eisige Grabeskälte vertrieben hatte, die als Folge dieses Nachtmahrs in seinen Knochen steckte.

Fröstelnd ließ er sich auf die Knie sinken und streckte seine Hände dem Feuer entgegen. Sie zitterten immer noch von dem entsetzlichen Albtraum. Seit seiner Kindheit verfolgte er ihn in unregelmäßigen Abständen, meist dann, wenn irgendeine Entscheidung oder Handlung sein Gewissen belastete. Fast so schlimm wie der Traum selbst war der damit verbundene quälende Gedanke, dass er zumindest teilweise der Wahrheit entsprach.

Johanna von Kastilien, das war seine Mutter. Und wenn es nach dem Willen seiner Tante Margarete gegangen wäre, hätte er wohl nie erfahren, dass seine Mutter auch den Beinamen »die Wahnsinnige« trug. Doch so umsichtig seine Tante auch gewesen sein mochte, sie konnte ihn nicht vor allem beschützen. Und als er im Alter von neun Jahren durch Zufall von der Geisteskrankheit seiner Mutter gehört hatte, war er so erschüttert gewesen, dass er beinahe selbst den Verstand verloren hätte. Schweren Herzens hatte Tante Margarete sich dazu entschlossen, ihn zu einem Besuch in die Anstalt mitzunehmen, in der seine Mutter lebte. Und so hatte er sie zum ersten Mal bewusst gesehen – dünn und ausgemergelt, weggesperrt in einer Zelle, damit sie weder sich selbst noch anderen Schaden zufügen konnte. Es war eine Anstalt ähnlich der in seinen Albträumen gewesen. Natürlich waren die Flure nicht so lang und düster gewesen. Und seine Mutter war auch nicht gewalttätig geworden. Im Gegenteil, sie hatte in ihrer Zelle auf dem Boden gekauert, mit stumpfem Gesichtsausdruck ihren Körper vor und zurück gewiegt und dazu eine

Melodie gesummt, die nicht von dieser Welt zu kommen schien. Ihn, ihren Sohn, hatte sie nicht erkannt. Er konnte nicht einmal feststellen, ob sie ihn überhaupt bemerkte. Er erinnerte sich noch genau daran, wie Bilder seiner Mutter durch seinen Kopf gegangenen waren – Erinnerungen an längst vergangene Zeiten, an Spiele, an Lieder, an eine fröhliche, lachende warme Frau, die ihn auf ihren Armen trug, die er geliebt hatte. Gleichzeitig hatte er beobachtet, wie Tante Margarete mit dieser dürren Gestalt gesprochen, ihr das Gesicht gestreichelt und das lange graue Haar gekämmt hatte. War diese fremde, schwachsinnige Frau, der nicht einmal ein Lächeln zu entlocken war, war das wirklich seine Mutter? Danach hatte er sich nächtelang mit Albträumen herumgeschlagen. Und bei Tag hatte ihn nur eine Frage beschäftigt. Sie ist deine Mutter – wirst du jetzt auch wahnsinnig?

Er war ebenso wenig wahnsinnig geworden, wie sich der Zustand seiner Mutter im Laufe der Jahre, im Laufe ungezählter Besuche in der Anstalt gebessert hatte. Aber der Traum kam immer wieder. In unregelmäßigen Abständen, wie eine Mahnung, dass nichts auf dieser Welt sicher war. Warum hatte der Albtraum ihn ausgerechnet in dieser Nacht heimgesucht? War es etwa wegen dieser Señora Anne, die sich weigern wollte, zu dem Ketzerprozess zu gehen?

Er rieb sich die kalten Hände. Wenigstens die Fingerspitzen wurden allmählich warm, während er an das Gespräch mit der Schreiberin zurückdachte. Sie war eine kluge, gebildete Frau. Sie hatte ihren Mann auf furchtbare Weise verloren und gewiss im Laufe der vergangenen Jahre auf ihren Reisen durch Europa viel durchgemacht. Als sie ihn darum gebeten hatte, ihn bei den Prozessen nicht begleiten zu müssen, war sie aufrichtig gewesen. Aufrichtigkeit wünschte er sich von seinen Untertanen und Vertrauten. Sollte er sie nun wirklich dafür bestrafen, dass sie ihm die Wahrheit gesagt hatte? Sollte er sie wirklich zwingen, ihn zu dem Prozess zu begleiten? Zu einem Prozess, dem er selbst am liebsten ferngeblieben wäre, wenn er nur die Möglichkeit gehabt hätte? Auch ihn widerten diese Prozesse an. Und wenn er gekonnt hätte, würde er anstatt morgen in den Gerichtssaal zu gehen lieber den ganzen Tag mit der Falkenjagd verbringen. Wenn er die Wahl gehabt hätte, würde er sich jetzt vermutlich noch nicht einmal in Córdoba aufhalten, sondern immer noch in Toledo weilen und dort seinem geliebten Sohn Philipp zur Seite stehen. Aber er hatte keine Wahl.

Aha, dachte er und runzelte verärgert die Stirn, da kommen wir der Sache doch schon näher. Du beneidest diese Frau, diese Schreiberin und Witwe, tatsächlich um ihre Freiheit. Das macht dich hart, unerbittlich, ja, sogar ungerecht. Du verlangst nach Ehrlichkeit, und sobald einer deiner Untertanen deinen Wunsch erfüllt, das Ergebnis jedoch nicht deinen Vorstellungen entspricht, bist du beleidigt. Aber dieses kleinliche Gebaren ist eines gerechten Herrschers nicht würdig. Du solltest dich wirklich schämen.

Einen Augenblick starrte er noch in das Feuer, dann kehrte er dem Kamin den Rücken zu, zog sich rasch seinen Morgenrock über und begab sich in das Arbeitszimmer zum Schreibtisch. Hastig schrieb er ein paar Zeilen, dann faltete er das Pergament zusammen, versiegelte es und klingelte nach einem Diener.

Anne ging in ihrem Zimmer auf und ab. Den ganzen Nachmittag und die ganze Nacht hatte sie gegrübelt, sich den Kopf zermartert, gebetet, auf ein Wunder gehofft und war dabei kreuz und quer durch ihr Zimmer gelaufen, doch nichts war geschehen. Kein rettender Geistesblitz hatte das Dunkel, das sich wie ein schweres Gewitter um sie herum zusammenzuziehen schien, erleuchtet.

Schon wieder eine Nacht, in der ich keinen Schlaf finde, dachte sie. Wenn das so weitergeht, werde ich in der kurzen Zeit hier noch um Jahrzehnte altern. Eine Textzeile aus einem Song der Doors spukte in ihrem Kopf herum, und sie hörte Jim Morrison singen: »You're lost, little girl ...«

Ja, da war etwas dran. Wenn ihr nicht bald einfiel, wie sie Giacomo aus dem Weg gehen konnte, war sie verloren. Dann brauchte sie sich um ihr Alter keine Sorgen mehr zu machen. Dann würde sie so jung sterben, wie sie jetzt war. Sollte sie sich vielleicht morgen einfach krank stellen? Nach dieser Nacht würde sie ohnehin aussehen wie eine Leiche. Aber würde Karl V. ihr das auch abkaufen? Er war so unerbittlich gewesen, so streng. Konnte sie auf Milde hoffen? Oder würde er sie selbst todkrank noch in den Gerichtssaal schleifen?

Es klopfte. Anne fuhr erschrocken herum und starrte die Zimmertür an, als würde dort jeden Moment der Scharfrichter mit seinem Beil erscheinen, um sie zur Strafe für ihren Ungehorsam hinzurichten. So früh?, schoss es ihr durch den Kopf. Wollte man sie etwa schon jetzt holen? Es war doch noch mitten in der Nacht. Sie war noch nicht so weit. Sie brauchte noch Zeit, sie ...

»Señora?«

Ich sage nichts, ich bleibe einfach stumm. Wenn der da draußen glaubt, dass ich tief und fest schlafe, geht er vielleicht wieder. Zum Glück hatte sie die Tür von innen verriegelt. Man würde sie schon aufbrechen müssen, um zu ihr vorzudringen. Und ob der Kaiser das wirklich tun würde, wagte sie dann doch zu bezweifeln.

»Señora?« Es wurde wieder geklopft, diesmal schon lauter. »Señora? Öffnet!« Anne schloss die Augen.

Du kannst dem nicht entrinnen. Wenn der Lakai mit seinem Auftrag keinen Erfolg hat, wird ein anderer kommen.

Und nach ihm wieder einer. Und früher oder später musst du diesen Raum verlassen. Wie du es auch anstellst, du bist verloren, Mädchen. Also mach schon, bring es hinter dich. Sie räusperte sich.

»Ja?«

»Ich habe einen Brief für Euch, Señora«, hörte sie die Stimme auf der anderen Seite der Tür sagen.

»Einen Brief?« Wer konnte ihr denn einen Brief schreiben? Außer Juan wusste niemand, wo sie sich jetzt aufhielt. Bartolomé? Hatte Juan dem Zigeuner mitgeteilt, was geschehen war? Anne eilte zur Tür, schob den Riegel zurück und öffnete.

Vor ihr stand ein junger Diener. Schüchtern hielt er ihr ein versiegeltes Pergament hin.

»Ein Brief von Seiner Majestät, Señora.«

Einen Augenblick lang war Anne sprachlos. Alles, aber das hatte sie nun wirklich nicht erwartet. Mitten in der Nacht schrieb der Kaiser ihr einen Brief. Was konnte er nur von ihr wollen? Dieser Mann schien wirklich seltsame Launen zu haben.

Hastig brach sie das Siegel und faltete das Pergament auseinander. Es waren nur wenige Zeilen auf Deutsch, geschrieben in einer charaktervollen, aber schlecht leserlichen Handschrift.

» ... Verehrte Señora Anne, vergebt mir die Störung, ich wollte Euch nur mitteilen, dass ich meine Entscheidung geändert habe und Ihr mich morgen nicht in den Gerichtssaal zu begleiten braucht. Ich schätze Eure Aufrichtigkeit, und Eure Gründe kann ich nachvollziehen.

Kaiser Karl V.«

Anne las den Brief zweimal, um sich zu vergewissern, dass sie das Schreiben nicht falsch verstand, dann sah sie den Diener an.

»Du brauchst nicht zu warten«, sagte sie und strich sich das Haar aus dem Gesicht. »Seine Majestät erwartet keine Antwort. Solltest du jedoch dem Kaiser noch in dieser Nacht begegnen, so richte ihm meinen ergebensten Dank aus.«

Der Diener wirkte erleichtert. Anscheinend war er durch den Befehl des Kaisers mitten aus dem Schlaf gerissen worden und freute sich nun darauf, früher als erwartet wieder in sein Bett zurückkehren zu können. Er verbeugte sich und eilte davon. Anne schloss die Tür sorgfältig und schob wieder den Riegel vor. Sie fühlte sich plötzlich leicht und frei, sie hätte singen mögen. Das war das Wunder, auf das sie die ganze Zeit gehofft hatte. Es war wirklich geschehen, ihre Gebete waren erhört worden.

Voller Erleichterung und Dankbarkeit sank sie auf das Bett. Sie hielt den Brief immer noch in der Hand und las ihn zum dritten Mal. Der Kaiser war von der unpersönlichen, etwas unwürdig klingenden Anrede in der dritten Person Singular abgewichen. War das nur ein Versehen, weil er den Brief mitten in der Nacht geschrieben hatte, oder wollte er damit seine Achtung vor ihr zum Ausdruck bringen? Sie holte tief Luft und spürte, wie sich ihre Wangen erwärmten. Plötzlich merkte sie, dass der Gedanke, der Kaiser könnte sie ebenfalls sympathisch finden, freute.

Fang mich auf

Träge und teilnahmslos saß Anselmo vor der Hazienda, kaute auf einem Strohhalm und genoss die Sonnenstrahlen, die ihm das Gesicht wärmten. Kein Stall musste ausgemistet, kein Tier gefüttert werden, und die Arbeit im Haus war ebenfalls getan. Die Pferde grasten friedlich auf der Weide, die

Hühner und Gänse scharrten auf dem Hof nach Körnern, Würmern und Grashalmen. Manchmal wehte ein leichter, frischer Wind um die Ecke des Hauses, gerade eben so kräftig, dass er ihm die warmen Wangen kühlte, aber nicht stark genug, um ihm Staub ins Gesicht zu blasen. Alles war friedlich, alles war still, alles war …

Langweilig. Einfach langweilig.

Lustlos verscheuchte Anselmo eine Fliege, die sich auf seine Stirn setzen wollte. Cosimo ließ sich in der letzten Zeit selten blicken, Teresa kam auch nur samstags vorbei, wenn Mutter Maddalena keine Aufgabe für sie hatte, und seit Señora Anne nach Córdoba gegangen war, gab es hier für ihn noch weniger zu tun als zuvor. In seiner Verzweiflung und Langeweile hatte er den Kamin gekehrt und die Böden geschrubbt. Auf den Möbeln hatte nicht das kleinste Körnchen Staub gelegen, und die Töpfe und Pfannen hatten blitzblank an ihren Haken in der Küche gehangen. Seitdem konnte er nur noch den Grashalmen beim Wachsen und den Tieren beim Fressen zusehen.

Anselmo seufzte und verlagerte sein Gewicht. Mittlerweile machte die Untätigkeit ihn schläfrig und lethargisch. Er hatte aufgehört das Haus zu putzen oder sich selbst Mahlzeiten zu kochen. Wenn er Hunger hatte, stieg er in die Speisekammer hinunter und schnitt sich ein Stück Brot und etwas Schinken ab. Und er sah tatenlos zu, wie sich der Staub erneut auf den Möbeln niederließ. Die einzigen Gewohnheiten, die er noch nicht abgelegt hatte, war das allmorgendliche Rasieren und sorgfältige Ankleiden – schließlich konnte Teresa unerwartet zu Besuch kommen, und er wollte ihr nicht wie ein Strauchdieb vor die Augen treten. Doch gewiss würde er sich bald auch dazu nicht mehr aufraffen können. Der Müßiggang war wie ein langsam wirkendes lähmendes Gift. Er konnte kaum noch denken. Irgendwann würde er nicht mehr gehen können. Dann musste er auf dieser Bank vor der Hazienda sitzen bleiben, bis er schließlich eines Tages auch zu faul wäre zu atmen.

Manchmal ertappte er sich dabei, wie er darüber nachdachte, einfach die Hazienda zu verlassen und nach Córdoba zu gehen. Nicht für immer natürlich. Nie und nimmer hätte er Cosimo im Stich gelassen. Nein, nur für einen Tag. Oder vielleicht zwei. Er sehnte sich nach dem Trubel der Stadt, den überfüllten Märkten, wo sich die Menschen so eng aneinander drängten, dass es ein Leichtes war, ihnen ihre prall gefüllten Geldbeutel aus den Taschen zu ziehen. Er sehnte sich nach dem Duft von Gewürzen, der Musik der Spielleute, dem Klang der Flöten und Trommeln, dem Anblick der Gaukler in ihren bunten Kostümen. Fast sein ganzes Leben hatte er in Städten verbracht. Dieses beschauliche, geruhsame Leben auf dem Land war nichts für ihn. Die klare reine Luft schmeckte nach Gras, nach Kräutern, nach Mist und Pferden – flüchtig und dünn wie eine etwas zu wässrig geratene Suppe. Sie machte ihn nicht satt. Und sie konnte sich nicht mit der Stadtluft vergleichen, die schwer war von den menschlichen Ausdünstungen und den Düften aus zahlreichen Küchen, die sich mit den Dämpfen der Waschhäuser, Seifensieder und Gerber in den engen Straßen zu einem dicken Duftbrei mischten. Ja, er würde einfach in die Stadt gehen, Menschen sehen, Märkte besuchen. Vielleicht einem Händler ein Säckchen Safran oder einem Edelmann die Geldbörse stehlen, wieder einmal dieses erregende, prickelnde Gefühl der Gefahr genießen und dabei spüren, dass er lebte. Cosimo war nicht da, Pferde und Geflügel sorgten für sich selbst, und die Hazienda lief nicht weg. Was sollte schon passieren, wer sollte ihn vermissen?

Doch jedes Mal, wenn er daran dachte, fortzugehen, hatte schließlich sein Pflichtgefühl gesiegt, und er war geblieben. Wenigstens bis jetzt.

Anselmo stöhnte träge und schob sich den Hut ins Gesicht, sodass ihn die Sonnenstrahlen nicht mehr blenden konnten. Wenn nicht Bartolomé und seine Leute gewesen wären, die auf einer der abgelegenen Weiden ihr Lager aufgeschlagen hatten und ihn in unregelmäßigen Abständen besuchten, er wäre wahrscheinlich schon längst gestorben – erstickt an Langeweile und Überdruss.

Er döste ein und träumte von wild dahingaloppierenden Zigeunern. Es waren mehrere Männer und Frauen, vielleicht ein halbes Dutzend. Seltsam war nur, dass eine der Frauen in geradezu verblüffender Art Teresa glich. Und sie hatte auch Teresas Stimme. Sie rief seinen Namen wieder und wieder, während sie über den Hof galoppierte. Immer wieder rief sie …

»Anselmo! Anselmo!«

Jemand packte seinen Arm. Anselmo fuhr erschrocken auf und fiel von der Bank.

»So ein Faulpelz! Schläft am helllichten Tag. Nun mach schon, steh auf!«

Anselmo blinzelte gegen das blendende Sonnenlicht an. Tatsächlich, vor ihm stand Teresa mit in die Hüften gestemmten Armen und lachte über das ganze Gesicht. Erst allmählich begriff Anselmo, dass sie ihn auslachte. Er runzelte die Stirn.

»Ich muss wohl etwas eingenickt sein«, sagte er und rappelte sich mühsam auf. »Die Erschöpfung hat mich einfach übermannt und …«

Teresa lachte jetzt laut und herzhaft, und er gab es auf, sich zu rechtfertigen. Mochte sie doch von ihm denken, was sie wollte.

»Was tust du hier?«, fragte er, während er den Staub von seinen Kleidern klopfte. Dass seine Stimme dabei ungewöhnlich barsch klang, schien Teresa nicht zu stören.

»Es ist Samstag, mein Lieber«, sagte sie mit einem breiten

Lächeln. »Und wie jeden Samstag bringe ich dir Brot, Milch, Käse und frische Kräuter.« Sie deutete auf ein großes Bündel zu ihren Füßen. »Mit einem besonders herzlichen Gruß von Mutter Maddalena an deinen Vater.«

»Der ist nicht da«, brummte Anselmo. Er war immer noch verstimmt, aber Teresas Anblick und der verlockende Duft von Mutter Maddalenas köstlichen Brotlaiben besänftigten ihn. Er hob das in grobes Tuch eingeschlagene Bündel vom Boden auf und warf es sich über die Schulter. »Willst du reinkommen? Wir könnten etwas essen, ein wenig plaudern, oder vielleicht … Ich meine, wenn du schon mal hier bist.«

Ein Funkeln trat in Teresas schöne dunkle Augen. Sie legte ihre Hand zärtlich um seinen Nacken und küsste ihn.

»Ich dachte schon, du fragst mich nie.«

Gemeinsam betraten sie das kühle, stille Haus. Sie waren gerade auf dem Weg nach oben, um sich in Anselmos Schlafzimmer zurückzuziehen, als erneut Hufgetrappel auf dem Hof zu hören war.

»Verdammt!«, rief Anselmo verärgert aus. »Tagelang lässt sich niemand blicken, und ausgerechnet jetzt …« Er runzelte zornig die Stirn. »Ich sehe mal nach, wer das ist. Du wartest hier!« Er gab Teresa einen Kuss und sprang mit großen Sätzen die Treppe hinab. Doch als er sah, wer gekommen war, blieb er mitten auf der Türschwelle wie angewurzelt stehen. »Cosimo!«, rief er überrascht aus. »Was ist …«

»Mein treuer Anselmo!«, rief Cosimo und sprang vom Pferd. »Es ist bald so weit. Es fehlt nicht mehr viel, und das Drachenöl ist fertig.« Mit langen Schritten ging er auf Anselmo zu, schüttelte ihm beide Hände, klopfte ihm auf die Schultern und zog ihn an sich. Dabei strahlte er über das ganze Gesicht, seine Wangen hatten eine rosige Farbe, und seine Augen leuchteten, als wäre ihm einer der Erzengel begegnet. Dann stürmte er ins Haus. »Allerdings brauche ich jetzt ein paar von den Pflanzen. Wo …« Sein Blick glitt die Treppe hinauf. Er nickte Teresa kurz zu, als wäre er keinesfalls überrascht, sie hier auf der Treppe zu den Schlafgemächern zu finden, dann durchstreifte er mit langen Schritten das Haus. »Anselmo! Warum sind die Pflanzen nicht hier im Haus? Wo sind sie? Hast du sie weggebracht? Anselmo?«

Anselmo schluckte. Jetzt war es so weit. Wie sollte er es Cosimo nur beibringen, wie sollte er ihm erklären, dass …

»Anselmo, warum antwortest du nicht?«

Cosimo kam in die Halle zurück. Noch strahlte sein Gesicht, noch freute er sich über den bevorstehenden Triumph, noch glaubte er, dass das Drachenöl bald fertig sein würde, dass schon bald Giacomo de Pazzi Geschichte sein würde und sie selbst endlich frei sein würden. Frei. Cosimo sah so glücklich aus, so freudig erregt, wie er ihn schon lange nicht mehr gesehen hatte. Seit Ewigkeiten nicht mehr. Anselmo schloss die Augen wie ein kleines Kind beim Versteckenspielen. Wenn ich nichts sehe, sieht man mich auch nicht. Wenn ich das Unglück nicht wahrnehme, findet es mich nicht …

»Anselmo? Was ist mit den Pflanzen? Wo sind sie?« Cosimos Stimme hatte plötzlich einen drängenden Klang. »Sag mir die Wahrheit.«

Leugnen ist zwecklos, dachte Anselmo unglücklich. Er kennt mich viel zu gut. Er würde jede Ausrede, jede Lüge sofort durchschauen. Aber warum musste gerade er dem Menschen, den er am meisten liebte und verehrte auf dieser Welt, den größten Kummer bereiten?

»Sie sind verwelkt«, sagte er leise.

»Was hast du gesagt, Anselmo? Sprich lauter, ich kann dich nicht verstehen!«

Anselmo sah Cosimo in die Augen. Sein Gesicht war bereits blass, seine Nasenflügel bebten. Anscheinend hatte er doch verstanden.

»Alle Pflanzen sind eingegangen, Cosimo. Sie sind verwelkt. Vertrocknet.«

»Das ist nicht wahr!«, schrie Cosimo. Dann packte er Anselmo bei den Schultern und schüttelte ihn. »Du hast sie vertrocknen lassen, du hast sie nicht richtig gepflegt! Du bist schuld ...«

»Nein, Cosimo, das ist nicht wahr!« Verzweifelt versuchte Anselmo sich aus Cosimos Griff zu befreien. »Ich habe alles getan, was ich konnte. Aber sie sind einfach verwelkt. Vielleicht waren sie schon zu alt. Sie haben geblüht und Samen bekommen, und danach sind sie eingegangen. Es war wirklich nicht meine Schuld. Ich ...«

Er hielt inne. Cosimo ließ die Arme sinken, die Schultern, den Kopf. Es sah aus, als hätte ihm jemand das Rückgrat gebrochen.

»Verzeih mir, Anselmo, du hast Recht. Nicht dich trifft die Schuld, sondern mich. Mich ganz allein. Ich habe einfach zu lange gebraucht«, flüsterte er. »Ich habe nicht sorgfältig genug gearbeitet. Ich habe mir zu viel Zeit gelassen und dadurch den richtigen Moment verpasst. Und jetzt ist es aus.« Kraftlos ließ er sich auf einen Stuhl sinken und stützte den Kopf in die Hände. Sein Gesicht war weiß wie eine frisch gekalkte Wand. Seine Lippen hatten jede Farbe verloren. »Es ist aus, Anselmo. Vorbei. Wir haben das Spiel verloren.«

»Nein! Nein!« Anselmo fiel vor Cosimo auf die Knie. Er nahm die schmale Hand seines Herrn in seine eigene. Sie war erschreckend kalt, so als wäre Cosimo in Wahrheit bereits gestorben. »Es gibt bestimmt noch Hoffnung. Wir müssen nur ...« Die Gedanken wirbelten durch seinen Kopf wie die Bälle eines Jongleurs. »Ich habe die Samen eingesammelt und alle in einem Tongefäß aufbewahrt. Wir können sie erneut aussäen. Wir können neue Pflanzen züchten.« Und warum hast du das nicht schon längst getan, du Nichtsnutz von einem Narren?, fügte er in Gedanken hinzu. Am liebsten hätte er sich selbst geohrfeigt, sich an den nächsten Pfahl gebunden und ausgepeitscht. So viele Stunden und Tage hatte er mit sinnlosen Gedanken über Langeweile auf der Bank sitzend zugebracht und sich selbst bemitleidet, statt das Naheliegende zu tun. »Wir können neue Pflanzen züchten, Cosimo. Es ist noch nicht zu spät.«

Cosimo sah ihn an, und seine Augen schimmerten feucht. »Mein lieber, guter Anselmo«, sagte er und strich Anselmo liebevoll über das Haar und über die Wange, als wäre er wirklich sein Sohn. »Der Ansatz, den ich jetzt zubereitet habe, kann nicht warten, bis die Pflanzen wieder gewachsen sind. Bis dahin wäre er verdorben. Ich müsste mit allem von vorne beginnen. Aber das ist es gar nicht mal. Ich würde das auf mich nehmen. Es ist noch nicht einmal die Gefahr, dass ich erneut den richtigen Zeitpunkt verpassen könnte. Doch die Zutaten setzen uns Grenzen. Das Laboratorium von Teresas Vater ist zwar exzellent ausgestattet, aber die Ressourcen sind nicht unerschöpflich. Bereits jetzt habe ich manche Ingredienzien bis auf einen kleinen Rest verbraucht, und ich glaube nicht, dass noch genug von ihnen vorhanden ist, um ein zweites Mal das Drachenöl zu brauen. Es hat keinen Sinn mehr, Anselmo.«

Anselmo presste die Lippen aufeinander. Er wollte es einfach nicht glauben. Er wollte nicht wahrhaben, dass dies wirklich das Ende sein sollte. Es musste doch noch einen Ausweg geben. Sie hatten bisher *immer* einen Ausweg gefunden.

»Dann müssen wir uns eben die fehlenden Zutaten erneut beschaffen!«, rief er aus.

»Und woher?«

»Was weiß ich? Aus Córdoba vielleicht. Oder wir könnten doch mit Bartolomé …«

»Verzeiht, dass ich mich einmische«, sagte Teresa. Weder

Cosimo noch Anselmo hatten bemerkt, dass sie die Treppe heruntergekommen war. »Ich habe Euer Gespräch mit angehört. Ihr seid verzweifelt, weil die Pflanzen Euch nicht mehr zur Verfügung stehen. Doch Ihr braucht nicht zu resignieren, Señor de Cabalho.«

»Aber Teresa, gutes Kind!«, rief Cosimo und lachte bitter. »Ich fürchte, dir fehlt die Vorstellung von den Ausmaßen dieser Tragödie. Innerhalb von drei Tagen müssen die frischen Kräuter dem Ansatz hinzugefügt werden, um mit dem Prozess der Herstellung fortzufahren. Danach ist das Ganze wertlos. Vielleicht taugt das Zeug dann noch, um damit unsere Weiden zu düngen, aber auf keinen Fall können wir noch ein brauchbares Drachenöl herstellen.«

Doch Teresa schüttelte den Kopf. Und sie lächelte. Anselmo warf ihr einen zornigen Blick zu. Wie um alles in der Welt konnte sie angesichts ihrer verzweifelten Lage noch lächeln? Cosimo hatte Recht, sie verstand nichts. Gar nichts.

»Auch ich habe das Rezept gelesen, und ich weiß, dass Ihr die Kräuter braucht, Señor de Cabalho«, erklärte sie so ruhig, als würde ihnen nichts weiter als ein wenig Sauerteig fehlen, um einen Brotteig anzusetzen. »Und ich kann Euch sagen, woher Ihr sie bekommt.« Cosimo und Anselmo starrten sie sprachlos an, doch Teresa fuhr ungerührt fort: »Nachdem ich Euch zum ersten Mal das Labor meines Vaters gezeigt hatte, hat Mutter Maddalena mich gebeten, ihr die Samen der Pflanzen ebenfalls mitzubringen. Sie hat sie im Garten der Einsiedelei ausgesät, alle paar Tage ein paar Samenkörner. Einige der Pflanzen haben mittlerweile wieder Samen gebildet und sind verwelkt wie Eure. Doch andere stehen noch in Saft, andere beginnen erst Samen zu bilden oder blühen, während wieder andere Pflanzen gerade erst austreiben.«

Cosimo und Anselmo sahen sich an.

»Du beliebst zu scherzen«, sagte Cosimo.

»Nein, wirklich, ich spreche die Wahrheit.«

»Und warum hat Mutter Maddalena das getan?«

Teresa zuckte mit den Schultern. »Ihr wisst, dass sie oft Dinge tut, die ein gewöhnlicher Mensch nur schwer begreifen kann. Vielleicht hat sie gewusst, dass Ihr die Kräuter eines Tages brauchen würdet.«

Cosimo rieb sich das Kinn. Seine Hand zitterte, aber seine Lippen hatten wieder ein wenig Farbe, und tief in seinen Augen glomm ein hoffnungsvoller Funke.

»Wenn das stimmt, Teresa«, sagte er, »wenn das stimmt, hast du uns soeben aufgefangen und vor einem tödlichen Sturz bewahrt. Wir sollten so bald wie möglich zur Einsiedelei.«

»Von mir aus können wir sofort aufbrechen«, erklärte Teresa.

»Ich komme mit«, sagte Anselmo entschlossen.

Cosimo sah ihn an. »Bist du dir ganz sicher, Anselmo?«, fragte er, und um seine Mundwinkel zuckte es, als wollte sich tatsächlich durch seine sorgenzerfurchte Miene ein Lächeln den Weg bahnen. »Wir werden nämlich dorthin reiten.«

Anselmo schluckte. Daran hatte er nicht gedacht. Eine Weile kämpfte er mit sich. Schließlich siegte jedoch seine Neugierde und die Sehnsucht nach Abenteuern. Ihr ganzes Vorhaben stand auf Messers Schneide, und er konnte und wollte Cosimo in diesem entscheidenden Moment nicht allein lassen. Schon viel zu lange hatte er ihm nicht beistehen können und nur faul und nutzlos auf der Hazienda herumgesessen.

»Zum Teufel mit diesen verflixten Pferden!«, stieß er zornig hervor. »Ich komme mit. Und wenn ich auf einem geflügelten Drachen reiten müsste, würde mich das nicht hindern.«

Während des Ritts zu der Einsiedelei biss Anselmo tapfer die Zähne zusammen. Er krallte seine Finger in die Mähne des Pferdes und seine Beine umklammerten den Pferdekörper so fest, dass er sich wunderte, dass das Tier unter ihm überhaupt noch atmen konnte. Aber er hielt durch. Trotzdem war Anselmo mehr als erleichtert, als er endlich aus dem Sattel steigen konnte.

Die Einsiedelei lag umgeben von kleinen Feldern in den Bergen. Sie bestand aus einem halben Dutzend strohgedeckter Lehmhütten, ein paar etwas weiter im Berg liegenden Höhlen, einem Brunnen und einer kleinen, ebenfalls aus Lehmziegeln erbauten Kirche in ihrem Zentrum. Etwa zwei Dutzend Frauen lebten hier in einer klosterähnlichen Gemeinschaft. Sie arbeiteten und beteten gemeinsam und hatten sogar eine Art Ordenstracht – eine bis zu den Füßen reichende Kutte mit einer weiten Kapuze, die von derselben Farbe wie die Hütten und die Kirche war, sodass man die Nonnen von weitem kaum von den Mauern unterscheiden konnte.

Es war ein stiller, friedlicher Ort. Ein leichter, freundlicher Wind strich um die Häuser und über die Gemüsebeete, in denen Erbsen, Möhren, Kohl und Zwiebeln prächtig gediehen. Irgendwo sang ein Vogel. Es war so beschaulich, ein Ort, an dem nichts Schlimmes oder Aufregendes passieren konnte. Doch Anselmo hatte keinen Sinn für Beschaulichkeit, Abgeschiedenheit und Ruhe. Er hatte selbst genug davon. Und so beschäftigte ihn nur der Gedanke, wie die Nonnen es schafften, dem trockenen, steinigen Boden derart prachtvolles Gemüse abzutrotzen.

Eine der Nonnen bearbeitete gerade mit einer Hacke eines der Beete, um es von Unkraut zu befreien und den Boden zu lockern. Als sie von den Pferden abgestiegen waren, ließ sie ihre Arbeit für einen kurzen Augenblick ruhen und sah sie neugierig an. Doch sie sagte kein Wort. Und sie hinderte sie auch nicht daran, als sie auf den von einer mehr als mannshohen Mauer umgebenen Kräutergarten des Klosters zugingen, sondern widmete sich wieder ihrer Arbeit.

»Schwester Joana«, erklärte Teresa ihnen, »hat wie die meisten Nonnen hier ein Schweigegelübde abgelegt. Kommt!« Sie stieß die aus Brettern mehr schlecht als recht zusammengezimmerte Pforte auf, die zum Kräutergarten führte. »Ich werde euch zuerst die Pflanzen zeigen, dann könnt Ihr Mutter Maddalena um Erlaubnis bitten, die Kräuter zu nehmen, die Ihr braucht.«

Sie betraten den Garten. Schmale Wege führten an den sauberen, gut gepflegten Beeten entlang, in denen zahlreiche Kräuter wuchsen. Im Vorbeigehen erkannte Anselmo Salbei, Rosmarin, Thymian und Kamille. Doch das war nur ein Bruchteil der verschiedenen Pflanzen, von denen er die meisten noch nie zuvor gesehen hatte. Teresa führte sie in den hintersten Winkel des Gartens.

»Hier hat Mutter Maddalena die Samen aus dem Labor meines Vaters ausgesät«, sagte sie und blieb schließlich stehen. »Wie Ihr seht, sind die Pflanzen ...« Dann hielt sie vor Überraschung inne. Eine Gestalt, gehüllt in eine lehmfarbene Kutte, kniete mitten zwischen den Pflanzen im Beet. Als sie Teresas Stimme hörte, erhob sie sich langsam aus der Hocke.

»Teresa«, sagte eine angenehm tiefe Frauenstimme, »du hast Besuch mitgebracht?«

»Mutter Maddalena«, Teresa verneigte sich vor der Frau, die sich nun langsam umdrehte, »verzeiht, ich wusste nicht, dass Ihr hier seid.«

Anselmo sah ein Gesicht, in das Wind, Sonne und ein langes erfülltes Leben unzählige Falten eingegraben hatten. Und doch war es ein schönes Gesicht. Es strahlte von innen heraus.

»Ich dachte, es ist besser, wenn ich Señor de Cabalho hier

im Kräutergarten erwarte. Ihr braucht dann nicht noch den Weg zu den Höhlen auf euch zu nehmen.«

Anselmo blickte die Nonne verwirrt an. Hieß das etwa, dass sie gewusst hatte, dass sie kommen würden?

»Ich grüße Euch, Mutter Maddalena«, sagte Cosimo und verneigte sich.

»Es freut mich, Euch mal wieder begrüßen zu dürfen, Señor de Cabalho.« Mutter Maddalena deutete auf das Beet, in dem sie offenbar gerade Unkraut gezupft hatte. »Wie Ihr seht, habe ich die Zeit seit unserem letzten Treffen nicht nur damit verbracht, jüdisch stämmige Schreiber zur Flucht vor der Inquisition zu überreden. Von allen verschiedenen Pflanzenarten sind einige Exemplare so weit, dass Ihr sie sofort ernten könnt.«

Cosimo blinzelte und ließ seinen Blick über das frische, satte Grün und die farbenprächtigen Blüten gleiten.

»Mutter Maddalena«, stieß er schließlich hervor, »wie habt Ihr das geschafft? Es ist ein Wunder!«

»Ein Wunder? O ja, Señor de Cabalho, ganz recht, es ist ein Wunder. Jedes einzelne dieser prächtigen Kräuter ist ein Wunder der Schöpfung des allmächtigen, lebendigen Gottes.« Sie ging wieder in die Knie und streichelte die Blätter und Blüten der Pflanzen, als wären sie ihre Kinder. »Es ist wie mit den Menschen, Señor. Zuerst muss der Boden gelockert werden, damit die zarten jungen Wurzeln in die Erde vordringen können und der Pflanze genügend Festigkeit und Stabilität verleihen. Dann brauchen sie Nahrung – den Sud von Brennnesseln, Lupinen und anderen Pflanzen, die Kraft der Sonne, gute frische Luft und Wasser. Viel reines, klares, unverbrauchtes Wasser. Wie ich schon sagte, es ist genau wie mit den Menschen.« Sie erhob sich wieder. »Sucht Euch die Kräuter heraus, die Ihr für Euren Trank benötigt, Señor. Dafür wurden sie gesät.«

Cosimo starrte die Pflanzen in dem Beet an, als könnte er seinen Augen immer noch nicht trauen.

»Wie soll ich Euch danken, Mutter Maddalena?«

»Dankt nicht mir, sondern dem Herrn. Er sagt mir, was zu tun ist.«

Anselmo sah sich um. Auch er hatte das Bedürfnis, sich irgendwie bei Mutter Maddalena zu bedanken. Allein die Tatsache, dass die Traurigkeit und Resignation aus Cosimos Gesicht verschwunden waren, war Gold wert. Doch er war sicher, dass die Nonnen kein Geld annehmen würden.

»Soll ich Euch vielleicht eine Pforte für den Garten zimmern? Ich bin zwar nicht sehr geschickt, aber besser als die, die Ihr zurzeit habt, wird sie allemal werden.«

Mutter Maddalena folgte seinem Blick zu den notdürftig zusammengenagelten Brettern. Dann schüttelte sie den Kopf. »Ich danke Euch für das Angebot, aber das ist nicht nötig«, sagte sie mit einem Lächeln, bei dem Anselmo plötzlich das Gefühl hatte, als könnte sie etwas sehen oder erkennen, das ihm und allen anderen verborgen war. »Die Pforte muss ohnehin nicht mehr lange halten.«

Anselmo schluckte und warf Cosimo einen unsicheren Blick zu. »Aber können wir uns denn gar nicht erkenntlich zeigen?«, fragte er. »Gibt es denn nichts, was wir für Euch oder Eure Gemeinschaft tun können, ehrwürdige Mutter?«

»O doch, Ihr könnt sogar sehr viel tun, Señor de Caballho«, antwortete Mutter Maddalena und lächelte wieder auf diese seltsame Art, die Anselmo einen Schauer über den Rücken rieseln ließ. Und er hatte für diese Frau ein Gefühl, welches er selten einem Menschen gegenüber empfand – Ehrfurcht. »Bleibt treu, geht Euren Weg weiter, Señor. Geht ihn unbeirrt, ohne Euch umzusehen und ohne Reue, so werdet Ihr vielen Menschen das Leben und obendrein auch noch die Seele eines wahrhaft guten Mannes retten.« Sie lächelte immer noch, wirkte aber trotzdem plötzlich von tiefem Ernst erfüllt. »Eilt Euch, verliert keine Zeit. Noch kann Euer Plan gelingen, noch ist der Sohn der Frau nicht verloren, und er kann an meiner Stelle diese Häuser und die Kirche wieder aufbauen. Bis dahin wird zwar noch vieles geschehen, aber das braucht Euch nicht zu kümmern. Haltet nur an Eurem Vorhaben fest, egal, was auch immer geschehen mag. Und ich bitte Euch von ganzem Herzen, sorgt für Bartolomé und seine Familie. Diese Menschen haben ein großes, gütiges, fröhliches Herz. Und noch haben die Kräfte, die unser Land und unser Volk vergiften, sie nicht in ihrem Visier. Doch das wird nicht immer so bleiben. Unter ihnen sind zwar auch ein paar Frauen, die Botschaften der Engel empfangen, aber sie könnten blind für die Gefahr sein, die ihnen droht. Sorgt dafür, dass auch sie rechtzeitig dieses Land verlassen.« Ihr Blick wanderte voller Liebe über das Gelände des Klosters, und doch kam es Anselmo so vor, als wollte sie sich verabschieden. »Ich sehe Rauch auf dem Wasser, Señor. Viel Rauch.« Dann wandte sie sich wieder an Cosimo. »Ich werde mich jetzt zum Gebet zurückziehen. Nehmt Euch so viele Pflanzen, wie Ihr benötigt, Señor. Es braucht Euch nicht zu reuen, sie werden ohnehin bald zertrampelt.«

Mutter Maddalena ging auf Anselmo zu und lächelte ihn an.

»Du wirst deine Angst besiegen, junger Freund«, flüsterte sie ihm zu und legte ihm eine Hand auf den Arm. Es war eine schmale Hand, die Haut war faltig und dünn. Er spürte ihre Berührung kaum, und doch wurde ihm warm, als würde er in einer kalten Winternacht an einem Feuer sitzen. »Wenn Not und Gefahr dich bedrängen, werden die Pferde deine Freunde sein und dich überall hintragen, wohin du willst. Und kümmere dich um Teresa.«

Anselmo starrte ihr nach. Sie sah so zart und zerbrechlich

aus. Sie reichte ihm nicht einmal bis zum Kinn. Trotzdem ging von dieser Frau eine Kraft aus, die ihn in Erstaunen versetzte.

»Cosimo«, sagte er, als sie die Pflanzen gesammelt hatten und zu ihren Pferden zurückkehrten, »glaubt Ihr, dass Mutter Maddalena wirklich …«

»In die Zukunft sehen kann, dass sie Visionen hat und Engel zu ihr sprechen, wie man es sich erzählt?« Cosimo runzelte nachdenklich die Stirn. »Wenn ich ehrlich bin, Anselmo, so glaube ich nicht daran – wenn ich auf meiner Hazienda bin. Dann halte ich sie einfach für eine starke, kluge Frau, die sich Gedanken macht über das, was in der Stadt und im Land geschieht. Aber wenn ich ihr gegenüberstehe und sie reden höre …« Er lächelte. »Dann fällt es mir schwer, diesen Gerüchten keinen Glauben zu schenken. Und ich bin mir nicht sicher, ob nicht doch die Engel des Herrn sie regelmäßig in ihrer Höhle besuchen. Sie ist eine erstaunliche Frau.«

»Ja«, sagte Anselmo nachdenklich. Warum hatte Mutter Maddalena die Pflanzen ausgesät? Weshalb hatte sie Cosimo heute erwartet? Und warum sagte sie, dass sie die Pforte nicht mehr brauchen würden? War das wirklich nur Klugheit? Oder waren nicht doch auch himmlische Kräfte am Werk? »Wirklich erstaunlich.«

VII

Eine Frage des Lichts

Halb benommen vor Müdigkeit betrat Stefano die Sakristei. Er fühlte sich, als hätte er tagelang nicht geschlafen. Dabei kam das der Wahrheit ziemlich nahe. Anfangs hatten sie geglaubt, dass zwei, vielleicht drei Wochen ausreichen würden, um alle Ketzerprozesse durchzuführen. Doch der April war vergangen, sie hatten das Pfingstfest hinter sich gelassen, und nun neigte sich auch der Mai seinem Ende entgegen. Aber die Prozesse waren immer noch nicht vorbei, die Ketzer schienen sich zu vermehren wie die Ratten – wie Pater Giacomo stets zu sagen pflegte. Immer wenn sie glaubten, die Letzten von ihnen seien ihnen nun endlich in die Falle gegangen, wurde irgendwo in einem Kellerloch oder einem verkommenen Haus ein neues Nest entdeckt, in dem Hexerei, Zauberei und Gottlosigkeit regierten. Wie Pater Giacomo fast täglich betonte, schien aus Córdoba ein neues Sodom und Gomorrha geworden zu sein.

Wenn Stefano und Pater Giacomo nicht gerade im Gerichtssaal saßen oder gemeinsam die Protokolle durchgingen, um einen reibungslosen Prozess zu gewährleisten, so waren sie mit Pedro, Carlos und anderen Dienern unterwegs, um in der Stadt weitere Ketzer zu verhaften, die brave, gläubige Bürger der Inquisition gemeldet hatten. Die Kerker im Alcázar und unter den Grundmauern von San Tomás drohten mittlerweile zu bersten. Nebenbei hatten sie noch ihre eucharistischen Pflichten zu erfüllen, ganz zu schweigen von den Gebetszeiten, die sie als Angehörige des Ordens der Dominikaner eigentlich einhalten sollten. Für Ruhe und Schlaf blieb da wenig Zeit.

Stefano rieb sich die brennenden Augen und öffnete gähnend den Schrank, in dem die Messgewänder aufbewahrt wurden. Auch diesen Tag würden sie wieder im Gerichtssaal verbringen. Pater Giacomo wollte sich noch in der Stille seiner Zelle auf den Prozess vorbereiten und hatte deshalb Stefano gebeten, vor der Frühmesse an seiner Stelle den Beichtstuhl zu besetzen. Viel zu tun gab es allerdings nicht. In den letzten Wochen waren immer weniger Gläubige zur Messe nach San Tomás gekommen, und nun blieben allmählich auch die Bettler weg. Die Gerüchte um die kleine Kirche hatten sich in der Stadt weiter ausgebreitet, und auch Stefano fühlte, dass die Atmosphäre hier immer unheilvoller wurde. Die Kerker unterhalb der Kirche waren angefüllt mit Männern und Frauen, die nach allen Regeln der Kunst verhört wurden. Viele behaupteten, die Schmerzens- und Verzweiflungsschreie seien Tag und Nacht in den Straßen um San Tomás zu hören. Pater Giacomo hielt dieses Gerede für die üblichen Übertreibungen, die klatschsüchtige Weiber so liebten. Die Kerker lagen tief unter der Erde, ihre Mauern waren dick, die Luftschächte klein. Wie sollten da die Schreie der Gefangenen an die Erdoberfläche dringen? Doch auch er hatte zugeben müssen, dass er mindestens einmal während der Messe ein deutliches Stöhnen vernommen hatte, das keiner der Gläubigen aus dem Kirchenschiff ausgestoßen haben konnte und das Stefano Schauer über den Rücken gejagt hatte. Seither wurden aufgrund einer Anordnung von Pater Giacomo die Gefangenen während der Verhöre geknebelt.

Stefano zog die Albe an, legte sich eine grüne Stola um und verließ die Sakristei. Er kniete kurz vor dem Allerheiligsten nieder und bekreuzigte sich, dann stieg er die Stufen zum Kirchenschiff hinab. San Tomás war leer und dunkel. Nur ein paar Kerzen vor der Statue der Muttergottes spendeten ein wenig Licht. Und doch war es bei weitem nicht so unheimlich wie sonst, wenn sie mitten in der Nacht hierher kamen, um mit einem Verhör zu beginnen. Schon bald würden die ersten Sonnenstrahlen durch die hohen Glasfenster fallen und alles in ein freundlicheres Licht tauchen. Stefano gähnte erneut und ging zu dem Beichtstuhl. Er zog den Vorhang zurück, sodass ein bußwilliger Gläubiger mit einem Blick erkennen konnte, dass der Beichtstuhl frei war, dann öffnete er die schmale Tür und nahm auf dem Stuhl des Priesters Platz. Er gähnte wieder, diesmal so stark, dass er glaubte, sein Kiefer würde ausrenken. Wann war das Ganze wohl endlich vorbei? Wann würde er wieder Ruhe und Frieden finden, schlafen und regelmäßig und voller Andacht seine Gebete sprechen können?

Stefano stützte seinen Ellbogen auf die Armlehne des Stuhls und rieb sich die Stirn. Kein Laut war zu vernehmen. Es war so still in der Kirche, dass er glaubte das Flackern der Kerzen vor der Muttergottes hören zu können. Um wach zu bleiben, begann er ein Vaterunser zu sprechen. Doch er war so müde, dass er sich an die Worte des Gebets kaum erinnern konnte und sie durcheinander brachte. Immer wieder musste er von vorne beginnen, immer wieder fielen ihm die Augen zu. Schlafen, schlafen, einfach nur schlafen. Ein Bett und zehn Stunden Schlaf, mehr begehrte er nicht.

Wenn jetzt der Teufel käme, er hätte wahrlich ein leichtes Spiel mit dir, dachte Stefano und lehnte seinen Kopf gegen die kühle glatte Holzwand der kleinen Kabine. Er gähnte noch ein letztes Mal, dann war er eingeschlafen.

Mit einem Ruck wachte Stefano auf. Er saß immer noch im Beichtstuhl, seinen Kopf gegen die hölzerne Wand gelehnt, seinen Ellbogen auf der Armlehne aufgestützt. Hastig wischte er sich den Speichel ab, der ihm vom Mundwinkel über das Kinn lief wie einem sabbernden greisen Bettler. Sein Nacken fühlte sich steif und verkrampft an, und tausende kleiner Nadeln stachen auf die Haut seines Arms ein. Er konnte es kaum fassen, dass er wirklich im Beichtstuhl eingeschlafen war, sozusagen mitten in seinem Dienst für Gott und die Gläubigen. Tief und traumlos hatte er geschlafen, bis … Ja, was hatte ihn eigentlich geweckt? Waren es die Glocken gewesen, die zur Messe läuteten? Oder was sonst? Der Schreck durchfuhr ihn, als er daran dachte, dass er möglicherweise die ganze Frühmesse verschlafen hatte. Aber hätte Pater Giacomo ihn dann nicht geweckt und aus dem Beichtstuhl gezerrt? Er wusste doch, wo er zu finden war, er selbst hatte ihn schließlich in den Beichtstuhl befohlen. Und wenn Pater Giacomo andere Pflichten zu erfüllen und keine Zeit gefunden hatte, zur Messe zu kommen? Dann hatten die Gläubigen – so wenig es auch gewesen sein mochten – umsonst in der stillen, einsamen Kirche ausgeharrt und auf einen Priester gewartet, der selig im Beichtstuhl vor sich hin schlummerte. Stefano spürte, dass ihm die Schamesröte ins Gesicht stieg. Hoffentlich hatte er wenigstens nicht laut geschnarcht.

»Ein feiner Seelsorger bist du!«, schimpfte er leise mit sich selbst und setzte sich auf. Er rieb sich das Gesicht und kniff sich mehrmals in die Wangen, um schneller munter zu werden. »Sitzt im Beichtstuhl und verschläft einfach die heilige Messe. Wenn das einem Messdiener passiert wäre, dann würdest du jetzt …«

In diesem Augenblick hörte Stefano das Klopfen. Ein feines, zartes Klopfen an der hölzernen Luke, welche die schmale Kabine des Priesters von der des Beichtwilligen trennte. Er erstarrte. Zuerst dachte er daran, dass es vielleicht dieses Klopfen gewesen sein könnte, das ihn geweckt hatte. Das Klopfen eines Gläubigen, der vor der Messe noch seine Beichte ablegen wollte, um die Feier der heiligen Eucharistie mit reinem Herzen zu begehen. Letztlich würde das bedeuten, dass er gar nicht lange geschlafen haben konnte, denn kaum jemand ging *nach* dem Gottesdienst zur Beichte. Dieser Gedanke erfüllte ihn mit Erleichterung. Dann hatte es möglicherweise niemand bemerkt, und niemand … Und was ist mit dem Gläubigen, der jetzt beichten will? Stefano spürte die glühende Hitze in seine Wangen steigen. Er hatte eben laut vor sich hin gesprochen. Wer auch immer auf der anderen Seite des Beichtstuhls kniete, er *musste* ihn gehört haben. Und das wiederum bedeutete …

Es klopfte erneut.

»Pater?«, flüsterte eine Stimme. »Pater Stefano?«

Stefano biss die Zähne zusammen. Verwünschungen halfen nichts, er musste sich zusammenreißen. Hastig strich er sein Haar und die Albe glatt, obwohl er durch das hölzerne Gitter hindurch für den Gläubigen kaum zu erkennen war. Dann räusperte er sich und schob die Luke zurück.

»Gelobt sei Jesus Christus!«, sagte er so würdevoll, wie es ihm noch möglich war, und er hoffte inständig, dass auf der anderen Seite des Gitters eines dieser alten, zahnlosen und halb tauben Weiber kniete, die immer noch treu jeden Morgen zur Frühmesse nach San Tomás kamen.

»In Ewigkeit, amen!«, antwortete eine Stimme. Sie gehörte zwar einem Weib, aber keinem zahnlosen alten. Obwohl sie leise und gedämpft sprach, war die Stimme tief, voll und wohlklingend, und unwillkürlich stellte Stefano sich eine wunderschöne große Frau mit langem, dichtem schwarzem Haar vor. Eine junge Frau mit ausgezeichneten Ohren.

»Nun, meine Tochter, was willst du vor Gott bekennen?«

»Ich komme nicht, um die Beichte abzulegen, Pater Stefano«, sagte die Frau. »Ich komme, um Euch zu warnen.«

Diese Worte trafen Stefano so unerwartet, dass er zuerst glaubte sich verhört zu haben.

»Mich warnen?«

»Ja. Ihr schwebt in großer Gefahr, Pater.«

Stefano holte tief Luft. Natürlich war ihm bekannt, dass die Diener der Inquisition nicht gerade die uneingeschränkte Sympathie und Liebe des Volkes genossen. Man fürchtete sie, man scheute sich vor ihnen. Vielleicht wurden sie sogar von manchen unehrenhaften Individuen in dieser Stadt gehasst. Und wenn sich diese Subjekte zusammenrotteten, konnten sie dem Inquisitor oder einem seiner Gehilfen in einer einsamen dunklen Gasse gewiss auch gefährlich werden. Aber noch nie war ihm zu Ohren gekommen, dass ein Diener der Inquisition offen bedroht worden war. Und schon gar nicht in einer Kirche kurz vor Beginn der Messe. Das war so unerhört, dass Stefano eine Weile brauchte, bis er die Sprache wiederfand.

»Du willst also damit sagen, dass mir jemand nach dem Leben trachtet?«, fragte er und dachte, dass diese Frau sowohl Feindin und Überbringerin der Todesbotschaft als auch eine Freundin sein konnte, die lediglich sein Leben schützen wollte. »Wer sollte das sein?«

Durch das Gitter hindurch nahm er eine Bewegung wahr, und er hatte den Eindruck, dass die Frau auf der anderen Seite den Kopf schüttelte.

»Nein, Pater, nicht Euer Leben ist in Gefahr – zumindest nicht Euer Leben in dieser Welt –, sondern Eure unsterbliche Seele. Ihr wandelt auf dem Pfad, der unweigerlich ins Verderben führt. Ihr folgt den Spuren des Teufels. Aber noch seid Ihr nicht verloren. Noch könnt Ihr Eure Seele retten und das ewige Leben erlangen. Sofern Ihr …«

»Wovon sprichst du, Weib?«, zischte Stefano. »Welchem Teufel soll ich angeblich folgen? Du weißt offenbar nicht, mit wem du sprichst! Ich bin …«

»Ihr seid Pater Stefano, der Gehilfe des Inquisitors von Córdoba«, unterbrach ihn die Frau so ruhig und gelassen, dass es nur zwei Möglichkeiten gab – entweder sie war wahnsinnig, oder sie sagte die Wahrheit. »Ihr glaubt, Ihr dient dem Herrn. Tatsächlich aber dient Ihr dem Teufel, Pater. Und ich sage Euch, wenn Ihr nicht bald auf diesem Pfad umkehrt, wird er Euch mit ins Verderben reißen.«

Eigentlich wollte Stefano aufspringen, gegen das Holz schlagen und dieses Weib mit seinen verleumderischen Reden an den Haaren aus dem Beichtstuhl zerren, doch er konnte sich nicht rühren. Wie gelähmt blieb er auf dem Stuhl sitzen, und langsam kroch eine eisige Kälte seine Wirbelsäule hinauf, bis sich seine Nackenhaare sträubten.

»Weib, du bist von Sinnen«, war alles, was er hervorbrachte. Und selbst diese Worte klangen schwach und kraftlos.

»Es ist nur eine Frage des Lichts, Pater. Man hat Euch all die Jahre in Dunkelheit gelassen. Aber bald werdet Ihr einer Frau begegnen, einer Frau, die Ihr schon einmal gesehen habt – vor einigen Jahren, in der Heiligen Stadt.«

»Jerusalem?«, keuchte Stefano und fragte sich, woher diese seltsame fremde Frau überhaupt wissen konnte, dass er in Jerusalem gewesen war. Weder er noch Pater Giacomo hatten mit jemandem in Córdoba darüber gesprochen. Dieses Weib war bestimmt verrückt, ja, gewiss, anders konnte es gar nicht sein. »Aber woher …«

»Sie ist Euch gefolgt, Pater. Oder besser gesagt, sie ist *ihm* gefolgt, dem Mörder, an dessen Händen das Blut unzähliger

Menschen klebt. Hört sie an, wenn sie Euch begegnet. Sie wird das Dunkel erhellen. Sie wird Euch die Augen für die Wahrheit öffnen, denn sie liebt Euch.«

»Sie liebt mich? Warum?«

»Weil sie Eure Mutter ist, Pater.« Die Frau schien zu lächeln, zumindest klang ihre Stimme danach.

Stefano schluckte. In seinem Kopf schien sich alles zu drehen.

»Mein ... meine ... was?«, stieß er hervor. »Das kann nicht sein. Selbst wenn meine Mutter noch leben würde ... Ich selbst bin sechsundsechzig Jahre alt. Sie müsste heute eine Greisin sein! Sie wäre wohl kaum mehr in der Lage, die Strapazen einer Reise von Jerusalem nach Córdoba auf sich zu nehmen.«

»Ich weiß, Pater Stefano«, erwiderte sie sanft, »aber habt Ihr jemals Euer Antlitz im Spiegel betrachtet? Ihr seht selbst aus wie ein Jüngling. Ebenso wie der Inquisitor, der Euch zu dieser ewigen Jugend verhalf ...«

»Das war nicht Pater Giacomo!«, stieß Stefano hervor. »Das ist eine Gnade Gottes! Pater Giacomo ist im Besitz des heiligen Blutes unseres Herrn Jesus Christus, und ich durfte vor einigen Jahren davon trinken. Das ist der einzige Grund für meine Jugend und ...«

»In dieser Flasche befindet sich nicht das Blut des Herrn, Pater«, unterbrach sie ihn diesmal scharf. »Das ist eine der schlimmsten Lügen, die er Euch erzählt hat, denn in Wahrheit handelt es sich um einen Zaubertrank, einen Trank, der gefährlich ist, weil er Eure Seele vergiftet.«

»Das ... ist ... nicht ... wahr!« Die Erde schien unter Stefanos Füßen zu beben, und der Schweiß brach ihm aus allen Poren. Er wollte aufbegehren, er wollte Pater Giacomo und die kostbare Reliquie verteidigen – aber er konnte nicht. Er war wie gelähmt. Und wieder hörte er die zornigen Worte der überirdischen Stimme – »... Warum beschmutzt ihr Seinen Namen, indem ihr euch zu Mördern macht?...«

»Natürlich will er Euch etwas anderes glauben machen, denn er braucht Euch. Allein kann er sein teuflisches Werk nicht vollbringen. Aber Eure Mutter wird Euch die Wahrheit erklären. Hört sie an, Pater Stefano!«

»Nein, nein, nein! Du redest wirres Zeug, Weib. Nie und nimmer werde ich ...«

»Ich kann Euch nicht zwingen, den Weg des Verderbens zu verlassen, Pater Stefano«, sagte die Frau. »Aber ich würde es bedauern, denn Gott hat etwas anderes mit Euch vor. Deshalb kam ich, um Euch zu warnen. Noch seid Ihr nicht verloren. Kehrt um und dient dem Herrn! Wenn er Euch das nächste Mal anbietet, von dem ›Blut Christi‹, wie er es nennt, zu trinken, so lehnt ab. Um Eurer unsterblichen Seele willen. Und jetzt muss ich gehen.«

Er hörte Kleider rascheln, als sie sich erhob.

»Und woher willst du das alles überhaupt wissen, he?«, rief er aus, doch sie hatte den Beichtstuhl bereits verlassen. Er stieß die Tür auf, stürzte aus der kleinen engen Kabine hinaus, wobei seine Albe an der Armlehne hängen blieb. Mit lautem Getöse und Gepolter fiel der Stuhl hinter ihm zu Boden. Es hätte nicht viel gefehlt, und er selbst wäre ebenfalls gestürzt. Heftig atmend rannte er durch die fast menschenleere Kirche. Eines der alten Weiber, die jeden Morgen kamen, warf ihm einen verwunderten Blick zu, eine kleine schmale Frau mit dem schwarzen Witwenschleier verließ die Kirche. Er achtete kaum darauf. Er suchte nach dieser geheimnisvollen Frau, doch sie war nirgendwo zu sehen. Sie schien wie vom Erdboden verschwunden zu sein.

Heftig atmend blieb Stefano stehen. Ihm war kalt und gleichzeitig heiß. Verwirrung und Wut lösten einander in rascher Folge ab, sodass ihm fast schwindlig wurde. Was hatte die Fremde erzählt? Hatte sie wirklich behauptet, er würde bald seine Mutter treffen? Und hatte sie tatsächlich gesagt, dass es sich bei dem heiligen Blut Christi, das Pater Giacomo in einer kostbaren Flasche aus geschliffenem Kristall aufbewahrte, in Wahrheit um ein Gift handelte? Und dass Pater Giacomo selbst ... dass er ... Das war unmöglich! Er musste geträumt haben. Ja, so musste es gewesen sein. Er war im Beichtstuhl eingeschlafen, und alles – die Frau, ihre Warnung, ihre wüsten Anschuldigungen – war nichts als ein wirrer Traum. Es war ...

»Stefano, mein Sohn!«

Eine Hand auf der Schulter ließ ihn erschrocken herumfahren. Vor ihm stand Pater Giacomo. Er lächelte freundlich, milde, genau wie immer. Und doch, wenn er genau hinsah – war da nicht im Licht der Sonnenstrahlen, die durch die Fenster der Kirche fielen, so ein seltsames listiges Funkeln in den Tiefen seiner braunen Augen? Nein, Unsinn. Diese Frau hatte ihm mit ihren wirren Reden offenbar den Verstand verdreht.

»Die Glocken werden jeden Moment zu läuten beginnen. Wir müssen uns auf die Messe vorbereiten. Du hast die Beichte gehört, mein Sohn?«

Stefano runzelte die Stirn und sah sich nochmals in der Kirche um. Keine Spur von der seltsamen Fremden mit der schönen Stimme.

Also habe ich wohl wirklich geträumt, dachte er. Doch überzeugt war er nicht davon. Alles war zu real gewesen. Jetzt, da er über diese Frau nachdachte, nahm er sogar ihren Geruch wahr – den schwachen Duft von verschiedenen Kräutern.

»Wollten heute viele Gläubige ihre Beichte ablegen?«

»Nein, Pater Giacomo, es waren nicht viele.«

»Nun, das macht nichts«, sagte Pater Giacomo. Seine

Stimme klang fast fröhlich, und er legte Stefano einen Arm um die Schultern. »Komm in die Sakristei, mein Sohn, damit wir die Messgewänder anlegen können. Außerdem habe ich dir noch etwas mitzuteilen. Es gibt Neuigkeiten. Sehr gute Neuigkeiten sogar.«

Reiter auf dem Sturm

»Das kann doch wohl nicht wahr sein!«, rief Karl V. aufgebracht. »Das glaube ich nicht!«

Er hielt einen Brief in der Hand, der ihm vor wenigen Augenblicken von einem Boten gebracht worden war. In blutrotes Wachs gedrückt, trug das Schreiben das Siegel der Inquisition – ein Kreuz mit den Buchstaben *MeJ* darunter. *Misericordia et Justitia* – Barmherzigkeit und Gerechtigkeit. So viel hatte Anne erkennen können, als sie dem Boten den Brief abgenommen hatte, um ihn dem Kaiser zu reichen.

Karl V. wedelte mit dem Schreiben in der Luft herum.

»Bei Gott, dem Allmächtigen, ich verstehe nicht, aus welchem Grunde …«

Anne räusperte sich. »Sire!«, unterbrach sie den Kaiser und warf ihm dabei einen eindringlichen, warnenden Blick zu. Wenn sie allein waren, sprachen sie ausschließlich Deutsch miteinander. Doch wenn andere sie hören konnten, bedienten sie sich des Spanischen. So auch jetzt. »Ich bitte vielmals um Vergebung, aber der Bote wartet. Wollt Ihr rasch eine Antwort diktieren, oder soll ich ihn entlassen?«

Karl V. runzelte die Stirn und nickte schließlich. »Ja, entlasst ihn. Dieser Brief bedarf keiner Antwort.«

Anne knickste und wandte sich dann an den Boten, der mit vor Neugierde weit aufgerissenen, hervorquellenden Augen den Kaiser anstarrte, als hätte er ein Wesen wie ihn noch nie zuvor gesehen.

»Du hast es gehört, Bursche, du bist entlassen«, sagte sie. Und sie zwang sich, noch hinzuzufügen: »Richte Seiner Exzellenz Pater Giacomo, dem Inquisitor von Córdoba, die besten Grüße Seiner Majestät Kaiser Karl V. aus. Seine Majestät wird sich zur gegebenen Zeit an Seine Exzellenz wenden.«

Der Bote verneigte sich und verschwand. Anne lief ein Schauer über den Rücken. Alle Leute, die in irgendeiner Form mit der Inquisition zu tun hatten, bereiteten ihr Unbehagen. Jeder von ihnen schien nur begierig darauf zu warten, dass jemand in seiner Umgebung eine Tat beging oder etwas sagte, das eine Anklage rechtfertigte. Sie waren Speichellecker, die nichts anderes wollten, als dem Inquisitor zu gefallen. Und wenn es ihnen ein Lob oder eine Beförderung eingebracht hätte, hätten sie vermutlich sogar ihre eigene Schwester oder Ehefrau als Hexe verleumdet. Es war widerlich.

Karl V. stand am Fenster und starrte hinaus in den Garten.

»Ich muss mich erneut bei Euch für Eure Besonnenheit und Umsicht bedanken, Señora Anne«, sagte er schließlich. »Ich weiß nicht, was geschehen wäre, wenn Ihr mich nicht unterbrochen hättet.«

»Vergebt mir meine Offenheit, Sire, aber vermutlich hättet Ihr Euch um Kopf und Kragen geredet«, erwiderte Anne. Sie mochte den Kaiser. In den Wochen, seit sie für ihn arbeitete, hatte sie zunehmend sein Vertrauen und auch seine Sympathien gewonnen. Mittlerweile verband sie ein fast freundschaftliches Verhältnis. »Diese Diener der Inquisition sind gefährlich, ganz egal, ob sie dumm oder klug, von niederer oder hoher Herkunft sind. Und dieser Kerl eben …« Sie erschauerte.

»Er wartete nur darauf, einen Kaiser auf den Scheiterhaufen zu bringen. Wahrscheinlich hätte es ihm eine saftige Belohnung eingetragen!« Karl V. schüttelte vor Abscheu den Kopf. »Aber angesichts dieses Briefes ist mir in der Tat die Galle übergegangen. Ich hatte geglaubt, dieser Wahnsinn habe nun endlich ein Ende, aber ... Doch lest selbst!«

Er streckte Anne das Pergament entgegen. Sie fröstelte, als sie Giacomos Schrift erkannte. Dieselbe steile kleine Schrift, mit der er ihr in Florenz Einladungen geschrieben hatte, damals, als sie Giacomo de Pazzi noch für einen Freund gehalten hatte, dem sie vertrauen konnte. Ihren Irrtum hatte sie erst erkannt, nachdem sie sein Tagebuch gelesen hatte. Zu spät, viel zu spät. Manchmal fragte sie sich, wie sich die Dinge wohl entwickelt hätten, wenn sie Giacomo von Anfang an misstraut hätte. Wäre Giuliano de Medici, damals in Florenz ihr Verlobter, trotzdem gestorben? Doch – wie sagte Cosimo immer? – »Das Rad des Schicksals lässt sich nicht ungestraft aufhalten.«

Hastig überflog sie die Zeilen.

»... Eure Majestät, habe endlich die Aufrührer ausgemacht, die für die Flucht so vieler der Ketzerei verdächtigter Personen in den vergangenen Wochen und Monaten verantwortlich sind. Es handelt sich um einen Pferdezüchter und seinen Sohn. Diese Höllenbrut hat irgendwo außerhalb der Stadt Unterschlupf gefunden. Wir werden das Nest innerhalb der nächsten Tage aufstöbern und ausheben. Außerdem widmen wir uns einer Hexe, die in den Bergen haust und nicht davor zurückscheut, ihr Gift in der Stadt zu versprühen. Sie selbst nennt sich Mutter Maddalena und erscheint unbedarften Gemütern als Nonne. Doch in Wahrheit ist sie mit dem Teufel im Bunde, wie ich aus sicheren Quellen weiß, und hat bereits zahllose unschuldige Seelen verdorben. Da somit in der nächsten Zeit die

wichtigsten aller bisher stattgefundenen Prozesse auf uns zukommen, ersuche ich Eure Majestät noch so lange in Córdoba zu bleiben, bis auch der Letzte von ihnen seine gerechte Strafe erhalten hat. Da ich Eure Liebe zu Gott und Eure Treue der heiligen Mutter Kirche gegenüber kenne, bin ich sicher, dass Ihr meiner bescheidenen Bitte folgen werdet.
Es grüßt Euch im Namen des Herrn
Seine Exzellenz Pater Giacomo, OP, Inquisitor der Stadt Córdoba …«

Anne ließ das Pergament sinken. Sie fühlte sich plötzlich schwach.

»Aber das ist ja furchtbar!«, hauchte sie.

»Ja, nicht wahr?«, stieß Karl V. hervor und starrte mit grimmiger Miene in den Garten hinab. »Da glaubt man, man hat dieses ganze entsetzliche Spektakel nun endlich hinter sich, da erschließt dieser Kerl sich neue Fanggründe. Wie Reiter auf einem Sturm werden sie über die ganze Gegend hinwegfegen und alle Dörfer, selbst die entlegensten Winkel der Berge durchsuchen. Und dann wird es weitergehen.« Er stützte sich schwer auf die Fensterbrüstung auf und schüttelte den Kopf. »Es ist noch lange nicht genug Blut geflossen, um seinen unersättlichen Durst zu stillen. Dieser Mensch ist wahnsinnig. Und wenn er nicht die Ordenskleidung der Dominikaner und den Titel des Inquisitors tragen würde, ich hätte ihn schon längst einsperren lassen. Ich komme mir vor wie ein Schmiedelehrling, der mit dem Blasebalg die Esse seines grausamen Meisters anheizt, der statt mit Holz mit Menschen feuert. Der Gestank von brennendem Fleisch klebt an meinen Kleidern, auf meiner Haut, in meinen Haaren. Ich rieche ihn sogar in der Nacht in meinen Träumen. Und die Schreie der Sterbenden verfolgen mich bei Tag und bei Nacht – sofern die

Folter ihnen überhaupt noch genug Kraft dafür gelassen hat.« Er wandte sich zu Anne um und betrachtete sie besorgt. »Ihr seid bleich wie der Tod, Señora Anne. Ich hoffe, dass meine rüde Art Euer zartes Gemüt nicht in Aufruhr versetzt hat.«

Anne lächelte gequält. Er war so aufrichtig und ehrlich, aber gleichzeitig auch so altmodisch, so wie man sich in Geschichten oder Filmen einen edlen Ritter vorstellte. Bestimmt würde er ihr gleich seinen Arm reichen, sie zu einem Stuhl führen und einen Diener rufen, damit man ihr Wasser zur Erfrischung bringe. Doch das war es nicht, was sie jetzt brauchte. Im Gegenteil, sie musste raus aus dem Bischofspalast. Sie musste in den Gassen Córdobas nach Bartolomé suchen und mit ihm sprechen. Der Zigeuner musste unbedingt so schnell wie möglich zur Hazienda reiten, um Cosimo und Anselmo zu warnen. Denn wenn Giacomo bereits wusste, dass ein Pferdezüchter der geheimnisvolle Fluchthelfer war, kannte er vielleicht auch schon ihren Aufenthaltsort. Und dann war es nur eine Frage von Tagen, bis er die Hazienda von Cosimo mit seiner Miliz überfallen würde.

»Sire, das ist es nicht, keineswegs. Es hat mich noch nie erschüttert, jemanden die Dinge beim Namen nennen zu hören. Und nichts anderes habt Ihr getan. Dieser Mann, der Inquisitor, ist wahnsinnig, davon bin ich fest überzeugt. Doch eben das bereitet mir Sorgen. Ich fürchte um meine Familie, die außerhalb der Stadt auf einer Hazienda lebt. Sie züchten Pferde wie gewiss viele in der Umgebung von Córdoba. Mein Vetter und sein Sohn sind edle, gebildete Menschen, sie haben nur einen schwerwiegenden Fehler – Engstirnigkeit und Fanatismus bringen sie zur Raserei. Angesichts des Inquisitors und seiner übereifrigen Schergen jedoch könnte das, wie Ihr wohl wisst, tödliche Folgen haben.« Sie atmete schwer. Ihr Herz klopfte bis zum Hals.

»Den Pferdezüchter, der es wagt, der Inquisition die Stirn

zu bieten und zahlreiche unschuldige Menschen vor einem sinnlosen Tod zu bewahren, würde ich gern kennen lernen. Ich würde ihn augenblicklich in den Adelsstand erheben.« Karl V. knirschte mit den Zähnen und starrte wieder hinaus. »Natürlich würde ich das nicht tun. Ich habe nicht genug Mut. Im Gegensatz zu diesem Pferdezüchter ist der Kaiser ein Feigling, der vor einem Wahnsinnigen den Schwanz einzieht wie ein geprügelter Hund, nur weil er die Insignien der Inquisition trägt.« Er schüttelte resigniert den Kopf. »Es ist so unwürdig.«

Anne konnte kaum noch atmen. Der Boden schien ihr unter den Füßen zu brennen. Sie wollte, nein, sie musste zu Bartolomé. So bald wie möglich. Sie hatte keine Zeit zu verlieren.

»Sire, bitte, ich …«

Karl V. wandte sich wieder ihr zu. Er sah sie einen Augenblick prüfend an, dann nickte er. »Selbstverständlich erteile ich Euch die Erlaubnis, Euch zu entfernen, um Eure Familie zu warnen«, sagte er, noch bevor sie ihre Bitte aussprechen konnte. Manchmal hatte sie den Eindruck, dass er ihre Gedanken zu lesen vermochte. Dann trat er auf sie zu, lächelte, ergriff ihre Hände und drückte sie herzlich. »Richtet Eurem Vetter meine wohlgemeinten Grüße aus. Ich habe für seine Abneigung vollstes Verständnis. Unglücklicherweise ist es mir in meiner Stellung nicht gestattet, meinen Gefühlen ebenso freien Lauf zu lassen. Ich beneide ihn – um mehr als das. Möge Eure Warnung ihn noch rechtzeitig erreichen.«

»Majestät, ich danke Euch von ganzem Herzen«, sagte Anne. Sie setzte zu einem Hofknicks an, doch Karl V. hielt sie davon ab.

»Ich sagte Euch schon einmal, dass Ihr diese Demutsbezeugungen bleiben lassen sollt. Ihr seid ein freies Weib, in dessen schönem Kopf Gedanken wohnen, mit deren Brillanz sich mancher meiner sonstigen Berater kaum messen kann. Eine solch unterwürfige Haltung ist Euer wahrlich nicht würdig.«

Er sah ihr so tief und voller Wärme in die Augen, dass Anne glaubte, er würde sich jeden Moment zu ihr herabbeugen, um sie zu küssen. Die Luft zwischen ihnen schien geradezu vor Spannung zu knistern. Doch bevor irgendetwas geschah, senkte Karl V. den Blick und richtete ihn auf ihre Hände. Er drehte ihre Handflächen nach oben, als könnte er daraus die Zukunft lesen, strich einmal mit beiden Daumen zart darüber, dann drückte er ihre Hände und ließ sie los.

»Ich wünsche Euch von ganzem Herzen Glück. Und nun eilt, Señora. Die Gedanken eines Wahnsinnigen sind unberechenbar. Vielleicht durchstreifen seine Häscher sogar bereits die Umgebung der Stadt.«

»Ich komme so schnell zurück, wie ich kann, Sire«, sagte Anne. »Bis bald, Majestät.«

Sie drehte sich um, raffte ihre weiten Röcke zusammen und lief. Ja, Giacomo und seine Miliz fielen wie Reiter auf einem Sturm über das Land her. Und sie würde jetzt selbst auf einem Sturm reiten müssen, um Cosimo und Anselmo noch rechtzeitig zu warnen.

Rauch auf dem Wasser

Voller Ehrfurcht und Bewunderung blickte Anselmo auf die Flaschen hinab, die Cosimo vor ihn auf den Tisch stellte, behutsam eine nach der anderen, wie etwas unendlich Kostbares. Und tatsächlich war ja auch ihr Inhalt kostbarer als eine Kiste voller Gold und Edelsteine, er war von unschätzbarem

Wert. Die letzten Strahlen der allmählich untergehenden Sonne fielen durch das Fenster und ließen die Flüssigkeit im Inneren der Flaschen funkeln wie ein Juwel. Wie ein Smaragd, um genau zu sein, denn der Inhalt der Flaschen war grün, leuchtend grün und dabei so klar, dass Anselmo wie durch einen Kristall das Kaminfeuer sehen konnte.

»Das ist …«, stammelte Anselmo. Hilflos brach er ab, ihm fehlten die Worte. Wie gebannt starrte er die vier Phiolen an, keine von ihnen größer als eine Männerhand.

Cosimo nickte. »Ja, das ist das Drachenöl«, sagte er, und es klang wie ein tiefer Seufzer. »Wirklich und wahrhaftig. Endlich. Es ist uns endlich gelungen.«

Anselmo schluckte. Cosimo flüsterte nur, und ihm selbst lief ein Schauer nach dem anderen über den Rücken. Es war, als ob sich gerade jetzt mit ihnen im Haus noch eine andere, stärkere Macht aufhalten würde, eine Macht, die nicht von dieser Welt war.

»Wisst Ihr auch, ob es wirkt? Ob es auch wirklich …«

Cosimo zuckte mit den Schultern. »Die Farbe und die Konsistenz des Drachenöls sind genau so, wie sie in der Schrift von Merlin beschrieben worden sind. Aber ob es auch tatsächlich die gewünschte Wirkung hat, werden wir erst wissen, wenn Señora Anne es ausprobiert hat – an Giacomo de Pazzi.« Er warf Anselmo einen kurzen Blick zu. »Aber mach dir keine Sorgen, mein Freund, ich bin zuversichtlich.«

Anselmo fuhr sich mit der Zungenspitze über die Lippen. Zu gern hätte er Cosimo geglaubt, zu gern wollte er von der Wirkung des Drachenöls überzeugt sein, aber … Plötzlich fiel ihm etwas an den Flaschen auf dem Tisch auf. Etwas, das er bis zu diesem Zeitpunkt nicht registriert hatte.

»Warum sind es so viele?«, fragte er und deutete auf die vier Flaschen.

Cosimo lächelte. »Eine für unseren besonderen Freund Giacomo de Pazzi«, sagte er und deutete mit dem Finger auf die erste. »Eine für seinen Gehilfen Stefano. Und je eine für uns beide.« Er sah Anselmo an, das Lächeln war aus seinem Gesicht verschwunden. »Ich weiß nicht, wie es dir geht, mein Freund, aber mir bereitet der Gedanke, ein Leben fünfhundert oder tausend Jahre oder womöglich sogar bis an das Ende aller Tage führen zu müssen, Angst. Entsetzliche Angst. Bereits jetzt bin ich meines Daseins zuweilen müde. Doch wie soll das erst werden, wenn die Jahrzehnte, die Jahrhunderte an uns vorüberziehen wie die Wolken am Himmel?« Er lächelte gequält. »Ich weiß, Anselmo, dich erwärmt gerade das Feuer der Liebe, und da spielt Zeit keine Rolle – vor allem dann nicht, wenn man weiß, dass man sie im Überfluss hat. Doch ich habe meine Liebe bereits vor vielen Jahren in Florenz verloren. Und auch du wärst jetzt ein zahnloser, grauhaariger Greis, der in Teresa wohl eher Mitleid als Leidenschaft erzeugen könnte, wenn wir der Natur nicht ins Handwerk gepfuscht hätten, indem wir das Elixier der Ewigkeit getrunken haben.«

Etwas in Anselmo wollte Cosimo Recht geben, doch der Rest von ihm begehrte auf. »Im Angesicht der Ewigkeit ist es das Heute, das zählt, nicht wahr?«, entgegnete er trotzig.

»Du magst Recht haben, Anselmo. Für den Augenblick zählt für dich die Gegenwart, weil Teresa bei dir ist. Aber hast du schon überlegt, wie es sein wird, wenn sie vor deinen Augen altert, krank wird und schließlich stirbt, während sich in deinem Haar nicht einmal eine graue Strähne zeigt?«

Anselmo wurde bleich. Natürlich hatte auch er schon in einsamen, düsteren Nächten daran gedacht, wenn ein bösartiger, eisiger Wind ums Haus heulte und der Mond so bleich zum Fenster hereinschien, als wäre er aus den Gebeinen von Toten gemacht. Dann verfolgten ihn diese Gedanken, und er stand an Teresas Grab – Jahr um Jahr um Jahr, bis selbst die Inschrift auf ihrem Grabmal verwittert war.

»Ich sehe, auch dir sind diese Gedanken nicht fremd«, sagte Cosimo. »Wenn wir immer wieder Menschen, die uns lieb und teuer sind, hinter uns lassen müssen, bis wirklich nur noch wir beide übrig und alle anderen, die wir jemals gekannt haben, zu Staub zerfallen sind – was hält uns dann noch in diesem Leben? Ich fürchte mich vor der Welt, die uns in der Zukunft erwartet, Anselmo. Sie wird so anders sein als die, in der wir aufgewachsen sind. Im Grunde ist das natürlich auch gut so, denn die Welt muss sich ändern, sich wandeln, voranschreiten. Stagnation bedeutet schließlich nichts anderes als Tod. Doch das wird nicht für uns gelten. Wir beide, Anselmo, du und ich, wir werden uns nicht im gleichen Maße verändern wie unsere Umgebung, und irgendwann gehören wir gar nicht mehr dazu. Noch ist es uns nicht so bewusst, noch kennen wir genügend Familien, Städte und Dörfer, die sich in den vergangenen siebzig Jahren kaum verändert haben. Aber was wird in hundert oder gar mehreren hundert Jahren sein? Nein«, er schüttelte den Kopf, hob eine der Flaschen vorsichtig hoch und liebkoste das schimmernde Kristall, »ich will nicht zu einem Leben verdammt sein, für das der Mensch nicht geschaffen wurde. Wenn die Zeit gekommen ist, werden wir hiermit der Natur zu ihrem Recht verhelfen und unseren verhängnisvollen Fehler beheben können.«

Die Sonne versank gerade als blutroter Ball am Horizont, und auch die letzten Funken in den Flaschen erloschen. Jetzt war die Flüssigkeit nur noch grün, ein einfaches, sattes Grün wie eine saftige Wiese. Es war ein schöner und zugleich tröstlicher Anblick. Zu wissen, dass man jederzeit den Schmerz, die Trauer beenden und Ruhe finden konnte. Ruhe …

»Ihr habt Recht, Cosimo«, sagte Anselmo leise.

Sorgsam wickelten sie die Flaschen in Tücher und verstauten sie in den ledernen Taschen, in denen Cosimo sie transportiert hatte. Sie waren gerade damit fertig, als sich Hufschläge näherten.

»Besuch? Zu so später Stunde?« Cosimo runzelte die Stirn. »Das hat gewiss nichts Gutes zu bedeuten. Zünde die Kerzen an, Anselmo, ich gehe, um zu sehen, wer es ist.« Doch er war noch nicht einmal bis zur Tür gekommen, als diese auch schon aufgestoßen wurde. »Bartolomé!«, rief Cosimo aus, und seiner Stimme nach zu urteilen war er gleichermaßen verärgert wie beunruhigt. »Was ...«

»Ich bringe Nachrichten, Cosimo«, keuchte Bartolomé. Der Zigeuner war völlig außer Atem. Sein schwarzes Haar war zerzaust, sein Gesicht rußgeschwärzt, und Schweißperlen standen auf seiner Stirn. Seine Kleidung stank nach beißendem Rauch, als wäre er mit knapper Not den Feuern der Hölle entkommen. Und so wie er aussah, musste er wahrlich geritten sein, als wäre der Teufel ihm gefolgt. »Schlimme Nachrichten.«

Cosimo warf Anselmo einen beunruhigten Blick zu.

»Hol etwas zu essen, Anselmo. Ich ...«

Doch Bartolomé schüttelte heftig den Kopf und wehrte mit beiden Händen ab. »Nein«, stieß er mühsam hervor. Er rang nach Luft und hustete hohl. »Keinen Hunger ... ich ...«

»Wenigstens einen Becher Wein solltest du zu dir nehmen, Bartolomé«, sagte Cosimo und gab Anselmo einen Wink. »So lasse ich dich bestimmt nicht wieder in den Sattel steigen. Setz dich, mein Freund, und komm erst zu Atem.«

Er zog dem Zigeuner einen Stuhl näher heran. Bartolomé ließ sich keuchend auf den Stuhl fallen, und Anselmo stürzte in die Küche, füllte in Windeseile einen Krug mit Wein und nahm drei Becher aus dem Bord. Er hatte Angst, obwohl er nicht wusste, wovor, und sein Herz klopfte bis zum Hals, als er wieder in die Halle lief und den Krug Wein auf den Tisch stellte. Er füllte einen der Becher und reichte ihn Bartolomé. Der Zigeuner setzte ihn dankbar an die Lippen und leerte ihn in einem Zug.

»Das tut gut«, stieß er heiser hervor und wischte sich mit dem Ärmel seines Hemds den Mund ab, was eine helle Spur auf seinem schwarzen Gesicht hinterließ.

»Und nun rede, Bartolomé«, sagte Cosimo. Seine Stimme klang ruhig, aber seine Finger umklammerten seinen Becher vor Anspannung so fest, dass sich die Fingerknöchel weiß unter seiner Haut abzeichneten. »Was ist geschehen?«

»Das Kloster ...«, keuchte Bartolomé. Seine schreckgeweiteten Augen huschten von einem zum anderen. »Mutter Maddalena ... die Nonnen ... sie sind ...«

Anselmos Knie wurden plötzlich weich, und kraftlos ließ er sich auf einen der anderen Stühle sinken.

»Mutter Maddalena? Was ist mit dem Kloster?«, flüsterte er. »Was ist mit den Nonnen geschehen?«

Bartolomé sah ihn mit feucht schimmernden, rot unterlaufenen Augen an. Anselmo hatte das sichere Gefühl von nahendem Unheil.

»Das Kloster brennt.«

Ihm blieb das Herz stehen. Nein! Das durfte nicht wahr sein, das konnte nicht wahr sein, heilige Muttergottes, nicht!

»Was?« Das war Cosimos Stimme. Er packte Bartolomé am Arm und zwang ihn, ihn anzusehen. »Was hast du gesagt? Rede, Mann!«

»Es ist so, wie ich es sagte, Cosimo«, erwiderte Bartolomé. »Das Kloster brennt.«

Cosimo runzelte verärgert die Stirn. »Was erzählst du für einen Unsinn? Warum sollte das Kloster brennen? Mutter Maddalena ist eine umsichtige Frau. Sie würde doch niemals die ihr anvertrauten Nonnen in Gefahr bringen und leichtfertig …«

Bartolomé begann laut zu lachen. Das Lachen klang heiser von dem Rauch, der offenbar nicht nur in seinen Kleidern, sondern auch in seinen Lungen steckte, und war zugleich voller Wut und Verzweiflung. Es war das schrecklichste Lachen, das Anselmo jemals gehört hatte. Es ließ ihm die Haare zu Berge stehen.

»Sie haben das Kloster doch nicht selbst angezündet!«, schrie er. »Es war der verfluchte Inquisitor mit seiner ebenso verfluchten Miliz.« Dann barg er den Kopf in seinen Armen und schluchzte wie ein Kind.

Cosimo und Anselmo waren wie erstarrt.

»Erzähl«, sagte Cosimo schließlich. »Erzähl der Reihe nach.«

Bartolomé schniefte und begann mit leiser Stimme zu berichten, wobei ihm die Tränen unablässig über die Wangen liefen.

»Señora Anne kam heute zu mir. Es war nach Mittag. Sie erzählte mir, dass die Inquisition nach euch und Mutter Maddalena sucht. Sie gab mir einen Brief für euch und sagte, ich soll ihn euch so schnell wie möglich bringen.« Er schien sich etwas gefangen zu haben, denn seine Stimme klang wieder ruhiger. »Ich wollte gerade aufbrechen, als ich sie schon in der Ferne verschwinden sah – etwa zwei Dutzend Berittene mit Fackeln und einer Meute Hunde, und über ihren Köpfen wehte das Banner der Inquisition.« Er biss die Zähne zusammen. »Ich bin geritten wie der Teufel, kam aber trotzdem zu spät. Sie hatten das Kloster schon erreicht. Und ich sage euch, diese Hurensöhne haben ganze Arbeit geleistet. Ich versteckte mich in einem Gebüsch, denn ich hoffte, vielleicht doch irgendwie helfen zu können. Aber es waren zu viele. Sie hatten die Nonnen bereits zusammengetrieben. Vielleicht hatte Mutter Maddalena ihren Schwestern auch befohlen, im Hof zusammenzukommen, denn sie selbst war so ruhig und gelassen wie immer. Aber die anderen hatten Todesangst. Sie zitterten. Vor ihnen stand der Inquisitor und gab den Befehl, die Kirche und die Häuser in Brand zu stecken. Er grinste über sein ganzes verfluchtes Gesicht und sah zu, wie seine Schergen mit den Fackeln über den Hof liefen und rücksichtslos die Pflanzen in den Beeten und im Kräutergarten zertrampelten. Die Dächer fingen sofort Feuer, und ab da war es, als ob die Tore der Hölle geöffnet worden wären, ab da zeigten die Diener der Inquisition ihr wahres Gesicht. Obwohl sie bereits alle Nonnen zusammengetrieben hatten, jagten sie sie wieder mit Stockschlägen auseinander. Sie hetzten den wehrlosen Frauen ihre Hunde auf den Hals und lachten, wenn sie versuchten schreiend vor den Bestien zu fliehen und schließlich von ihnen zu Fall gebracht wurden. Die Nonnen ...« Wieder rannen Tränen über seine rußigen Wangen. »Sie haben sich gewehrt. Sie haben geschrien, geweint und gefleht, doch es hat ihnen nichts genützt. Bei diesen Kerlen fanden sie kein Erbarmen. Ich musste sogar mit ansehen, wie einer einen Knüppel hob und ...« Er presste die Lippen aufeinander und schloss die Augen, als könnte er dadurch die Bilder aus seinem Kopf vertreiben. »Er hat sie einfach mit einem Knüppel erschlagen. Wie einen räudigen Hund. Irgendwann waren sie dann wohl der Jagd überdrüssig. Sie haben die Nonnen wieder zusammengetrieben und sie in einen Wagen gepfercht wie Vieh. Dann sind sie mit ihnen davongefahren.«

»Und Mutter Maddalena?«, fragte Cosimo. »Was ist mit ihr geschehen?«

Bartolomé schüttelte den Kopf. »Sie hat sich gefangen nehmen lassen, als müsste es so sein. Sie ist sogar selbst auf den Inquisitor zugegangen und hat ihm ihre Hände entgegengestreckt. Bevor sie in den Wagen gestoßen wurde, sah sie mich an. Ich weiß, eigentlich konnte sie nicht wissen, dass ich mich dort in dem Gebüsch versteckt hatte, aber …« Er legte eine Hand auf sein Herz. »… ich schwöre bei allen Heiligen, dass sie mir direkt in die Augen sah. Und sie sah mich an, als wollte sie sagen, wie sie es so oft zu mir gesagt hatte: ›Mach dir keine Sorgen, Bartolomé, der gute Gott sorgt für uns.‹ Aber … Wie soll er für sie sorgen, jetzt, in den Kerkern der Inquisition?«

Er verbarg sein Gesicht wieder in seinen schmutzigen Händen und schluchzte wie ein kleiner Junge.

Anselmo wusste, dass die Zigeuner und Mutter Maddalena mehr als tiefe Freundschaft verband. Die Zigeuner verehrten die Nonne fast wie eine Heilige. Wenn aber Mutter Maddalena von den Häschern der Inquisition gefangen genommen worden war, dann war es Teresa möglicherweise auch, und dann … Ihm wurde schwindlig.

»Was ist mit Teresa, Bartolomé? Hast du sie gesehen? Wurde sie auch gefangen genommen?«

Bartolomé schniefte, dann schüttelte er den Kopf. »Nein, ich glaube nicht. Ich habe sie jedenfalls nicht gesehen.«

»Hat sie sich vielleicht in den Höhlen versteckt?«

Der Zigeuner sah ihn so voller Verzweiflung und Resignation an, dass Anselmo augenblicklich schlecht wurde.

»Sie haben die Höhlen mit den Hunden durchsucht, Anselmo, jeden Winkel. Alles, was zwei Beine hatte, wurde entweder in den Wagen gesperrt oder erschlagen.«

»Ich reite hin«, sagte er entschlossen und stand auf.

Cosimo sah ihn erschrocken an. »Was willst du denn dort?«

»Ich werde nach Teresa suchen. Und wenn …« Seine Stimme drohte zu brechen, doch er räusperte sich und sprach weiter. »Und wenn ich sie nur finde, um ihr wenigstens ein anständiges Begräbnis zu gewähren.«

Bartolomé legte ihm eine Hand auf den Arm. »Tu das nicht, Junge«, sagte er eindringlich. »Die Inquisition sucht auch nach euch. Wenn einige von ihnen noch da sind und dich dort finden, dann …«

Doch Anselmo riss sich los. »Das ist mir gleich!«, zischte er und rannte aus dem Haus. Noch nie zuvor in seinem Leben hatte er solche Angst und Wut in sich gespürt. Die beiden Gefühle schienen in seinen Eingeweiden zu brennen wie flüssiges Metall. Es war, als stünde er selbst genauso in Flammen, wie Bartolomé es von dem Kloster berichtet hatte. Es war, als stünde die ganze Welt in Flammen.

Er riss Sattel- und Zaumzeug von ihren Haken und öffnete Ricardos Stall. Er bemerkte nicht einmal, dass das Pferd nicht wie sonst seine Späße mit ihm trieb, sondern sich willig satteln ließ, fast als würde es den Ernst der Lage spüren. Anselmo selbst hatte für den Augenblick seine Angst vor Pferden vergessen, denn er dachte nur an Teresa. Er sah ihr wunderschönes liebliches Gesicht. Er wollte sich nicht vorstellen, dass sie erschlagen und blutüberströmt oder erstickt und verbrannt zwischen den brennenden Ruinen des Klosters lag. Er wollte sich vorstellen, dass sie lebte, dass sie sich wieder rechtzeitig hatte verstecken können, irgendwo in den Bergen, zwischen den Felsen, in einem Gebüsch … Und er hatte das Gefühl, sich beeilen zu müssen. Er stieg in den Sattel und trat Ricardo in die Flanken.

Wie eine Signalfackel stieg die Flammensäule vom brennenden Kloster in den nächtlichen Himmel auf, und der Rauch war bereits von weitem zu riechen. Obwohl die Nacht klar war, war kein einziger Stern zu sehen, und selbst der Mond wurde nur selten sichtbar, wenn der Wind ein wenig an den Rauchschwaden zerrte und ihr Schleier dünner wurde. Ricardo schwitzte. Große Schaumflocken tropften von seinem Maul, und Anselmo hatte kaum noch Kraft in den Schenkeln, so hatte er das Pferd vorangetrieben. Dennoch hatte er das Gefühl, viel zu viel Zeit verschwendet zu haben. Er hätte sich mehr beeilen, er hätte schneller sein müssen. Wenn er nun zu spät kam, wenn Teresa verletzt war und noch gelebt hatte, jetzt aber …

Nein, er wollte nicht daran denken. Das Pferd weigerte sich, den immer noch brennenden Häusern zu nahe zu kommen, und Anselmo sprang ab, noch bevor es stand. Er rannte zu dem, was einst der Klosterhof gewesen war. Überall wütete das Feuer, und der Rauch war so dicht, dass Anselmo kaum die Hand vor Augen sehen konnte. Er stieg sogar aus dem Brunnen auf, als wäre es dem Inquisitor gelungen, das Wasser in Brand zu setzen. Beißender Qualm drang in seine Lungen ein, nahm ihm den Atem und ließ seine Augen tränen. Es war, als wäre er in das Zentrum der Hölle geraten.

Halb blind tastete sich Anselmo voran und rief Teresas Namen. Er schrie gegen das Knistern und Tosen der Flammen an, gegen das Zusammenbrechen von Dächern und Mauern. Glimmendes Stroh flog durch die Nacht wie Feuerwerkskörper, Funken sprühten aus berstenden Deckenbalken. Anselmo hustete. Er stolperte. Immer wieder schrie er ihren Namen, doch er bekam keine Antwort.

Irgendwann sah er direkt zu seinen Füßen das Haus mit dem kleinen Beet davor. Er erinnerte sich daran, wie sie bei ihrem letzten Besuch hier die Nonne hatten arbeiten sehen. Jetzt standen von dem Haus nur noch die Grundmauern mit einem brennenden Haufen von Balken und Holz in seiner Mitte, als hätte sich ein Riese ein Lagerfeuer angezündet.

Anselmo taumelte weiter. Er suchte das ganze Gelände ab, jeden Winkel. Er drang sogar in die immer noch brennende Kirche ein. Das Kruzifix war von der Wand gefallen und brennend auf den Altar gestürzt. Es loderte vor sich hin wie eine mahnende Fackel. Und noch während Anselmo das brennende Kreuz anstarrte, erklang ein entsetzliches Geräusch – hell, klar und durchdringend begann die Glocke zu schlagen. Sie schlug erst langsam, dann immer wilder, als ob sie himmlische Hilfe herbeirufen wollte. Anselmo erstarrte. Er überlegte gerade, ob ein Überlebender die Glocke läutete, als sie auch schon herabstürzte und nur wenige Schritte von ihm entfernt auf dem steinernen Boden der Kirche zerschellte. Plötzlich war es still, erschreckend still. Nur noch das Knistern des Feuers war zu hören und das Knacken von Balken. Das Knacken wurde immer lauter. Anselmo richtete seinen Blick zur Decke und sah gerade noch, wie sich das Dach der Kirche von den Mauern zu lösen begann.

Er wandte sich um. Er wusste, dass er viel zu langsam war, viel zu schwerfällig. Seine Beine bewegten sich, als hätte ihm jemand Blei in die Schuhe gegossen. Er erreichte die Tür, von der nur noch ein brennendes Viereck übrig geblieben war, streckte sich, sprang über die Schwelle und fiel der Länge nach hin, als hinter ihm mit ohrenbetäubendem Getöse das Dach der Kirche herabstürzte. Er verbarg den Kopf unter seinen Armen. Die Flammen stießen durch die Tür wie die feurige Zunge eines Drachen, leckten ihm über den Rücken, versengten seine Kleidung und die Haut seiner Hände, die seinen Hinterkopf zu schützen versuchten. Er schrie vor Todesangst, und die Flammen schnellten zurück, als hätte sein Schrei sie erschreckt. Anselmo richtete sich auf, und vor seinen Augen fiel die Kirche in sich zusammen. Staub, Rauch und Feuer umgaben ihn, Steine, Holz und Stroh wirbelten umher. Einen quälenden Augenblick lang schien es keine Luft mehr zum Atmen zu geben. Und dann war alles vorbei. Von der Kirche blieb nichts als ein brennender Trümmerhaufen. Wie gelähmt starrte Anselmo auf die Stelle, wo gerade noch die Kirche gestanden hatte, dann übergab er sich.

Als er wieder zu sich kam, hatte das Tosen nachgelassen. Das Feuer knisterte anheimelnd wie ein wärmendes Feuer im Kamin. Doch seine brennenden Augen, seine schmerzende wunde Kehle erinnerten ihn an die Unerbittlichkeit, mit der das Feuer gewütet hatte. Er setzte sich auf. Viele Trümmer glühten oder rauchten nur noch, Asche bedeckte den Boden, und er selbst war ebenso grau und schwarz wie alles um ihn herum.

Erneut bahnte sich Anselmo einen Weg durch die Trümmer. Mit bloßen Händen räumte er verkohlte Balken zur Seite. Er verbrannte sich dabei die Finger, hustete, spuckte Blut und schwarzen Schleim, doch immer noch wollte er nicht aufgeben. Mochte die Hoffnung auch noch so gering sein, er musste weiter nach Teresa suchen. Er musste sie finden. Er musste.

Irgendwann ging die Sonne auf und offenbarte das ganze Ausmaß der Zerstörung. Bleich schien sie durch die Rauchwolken, die noch immer von den schwarz verkohlten Trümmern aufstiegen. Was ihm eigentlich hätte neue Hoffnung schenken sollen, raubte ihm den letzten Rest seiner Kraft. Er hatte die ganze Nacht gesucht und keine Spur von Teresa gefunden. Jetzt konnte er nicht mehr. Seine Lungenflügel brannten, als würde das Feuer, das dieses einst so friedliche Kloster zerstört hatte, nun auf ewig in ihnen weiterbrennen. Seine Augen tränten so sehr, dass er außer vagen Schemen kaum noch etwas erkennen konnte. Sein ganzer Körper schmerzte. Erschöpft sank er in die Knie. Und doch wollte er es nicht glauben, noch kämpfte er gegen die Gewissheit an, dass Teresa ebenso wie alle anderen tot war.

»O Gott, nein!«, sagte er in die Stille hinein. »Nein! Teresa! Teresa!«

Ihr Name bahnte sich den Weg durch seine Kehle und wurde zu einem einzigen hilflosen Schrei.

»Anselmo!«

Anselmo drehte sich in die Richtung, aus der die schwache, halb erstickte Stimme gekommen war. Hatte er wirklich richtig gehört? Taumelnd erhob er sich.

»Anselmo!«

Es war dieselbe Stimme. Und dann sah er es. Am Rande des Klostergeländes standen ein halbes Dutzend Kiefern. Einst waren sie prächtige schattenspendende Bäume gewesen, jetzt ragten ihre Zweige in den Himmel wie die verkohlten Hände von Toten. Ihre Kronen waren entlaubt, und ihre Rinden brachen in großen schwarzen Schuppen von den verbrannten Stämmen. Auch sie waren der Wut des Feuers zum Opfer gefallen.

»Anselmo!«

In den Zweigen von einem der Bäume erkannte Anselmo ein Bündel. Es schien sich schwach zu bewegen. Er nahm all seine Kraft zusammen und ging näher, um besser sehen zu können. Tatsächlich, es war ein Mensch. Dort oben in den Zweigen saß ein Mensch. Und dieser Mensch war …

»Teresa!«, krächzte er. Und plötzlich kam wieder Leben in ihn. »Teresa! Ich hole dich, hab keine Angst, ich hole dich!«

Sie saß dort oben in der Krone des Baumes, selbst fast ebenso schwarz wie der Stamm der verkohlten Kiefer, und zitterte am ganzen Leib. Tränen liefen ihr über die Wangen. Sie hustete und keuchte.

»Anselmo!« Ihre Stimme war kaum mehr als ein Flüstern, und entsetzt erkannte er, dass sie nicht mehr lange die Kraft haben würde, sich festzuhalten. Wenn nicht schon vorher der Ast unter ihr nachgab. »Anselmo!«

Und in diesem Augenblick geschah es – sie fiel. In seiner Verzweiflung wusste Anselmo nichts anderes, als zu versuchen sie aufzufangen. Ihr Gewicht prallte auf ihn, riss ihn von den Füßen, und er bekam keine Luft mehr. Schmerzen peitschten durch seinen Körper.

Das ist das Ende, und das ist gut, dachte er und schloss die Augen. Er war so müde. Schlafen, ja, schlafen. Für immer und ewig schlafen. Mit seinen letzten Kräften schlang er die Arme um Teresas leblos auf ihm liegenden Körper und streichelte sanft ihr Haar. Dann zog sich die Dunkelheit um ihn zusammen.

Er spürte, wie sein Körper leicht wurde, so leicht, als würden die Hände der Engel ihn davontragen und direkt ins Paradies bringen. Dem ewigen Leben an Teresas Seite entgegen.

VIII

Ein neuer Tag

Anselmo stand am Fenster und sah hinaus auf den Hof. Die Engel hatten ihn und Teresa nicht ins Paradies getragen. Es waren Cosimo und Bartolomé gewesen, die sie auf Pferde gehoben und nach Hause gebracht hatten. Während Anselmo in Feuer und Rauch nach Teresa gesucht hatte, war Ricardo zur Hazienda zurückgelaufen, und hatte Hilfe geholt. Sein Leben lang hatte er Angst vor Pferden gehabt, und nun hatte sich eines in Not und Gefahr als treuer Freund erwiesen. Wie Mutter Maddalena ihm prophezeit hatte.

Er sah auf seine Hände hinab, die mit weichen, sauberen Tüchern bandagiert waren. Bartolomé hatte von einem Kräuterweib aus seinem Volk eine schmerzstillende Salbe bekommen. Immer noch fiel ihm das Sprechen schwer, immer noch musste er husten, und manchmal, wenn der Hustenreiz zu stark wurde, spuckte er neben dunklem rußigem Schleim auch Blut. Doch das bereitete ihm keine Sorgen. Seine Haut würde wieder heilen, ebenso wie seine wunde Kehle, und auch das Brennen in seinen Lungen würde irgendwann nachlassen, vielleicht schon morgen. Aber was ihn wohl niemals wieder loslassen würde, waren die schrecklichen Bilder des brennenden Klosters. Wenn er die Augen zumachte, loderte wieder das Feuer hinter seinen geschlossenen Lidern. Er hörte den letzten Aufschrei der Glocke und das Gebrüll der zusammenbrechenden Kirche. Das war gestern gewesen, doch es kam ihm wie ein halbes Leben vor. Und er war sich sicher, dass diese Bilder ihn noch in zehn, wahrscheinlich auch noch in hundert Jahren verfolgen würden.

»Wie geht es dir?«

Leise war Cosimo an ihn herangetreten.

»Besser«, sagte er mit krächzender Stimme, ohne sich umzuwenden. »Es ist nur … Ich muss an Mutter Maddalena und all die anderen denken. Wo sie wohl jetzt sein mögen?«

»Ich fürchte, sie befinden sich in den Kerkern der Inquisition«, sagte Cosimo und seufzte tief.

»Können wir denn nichts für sie tun? Gar nichts?«

Cosimo schüttelte den Kopf. »Morgen werden wir die Hazienda verlassen und nach Córdoba gehen. Wir werden uns eine Zeit lang im Haus von Juan Martinez verstecken und Señora Anne das Drachenöl geben. Vielleicht schafft sie es, Giacomo das Mittel einzuflößen, bevor Mutter Maddalena und ihre Nonnen zum Tod auf dem Scheiterhaufen verurteilt werden. Aber …« Er zuckte resigniert mit den Schultern. »Ich fürchte, selbst das würde wenig helfen. Den Kerkern der Inquisition entkommt keiner lebend.«

Anselmos Augen begannen wieder zu brennen. »Sie hat es gewusst«, flüsterte er und versuchte gar nicht erst die Tränen zu bekämpfen. »Mutter Maddalena hat es gewusst. Erinnerst du dich, wie sie zu uns sagte, sie brauche keine Pforte für den Kräutergarten, und wir könnten so viele Pflanzen nehmen, wie wir wollten, sie würden ohnehin bald niedergetrampelt?« Er schluckte. »Sie hatte Recht, Cosimo. Ich habe den Kräutergarten gesehen. Sie haben nicht eine Pflanze verschont. Nicht eine einzige. Und über dem Wasser des Brunnens stand Rauch.«

Cosimo nickte. »Ja, ich weiß. Auch ich habe es gesehen.«

Schweigend blickten sie gemeinsam auf den Hof hinaus. Die Sonne ging gerade auf und tauchte alles in ein warmes goldenes Licht. Es war ein schöner Anblick, doch Anselmo konnte sich nicht vorstellen, dass er jemals wieder Freude über irgendetwas empfinden würde.

»Selbst nach der schwärzesten Nacht folgt ein neuer Tag«, sagte Cosimo und legte ihm tröstend eine Hand auf die Schulter, als hätte er seine Gedanken gelesen. »Jetzt stehst du noch unter dem Eindruck der Schrecken, die du mit ansehen musstest. Und du wirst es nie vergessen. Doch irgendwann werden die Bilder alt, die Farben werden verblassen, und auch wenn sie nie ganz ihren Schrecken verlieren, so werden doch andere, neue Bilder kommen, die in den Vordergrund treten. Du wirst weiterleben, Anselmo. Und auch wenn du jetzt nicht daran glauben kannst, eines Tages wirst du wieder glücklich sein und aus vollem Halse lachen können. Der Mensch ist so. Er macht weiter. Unermüdlich bis zum letzten Atemzug. Dann erst stirbt die Hoffnung, danach der Glaube und ganz zuletzt die Liebe.« Er lächelte. »Und nun geh nach oben. Teresa geht es besser. Sie wartet auf dich.«

Anselmo nickte. Mühsam schleppte er sich die Treppe hinauf. Noch nie waren ihm die Stufen so hoch und zahlreich erschienen. Jeder Muskel, jeder Knochen in seinem Körper schmerzte und protestierte. Dann hatte er endlich das Ende der Treppe erreicht. Behutsam klopfte er an die Tür des Schlafgemachs, das seit Señora Annes Umzug in die Stadt leer gestanden hatte.

»Herein!« Die heisere schwache Stimme ging sofort in einen trockenen, bösartig klingenden Husten über. Anselmo öffnete langsam die Tür und trat ins Zimmer.

Teresa saß von mehreren Kissen gestützt im Bett. Ihr Anblick schnürte ihm die Kehle zu. Sie war bleich, ihr schönes langes Haar war versengt, sodass sie aussah, als hätte man ihr den Kopf geschoren, ihre großen dunklen Augen waren blutunterlaufen, und jeder ihrer mühsamen Atemzüge rasselte.

»Teresa!«, flüsterte Anselmo. Behutsam setzte er sich zu ihr auf das Bett, nahm vorsichtig ihre Hand und strich ihr sanft über die Wange. Als er jedoch ihren Kopf berührte, wandte sie den Blick ab. Tränen schimmerten in ihren Augen.

»Sieh mich nicht an, Anselmo. Ich bin so hässlich.«

»Nein«, entgegnete er, »das stimmt nicht. Das Haar wird wieder wachsen. Hauptsache ist doch, dass du lebst und ...«

Sie begann zu weinen, und er nahm sie zärtlich in die Arme. Es tat so gut, sie zu spüren, ihren warmen lebendigen Körper in den Armen zu halten, zu spüren, dass sie atmete. Mochten da auch die Atemzüge schwerfällig sein, das würde alles vergehen. Der Husten würde verschwinden, ihr Haar würde wieder wachsen. Aber sie lebte!

»Ich habe es gesehen, Anselmo«, flüsterte sie und krallte sich an seinen Nackenhaaren fest. »Ich habe den Rauch auf dem Wasser gesehen. Ich habe das Feuer im Himmel gesehen. Genau so, wie Mutter Maddalena gesagt hat.«

»Ich weiß«, entgegnete Anselmo leise. »Ich habe es auch gesehen.«

Und dann weinten sie beide gemeinsam.

Ketten

Gleich nach dem Aufstehen hatte Stefano eine für ihn ungewöhnliche Übelkeit verspürt. Seine Eingeweide schienen schwer zu sein, wie mit Steinen gefüllt, und nicht einmal den trockenen Kanten Brot, der ihm wie jeden Morgen zum Frühstück gereicht worden war, hatte er essen können. Als er nun das Kellergewölbe betrat, verstärkte sich dieses Gefühl, bis es schier unerträglich wurde. Der Raum, in dem der erste Teil des Verhörs stattfinden würde, schien ihm noch beklemmender zu sein als gewöhnlich. In der Tat kam es ihm vor, als sähe er das alles zum ersten Mal – die rußgeschwärzten Wände, den kleinen Altar in der Ecke des Raums, den hohen Lehnstuhl für den Inquisitor, das Schreibpult, das Seil, das von der Decke herabbaumelte, die beiden Diener, die bereits ihre dunklen Roben angezogen hatten. Es erschien ihm wie eine Szene aus einem Albtraum. Aber warum? Was sollte heute anders sein als an anderen Tagen? Was war an diesem Verhör anders als an anderen?

Pater Giacomo kniete vor dem Altar. Es roch nach dem Ruß der Fackeln, nach den massigen Körpern der beiden Diener, die unter dem dichten Stoff ihrer Kutten bereits zu schwitzen begannen, und nach dem Angstschweiß all der Gefangenen, die im Laufe der Zeit hier verhört worden waren. Die Luft war so stickig, dass Stefano glaubte jeden Augenblick ohnmächtig zu werden. Selbst die beiden Kerzen auf dem Altar flackerten unruhig, als wollten sie gleich wieder erlöschen.

Hastig durchquerte Stefano den kleinen Raum und kniete sich neben Pater Giacomo nieder, um sich im Gebet auf das Verhör vorzubereiten. Aber es wollte ihm nicht gelingen, sich zu konzentrieren. Hinter ihm waren Pedro und Carlos mit den Vorbereitungen für das Verhör beschäftigt. Für gewöhnlich störten ihn diese Geräusche nicht, aber heute lenkten sie ihn ab. Vielleicht waren sie diesmal einfach nur besonders laut.

Er hörte, wie Pedro den großen Lehnstuhl zurechtrückte, und Carlos Stundenglas, Feder, Tinte und Pergament auf das Schreibpult legte. Dann widmeten sich die beiden Diener dem

Seil, das an einem Flaschenzug von der Decke herabbaumelte. Stefano konnte verfolgen, wie es Zoll für Zoll auf den Boden fiel, während Carlos und Pedro es auf seine Festigkeit hin prüften. Der Flaschenzug klirrte, als sie das Seilende wieder hindurchschoben und den Haken daran festknoteten. Dieser Haken war groß und schwer. Er ähnelte den Fleischerhaken, welche die Metzger in ihren Läden benutzten. Eine perverse Ähnlichkeit, wenn man bedachte, dass an diesem Haken weder Schinken, Würste noch Schweinehälften, sondern ein Mensch hängen würde. Ein lebender, atmender Mensch.

Stefano schloss die Augen. Die Übelkeit wurde stärker. Er stellte sich vor, wie Pedro und Carlos in diesem Moment das Seil packten und sich mit ihrem ganzen Gewicht daran hängten. Das taten sie immer. Sie wollten kein Risiko eingehen, dass der Strick oder womöglich sogar der Flaschenzug an der Decke während des Verhörs nachgab. Stefano holte tief Luft. Normalerweise nahm er diese Dinge kaum wahr. Was war nur heute mit ihm los?

Unterdessen hatte Pater Giacomo sein Gebet beendet. Er machte das Kreuzzeichen und stand auf. Stefano war erleichtert, denn jetzt durfte auch er sich wieder erheben. Er liebte das Gebet und die innere Einkehr, doch an diesem Tag schien es ihm weder Ruhe noch Frieden zu bringen. Im Gegenteil, er hatte sogar das Gefühl, dass es ihn eher noch mehr verwirrte.

»Du bist bleich wie der leibhaftige Tod, Stefano«, sagte Pater Giacomo und musterte ihn. »Ist dir nicht wohl?«

Stefano schüttelte den Kopf und versuchte dem forschenden Blick seines Lehrers auszuweichen. Seine Hände verkrampften sich ineinander, und er war froh, dass sie wieder in den Ärmeln seiner Kutte steckten, sodass Pater Giacomo wenigstens das nicht sehen konnte.

»Es ist nichts, Pater Giacomo«, sagte er. Und obgleich ihm klar war, dass er log, konnte er seinem Lehrer und Mentor doch nicht die Wahrheit sagen – er kannte sie schließlich selbst nicht.

»So?«

Pater Giacomo hob nur eine Augenbraue, aber Stefano hatte den Eindruck, dass er mehr wusste als er selbst, denn er hatte die Fähigkeit, in ihn hineinzusehen, als wären sein Kopf und seine Seele aus Glas. Zuweilen war es richtig beängstigend. Vielleicht kannte Pater Giacomo den Grund für sein Unwohlsein und sein Unbehagen. Sollte er ihm davon erzählen und ihn um Rat fragen? Er öffnete gerade den Mund, als ihm wieder die Warnungen der seltsamen Frau einfielen, die ihn vor einiger Zeit im Beichtstuhl aufgesucht hatte. In den ersten Tagen danach hatte er sich, so oft es seine Zeit und seine Pflichten als Gehilfe des Inquisitors erlaubten, in der Kirche herumgedrückt, um sie abzufangen und noch einmal mit ihr zu sprechen. Doch die geheimnisvolle Frau blieb verschwunden. Niemand schien sie zu kennen oder gesehen zu haben. Mittlerweile war er davon überzeugt, dass er tatsächlich alles nur geträumt hatte. Ja, er hatte dieses Gespräch sogar fast vergessen. Warum also fiel es ihm ausgerechnet jetzt wieder ein?

»Dann können wir also beginnen?«, fragte Pater Giacomo und ordnete sein Gewand.

Stefano nickte, aber seine Kehle war trocken, und sein Magen schlug Purzelbäume. Und im Grunde seines Herzens hatte er nur einen Wunsch – fort von hier. Was war bloß mit ihm los?

»Im Namen unseres Herrn Jesus Christus«, sagte Pater Giacomo und wandte sich an die beiden Diener, »führt die Angeklagte herein.«

Carlos und Pedro verneigten sich vor dem Inquisitor. Dann

setzten sie ihre spitzen schwarzen Kapuzen auf, die das ganze Gesicht bedeckten und nur schmale Schlitze für Mund und Augen freiließen, und begaben sich aus dem Raum.

Stefano warf einen kurzen Blick auf die umfangreiche, mehrere Pergamentseiten umfassende Anklageschrift. »Mutter Maddalena«, wie die als Hexe angeklagte Frau von vielen bezeichnet wurde, hatte in einer Art Gemeinschaft zusammen mit anderen Frauen in den Bergen gelebt. Stefano war an dem Tag, als »Mutter Maddalena« und ihre »Schwestern« von der Inquisition ergriffen und nach Córdoba gebracht worden waren, nicht dabei gewesen. Er hatte die Verhörprotokolle für einen weiteren Ketzerprozess durchsehen, sortieren und in Reinschrift bringen müssen, während Pater Giacomo mit einigen Männern der ihm unterstellten Miliz in die Berge geritten war. Aber er hatte Gerüchte über die Festnahme dieser »Schwestern« gehört, und was ihm erzählt worden war, hatte ihm die Haare zu Berge stehen lassen.

Da hast du den Grund, dachte er und wischte sich die Schweißtropfen von der Stirn. Seine Gedärme wanden sich und zwickten ihn, als wollten sie jeden Moment ihren Inhalt von sich geben. Es sind diese Gerüchte, die dich aus der Fassung gebracht haben, nichts weiter.

Stefano atmete tief ein und verlagerte sein Gewicht auf das andere Bein. Er hatte die Aufgabe, bei den Verhören das Protokoll zu führen, nie besonders gemocht, im Gegensatz zu Pedro und Carlos, die ihre Tätigkeit manchmal regelrecht zu genießen schienen. Aber die Schreie der Verzweiflung, der Angst und des Schmerzes waren oft nur schwer zu ertragen. Und er hatte bereits jetzt eine Ahnung, dass es an diesem Tag besonders schlimm werden würde. Er warf Pater Giacomo einen verstohlenen Blick zu. Sein Mentor saß ruhig und gelassen auf dem hohen Lehnstuhl, beide Hände locker auf die Armlehnen gelegt. Er hatte die Augen geschlossen, als ob er schliefe, doch Stefano wusste, dass es ein letzter Moment der Sammlung war, bevor er sich dem Verhör stellte.

Schließlich öffnete sich die Tür, und die Angeklagte wurde hereingeführt. Sie sah ganz anders aus, als Stefano sich die Hexe vorgestellt hatte. Sie war klein und zart, fast wie ein junges Mädchen, doch sie ging barfuß und trug ein lehmfarbenes Gewand aus einem groben Stoff, einer Ordenskutte nicht unähnlich. Ihr Gesicht war schön. Es war geprägt von den Falten eines langen, erfüllten Lebens, dem weder Freuden noch Sorgen fremd waren, und ihre braunen Augen waren voller Wärme und Güte. Natürlich beging die Inquisition keine Fehler, das lag in ihrer Natur. Trotzdem fragte sich Stefano, ob man nicht vielleicht in diesem einen besonderen Fall die falsche Frau verhaftet hatte. *Sie* konnte doch gewiss keine Hexe sein.

Ohne Furcht, als ob sie nicht wüsste, was sie erwartete, sah sich die Nonne in dem Verhörraum um. Als ihr Blick auf Stefano fiel, lächelte sie. Es war das wohl liebevollste, gütigste Lächeln, das er je gesehen hatte. Sein Herz schlug schneller. War sie etwa die Frau, von der die Geheimnisvolle im Beichtstuhl gesprochen hatte? War sie etwa seine … seine Mutter? Doch dann fiel ihm ein, dass er ihr noch nie begegnet war. Und schon gar nicht in Jerusalem. Daran würde er sich erinnern. Bestimmt.

Pedro führte die Nonne in die Mitte des Raums, dorthin, wo das Seil vom Haken herabbaumelte. Der Raum war eng, und die gefesselten Hände der Frau streiften Stefano, als sie am Schreibpult vorbeiging. Es war eine leichte, zarte Berührung, als ob ein Schmetterlingsflügel ihn gestreift hätte. Dennoch erschütterte sie ihn bis ins Mark.

Sie ist unschuldig, flüsterte eine Stimme in ihm. Sie ist eine Heilige, und sie ist unschuldig.

Natürlich wusste er, dass sich der Teufel und seine Schergen so mancher verabscheuungswürdigen Tricks bedienten, um die Menschen zu täuschen. Also straffte er die Schultern und versuchte alles abzuschütteln. Und um seinen eigenen Geist vor gefährlichen Gedanken rein zu halten, heftete er seinen Blick fest auf das Pergament vor ihm und nahm die Feder in die Hand.

»Wie ist dein Name?«, fragte Pater Giacomo die Frau. Seine Stimme klang hart, kalt und unnachgiebig.

»Ich bin Maddalena de la Cruz«, antwortete sie mit einer tiefen, vollen Stimme. Stefanos Kopf schnellte hoch. Er sah die Frau an, als wäre sie erst soeben in diesem Raum erschienen. »Manche nennen mich auch Mutter Maddalena.«

Wie erstarrt stand Stefano an seinem Schreibpult und starrte die Angeklagte an. Aber war denn das möglich? Hatte er sich bestimmt nicht verhört? Diese zarte, gebrechlich wirkende Nonne konnte doch nicht die Frau aus dem Beichtstuhl sein? Die Frau, die ihn vor Pater Giacomo gewarnt und die er sich als große junge Schönheit vorgestellt hatte? Und doch war es ihre Stimme, ihre wunderbare, wohlklingende Stimme. Sie war so voller Güte, so voller Wärme, und ...

»Stefano!«, fuhr ihn Pater Giacomo verärgert an. »Steh nicht da herum und glotz nutzlos in die Gegend. Walte deines Amtes und schreib endlich mit!«

Mutter Maddalena wandte den Kopf und lächelte Stefano zu. Es war ein kaum sichtbares Lächeln, und sie blinzelte einmal, als wollte sie ihn ermahnen: Denk immer daran, was ich dir gesagt habe. Vergiss es nie.

»Stefano, was ist mit dir los?« Pater Giacomo schlug zornig mit der Faust auf die Armlehne seines Stuhls, sodass das Holz ächzte. »Tauch endlich die Feder in die Tinte! Oder soll ich dich ablösen lassen?«

»Verzeiht, Pater, verzeiht«, murmelte Stefano und senkte rasch den Blick auf das Pergament vor ihm. Schamesröte stieg ihm ins Gesicht. Er schämte sich für das, was er hier tat.

»Also noch mal«, sagte Pater Giacomo, »damit unser zerstreuter Schreiber auch wirklich alles notieren kann. Wie ist dein Name?«

»Maddalena de la Cruz«, antwortete sie wieder. Ihre schöne Stimme klang fast heiter, als wäre das Ganze in Wirklichkeit nur ein harmloses Spiel. »Und manche nennen mich auch Mutter Maddalena.«

Laut kratzte die Feder auf dem Pergament. Die Tinte war dickflüssig, als hätte jemand Mehl hineingerührt, jemand, der verhindern wollte, dass das Protokoll geschrieben wurde. Immer wieder musste Stefano die Feder in das Tintenfass tauchen, und es dauerte eine halbe Ewigkeit, bis er endlich ihren Namen geschrieben hatte. Pater Giacomo wurde allmählich ungeduldig, doch dann stand endlich auf dem Pergament: »Maddalena de la Cruz, genannt auch Mutter Maddalena«. Ein dicker Tropfen Tinte löste sich langsam und schwerfällig von der Spitze der Feder wie ein Blutstropfen und fiel auf das Pergament. Die Buchstaben leuchteten und schimmerten so seltsam, dass Stefano sich fragte, ob sich wirklich nur gewöhnliche Tinte in dem Fässchen befand. Zum ersten Mal, seit er neben Pater Giacomo an Verhören teilnahm, hatte er das sichere Gefühl, dass sie wirklich unrecht taten. Sie, die der Inquisition dienten, bereiteten nicht dem Herrn den Weg, nein, sie waren im Begriff, eines seiner geliebten Geschöpfe zu töten. Das war Mord.

»Gut«, sagte Pater Giacomo. »Sehr schön.« Er schnalzte mit der Zunge, als könnte er die vor ihm liegende Prozedur kaum erwarten. Stefano war sicher, dass er, wenn er heute früh etwas gegessen hätte, es spätestens in diesem Augenblick wieder von sich gegeben hätte. »Ihr zwei wisst, was ihr zu tun habt.«

Pedro und Carlos nickten unter ihren Kapuzen. Sie lösten Maddalena de la Cruz – Mutter Maddalena – die Handfesseln und banden ihr die Hände auf den Rücken. Dann befestigten sie den Haken an dem Knoten. Schließlich griffen sie beide nach dem Seil, wie zwei Glöckner, die zum Angelus läuten wollten, und warteten.

Stefano schloss die Augen und faltete die Hände. Er wünschte sich weit fort, so weit, dass nicht einmal Pater Giacomo ihn finden konnte. Am besten auf die andere Seite des großen Meeres, in den Westen, dorthin, wohin so viele verschwanden, die vor Gräueln und Unrecht wie diesem auf der Flucht waren. Aber jetzt nützten ihm diese Wünsche nichts. Jetzt war er hier. Alle erwarteten von ihm, dass er seine Aufgabe erfüllte. Aber welche Aufgabe hatte er? War es wirklich seine Bestimmung, ein Werkzeug des Bösen zu werden? Gott war die Liebe, die Güte, die Barmherzigkeit, die Schönheit, die Sanftmut, die Vergebung – und dieser Raum mit allem, was hier geschah, ein Widerspruch.

Pater Giacomo nickte Carlos und Pedro zu. Die beiden spuckten in die Hände und zogen an dem Seil. Dabei brauchten sie nicht einmal viel Kraft. Ein kurzes Keuchen war zu hören, als Mutter Maddalena die Arme durch den Zug des Seils nach hinten und nach oben gerissen wurden. Sie kippte leicht nach vorne und schloss die Augen. Stefano konnte sehen, wie sich ihre Lippen bewegten. Wahrscheinlich betete sie um Kraft, Beistand, vielleicht sogar um Rettung. Dann lösten sich ihre Füße vom Boden. Das Verhör hatte begonnen.

Geh diesen Weg

Es war still im Haus. Im ersten Stockwerk schliefen die Kinder, und Suzannas Küche lag fast im Dunkeln. Eine einzige Kerze stand in der Mitte des Tisches, und schweigend saßen sie darum herum. Sie waren alle da – Juan und Suzanna, Cosimo und Anselmo, Teresa, Anne und Bartolomé.

Anne sah zu, wie die Flamme der Kerze leicht flackerte. Nicht viel, nur ein bisschen, aber trotzdem hatte sie das Gefühl, dass sie nicht allein waren. Waren es Geister, die ihnen über die Schulter schauten und sie belauschten? Seelen, die endlich Genugtuung verlangten für das, was man ihnen angetan hatte? Es war still, so still, dass Anne das nächtliche Knacken der Deckenbalken hören konnte. Und in ihrer Fantasie steigerte es sich zum Knacken und Knistern brennender Balken und Strohdächer. Mit leiser, noch immer vom Rauch heiserer Stimme und immer wieder unterbrochen von einem trockenen Husten hatte Teresa von dem Überfall der Miliz auf das Kloster erzählt. Sie hatte geschildert, wie die Männer die Beete zertrampelt und brennende Fackeln in die Häuser und die Kirche geworfen hatten. Sie hatte berichtet, wie sie sich selbst auf einen Baum gerettet hatte und mit ansehen musste, wie Mutter Maddalena zusammen mit den anderen Nonnen von den Schergen des Inquisitors in den Wagen gepfercht worden waren. Und sie hatte erzählt, wie Pater Giacomo dabeigestanden und gelacht hatte. Anselmo saß in für ihn untypischer Schweigsamkeit neben ihr und hielt in seinen bandagierten Händen Teresas zarte Hand. Das flackernde Licht der Kerze malte Schatten auf sein Gesicht, als würde er immer noch inmitten der brennenden Trümmer des Klosters nach Teresa suchen.

Dann hatte Bartolomé erzählt, was er auf den Straßen und in den Gasthäusern von den Bettlern und Dieben gehört hatte. Mutter Maddalena und die anderen Nonnen wurden in den Verliesen der Inquisition festgehalten. Nicht in dem offiziellen Gefängnis im Alcázar, wo die »leichten« Fälle untergebracht waren, sondern in dem geheimen Kerker unterhalb der Kirche San Tomás, den ein Angeklagter höchstens verließ, um seinen letzten Gang zum Scheiterhaufen anzutreten.

»Seit heute Mittag wird Mutter Maddalena dort verhört.«

Bartolomés letzte Worte schienen immer noch um sie herumzuschweben. Sie hatten sich auf sie und ihre ohnehin schon gedrückte Stimmung gelegt, sodass Anne das Gefühl hatte, nie wieder in ihrem Leben wirklich glücklich sein zu können. Eigentlich wollte sie nicht daran denken, doch sie konnte die Bilder aus den Geschichtsbüchern nicht aus ihrem Kopf verbannen. Unerbittlich stiegen sie aus den Tiefen ihrer Erinnerung empor wie Luftblasen in einem Teich. Es waren Bilder von Folterinstrumenten – dem so genannten Spanischen Stiefel, der Streckbank, den Daumenschrauben, Bilder von der Feuer- und der Wasserprobe und all den anderen Scheußlichkeiten, die die Hirne der Folterknechte sich im Laufe der Jahrzehnte erdacht hatten, um den als Ketzer oder Hexen Angeklagten ein Geständnis abzupressen. Sie fragte sich, ob die anderen hier am Tisch wohl auch von diesen Marterwerkzeugen wussten – oder ob sie sich die Schrecken dieser »Verhöre« in ihrer Fantasie ausmalten. Und sie überlegte, was wohl schlimmer war.

Cosimo räusperte sich. »Ihr müsst die Stadt mit Eurer Familie verlassen, Señor Martinez«, sagte er und sah den Schreiber an, der die Hand seiner Frau festhielt, als hätte er Angst, man könnte sie ihm entreißen. »Noch heute Nacht.«

Juan sah auf, dann nickte er.

»Die Stadt verlassen?«, fragte Suzanna. Seit Teresas Bericht war sie bleich und still gewesen. Wie alle anderen hatte auch sie mit den armen Nonnen mitgefühlt und darüber sogar die Anwesenheit des pockennarbigen Zigeuners vergessen, der sie anfangs sichtlich entsetzt hatte. Anne hatte sogar Tränen in ihren Augen gesehen. Jetzt jedoch huschten ihre Blicke alarmiert zwischen Cosimo und ihrem Mann hin und her, und Anne konnte sich vorstellen, was in ihrem Kopf vor sich ging. »Aber warum denn?«

»Ihr habt es Eurer Frau nicht gesagt, Señor?«, fragte Cosimo, anstatt Suzanna eine Antwort zu geben. Juan schüttelte den Kopf. »Dann ist also auch nichts für Eure Flucht vorbereitet?«

Wieder schüttelte Juan den Kopf, und Cosimo fuhr sich durchs Haar.

»Verehrte Señora«, begann Cosimo und legte seine gefalteten Hände bedächtig vor sich auf den Tisch, doch wer ihn kannte, wusste, dass es in ihm brodelte. Wahrscheinlich hätte er Juan am liebsten am Kragen gepackt und in der Küche hin und her gestoßen. »Vor einigen Wochen hat sich Euer Gatte vertrauensvoll an mich gewandt mit der Bitte, ihm bei der Flucht aus der Stadt zu helfen.«

»Aber warum denn nur, Juan?«, fragte Suzanna. »Wieso willst du Córdoba verlassen? Dein Vater, dein Großvater, dein Urgroßvater – sie alle haben hier gelebt. Wir besitzen dieses wunderbare Haus, du hast eine angenehme Arbeit, ein gutes Einkommen. Warum willst du das alles hinter dir lassen? Bist du hier etwa nicht glücklich?«

»Daran liegt es nicht«, erwiderte Juan leise. »Aber …« Er warf Cosimo einen Hilfe suchenden Blick zu.

»Die Vorfahren Eures Mannes sind unglücklicherweise jüdischer Herkunft«, sagte Cosimo ruhig. »Wegen Eurer zahllosen Pflichten im Haus und der Erziehung Eurer Kinder, die gewiss Eure ganze Aufmerksamkeit und Kraft beanspruchen, mag es Euch entgangen sein, dass sich die Inquisition bevorzugt jenen widmet, die sich nicht einer christlichen Abstammung rühmen können. Und deshalb befürchtete Euer Gatte, dass auch er irgendwann in das Blickfeld der Inquisition geraten könnte. Er fürchtete um Eure Sicherheit und natürlich vor allem um die Eurer Kinder.«

Suzanna sah von einem zum anderen, als wäre ihr das alles neu.

»Aber … wann …«

»Wie ich bereits sagte, es ist schon einige Wochen her. Er hat mich an einem freien Tag auf meiner Hazienda aufgesucht, und wir haben alles miteinander besprochen. Bartolomé war sein Kontakt hier in Córdoba. Allerdings war ich davon ausgegangen, dass Euer Gatte Euch in seine Pläne einweiht.«

Suzanna runzelte die Stirn. Dann schüttelte sie verständnislos den Kopf. »Warum hast du mir nichts davon gesagt, Juan? Warum hast du es mir verschwiegen? Und mehr als das – du hast mich sogar angelogen.« Juan wollte etwas entgegnen, doch sie schnitt ihm mit einer ärgerlichen Geste das Wort ab. »Hast du so wenig Vertrauen zu mir? Glaubst du wirklich, ich wäre so blöd und würde auf dem Marktplatz der nächstbesten Nachbarin erzählen, dass wir die Stadt verlassen wollen? Weißt du, dass ich wegen deiner Heimlichtuerei und deiner Lügerei geglaubt habe, du hättest eine Liebschaft mit …« Sie warf Anne einen kurzen Blick zu und wurde rot. »Ich glaubte, du betrügst mich. Ich habe deinetwegen nächtelang nicht geschlafen. Und schlimmer noch, ich war sogar …« Sie presste die Lippen aufeinander.

»Suzanna, Liebes, ich …«

»Ach, hör auf, Juan!« Ihre braunen Augen blitzten. »Wenn du nur einen Funken Verstand im Kopf gehabt hättest, hättest du mich eingeweiht. Ich hätte Señora Anne freundlich behandelt, und wir brauchten jetzt nicht wertvolle Zeit zu verlieren, sondern unsere Sachen wären bereits gepackt.

Jetzt nehme ich das in die Hand.« Mit zornigem Gesicht wandte sie sich an Cosimo. »Was sollen wir tun, Señor de Cabalho?«

Cosimo, der sich bequem auf seinem Stuhl zurückgelehnt und die Szene mit einem gewissen Vergnügen beobachtet hatte, beugte sich jetzt wieder vor.

»Nehmt nicht zu viel mit. Kleidung für Euch und die Kinder, Schmuck und andere wertvolle Kleinodien, sofern Ihr welche besitzt. Möbel, Bilder und dergleichen müsst Ihr zurücklassen.«

Suzanna nickte kurz. »Wie wird unsere Flucht aussehen?«

»Ihr werdet als Zigeuner verkleidet mit Bartolomé die Stadt verlassen. Er wird Euch mit seinen Leuten nach Cadiz bringen. Dort werdet Ihr ein Schiff besteigen, das Euch nach Westen in die Neue Welt bringt.«

Suzanna wurde bleich. »In die Neue Welt? So weit fort?«, flüsterte sie. Dann jedoch nickte sie entschlossen. »Wenn es nötig ist, so werden wir eben gehen. Was geschieht mit unserem Haus?«

»Ich möchte Euch bitten, Señora, meinem Sohn, Teresa und mir zu gestatten, eine Weile hier zu wohnen. Somit würde es auch längere Zeit verborgen bleiben, dass Ihr die Stadt verlassen habt, wie wenn das Haus von heute auf morgen leer stünde. Wenn wir es nicht mehr brauchen, werde ich es verkaufen und Euch den Erlös zukommen lassen.«

»Nein, Señor de Cabalho«, sagte Suzanna, »behaltet das Geld oder das Haus und macht damit, was immer Euch beliebt. Nehmt es als Zeichen unserer Dankbarkeit. Und nun komm, Juan, ich brauche deine Hilfe beim Packen. Vergebt mir die Unhöflichkeit, aber wir müssen uns beeilen.«

Sie stand auf, und noch ehe Juan etwas sagen konnte, hatte sie ihn mit sich aus der Küche gezogen.

»Eine starke, entschlossene Frau«, sagte Cosimo, und in

seiner Stimme schwang deutlich Anerkennung. »Allerdings möchte ich jetzt nicht in seiner Haut stecken.«

Anne schüttelte den Kopf. »Ich habe es ihm gesagt. Ich habe ihm gesagt, er soll ihr die Wahrheit erzählen.«

»Ja, das wäre wohl besser gewesen.«

»Und was tun wir?«, fragte Anne. »Ich meine, wir können doch nicht einfach hier sitzen und abwarten, was Giacomo als Nächstes plant. Wir müssen doch ...«

»Deshalb sind wir hier«, sagte Cosimo ruhig, und der Blick, mit dem er sie ansah, gefiel Anne gar nicht. »Das Drachenöl ist fertig. Es ist so weit. Jetzt seid Ihr dran, Señora Anne.«

Er holte aus einer ledernen Tasche einen in Tücher gewickelten Gegenstand hervor und gab ihn Anne.

Vorsichtig wickelte sie ihn aus. Es war eine Flasche mit einer grünen Flüssigkeit darin. Einen Augenblick lang war Anne sprachlos.

»Und was soll ich jetzt tun?«, fragte sie und fühlte sich plötzlich so hilflos wie selten.

»Mischt es Giacomo ins Essen«, antwortete Cosimo, als wäre das die einfachste Sache der Welt.

Annes Herz begann schneller zu schlagen, und sie spürte, wie Panik sie ergriff.

»Aber ... aber wie soll ich das tun? Ich habe doch nichts mit dem Inquisitor zu schaffen. Ich komme ja nicht einmal in seine Nähe. Und selbst wenn mir das gelingen würde, würde er mich erkennen. Außerdem weiß ich gar nicht, wie viel davon ich ihm ins Essen mischen soll und ...«

»Einfach den ganzen Inhalt«, sagte Cosimo.

Anne starrte die Flasche an, ihre Gedanken fuhren Kettenkarussell.

»Bitte«, sagte sie schließlich und schob die Flasche von sich weg zu Cosimo, »macht Ihr es. Ihr seid gewiss gewandter in diesen Dingen und könntet ...«

Cosimo schüttelte den Kopf. »Nein, ich würde nicht einmal hundert Meter an Giacomo herankommen. Er würde meine Anwesenheit riechen.«

»Und was ist mit Anselmo? Er ist doch ein geschickter Dieb.«

»Nein, das Gleiche gilt auch für ihn.«

»Aber nicht für Bartolomé. Er könnte doch …«

»Bartolomé wird noch heute Nacht mit der Familie Martinez die Stadt verlassen. Und ich verrate Euch wohl kein Geheimnis, wenn ich Euch sage, dass er innerhalb der nächsten Monate nicht zurückkehren wird.« Er hob bedauernd die Schultern und schob die Flasche wieder zu ihr hin. »Dies ist Eure Aufgabe, Señora Anne. Und so gern ich selbst es auch tun würde, niemand kann Euch diese Bürde abnehmen.«

Anne schluckte. Sie fühlte sich schwach und hatte den Eindruck, jeden Augenblick in Ohnmacht zu sinken. Sie legte ihre Hände um die grünlich schimmernde Flasche und hielt sie fest.

»Aber wie? Wie soll ich das anstellen?«

Wieder zuckte Cosimo mit den Schultern. »Ihr seid klug, Señora. Ich bin sicher, dass Euch etwas einfallen wird.« Er legte tröstend eine Hand auf ihren Arm. »Außerdem sind wir ab jetzt in Eurer Nähe. Sobald einer von uns eine Idee hat, die Euch nützlich sein könnte, werden wir es Euch wissen lassen.«

Anne nickte und versuchte sich mit den üblichen Floskeln zu beruhigen, die man sich normalerweise in solchen Situationen zu sagen pflegte: Kommt Zeit, kommt Rat. Es wird nichts so heiß gegessen, wie es gekocht wird. Eile mit Weile. Abwarten und Tee trinken. Es ist noch kein Meister vom Himmel gefallen … Aber halfen diese sicherlich wohlgemeinten Redewendungen wirklich gegen die bohrenden, nagenden Zweifel und gegen diese panische Angst, die sie in ihren Klauen gepackt hielt und schüttelte, bis ihr die Zähne klappernd aufeinander schlugen? Nein, es half nicht. Nicht einmal ein bisschen.

Das Spiel der Wahrheit

Karl V. saß hinter dem Schreibtisch und las einen Brief, der vor wenigen Augenblicken gebracht worden war. Anne betrachtete den Kaiser aufmerksam. Er sah blass und müde aus. Und obwohl er sich große Mühe gab, es zu verbergen, erkannte sie doch, dass nicht nur die scheinbar ewig andauernden Ketzerprozesse ihm zu schaffen machten. Es ging ihm auch körperlich schlecht. Wenn er sich bewegte, verzog er manchmal das Gesicht, als ob er Schmerzen hätte, und wenn er glaubte, dass sie es nicht sah, schloss er die Augen und fuhr sich übers Gesicht. Eine Weile las er schweigend, dann ließ er das Schreiben sinken und starrte wie abwesend aus dem Fenster.

Anne überlegte nicht lange. Sie mochte den Kaiser, und wie er so dasaß und nach draußen starrte, wirkte er so einsam und bedrückt, dass sie es nicht länger mit ansehen konnte. Er tat ihr Leid. Er tat ihr so Leid, dass sie für einen Augenblick sogar ihre eigenen Sorgen vergaß, die seit dem Gespräch mit Cosimo vor zwei Tagen wie Blei auf ihrer Seele lasteten.

»Sire«, sagte sie leise, »sind schlechte Nachrichten gekommen?«

Er wandte ihr den Kopf zu und blickte sie an, als hätte er für einen Moment vergessen, dass sie da war. Dann sah er wieder zum Fenster hinaus. Ein gequältes Lächeln huschte über sein Gesicht.

»Schlechte Nachrichten?«, sagte er leise. »Nein, nicht wirklich. Nur ein kleiner farbiger Mosaikstein. Doch zusammen mit allen anderen, die ich in den vergangenen Tagen und Wochen erhalten habe, fügt er sich zu einem großen Bild, einem schrecklichen Bild. Das Reich brennt, Señora Anne. Es brennt an allen Ecken. Die so genannte Reformation breitet sich aus wie die Pest. Wenn es so weitergeht, wird möglicherweise ein Krieg bald unvermeidbar sein. Mein Sohn trifft in Toledo Entscheidungen, von denen ich nur hoffen kann, dass es sich um die typischen jugendlichen Torheiten handelt und nicht um Anzeichen seiner wahren Gesinnung. Und in der Neuen Welt …« Er seufzte tief. »Und obwohl ich überall im Reich gebraucht werde, sitze ich hier in Córdoba fest, um Ketzerprozessen beizuwohnen, die meiner ehrlichen Meinung nach völlig überflüssig sind. Selbst die Kirche hat zurzeit dringendere Probleme.«

Anne lächelte. Es erfüllte sie immer noch mit Verwunderung, aber natürlich auch mit Stolz, dass Karl V. ihr gegenüber so offen war. Er behandelte sie fast wie seinesgleichen.

»Was steht in dem Brief, Sire?«, fragte sie. »Sind es Nachrichten aus Deutschland?«

Karl V. blickte mit gerunzelter Stirn auf das Schreiben in seinen Händen, dann schüttelte er den Kopf. »Nein, eigentlich ist dieser Brief nicht einmal besonders wichtig. Er stammt von meinem Hofgärtner in Toledo. Einer der Generäle hat offenbar aus der Neuen Welt verschiedene seltsame Dinge mitgebracht, unter anderem auch Pflanzen, die er ›Batate‹ oder so ähnlich nannte. Er soll gesagt haben, dass sie vorzüglich seien und die Eingeborenen sie in großen Mengen verzehren würden. Mein Hofgärtner hat die Pflanze daraufhin angepflanzt. Doch alle, die von den Früchten gegessen haben, sind krank geworden. Na ja«, er schüttelte den Kopf und ließ das Schreiben sinken, »wie ich schon sagte, so wichtig ist es nicht. Gottlob ist schließlich niemand daran gestorben. Wahrscheinlich sind diese Eingeborenen anders geartet als wir und vertragen deshalb auch andere Nahrung. Ich werde dem Oberhofgärtner sagen, er soll die Pflanze zur Zierde halten oder vernichten.«

Anne unterdrückte nur mit Mühe ein Lachen. Die Kartoffel. Dunkel erinnerte sie sich an Bemerkungen ihres Geschichtslehrers über die Verwirrung, die diese Pflanze anfangs in Europa gestiftet hatte. Nun erlebte sie es selbst.

»Sire, vergebt mir, dass ich Euch zu widersprechen wage«, sagte sie, »aber der General hat Recht. Diese Pflanze ist wirklich eine Bereicherung, vorausgesetzt, man erntet die unterirdisch wachsenden Knollen und nicht die Früchte, die in der Tat giftig sind.«

Karl V. richtete sich so abrupt auf seinem Lehnstuhl auf, dass er dabei den Schemel umwarf. Er zuckte zusammen und stieß einen Schmerzensschrei aus. »Ver…!« Er ballte die Faust und biss die Zähne zusammen.

»Sire!«, rief Anne erschrocken und stürzte zu ihm hin. »Was ist mit Euch?«

»Nichts«, stöhnte er. »Nichts weiter außer diesem Zipperlein, wie die Quacksalber es so freundlich und harmlos zu nennen belieben. Es plagt mich heute mal wieder außerordentlich.«

Er hat Gicht, dachte Anne und sah voller Entsetzen auf seinen linken Fuß hinab. Sein Schuh – oder besser gesagt sein Pantoffel – war hinuntergefallen, und selbst durch den Strumpf war die Schwellung der Zehen deutlich zu erkennen. Aber was konnte man gegen diese Krankheit tun? Wenn sie Ärztin gewesen wäre oder wenigstens Krankenschwester, hätte sie ihm bestimmt ein paar nützliche Ratschläge geben und seine Schmerzen lindern können. Dann fiel ihr plötzlich etwas ein. Hatten sie vor zwei Jahren nicht einen Artikel über Stoffwechselerkrankungen wie Diabetes und Gicht in ihrem

Magazin veröffentlicht? Sie hatte den Artikel damals zwar nicht selbst geschrieben, aber sie hatte ihn redigiert. Vielleicht konnte sie sich ja doch an etwas erinnern, wenn sie nur scharf genug nachdachte.

»Ich glaube, Ihr solltet den Genuss von Schweinefleisch und Rotwein meiden«, sagte sie schließlich, während sie behutsam den geschwollenen Fuß wieder auf den Schemel legte. Leider war dies das Einzige, was von dem Artikel noch in ihrem Gedächtnis hängen geblieben war. Aber immerhin besser als nichts.

»Ja, ja, ja!«, erwiderte Karl V. So wie er es sagte, klang es, als hätte er diesen Rat nicht zum ersten Mal gehört. Außerdem schien ihm seine Hilflosigkeit unangenehm zu sein. »Ich weiß, ich weiß – keinen Schinken, keine Würste, keinen fetten Braten. Isabella hat das auch immer gepredigt. Ihr klingt schon genau wie sie, Señora Anne. Genau wie sie.« Er sah sie an, und sein Gesicht wurde weich. Schließlich lächelte er. »Aber Isabella könnte Euch bestätigen, dass diese Mühe zwecklos ist. Ich liebe nun einmal den Geschmack deftiger Würste. Und einen Kelch, gefüllt mit einem wie hundert Funkelsteine leuchtenden Wein in den Händen zu halten ist eines der wenigen Vergnügen, die mir nicht einmal ein schlecht gelaunter Minister oder die üblen Nachrichten aus Deutschland nehmen können. Selbst mit achtzig oder neunzig Jahren würde ich vermutlich nicht davon lassen.«

So alt wirst du nicht werden, dachte Anne. Sie erinnerte sich daran, dass unbehandelte Gicht zum Tode führte. Die überschüssige Harnsäure lagerte sich in allen Gelenken an und schädigte schließlich die Nieren.

»Ihr seht so traurig aus, Señora«, sagte Karl V. und strich ihr sanft mit dem Handrücken über die Wange. Meist vermied er es, sie zu berühren. Wenn er es jedoch tat, war die Luft um sie herum augenblicklich erfüllt von einem elektrischen Prickeln. »Mein schmerzender Fuß sollte nicht Eure Sorge sein. Lasst uns lieber von anderen Dingen sprechen. Ihr sagtet gerade etwas über diese Pflanze. Also die Früchte sind giftig, aber die Knollen nicht? Soll man sie etwa aus der Erde graben wie Rüben?«

»Ja, Sire. Allerdings sind auch die Knollen für den Menschen ungenießbar, sogar gefährlich, wenn man versucht sie roh zu essen. Aber gekocht schmecken sie vorzüglich. Sie sind überaus nahrhaft, und man kann eine Vielzahl Speisen daraus zubereiten. Man kann sie zum Beispiel mit Salz in Wasser kochen, zu Suppe verarbeiten, in Fett braten, zu Brei zerstampfen, reiben und in Fett ausbacken oder …«

»Halt! Genug!«, rief Karl V., und auf seinem Gesicht lag eine seltsame Mischung aus Heiterkeit und Überraschung. »Ich werde meinem Hofgärtner sogleich von seinem Irrtum schreiben und ihm entsprechende Anweisungen geben. Aber nun beantwortet mir die bescheidene Frage, woher um alles in der Welt Ihr das wisst?«

Aus Geschichtsbüchern und täglicher Erfahrung, dachte Anne, aber das konnte sie dem Kaiser natürlich nicht sagen.

»Ich habe davon gelesen, Sire«, antwortete sie deshalb und tröstete sich damit, dass es nicht wirklich gelogen war.

Doch Karl V. neigte den Kopf zur Seite, und seine blauen Augen funkelten. »Gelesen, so.« Es war klar, dass er ihr nicht glaubte. Aber was sollte sie tun? Die Wahrheit konnte sie ihm wirklich nicht sagen, so Leid es ihr auch tat. »Ihr seid sehr gebildet, Señora. Und viel herumgekommen in der Welt seid Ihr auch. Weshalb also solltet Ihr nicht davon gelesen haben?« Er kniff die Augen zusammen, ein Lächeln umspielte seine Lippen. »Ich würde die Hälfte meines Reiches dafür geben zu wissen, was in Eurem Kopf vor sich geht. Manchmal habe ich das Gefühl, Ihr wisst mehr, als eine Frau …«

Es klopfte, und ein Lakai trat ein. Selten hatte Anne sich so gefreut, einen der Diener zu sehen. Karl V. hatte eine nahezu unwiderstehliche Art, sie anzusehen und mit ihr zu sprechen. Und sie hätte nicht beschwören können, dass sie ihm nicht die ganze Wahrheit erzählt hätte.

»Majestät, vergebt mir die Störung«, sagte der Lakai und huschte in fast gebückter Haltung bis zum Schreibtisch des Kaisers vor.

Karl V. zog bedrohlich die Augenbrauen zusammen. Eigentlich hatte es sich im Bischofspalast mittlerweile herumgesprochen, dass Seine Majestät allzu demütige Ehrbekundungen nicht besonders schätzte, dass sie ihn sogar zuweilen richtig wütend machen konnten. Doch dieser Diener schien davon nichts zu wissen. Armer Kerl, dachte Anne. Wenn er nicht aufpasst, wird sich Karls Zorn über seinen Gichtanfall auf seinem Haupt entladen.

»Nun, was gibt es?«, fragte Karl V.

»Majestät, vergebt mir, Eurem untertänigen Diener …«

»Nur unter der Bedingung, dass Er endlich sagt, weshalb Er mich gestört hat.«

Der Diener war so verblüfft, dass er sich aufrichtete. »Wie meinen, Sire?«

»Ich vergebe Ihm«, sagte Karl V., »aber komm Er endlich zur Sache.«

»Gewiss, Majestät, bitte um Vergebung.« Wieder verbeugte sich der Diener, und Karl V. verdrehte die Augen. »Ein Bote wartet. Er bringt Nachricht vom Inquisitor.«

Karl V. legte den Kopf in den Nacken und blickte zur Decke, als würde er ein Stoßgebet zum Himmel schicken. Dann sah er den Diener wieder an und nickte. »Gut, ich bin gewillt, ihn zu empfangen.«

Unter zahllosen Verbeugungen entfernte sich der Lakai. Karl V. wandte sich Anne zu. Er wirkte besorgt.

»Was kann der Inquisitor jetzt schon wieder wollen? Vielleicht …« Er brach ab, denn die Tür öffnete sich, und herein trat ein Mönch in der Ordenskleidung der Dominikaner. Als Anne ihn sah, erstarrte sie vor Schreck.

»Der Friede des Herrn sei mit Euch, Eure Majestät!«, sagte der Mönch und verneigte sich leicht vor dem Kaiser.

»Amen. Mit Euch ebenso, Pater Stefano«, erwiderte Karl V. Seinem Gesicht war deutlich die Anspannung anzusehen. »Man hatte mir einen gewöhnlichen Boten avisiert. Dass der Gehilfe Seiner Exzellenz des Inquisitors von Córdoba selbst zu mir kommt, hat man mir schändlicherweise verschwiegen.« Der Mönch neigte seinen Kopf, um anzuzeigen, dass er deswegen keinen Groll hegte. »Der Grund für Euer Erscheinen muss allerdings wichtig sein, wenn Pater Giacomo Euch persönlich damit betraut.«

»In der Tat, Sire«, sagte Pater Stefano. »Es ist so wichtig, dass es keinerlei Aufschub duldet und wir jetzt sofort darüber sprechen und eine Entscheidung treffen müssen. Es geht um …«

»Nehmt doch bitte erst einmal Platz, Pater, sofern ein Gelübde es Euch nicht verbietet«, unterbrach ihn Karl V. und deutete auf einen der Stühle, die im Raum verstreut waren. »Im Sitzen spricht es sich leichter. Auch über ernste Angelegenheiten.«

Während Anne überlegte, ob Stefano wohl den sarkastischen Ton des Kaisers bemerkt hatte, konnte sie den Blick nicht von ihm abwenden. Es war unvorstellbar, dass dieser junge, schlanke, hochgewachsene Mann mit dem ausgeprägten Profil und den braunen Augen wirklich ihr Sohn war. Ihr Sohn Stefano! Der Klang seiner Stimme ließ eine Welle der Wärme und der Erinnerungen durch ihr Herz fluten. Es war die Stimme von Giuliano de Medici. Kein Wunder, dachte sie, er ist schließlich sein Vater.

Pater Stefano schaute sich nach den Stühlen um. Dabei fiel sein Blick zufällig auf Anne. Sie sah, wie er zusammenfuhr, als wäre er gestochen worden. Wie ein Kaninchen eine Schlange starrte er sie an, reglos, als wäre sie ein Geist, ein Bote aus einer anderen Welt. Sein Gesicht wurde bleich.

»Pater, so setzt Euch doch!«, forderte Karl V. ihn erneut auf. Gleichzeitig warf er Anne einen prüfenden Blick zu. Ihm war Stefanos Reaktion ebenfalls nicht entgangen. »Darf ich Euch Señora Anne vorstellen? Sie ist meine persönliche Schreiberin, Übersetzerin sowie Beraterin in den meisten Angelegenheiten meines Amtes. Ich hoffe, ihre Anwesenheit ist für Euch kein Hindernis, frei zu sprechen.«

»Nein, nein, keineswegs«, stammelte Stefano und setzte sich auf die äußerste Kante eines Stuhls, ohne Anne dabei auch nur eine Sekunde aus den Augen zu lassen.

»Nun, was führt Euch zu mir?«, fragte Karl V.

»Ich ...« Stefano zwang sich, seinen Blick nun endlich von Anne abzuwenden und sich auf den Kaiser zu konzentrieren. »Verzeiht«, murmelte er und wischte sich kleine Schweißperlen von der Stirn. »Es geht um die Angeklagte Maddalena de la Cruz, die sich selbst Mutter Maddalena nennt. Sie wurde vor zehn Tagen in den Bergen festgenommen. Das Verhör ist nun abgeschlossen, wenigstens so gut wie beendet, und ...« Er brach ab.

»Und?«

»Leider ohne Erfolg«, fuhr Stefano leise fort. »Es wurden ...« Er schluckte, und Anne hatte den Eindruck, dass ihm Tränen in die Augen traten. »Es wurden alle Möglichkeiten ausgeschöpft, die der Inquisition zur Verfügung stehen, aber sie hat kein Geständnis abgelegt. Außerdem ließen sich bisher noch keine Zeugen auftreiben, die die Anklage bestätigen könnten.« Er fuhr sich durchs Haar, eine Bewegung, die Anne unwillkürlich an Giuliano erinnerte. »Vielleicht gibt es wirklich keine Zeugen, aber Pater Giacomo sagt, dass die Leute wahrscheinlich zu große Angst vor Mutter Maddalenas Zauberkräften haben.«

Anne betrachtete ihren Sohn forschend. Täuschte sie sich, oder hatte er tatsächlich Mitleid mit Mutter Maddalena? Glaubte er womöglich nicht an ihre Schuld? Er, ein Diener der Inquisition, die rechte Hand von Giacomo?

»So, kein Geständnis und keine Zeugen.« Karl V. runzelte die Stirn. »Und wie soll ich Euch jetzt helfen? Ist es nicht Sache der Inquisition, die Schuld oder Unschuld eines Angeklagten zu beweisen?«

»Ja, Sire«, sagte Stefano, und seine schlanken Hände verkrampften sich ineinander, als wollte er die Worte aus der Luft pressen.

Er will nicht hier sein, dachte Anne. Er hasst, was er tut. Er gibt diese Botschaft nur weiter, weil er nicht weiß, wie er Pater Giacomo sonst wieder gegenübertreten soll.

»Doch Pater Giacomo ist fest davon überzeugt, dass Mutter Maddalena schuldig ist. Er würde sogar von neuem mit der Befragung beginnen, aber …« Er hob den Kopf und sah Karl V. an. »Sie ist viel zu schwach. Sie würde ein weiteres Verhör nicht überleben. Pater Giacomo möchte dem Volk keine Märtyrerin liefern. Allerdings darf die Inquisition niemanden ohne Geständnis zum Tod auf dem Scheiterhaufen verurteilen, wie Ihr wisst.«

»Ich sehe, worum es Euch geht«, sagte Karl V. Er dachte kurz nach. Dann legte er die Fingerspitzen aneinander und sah Stefano in die Augen. »Ich will Euch nicht zu nahe treten, Pater, aber habt Ihr schon einen Irrtum in Erwägung gezogen? Ist es nicht möglich, dass diese Frau in der Tat unschuldig ist und man sie einfach freilassen sollte? Ich habe die Ketzerakten der vergangenen zwei Jahre studiert. Pater Giacomo hat während der ganzen Zeit noch nicht ein einziges Mal einen Angeklagten von den Beschuldigungen freigesprochen. Natürlich ist es möglich, dass Córdoba tatsächlich ein Hort des Bösen ist, doch meine Erfahrung zeigt, dass oft genug neidische Nachbarn oder missgünstige Berufsgenossen die Hilfe der Inquisition in Anspruch nehmen, um unliebsame Konkurrenten aus dem Weg zu schaffen. Vielleicht ist dies so ein Fall?« Stefano wurde bleich, und Anne sah Karl V. mit zunehmender Unruhe an. Er bewegte sich auf hauchdünnem Eis. »Was meint Ihr selbst zu dieser Angelegenheit, Pater?«

Stefano senkte den Kopf. Seine Hände bewegten sich auf seinem Schoß wie ein Knäuel Schlangen. Er kämpfte mit sich, seinem Gewissen und seiner Loyalität gegenüber Giacomo. Dabei bot er einen derart erbarmungswürdigen Anblick, dass Anne am liebsten laut »Aufhören!« gerufen und ihn in den Arm genommen hätte.

»Pater Giacomo sagt …«, begann er schließlich, doch seine Stimme klang unsicher, als würde er einen Text aufsagen, den er vor langer Zeit gelernt und mittlerweile halb vergessen hatte. »Er sagt, dass sie schuldig sein muss. Er weiß es. Deshalb schickt er mich auch zu Euch und …«

»Danke, Pater, das genügt«, unterbrach ihn Karl V. und warf Anne einen kurzen Blick zu. Sie dachten beide dasselbe. Vielleicht zum ersten Mal in seinem Leben war Stefano nicht derselben Meinung wie sein Mentor. »Richtet Pater Giacomo meinen ergebenen Gruß aus. Mir als Kaiser steht es leider nicht zu, in Fragen des Glaubens Urteile zu fällen. Meine Aufgabe ist es – und das weiß Pater Giacomo sicherlich auch –, einen Rechtsspruch, den die Kirche bereits gefällt hat, zu bestätigen.« Er rieb sich das Kinn. »Ich bedaure es außerordentlich, aber leider kann ich ihm in seinem Dilemma nicht helfen. Pater Giacomo wird in diesem Fall wohl selbst eine Lösung finden müssen.«

Stefano nickte. Er wirkte erleichtert, obgleich Anne sich vorstellen konnte, dass er bereits jetzt überlegte, wie er die ablehnende Antwort des Kaisers dem Inquisitor möglichst schonend beibringen konnte. Er erhob sich.

»Ich danke Euch, dass Ihr mir Gehör geschenkt habt, Sire«, sagte er und verneigte sich leicht. »Möge Gott Euch segnen.«

»Ich danke Euch, Pater«, erwiderte Karl V. »Lasst mich wissen, wie die Entscheidung ausgegangen ist.«

Ein bitteres Lächeln huschte über Stefanos Gesicht. »Pater Giacomo ist von Mutter Maddalenas Schuld überzeugt, also wird sie verurteilt werden, egal, wie. Man muss nicht das zweite Gesicht haben, um das zu wissen.« Er blickte erschrocken drein. »Verzeiht. Was ich eben gesagt habe, ist …«

»Es bleibt unter uns, Pater«, entgegnete Karl V. »In diesem Raum wird niemand dafür verurteilt, dass er sagt, was er denkt. Wenigstens nicht, solange ich Kaiser bin und das verhindern kann. Lebt wohl, Pater Stefano.«

Stefano verneigte sich erneut und verließ den Raum.

»Ein wackerer Bursche«, sagte Karl V. leise, nachdem sich die Tür hinter ihm geschlossen hatte. Dabei sah er Anne forschend an. »Ich wusste schon immer, dass er mehr Verstand und Herz im kleinen Finger hat als der Inquisitor im ganzen Leib. Ein Jammer, dass er diesem Wahnsinnigen dient. Auf der anderen Seite …« Er zuckte mit den Schultern. »Wer weiß, wozu Gott ihm ausgerechnet diese Aufgabe zugewiesen hat. Vielleicht ist er eines Tages in der Lage, weit Schlimmeres zu verhindern. Oder die Entscheidung um Mutter Maddalena bringt nun endlich das Fass zum Überlaufen.«

Eine Sekunde lang starrte Anne Karl V. wie vom Donner gerührt an. Dann kam Leben in sie. »Sire, würdet Ihr mich bitte für einen Augenblick entschuldigen?«

»Geht nur«, sagte Karl V. mit einem Lächeln, als ob er

ahnen würde, was Anne gerade durch den Kopf geschossen war. Aber woher sollte er das wissen? Woher sollte er wissen, dass ihr ganz plötzlich ein Gedanke gekommen war, ein Einfall. Verrückt war er, vielleicht sogar aberwitzig, aber sie musste es versuchen. Jetzt. Auf der Stelle. Bevor sie den Mut dazu vielleicht nicht mehr aufbringen würde.

»Danke, Sire«, sagte sie, raffte ihre Röcke zusammen und lief so schnell hinaus, dass wohl jede Zofe am Hof Seiner Majestät missbilligend die Stirn gerunzelt hätte, wenn sie sie hätte sehen können.

Stefano war noch nicht weit gekommen. Gemächlich schlenderte er durch den breiten Flur und betrachtete die Bilder, die an den Wänden hingen. Offenbar hatte er es nicht eilig, in den Alcázar, in einen geheimen Kerker oder wo auch immer er Pater Giacomo von seinem Besuch beim Kaiser berichten sollte, zurückzukehren.

»Pater Stefano!«, rief Anne, ohne darauf zu achten, dass ein Lakai und ein junger Priester sich mit fragenden Blicken nach ihr umdrehten. Mochten sie sich doch das Maul über sie zerreißen. »Pater Stefano! Wartet!«

Tatsächlich blieb Stefano stehen. Er sah ihr mit einem Gesichtsausdruck, der zwischen Neugierde, Unbehagen und Angst hin und her schwankte, entgegen.

»Ich danke Euch, dass Ihr gewartet habt, Pater«, sagte sie und rang nach Luft. Es kam ihr seltsam vor, ihn, ihren Sohn, mit seinem Titel anzusprechen. Andererseits hatte sie ihn so gut wie nie gesehen. Er war ein Fremder. Außerdem war er bereits ein erwachsener Mann, biologisch gesehen war er sogar fast doppelt so alt wie sie. Und trotzdem, jetzt, da sie direkt vor ihm stand und in seine warmen braunen Augen blickte, die so sehr seinem Vater ähnelten, war es ihr, als würde sie Giuliano vor sich stehen sehen. Er wirkte so jung. Ihr

Herz schlug schneller. »Ich wollte noch kurz mit Euch sprechen, Pater.«

Er versuchte zu lächeln. Dass er nervös war, hätte wohl jeder auch ohne psychologische Vorbildung erkannt.

»Señora Anne«, sagte er, und seine Stimme klang heiser, als hätte er sich plötzlich erkältet. »Wir haben uns schon mal gesehen, nicht wahr?«

»Ja, in Jerusalem. Vor ungefähr vierzehn Jahren«, entgegnete Anne. Und plötzlich stand sie wieder in der Grabeskirche. Sie sah Rashid vor sich, wie er blutüberströmt zusammenbrach und vor ihren Augen starb, durchbohrt von Giacomos Degen. Und der ganze Hass, den sie für Giacomo de Pazzi empfand, schwappte über sie hinweg wie eine riesige Flutwelle.

»Es tut mir Leid«, sagte Stefano und senkte den Blick. Sein Gesicht war rot vor Scham. »Es war nicht recht von Pater Giacomo und …«

»Es war nicht recht?«, zischte sie. Tränen schossen ihr in die Augen, und es kam ihr vor, als wäre das alles erst gestern passiert. »Das war Mord, Stefano, ein grausamer, heimtückischer Mord, noch dazu an heiliger Stätte! Jeder andere wäre dafür zum Tode verurteilt worden!«

»Ich weiß«, sagte er so leise, dass sie es fast überhört hätte. Er atmete schwer.

Sie biss die Zähne zusammen und wischte sich die Tränen von den Wangen. »Aber deswegen wollte ich nicht mit dir sprechen. Es geht um etwas anderes, das jedoch ebenso wichtig ist. Wann und wo können wir uns treffen? Allein.«

Stefano überlegte kurz. Er schien sich nicht darüber zu wundern, ja, er fragte noch nicht einmal nach dem Grund, als ob er bereits geahnt hätte, dass sie ihn um ein geheimes Treffen bitten würde.

»Heute Abend nach Sonnenuntergang in der Kathedrale.

Meist begibt Pater Giacomo sich mit Sonnenuntergang zur Ruhe und braucht mich dann nicht mehr. Außerdem betet er ohnehin nicht hier in der Kathedrale, sondern in San Tomás, wo ...«

Er brach ab und errötete bis unter die Haarwurzeln. Anne hatte den Eindruck, dass er beinahe ein Geheimnis ausgeplaudert hätte.

Dabei dürfte es doch auch ihm nicht entgangen sein, dass die ganze Stadt über die unterirdischen Kerker und Folterkammern Bescheid wusste.

»Gut«, sagte sie und nickte. »Also heute Abend. Ich erwarte dich in der Kathedrale vor der Muttergottes.«

In entgegengesetzte Richtungen gingen sie davon. Erst jetzt fiel ihr auf, dass sie ihn am Ende des Gesprächs vertraulich geduzt und dass er auch dagegen keine Einwände erhoben hatte. Keinen Gedanken verschwendete sie jedoch auf die Frage, ob er ihr wohl – ähnlich wie damals in der Grabeskirche – eine Falle stellen wollte.

Die Sonne war als blutroter Ball untergegangen, und ihr war, wie in südlichen Ländern üblich, fast augenblicklich die Dunkelheit gefolgt. Anne betrat die Mezquita, die ehemalige Moschee, in deren Mitte die Kathedrale errichtet worden war, durch einen Seiteneingang. Bei Tage, wenn das Licht durch die zahllosen Fenster im Deckengewölbe des imposanten Gebäudes fiel, sahen die unzähligen Säulen aus wie Palmen, die aus dem fruchtbaren Boden einer Oase emporwuchsen, um zur Verherrlichung Allahs bis in alle Ewigkeit das Dach zu tragen. Doch jetzt, nach Einbruch der Dunkelheit, war es finster in der Moschee. Nur vereinzelt waren an einigen Säulen Halter angebracht, in denen brennende Fackeln steckten. Anne war unbehaglich zumute. Hinter jeder der zahllosen Säulen konnte ein Häscher der Inquisition auf sie lauern.

Doch bevor der Mut sie verlassen wollte, ging sie weiter. Einen Vorteil hatte das düstere Zwielicht. Die Kathedrale, ein Bau von geringem architektonischen Wert, der mitten zwischen die zierlichen Säulen und prachtvollen Bögen gesetzt worden war, als hätte man in das Herz der Moschee einen tödlichen Speer gerammt, war ebenfalls kaum sichtbar.

Auf Zehenspitzen schlich Anne von Säule zu Säule, bis sie die Kathedrale erreicht hatte. Sie betrat die Kirche, tauchte ihre Hand in das Weihwasserbecken und bekreuzigte sich. Dank der zahlreichen brennenden Opferkerzen vor den Seitenaltären und den Statuen diverser Heiliger herrschte hier ein sanftes Dämmerlicht, sodass Anne ohne Schwierigkeiten ihren Weg zur Statue der Muttergottes finden konnte. Sie hatte schon oft mit dem Gefolge des Kaisers den Gottesdienst hier besucht, auch wenn Karl V., wie er immer wieder betonte, »die Kathedrale nur mit schlechtem Gewissen« betreten konnte. Offenbar hatte ihn vor etlichen Jahren der damalige Bischof um die Genehmigung zum Bau der Kathedrale in der ehemaligen Moschee gebeten. Er hatte – trotz der vehementen Einsprüche des Stadtrats – seine Zustimmung erteilt, ohne sich die Gegebenheiten vor Ort anzusehen. Als ihn nun der Bischof von Córdoba das erste Mal nach seiner Ankunft hierher gebracht und ihm voller Stolz die Kathedrale gezeigt hatte, hatte den armen Karl V. fast der Schlag getroffen. »Für solche Sünden muss man gewiss in der Hölle schmoren«, sagte er jedes Mal zu Anne, wenn sie zusammen zur Messe gingen. »Ich werde bis ans Ende meiner Tage Buße tun müssen, um diese Schuld abzutragen. Nie, niemals hätte ich meine Erlaubnis gegeben, wenn ich das gewusst hätte. Diese einfältigen Narren haben etwas Einmaliges zerstört und es durch etwas ersetzt, was man überall sehen kann.«

Sie ging durch die menschenleere Kirche zur Statue der Muttergottes. Wie immer brannten hier besonders viele Kerzen, und Anne fügte eine weitere hinzu. Bei dem, was sie vorhatte, konnte himmlischer Beistand nicht schaden. Sie kniete nieder und betete, als sie plötzlich leise Schritte und das Rascheln von Kleidern hörte. Sie wandte leicht den Kopf und sah eine Gestalt näher huschen. Sie war dunkel gekleidet. Annes Herz klopfte schneller. Das Gewand der Dominikaner war hell. Sollte Stefano ihr etwa doch eine Falle gestellt haben? Aber noch bevor sie sich rühren und hinter einer Säule verstecken konnte, war die Gestalt auch schon bei ihr. Sie kniete neben ihr nieder, faltete die Hände zum Gebet, und im Schein der Kerzen erkannte sie Stefanos Gesicht unter der weiten Kapuze. Sie wartete noch ein paar Minuten, um ihm Gelegenheit zu geben, sein Gebet zu beenden, dann sprach sie ihn an.

»Ich danke Euch, dass Ihr gekommen seid, Pater«, flüsterte sie ihm zu.

Er schlug die Kapuze zurück und lächelte leicht. »Nennt mich ruhig weiter Stefano«, erwiderte er. »Schließlich seid Ihr ... seid Ihr ... Ihr seid immerhin meine Mutter.«

Anne war sprachlos. »Woher weißt du das?«, fragte sie schließlich, als sie sich von ihrer Überraschung erholt hatte.

»Sie hat es mir gesagt. Mutter Maddalena, meine ich. Sie sagte, ich würde Euch treffen. Sie erzählte mir, dass Ihr meine Mutter seid. Und sie sagte auch, dass ...« Er brach ab, und in der Stille der Kirche war deutlich zu hören, wie er schluckte. »Sie sagte auch, dass ich Euch zuhören soll, weil Ihr mir ... weil Ihr mir die Wahrheit über Pater Giacomo erzählen werdet.«

»Das alles hat Mutter Maddalena zu dir gesagt?« Anne schüttelte verwundert den Kopf. »Wann denn?«

»Sie hat mich vor einiger Zeit im Beichtstuhl aufgesucht und ...« Er brach erneut ab und fuhr sich durch das kurze braune Haar. Anne hatte den Eindruck, dass ihm die Erinnerung an diese Begegnung unangenehm war. »Aber das tut jetzt nichts zur Sache. Ich bin hier. Und ich möchte wissen, was Ihr mir erzählen wollt.«

Anne schwieg. Sie musste zuerst ihre Gedanken ordnen, nun, da dieses Gespräch so eine ganz andere Wendung nahm, als sie es erwartet hatte. Eigentlich hatte sie Stefano ganz behutsam Schritt für Schritt alles erklären wollen. Aber das war offenbar dank Mutter Maddalena nicht mehr nötig.

»Wie alt bist du?«, fragte sie.

Er schnaubte. »Seid Ihr nicht meine Mutter? Solltet Ihr es nicht am besten wissen?« Seine Stimme klang zynisch, und für einen Augenblick sah sie Giacomo de Pazzi vor sich. Das Herz wurde ihr schwer. Stefano hatte so viele Jahre unter seinem Einfluss gelebt, er war von ihm erzogen worden, sein Gift hatte so lange schon wirken können. War er wirklich noch zu retten? »Ich wurde 1478 geboren, bin also sechsundsechzig Jahre alt.«

»Sechsundsechzig, und doch siehst du aus, als wärst du ein Jüngling, kaum älter als zwanzig. Ebenso ist es mit Pater Giacomo, nicht wahr?«

»Und mit Euch nicht anders«, gab er trocken zurück. »Seit ich Euch in Jerusalem traf, habt Ihr Euch nicht verändert.«

»Ja, das ist richtig.« Sie runzelte die Stirn. Es war offenbar doch schwieriger, als sie gedacht hatte. Noch schien Pater Giacomos Einfluss auf Stefano zu mächtig zu sein. »Hast du dir schon mal Gedanken darüber gemacht, wie sich diese scheinbar ewige Jugend erklären lässt?«

Sie hörte, wie Stefano den Atem einsog. Sein Körper spannte sich, als wollte er sich gegen einen Angriff wappnen.

»Ja, ich weiß, dass es auf Außenstehende seltsam wirken mag. Auch Mutter Maddalena hat davon angefangen. Aber Pater Giacomo hat es mir bereits vor vielen Jahren erklärt. Er ist im Besitz einer Flasche des heiligen Blutes unseres Herrn

Jesus Christus, das von einem der Jünger unter dem Kreuz aufgefangen worden ist. Es ist eine besondere Gnade Gottes, ein Geschenk unseres Herrn, dass Er denen, die Er in Seiner unendlichen Güte auserwählt, von diesem Blut zu trinken, ein ebenso langes Leben gewährt wie einst Abraham. Und ...«

»Und was hat Mutter Maddalena zu dieser Geschichte gesagt?«

Er zuckte unwillig mit den Schultern. »Sie faselte etwas von einem Trank, einem Zauber oder etwas Ähnlichem, und ...«

»Sie hatte Recht, Stefano«, unterbrach sie ihn abermals. »Das, was Pater Giacomo Blut Christi nennt, ist in Wahrheit ein Gebräu, das Elixier der Ewigkeit genannt wird. Es verleiht in der Tat ein sehr langes Leben. Aber vor allem ermöglicht es jedem, der davon trinkt, in die Vergangenheit zurückzukehren. Ein unschätzbarer Vorteil für jemanden, der gern die Kontrolle über die Geschicke der Welt in eigenen Händen hält – so wie Giacomo. Von dieser Eigenschaft des Elixiers hat er im Laufe der Jahre immer und immer wieder Gebrauch gemacht. Er hat sich selbst in der Vergangenheit besucht und sich Ratschläge gegeben, wie er sich verhalten soll, wenn dieses oder jenes Ereignis eintritt. Er versucht dir weiszumachen, dass er dem Herrn die Wege ebnet, aber tatsächlich manipuliert er den Lauf des Schicksals nach seinem eigenen Willen. Wobei ich mir allerdings nicht sicher bin, dass er selbst den Unterschied noch begreift. Denn leider ist es so, dass jeder, der zu oft von diesem Elixier trinkt, irgendwann den Verstand verliert und wahnsinnig wird.«

Stefano kniete steif neben Anne auf der schmalen Bank und rührte sich nicht.

»Das ist nicht wahr«, widersprach er schließlich dumpf. »Ihr spielt mit mir, Ihr wollt ...«

»Die Wahrheit ist kein Spiel, Stefano. Und tief in deinem Herzen weißt du das. Oder hast du dich etwa nie gefragt, woher Pater Giacomo sein nahezu prophetisches Wissen hat? Hattest du noch nie Angst vor ihm? Und fragst du dich nicht, wie ein Mord an einem Menschen sich mit dem christlichen Glauben vereinbaren lässt?«

»Hört auf!«

»Nein, denn der Mord an Rashid, den du mit eigenen Augen angesehen hast, ist nicht der einzige, den er begangen hat. Er hat meinen Mann, deinen Vater Giuliano de Medici umgebracht. Er hat sogar seine eigene Schwester und seine Mutter vergiftet. Alles nur wegen des Elixiers. Es hat ihn süchtig gemacht. Süchtig nach Macht, nach Kontrolle. Und jetzt ist er wahnsinnig.«

»Hört endlich auf!«, schrie Stefano, und seine geballte Faust krachte auf das Holz der Bank nieder. »Ich glaube Euch kein Wort. Ihr lügt!«

»Ich lüge nicht«, entgegnete Anne und versuchte so ruhig zu bleiben, wie sie konnte. »Hast du dich denn nie gewundert, weshalb die Flasche mit dem ›Blut Christi‹ nicht leer wird?«

»Wir trinken nicht davon. Es ist zu kostbar und …«

»Unsinn«, schnitt sie ihm ärgerlich das Wort ab. »Die Flasche ist deshalb nie leer, weil er das Elixier der Ewigkeit jederzeit neu herstellen kann. Er kennt das Rezept. Er hat es schließlich eigenhändig mit seinem Freund Cosimo de Medici entschlüsselt.«

»Ihr lügt!«

»Stefano, wenn ich lügen würde, wärst du jetzt nicht hier. Du weißt, dass ich die Wahrheit sage. Du bist hier, weil Mutter Maddalena dir bereits Ähnliches erzählt hat, nicht wahr? Weil sie dir erzählt hat, dass Pater Giacomo nicht der ist, für den du ihn bisher gehalten hast.«

Er schüttelte heftig den Kopf, er keuchte, im Schein der Kerzen sah sie Schweißperlen wie Tautropfen auf seiner Stirn schimmern.

»Ich glaube Euch dennoch nicht. Ihr steckt doch mit ihr unter einer Decke. Mit dieser Hexe! Wahrscheinlich seid Ihr selbst eine abscheuliche Hexe. Ich sollte auf der Stelle die Diener holen, damit sie Euch in Ketten legen und ins Verlies werfen. Vielleicht kann Euch das Verhör die Wahrheit entlocken!«

Er starrte sie an, doch trotz seiner Worte hatten seine Augen nicht den fanatischen Glanz, den sie eigentlich erwartet hatte. Im Gegenteil, sie waren vor Angst weit aufgerissen. Aber wovor hatte er solche Angst? Vor Giacomo? Oder einfach nur davor, dass sich sein ganzes Leben als eine Lüge und eine Aneinanderreihung von Tod und Gewalt entpuppen würde?

»Hol sie, wenn du es für richtig hältst. Wirf mich ins Verlies, lass mich foltern und auf dem Scheiterhaufen verbrennen. Dadurch wirst du jedoch nicht die Wahrheit besiegen. Und diese Wahrheit kennst du bereits, Stefano. Ich sehe dir an, dass dich das, was Giacomo tut, anwidert. Dass du nicht mehr glaubst, mit ihm gemeinsam Gott zu dienen, dem Gott, der die Liebe und Barmherzigkeit selbst ist, dem Schöpfer aller Lebewesen.« Anne sah, dass sie ins Schwarze getroffen hatte. Aber immer noch kämpften Gewissen und jahrzehntelange Erziehung gegeneinander. Was sollte sie Stefano noch sagen, um ihn zu überzeugen, um ihn auf ihre Seite zu ziehen? Da fiel ihr etwas ein. »Aber wenn du mir nicht glaubst, so wirst du vielleicht Pater Giacomo selbst glauben.«

Stefano sah sie skeptisch an. »Ihr meint, ich soll zu ihm gehen und ihn danach fragen?«

»Natürlich nicht. Aber vielleicht wirst du seiner eigenen Hand Glauben schenken. Er hat all die Jahre hindurch Tagebuch geführt. Ich weiß es, weil ich damals in Florenz sein Tagebuch gelesen habe. Such danach. Lies es und bilde dir dein eigenes Urteil.« Sie holte tief Luft. »Und wenn du dann –

so wie ich und viele andere auch – davon überzeugt bist, dass Giacomo ein gefährlicher Mann ist, ein Mörder, dem man das Handwerk legen muss, so komm zu mir zurück und hilf mir dabei, diesen Wahnsinn zu beenden.«

Eine Weile herrschte Schweigen.

»Was habt Ihr vor?«, fragte Stefano schließlich mit heiserer Stimme. »Wollt Ihr ihn etwa umbringen?«

»Nein«, antwortete Anne, »aber wir müssen die Wirkung des Elixiers der Ewigkeit rückgängig machen. Es existiert ein Gegenmittel. Wenn Giacomo davon trinkt ...«

»Wird er sterben, nicht wahr?«, vollendete Stefano den Satz. »Und worin besteht dann der Unterschied zu ihm, vorausgesetzt, dass er wirklich all die Untaten begangen hat, derer Ihr ihn beschuldigt? Gilt nicht vor Gott jedes Leben gleich viel, egal, ob es sich um einen Heiligen oder einen Mörder handelt? Und ist nicht Gott der oberste Richter, in dessen Hand allein wir die Bestrafung der Übeltäter legen sollten?«

Das sagt der Richtige, dachte Anne und fragte sich, bei wie vielen Folterungen Stefano wohl im Laufe seines Lebens schon zugesehen hatte.

»Du hast Recht«, sagte sie langsam. »Mit jedem deiner Worte hast du Recht. Allerdings hat Giacomo mit dem Elixier der Ewigkeit bereits den normalen Lauf der Natur erheblich verändert. Er kann nicht sterben, Stefano, weder durch Alter noch durch Krankheit. Lediglich ein Würgeseil oder ein Dolch könnte seinem Leben ein Ende bereiten. Und das wäre – da stimme ich dir zu – in der Tat ein Mord. Das Gegenmittel jedoch verhilft der Natur wieder zu ihrem Recht. Nicht mehr, aber auch nicht weniger.« Sie machte eine Pause. Er starrte die Statue der Muttergottes an, als könnte sie ihm einen Rat geben. »Ich verlange nicht, dass du dich jetzt entscheidest, Stefano. Aber denk bitte darüber nach. Du hast ein gutes Herz. Und ich bin sicher, es gibt andere Aufgaben, mit denen du Gott besser dienen könntest als an der Seite eines Inquisitors. Ich ...« Sie zögerte einen Moment. »Ich bin sicher, Stefano, dass eines Tages die Kirche ihren schrecklichen Irrtum einsehen und die Inquisition mitsamt ihren Foltermethoden und Scheiterhaufen verurteilen wird.«

Stefano wandte ihr den Blick zu. Er machte einen nachdenklichen, verwirrten Eindruck.

»Ihr habt Recht, ich muss darüber nachdenken.«

Anne erhob sich. Plötzlich hatte sie das Bedürfnis, ihm einen Kuss zu geben. Er war schließlich ihr Sohn, sie hatte ein Recht dazu. Aber sie tat es nicht. Stattdessen legte sie ihm kurz eine Hand auf den Arm.

»Bitte, denk darüber nach«, sagte sie noch mal. Dann ging sie und ließ ihn allein in der Kathedrale zurück.

IX

Die Zeiten ändern sich

Stefano stand am Fenster des kleinen Schreibzimmers und sah in den Garten hinunter. Verglichen mit dem Garten des Bischofs war es ein kümmerliches Anwesen. Ein paar Rosenbüsche kämpften gemeinsam mit Ginster, einigen Blumen und wild wucherndem Unkraut um die paar Tropfen Wasser, die man ihnen in unregelmäßigen Abständen zubilligte. Aber der Inquisitor und seine Diener hatten so viel zu tun, es gab so viele Verhaftungen, Verhöre, Prozesse, dass der Garten des Alcázar darüber oft genug in Vergessenheit geriet.

Dabei könnte er so schön sein, dachte Stefano. Hier könnten Orangenbäume wachsen, Blumenbeete und Wasserspiele könnten herrlich anzusehen sein. Es könnte …

Er rieb sich die Augen. Sie brannten, als würde er immer noch im Rauch von Mutter Maddalenas Scheiterhaufen stehen, dabei war es schon drei Tage her. Nahezu im letzten Augenblick hatte Pater Giacomo doch noch ein Geständnis vorweisen können. Wie er das bekommen hatte? Das würde wohl für immer ein Rätsel bleiben. Pater Giacomo selbst behauptete, dass Mutter Maddalena ihm, als sie allein in ihrem Verlies waren, im Angesicht der Bibel und des Kreuzes die Wahrheit anvertraut und sich selbst der Hexerei bezichtigt habe. Aber Stefano hatte Zweifel. Dem Kaiser war daraufhin nichts anderes übrig geblieben, als dem Todesurteil der Inquisition zuzustimmen. Pater Giacomo hatte darauf bestanden, dass es unverzüglich vollstreckt wurde. Noch nie waren die Holzscheite so schnell zusammengetragen worden, noch nie hatte man den Marktplatz so schnell hergerichtet. Bereits am folgenden Tag war Mutter Maddalena zusammen mit ihren Nonnen auf dem Scheiterhaufen verbrannt worden. Ihr schönes, gütiges Gesicht war grässlich entstellt gewesen, an ihren Mundwinkeln und ihrem Kinn hatte Blut geklebt. Ihr Körper war schlaff, als wäre jeder ihrer Knochen zerbrochen. Der Henkersknecht musste die Stricke an dem Pfahl sehr fest ziehen, damit sie aufrecht stand und nicht immer wieder in sich zusammensackte. Allein ihre Augen schienen noch zu leben. Stefanos Nackenhaare sträubten sich bei dem Gedanken an den Blick, mit dem sie ihn bedacht hatte. Da war keine Wut, kein Hass, nicht einmal Angst gewesen. Nur Mitleid und Liebe. Grenzenlose, bedingungslose Liebe. Sie hatte geweint, aber nicht um sich, sondern um die anderen Frauen, die mit ihr zusammen verbrannt werden sollten und die vor Angst und Schmerzen laut jammerten und wehklagten und Gott um Hilfe und Rettung anriefen. Und auch um ihn. Stefano war sicher, dass sie um ihn geweint hatte. Ihm war übel geworden, und er hätte sich bestimmt übergeben, wenn er an diesem Tag überhaupt in der Lage gewesen wäre, etwas zu essen. Dann hatten die Henkersknechte die Holzstöße mit Fackeln in Brand gesteckt. Flammen waren emporgelodert, und der Himmel hatte sich mit beißendem dunklem Rauch zugezogen, als wollte die Sonne ihr Antlitz vor dem furchtbaren Schauspiel verbergen. Die Nonnen schrien vor Schmerzen, sie kreischten vor Angst, sie weinten und jammerten.

Nicht so Mutter Maddalena. Folter und Verhöre hatten sie derart geschwächt, dass sie dazu nicht mehr in der Lage war. Selbst als das Feuer bereits ihre Kleider erfasst und an ihren Beinen geleckt hatte, entrang sich ihrer Brust nur ein schwaches Stöhnen, das im Tosen der Flammen fast unterging. Doch ihr Gesicht wurde von dem Feuer beschienen, und Stefano konnte sehen, dass sich ihre Lippen bewegten, als würde sie beten. Er konnte nicht länger hinschauen und ließ stattdessen den Blick über die Menge schweifen, die erstaunlich ruhig dem makabren Schauspiel beiwohnte. Gewöhnlich gab es Gaukler, Musiker und Händler, die jede Hinrichtung zu einem regelrechten Volksfest machten. Doch an diesem Tag war außer gedämpftem Gemurmel, dem Knistern der Holzscheite und den Schreien der Verurteilten kaum etwas auf dem großen Marktplatz zu hören gewesen. Auf einigen Gesichtern hatte Stefano sogar Tränen glänzen sehen.

Der Kaiser hatte kerzengerade und mit unbewegtem Gesicht auf seinem Platz neben dem Inquisitor gesessen. Es war nicht zu erkennen gewesen, ob er die brennenden Scheiterhaufen mit den an die Pfähle gebundenen Körpern wirklich *gesehen* oder aber einfach nur in die Richtung gestarrt hatte. Aber die Wut und der Abscheu in seinen klaren blauen Augen waren deutlich gewesen, und Stefano war sicher, dass auch Karl V. zumindest vermutete, dass das Geständnis nicht von Mutter Maddalena selbst stammte. Zwei Stunden lang hatte der entsetzliche Todeskampf gedauert. Dann endlich, genau zur Mittagsstunde, als die Glocken der Kathedrale zum Angelus läuteten, war es vorbei gewesen. Mutter Maddalena war gestorben.

Stefano erschauerte. In den vergangenen drei Tagen hatte er täglich zweimal gebadet, er hatte sich das Haar gewaschen und seinen Körper mit Bürsten abgeschrubbt, bis die Haut blutig war und selbst die leichte Berührung seiner Kutte wehtat. Trotzdem hatte er immer noch das Gefühl, dass der Geruch von brennendem Fleisch an ihm haftete. Vielleicht war das sein Kainsmal. Vielleicht war er dazu verurteilt, bis ans Ende seiner Tage diesen Geruch mit sich herumzutragen. Als abschreckendes Beispiel für jeden, der wie er nur zusah, wenn Unschuldige hingerichtet wurden.

»Was ist mit dir, Stefano?«, fragte Pater Giacomo. Seine Stimme klang so dicht neben seinem Ohr, dass Stefano erschrocken zusammenfuhr. Leise und lauernd wie eine Spinne war er an ihn herangetreten. »Du bist heute so still.«

Stefano hatte die Anwesenheit des Inquisitors vergessen. Egal, was geschehen war, er war immer noch sein Mentor, sein Lehrer. Von ihm hatte er sein ganzes Wissen, jede seiner Fähigkeiten, er hatte ihn im Glauben unterwiesen. Aber hatte Pater Giacomo ihm auch sein Herz und sein Gewissen gegeben? Er wusste nicht, was er glauben sollte, er verstand seine Welt nicht mehr. Und anstatt Pater Giacomo nach Kräften zu unterstützen, so wie er es immer getan hatte, fragte er sich nur, ob der Inquisitor nach seinem heimlichen Besuch in Mutter Maddalenas Verlies auf brutale Weise dafür gesorgt hatte, dass sie nichts mehr über seinen Betrug erzählen konnte. Und ob das der wahre Grund für die Blutspuren in ihrem Gesicht gewesen war.

»Nichts, Pater, gar nichts«, sagte Stefano leise. »Ich habe gerade gebetet, Pater.«

Das war eine Lüge. Seit drei Tagen hatte er nicht mehr gebetet, seit drei Tagen schien sein Herz nur noch ein großes schwarzes Loch zu sein. Jeder Glaube, jede Hoffnung darin schien für immer ausgelöscht. Und er schämte sich dafür.

»So, gebetet? Was denn?«

Stefano wandte seinen Blick dem Inquisitor zu. Er sah in die kalten braunen Augen. Sie schienen ihn durchbohren und die Wahrheit aus ihm heraussaugen zu wollen. Sollten sie es ruhig versuchen. Er war ohnehin leer und hohl wie eine taube Nuss.

»Den Engel des Herrn, Pater«, antwortete er.

Pater Giacomos Augen verengten sich. »Gut, Stefano, sehr gut«, sagte er. Dann sah er selbst aus dem Fenster und seufzte. »Ich weiß, was du denkst. Ich sehe den Abscheu in deinen Augen, ich erkenne, dass dich die Verhöre anwidern und der Geruch von brennendem Fleisch dir Übelkeit bereitet. Glaubst du etwa, mir würde es anders ergehen? Diese Verhaftungen, Verhöre und Prozesse rauben mir meine ganze Kraft. Sie füllen mich derart aus, dass ich manchmal sogar darüber vergesse, dass …« Er schüttelte den Kopf und schloss die Augen. »Ich bin müde, mein Sohn. Manchmal bin ich so müde, dass ich bereits am Abend Angst vor dem Aufstehen am nächsten Morgen habe. Doch das Werk ist noch nicht vollendet. Einer fehlt uns noch. Ich weiß, dass er hier ist. Ich weiß, dass er versucht mich zu vernichten. Aber ich werde es nicht zulassen. Ich werde nicht zulassen, dass er alles zerstört.« Er wandte seinen Blick wieder Stefano zu und legte ihm eine Hand auf die Schulter. »Komm, mein Sohn, die Pferde warten auf uns. Ich habe eine Nachricht erhalten, nach der sich der von uns Gesuchte auf einer Hazienda versteckt. Wir werden ihn heute festnehmen und in den Kerker werfen. Und wenn er erst verurteilt ist …« Er holte tief Luft. »Dann wird es vorbei sein, Stefano. Die Zeiten ändern sich. Wir werden Frieden finden. Und ich verspreche dir, dass wir uns dann als einfache Mönche nur noch dem Gebet widmen werden.«

Doch als sie etwa eine Stunde später die beschriebene Hazienda erreichten, fanden sie das Haus und die Weiden leer und verlassen vor. Keine Menschenseele war zu sehen, kein Geräusch zu hören, die Ställe waren verwaist, und der Wind spielte mit dem Staub und dem Sand auf dem Hof wie ein übermütiges Kind.

»Niemand da, Pater!«, rief Carlos und trat wieder aus dem Haus.

»Hast du auch wirklich alles durchsucht?«, fragte Pater Giacomo. »Jeden Winkel?«

»Ja«, sagte Carlos und schüttelte den Kopf. »Keine Spur.«

»Und der Keller? Vielleicht gibt es hier einen Keller. Hast du den auch durchsucht?«

»Ja, Pater, aber abgesehen von einem Weinfass und ein paar Schinken ist auch dort nichts.«

Pater Giacomo knirschte mit den Zähnen. »Aber er muss da sein, er muss! Ich weiß, dass dies sein Haus ist. Ich rieche ihn geradezu. Hast du die Wände nach einer Geheimkammer abgeklopft?«

»Nein, Pater, aber ...«

Doch Pater Giacomo ließ ihn nicht ausreden. Er sprang vom Pferd, zog seinen Handschuh von den Fingern und schlug Carlos damit ins Gesicht.

»Trottel!«, schrie er. »Wozu füttere ich dich durch, wenn du nicht einmal die einfachsten Regeln beherrschst? Alles muss ich selber machen, alles ...«

Und mit diesen Worten stürmte er in das Haus. Stefano wusste nicht, ob er Pater Giacomo begleiten sollte oder nicht, und er beschloss, erst einmal abzuwarten. Vom Pferd aus hörte er, wie der Pater im Inneren des Hauses nach etwas suchte. Und von Augenblick zu Augenblick schien er wütender zu werden. Stefano vernahm das Klirren von Geschirr, das mitsamt einem Regal zu Boden gerissen wurde, und den Lärm von Stühlen und Schränken, die umfielen. Und er hörte, wie Pater Giacomo mit irgendeinem Werkzeug die Wände abklopfte.

»So nahe!«, kreischte er, und seine Stimme überschlug sich

dabei. »So nahe, und doch ist er fort! Bei allen Teufeln, wie hat er das geschafft? Wie hat er das nur geschafft? Dieser verfluchte Hurensohn, dieser ...«

Wieder stürzten Möbel zu Boden, und das hässliche Geräusch von splitterndem Holz drang nach außen.

Pedro und Carlos sahen einander an, und beide Diener waren ganz bleich. Stefano war nicht in der Lage, sich zu rühren. Wie gelähmt saß er im Sattel. Noch nie zuvor hatte einer von ihnen Pater Giacomo in solch einer Raserei erlebt. Schließlich kam er auf den Hof gestürmt. Seine Kutte war staubig und an den Säumen zerrissen, seine Fäuste waren blutig, und der Kranz seiner Haare stand nach allen Seiten hin ab. Doch am schlimmsten war sein Blick.

»Fort!«, schrie er so laut, dass die Pferde erschrocken wieherten. »Einfach fort! Das darf nicht sein, das kann nicht sein! Ich muss ihn finden, er muss hier sein! Ich habe es doch selbst gesehen!« Pater Giacomo knirschte mit den Zähnen, er stampfte mit dem Fuß auf den Boden, und Staub wirbelte auf. »Verschwindet!«

»Wie?« Pedro und Carlos sahen sich ratlos an.

»Verschwindet, habe ich gesagt!«

»Aber, Pater, wir ...«

»Habt ihr mich immer noch nicht gehört?«, schrie Pater Giacomo. Dann bückte er sich und hob Steine auf, die er wahllos den beiden Dienern an den Kopf warf. »Lasst mich allein! Verschwindet! Haut ab!«

Die Diener duckten sich und sprangen auf ihre Pferde. Sie gaben den Tieren die Sporen und jagten davon, als wäre der Teufel selbst hinter ihnen her. Und Stefano konnte es ihnen nicht einmal verübeln. Was war nur in Pater Giacomo gefahren? Hatte etwa tatsächlich ein Dämon von ihm Besitz ergriffen?

Pater Giacomo stürmte mit langen Schritten zu seinem

Pferd und holte etwas aus der Satteltasche. Für einen kurzen Augenblick konnte Stefano den Blick auf eine Flasche erhaschen, in der eine Flüssigkeit blutrot im Sonnenlicht funkelte.

»Du, mein Elixier, du bist mein Freund, mein Ratgeber. Du wirst mir helfen, ihn zu finden, nicht wahr?«, sagte der Pater leise und liebkoste dabei die Flasche. »Du wirst mir den Zeitpunkt zeigen, wann er das Haus verlassen hat und ...« Er richtete seinen Blick auf Stefano, als würde er sich plötzlich an seine Anwesenheit erinnern. Seine Augen schleuderten Blitze. »Was stehst du da noch herum? Verschwinde! Und wage es ja nicht, dich vor morgen Abend wieder zu zeigen! Ich will allein sein! Begreifst du das endlich?«

Und bevor Pater Giacomo sich bücken und auch nach Stefano Steine werfen konnte, trat er seinem Pferd in die Flanken und galoppierte davon.

Lass es Liebe sein

Ruhelos lief Stefano in seiner Zelle auf und ab. Sein ganzes Leben hatte er in kleinen Klosterzellen verbracht. Nie hatte er in einem breiten, weichen Bett geschlafen, nie hatte er einen jener großen luftigen Räume sein Eigen genannt, wie Adlige oder reiche Kaufleute sie bewohnten. Er war die Enge und die Schlichtheit der Zellen gewöhnt. Diese Einfachheit beruhigte ihn und verlieh ihm Sicherheit. Insbesondere hier in Córdoba, wo die vielen Pflichten für die heilige Inquisition ihm kaum noch Zeit für anderes ließen, genoss er es, am Ende eines langen Tages in seine kleine stille Zelle zurückkehren zu können. Hier gab es keinen Prunk, der das Auge ablenkte. Hier gab es keine lärmenden Massen und auch nicht das un-

unterbrochene Geplapper der Leute. Hier war er allein, und er konnte dem Herrn gegenübertreten, so wie er war.

Doch an diesem Tag schien er in seiner kleinen Kammer zu ersticken. Wie ein gefangenes Raubtier raste er zwischen den Wänden hin und her. Mit bloßen Händen hätte er die Mauern niederreißen mögen, um wieder atmen zu können. Sein Kopf schien zu brennen. Immer wieder sah er Pater Giacomo, von wilder Raserei gepackt, in der Tür der verlassenen Hazienda stehen. Er sah die Flasche mit der blutroten Flüssigkeit in seinen Händen, die er liebkost hatte wie ein geliebtes Kind. Und er hörte ihn murmeln: »… mein Elixier, du bist mein Freund, mein Ratgeber …« Wieder und wieder spulte sich diese Szene vor seinen Augen ab. Er hatte das Gefühl, allmählich den Verstand zu verlieren.

Stefano hatte die Flasche sofort erkannt. Es handelte sich um das kostbare Kristallgefäß, aus dem ihm vor vielen Jahren Pater Giacomo das Blut Christi zu trinken gegeben hatte. So hatte er es wenigstens genannt. Hatte er ihn damals angelogen? Die Frau – offenbar seine Mutter – hatte von einem »Elixier der Ewigkeit« gesprochen. War es etwa diese Flüssigkeit, die Pater Giacomo in der Kristallflasche aufbewahrte? Und was wollte er damit auf der Hazienda? Was wollte er erreichen? Was trieb ihn? Welcher Wahnsinn hatte von ihm Besitz ergriffen? Oder war er selbst es, der nun aufgrund der Einflüsterungen fremder Frauen und des Einflusses verbotener Schriften allmählich jeden Bezug zur Wirklichkeit verlor und stattdessen in einer albtraumhaften, von Zauberern, Hexen, Intrigen und Giften dominierten Fantasiewelt lebte?

Stefano rannte im Kreis, seine Gedanken wirbelten um ihn herum wie Herbstblätter, keiner von ihnen ließ sich fassen, keiner festhalten. Was sollte er tun? Wem sollte er glauben? Pater Giacomo? Seiner Mutter – wenn sie es denn überhaupt war? Wie sollte er das je nachprüfen? Sollte er

Mutter Maddalena glauben? Dem Kaiser? Dem Papst? Oder niemandem?

Ihm wurde schwindlig. Die Wände, das Bett, das schmale Fenster, der kleine Tisch, der Stuhl – alles drehte sich um ihn, und schließlich stürzte er zu Boden. Sein Kopf schlug auf der Kante der Holzpritsche auf. Ein Meer bunter Lichter explodierte vor seinen Augen, dann wurde alles dunkel.

Als Stefano die Augen wieder aufschlug, warf das Fensterkreuz einen langen Schatten in seine Zelle. Die Sonne ging gerade unter, und die weißen Wände sahen aus, als wären sie mit flüssigem Gold und Purpur übergossen. Er lag immer noch auf den kalten harten Steinfliesen. Sein Kopf schmerzte, und als er vorsichtig seinen Hinterkopf abtastete, fühlte er dort eine riesige Beule. Eine leichte Übelkeit regte sich in seinem Leib, aber seine Gedanken waren klar und ruhig.

So hat letztlich alles auch sein Gutes, dachte er und blickte zur kahlen weiß getünchten Decke empor. Und plötzlich schien es ihm, als stünde dort oben im schwindenden Tageslicht ein einziges Wort geschrieben. Ein Wort, das ihm die Lösung aller Probleme und die Antwort auf alle Fragen versprach: Tagebuch.

Die fremde Frau … *Fremde Frau.* Er ließ diese Worte einen Augenblick in seinem Kopf kreisen. Warum fiel es ihm nur so schwer, sie *Mutter* oder doch wenigstens bei ihrem Namen *Señora Anne* zu nennen? Diese Frau hatte ihm von Pater Giacomos Tagebuch erzählt. Wenn es tatsächlich existierte, würde er mit seiner Hilfe herausfinden, ob Pater Giacomo das war, was er in ihm sein Leben lang gesehen hatte – ein gottesfürchtiger, gelehrter Mann, der nur ein Ziel in seinem Leben hatte, nämlich dem Herrn bedingungslos zu dienen. Oder ob die anderen mit ihren Anschuldigungen Recht hatten.

Ja, das Tagebuch. Wenn er es finden würde, dann ... Aber dafür musste er in Pater Giacomos Zelle eindringen, musste seine Habseligkeiten durchsuchen, in seinen Sachen herumwühlen wie ein abscheulicher Dieb. Dabei wäre die Gelegenheit sogar recht günstig, da Pater Giacomo wahrscheinlich immer noch auf der Hazienda weilte. Dennoch widerstrebte Stefano der Gedanke. Selbst wenn sich Pater Giacomo als unschuldig erwies, wie sollte er ihm nach einem derartigen Treuebruch je wieder unter die Augen treten können?

»Und wie willst du ihm jetzt unter die Augen treten?«, fragte er laut und blinzelte zur Decke empor, als könnte sie ihm eine Antwort geben. »Jetzt, wo die Saat des Zweifels aufgegangen ist, wo du jede seiner Handlungen infrage stellst, ihn sogar für einen Mörder und Betrüger hältst, der nicht einmal davor zurückschreckt, ein Geständnis zu fälschen und Mutter Maddalena die Zunge ...«

Stefano konnte diesen Gedanken nicht zu Ende führen. Er richtete sich auf, und der Schmerz wurde stärker. Er pochte in seinen Schläfen, hämmerte von innen gegen seine Stirn wie ein wütender Gefangener, der endlich freigelassen werden wollte.

O Herr, o du allmächtiger Gott! Was soll ich nur tun? Was?

Er stützte den Kopf in die Hände und schloss die Augen. Und plötzlich lag sein Weg so klar und deutlich vor ihm, als hätte jemand im Dunkeln eine Lampe angezündet. Er musste versuchen das Tagebuch zu finden und sich von seinem Inhalt überzeugen. Sollte sich dann herausstellen, dass er Pater Giacomo tatsächlich zu Unrecht verdächtigt hatte, würde er ihm gleich morgen alles beichten und ihn um Verzeihung bitten. Aber mit diesen Zweifeln konnte er nicht eine Stunde länger leben. Sie gärten in ihm wie ein schleichendes, tödliches Gift. Nein, er musste es tun. Um Pater Giacomos willen. Vor allem aber, um sich selbst zu schützen.

Stefano rappelte sich mühsam auf. Einen Augenblick lang war ihm so schwindlig, dass er fürchtete, wieder zu stürzen, und eine Welle der Übelkeit stieg in ihm empor. Er zwang sich, ruhig und gleichmäßig zu atmen, und nach einer Weile ging es ihm besser. Leise öffnete er die Tür seiner Zelle. Alles war still, die beiden kleinen Lampen brannten bereits. Kein Mensch war auf dem schmalen Gang zu sehen, was im Grunde kein Wunder war. In den Kellergewölben des Alcázars waren die Verliese für die unwichtigeren Gefangenen untergebracht, die natürlich Tag und Nacht bewacht wurden. In den übrigen Stockwerken jedoch, in denen sich die Schreibstuben, Arbeitszimmer und Archive der Inquisition befanden, hielten sich nur tagsüber Mönche und Diener auf. Und das Dachgeschoss, das Pater Giacomo und Stefano allein bewohnten, betrat außer ihnen beiden nur ein Diener, um die Lampen abends anzuzünden und sie morgens wieder zu löschen. Sonst niemand.

Das letzte Licht des schwindenden Tages fiel noch durch eine kleine Dachluke, die tagsüber in dem schmalen Flur für ein wenig Helligkeit sorgte. Bald würde es dunkel sein. Pater Giacomos Zelle war am anderen Ende des Gangs, höchstens ein Dutzend Schritte von seiner eigenen entfernt, und doch kam es Stefano so vor, als lägen Meilen dazwischen. Er blieb stehen und lauschte. Nichts. Der Alcázar schien einsam und verlassen zu sein, und nicht einmal das Stöhnen und Wehklagen der Gefangenen, das manchmal aus dem Kellergewölbe nach oben drang, war zu hören. Nun mach schon!, feuerte Stefano sich an. Je länger du wartest, umso größer die Gefahr.

Er nahm seinen ganzen Mut zusammen und hastete vorwärts, öffnete die Tür, die – Gott sei gelobt, gepriesen und gebenedeit! – nicht verriegelt war, trat ein und schloss die Tür hinter sich. Einen Moment verharrte er regungslos gegen das dunkle Holz gelehnt, die Augen geschlossen und schwer atmend. Sein Herz klopfte so sehr, dass er jeden einzelnen seiner Schläge gegen seine wunde Schädeldecke pochen fühlte. Was wäre gewesen, wenn Pater Giacomo im Gegensatz zu seiner Ankündigung doch schon früher von der Hazienda zurückgekehrt war? Wenn die Tür nicht verschlossen war, weil er bereits in seinem Bett lag? Was wäre, wenn …

»Ist es aber nicht!«, sagte Stefano energisch und öffnete die Augen.

Noch erhellte ein letzter Hauch von Tageslicht den kleinen Raum. Pater Giacomos Zelle war fast ein Ebenbild seiner eigenen. Rechts an der Wand stand das schmale Bett, ein kleiner Tisch direkt vor dem Fenster, ein Stuhl. Die einzigen Unterschiede bestanden in der kleinen Truhe aus schwarzem Holz, die Pater Giacomo schon seit vielen Jahren besaß und die er brauchte, um seine Kutten darin aufzubewahren. Aufgrund seines Amtes als Inquisitor hatte er mehr als die beiden Kutten, die Stefano sein Eigen nannte. Und an der Wand, direkt über dem Kopfende des Bettes, hing ein schönes, großes geschnitztes Kruzifix.

Stefano sah sich rasch um. Nirgendwo lag etwas, das einem Tagebuch glich. Aber wenn der Inhalt wirklich so brisant war, wie die Fremde angedeutet hatte, würde Pater Giacomo es wohl kaum offen herumliegen lassen. Also musste er es versteckt haben – immer vorausgesetzt, dass es dieses Tagebuch auch wirklich gab.

»Ich brauche Licht«, murmelte Stefano. »Die Kerze.«

Mit zwei Schritten war er bei dem kleinen Tisch, auf dem eine Kerze in einem einfachen eisernen Leuchter stand. Ein langer Docht lag daneben. Hastig entzündete er den Docht an der Lampe, die im Flur direkt neben Pater Giacomos Zellentür brannte. Als er wieder die Tür hinter sich geschlossen hatte, zitterte er so sehr, dass ihm der brennende Docht beinahe aus der Hand gefallen wäre und er mehrere Versuche brauchte, bis die Kerze endlich mit kleiner, stark rußender Flamme brannte. Jetzt konnte er sich endlich umsehen.

Auf dem Tisch lag eine Feder, deren Spitze schon ziemlich abgenutzt war. Daneben stand ein nahezu leeres Tintenfass. Kein Pergament, kein Buch, in dem Pater Giacomo geschrieben haben könnte. Seine Korrespondenz erledigte er meist in seinem Arbeitszimmer zwei Stockwerke tiefer. Wozu also brauchte er Feder und Tinte in seiner Zelle? Ratlos kratzte sich Stefano am Kopf und zuckte zusammen, als seine Finger dabei versehentlich die Beule berührten. Wo konnte Pater Giacomo das Tagebuch versteckt haben? Wo würde *er* ein Tagebuch verstecken, wenn er denn eines besitzen würde?

Im Bett, dachte Stefano und zog behutsam zuerst die Decke, dann das flache Kopfkissen zur Seite. Er kam sich vor wie ein abscheulicher Dieb. Zoll für Zoll tastete er die Matratze ab, doch sie war mit nichts anderem als Stroh gefüllt. Wie es sich gehörte. Danach stellte er die Kerze auf den Boden und schob sich unter das Bett, um die Bretter zu untersuchen. Ebenso vergeblich.

Stefano überlegte. Natürlich, wahrscheinlich befand sich das Tagebuch in der Truhe. Er kniete sich vor dem schlichten Holzkasten nieder. Die Truhe war nicht verschlossen, sie hatte nicht einmal ein Schloss oder einen Riegel. Er atmete schneller. Noch nie zuvor in seinem Leben hatte er sich so unbehaglich in seiner Haut gefühlt. Er war im Begriff, etwas zu tun, das seinem Gewissen entschieden widersprach. Und doch musste er es tun, wenn er je wieder Ruhe finden wollte.

»Tu es endlich«, sagte er leise. »Bring es hinter dich.« Dabei kam er sich vor, als würde man von ihm verlangen, einen Menschen mit einem Dolch zu töten.

Stefano hielt die Luft an und klappte den Deckel auf. Gleich obenauf lag die Kutte, die Pater Giacomo an Feiertagen trug. Er nahm sie heraus und faltete sie auseinander, um sicherzugehen, dass sich darin nichts verbarg. Darunter lagen eine schlichte Alltagskutte zum Wechseln, ein zweites Paar Sandalen und ein Ordensmantel. Bei seiner Suche fand Stefano, sorgfältig zwischen die Gewänder gelegt, damit es nicht beschädigt wurde, ein kleines in Silber gerahmtes Bild. Es war das Porträt eines hübschen jungen Mädchens. Es lächelte verträumt, während es fast zärtlich die Blütenblätter einer weißen Rose streichelte. Stefano wurde rot und legte es hastig zurück. Vielleicht war sie eine Verwandte des Paters, vielleicht aber auch eine unglückliche Liebe. Das war jedenfalls nicht das, wonach er suchte, und es ging ihn auch nichts an. Auf dem Boden der Truhe lag noch ein kleines schlichtes Kreuz aus Silber mit einer Gravur auf der Rückseite. »Von Giovanna für meinen geliebten Bruder Giacomo«, stand da auf Italienisch. Aber auch hier kein Tagebuch. Nicht einmal eine Spur davon. Stefano faltete alles wieder ordentlich zusammen und legte es in der richtigen Reihenfolge in die Truhe zurück, dann ließ er sich ratlos auf den Boden sinken. Zwei Gefühle stritten miteinander: Einerseits war er erleichtert, dass er nichts gefunden hatte. Wenn er kein Tagebuch fand, hieß es dann nicht, dass Pater Giacomo unschuldig war? Andererseits hielten die Zweifel ihn immer noch in ihren Klauen gepackt und forderten ihn auf, weiterzusuchen. Stefano überlegte und überlegte. Sein Kopf dröhnte, er konnte kaum einen klaren Gedanken fassen. Aber er musste! Wenn er jemals die Zweifel, den grausamen Verdacht beseitigen wollte, dann musste er dieses verflixte Tagebuch finden.

Er atmete tief durch und rieb sich die Schläfen. Wie hatte

er auch annehmen können, dass Pater Giacomo das Tagebuch in einer Truhe versteckte, die jeder öffnen konnte? Aber wo sollte es sonst sein, wenn nicht im Bett oder in der Truhe? Die Steinfliesen waren so schwer, dass sie kein Mann allein hätte hochheben können. Die Wände waren glatt verputzt. Und ein anderes Versteck gab es nicht.

»Denk nach, denk nach!«, forderte Stefano sich selbst auf und schlug sich mit der Faust gegen die Stirn.

Es war ein Gefühl, als würde er mit einem Hammer gegen seinen Kopf schlagen, doch offenbar half es, denn plötzlich fiel ihm etwas ein. Vor einiger Zeit hatten Pedro, Carlos, Pater Giacomo und er selbst das Haus eines Angeklagten durchsucht. Stefano konnte sich nicht mehr daran erinnern, um welchen Angeklagten es sich gehandelt hatte, dafür waren es in den letzten Wochen und Monaten zu viele gewesen. Aber das spielte jetzt auch keine Rolle. Wichtig waren nur Pater Giacomos Worte, als sie die Truhen und Schränke des Angeklagten durchsucht hatten. »Achte auf jede Ritze, jeden Vorsprung und jede Kerbe im Holz, Stefano«, hatte er gesagt. »Und versuch genau abzuschätzen, ob die Truhe wirklich von innen ebenso groß zu sein scheint wie von außen. Diese Araber sind Meister der Täuschung und Fälschung. Sie versehen ihre Möbel gerne mit Geheimfächern.«

Stefano hörte diese Worte, als würde Pater Giacomo direkt neben ihm stehen. Und dann erinnerte er sich daran, wo sein Mentor seine Truhe gekauft hatte – auf einem Basar in Damaskus. Er besah sich die kleine Holztruhe genauer. Und je länger er sie betrachtete, umso mehr glaubte er, dass sie innen tatsächlich kleiner zu sein schien, als von außen. Erneut nahm er ihren Inhalt heraus. Er klopfte den Boden der Truhe ab, betastete alle Ecken, ja, er stellte sie sogar auf den Kopf. Täuschte er sich nur, spielten ihm seine Sinne einen Streich oder klang der Boden tatsächlich an einigen Stellen hohl?

Noch während er auf dem polierten Holz herumdrückte und nach Vorsprüngen und Kerben suchte, gab es plötzlich ein klickendes Geräusch, und der Boden der Truhe schob sich ein Stück nach vorn wie eine Schublade. Vor Schreck hätte Stefano die Truhe beinahe fallen lassen. Also besaß Pater Giacomo tatsächlich ein Geheimfach. Wozu aber sollte es ihm nützen, wenn er nichts zu verbergen hatte?

Stefanos Hände zitterten, als er die Schublade herauszog. So wie er sie jetzt in der Hand hielt, entpuppte sie sich als schmaler Holzkasten mit einem Schloss. Stefano stöhnte auf. Er hatte doch schon Pater Giacomos Zelle durchsucht und nirgendwo einen Schlüssel gefunden. Wenn er ihn immer bei sich trug? Noch während er überlegte, fiel sein Blick auf das Kreuz an der Wand, und ohne sich erklären zu können, weshalb, stand er auf, um es sich genauer anzusehen. Es wirkte wie ein Fremdkörper an den kahlen Wänden. Es war so aufwändig gearbeitet, so kostbar geschnitzt und so groß, dass es wohl eher in die private Kapelle einer vornehmen Familie als in die bescheidene Zelle eines Mönchs gepasst hätte. War auch dieses Kreuz nur ein Erinnerungsstück, das Pater Giacomo mit seiner Familie verband – so wie das silberne Kreuz seiner Schwester oder das Porträt des jungen Mädchens? Oder …

Stefano runzelte die Stirn. War da nicht ein schmaler, kaum sichtbarer Spalt zwischen dem Gekreuzigten selbst und dem Kreuz? Er steckte seinen Fingernagel hinein und stellte verblüfft fest, dass sich der Leib des Herrn mühelos zur Seite schieben ließ. Darunter befand sich ein kleiner Hohlraum, gerade groß genug für den silbern glänzenden Schlüssel, der ihm regelrecht in die Hände fiel.

Einen Augenblick lang starrte Stefano verblüfft auf das kleine Ding, das auf seiner Handfläche lag und dabei so unschuldig aussah. Dann probierte er den Schlüssel an der geheimen Schublade aus. Er war nicht überrascht, dass er passte. Stefano wagte kaum zu atmen, als er mit geschlossenen Augen den Deckel des Geheimfachs aufklappte. Es dauerte, bis er sich traute, die Augen zu öffnen. Und dann sah er es vor sich liegen – ein schmuckloses, in dunkles abgegriffenes Leder gebundenes Buch. Vorsichtig nahm er es heraus und schlug es auf. Die Seiten waren gelb und fleckig vor Alter, und die Tinte auf den ersten Seiten begann bereits zu verblassen. Doch mit einem Blick erkannte er Pater Giacomos enge, kleine Handschrift, die Seite um Seite füllte. Stefano wurde übel, die Welt begann sich um ihn herum zu drehen, sein Kopf schien zerspringen zu wollen. Es gab keinen Zweifel, dass seine Suche erfolgreich gewesen war. Die Frau hatte ihn nicht angelogen. Aber jetzt, da er Pater Giacomos Tagebuch tatsächlich in den Händen hielt, stellte er fest, dass er die ganze Zeit über gehofft hatte, dass es nicht existierte.

Stefano keuchte. Seine Kutte wurde ihm zu eng. Er versuchte ruhig und gleichmäßig zu atmen, sein Herzschlag dröhnte in seinen Ohren wie eine Pauke.

Einen Augenblick kämpfte er gegen den Impuls an, das Buch einfach wieder in seine Lade zu sperren, den Schlüssel wieder an seinem Platz zu verstecken und Pater Giacomos Zelle zu verlassen; einfach die Augen vor der Wahrheit zu verschließen. Was gingen ihn die geheimsten Gedanken seines Lehrers an? Wollte er wirklich wissen, was er alles in den letzten Jahren getan und gedacht hatte? Wenn er dieses Buch aufschlug, konnte das bedeuten, dass alles in sich zusammenbrechen würde, woran er bisher geglaubt hatte. Vielleicht war sein ganzes Leben eine Lüge. Wollte er das wirklich? Wollte er dieses Risiko eingehen?

Stefano presste das Buch stöhnend an sich. Schweiß perlte auf seiner Stirn. Er hatte keine andere Wahl. Er musste erfahren, was Pater Giacomo geschrieben hatte. Wenn er jemals wieder seinen Seelenfrieden finden wollte, musste er das Tagebuch lesen.

Stefano schluckte bittere Galle, dann schlug er das Buch auf.

Die Sonne ging auf, ein neuer Tag brach an. Stefano stand am Fenster seiner Zelle und sah zu, wie allmählich die Sterne verblassten und sich die Farbe des Himmels von einem dunklen zu einem klaren silbrigen Blau verwandelte.

Es war schon weit nach Mitternacht gewesen, als er Pater Giacomos Zelle verlassen hatte. Alle Sachen lagen wieder an ihrem Platz, die Kutten, der kleine Schlüssel, die geheime Schublade. Sogar das Tagebuch befand sich wieder an Ort und Stelle. Alles war wie zuvor. Wenigstens in der Zelle.

Stefano starrte regungslos durch das Fenster. Das Funkeln des Morgenlichts, das die Kuppeln und Türme glänzen ließ, als wären ihre Dächer mit Schindeln aus purem Gold gedeckt, nahm er kaum wahr. Für ihn war alles schwarz. Tintenschwarz. Dort draußen auf den Straßen, am Himmel, in seiner Zelle, in seinem Kopf, in seinem Herzen.

Er hatte in dem Tagebuch gelesen. Nicht alles, nicht jede Seite, dazu war die Zeit zu kurz gewesen. Er musste aber auch nicht jeden Satz lesen, um zu begreifen. Um zu verstehen, dass sie Recht hatten – Mutter Maddalena und die Fremde, die wirklich seine Mutter war. Mit allem, was sie über Pater Giacomo gesagt hatten, hatten sie Recht. Und doch war die Wahrheit noch entsetzlicher, als sie es ihm geschildert hatten.

Als Stefano das Tagebuch schließlich zugeschlagen hatte, wollte er es verbrennen, ins Wasser werfen, zerreißen, es irgendwie vernichten, als könnte er dadurch alles, was darin geschrieben stand, ungeschehen machen. Als wäre dieses abscheuliche Ding, diese Missgeburt aus Pergament und Leder, allein dafür verantwortlich. Doch sein Verstand, der letzte Rest von Vernunft, der neben dem maßlosen Entsetzen in seinem Kopf noch Platz gefunden hatte, hatte ihn davon abgehalten. Das Buch war nur ein harmloser, unschuldiger Gegenstand, der wie ein Brotmesser für einen Mord missbraucht worden war. Wie ein Spiegel hatte ihm das Tagebuch lediglich auf schonungslose Weise das wahre Gesicht des Mannes gezeigt, den er bisher als seinen Mentor, seinen Lehrer verehrt hatte. Nein, er hatte ihn nicht nur verehrt, er hatte ihn sogar geliebt wie den Vater, den er niemals gehabt hatte, weil Pater Giacomo dafür gesorgt hat, dass er ermordet worden war. Galle stieg seine Kehle empor. Stefano schluckte sie hinunter, während Worte und Sätze wie Nebelfetzen an ihm vorbeischwebten.

»... Das Elixier der Ewigkeit ist fertig. Cosimo und ich haben es geschafft ...«, »... Merlin hatte Recht, es ist fantastisch ...«, »... mein Stiefvater wurde von einer Biene gestochen, der Arzt konnte ihn nicht retten, weil ...«, »... Es hat funktioniert, mein Stiefvater ist tot. Der Weg ist frei ...«, »... Cosimo soll Giovanna nicht bekommen ...«, »... Blei ist die Lösung ...«, »... alle Männer in meiner Familie haben sich als schwach und treulos erwiesen ...«, »... nicht würdig, weiterzuleben ...«, »... muss dem Herrn die Wege ebnen ...«, »... bin ein Auserwählter ...«

Von Seite zu Seite hatte das Tagebuch ihm weitere Tode und neue schreckliche Ereignisse offenbart. Er hatte lesen müssen, wie Pater Giacomo ihn gleich nach der Geburt seiner Mutter geraubt hatte, nachdem er mit einem vergifteten Trank die Wehen ausgelöst hatte. Er hatte von der seltsamen Schrift gelesen, die das Rezept für ein Gegenmittel gegen die Wirkung des Elixiers der Ewigkeit enthalten sollte. Und von Pater Giacomos Furcht, dass Cosimo vor ihm in den Besitz dieser Schrift kommen könnte. Er hatte erfahren müssen, dass sie in Wahrheit gar nicht dem Weg des Herrn gefolgt, sondern Jahr um Jahr vor Cosimo geflohen waren, nachdem Cosimo in Jerusalem die Schrift mit dem Gegenmittel in seinen Besitz gebracht hatte. Und jetzt wusste er auch, weshalb Pater Giacomo die Ketzerprozesse so vorangetrieben, weshalb er sich selbst und allen anderen kaum Ruhe gegönnt hatte – je weniger gelehrte, gebildete Menschen es im Reich gab, umso geringer war die Wahrscheinlichkeit, dass irgendjemand die verschlüsselte Botschaft von Merlin je würde entziffern und das Gegenmittel herstellen können.

Das alles klang abscheulich und verdammenswert. Und trotzdem konnte Stefano keinen Hass empfinden. Sein Herz war schwer von Trauer und Mitleid. Pater Giacomo war verwirrt, geblendet von der Macht, die ihm dieses verhängnisvolle Elixier der Ewigkeit versprochen und zum Teil sogar verliehen hatte. Im Laufe der Jahre hatte es mehr und mehr Besitz von ihm ergriffen, seinen Verstand umnebelt und sein Herz vergiftet, sodass er schließlich nicht mehr in der Lage war, Gut und Böse voneinander zu unterscheiden. Er war ein armes, verführtes Geschöpf. Nichts anderes. Tränen liefen ihm über die Wangen.

»O mein Gott, mein Vater im Himmel, wie kann ich ihm helfen? Wie kann ich seine Seele vor dem Verderben bewahren?«

Die Antwort darauf kam fast von selbst. Seine Mutter hatte ihm bei ihrem Treffen in der Kathedrale von dem Gegenmittel erzählt. Es befand sich in ihrem Besitz. Er musste nur zu ihr gehen, sie darum bitten, und dann …

Stefano seufzte. Die Aufgabe, die jetzt vor ihm lag, war gewiss nicht leicht, und er hätte einiges dafür gegeben, wenn er einen anderen damit hätte betrauen können. Aber um Pater Giacomos willen musste er sich dazu durchringen. Früher oder später würde jemand ihm das Gegenmittel einflößen. Und wenn es schon geschehen musste, so sollte es wenigstens aus Liebe geschehen.

Das Ende

Es war schon spät, die Sonne ging bereits unter. Stefano hielt sich noch in der Schreibstube auf, wo er seit den Mittagsstunden einige der jüngsten Ketzerakten durchging – Akten über Menschen, deren Nachbarn sie aus Neid oder Rache denunziert hatten. Jetzt, mit dem Wissen, das er seit der vergangenen Nacht hatte, wurde ihm das klar. Ihm wurde schlecht, wenn er daran dachte, wie viele Unschuldige wohl in den vergangenen Monaten und Jahren auf dem Scheiterhaufen einen sinnlosen Tod gestorben waren, damit sich andere auf ihre Kosten bereichern konnten. Fassungslos schüttelte er den Kopf. Es fiel ihm schwer zu begreifen, dass er in all den Jahren nichts davon gemerkt hatte. Dass er wirklich der Meinung gewesen war, sie alle, jeder einzelne der Verurteilten sei ein Ketzer, ein Zauberer oder eine Hexe gewesen. Aber war da nicht die Stimme gewesen, die Stimme eines Engels, der in San Tomás zu ihm gesprochen hatte und ihn gescholten und gewarnt hatte? Und was hatte er daraufhin getan? Er hatte sie für die Stimme des Teufels gehalten, anstatt ihr zu folgen und von dem Bösen abzulassen. War er besser als Pater Giacomo? Hatte er ein Recht, über seinen Lehrer und Mentor zu richten, wo ihm doch überall genügend Zeichen begegnet waren, die ihn zur Umkehr riefen?

Aber vielleicht war es noch nicht zu spät. Wenigstens würde er von jetzt an dafür sorgen, dass all jene bedauernswerten Männer und Frauen, die noch in den Kerkern der Inquisition gefangen gehalten wurden, ihre Freiheit, ihren Besitz, vor allem aber ihre Ehre zurückerhielten. Das an ihnen begangene Unrecht konnte er dadurch natürlich nicht ungeschehen machen, doch er konnte Leiden lindern. Und wenn das auch nicht viel war angesichts des großen Berges Schuld, den er im Laufe der Jahre angehäuft hatte, so war es doch zumindest ein Anfang. Trotzdem fand er in diesen Gedanken keinen Trost. Und manchmal wünschte er sogar, er hätte nie von dem Tagebuch gehört.

Stefano hatte gerade die Entlassungsschrift für den letzten Angeklagten verfasst, als Pater Giacomo eintrat. Seine Kutte war staubig und zerrissen, er sah müde aus, erschöpft wie der hundertjährige Greis, der er in Wahrheit war. Auch diese ewige Jugend war offenbar eine der zahlreichen Wirkungen des Elixiers. Würde das Gegenmittel Pater Giacomo in wenigen Augenblicken altern lassen? Würde er dabei Schmerzen haben? Stefano wollte nicht daran denken. Nicht jetzt.

»Der Friede sei mit Euch, Pater Giacomo«, sagte er und zwang sich zu einem Lächeln. Doch die kleine Flasche mit dem grün schimmernden Drachenöl, die sich in einem Lederbeutel an seinem als Gürtel dienenden Strick befand, schien ihm ein Loch in die Kutte zu brennen.

»Und mit dir, Stefano, und mit dir«, erwiderte Pater Giacomo und ließ sich stöhnend auf einen Lehnstuhl fallen.

»Wart Ihr erfolgreich, Pater?«, fragte Stefano und legte die Akten in eine der Schubladen seines Schreibtischs. Später würde er sich weiter darum kümmern. Wenn alles vorbei war. Das wird mein Testament, dachte er. Mein letzter Wille.

Pater Giacomo schüttelte den Kopf. »Nein, das war ich nicht«, sagte er und sah Stefano an. Diesem wurde kalt, als er den blanken Hass in den blutunterlaufenen Augen funkeln sah. Und er fragte sich, ob Pater Giacomo vielleicht schon die Grenze zwischen Gut und Böse überschritten und die Seiten gewechselt hatte. »Ich werde es morgen noch einmal versuchen, Stefano. Morgen. Vielleicht reite ich gleich nach der Frühmesse wieder zur Hazienda, mal sehen. Ich muss ihn finden. Ich muss einfach. Er ist da, ich weiß es. Ich kann ihn riechen, ich kann ihn fühlen. Und ich werde …«

»Verschiebt diese Gedanken auf morgen früh, Pater«, unterbrach ihn Stefano. Er konnte diese hasserfüllten Worte nicht mehr ertragen, die nichts als Tod, Verwesung und die ewige Verdammnis in sich zu bergen schienen. »Jetzt solltet Ihr erst etwas essen und Euch dann zur Ruhe begeben. Ihr seht müde und hungrig aus.«

»Ja, in der Tat, mein Sohn, in der Tat«, sagte Pater Giacomo leise und rieb sich die Stirn. Dann lächelte er Stefano an, als wäre nichts gewesen. »Bist du so freundlich, mir etwas zu essen zu holen? Ein einfaches stärkendes Mahl, kein Fleisch. Ich fürchte, mein Magen würde es nicht bei sich behalten.«

Stefano schluckte und begann zu zittern. Das war die Gelegenheit. Sollte er wirklich jetzt …

»Ja, Pater, ich werde gleich in die Küche gehen.«

Er erhob sich und ging zur Tür.

»Stefano, welches Datum haben wir heute?«

Dieser blieb stehen und wandte sich um. »Heute ist der 16. Juni, Pater. Morgen ist der 17.«

»Seltsam«, sagte Pater Giacomo zu sich selbst und schüttelte den Kopf, »keine Nachrichten mehr. Ich habe immer Nachrichten bekommen, doch keine von jenseits des 17. Juni. Woran kann das nur liegen? Was ist da passiert?«

Diese Frage könnte ich Euch beantworten, Pater, dachte Stefano und schloss behutsam die Tür hinter sich. Er ging in die Küche. Eigenhändig bereitete er eine Grütze zu, vermischte sie mit Erbsenbrei und Kräutern, damit die Speise bereits eine natürliche grüne Farbe hatte. Seine Hand zitterte, als er die kleine Flasche entkorkte, und beinahe hätte er ihren ganzen Inhalt verschüttet, anstatt ihn über dem Essen zu verteilen. Noch einmal vermischte er alles. Dann stand er regungslos vor der dampfenden Schüssel und starrte die grüne appetitlich duftende Grütze an. Sollte er es wirklich tun? Sollte er Pater Giacomo dieses vergiftete Essen geben? Wenn er nun leiden musste? Wenn der Tod nicht ruhig, sanft und schnell, sondern mit entsetzlichen Qualen und furchtbarer Angst kam und sich über Stunden, vielleicht sogar Tage hinzog?

Stefano stützte sich auf den Tisch, und Tränen rannen ihm über das Gesicht.

»Bitte, Herr, nein! Ich kann das nicht. Ich kann doch nicht meinen eigenen Lehrer …«

Er war kurz davor, die Grütze in den Eimer zu schütten, in dem die Essensreste für die Schweine gesammelt wurden. Doch es war, als hielte ihn im letzten Augenblick eine Hand zurück. Er dachte an das Tagebuch und all das Schreckliche, das Pater Giacomo getan hatte. Es gab viele Menschen, die ihn bis aufs Blut hassten. Irgendwann würde es einer von ihnen tun. Doch bestimmt würde keiner von ihnen bis zum Schluss bei ihm bleiben und für ihn beten.

Stefano wischte sich mit dem Ärmel seiner Kutte die Tränen weg und verstaute die leere Flasche wieder in dem Lederbeutel. Dann trug er die Schüssel zu Pater Giacomo in die Schreibstube.

»Ah, Stefano!« Pater Giacomo richtete sich auf dem Lehnstuhl auf und rieb sich das Gesicht. Offenbar war er ein wenig eingenickt. »Du bist schon zurück?«

»Ich habe Euch Grütze mit Kräutern und Erbsen gemacht, Pater«, sagte Stefano und fragte sich, ob nicht das schlechte Gewissen ihm deutlich im Gesicht geschrieben stand, ob nicht vielleicht sogar in leuchtend roten Lettern das Wort »Giftmischer« auf seiner Stirn prangte. »Esst. Es wird Euch gut tun.«

Er musste sich selbst zwingen, daran zu glauben. Er musste sich zwingen, daran zu glauben, dass das Drachenöl kein Gift, sondern vielmehr ein Heilmittel war, das die vom Elixier der Ewigkeit vergiftete Seele reinigen würde. Denn wie sollte er sonst mit dem Gedanken weiterleben, seinen eigenen Mentor und Lehrer, den Mann, der für ihn sein ganzes Leben hindurch wie ein Vater gewesen war, vergiftet zu haben?

Pater Giacomo beugte sich über die Schüssel, blies den Dampf fort und begann zu essen, Löffel für Löffel, ohne aufzublicken, bis die Schüssel leer war.

»Das tat wirklich gut, mein Sohn«, sagte er und lächelte. Dann holte er tief Luft. »Ich bin müde. So müde.«

»Ich bringe Euch in Eure Zelle, Pater«, sagte Stefano, nahm ihm bereitwillig die Schüssel ab und half ihm beim Aufstehen.

»Ich muss mir zu viel zugemutet haben«, sagte Pater Giacomo, während sie langsam den Flur entlang zu der schmalen Wendeltreppe gingen, die in das Dachgeschoss zu ihren Kammern führte. »Ich fühle mich wie ein alter Mann. Ich weiß, ich sehe nicht so aus, mein Gesicht wirkt jung, mein Körper ist kräftig. Doch ich bin es, Stefano, ich bin ein alter Mann. Und gerade jetzt spüre ich das Alter in jedem meiner Knochen.«

Stefano wusste nicht, was er sagen sollte. Ob das Drachenöl bereits zu wirken begann?

»Legt Euch hin, Pater«, erwiderte er schließlich. »Dann wird es Euch bestimmt besser gehen.«

»Ja, bestimmt«, sagte Pater Giacomo und stützte sich schwer auf Stefano, während sie langsam Stufe für Stufe die steile Wendeltreppe emporstiegen. Als sie endlich den Flur mit ihren Zellen erreicht hatten, keuchte und hustete er wie ein Schwindsüchtiger.

»Nur noch ein paar Schritte, Pater«, sagte Stefano. Mittlerweile trug er Pater Giacomo fast, und er schwitzte vor Anstrengung. Dann endlich waren sie am Ziel. Stefano stieß die Tür mit dem Ellbogen auf und schleppte Pater Giacomo zu dem schmalen Bett. Vorsichtig setzte er ihn darauf ab, dann zog er ihm die Sandalen von den Füßen und half ihm, sich auszustrecken.

»Seltsam, Stefano, plötzlich fühle ich jedes einzelne Jahr auf mir lasten. Jedes einzelne. So habe ich noch nie zuvor empfunden. Woher das wohl kommen mag?«

Stefano spürte, dass er errötete. Dann sah er Pater Giacomo an. Er sah ihm in die Augen.

»Das ist bestimmt eine Folge des Drachenöls, Pater.«

Anfangs malte sich Erstaunen auf dem Gesicht seines Lehrers. »Du?«, fragte er fassungslos. Dann flackerte maßloser Zorn in seinen Augen auf, und er packte Stefano am Kragen. »Du hast mir ... Wo hast du es her? Los, sprich!«

»Meine Mutter, Señora Anne, hat es mir heute Morgen gegeben. Cosimo, Eurem alten Freund, mit dem Ihr auch das Elixier der Ewigkeit gebraut habt, ist es gelungen, das Drachenöl herzustellen. Ich ...«

Weiter kam er nicht.

»Du Dummkopf!«, kreischte Pater Giacomo. »Du hirnloser Narr! Gib mir sofort die Flasche mit dem Blut Christi. Sie ist in der Ledertasche auf dem Stuhl. Ich muss das heilige Blut trinken. Vielleicht ist es noch nicht zu spät, vielleicht kann ich mich warnen ...«

Er streckte die Hand danach aus, doch Stefano riss die Tasche an sich und holte die Flasche mit der roten Flüssigkeit heraus.

»Nein«, sagte er entschlossen, »Ihr werdet das Elixier der Ewigkeit nicht mehr trinken, Pater.« Und er warf die Flasche auf den Boden. Es klirrte, als sie auf den Steinfliesen zerbrach. Mit vor Entsetzen weit aufgerissenen Augen starrte

Pater Giacomo den Fleck an, der aussah, als wäre dort Blut vergossen worden.

»Was hast du getan?«, schrie er. »Weißt du überhaupt, was du getan hast, du Narr? Ich werde …«

»Ja«, sagte Stefano ruhig, »ich weiß, was ich getan habe. Ich habe Euch das Drachenöl in die Grütze gemischt. Und jetzt werdet Ihr sterben.«

»Verräter!«, zischte Pater Giacomo, und mit einer Geschwindigkeit, die Stefano ihm nicht zugetraut hätte, schossen seine Hände vor und krallten sich an seinem Hals fest. Seine Augen glühten vor Wut und Hass. »Elender Verräter. Was haben Cosimo, seine Ratte Anselmo und die ganze verfluchte Bande dir versprochen, he? Reichtum? Das ewige Leben?«

»Nichts, Pater«, presste Stefano hervor. Die Luft wurde ihm knapp, doch er wehrte sich nicht. Wenn Pater Giacomo ihn hier an Ort und Stelle erwürgte, so sollte es eben geschehen. Er war bereit zu sterben. »Sie haben mir nichts versprochen. Allerdings hoffe ich, mit dem Drachenöl Eure Seele zu retten.«

»Du … elender … Wicht …« Pater Giacomo keuchte vor Anstrengung. Dann ließ er plötzlich los. Seine Hände fielen auf die Bettdecke, und entkräftet sank er zurück. »Mein eigen Fleisch und Blut«, flüsterte er und warf Stefano einen angewiderten Blick zu. »Du bist …«

»Nein, ich bin nicht Euer Sohn. Ihr habt mich meiner Mutter geraubt und meinen Vater getötet. Das ist die Wahrheit. Ihr habt mich an Eurer Seite großgezogen, weil Ihr einen Begleiter haben wolltet auf Eurem Weg durch die Jahrhunderte. Ihr habt Euch vor der Einsamkeit gefürchtet. Nur aus diesem Grund habt Ihr mir das Elixier der Ewigkeit zu trinken gegeben. Cosimo hatte schließlich auch einen Freund an seiner Seite. Doch Anselmo hat das Elixier freiwillig getrunken, er wusste, was ihn erwartet. Ihr jedoch habt mich betrogen.«

Pater Giacomo keuchte, und einen Augenblick lang hatte Stefano den Eindruck, er würde alles leugnen, ihm eine weitere von unendlich vielen Lügengeschichten auftischen.

»Wer hat dir das erzählt?«, fragte er mit zornbebender Stimme. »Wer? War es etwa Cosimo?«

»Nein, Pater«, erwiderte Stefano und sah auf Pater Giacomo hinab. »Ihr wart es selbst. Ich habe Euer Tagebuch gelesen.«

Wieder riss Pater Giacomo die Augen auf. Wieder hatte Stefano das Gefühl, dass er versuchen würde sich herauszureden.

»Und jetzt, da du alles weißt, genießt du es, mich so zu sehen, nicht wahr?«, zischte er voller Häme und spuckte Stefano ins Gesicht. »Der Hass hat dich dazu getrieben, mir dieses Gift unterzumischen. Du hasst mich! Was siehst du, wenn du mich so von oben herab betrachtest? Einen Teufel? Einen Dämon?«

Stefano schüttelte den Kopf. »Ich sehe einen Mann, der nicht einmal auf dem Totenbett Hass und Zorn vergessen kann«, sagte er und fühlte plötzlich eine große Ruhe in sich. »Ich habe Mitleid mit Euch, Pater.«

Er breitete die Decke über Pater Giacomo und kniete neben seinem Bett nieder.

»Was tust du da?«, fragte Pater Giacomo barsch. »Was soll das?«

»Ihr wart mein Leben lang mein Lehrer, mein Mentor. Jetzt bin ich an der Reihe, Euch auf Eurem letzten Weg zu begleiten.«

»Du willst mich krepieren sehen, nicht wahr? Du willst dich vergewissern, dass du dein Werk auch wirklich zu Ende gebracht hast. Dass dies hier das Ende ist. Und dann gehst du zu deinen neuen Freunden und feierst mit ihnen und …«

»Nein, Pater. Ich bin hier, um für Euch und mit Euch zu beten.«

Stefano ergriff seine Hand. Die Finger waren eiskalt, als wären sie bereits tot. Er küsste sie und nahm sie in seine gefalteten Hände.

»Glaubst du«, sagte Pater Giacomo nach einer ganzen Weile leise, und plötzlich klang seine Stimme ganz anders, »glaubst du an die Vergebung der Sünden?«

»Gewiss, Pater«, antwortete Stefano. »Dafür ist unser Herr Jesus Christus am Kreuz gestorben.«

Pater Giacomo wandte den Kopf und sah ihn an. Tränen schimmerten in seinen Augen.

»So viel …«, sagte er mit schleppender Stimme. »… weiß nicht … wo anfangen … Bete, Stefano … bitte …«

Stefano senkte den Kopf und begann langsam zu sprechen:

»Vater unser im Himmel. Geheiligt werde dein Name. Dein Reich komme. Dein Wille geschehe, wie im Himmel, so auf Erden. Unser tägliches Brot gib uns heute. Und vergib uns unsere Schuld, wie auch wir vergeben unsern Schuldigern. Und führe uns nicht in Versuchung, sondern erlöse uns von dem Bösen. Denn dein ist das Reich und die Kraft und die Herrlichkeit in Ewigkeit, amen!«

Als er fertig war, sah er auf. Tränen liefen über Pater Giacomos Gesicht, das bleich und eingefallen wirkte. Doch er lächelte, und in seinem Blick war keine Spur mehr von Zorn oder Hass, als hätten die Tränen all das Böse weggewaschen. Seine Lippen formten ein lautloses »Danke«. Dann schloss er die Augen. Stefano beugte sich über Pater Giacomo, küsste ihn auf die Stirn, nahm wieder seine Hand und kniete neben seinem Bett, bis er schließlich aufhörte zu atmen.

Anne hielt ein Glas mit Rotwein in der Hand. Es war ein schwerer spanischer Wein, fast schwarz und dabei dickflüssig wie Sirup. Kleine goldene Funken tanzten auf seiner Oberfläche, als hätte jemand Flitter darüber gestreut. Cosimo hatte sich spendabel gezeigt und ein Fass mit einem ausgesucht guten Tropfen geöffnet. Dazu gab es ein einfaches ländliches, aber nichtsdestoweniger fantastisches Essen, bei dessen Zubereitung Anselmo sich selbst übertroffen und dem Teresa mit feiner, sicherer Hand eine delikate maurische Note verliehen hatte. Der Abend selbst schien einem Bilderbuch entsprungen zu sein. Ein paar Tage lang war es sogar für andalusische Verhältnisse unerträglich heiß gewesen, und auch in der Nacht war vor Hitze an Schlaf kaum zu denken. Doch an diesem Tag hatte eine leichte Brise Abkühlung gebracht. Und jetzt am Abend war es angenehm warm, und so hatten sie die Tafel auf dem Hof gedeckt. Über ihnen wölbte sich ein klarer Himmel, an dem Millionen und Milliarden von Sternen funkelten. Grillen zirpten, und mit Beifußkraut umwickelte Fackeln vertrieben mit ihrem Duft die lästigen Mücken.

Anne schwenkte das dickwandige, etwas unregelmäßige Glas in ihrer Hand und dachte an die vergangenen Tage. Es war noch keine Woche her, seit die Nachricht, dass Giacomo de Pazzi in der Nacht auf den 17. Juni gestorben war, sich in Córdoba wie ein Lauffeuer verbreitet hatte. Mittlerweile war der Inquisitor in einer schlichten Gruft in der Kirche San Tomás beigesetzt worden, und Stefano hatte sein Amt als vorläufiger Inquisitor genutzt, um die Kerker von Alcázar und San Tomás räumen zu lassen. Nur zu gern hatte Karl V. alle Entlassungspapiere unterzeichnet, und die Miliz, die Wachen im Kerker, die Folterknechte und alle anderen Diener der heiligen Inquisition kümmerten sich wieder um ihre Familien und ihre Höfe, gingen ihren ursprünglichen Berufen nach oder streiften ziellos durch die Straßen der Stadt. Und obwohl sie wussten, dass dieser paradiesische Zustand, in dem kein Bürger der Stadt vor seinem Nachbarn Angst haben musste, nicht von Dauer sein würde, war es doch ein Gefühl der Erleichterung. Ein Gefühl, als ob dies hier der Himmel und die Welt ein Stück besser geworden wäre. Wenn auch nur vorübergehend.

Die Last und die Sorgen der vergangenen Wochen und Monate waren von ihnen abgefallen. Für einen Augenblick, für ein kurzes Atemholen waren sie frei – Cosimo, Anselmo und Teresa, Stefano und Anne. Und auch Karl V., der mit leuchtenden Augen Cosimos Einladung zur Falkenjagd gefolgt war. An diesem Morgen waren er und Cosimo aufgebrochen. Die beiden Männer hatten sich auf Anhieb so gut verstanden, als ob sie sich bereits seit Ewigkeiten kennen würden. Sogar Anselmo, der offenbar seine Angst vor Pferden überwunden hatte, war mit auf die Jagd gegangen. Anne hatte sie mit gemischten Gefühlen davonreiten lassen. Natürlich gönnte sie Karl V. dieses Vergnügen von ganzem Herzen, das die Bürde seines Amtes ihm nur allzu oft versagte. Aber sie wusste, dass ihre Tage hier in Córdoba gezählt waren. Vielleicht sogar die Stunden. Und sie hätte die Zeit gern mit ihm verbracht.

Nachdenklich ließ sie den Blick über die lachenden Gesichter der Tischgesellschaft wandern: Cosimo, dessen Wangen Farbe hatten, dessen Augen vor Leben und Leidenschaft funkelten und der so ausgelassen war, wie sie ihn noch nie erlebt hatte. Anselmo, der zwischen sprühendem Witz und zahllosen Anekdoten, die jedem am Tisch vor Lachen die Tränen in die Augen trieben, keine Gelegenheit ausließ, um der an seiner Seite sitzenden Teresa zu zeigen, wie sehr er sie liebte. Teresa selbst, die jetzt, da sie sich nicht mehr vor der Verfolgung durch die Inquisition fürchten musste, noch schöner und liebreizender schien als zuvor. Stefano, ihr Sohn. Anne betrachtete seine schlanke Gestalt, das ausgeprägte Profil, die schönen, im Licht der Fackeln glänzenden braunen Augen, die so traurig waren. Am Nachmittag, während Anselmo, Cosimo und Karl V. noch auf der Jagd waren, hatte sie ein langes Gespräch mit ihm geführt. Offenbar fühlte er sich mitschuldig an dem, was Giacomo getan hatte. Nie würde sie seine Worte vergessen: »Niemand kann etwas Böses allein tun. Da sind immer auch die anderen, die ihn anstacheln, dazu treiben, ihm helfen oder einfach danebenstehen und gar nichts unternehmen, um ihn aufzuhalten. Auch sie trifft Schuld.« Wenigstens hatte Anselmos Talent für heute Abend jede Spur der Traurigkeit aus seinen Augen vertrieben. Es fiel ihr immer noch schwer zu begreifen, dass dieser Mann, ein Priester, ein Mönch, tatsächlich ihr Sohn war. Er war ihr so fremd. In seinem Kopf gingen Gedanken um, denen sie kaum folgen konnte. Und doch war er ihr auf seltsame Art vertraut. Seine Nase hatte er von seinem Großvater, *ihrem* Vater. Und manchmal machte er eine Bewegung, und sie glaubte, Giuliano würde an seiner Stelle sitzen.

Dann fiel ihr Blick auf Karl V. Er saß direkt neben ihr, so nahe, dass sich beim Essen manchmal ihre Hände berührten. Seine blauen Augen funkelten, er lachte, er scherzte. An diesem Abend gab es keine Krone, kein riesiges Reich, geschüttelt von Streitereien, Glaubenskämpfen und kleinlichen Auseinandersetzungen um Ränge und Kompetenzen. Es gab nur einen klugen, humorvollen, feinfühligen, bescheidenen Mann, der gemeinsam mit seinen Freunden aß und trank.

Wenn ich nur einen Abend hätte, dachte Anne, einen einzigen in meinem ganzen Leben, und es wäre dieser heutige Abend, ich würde mit niemandem auf der Welt tauschen wollen. Dies hier könnte der Himmel sein.

»Was seufzt Ihr, Señora Anne?«, fragte Anselmo, der sich

gerade eine weitere Hasenkeule auf den Teller legte. »Ist Euch etwa nicht wohl?«

»Nein, das ist es nicht«, antwortete Anne. »Es ist nur …«

Karl V. legte ihr sanft eine Hand auf den Arm. »Verzeiht, wenn ich Euch unterbreche, aber vielleicht erlaubt Ihr mir, auszusprechen, was ich in diesem Augenblick fühle und was, wie ich glaube, der Grund für Euren herzerweichenden Seufzer ist?« Anne nickte. »Wenn ein Tag sich als wahres Geschenk Gottes erweist – angefangen mit einer aufregenden, glücklichen Falkenjagd über angenehme Gesellschaft bis hin zum Essen und Trinken, so ist das ein Grund für tiefe Dankbarkeit.« Er hob sein Glas. »Ich danke Euch, Cosimo, und auch Euch, Anselmo, Teresa, Stefano und natürlich Euch, Señora Anne, für diesen wunderbaren Tag. Er wird mir immer im Gedächtnis bleiben.«

Er prostete ihnen zu, und sie tranken alle.

»Den größten Anteil am Jagdglück hatte aber ich!«, rief Anselmo.

»Und deswegen will ich Euch die Geschichte, dass dies heute Eure allererste Falkenjagd war, nicht glauben«, erwiderte Karl V. und drohte ihm mit dem Zeigefinger. »So etwas gehört sich einfach nicht in Anwesenheit Eures Kaisers!«

Alle lachten. Auch Karl V. Dann sah er Anne an. Seine Augen schimmerten. Und plötzlich wusste sie, dass er das Gleiche dachte und fühlte wie sie. Dies war das letzte Mal, dass sie alle an einem Tisch zusammen waren. Etwas schnürte ihr die Kehle zu.

Karl V. schien es zu bemerken. Er legte sacht seine Hand auf ihre.

»Ein Augenblick zählt manchmal mehr als ein ganzes Leben, Anne«, sagte er leise auf Deutsch, während Anselmo an der anderen Seite des Tisches einen Scherz machte und alle Übrigen laut lachten. »Was auch immer uns noch in unserem

Leben erwarten mag, diesen Abend wird uns niemand nehmen können.«

Es war bereits weit nach Mitternacht, die Grillen hatten schon lange ihr Konzert beendet, als Stefano und Karl V. sich verabschiedeten, um nach Córdoba zurückzukehren.

»Wollt Ihr nicht noch bleiben, Majestät?«, sagte Cosimo mit weinschwerer Zunge. Er wirkte wie ausgewechselt, heiter, nahezu ausgelassen. »Wenigstens bis morgen früh? Bei Tageslicht wird Euer Pferd den Weg nach Córdoba leichter finden.«

Doch Karl V. schüttelte den Kopf. »Ich weiß Euer Angebot zu schätzen, Cosimo, aber morgen werden wir in aller Frühe nach Toledo aufbrechen. Wichtige Staatsgeschäfte erwarten mich dort. Jetzt, wo der Inquisitor beigesetzt und die Kerker der Inquisition dank Pater Stefano geleert wurden, ist meine Anwesenheit in Córdoba nicht mehr nötig, und ich kann mich endlich wieder mit ungeteilter Aufmerksamkeit um das Reich kümmern. Gott allein mag wissen, welches Chaos und welche Katastrophen mich in Toledo erwarten.«

»Nun, ich will Euch nicht aufhalten«, sagte Cosimo. »Aber Ihr sollt wissen, dass Ihr stets in meinem Haus willkommen seid – als Freund.«

Karl V. ergriff die ihm entgegengestreckte Hand mit beiden Händen.

»Danke«, erwiderte er herzlich. »Glaubt mir, ich weiß das zu schätzen.«

Dann verabschiedete er sich von Anselmo und Teresa. Zum Schluss wandte er sich an Anne. Er nahm ihre Hände in seine, seine blauen Augen versenkten sich in ihre.

»Lebt wohl, Anne«, sagte er so leise, dass keiner der anderen sie verstehen konnte. »Wären wir uns in einem anderen Leben, einer anderen Zeit begegnet …« Er sprach nicht weiter, doch seine Augen begannen erneut verdächtig zu schimmern. Auch Anne brannten die Tränen in den Augen. »Ich werde Euch nie vergessen.« Karl V. küsste ihre Hände, ihre Stirn und legte dann ihre Hände an seine Brust. »Es gibt einen Ort, an dem Ihr sicher seid. Weder Alter noch Krankheit, noch Tod werden Euch je etwas anhaben können. Kein Leid wird Euch geschehen, kein Unglück kann Euch jemals treffen. Ihr werdet so sein, wie Ihr jetzt vor mir steht – jung, schön und klug. Immer, bis an das Ende aller Tage.«

Er holte tief Luft, ließ ihre Hände los, wandte sich von ihr ab und bestieg sein Pferd.

»Auf Wiedersehen!«, rief er allen zu.

Cosimo, Anselmo, Stefano und Teresa waren schon längst ins Haus gegangen, als Anne noch auf dem Hof stand und dem immer leiser werdenden Geräusch der Pferdehufe lauschte. Irgendwann war nichts mehr zu hören als der leichte Wind, der um das Haus strich und die Kerzen und Fackeln flackern ließ. Langsam öffnete sie ihre Hand, die noch warm zu sein schien von seiner Berührung, und sah, was er ihr beim Abschied zugesteckt hatte – auf ihrer Handfläche lag der kaiserliche Siegelring.

»Ein vortrefflicher Mann«, sagte Cosimo. Er war wieder aus dem Haus gekommen und nahezu lautlos zu ihr getreten. Sein Blick fiel auf den Ring, der im Schein der Fackeln glänzte. »Und er liebt Euch.«

»Ich weiß«, sagte Anne leise. »Ich weiß.«

Er legte ihr eine Hand auf die Schulter. »Ihr seht müde aus. Geht schlafen.«

Anne sah ihn an. Jetzt war er wieder der Cosimo, den sie kannte – undurchschaubar, geheimnisvoll, etwas distanziert.

»Aber die anderen. Ich wollte noch …«

»Ich werde ihnen Eure Grüße ausrichten, Señora Anne«, sagte er. Dann lächelte er warm. »Wir sind Euch zu großem

Dank verpflichtet. Nicht nur Anselmo und ich, auch Teresa und Stefano. Und wahrscheinlich noch unzählige Menschen, die vermutlich nie erfahren werden, dass Ihr ihnen das Leben gerettet habt. Jetzt habt Ihr Euch Ruhe verdient.«

Anne fragte sich, ob Cosimo wohl mehr wusste oder ahnte als sie. Da war etwas in seinem Blick, das sie nicht deuten konnte. Aber sie war wirklich müde. So müde, dass sie glaubte, ihr würden noch im Stehen die Augen zufallen.

»Ihr habt Recht«, sagte sie und gähnte. »Ich werde mich zurückziehen. Morgen …«

»Ja, Señora. Schlaft gut.«

Anne runzelte verwirrt die Stirn. Sie wollte Cosimo fragen, was er damit sagen wollte, aber sie war einfach zu müde. Sie ging ins Haus und schleppte sich mühsam die Treppe hinauf zu ihrem Schlafgemach. Der Ring befand sich in ihrer geschlossenen Hand. Und als sie sich mit ihren Kleidern auf das Bett legte, denn zum Ausziehen war sie zu müde, öffnete sie die Handfläche. Sie sah den Ring an, auf dem das Wappen Karls V. prangte. Zärtlich streichelte sie mit den Fingerspitzen über die goldenen Rundungen – an einigen Stellen waren sie blank gescheuert, an anderen gab es Kratzer. Gebrauchsspuren. Weil *er* ihn getragen hatte. Karl V. Sie schloss ihre Finger um den Ring, dann fielen ihr die Augen zu.

X

Wer will ewig leben

Ein leises Klopfen an der Tür weckte Anne. Nur widerwillig schlug sie die Augen auf. Die Sonne schien bereits zum Fenster herein. Bestimmt würde es wieder ein heißer Tag werden. Aber es war ihr egal. Sie wünschte, Karl V. wäre da, sie wünschte, er würde jetzt nicht in seiner Kutsche auf dem Weg nach Toledo sitzen, bereits meilenweit von Córdoba entfernt. Sie wünschte, er wäre jetzt an ihrer Seite. Sie wünschte, er wäre niemals davongeritten.

Erneut klopfte es.

»Anne? Sind Sie da?«

Es war Anselmos Stimme. Irgendwo im Haus hörte sie die Dielen knarren und das Klappern von Geschirr. Wahrscheinlich deckte Teresa gerade den Tisch für das Frühstück. Oder die Mittagsmahlzeit. Woher sollte sie denn auch wissen, wie spät es war? Es war ohnehin gleichgültig.

Sie drehte sich auf die Seite. Sie wollte niemanden hören, niemanden sehen. Sie wollte allein sein und trauern, sich selbst bemitleiden, ihr Schicksal beweinen, das sie wieder einmal allein zurückgelassen hatte. Da fiel ihr Blick plötzlich auf einen Gegenstand im Zimmer, und im selben Augenblick setzte sie sich in ihrem Bett auf. Mit einem Schlag war sie hellwach. Dort vor dem Kamin stand ihr Koffer. Nicht irgendein Koffer, keine schwere mittelalterliche Reisetasche, auch keine lederbezogene Truhe mit schwarzen Eisenbeschlägen, wie sie sie in den Auslagen der vornehmsten Sattlerei von Córdoba gesehen hatte. Nein, es war ihr kleiner Handkoffer. Der Koffer, den sie am Donnerstag im Jahr 2004 für ihre Reise nach Jerusalem gepackt hatte. Und wenn sich dieses Gepäckstück jetzt hier in ihrem Zimmer befand, konnte das nur bedeuten, dass … dass …

»Anselmo!«

Sie schrie. Sie kreischte. Es klang ihr selbst fürchterlich in den Ohren, wie sich ihre Stimme vor Panik fast überschlug, aber sie hatte es nicht mehr unter Kontrolle. Sie schrie, dass ihr fast das Trommelfell platzte.

»Anselmo!«

»Anne!« Die Tür wurde aufgerissen, und Anselmo stand in ihrem Zimmer mit bleichem Gesicht und vor Angst und Entsetzen weit aufgerissenen Augen. »Was ist los? Brauchen Sie Hilfe?«

Sie starrte ihn an, und ihre Panik verflog schneller, als sie gekommen war. Bereits ein Blick genügte, um ihre noch nicht gestellte Frage zu beantworten. Anselmo trug Jeans, ein schwarzes T-Shirt mit einem Schriftzug von Dolce & Gabbana, und auf seinem kurz geschnittene Haar thronte eine Sonnenbrille. Es gab jetzt keine Zweifel mehr. Sie war wieder …

»In der Gegenwart«, sagte sie leise und strich sich das Haar aus dem Gesicht. »Oder in der Zukunft, wie man es nimmt. Allmählich weiß ich nicht mehr, in welche Zeit ich gehöre. In diese? Oder doch ins Jahr 1544?«

»Verzeihen Sie, Anne, ich habe Sie nicht verstanden«, sagte Anselmo höflich und trat ein paar Schritte näher an ihr Bett.

Er sah immer noch besorgt aus. »Ich hoffe, ich habe Sie nicht erschreckt. Aber Cosimo sagte, es sei so weit und ich solle mal nach Ihnen sehen. Deshalb …«

»Ist schon gut, Anselmo, es ist nichts. Ich sah nur den Koffer, und plötzlich …« Sie musste lachen. »Ja, jetzt kann ich lachen. Aber im ersten Augenblick, als ich nach dem Aufwachen meinen Koffer da vor dem Kamin stehen sah, da hat mich doch die Panik ergriffen. Eben noch habe ich Karl V. verabschiedet, und jetzt Dolce & Gabbana …« Sie rieb sich die Stirn, hinter der sich ein unangenehmer Druck aufzubauen begann. Hoffentlich würde das kein Migräneanfall werden. »Es ist wohl wie ein Jetlag. Ich bin eben noch nicht so geübt darin, jederzeit beliebig viele Jahrhunderte zu überspringen. Aber ich bin sicher, mit der Zeit werde ich es noch lernen.«

»Das wird hoffentlich nicht nötig sein«, erklang Cosimos Stimme aus dem Hintergrund. Er kam näher und setzte sich zu ihr auf die Bettkante. »Willkommen daheim, Anne. Wie geht es Ihnen?«

»Leidlich. Ich glaube, ich bekomme Kopfschmerzen«, erwiderte sie.

Plötzlich durchzuckte sie ein Schreck. Wo war der Ring? Sie begann ihr Bett zu durchwühlen und die Kopfkissen umzudrehen. Sie sprang sogar aus dem Bett und zog die Laken von der Matratze – vergeblich. Der Ring war fort.

»O nein!«, rief sie und hätte am liebsten angefangen zu weinen. Sie fühlte sich wie damals, als sie als kleines Kind ihren Teddy in der Hamburger U-Bahn sitzen gelassen hatte. »Ich glaube, ich habe den Ring verloren. Karls Ring! Seinen Siegelring, den er mir zum Abschied geschenkt hat. Ich weiß, dass ich ihn in der Hand hatte, als ich gestern ins Bett gegangen … das heißt, das war ja vor über vierhundert Jahren. Er muss mir im Schlaf aus der Hand gefallen sein und … Meinen

Sie, er könnte immer noch hier irgendwo liegen? Vielleicht hat ihn jemand …«

Plötzlich wurde ihr kalt und heiß zugleich. Sie sah Anselmo und Cosimo an, und ihr wurde übel. Das konnte doch nicht wahr sein! Wie sollte sie ihnen das nur erklären?

»Ich habe auch das Drachenöl vergessen«, sagte sie leise, während sie das Gefühl hatte, jemand würde die Dielen unter ihren Füßen Stück für Stück entfernen. »Ich … ich habe nicht mehr daran gedacht, als ich ins Bett gegangen bin und …«

Sie brach in Tränen aus. Sie fühlte sich so müde, so allein. Und jetzt war auch noch alles umsonst gewesen. Natürlich war es ihre Schuld, daran gab es keinen Zweifel. Sie hätte schließlich an das Drachenöl denken müssen. Und sie hätte auch auf den Ring besser aufpassen können. Aber warum musste das Schicksal sie immer so hart bestrafen?

»Nicht doch, Anne«, sagte Cosimo, nahm sie in den Arm und tätschelte ihre Schultern. »Beruhigen Sie sich. Das alles ist keineswegs so schlimm, wie Sie glauben.«

»Nicht so schlimm?«, schluchzte sie. »Sie haben gut reden, Cosimo, *Sie* haben auch nicht Ihren Auftrag verpatzt. Aber ich habe schließlich diese Reise deswegen unternommen, nicht wahr? Um Ihnen das Drachenöl zu bringen. Jetzt war alles umsonst. Sie haben ja noch nicht einmal das Rezept, weil es ebenfalls dort geblieben ist.«

Cosimo schüttelte den Kopf. »Sie irren, Anne. Sie haben diese Reise unternommen, um uns im Jahr 1544 das Rezept zu bringen. Und um anschließend dafür zu Sorgen, dass Giacomo de Pazzi das Drachenöl trinkt.«

»Und ich sollte Ihnen nichts davon mitbringen?«

»Nein, das war nicht nötig.«

Anne wischte sich die Tränen von den Wangen und runzelte die Stirn. »Aber haben nicht Sie selbst zu mir gesagt, kurz bevor ich mich auf den Weg gemacht habe – wenn man es so nennen darf –, dass ich Ihnen zwei Flaschen des Drachenöls mitbringen soll? Das haben Sie doch gesagt!«

»Ja, das ist schon richtig«, gab Cosimo zu, und für einen kurzen Augenblick wirkte sein Gesicht schuldbewusst. Dann lächelte er. »Aber ich wette mit Ihnen um einige der besten Gemälde, die sich in meinem Besitz befinden, dass Sie sich geweigert hätten, das Elixier der Ewigkeit zu trinken, wenn Sie gewusst hätten, dass wir die beiden Flaschen mit dem Drachenöl seit 1544 hier im Haus versteckt haben.«

»Sie haben ...« Annes Schrecken und ihre Selbstvorwürfe schlugen in Wut um. Sie war so wütend, dass sie eine beinahe unbezwingbare Lust verspürte, Cosimo eine Ohrfeige zu geben. Besser noch zwei. Auf jede Wange eine. »Sie wollen mir damit wirklich ins Gesicht sagen, dass Sie mich von einem Ende Europas zum anderen zerren und vierhundertfünfzig Jahre durch die Zeit schicken, um angeblich etwas zu holen, das sich schon seit Ewigkeiten in Ihrem Besitz befindet? Das ist ... Das ist der Gipfel der Frechheit!«

»Anne, wenn Sie nicht in die Vergangenheit gereist wären, hätten wir den Lauf der Zeit verändert.« Cosimo sprach langsam und deutlich, als wäre sie der deutschen Sprache nicht mächtig. »Sie waren dort, Anne. Sie waren im Jahr 1544. Wir haben Sie getroffen, und all das, was Sie erlebt haben, ist wirklich passiert. Und nur deshalb haben wir jetzt auch das Drachenöl. Zusammen mit dem Siegelring Karls V.« Cosimo nahm ihre Hand und ließ etwas auf ihre Handfläche fallen. Es war schwer und kühl. Es war der Siegelring. Der Anblick des kostbaren Schmuckstücks besänftigte sie etwas.

»Karls Ring«, flüsterte sie. Dann blickte sie wieder auf. »Trotzdem begreife ich das alles nicht. Wozu das Ganze? Warum Florenz? Warum Jerusalem und Córdoba? Warum haben Sie so lange gewartet, wenn Sie doch seit Jahrhunderten hatten, was Sie wollten?«

Cosimo seufzte und verdrehte die Augen, als hätte sie zum wiederholten Mal etwas entsetzlich Dummes gesagt.

»Ich bin sicher, eines Tages werden Sie es verstehen, Anne«, erwiderte er. Dann warf er einen Blick auf seine Armbanduhr. »Doch jetzt haben wir keine Zeit mehr für langwierige Erklärungen. Wir müssen uns beeilen. In etwas mehr als zwei Stunden startet Ihre Maschine nach Hamburg. Und wir wollten vorher noch einen kleinen Ausflug mit Ihnen unternehmen. Wenn Sie sich jetzt bitte umkleiden würden? Ich schätze, in diesem Kleid aus dem 16. Jahrhundert würden Sie nur unnötiges Aufsehen erregen.«

Etwa eine halbe Stunde später stand Anne fertig angezogen und mit gepacktem Koffer vor der Haustür der Hazienda und sah zu, wie Anselmo den Wagen aus der Garage fuhr.

»Da waren früher die Pferdeboxen«, sagte sie zu ihm, als er ausstieg, um das Tor abzuschließen.

»Ja«, erwiderte er, rüttelte noch einmal am Schloss, um zu prüfen, ob es auch wirklich zu war, und lehnte sich dann lässig gegen den Wagen, »Sie haben Recht. Erinnern Sie sich noch an Ricardo?«

Anne musste lächeln. Für Anselmo mochten seither tatsächlich vierhundertfünfzig Jahre vergangen sein. Sie hingegen hatte noch gestern sein wunderbares kastanienbraunes Fell gestreichelt.

»Natürlich.«

»Der Bursche hat mir immer Streiche gespielt und ...« Er lächelte verschämt, und seine Wangen färbten sich leicht rosa. »Ich hatte Angst vor Pferden, wissen Sie? Eine Höllenangst. Ich weiß nicht, ob es Ihnen aufgefallen ist. Aber dieses Tier wusste es. Und es hat mich geärgert, wo es nur konnte.

Doch dann ... Mutter Maddalena hatte Recht. Sie hatte mir prophezeit, dass ich in der Gefahr meine Angst besiege. Und so war es auch. Als die Inquisition das Kloster niedergebrannt hatte, habe ich mir einfach Ricardo geschnappt. Und obwohl er mehr Angst vor dem Feuer hatte als ich jemals vor ihm, hat er mich dorthin getragen. Seitdem waren wir beide Freunde. Und ich habe meine Angst vor Pferden verloren.« Er sah zu dem ehemaligen Stall hinüber, als könnte dort jeden Augenblick Ricardos Kopf erschienen. Vielleicht hörte er sogar das fröhliche Wiehern des Pferdes. Dann wandte er den Blick ab und lächelte. Aber es war ein trauriges, wehmütiges Lächeln voller Erinnerungen.

Unterdessen schloss Cosimo die Tür der Hazienda ab. Dann tat er etwas Seltsames. Er steckte die Schlüssel in einen gepolsterten braunen Umschlag, klebte ihn zu und reichte ihn Anselmo. Anne konnte erkennen, dass der Umschlag einen UPS-Aufkleber trug mit der Adresse eines Dr. Sampione in Florenz.

Wahrscheinlich sein Arzt, dachte Anne. Aber wieso schickt Cosimo ihm die Schlüssel der Hazienda? Natürlich, auch Ärzte machen schließlich irgendwann einmal Urlaub. Und vielleicht will Dr. Sampione die nächsten Tage oder Wochen in Andalusien verbringen. Das war eine logische Erklärung. Trotzdem spürte sie dabei eine seltsame Unruhe.

»Können wir losfahren?«, fragte Anselmo.

Cosimo nickte, sie stiegen ein, und Anselmo startete den Wagen. Langsam fuhren sie aus dem Tor. Anne drehte sich noch einmal um und blickte zur Hazienda zurück. Sie war schön, wie sie friedlich und still mit weiß schimmernden Mauern inmitten der saftigen Weiden lag. Ob sie dieses Anwesen wohl jemals wieder sehen würde?

Niemand im Wagen sprach ein Wort. Nach einer Weile fiel Anne auf, dass sie nicht die Straße nach Córdoba einschlugen, sondern stattdessen einem schmalen Schotterweg folgten, der offenbar in die Berge führte, und sie erkannte den Weg zur Einsiedelei.

Es dauerte auch gar nicht lange, da tauchte vor ihnen zwischen Pinien und Olivenbaumen der Turm einer kleinen Kirche auf. Und wenig später erreichten sie das Gelände des Klosters. Wo einst die Einsiedelei mit ihren Lehmhütten und Kräuterbeeten gestanden hatte, befand sich jetzt ein malerisches Dorf mit zahlreichen alten, aber auch neuen Häusern, die sich um die kleine Kirche gruppierten wie spielende Kinder. Frauen fegten vor ihrer Haustür, hängten Wäsche auf oder plauderten miteinander. Vor einer Bar standen zwei Tische, an denen alte Männer saßen, sich unterhielten und Kaffee tranken. Zwei Katzen strolchten um die Ecke, und eine Hand voll Kinder spielten miteinander Verstecken. Anselmo hielt auf dem Platz vor der Kirche an, und sie stiegen aus.

»Ich dachte, die Kirche und das Kloster seien vollständig zerstört worden?«, fragte Anne und betrachtete den Brunnen in der Mitte des Platzes, aus dem schon Mutter Maddalena das Wasser für ihre Beete geschöpft hatte.

»Sie sind tatsächlich zerstört worden«, erklärte Cosimo. »Aber Stefano hat sie wieder aufgebaut. Kommen Sie, ich möchte Ihnen etwas zeigen.«

Er ging mit ihr in die kleine, schlichte Kirche – ein paar Holzbänke, ein einfacher Altar, ein altes hölzernes Kruzifix, weiß getünchte Wände. Ein paar Kerzen brannten, und frische Blumen standen auf dem Altar und vor der Statue der Muttergottes. Durch eine schmale Seitentür verließen sie die Kirche wieder und standen auf einem Friedhof. Cosimo winkte sie zu einem der Gräber, auf dem ein schlichtes steinernes Kreuz stand. Die Inschrift war so verwittert, dass Anne sie nicht lesen konnte, aber der Stein war glatt, als ob er mit Schleifpapier poliert worden wäre, und frische Blumen lagen auf dem Grab. Anne sah Cosimo fragend an.

»Das ist das Grab von Stefano. Er hat sich nicht damit begnügt, nur die Kirche wieder aufzubauen, die auf Giacomos Befehl niedergebrannt worden war, er hat Land gekauft, das Dorf gegründet und damit den Familien von Opfern der Inquisition ein neues Leben ermöglicht. Und zwei oder drei Jahre später, als ein anderer Inquisitor eingesetzt wurde und die Feuer in Córdoba wieder brannten, hat er Verfolgte bei sich aufgenommen. Etliche Jahre später, als er sicher sein konnte, dass sich andere Männer und Frauen um ›sein Dorf und seine Familie‹, wie er es nannte, kümmern würden, hat er das Drachenöl getrunken und ist einen friedlichen Tod gestorben. Die Leute hier«, Cosimo deutete auf die Häuser rings um die kleine Kirche, »lieben und verehren ihn noch heute wie einen Heiligen, obgleich sein Name dem Papst wohl noch nie zu Ohren gekommen sein dürfte. Und sie sagen, dass Pater Stefano sie vor der Willkür der Obrigkeit, vor Ungerechtigkeit und Armut beschützt, solange sie ihn um Hilfe bitten und jede Woche frische Blumen auf sein Grab legen.« Er lächelte. »Natürlich ist das nur eine Legende. Aber ich fand, dass Sie es wissen sollten.«

Nachdenklich blickte Anne auf den grauen Stein, der im Laufe von vielen hundert Jahren durch unzählige Hände glatt poliert worden war. Wieder fiel es ihr schwer, sich vorzustellen, dass dies das Grab ihres Sohnes war. Und dass ihr Sohn so etwas wie ein Heiliger gewesen sein sollte. Andererseits erfüllte es sie mit Freude. Der Gedanke, dass die Menschen ihn geliebt hatten und ihn bis auf den heutigen Tag in Erinnerung behielten, gefiel ihr. Es war wie eine Entschädigung dafür, dass sie selbst, seine leibliche Mutter, so wenig Erinnerungen an ihn hatte.

»Und wessen Grab ist das?«, fragte Anne und deutete zu

Anselmo, der vor einem schlichten weißen Stein kniete, auf dem eine einzelne rote Rose lag.

»Teresas Grab«, antwortete Cosimo. »Sie und Anselmo haben fünfundzwanzig Jahre lang eine wunderbare, glückliche und fruchtbare Ehe geführt. Viele der Gräber hier gehören zu Anselmos Familie. Selbst heute leben in diesem Dorf noch einige seiner Nachkommen.«

»Und dann?«

Cosimo zuckte bedauernd mit den Schultern. »Teresa wurde krank. Aus heutiger Sicht würde ich sagen, es war eine Blinddarmentzündung. Aber glücklicherweise musste sie nicht lange leiden.«

»Ich habe sie immer gebeten, das Elixier der Ewigkeit zu trinken«, sagte Anselmo leise. »Ich habe sie förmlich angefleht, es zu tun. Aber sie hat es abgelehnt. Sie sagte: ›Wer will schon ewig leben, Anselmo? Ich will nicht zusehen müssen, wie meine Kinder und Enkel sterben. Wir können nicht alle von dem Elixier trinken. Das wäre gegen Gottes Willen ...‹ Später, viel später habe ich sie verstanden.« Er küsste seine Finger und berührte mit ihnen den Stein. »Bis bald, meine Schöne.« Dann erhob er sich und setzte die Sonnenbrille auf. Doch Anne war sicher, dass sie in seinen braunen Augen Tränen gesehen hatte. »Wir sollten fahren, Cosimo«, sagte er und warf einen Blick auf seine Uhr.

»Ja, das sollten wir«, erwiderte Cosimo nachdenklich und ließ seinen Blick über das Dorf schweifen, als würde er das alles zum letzten Mal sehen. »Kommt.«

Sie stiegen in den Wagen. Niemand sprach ein Wort. Anne spielte mit dem Siegelring, während die Landschaft an ihr vorbeizog. Und als sie schließlich aus ihrem traumartigen Zustand erwachte, waren sie bereits am Flughafen angekommen, und Anselmo hatte ihr Gepäck aus dem Kofferraum genommen.

»Wartet in der Halle auf mich«, sagte er und stieg wieder ins Auto. »Ich fahre den Wagen noch zur Mietwagenfirma zurück.«

Anne nahm ihren Koffer in die Hand. Dann sah sie, dass Cosimo lediglich einen kleinen Metallkoffer bei sich hatte, ähnlich denen, die Fotografen für ihre Ausrüstung brauchten.

»Ist das etwa Ihr ganzes Gepäck?«, fragte sie erstaunt.

»Machen Sie sich keine Gedanken, Anne«, antwortete Cosimo und streichelte mit einem eigentümlichen Lächeln über den Koffer. »Da drin befindet sich alles, was Anselmo und ich brauchen. Wenn Anselmo wieder da ist, werden wir … Ah, da ist er ja schon.«

Anne kam es vor wie eine Filmszene, die in Slowmotion-Technik gedreht worden war. Anselmo bahnte sich seinen Weg durch Reisegruppen. Er ging vorbei an Familien und Pärchen, an Koffern und Handkarren. Die Leute drehten sich nach ihm um, sie sahen ihm nach. Frauen nahmen ihre Sonnenbrillen ab, um ihn besser sehen zu können, strichen ihr Haar glatt, lächelten ihm zu. Doch ihn schien das alles nicht zu interessieren. Vielleicht bemerkte er es noch nicht einmal. Als ob er sich in einer anderen Sphäre bewegen würde als sie.

»Hast du die Unterlagen, Anselmo?«, fragte Cosimo.

»Natürlich«, erwiderte er und zog ein schmales Etui aus der Innentasche seiner Jacke. Anne erinnerte es an das Etui, in dem sie ihre Reiseunterlagen für Jerusalem erhalten hatte, und eine panische Sekunde lang glaubte sie, dass es immer noch nicht vorbei war, dass man sie jetzt auf eine weitere Fahrt schicken würde, irgendwohin, in irgendeine Zeit. Vielleicht diesmal nach London? Oder Paris? Welcher geschichtliche Schauplatz würde wohl jetzt auf sie warten?

»… Direktflug zu chartern«, sagte Cosimo, und erst jetzt

wurde Anne bewusst, dass er schon die ganze Zeit mit ihr sprach.

»Bitte, was haben Sie gesagt?«

Er lächelte. »Sie sind durcheinander, Señora Anne. Aber das ist verständlich nach allem, was Sie erlebt haben. Ich sagte nur, dass ich Ihnen weitere Umwege ersparen wollte und mir daher erlaubt habe, eine kleine Maschine für einen Direktflug in Ihre Heimatstadt Hamburg zu chartern. Ich hoffe, Sie haben nichts dagegen?«

»Nein, überhaupt nicht. Aber ...« Anne war verwirrt. »Ich dachte, wir fliegen wieder gemeinsam nach Madrid, und dann ...«

Cosimo schüttelte den Kopf. »Tut mir Leid, Señora Anne, aber Anselmo und ich haben noch etwas in der anderen Richtung, im Westen, zu erledigen.«

Und wieso habe ich den Eindruck, dass es mit diesem Koffer zu tun hat?, dachte Anne und spürte wieder dieses Unbehagen, das sie nicht verlassen hatte, seit sie von der Hazienda losgefahren waren. Aber bestimmt hatte es nichts zu bedeuten. Sie war einfach nur aufgeregt, sonst nichts.

»Gut, dann ...« Sie streckte die Hand aus, um sich von Cosimo zu verabschieden.

»Oh, wir begleiten Sie noch ein Stück«, sagte Cosimo, und Anselmo nahm ihren Koffer.

Sie durchquerten die Halle und gingen zu dem kleinen Schalter, an dem die Privatmaschinen abgefertigt wurden. Anselmo reichte einer Frau vom Flughafenpersonal die Unterlagen.

»Jetzt ist der Zeitpunkt des Abschieds gekommen«, sagte Cosimo und ergriff Annes Hand. »Wir sind Ihnen zu großem Dank verpflichtet, Señora Anne. Es tut mir Leid, dass wir Ihnen in den vergangenen Tagen so viel Mühe und Unannehmlichkeiten bereitet haben, dass wir Sie quer durch Europa geschleppt und dazu gebracht haben, das Elixier zu trinken. Aber leider hatten wir keine andere Wahl. Ich werde Sie eines Tages dafür entschädigen. Das ist ein Versprechen.« Er beugte sich vor und küsste sie auf die Wange. Seine Lippen waren warm, und sein Gesicht wirkte nicht ganz so blass wie sonst. »Vielen Dank für alles. Leben Sie wohl, Señora Anne.«

Kam es ihr nur so vor, oder zitterte seine Stimme bei diesen Worten?

»Leben Sie wohl«, sagte nun auch Anselmo, und auch er küsste sie.

»Auf Wiedersehen, Anselmo«, sagte Anne, während sich ihr Magen drehte. Warum nahm er die Sonnenbrille nicht ab? Sie hätte gern seine Augen gesehen.

»Nun müssen Sie gehen«, meinte Cosimo und deutete auf einen Mann vom Bodenpersonal, der auf der anderen Seite des Schalters stand und ungeduldig winkte. »Sonst verpassen Sie noch unseretwegen die Starterlaubnis.«

»Ich weiß nicht ...« Hilflos sah sie die beiden Männer an, die so jung und attraktiv ausschauten und doch über fünfhundert Jahre alt waren. Männer, die sie im Grunde erst seit einer Woche und doch schon ein ganzes Leben lang kannte. Männer, mit denen sie so viel Schreckliches und zugleich Schönes erlebt hatte. Sie wollte ihnen so vieles sagen, sich ebenfalls bei ihnen bedanken, sie zu sich nach Hamburg einladen, doch ihre Zunge schien am Gaumen festzukleben. Und irgendwie spürte sie plötzlich, dass etwas nicht stimmte. Irgendetwas an dieser Szene war so ... Das passende Wort wollte ihr einfach nicht einfallen.

»Gehen Sie«, wiederholte Cosimo mit einem Lächeln.

Anne nahm ihren Koffer und ging durch die Kontrolle. Nachdem sie dem Mann ihren Koffer gegeben hatte, wandte sie sich noch einmal um. Dort standen Cosimo und Anselmo, als wären sie inmitten des Trubels und der Hektik auf einem einsamen Felsen gestrandet, unberührt von den Menschen um sie herum, unberührt von der Zeit. Und plötzlich hatte sie das Wort, das ihr eben noch gefehlt hatte – endgültig. Diese Szene hatte so etwas Endgültiges. Mit einem Mal wusste sie so sicher, wie sie ihren Namen, ihre Telefonnummer und das Ergebnis von eins plus eins wusste, dass sie Anselmo und Cosimo nie wieder sehen würde.

Anselmo und Cosimo blickten Anne nach, bis sie zwischen den Glastüren verschwunden war. Dann sahen sie einander an.

»Ist unsere Maschine startklar?«

Anselmo nickte. »Ich mag sie«, sagte er und seufzte. Man sollte meinen, dass er sich nach all den Jahrhunderten endlich ans Abschiednehmen gewöhnt hatte, aber dem war nicht so. Er hätte wohl noch tausend Jahre weiterleben können, und es wäre immer noch das Gleiche. Jedes Mal fühlte er sich, als ob er ein weiteres Stück von sich zurückließ. »Sie ist eine nette, kluge Frau. Meinst du …«

»Wir haben ihr eine Menge zugemutet, Anselmo«, sagte Cosimo, und auch er seufzte ein bisschen. »Aber ich denke, sie wird darüber hinwegkommen.«

Anselmo nahm den Koffer. Er war schwer. So schwer, wie man es bei seiner Größe niemals gedacht hätte. Die Griffe hatten sogar besonders befestigt werden müssen, damit sie überhaupt in der Lage waren, das Gewicht des Koffers zu halten. Der Inhalt bestand aus einer Bleikassette. Fünf Zentimeter dicke Bleiwände schützten die wertvolle und zugleich gefährliche Fracht – einige alte, seltsam verschlüsselte Pergamentseiten sowie zwei Flaschen mit einer smaragdgrünen Flüssigkeit darin.

»Wohin wollen wir fliegen?«, fragte Anselmo, während sie durch die Glastüren gingen. »Immer noch nach Westen?«

»Ja, nach Westen«, sagte Cosimo, und seine Stimme klang seltsam heiser. »Über den Atlantik. Und dort können wir dann …«

Er sprach nicht weiter. Aber Anselmo wusste, was er sagen wollte. Es war so weit. Endlich.

»Komm, mein Freund«, sagte Cosimo und legte ihm eine Hand auf die Schulter. »Unsere Maschine wartet.«

Ja, so wie Giovanna und Teresa, dachte Anselmo. Sie hatten lange warten müssen. Aber die Wartezeit hat jetzt ein Ende.

In den Westen

Anne stand an ihrem Fenster und sah hinaus auf die Grünfläche hinter ihrem Haus. Dienstag, der 2. September. Das Laub der Bäume schimmerte im Licht der Sonne. Es war ein Sommertag, wie Hamburg ihn eher selten erlebte – strahlend blauer Himmel, angenehme sechsundzwanzig Grad, die durch eine leichte frische Brise gemildert wurden. Es war traumhaft schön. Doch Anne fühlte sich, als wäre bereits der November hereingebrochen mit Nebel und feuchter Kälte und Glatteis am Morgen. Sie war froh, dass ihre Frauenärztin sie auch noch für diese Woche krankgeschrieben hatte. Am Sonntag war sie wieder nach Hause gekommen. Am Sonntag hatte sie sich von Cosimo und Anselmo verabschiedet. Und jetzt …

Sie hatte es heute Morgen in der Zeitung gelesen, die sie auf ihrem Weg vom Bäcker mitgebracht hatte. Sie war gut gelaunt aufgewacht und hatte sogar überlegt, ob sie die Geheimnummer anrufen sollte, um mit Cosimo oder Anselmo zu sprechen und sie zu fragen, ob die beiden nicht Lust hätten, sie zu besuchen. Sie hatte sich einen Café au lait gemacht und dazu ein Croissant gegessen, als sie es gesehen hatte. Es war nur eine kleine Notiz auf der Wirtschaftsseite, kaum mehr als fünf Zeilen.

»Im Falle des vermissten Florentiner Geschäftsmannes Cosimo Mecidea und seines Sohnes Anselmo, deren Maschine am Sonntag aus noch ungeklärter Ursache von dem Radar verschwand, besteht kaum noch Hoffnung auf Rettung. Im Atlantik wurden jetzt Wrackteile gefunden, die vermutlich zu dem vermissten Flugzeug gehören. Von Mecidea und seinem Sohn fehlt weiterhin jede Spur. ›Wir müssen davon ausgehen, dass sie tot sind‹, sagte gestern ein Sprecher der Anwaltskanzlei Sampione, die Mecideas Interessen vertritt. Die Testamentseröffnung werde vorgenommen, wenn nicht innerhalb der nächsten vierundzwanzig Stunden ein Lebenszeichen der beiden gefunden werde.«

Anne war das Croissant in den Kaffee gefallen. Fast im gleichen Augenblick hatte ein Kurier ihr ein Paket gebracht, das der Größe und Form nach zu urteilen ein Gemälde enthielt und in Florenz abgeschickt worden war. Sie hatte es noch nicht ausgepackt, aber sie ahnte, von wem es war. Danach hatte sie nichts mehr essen wollen.

Natürlich war kein Lebenszeichen zu erwarten, weder von Cosimo noch von Anselmo. Wieso hatte sie nur annehmen können, dass Cosimo die Schlüssel für seine Hazienda seinem Hausarzt schickte? Noch dazu für die Ferien. War sie denn völlig bescheuert? Natürlich war Dr. Sampione kein Arzt, sondern Rechtsanwalt. Und Cosimo hatte ihm die Schlüssel geschickt, damit er auch diesen Teil seines Nachlasses verwalten konnte, wenn er und Anselmo … wenn sie …

Die beiden mussten losgeflogen sein in Richtung Westen, kurz nachdem Annes Maschine gestartet war. Und sobald sie über dem offenen Atlantik waren, hatten sie das Drachenöl getrunken, um niemanden zu gefährden. Eine Weile hatte sich die Maschine bestimmt noch selbst in der Luft halten können, dann war sie irgendwann ins Meer gestürzt.

Typisch Cosimo. Selbst im Tod noch rücksichtsvoll.

Anselmo und Cosimo wollten keine Spekulationen über ihren Tod zulassen, keine Obduktionen, die unter Umständen erstaunliche Ergebnisse zu Tage gefördert hätten. Und vor allem wollten sie, dass mit ihnen auch die Pergamente verschwanden, die Teile des *Fluchs des Merlin*, in denen die Rezepte für das Elixier der Ewigkeit und das Drachenöl enthalten waren. Da diese Pergamente aber unzerstörbar waren, waren sie nirgendwo besser aufgehoben als auf dem Grund des Ozeans. Selbst wenn jemand wusste, wonach er suchen musste, würde er Jahrzehnte brauchen, um die Pergamente im Atlantik wieder zu finden.

Ja, es passte alles so gut zusammen. Anne machte sich Vorwürfe. Sie hätte sich schlagen, treten, beißen können. Hätte sie nur ein bisschen nachgedacht, vielleicht hätte sie es doch verhindern können. Vielleicht hätte sie Cosimo und Anselmo überreden können, weiterzumachen. Die beiden besaßen so viel Wissen, sie hatten so viel Erfahrung, und sie waren so reich, dass sie bestimmt unendlich vielen Menschen auf der Welt damit hätten helfen können. Sie hätten …

»Du hättest es nie geschafft«, sagte sie leise zu sich selbst. »Wenn Cosimo sich etwas in den Kopf gesetzt hat, dann …«

Das Telefon klingelte. Auf dem Display erschien eine Nummer mit italienischer Vorwahl. Annes Herz begann heftig zu schlagen. Vielleicht war die Sache mit dem Flugzeug ja nur ein Trick, um die Öffentlichkeit zu täuschen und von der Bildfläche zu verschwinden? Vielleicht lebten sie noch und meldeten sich jetzt bei ihr, um ihr zu sagen, dass sie sich keine Sorgen zu machen brauche? Sie riss den Hörer von der Gabel.

»Hallo?«

»Anne?«

Anne kannte die Stimme mit dem italienischen Akzent am anderen Ende der Leitung. Aber es war weder die von Cosimo noch die von Anselmo. Mit einem Schlag sank ihr Blutdruck ins Bodenlose.

»Hallo, Giancarlo«, sagte sie und kam sich schäbig vor, dass sie sich nicht so über seinen Anruf freuen konnte, wie es angemessen gewesen wäre. Schließlich war Giancarlo ein alter Freund, den sie noch aus der Zeit kannte, als sie in Florenz gelebt hatte. Außerdem war er der Inhaber eines der besten Restaurants von Florenz. »Schön, dass du anrufst. Wie geht es dir?«

»Ganz gut«, erwiderte er in seinem florentinischen Italienisch, doch es klang nicht echt. »Um die Wahrheit zu sagen, ich bin beunruhigt. Beunruhigt und verwirrt. Ich mache mir Sorgen, Anne, und du ... Du kennst doch Cosimo Mecidea. Ich habe dir eine Einladung zu seinem Maskenball am vorletzten Samstag besorgt.«

»Ja«, sagte Anne und rieb sich die Stirn. Das war gerade eben zehn Tage her. Unvorstellbar. »Und?«

»Vielleicht hast du gehört, dass er und sein Sohn Anselmo mit ihrem Flugzeug als verschollen gelten.«

Anne biss sich auf die Lippe. Tränen schossen ihr in die Augen. Trotzdem versuchte sie sich zusammenzureißen. Giancarlo wusste schließlich nicht, wie gut sie mittlerweile Anselmo und Cosimo kannte, wie viel sie gemeinsam erlebt hatten.

»Ja, das habe ich heute Morgen in der Zeitung gelesen.«

»Heute habe ich einen Anruf von Dr. Sampione erhalten. Das ist Cosimos Anwalt. Ich bin von Cosimo zu einem seiner Erben ernannt worden. Na ja«, fügte er hinzu. »Erbe ist vielleicht das falsche Wort. Verwalter trifft es wohl besser. Offenbar hat Cosimo eine umfangreiche Gemäldesammlung irgendwo hier in der Toskana auf einem Weingut. Er will mit einem Großteil seines Vermögens ein Museum errichten lassen, in dem die Gemälde ausgestellt werden, und der Erlös soll im Rahmen einer Stiftung mittellosen Kindern zukommen, um ihnen eine umfassende Bildung auch in künstlerischer Hinsicht zu ermöglichen.«

Anne rieb sich die Stirn. Sie konnte die Tränen kaum noch zurückhalten. Sie erinnerte sich daran, wie Anselmo vor ihr in der Küche gestanden und ihr von dieser Sammlung erzählt hatte. Ein Weinkeller voller wertvoller Gemälde alter und neuer Meister, lauter verschollene oder unbekannte Werke. Cosimo hatte fünfhundert Jahre Zeit gehabt, alles zusammenzutragen, was ihm gefiel. Und er hatte schon immer einen exzellenten Geschmack besessen.

»Ja, und?«, fragte sie.

»Nun, Sampione gab mir einen Brief. In diesem Brief bittet Cosimo mich, diese Stiftung zu leiten. Er deutet an, dass es sich um einen erheblichen Wert handelt, der möglicherweise meine ganze Zeit in Anspruch nehmen wird. Und ich soll mich an dich wenden.«

»An mich? Warum?«

»Ich weiß es nicht. Er schreibt, du könntest mir möglicherweise mehr darüber erzählen. Aber ich weiß nicht so recht ... Soll ich das wirklich machen? Ich finde, es ist noch zu früh und ... Ich meine, es ist doch nicht einmal erwiesen, dass sie wirklich tot sind, oder? Vielleicht sitzen sie als Schiffbrüchige irgendwo ...«

»Nein, Giancarlo«, unterbrach ihn Anne. »Glaub mir, Cosimo und Anselmo sitzen nicht mitten im Atlantik auf einer verlassenen Insel. Sie sind tot.«

Einen Augenblick lang schwieg Giancarlo am anderen Ende der Leitung. Sie hörte nur schweres Atmen und ein leises unterdrücktes Schluchzen. Offenbar weinte er.

»Heilige Maria«, sagte er schließlich. »Bist du sicher?«

»Ja.«

»Meinst du ... Haben sie es selbst getan?«

Anne zögerte. »Ich schätze, sie haben es irgendwie geahnt. Du kennst doch Cosimo. Er scheint immer mehr zu wissen als andere Menschen.«

Kannte, wusste – es fiel ihr schwer, diese Worte in der Vergangenheit auszusprechen. Alles wurde dadurch so endgültig. So endgültig wie ihr Abschied auf dem Flughafen von Córdoba. Sie hatte es gewusst. Sie hatte es da schon gewusst, und doch hatte sie nichts getan.

»Ja, du hast Recht«, sagte Giancarlo und schnäuzte sich. »Und wie denkst du über die Stiftung? Soll ich wirklich ...«

»Mach es, Giancarlo«, antwortete Anne. »Erstens will Cosimo es so. Zweitens bist du der richtige Mann dafür. Aber mach dich schon mal mit dem Gedanken vertraut, dass du keine Zeit mehr für andere Dinge haben wirst. Es ist zwar schade um deine Trattoria, aber ...«

Wieder dachte sie an den Weinkeller, in dem wahrscheinlich hunderte unermesslich wertvoller Gemälde lagerten.

»Ach, das ist doch egal im Vergleich zum letzten Willen eines Freundes. Die Trattoria war ohnehin nichts anderes als ein Zeitvertreib.« Er seufzte. »Aber ich kann es immer noch nicht glauben. Es ist so unfassbar. Florenz wird leer sein ohne die beiden.« Er seufzte wieder. »Doch wir müssen wohl weitermachen und ihre Wünsche erfüllen. Bleiben wir in Kontakt?«

»Natürlich, Giancarlo.«

»Das ist schön. Weißt du, es gibt nämlich nicht viele, die Cosimo und Anselmo gekannt haben. Und ich glaube, dass ich manchmal gern mit jemandem über die beiden sprechen würde.«

Ich auch, dachte Anne.

»Ja. Bis bald.«

»Bis bald, Anne.«

Sie legte auf und ging zu dem Paket, das immer noch auf ihrem Sofa lag. Erst las sie den beiliegenden Brief. Sofort erkannte sie Cosimos Schrift.

»Liebe Señora Anne,

verzeihen Sie mir all die Unannehmlichkeiten, die ich Ihnen im Laufe der letzten Woche bereitet habe. Seien Sie gewiss, dass es nicht mehr vorkommen wird, denn, wie Sie vielleicht mittlerweile gehört haben, Anselmo und ich haben ebenfalls das Drachenöl zu uns genommen. Zu lange schon haben wir darauf gewartet, endlich Frieden zu finden. Zu viele geliebte Menschen mussten wir zu Grabe tragen. Der Mensch ist nicht für die Ewigkeit geschaffen, das musste ich im Laufe von mehr als fünfhundert Jahren schmerzlich erfahren. Doch jetzt können wir uns endlich die Ruhe gönnen. Und das haben wir Ihnen zu verdanken. Deshalb möchte ich Ihnen als Abschiedsgeschenk ein Bild überreichen, das wohl kaum jemandem auf der Welt so viel bedeuten wird wie Ihnen. Ein Freund von mir hat es nach meinen Angaben vor etwa fünfzig Jahren gemalt. Mögen Sie viel Freude damit haben. Ich wünsche Ihnen noch ein langes, erfülltes und glückliches Leben,

Ihr ergebener

Cosimo de Medici.

PS: Um zu verhindern, dass weiterer Schaden durch das Elixier der Ewigkeit verursacht wird, haben Anselmo und ich die Pergamente in einer Bleikassette verschlossen mit uns genommen. Wir hoffen und beten, dass sie auf dem Grund des Atlantischen Ozeans ewig verschollen bleiben werden.«

Vorsichtig öffnete Anne das Packpapier von dem Bild. Die Rückseite sah sie zuerst. In einer ihr wohlbekannten Schrift stand dort geschrieben »Porträt eines unbekannten Heiligen. Für meinen Freund Cosimo von Pablo.«

Mit zitternden Händen drehte sie es um und blickte auf eine wunderbare Kreidezeichnung. Sie zeigte auf abstrakte, aber doch unverkennbare Weise das Porträt von Stefano. Ihrem Sohn. Und der Maler war … Es war unvorstellbar. Unglaublich. Annie zitterte am ganzen Körper. Sie musste sich erst einmal setzen. Den Blick konnte sie von dem Bild nicht losreißen. Stefano.

Als sie sich erholt hatte, schaltete sie ihren CD-Spieler an und trat wieder ans Fenster. Annie Lennox' Stimme schwebte durch den Raum und legte sich samtweich über ihr Gemüt.

»Lay down your sweet and weary head. Night is falling, you have come to journey's end. …«

»Into the West«, das war der Titel des Songs. Ja, Cosimo war mit Anselmo in den Westen geflogen. Und nun hatte er endlich seine Ruhe. Er war am Ende seiner Jahrhunderte währenden Reise angekommen. Und nun …

Was hatte Karl V. ihr zum Abschied gesagt? »Es gibt einen Ort, an dem Ihr sicher seid …« Diesen Ort gab es wirklich, das wusste sie jetzt. Und dort waren sie alle – Giuliano, Rashid, Karl V., Stefano, Cosimo und Anselmo.

Sie blinzelte und sah mit einem Mal wieder den Sonnenschein, der durch die Blätter flutete. Sie öffnete das Fenster und atmete tief ein. Ja, die Reise war zu Ende. Und sie war wieder zu Hause.